Diogenes Taschenbuch 21590

Hugo Loetscher

Der Immune

Roman

Diogenes

Die Erstausgabe erschien 1975
im Luchterhand Verlag, Darmstadt;
die vorliegende überarbeitete Ausgabe erschien
erstmals 1985 im Diogenes Verlag
Umschlagillustration: Varlin,
›Der Sonnenschirm meiner Mutter‹, 1929

Veröffentlicht als Diogenes Taschenbuch, 1988

20/99/8/3
ISBN 3 257 21590 8

Inhalt

Vorhang um Vorhang um Vorhang

Das Theater konnte beginnen. Er lag in seinem Zuschauerraum, inmitten von Kissen, allein und strampelnd, vor sich die erste Bühne, den Ausschnitt eines ovalen Halbrunds, das die gekräuselten Vorhänge eines Stubenwagens abschlossen. Es waren seine ersten Vorhänge, die über einem Geschehen hochgingen.

Es gab zwei Hauptfiguren, die man sich merken mußte; die mit dem langen Haar, die war ganz wichtig, und jene mit dem Schnurrbart. Sie traten zur Hauptsache von rechts und von links auf, gelegentlich auch in der Mitte. Sie umarmten sich und zeigten mit ausgestreckten Fingern in den Stubenwagen: »Die Nase hat er von mir, aber den Mund von dir.« Sie schienen über ihn zu verfügen und sich anbiedern zu wollen. Beugten sie sich über ihn, wechselten sie ihr Deutsch; sie sagten »Dulli«, »Dalli« und »Dada«, das war die erste Bühnensprache, die er vernahm.

Auf dieser Bühne jenseits der Vorhänge gab es zwei Requisiten, die es ihm angetan hatten, eine Brust und eine Flasche. So verschieden die Brust und ihr Double, die Flasche, waren, sie besaßen etwas Gemeinsames: Sog man daran, kam etwas heraus, wobei die Temperatur der Brustmilch ausgeglichener war.

Dem Säugling gefiel die Vorstellung. Er brauchte nur zu weinen oder zu schreien, schon traten die Akteure auf, von rechts oder von links.

Er hatte anfänglich zu diesen Auftritten gebeten, wann immer er mochte. Aber die draußen schienen nicht bereit, zu jeder Stunde mitwirken zu wollen. Sie machten sich zusehends rarer; die beiden waren stärker. Wo vorerst die Darbietungen alle zwei Stunden stattgefunden hatten, gab es sie nur noch alle vier Stunden und am Ende nur noch vier Mal am Tag. Natürlich traten die Akteure auch zwischendurch auf, wobei sie oft Fremde mitbrachten. Er machte seine Fäuste; er weigerte sich, jederzeit ihrem Theater beizuwohnen.

Das Stück, das sie boten, blieb sich gleich, obwohl sie es mit weiteren Requisiten anreicherten. Sie hängten eine Glocke über ihn und gaben ihm eine Rassel in die Hand. Sie steckten ihm auch ein Gummiding in den Mund, das sich wie eine Brustspitze anfühlte; aber so sehr man daran lutschte, es kam nichts heraus.

Das mochte er sich nicht gefallen lassen; es blieb nur eines übrig, sich Zähne wachsen zu lassen.

Was hier en suite geboten wurde, wiederholte sich so oft, daß er nach dreizehn Monaten schrie, man möge das Stück absetzen. Sie hatten ihn immer wieder und immer regelmäßiger aus dem Stubenwagen geholt; sie hatten ihn herumgetragen und herumgezeigt. Aber er wollte endlich mit eigenem Programm auftreten. Er richtete sich auf und begann zu krabbeln, bis sie ihn draußen ließen und auf den Boden setzten.

Die Welt auf der Bühne bestand zunächst aus lauter Beinen, aus solchen, welche keine Schuhe anhatten, die gehörten den Tischen und Stühlen, und dann aus solchen, welche Schuhe trugen, die taten nicht so weh, stieß man den Kopf daran.

So saß er nun auf dem Boden und erblickte zwei Tatzen. Er schrie und schlug auf den Teppich. Er wollte, daß beide auftraten und ihm etwas vorführten, aber sie bewegten sich nicht, so sehr er auch kreischte.

Er machte eine wichtige Bühnenerfahrung: Es gab hier Dinge, die sich nicht zu einem bemühten, sondern zu denen man hingehen mußte, wollte man sie auftreten lassen. Er tat es dem Hund nach und kroch zu den Tatzen des Klaviers.

Auf dieser Bühne jenseits der Vorhänge kam er zu seinem ersten großen Auftritt. Er lernte bald das Stichwort »Gagag«. Sie hatten ihn gewickelt, was lästig war beim Herumkriechen. Er wollte den Panzer ablegen, daher merkte er sich sein Stichwort; kaum stammelte er »Gagag«, liefen sie und brachten ein neues Requisit, ein rundes Gefäß, das sie Töpfchen nannten. Er saß darauf und die andern standen herum und warteten, bis er fertig war. Da kroch er herunter, gab acht, daß er nichts umwarf, und stellte sich strahlend und erschöpft daneben. Beide Zuschauer applaudierten: Was für ein sauberes Kind, ein kluger Junge. Er war ein Star und schätzte den Applaus.

Aber eines Tages erlebte er seinen Durchfall. Er hatte schon längst nicht mehr bloß »Gagag« gesagt, sondern holte selber das Töpfchen. Sein Auftritt verlor zusehends an Interesse. Sie schienen es als selbstverständlich zu nehmen und taten, als ob Hunderte das Töpfchen benutzten. Da ging er aufs Ganze. Er wollte die Gunst zurückgewinnen. Die andern saßen in der Küche beim Essen. Er schleppte sein Töpfchen herzu, setzte sich darauf und strampelte mit den Beinen. Als er fertig war, hob er sein Töpfchen auf den Tisch. Aber das Publikum sprang auf, rief »Pfui« und »Du Stinker«. Vor Schreck fiel das Töpfchen zu Boden; er hatte zum ersten Mal versagt.

Sie sperrten ihn in ein völlig fremdes Dekor. In einem kleinen, fast dunklen Raum, wo das größte Versatzstück ein Thron war, und dies, nachdem sie ihn entthront hatten. Er mußte sich daran klammern, daß er nicht in den Schlund fiel, die Hosen wie eine Kette um die Knöchel. Unter ihm tat sich ein Abgrund auf, alle Wasser donnerten durch die Wände, als er vor Verzweiflung nach der Kette griff.

Die gleichen, die dir applaudieren, so hielt er seinen ersten Monolog, die gleichen, die dir zujubeln, die schimpfen und lachen dich aus. Fürs gleiche Stück. Und dabei warst du diesmal nicht schlechter als sonst.

Als Töpfchenhasser schlich er in die Stube. Um sein Engagement gebracht, spielte er mit seinen Zehen, dabei stieß er an den Stuhl, der vor dem Fenster stand. Er sah hoch, kletterte auf den Stuhl und entdeckte, was er schon oft gesehen hatte, die beiden Vorhänge vor den Fensterscheiben. Er schob sie beiseite und öffnete das Fenster. Was er sah, war zunächst ein Nichts, das ihn schwindeln ließ, dann senkte er seinen Kopf und schaute auf eine neue Bühne.

Da traten sie auf, sehr viele, aus allen Ecken und Richtungen, standen herum und rannten, fuhren in Wagen, die man nicht wie seinen schieben mußte. Sie verschwanden um die Ecke, und ganz andere kamen hervor.

Er weinte und plärrte, er gab wieder einmal den Einsatz. Die unten wollten nichts von ihm wissen. Wenn er nach dem Hund ein Bauklötzchen warf, hatte der reagiert. Warum sollte es nicht gleich sein mit denen da unten, weshalb sollte er nicht nach den Akteuren schmeißen. Das war vielleicht der einzige Weg, damit sie ihm das Theater boten, das er sich wünschte. Er machte sich an die Nähmaschine und plünderte die Knöpfe, selbst die großen blauen reuten ihn nicht. Doch traf er damit von seinem Fenstersims aus niemand. Auch der Speichel, den er im Mund zusammenlaufen ließ, fand kein Ziel. Der Wind trug die Spucke fort. Es blieb nur eines übrig, er mußte selber hinunter gehen. Wenn sie ihm nichts vorspielen wollten, griff er selbst ins Spiel ein.

Es war ihm nur nicht klar, ob sie alle das gleiche Stück spielten. Hatten sie erst damit begonnen oder war er viel zu spät gekommen? Dann war ihm wieder, als ob sie überhaupt nichts anderes als die große Pause boten.

Bei einem so weitläufigen Schauplatz von Straßen, Hinterhöfen und Gassen war er geradezu froh, daß es abgesteckte Spielplätze gab. Da war einer mit Brettern umgeben. Es war verboten, den Sand, der darin lag, hinauszutragen. Man benutzte eine kleine Schaufel, um im Sand zu graben und die Hügel festzuklopfen; man durfte damit nicht auf den Kopf des Mitspielers schlagen. Wer kein Eimerchen mitbrachte, dem rann alles durch die Finger. Wer keine Förmchen besaß, mußte selber schauen, wie er zu seinem Kuchen kam. Sie spielten »Mein, aber nicht dein«.

Sie spielten auch Gewinner und Verlierer. Es kam immer wieder aufs gleiche Stück hinaus, ob sie nach Regeln um einen Fußball stritten oder in der Küche würfelten. Rannten sie, rief einer: »Ich war vor dir beim Baum.« Fuhren sie Schlitten, schrie ein anderer: »Ich werde dich überholen.« Einer wurde Erster, und mindestens einer hatte das Nachsehen. Es hieß, verlieren sei nichts Besonderes, es sei nur ein Spiel, und es hieß gleichzeitig, man müsse verlieren lernen, das sei wichtig für später.

Bei so viel Theater überraschte es ihn, als eines Tages das Fräulein im Kindergarten sagte, sie würden Theater spielen, für

Erwachsene, für die Eltern. Es sei richtiges Theater; beim richtigen Theater dürfe einer nur sagen, was zu seiner Rolle gehöre, und er dürfe nicht zu spät kommen.

Das Fräulein ließ sie aussuchen: Sie könnten Schneewittchen und die sieben Zwerge spielen, auch Dornröschen sei möglich oder Hänsel und Gretel. Aber sie einigten sich auf Rotkäppchen wegen des Wolfes. Als das Fräulein ihn fragte, was er spielen wolle, meinte er, Zwerge und Wölfe würden ihm schon gefallen, aber er würde lieber etwas spielen, was es noch nicht gebe. Er sah den Proben zu, unentschlossen, ob er bereuen solle, daß er nicht der Wolf war und nicht einmal ein Waldgeist, der heulte. Das Fräulein stand auf einer Bank und befestigte eine Stange, an welcher ein schwerer Stoff mit Messing-Ringen hing, der Vorhang. Da sprang der Junge auf und fragte, ob er nicht mitspielen dürfe, er wolle den Vorhang ziehen. Alle lachten ihn aus, das sei keine Rolle, das sei blöd, den Vorhangzieher sehe man gar nicht. Er aber dachte daran, etwas aus der Rolle des Vorhangziehers zu machen, und übte.

Als die Eltern dasaßen und schon unruhig wurden, zog er auf das vereinbarte Zeichen den Vorhang. Rotkäppchens Großmutter strickte und erzählte und blieb beim Wort »Kuchen« zum ersten Mal stecken. Es klopfte, schwer und »bumbum«. Die Großmutter sah zur Tür und fragte, wer denn komme, obwohl sie es genau wußte, sie hatten es geprobt. Die Tür ging langsam auf, man hörte ein schreckliches Knurren, worauf er den Vorhang zog.

Erwartungsvolle Stille, bis man hinter dem Vorhang ein Poltern und Fallen hörte. Der Wolf schrie, er sei noch gar nicht drangekommen, und stürzte sich auf den Vorhangzieher; dabei stieß er an die Großmutter, die vom Stuhl fiel. Da zog er von neuem den Vorhang auf.

Die Großmutter hatte sich im Strickzeug verfangen. Inzwischen zeigte sich auch Rotkäppchen, das wissen wollte, warum es nicht weitergehe und wann die Großmutter gefressen werde. Das Fräulein hakte dem Wolf den Pelz zu, mit dem er am Stuhl hängen geblieben war. Die Zuschauer kicherten und lachten.

Der Wolf begann zu weinen. Als ihn die Zuschauer trösteten, legte er erst recht los, so daß Rotkäppchen seinen Korb stehen ließ und zu seiner Mutter im Saal lief. Darauf zog der Vorhangzieher den Vorhang zu.

Für eine Woche saß er in einer Ecke, mit dem Rücken zu den andern. Er durfte nicht im Ringelreihen mitmachen und nicht im Sandkasten am Gotthard weiterbauen. Er hatte sich überlegt, ob er nicht besser krank würde, war dann aber doch hingegangen. Über einen neuen Zeichenblock gebeugt, vor sich eine Schachtel mit frisch gespitzten Bleistiften, hielt er wieder einen stummen Monolog:

Ein Wolf, der die Großmutter nicht frißt, ist einmal etwas anderes. Wie blöd der Wolf geweint hatte, das war besser gewesen als alles, was sie geprobt hatten. Sie hatten behauptet, der Vorhangzieher sei keine Rolle, aber er hatte eine daraus gemacht; alle hatten von ihm gesprochen. Das mußte man sich merken. Man konnte auch zu seinem Auftritt kommen, wenn man nicht in Erscheinung trat. Nun nannten sie ihn einen Spielverderber, dabei hatten alle mitgemacht, auch die Eltern.

Unauffällig ging das Theater indessen weiter. Zumal sie den Text von den Großen übernahmen, auch wenn sie eigne Worte erfanden und an einer Geheimsprache herumlaborierten.

So streckten sie eines Tages die Arme aus und brummten als Flugzeuge, die Abessinier bombardierten. Das war etwas anderes als Indianer zu jagen, die man quälen durfte und die ihrerseits einen an den Marterpfahl fesselten. Natürlich schossen sie nach wie vor als Polizisten auf Gangster, und nach wie vor galten die als gute Gangster, die davonkamen und die Zunge herausstreckten.

Aber eines Tages führten sie richtig Krieg. Auch er marschierte mit, obwohl ihn die Großen nicht mitmachen lassen wollten. Die Zwölf- und Dreizehnjährigen spielten sonst nicht mit den kleinen Knöpfen, die erst in die zweite und dritte Klasse gingen. Die Großen waren Generäle und Oberste, aber sie brauchten Soldaten, denen sie befehlen konnten. Daher waren sie einverstanden, daß auch die Kleinen mitspielen durften, aber denen war nicht erlaubt, auf ihre Holzsäbel Abziehbilder zu kleben. Da die Kleinen einwilligten, kam eine Armee zustande, die in den Krieg zog.

Er wurde an die vorderste Front der Teppichklopfstange geschickt. So sehr er sich auch duckte, der Stein traf ihn am Kopf. Gerade als er wegrennen wollte, erinnerte er sich, daß, wer getroffen wird, stirbt, und daß er versprochen hatte, voll und ganz mitzumachen. Also setzte er zum Sterben an. Er besaß eine Sammlung von Indianerbildern aus Waschmittelpackungen. Er stemmte die Arme in die Hüften, stöhnte, geiferte, griff mit der Rechten in die Luft, schrie auf, den Blick zum Himmel der Balkone und der aufgehängten Wäsche gerichtet, dann sank er in die Knie und verschied, lag auf dem Rücken, die Arme ausgestreckt, ein toter Soldat im Hinterhof.

Er war so gut gestorben, daß beide kriegführenden Parteien dem Sterben zugeschaut hatten und den Krieg unterbrachen. Sie baten ihn, aufzustehen und noch einmal zu sterben. Er willigte ein, aber nur, wenn sie ihm nicht noch einmal einen Stein an den Kopf warfen.

Also starb er noch einmal. Nur, daß er diesmal acht gab, sich nicht wieder die Knie aufzuschürfen. Nach seinem zweiten Tod wollten beide Parteien einen haben, der so gut stirbt. Er sagte aber, er mache nicht mehr mit, er sei gestorben und damit sei der Krieg zu Ende, zudem sei er zweimal gestorben, für jede Partei einmal, das genüge. Da wurden beide Parteien wütend auf ihn und jagten den, der Anlaß zum Waffenstillstand gewesen war.

Wieder einmal saß er nach einem Auftritt allein da. Nicht auf dem Narrenthron in einer Toilette und nicht in einer Strafecke, sondern im Freien auf einem Mäuerchen. Er stocherte mit seinem Holzschwert und führte einen Monolog:

Das Sicherste, um am Krieg nicht teilzunehmen, war, gleich anfangs zu fallen. Ferner hatte sich gezeigt, daß man beim zweiten Mal besser stirbt. Vielleicht mußte man einfach ganz oft sterben, bis es so langweilig wird, daß es zum Schluß einem selber nicht mehr auffällt.

Er gewöhnte sich ans Theater; es kam ihm allmählich wie

Alltag vor. Nur heiraten mochte er nicht. Die Mädchen wollten an allen freien Mittwochnachmittagen heiraten, weil sie für ihre Puppen Väter wünschten. Die Jungens klärten sie auf, man brauche nicht zu heiraten, um Kinder zu haben. Aber die Mädchen heulten drauflos und drohten, sie würden nach Hause gehen und alles der Mutter erzählen. Dabei stand fest: Peter hatte keinen Vater, und dennoch hatte ihn die Mutter gekriegt. Also gerieten sie aneinander, ob Peter ein »unehrliches« oder ein »uneheliches« Kind sei. Am Ende willigten die Buben ein, nur um Ruhe zu haben. Lediglich er mochte sich nicht entscheiden. Wenn er Pia heiratete, hatte die zwar die schönsten Zöpfe, aber dann wird ihm Erika nicht mehr erlauben, auf dem Fahrrad ihres größeren Bruders zu fahren, am liebsten hätte er sowieso Sonja genommen, die wartete im Milchladen immer, bis sie an der Reihe war. Er konnte der Entscheidung nur ausweichen, indem er sich als Pfarrer zur Verfügung stellte und alle Jungen und Mädchen verheiratete. Aber als sie verheiratet waren, hatte er nichts mehr zu tun; sie hänselten ihn, und taufen wollten sie auch noch nicht, weil man nicht gleich nach der Hochzeit Kinder bekam.

Er saß da. Er ging nicht mit den Männern zur Arbeit, um die Hütte fertig zu bauen. Er sah zu, wie eine der jungverheirateten Frauenmädchen das Leintuch ausschüttelte, das sie eben noch als Brautschleier benutzt hatte. Da kam ihm die Idee, wie er sich wieder einschalten konnte. Wenn die Männer auf Arbeit waren, erschien der Staubsaugervertreter, von dem es hieß, er bleibe so lange in den Wohnungen bei den Frauen. Er klopfte bei einem der Mädchen an, die machte einen Knicks und wollte wissen, was der Pfarrer wünsche; er aber korrigierte, er sei nicht mehr Pfarrer, sondern Staubsaugervertreter. Sie bat ihn herein, er drückte sie gleich an sich und sagte, er wolle einen Kuß geben, aber auf den Bauch. Sie begann laut zu kichern, so daß alle Männer von der Arbeit nach Hause liefen und wissen wollten, was los sei. Er erklärte, es sei ungehörig, zu heiraten und den Frauen keinen Staubsauger zu kaufen, sie sollten an die Arbeit zurück, damit Geld für einen Staubsauger da sei. So verbrachte er einen lustigen Nachmittag allein mit den Mädchen als Staubsaugervertreter.

Nur Vreni hatte nicht geheiratet. Sie saß auf der Bank, allein und stumm, nicht einmal zuschauen tat sie. Als er fragte, warum sie nicht mitspiele, sagte sie, sie spiele schon lange mit, sie sei eine Witwe, aber nicht wie die großen, sie fange als Witwe an. Sie war die einzige, die in diesem Alter bereits die Fingernägel lang trug; sie spreizte die Hände und krallte sie in die Luft. Sie heiße gar nicht Vreni, und als er wissen wollte, wie denn, meinte sie: »Rat' mal.«

Der Junge hockte sich vor die Bank und betrachtete das Mädchen. Der Auftritt gehörte ihr. Sie kauerte sich hin wie ein Tier; aber das Gesicht stammte von einem Mädchen. Sie kämmt auch die Brauen, stellte der Junge fest; wie gemalt lagen die Brauen über ihren Augen, und ebenso unbeweglich und streng die Lippen, als wären sie nicht aus Fleisch; aber sie waren doch zu weich, als daß sie aus Stein gewesen sein könnten. Sie hatte die Arme übereinandergelegt; es zeichneten sich Brüste ab. Er wunderte sich, daß dieses Tier mit Turnschuhen Füße und keine Tatzen hatte. Ihr Rock war hochgerutscht; ihr Unterrock fiel mit weichen Rüschen in zwei Bogen herunter. Der Junge spürte Scheu: Dieser Unterrock, diese Rüschen, das hatte er doch schon einmal gesehen. Von neuem entdeckte er zwei Vorhänge.

Das Theater des Stolperns

Hereinspaziert, meine Damen und Herren, hereinspaziert! Wollen Sie etwas Zusammenhangloses sehen, das doch zusammenkommt? Wollen Sie der unterhaltsamen Entwicklung beiwohnen, wie einer zur Bühne drängte und im Restaurant nebenan sein eigenes Theater auftat? Dann, meine Damen und Herren, sind Sie richtig. Genau das bieten wir, und wir bieten es jetzt und nur hier.

Hier drin ist der Plüsch so rot wie in den besten Häusern, das Polster so abgeschabt wie in ehrwürdigen Sälen, die Subventionen hoch und teuer die Stars. Doch heute zeigen wir etwas Besonderes. Hören Sie zu, und Sie verbringen den Abend mit uns.

Oder wollen Sie den Immunen als Statisten verpassen? Die Kasse ist gleich links und die Garderobe dahinter.

Vor dem Schwarzen Brett in der Eingangshalle eines Gymnasiums fing es an. Inmitten von Stundenplan-Änderungen und Rektorats-Mitteilungen: »Gesucht Gymnasiasten«.

Erleben Sie den Immunen als Volk und Gefolge, als was er anfing und worüber er nie hinausgekommen ist – auch wenn es für einmal zum Auftritt als Solist reichte, unfreiwillig, wie Sie sehen werden.

Als Gymnasiast mit höherer Bildung brachte er beste Voraussetzungen mit für die Komparserie. Er konnte an den Proben teilnehmen, weil er zum Mittagessen nicht nach Hause fuhr und sich vor den Lektionen der Randstunden drückte – einmal mehr steht am Anfang einer Karriere das Schuleschwänzen.

Was zögern Sie also, meine Damen und Herren. Soviel Massenszenen auf einmal werden nirgendwo sonst offeriert.

Sie werden den Immunen als Volk durch die Jahrhunderte begleiten. Sie schauen zu, wie er in Athen leidet, weil die Pest die Stadt heimsucht. Sie sind dabei, wie er auf dem Forum Romanum die Faust erhebt. Und wenn Sie ihn als Goten und Langobarden vermissen, dann nur, weil bisher kein Poet sich die Mühe machte, auch diese Völker vom Feuerwehrmann rechts zum Feuerwehrmann links wandern zu lassen. Aber als Germanen haben wir ihn wieder, denn er zieht zur Lure mit dem Ger in die Schlacht.

Wo immer der Immune als Statist auftrat, wir bieten davon so viele Szenen, wie die Bretter ertragen und der Fundus hergibt.

Sie sehen ihn nicht nur im Fell, in der Toga oder mit einem Mäanderband am griechischen Kleid. Sie erhalten Einblick in eine Wirtsstube, wo er während des Bauernkrieges mit der protestantischen Sache sympathisiert. Sie zittern mit in einem Kontor, wo er als Weber von einem emporgekommenen Weber verhöhnt wird. Sie unterhalten sich beim Verladen eines Schiffes:

der Immune als Kuli, der einen Sack schleppt, und hinter den Kulissen wird er doppelt laufen müssen für den weiteren Auftritt, doch buckelt er beim zweiten Mal eine Kiste.

Auch ein Theater hat ein Budget. Auch hier wird am Volk gespart. Dafür zeigen wir Volk aller Art.

Aber nicht nur Volk erleben Sie, sondern auch Gefolge.

Sie sehen den Immunen, wie er hinterm Tisch sitzt, ein dürrer Beamter, der dankbar an Urteilen kritzelt. Oder wie er mit Würdenträgern der Inquisition zum Scheiterhaufen schreitet. Und wie er als Höfling seinen König vor der Guillotine wieder trifft.

Auch das nur eine Auswahl, meine Damen und Herren. Und diese nicht ohne Höhepunkt. Wir zeigen den Immunen am gleichen Abend als Volk und Gefolge, und zwar in ein und demselben Stück. In einem bedeutenden Schauspiel, in unserem Nationaldrama, im »Wilhelm Tell«. Operngläser sind bei den Platzanweiserinnen zu mieten.

Geben Sie acht, meine Damen und Herren, der vierte von rechts außen, der wird er sein. Er, der mitschwören wird, wenn ein anderer den Satz vorspricht: »Wir wollen sein ein einig Volk von Brüdern.« Er gehört zum Volk von Schwyz, das von rechts oben über die Pappberge kommt, in einem Wind, der Sie frieren macht, der sich aber legt, wie auch der See aufhört zu toben, sobald der erste zu reden ansetzt. Und ein bißchen später, bei uns schon in der übernächsten Szene, sehen Sie den gleichen Immunen im Gefolge des Tyrannen. Ein spannender Moment: Trifft der Held den Apfel oder nicht. Der Immune hält ein Burgfräulein an der Hand, und beide sind froh, daß die Soldaten im Kettenhemd mit ihren Lanzen dem Volk den Weg absperren.

Und wenn Sie sich ob eines solchen Wechsels und Wandels wundern – im Vertrauen, meine Damen und Herren: Auf welcher Seite einer steht, hängt nicht zuletzt auch davon ab, was für Kostüme passen. Und an Kostümen fehlt es uns nicht.

Aber was preisen wir diese Bühne an. Sie wissen selber, was dies für ein Schauspielhaus ist. Hinter diesen Türen wurde gegen Faschismus und Diktatur gekämpft. Emigrantentheater, Juden ohne Paß, aber mit Diktion, Freiheit mit Aufenthaltsbewilligung, die von Stempel zu Stempel verlängert werden mußte.

Auf einer solchen Bühne werden Sie den Immunen sehen. Zwar sind die großen Künstler längst in ein zerbombtes Deutschland zurückgekehrt. Der Zweite Weltkrieg ist vorbei. Die Besatzung wird diskreter. Die Nazis bald wieder lauter, und die Zweiteilung perfekter. Die Währungsreform hat stattgefunden, die Remilitarisierung ist im Gange – und schon tritt unser Immuner als Fackelträger im »Sommernachtstraum« auf.

Profitieren Sie vom Augenblick, meine Damen und Herren, kommen Sie jetzt herein, ehe es mit der großen Erinnerung vorbei ist. Zwar hält der Ruhm noch an. Aber eines Tages bespricht hier ein Kabarettist die Verträge, und Groß-Aktionäre lassen sich den Bühnenhimmel erklären, über den sie per Anteilschein verfügen.

Kommen Sie jetzt herein, meine Damen und Herren. Leisten Sie sich den Immunen, wie er für Northumberland kämpft, das ihm egal ist, und wie er über eine Bühne gezerrt wird in einer Revolution, die nur zum Teil die seine wurde.

Nur keine Bedenken, weil er nicht Text vorträgt. Sie werden seine Stimme dennoch hören, ganz abgesehen davon, daß dem, der keinen Text hat, nicht eine Zeile gestrichen werden kann. Sie werden hören, wie er murrt; er hat als Volk das Murren geübt, den Barbararabarbara-Aufstand.

Aber wenn Sie befürchten, meine Damen und Herren, Volk und Gefolge sei nicht abendfüllend, wir haben auch an die Verwöhnten unter Ihnen gedacht. Sie werden den Immunen als schnurrenden Meerkater in der Walpurgisnacht erleben. Sie werden ihm als Troll begegnen, dem die Nase unters Kinn wächst. Wir haben an Einlagen gedacht: Als Gespenst führen wir den Immunen vor.

Aber wenn Sie wüßten, wie ahnungslos dieser Immune begann!

Kam er und meinte, einer, der um zwanzig nach acht schreit: »Brennt sie nieder die Paläste«, müsse auch wissen, warum um Viertel vor zehn das Haus in Flammen aufgeht, auch wenn es andere sind, die das Feuer legen, und nochmals andere, die sich ans Löschen machen, sofern sich das Löschen noch lohnt.

Er meinte, als Statist erhalte er ein Textbuch, um nachzulesen, in was für einem Stück er auftritt. Er gehörte zu denen, die das ganze Stück kennen wollen und auf Zusammenhang aus sind. Er bot damit einen der besten Lacher – und zwar hinter den Kulissen. Kommen Sie, lachen Sie mit.

Der Immune war für einen kurzen Moment Solist: als komischer Junger.

All das bieten wir und noch mehr. In Ihrer Eintrittskarte ist ein Gratisgetränk inbegriffen. Bewahren Sie den Coupon auf. Sie können ihn im Restaurant nebenan einlösen. Und dieses Restaurant ist mehr als irgendein Theatercafé.

Natürlich findet sich in ihm der Künstlertisch – mit den Bühnenarbeitern und Beleuchtern und unter ihnen die Schülerinnen und Schüler vom benachbarten Bühnenstudio: sie, die müde dreinschauen ob all dem Ruhm, der sie erwartet, und die jetzt schon gleichgültig sind ob all der Skandale, die sie einmal heraufbeschwören werden.

Auch hier tritt Ophelia auf – ohne Handrequisit, aber noch mit Wahnsinn im Auge. Tut sie Zucker in den Tee, ist's, als verteile sie Rosmarin für die Treue. Und fährt sie zur Aufnahme ins Radiostudio, bittet sie um eine Kutsche, obwohl sie ein Taxi besteigt.

Da offerierte einer noch eben sein Königreich für ein Pferd. Und wenn er hinterher im Restaurant nach seinem Mantel sucht, meint die Hand, das verlorene Reich könnte am Kleiderhaken hängen.

Und die lange Hagere, die im Zugwind der offenen Tür fröstelt, es schüttelt sie, weil sie vor einer Maria Angst hat, die sie köpfen lassen wird; aber vorerst bestellt sie noch einen Theater-Kaffee – für Künstler zehn Rappen billiger.

In diesem Restaurant finden Sie auch den Immunen. Sie können mit ihm seine Neugierde teilen: Was machen die Figuren, wenn ihr Auftritt vorbei ist? Hier sah er zu, wie Heldinnen und Helden, die nicht mögen, daß man sie in einer Garderobe zurückläßt, sich an jene klammern, die ihnen Körper gaben, und die Heroinen und Heroen jenen auflauern, die ihnen zu Geste und Stimme verhelfen.

Aber nicht das ist der Grund, weshalb der Immune hier sitzt. Ihn interessierten immer weniger die Figuren, die für ihren Auftritt Schminke und Scheinwerfer brauchen, die für ihre Existenz auf einen Frisör und einen Schneider angewiesen sind. Nein – er sitzt in diesem Restaurant, weil er hier sein eignes Theater auftat: das demokratische Theater des anonymen Stolperns.

In diesem Theater können auch Sie mitmachen, unbesehen des Alters und des Geschlechts, der Herkunft, Bildung und Rasse, Menschen wie Sie und ein Mensch wie ich. Jeder spielt mit.

Und wenn der Immune seine Akteure nicht bezahlt, spricht das nicht dagegen, daß er ein guter Direktor ist.

Für sein Theater sparte er schon den Ausstattungschef, weil er gar keinen brauchte. Denn jeder bringt als Kostüm mit, was er auf dem Leib trägt. Und der Immune benötigte auch keinen Bühnenbildner. Den Aufbau besorgte ihm ein Architekt, der Gaststätten umbaut und der auch das Theater-Café renovierte. Der hatte einen neuen Eingang entworfen: Zwei Glasflügel und, wie Sie selber feststellen werden, drei vier Schritte weiter eine Stufe.

Über diese Stufe stolperte der Immune eines Tages. Und als er stolperte, kam ihm der Einfall, ein eignes Theater aufzutun. So finden wir ihn an einem Tischchen neben dem Eingang. Von dort schaut er zu, was den andern zum Stolpern alles einfällt.

Haben Sie gesehen, der erste ist schon gestolpert. Beinahe hätten Sie es verpaßt. Jetzt steht er da, betreten, er blickt zu Boden: der ist doch eben. Er weiß schon lange, daß da eine Stufe sein muß, aber er will es noch nicht glauben, bis er hinschaut und die Stufe entdeckt, von der er schon längst wußte. Wir haben den Auftritt des Verdutzten, der erstaunt ist, daß es auf der Welt so etwas wie Stufen gibt.

Die Stufe, meine Damen und Herren, ist eine Rampe, und alle, die auftreten, kommen über diese Rampe.

Schauen Sie mit dem Immunen dem zu, der beleidigt ist. Denn der Architekt hat diese Stufe nur gebaut, um ihn zu treffen, um ihn bloßzustellen. Es ist immer das gleiche: zuhause, im Büro und jetzt auch hier. Dabei wollte er nur rasch einen Kaffee trinken; sonst geht er um diese Zeit nie in ein Lokal, das kann er sich gar nicht gestatten. Aber kaum gönnt er sich was, kommt's schief heraus. Eine so hohe Stufe; er hebt für einen Augenblick den Fuß und prüft ihn, voll überraschter Dankbarkeit, wie glimpflich alles abgelaufen ist. Diesmal noch.

Sie merken selber, meine Damen und Herren, da stolpert einer nicht einfach ins Lokal. Da stolpert einer aus der Einsamkeit mitten ins Gespräch. Er setzt sich auch gleich nach dem Stolpern an den Nebentisch: Sonst spürt er seinen Fuß nur bei Föhn. Aber seit dem Arbeitsunfall ist das anders. Auch seine Schwester doktort schon lange herum. Von Spezialist zu Spezialist. Das soll er Ihnen besser selber erzählen. Beachten Sie, wie glücklich der ist, daß er stolperte. Das schuf Kontakt.

Meine Damen und Herren, wir bieten Ihnen eine Stufe, die mitspielt, obwohl sie unbeweglich bleibt und nicht von der Stelle weicht; sie wird höher und tiefer, je nachdem, wer darüber stolpert.

Schauen Sie dem Nächsten zu. Zu Tode erschrocken und ängstlich dreht er sich um. Er bückt sich, ohne daß er kurzsichtig ist. Er betrachtet die Stufe genau, er mißt mit den Augen das Gummiband, welches die Stufe abschließt; er widmet seine Aufmerksamkeit der Breite dieser Stufe. Sie gehört von nun an zu seinem Leben. Es ist eine der zärtlichsten Stufen, die er je in seinem Leben angetroffen hat.

Also hereinspaziert, meine Damen und Herren, dann sehen Sie auch den Hüpfer. Den, der »hoppla« sagt. Der nichts Außergewöhnliches daran findet, daß er stolpert. So hüpft er gleich nochmals, gibt ein Stolpern als Dreingabe. Er macht klar, es wäre viel besser, nur zu hüpfen; so tänzelt er, schon bereit, über die nächsten Stufen hinwegzutanzen. Viel besser als hüpfen und tänzeln wäre natürlich fliegen.

Aber warum zähle ich Ihnen auf, meine Damen und Herren,

was Sie selbst anschauen können. Wollen Sie nicht hereinkommen und auch jenen sehen, der gar nicht merkt, daß er stolpert. Wie der Betrunkene: da fliegt die Glastür auf. Schon lehnt er schief an der Türe, hält sich an der Wand und schaut, ob jedermann bemerkt, wie aufrecht er steht. Dann wagt er den ersten Schritt und fällt mit dem ganzen Gewicht auf den einen Fuß, kommt zur Stufe und torkelt darüber – was soll ihm eine Stufe, da er schon auf ebener Erde stolpert.

Aber es könnte ja sein, meine Damen und Herren, daß einer hereinkommt, den Schritt in seiner Länge so angelegt, daß er über die Stufe hinwegschreitet, als sei sie gar nicht vorhanden, einer, der ohne Schaden und Schwierigkeiten darüber hinwegkommt. An ihm zeigen wir noch etwas. An ihm zeigen wir, wie der Immune ins Spiel eingreift:

Ihn nämlich, ihn fixiert der Immune, so daß der andere unsicher wird. Er weiß nicht, wozu der forschende Blick und die auskundschaftenden Augen. Er bleibt stehen, ist neugierig und schaut seinerseits den Immunen an. Der aber fährt blitzschnell mit den Augen von der Person weg zur Stufe und fixiert diese. Und diesem Blick folgt der, welcher nicht stolperte, und dabei stolpert er in Gedanken und wird bleich.

Nun sieht er die Stufe, sie wächst vor ihm, wird ungeheuer groß, zu einer Gefahr, die er nicht bemerkt hat. Sofort schaut er auf seine Füße, ob sie nicht jetzt vor einer andern oder ähnlichen Gefahr stehen. Er könnte ja direkt in den Abgrund schreiten. Und er, der über die Stufe hinwegschritt, als wäre sie nicht vorhanden, wird in Zukunft dort Stufen suchen, wo es keine gibt.

Hereinspaziert, meine Damen und Herren, die Sache geht gleich los. Sie werden am Schluß nicht auf Ihren Händen sitzen bleiben. Verpassen Sie die Vorstellung, erleben Sie den Immunen erst wieder, wie er an der Besetzung eines Theaters teilnimmt – aber das, meine Damen und Herren, das ist ein anderes Stück.

Phantasie und Mechaniker

»L'Odéon est occupé.«

Der Immune blieb stehen. Der Student vor ihm ebenfalls. Der, der es ihnen zugerufen hatte, rannte vorbei, quer über das Trottoir. Ehe sich die beiden nach ihm umgedreht hatten, war er verschwunden. Richtung Universität. Der Student zum Immunen:

»L'Odéon?«, fragte er, als hätte er nicht richtig gehört. Er zählte auf: »Nanterre, die Sorbonne, die Institute, das Quartier, und jetzt das Theater, l'Odéon, pourquoi pas?«

Im Moment sah alles nach Waffenstillstand aus. Die Polizei hatte sich von den Straßen verzogen. Sie lauerte ein paar Blöcke weiter in Bereitschaft. Handzettel, am Boden zerstreut. Aufrufe, Manifeste an Kiosken und Bäumen, heruntergerissen, abgekratzt, überkritzelt und überklebt.

Der Immune kam von der Place St. Michel. Dort hatten sich einzelne Gruppen niedergelassen. Neben Haufen von Pflastersteinen hockten sie, das Arsenal um Latten und Stangen erweitert. Einige hatten ein Feuer gemacht. Eine improvisierte Miliz. Einer spielte Gitarre. Sonst Transistoren, nur ein paar auf Musik eingestellt, aus den anderen Kommentare und Nachrichten. Verpflegung an Ort. Ein Lagerleben am Rand des Quartiers.

Der Immune war bis zur Brücke gegangen. Die Kästen der Bouquinisten auf den Quaimauern nahmen sich wie eine Wehrzinne aus. Drüben die Regierungsgebäude. Einige Fenster erleuchtet. Auf der anderen Brückenseite die Sperre, die Straßenkontrolle. Sie riegelten das Quartier ab. Im Licht einer Straßenlampe die behelmten Köpfe. »Salatkörbe«, eine Schlange von Gefängniswagen, mit ihren Schnauzen zum Quartier, das die Studenten besetzt hielten.

Der Immune war den Boul'Mich hinaufflaniert. Er hatte noch überlegt, ob er in die Universität zurückkehren sollte. An einer der Debatten teilnehmen, die waren bestimmt noch in Gang.

Und nun: »Das Odéon ist besetzt.«

Der Immune sprang auf die Fahrbahn. Beinahe wäre er in einen Deux-Chevaux hineingelaufen. Der skandierte mit der Hupe die Abkürzung der Sicherheitspolizei und deren Gleichsetzung mit den Nazis: CRS = SS, CRS = SS. Der Immune schlängelte sich durch den Verkehr, hinter einem Auto durch, aus dessen Fenster eine eingerollte Fahne herausragte. Als er mit einem Satz aufs andere Trottoir kam, schreckte er eine Gruppe auf.

Im Laufen faßte der Immune in die Taschen. Flugblätter, dazwischen einige Geldscheine. Er machte sich frei von dem Pack Zeitungen unterm Arm. Für eine Verschnaufminute blieb er stehen, riß einige Seiten von den Zeitungen, stopfte sie in die Tasche und warf den Rest in den Rinnstein. Dann rannte er weiter.

Er griff in die Hosentasche. Das Taschentuch war zerknüllt, immerhin etwas für den Fall, daß sie Gas einsetzten.

Vor ein paar Tagen hatte er Gas abgekriegt. Zum ersten Mal in Europa. Er hatte seine ersten Erfahrungen mit Tränengas in Südamerika gemacht. Als der Knall ertönte und die Schwaden aufstiegen, rannte er, ehe sich der Nebel ausweitete, mit andern in ein Lokal. Aber dann schmissen sie Gasgranaten ins Restaurant. Er mußte im Hotel die Jacke vors Fenster hängen, noch lange nachher gab sie den Reizstoff im Zimmer frei.

Es würden keine Chlor- und Phosphorgranaten verwendet. Das eingesetzte Gas sei ungefährlich. Nach Angaben eines Polizeichefs war es an Ratten ausprobiert worden. Ratten – »ratonnade«, Rattenjagd, er hörte das Wort zum ersten Mal wieder seit dem Algerienkrieg. Aber er hatte auch von Fällen gehört, wo Erblindung drohte.

Er lockerte im Laufen das Hemd und öffnete den obersten Knopf. Dann zog er das Unterhemd über das Gummiband der Unterhose bis zu einem Wulst auf Brusthöhe. Die Krawatte schob er beiseite. In diesen Wulst konnte man im Ernstfall Nase und Gesicht stecken. Der Immune hatte dies einem Studenten abgeguckt. Aber eigentlich müßte der Stoff feucht sein, naß.

Er suchte weiter in den Taschen, nicht mehr rennend, aber mit großen Schritten gehend, schnaufend und keuchend. Er fingerte in der Brusttasche herum. Die Plastikhülle. Er zog sie hervor, steckte den Presseausweis in die Außentasche. In dem Augenblick kam er sich mies vor. Er sicherte sich ab.

Vor ein paar Tagen hatte er zugeschaut, wie die Polizisten einen Kollegen niedergeknüppelt hatten. Dabei trug der eine Armbinde. Als er am Boden lag, hatten sie ihm noch einen Dreingabe-Hieb versetzt. Den Immunen hatte nicht der Ausweis, sondern der Hauseingang gerettet. Ein aufgescheuchtes Paar hatte übergangslos reagiert und sich mit ihm gegen die Tür gestemmt, gegen die dann niemand anrannte.

Der Immune hustete, als Raucher strengte ihn das Laufen an. Es schüttelte ihn, aber er wollte weiter. Als er um die Ecke bog, kam er auf einen leeren Platz vor dem Theater. Nun fiel ihm auf, daß er durch fast leere Straßen gerannt war.

Zwei kamen die Treppe herunter, offenbar Theaterbesucher, er im dunklen Anzug und sie mit einem Cape über die Schultern. Beide unterhielten sich lebhaft, von Zeit zu Zeit sah der Mann auf die Straße. Er hielt nach einem Taxi Ausschau. Unschlüssig blieben sie stehen, wandten sich ab und schlenderten gegen Saint-Germain-des-Prés.

Der Immune sah unterm Eingang zwei Gestalten. Eine mit einem Mopedhelm. Sie verschwanden wieder. Der mit dem Helm tauchte wieder auf. Er suchte den Platz ab. In dem Augenblick hielt ein Motorrad vor dem Theater. Der Fahrer lehnte die laufende Maschine an den Trottoirrand, sprang die paar Stufen hinauf. Ein kurzer Wortwechsel. Mit ein paar Sätzen war der Fahrer zurück bei der Maschine. Der andere rief ihm von oben etwas zu. Der Fahrer hob das Motorrad auf, mit einem Sprung war er auf dem Sattel und brauste davon.

Der Immune sah nach oben und las über dem Fries des Theaters den Spruch, den die Besetzer aufgespannt hatten:

»L'imagination prend le pouvoir.«

Er las die Parole noch einmal. Der Satz erregte ihn, wie

keiner in diesen Tagen. Er ging die Freitreppe hinauf, immer noch den Blick nach oben, bis der Spruch verschwand:

»Die Phantasie übernimmt die Macht.«

Um eine Ecke kam eine Gruppe von Studenten. Zwei, drei Mädchen trugen Wolldecken. Man begann sich einzurichten und einzunisten. Der Immune bemerkte den Wulst seines Unterhemds. Er stopfte es zurück und strich es glatt, knöpfte das Hemd zu und wollte fast mechanisch seine Krawatte binden; er zog sie aus.

Beim Eingang traf er eine ältere Frau: »Non, Monsieur.« Sie drückte ihre Handtasche an sich. Sie wiederholte nur ihr: »Non, Monsieur.« Der Immune trat zur Seite, hielt einer Türschließerin die Tür.

Kein Mensch war im Foyer. Doch hörte er ein Schlagen. Schritte aus irgendeiner Wandelhalle. Worte und Rufe. Eine Gruppe von Leuten kam die Treppe herunter, lachend und amüsiert, Theaterbesucher. Der Immune sah zum ersten Mal auf die Uhr. Etwas nach elf. Einer der späten Theatergäste fragte: »Wann fängt dic nächste Vorstellung an?« Alle lachten, die Gruppe begab sich zum Ausgang. Eine Frauenstimme sagte: »Es ist frisch.«

Der Immune stand im Foyer und überlegte, wo er hin sollte. Vorsichtig öffnete er eine Tür. Durchs Parkett sah er auf die offene Bühne. Versatzstücke wurden weggeräumt. Nicht von Bühnenarbeitern, sondern von Studenten. Einer gab Anordnungen. Die Worte hallten. Der Immune kannte diesen Schall von Theaterproben her. Ein Ton, der sich verlor. Mitten im Saal saß eine Frau, den Mantel neben sich ausgebreitet; sie beugte sich über die vordere Lehne und las in einer aufgeschlagenen Zeitung. Der Immune stieg die Treppe hoch. Er hörte wieder Stimmen, ohne daß er die Herkunft lokalisierte. Vor dem Eingang mußte sich eine größere Gruppe zusammengefunden haben. Der Immune stellte sich ein Problem, über das er lachen mußte: wo nimmt man Platz, nachdem die Phantasie die Macht übernommen hat? Loge, Parterre oder Galerie? Er öffnete eine Tür und betrat eine Seitenloge. Fast usurpatorisch setzte er sich. Doch gleich erhob er sich wieder, ging ein paar Schritte weiter gegen die Mitte. Wieder in eine Loge. Von hier aus sah er tiefer in den Bühnenhintergrund: ein Sessel, Bühnenrokoko; vorn an der Rampe, mit dem Mundstück nach oben, ein Megaphon.

Allmählich füllte sich der Saal. Auch auf der Bühne ließen sich einige nieder. Fast alle mit Büchern, Schriften und Flugblättern. Ständig kamen neue. Über die Bühne ging ein Mädchen mit Wolldecken.

Es war am Vormittag in einem Amphitheater der Universität gewesen. Bei einer Debatte. Examensfragen und Probleme der Selbstverwaltung. Streng wurde auf die Tagesordnung geachtet. Wer sich meldete, konnte reden. Nichts war so verpönt wie Zwischenrufe. Privates und Ideologisches gingen ineinander über, Bekenntnis und Blabla, Erfahrung und Theorien. Die Revolution äußerte sich zunächst dadurch, daß jeder zu reden begann, als hätten alle zu lange geschwiegen, als wäre ihre Sache noch nie zu Wort gekommen.

Hinter dem Präsidialtisch das Wandbild: Die Sorbonne umgeben von Wissenschaftlern. Links außen die Eloquenz und die Poesie. Neben Richelieu eine rote Fahne. Über einer anderen Büste ein Mantel. Die permanente Diskussion. Er verließ den Saal. Die Diskussion wurde in den Gängen weitergeführt, auf den Treppen, in Vorlesungszimmern. Ein improvisierter Wegweiser mit handgeschriebenen Kartons: Ort und Zeit der einzelnen Sitzungen, Themen der Diskussion, Angaben zur Organisation. Und jetzt im besetzten Odéon.

Der Immune lehnte sich über die Brüstung. Die Tür zu seiner Loge ging auf. Einer fragte, ob hier die Besetzung des Odéons stattfinde. Aus dem Hintergrund ein Zuruf »Ex-Odéon«. Dann wurde die Tür geschlossen. Er zündete sich eine Zigarette an. Überall wurde geraucht. Nicht nur aus Genuß, Nervosität oder Gewohnheit, auch als Demonstration gegen ein Verbot. In der Sorbonne hatte er eine Litanei entdeckt: »Es ist verboten zu rauchen«; das »verboten« durchgestrichen, darüber der Satz »Es ist verboten zu verbieten«, dann weiter oben das Wort »verboten« durch »erlaubt« ersetzt; das ganze durchgestrichen: »Wer raucht, unterstützt die Konsumgesellschaft.«

Der Immune stand auf. Er wollte zuerst seinen Platz markieren. Dann wurde ihm der Unsinn einer solchen Handlung klar. Er ging hinaus in die Halle. Er traf eine Gruppe:

Die Besetzung sei am Nachmittag beschlossen worden. Ein »groupe de la culture révolutionnaire«. Nie gehört. Hat sich eben dem »mouvement du 22 mars« angeschlossen. Also steckt Cohn-Bendit dahinter. Einmal mehr der rote Dany. Nein. Eine eigene Initiative. Nicht Odéon – Ex-Odéon. Jetzt findet das Revolutionstheater statt. Ein permanentes Volkstheater. Die UNEF ist dagegen. Gegen das Revolutionstheater ist die offizielle Studentenschaft? Nein, aber gegen die Besetzung. Eine Splitteraktion. Oh, die etablierte Linke! Weiß man schon, kommt die Polizei? Warum ausgerechnet das Odéon? Die Opéra – das wärs gewesen, die bourgeoise Opéra. Das Odéon ist ein Anfang. Da hob einer eine Trophäe hoch: das Schutzschild eines Polizisten. Alle applaudierten. 1968 – was für ein Jahrgang.

Der Immune ging zurück in die Loge. Sein Platz war besetzt. Die Studenten vor ihm diskutierten über Chemie oder Verwandtes. Auf alle Fälle ein Fachgespräch. Ein Sitz weiter hinten war noch frei. Das Murmeln und Raunen nahm zu. Bereits standen manche an den Wänden im Parkett. Die Bühne so angefüllt, daß die, die hinzukamen, über die andern stiegen. Auch die von der Organisation kletterten über die Besetzer. Die Rampe trennte nicht. Das Gespräch ging von unten nach oben, und die Antworten gingen zurück in den Saal.

Wieder überkam den Immunen das Gefühl, daß er gar nicht als Berichterstatter da war, sondern daß es seine Sache war, um die es ging. Wenn auch nicht klar war, was für eine. Ähnlich hatte er schon in der Sorbonne empfunden. Solidarität? Auf alle Fälle Betroffenheit. Er war sich hochstaplerisch vorgekommen. Als biedere er sich an. Überflüssige Skrupel. Die Sache aller, ausgelöst von Studenten. Wie oft war er seit seinen Pariser Semestern in Paris gewesen. Aber nie mehr im Innenhof der Sorbonne. Diesmal war er gleich hingegangen.

Nicht in einen Innenhof war er gekommen, sondern mitten in eine Auseinandersetzung. Überall Stände. Das hatte ihn am meisten überrascht. Die stellten Bücher auf. Ein Stand mit einer Sprache, die der Immune nicht verstand. Bretonisch. Eine Minderheit mehr, die zu reden begann.

Wo ist der Kindergarten? Gibt es endlich einen Kindergarten in der Nähe der Universität? Sie werden nicht mehr angreifen. Im Gegenteil, sie stehen sprungbereit. Sie lügen, die flics. Die Polizei versprach – die und versprechen! Sie fährt mit den Verhaftungen fort. Wo ist Marcelle? Sie wurde geschnappt. Geschnappt – vergewaltigt haben sie sie. Die Schweine, wenn wir dran sind, werden wir sie vögeln. Das ist die Stunde der Wahrheit. Nicht der Wahrheit, monsieur, der Revolution. Die sozialistische Gruppe verhandelt mit den Marxisten-Leninisten. Nur nicht Anarchie. Doch – die Tricolore ersetzen durch die schwarze Fahne. Und das Programm? Nicht zuerst das Programm, zuerst die Aktion. Die Aktion befreit. Danach ist Zeit genug zum Nachdenken. Alle Macht dem Volk. Wo ist der Notdienst? Suchen Sie wieder Lippenstift für die Rotkreuzmarkierung? Die Mediziner machen mit. Ja, sie haben sich angeschlossen. Auch die Architekten. Um elf in den Beaux-Arts. Sitzung für gezielte und solidarische Aktion. Die Arbeiter streiken. Die streiken für ihr Suppenhuhn. Nicht die von Sud-Aviation. Sie haben den Studenten bei Renault die Tore verriegelt. Und in der Nacht der Barrikaden! Haben da nicht die Frauen Wasser auf die Gasgranaten geworfen? Es lebe die Concierge, sie ist mit von der Partie. Dann ist die sexuelle Revolution gesichert. Man muß die Arbeiter orientieren. Information ist alles. »Occident« plant einen Angriff. Die Faschisten. Die Faschisten sitzen auch links. Mit einer kommunistischen Partei wie der in Frankreich nicht verwunderlich. Die Bourgeoisie hat ausgespielt. Meldungen aus der Provinz. Habt ihr gehört? Die Universität von Grenoble besetzt. In Straßburg seit gestern. Straßburg – wirklich? Also Lyon bestimmt. Paris ist nicht mehr allein.

Und jetzt im besetzten Odéon.

Einer begann zu klatschen. Auf der Galerie nahm einer das Klatschen auf. Aber dabei blieb es. Für einen Moment Stille. Die Gespräche unter sich gingen weiter. Die Spannung wuchs. Das war nicht Publikum. Das Theater wird zum Forum werden. Statt daß ein paar oben reden, wird das Gespräch im Saal stattfinden.

Das Gefühl der Solidarität – schon falsch. Am Montag hatte der Immune an der Demonstration teilgenommen. Als Beobachter zuerst; als was er aufgehört hatte, hätte er nicht sagen können. Er war mit einer Gruppe losgezogen: Gare de l'Est. Richtig, dort sammelten sich die Studenten. Die Gewerkschaften sammelten sich auf der Place de la République. In der Luft ein einsamer Helikopter. In der bel-étage wurden die Fensterläden geschlossen.

»Zehn Jahre genügen. Schöner Geburtstag, General. De Gaulle Mörder. Sozialer Fortschritt. Intellektuelle und Arbeiter vereinigen sich« – Parolen. Skandierte Rufe. Die erste Reihe der Formation Arm in Arm eingehängt. Im Laufschritt ein Schlägertrupp. Kein Verkehr. Aus anderen Straßen andere Gruppen. Ein Sternmarsch. Auf der Place de la République die Statue voll behangen. Auf Armen und Händen der Republik Mitmacher, Neugierige, Kämpfer, Zuschauer. Klein nahmen sich die einzelnen auf der Statue aus.

Dann der Zug – der stundenlange Marsch. Kolonne um Kolonne und Gruppe um Gruppe. Der Wald der schwarzen und roten Fahnen. Vereinzelte Bannerträger. Transparente. Die Straße gehörte der Masse. Zum ersten Mal wußte der Immune nicht, wo er sich aufstellen sollte. Bei den Humanwissenschaften. Das wäre noch logisch gewesen. Das war ein Stück weit seine Fakultät. Aber er kam gar nicht durch. Und ging dann mit einer der ersten Formationen. Er wollte sich später an den Straßenrand stellen, um mitzukriegen, was an Parolen vorbeigetragen wurde.

Und nun im besetzten Odéon.

Wieder das erregende Gefühl. Jetzt passiert es; ohne angeben zu können, was. Aber die Zukunft liegt in dieser verrauchten Luft. Die Entscheidung kommt aus diesem Gewirr. Aufbruchstimmung. Das Neue beginnt. Die große Improvisation. Wo alles möglich sein könnte. Ausbruch aus dem, woran man litt. Der kollektive Aufbruch. Jeder macht mit. Jeder nimmt jeden mit. Politik, die nicht mehr nur Absprache ist; die Geschichte wird. Und du, du bist dabeigewesen. Unter Hunderten jetzt. Unter Hunderttausenden vor ein paar Tagen. Jetzt muß es geschehen. Jetzt kommt das entscheidende Wort. Richtig. Einer tritt an die Rampe. Endlich, es ist soweit. Der Theatersaal überfüllt. Über die Brüstungen hängen sie. Arme greifen spöttisch in Richtung des Kronleuchters.

Der Student bahnt sich den Weg zum Megaphon und nimmt es auf. Vorher schaut er kurz in den Saal. Dann spricht er durchs Megaphon. Aber die Worte zerschlagen sich. Zurufe, er solle das Megaphon lassen. Hier ist die Akustik eine andere als auf der Straße. Als alles verstummt ist, stellt er von der Bühne aus die Frage:

»Est-ce qu'il y a un mécanicien dans la salle?«

Jedermann sieht sich um, prüft Nachbar und Nachbarin. Student sieht Student an, hält Ausschau:

»Ist ein Mechaniker im Saal?«

Als einer sich erhebt, deuten alle auf ihn. Aber der wehrt gleich ab, er hat was anderes vor. Da steht der Immune auf, zwängt sich durch die Loge hinaus, geht die Treppe hinunter und verläßt das Theater. Draußen dreht er sich um. Nun strömen sie hinein, von allen Seiten. Der Immune sieht nach oben: Ein besetztes Theater, wo auf dem Programm steht, daß die Phantasie die Macht übernimmt, und wo der Mechaniker fehlt.

Das Angebot der Rollen

Sie möchten, daß ich mitspiele? Bitte sehr. Ich habe es versucht. Am guten Willen allein fehlte es nicht. Aber als ich mich selber fragte, ob ich mitspielen soll, war ich schon längst mit von der Partie. Als ich davonlief und ausbrach, rannte ich vor einer

Sache davon, bei der ich bereits mitgemacht hatte. Die Komplizenschaft begann mit dem Tag, als ich auf die Welt kam.

Nun kann ich mir denken, der Intellektuelle liegt Ihnen nicht so sehr. Aber als Intellektueller habe ich es versucht. Er gefiel mir selber auch nicht immer, aufgeben wollte ich ihn nicht. Zudem konnte ich den Intellektuellen eher richten als den Mechaniker, obwohl – von der Herkunft her lag der Mechaniker durchaus drin.

Wie möchten Sie mich also haben?

Nun müssen Sie bedenken, ich gehöre zu jener Generation, die nach 1945 glaubte, jetzt fängt der Frieden an. Wie wenig das der Fall war, brauche ich Ihnen nicht zu sagen. Wir meinten, nach der Niederlage der faschistischen Diktaturen beginne das Zeitalter der Demokratie. Am Tag des Kriegsendes rannten wir in der Schulpause zum Kiosk und kauften die Extrablätter, wir standen herum und diskutierten. Wir waren zweimal jung, einmal vom Jahrgang her, und erst noch, weil die Weltgeschichte jung war.

Soll ich Ihnen als hoffnungsvoller junger Mann kommen? Als solchen habe ich mich eingestellt, das darf ich sagen. Ich war voller Hoffnungen. Aber es zeigte sich bald, daß die Hoffnungen, die ich hatte, nicht die gleichen waren wie jene, die andere auf mich setzten. Das wurde uns allen im Laufe der Zeit immer klarer.

Gut, wenn der junge hoffnungsvolle Mann nicht richtig war, schauen wir, was sonst noch drin liegt.

Denn zum Beispiel: Was fange ich mit dem Mann in mir an? Hoffnungsvoller Twen ist auch nicht alles. Nicht nur, weil man jedes Jahr einen Geburtstag hat und dies alle Jahre rascher. Vielleicht möchten Sie mich als virile Erscheinung. Als Kerl oder Typ oder wie immer Sie das nennen. Hart, aber nicht erbarmungslos. Wenn Sie meinen, hänge ich den Colt für Sie um und reite »bis zum bitteren Ende des Regenbogens«. In der Ferne die Sierra Madre, wohin das Wasser aus der Büffeltasche kaum reicht. John, der Verräter, weist mir den Weg. Ich habe es meiner Mutter neben dem Planwagen versprochen. Also bleibe ich im

Sattel. Den hat mir Pearson geschenkt; sie haben ihn erschossen, als er sich nach Spuren bückte.

Ich bin ein Schnappschuß-Schütze. Ich ziehe blitzschnell. Ich hatte nie was übrig für die Anschlag-Schützen, die sorgfältig zielen. Ich habe auch nie mein Bowie-Messer für den Kampf gebraucht. Meine Ehrenhändel trage ich anders aus. Ich benutze das Messer zum Schlachten und Essen, ich beschneide damit die Hufe, und manchmal benutze ich es auch fürs Zaunpfahl-Setzen. Für das, worum es mir geht, habe ich eine single action army, Kaliber 45.

Und wenn ich ein paar hundert Meter ins Canyon stürze, oder der Balkon bricht unter mir zusammen und ich falle in den brennenden Stall, oder wenn ich auf dem fahrenden Zug von Waggon zu Waggon springen muß – dann nehme ich dafür ein Double. Auch ein Double muß leben. Wozu gibt es den stuntman und wozu hat er seine Tricks? Also lasse ich mich vom Pferd über Stock und Stein schleifen, ohne daß es mir was ausmacht. Ich muß mich schließlich für den nächsten Auftritt erhalten, das bin ich schon Ihnen schuldig. Sie wollen doch bestimmt einen intakten Helden, ich bin bereit, intakt zu bleiben. So abwegig finde ich das nicht, ein Double einzusetzen. Ich komme in meinem Fall mit einem einzigen aus. Ich bin nicht ein General, der Armeen als Double einsetzt, ich bin kein Politiker, der ganze Völker für seine Freiheit braucht, und kein Unternehmer, der Belegschaften als Double arbeiten läßt.

Aber eben, ich habe mir nicht den Colt in den Gurt gesteckt, sondern eine Schreibmaschine vor mich hingestellt und konnte sie nicht einmal mit allen zehn Fingern bedienen.

Oder soll ich Ihnen als Romeo kommen? Und wenn ja, wie wünschen Sie meine Frisur? Lasse ich die Haare wachsen, hängen mir die Locken bis zu den Lippen. Und wenn Sie möchten, daß ich Gitarre spiele – es gibt jetzt Fernkurse, da kann man zuhause vor dem Bildschirm üben. Aber ich bringe vielleicht besser einige LP's mit, die legen wir auf, so lange, bis draußen die, welche von der Nachtarbeit heimkehren, jene grüßen, die zur Frühschicht gehen.

Nur eines müssen Sie verstehen, die Tragödie mag ich nicht. Ungern jedenfalls. Wozu ein Doppelselbstmord, nur weil die Post nicht richtig funktionierte. Wäre der Brief rechtzeitig in Verona eingetroffen, hätte Julia kein Gift nehmen und Romeo sich hinterher nicht erdolchen müssen. Das zeigt einmal mehr, wie wichtig die öffentlichen Dienste sind. Bei uns in der Schweiz verhindert schon die ordentliche Postzustellung die Tragödien.

Vielleicht wollen Sie mich als einen ganz andern Helden? Als einen, der im Kampf der Produktion, der Verteilung und des Konsums steht. Ich hätte durchaus das Zeug zum business-man. Ich eigne mich als Manager. Ich spüre es deutlich, ich habe etwas von einer Führungskraft in mir. Soll ich Ihnen als jemand kommen, der ausgesprochen kooperationsfähig ist?

Ich würde natürlich nicht als etablierter Problemlöser auftreten. Der Informationsfluß soll nicht nur von oben nach unten, sondern auch umgekehrt fließen. Es geht um die Freiheit am Arbeitsplatz. Da könnte ich aufbauend mitwirken. Nur mit Anordnungsbefugnissen, doch stets für die Rückfrage da. Weit weg von allen Autoritäten, aber mit einer dynamischen Auffassung vom Betrieb.

Meine Intelligenz wurde geprüft, unter anderem mit der Uhr. Wobei es sich natürlich um angewandte Intelligenz handelte. Was nützt es, klug zu sein und sich seinen Untergebenen nicht mitteilen zu können? Der Führungsanspruch ergibt sich ja nicht zuletzt aus der Fähigkeit, sich der allgemeinen Denkweise anzupassen.

Ich erhielt den Tip, was ich anstreichen mußte beim Test. Ich habe nicht übertrieben. Man muß gewisse Schwächen eingestehen, so jedenfalls, daß man sich in jedem Spannungsfeld behauptet. Es ergab sich bei der Prüfung ein Mann, der es versteht, Mißerfolge zu übersehen und Erfolge hervorzuheben, auch die der andern. Völlig Partner-zentriert und team-bezogen, sich der Sachzwänge bewußt, aber ihnen nicht ausgeliefert. Mit aller gesunden Skepsis gegen Schreibtisch-Mentalität, dafür umso sicherer in der Branchenkenntnis.

Es ging natürlich nicht zuletzt um die Belastbarkeit meiner

Person, um die psychische, physische und intellektuelle. Bei dieser Gratwanderung zwischen Leistungsanspruch, kontinuierlicher Überprüfung und Selbstkontrolle braucht es eine bestimmte Zerreißfestigkeit. So wurde auch meine Vitalität getestet; es leuchtet ein, als Führungskraft darf ich weder eine vegetative noch zentralnervöse noch intellektuelle Labilität mitbringen. Und Belastbarkeit mußte mich doch interessieren.

Ich hatte mein Chefbureau. Was habe ich Sitzungen vorbereitet und mitimprovisiert! O ja, ich war ein Mann, der seine Spesen selbst prüfte. Ich habe nicht alle Briefe unterschrieben, die ich diktierte, da »nach Diktat verreist«. Ich kenne es: »Ich muß leider unterbrechen, ich habe London auf der andern Leitung.«

Wie man's macht, war mir weniger ein Problem, vielmehr die Frage, wozu und überhaupt. Ganz abgesehen davon frage ich mich, wozu der Karrierestreß, wenn ich anderseits die Fähigkeit habe, ohne Arbeit auszukommen?

Ich würde mich dann eher aufs Gesellschaftliche verlegen. Nicht wie ein Playboy. Mir liegt nichts an Klatschspalten, und was die fashionablen Orte betrifft – das Hochgebirge finde ich dumm und das Meer stur. Ich würde mich lieber meinen Freunden und Bekannten widmen, im kleinen Kreis. Ein paar Tage bei der alten von Hertenstein verbringen. Aber das dürfte sich jetzt eh geben, nachdem ich öfters in Mailand zu tun habe. Die guten tschechischen Hemdenmacher sterben alle aus. Glücklicherweise habe ich jetzt einen kleinen Schneider hinter der Piazza del Duomo.

Ich würde natürlich viel lesen. Vor allem Biographisches. Es überrascht mich immer wieder, wie oft es vorkommt, daß ein Leben Stoff für ein paar hundert Seiten hergibt. Auch Historisches hab ich nicht ungern. Man denkt da in größerer Dimension und verausgabt sich nicht im Kleingeld der Tagesaktualität. Doch würde ich auch Briefe schreiben. Von Hand, versteht sich. Ich frage mich manchmal, ob die Leute später einmal ihre gesammelten Telefongespräche herausgeben wollen. Ich würde bestimmt sammeln, hatte stets eine Vorliebe für Auktionskataloge. Dabei habe ich kein enges Verhältnis zum Besitz. Die Möglichkeiten machen mir mehr Spaß als das Haben. Ohne gewisse curiosité kann ich nicht leben. Aber wozu ich mich auch immer entscheiden werde, es wird etwas sein, an dem ich mich delektiere.

Sie sehen, wir könnten durchaus auf diese Weise angenehme Stunden verbringen. Was das Leben ohne direkte Arbeit betrifft, müßte ich keinen Kurs besuchen und keinen Test bestehen. Oder möchten Sie doch lieber einen haben, der seinen Sinn fürs Allgemeine kultiviert? Dem die Gesellschaft und unser aller Wohl am Herzen liegt? Einer, der sich in den Dienst der Sache stellt, der sich unseres Landes annimmt? Und dies im kleinen Bereich, wenn es sein muß, schon in der Gemeinde? Was heißt da »schon«, gerade in der Gemeinde!

Ich habe das Zeug zum politischen Redner. Natürlich nicht zum üblichen schweizerischen Festredner. Der hat ja keine Ahnung, wie man richtig atmet. Der ist viel zu sehr ergriffen von sich und seinem Auftrag. Kaum hat er »liebe Miteidgenossen« gesagt, ist der ganze Krampf schon da. Er hat eben so viel zu sagen und möchte alles auf einmal sagen. Das gibt den berühmten Druck auf den Kehlkopf, eine Spannung in den Stimmlippen. Ehe er das erste Mal »Vaterland« gebraucht, schnappt er schon ins Falsett. Alles wird in Kopflage vorgebracht, stimmlich, meine ich. Es fehlt die Balance zwischen Brustkorb und Zwerchfell. So spricht er immer einen Ton zu hoch, was heißt einen Ton, eine ganze Oktave.

Wenn ich in die Politik ginge, würde ich vorher Atemübungen machen. Ich legte mich zuhause mit dem Rücken aufs Sofa, ein paar Telefonbücher auf der Brust zum Beschweren und ein paar Lexika. Die müßte ich mir doch kaufen, wenn ich in die Politik ginge. Dann hielte ich den Atem an und entwickelte so allmählich einen Atemumfang, ich würde nicht schon heiser, ehe ich von der Zukunft zu sprechen begänne. Das ist doch alles lernbar. Ich würde mich vorbereiten. Ich brächte Erfahrungen mit.

Bitte sehr, ich war im Verbandswesen tätig. Ich weiß, wie wichtig eine Geschäftsordnung ist. Man muß sie nur genau kennen, vor allem, wenn es um einen Punkt der Tagesordnung geht, der einem nicht paßt. Es versteht sich, daß die vertraulichen Gespräche entscheidend sind: unter uns Gegnern sind wir uns einig, aber wie erkläre ich es den eigenen Leuten?

Ich würde mir durchaus Verhandlungen und Absprachen zutrauen: ich gebe den Ringfinger und du den Daumen, dann opfern wir die katholische Hand gegen den protestantischen Fuß, und die Juden müssen was anderes als die Vorhaut auf den Tisch legen, wir tauschen die liberale Rippe gegen die sozialistische Faust und handeln mit der bäuerlichen Hosenbodenscholle. Und wenn wir alle Krüppel sind, beschließen wir in voller Übereinstimmung Subventionen für Rollstuhl, Krücke und Blindenhund.

Wie man's macht, das ist tatsächlich nicht die Frage. Richten könnte ich es schon mit etwas Glück, den Umständen und, wenn es sein muß, mit etwas Beziehungen. Aber ich weiß, daß es schief herauskäme, selbst wenn ich eine Zeitlang mitspielen würde. Einmal mehr. Ich weiß, ich würde stolpern. Dann zahlt es sich aus, daß ich Fallübungen gemacht habe.

Schauen Sie, die Grundlage aller Akrobatik beruht darin, einem die Angst vor dem Fall zu nehmen. Oder um es anders zu sagen: man muß eine Liebe zum Boden entwickeln. Man muß aus dem Boden, der ein Gegner ist, einen Freund machen, etwas, dem man sich gerne nähert und dem man sich gerne auf alle Arten nähert.

Da ich mit dem Fall rechnen muß, habe ich also meine Angst vor dem Boden verloren. Ich versuchte, ein Teil dieses Bodens zu werden. Dabei stürze ich natürlich nicht Gesicht voran oder rücklings. Damit das nicht geschieht, neige ich mich dem Boden zu, nähere mich ihm, allmählich. Mit dem Fuß zuerst, dann mit den Fesseln, dann mit dem Unterschenkel und immer gerade aufwärts, schön der Reihe nach, kein Glied und keinen Körperteil vergessend, vom Knie über den Oberschenkel bis zum Kopf. Wenn ich stürze, kommen nicht zuerst die Hände dran, sondern die Arme. Wenn man das übt, kann man ganze Treppen hinunterstürzen, ohne daß es zu nennenswerten Prellungen oder

Schürfwunden kommt; ganze Etagen und ganze Karrieren können Sie auf diese Weise hinunterfallen, vom obersten Stock, am Portier vorbei, direkt auf die Straße.

Nur eben, das muß ich zugeben, manchmal merkte ich erst hinterher, daß ich gefallen war. Ich hatte den Moment verpaßt, meine Kunst als Akrobat einzusetzen. Ich habe den Boden als Freund verloren, er erwies sich als klassischer Menschenfeind.

Aber wichtig bleibt dennoch, zu wissen, wie man's macht. Ich bin schließlich in die Schule gegangen. Ich habe die Fragen gelernt, für die es Antworten gab; ich habe Prüfungen bestanden, indem ich herausfand, welche Fragen zu den entsprechenden Antworten paßten.

Wie es in unserer Gesellschaft funktioniert, war mir streckenweise klar, jedenfalls so weit, als ich mich hätte einrichten können und mich eingerichtet habe. Manchmal hatte ich den Eindruck, es liege nur eine Skalenbreite oder eine Nuance dazwischen. Aber dann zeigte es sich, daß der Skalastrich eine Mauer war und der dünne Spalt einen Abgrund annoncierte.

Sie begreifen, warum ich Fallübungen machte?

Vielleicht wollen Sie mich unten haben, am Boden, fertig und kaputt, dann frage ich mich, wie ich es in diesem Fall richten soll.

Vielleicht wäre es besser, ich trete ganz anders auf. Es ist wissenschaftlich erwiesen, daß der Mensch zur Hauptsache aus Wasser besteht. Warum soll er nicht zeigen, aus was für Stoff wir gemacht sind? Und zwar für alle sichtbar, auf dem Halse getragen?

Von irgendwoher kommt meine Scheu und mein Respekt vor Wasserköpfen. Wie sie in die Welt schauen, wer weiß, vielleicht sind es klare Spiegel. Vielleicht kann man nur von ihnen sagen, daß sie ehrlich sind. Ich rede von jenen Ehrlichen, die am Leben blieben. Auch ich bin am Leben geblieben. Da kann doch etwas nicht stimmen.

Soll ich Ihnen als einer kommen, der immun werden will?

Er wollte immun werden. So sehr er hinter jedem Vorhang einen neuen entdeckte, es gab ein Theater, bei dem sich die Toten nicht wie auf der Bühne zum Applaus erhoben. Und eines Tages sollte er zusehen, wie tot das sein kann, wo man zu leben beginnt.

Manchmal war ihm, als sei er ein abgekartetes Spiel von Muskeln, Blut und Nerven, das ohne sein Dazutun nach eigenem Gutdünken ablief; aber wenn er eine Schutzfarbe brauchte, mußte er die selber erfinden, und dann liebte er auch außer der Brunst. Und dann war ihm wieder, als mache er nichts anderes als nur zu registrieren; aber wenn er ein Apparat war, war er einer, der über seinen Mechanismus nachdachte und sich aus eigenem Antrieb in Bewegung setzte.

Wie immer er sich vorkam, er gab nie den Gedanken auf, daß er etwas Menschenmögliches sei; verglich er sich mit jenen, die ihm gleich waren, kam er sich ähnlich vor. Es gab zum Vergleich in jenem zweiten Drittel des zwanzigsten Jahrhunderts an die vier Milliarden. Angesichts der Katastrophen und Kriege kam es aber auf einen mehr oder weniger nicht an. Auch er war einer, den man mehr oder weniger zählte, obwohl er sich oft benommen hatte, als gehe es nicht ohne ihn. Er teilte mit anderen das Vorurteil, er habe ein Recht zu leben; er wehrte sich dafür mit Hand und Fuß und Kopf. Aber eingedenk auch all jener, die an Hunger starben, die Opfer von Terror und Verfolgung wurden und die in Gefängnissen und Lagern liquidiert wurden, mußte er sich eingestehen, daß er nicht aus Recht am Leben blieb, sondern dank besonderer Umstände.

Diese Umstände waren in seinem Fall günstig gewesen. Er war in einem Land auf die Welt gekommen, das vom Zweiten Weltkrieg verschont blieb und das nach Kriegsende von einem Aufschwung sprach, da es eine wirtschaftliche Konjunktur erlebte. Viele fanden die Verhältnisse idyllisch und paradiesisch. Nun gehörte das Land zu jenem Drittel der Welt, das als reich und privilegiert galt, und er hatte auch davon profitiert. Aber es war das eigne Land, das er eines Tages zu entdecken hatte, und die, die ihm dazu verhalfen, besaßen eine andere Pigmentierung als er.

Hätte er voll und ganz mitempfunden an dem, was an einem einzigen Tag auf dieser Welt geschah, er hätte am Abend an seinen Gefühlen sterben müssen. Und hätte er versucht, zu verstehen, was an diesem einen Tag geschah, er hätte am gleichen Abend verrückt sein müssen.

So hätte er sich manchmal am liebsten alle Nerven ausgerissen, und es dünkte ihm oft am klügsten, den Verstand abzulegen. Doch wollte er weder an seinen Empfindungen draufgehen noch wahnsinnig werden, auch nicht irre an sich selber.

Er begann sich in dem Maße zu immunisieren, als er die Fähigkeit bewahren wollte, zu empfinden und zu agieren. Trotzdem redete er immer wieder vom Davonlaufen, sang das Hohelied des Alkohols und kannte das Vakuum der Gespensterstunde.

Nicht daß es ihn gab, überraschte ihn, sondern daß er ein Leben lang am Leben geblieben war. Deswegen fragte er sich gelegentlich: »Wie hast du das eigentlich gemacht?«

Die zweite Zeugung

Es begann immer wieder damit, daß er gezeugt worden war. Zuerst, als früheste Erinnerung, hatte er seinen Erzeuger in einer Küche gesehen. Der Mann weinte. Er hatte den Kopf auf den Tisch gelegt. Der Kaffee war verschüttet, der Zuckersack platzte vor Feuchtigkeit, und vor dem Fenster die Morgendämmerung. Der Immune wußte nicht, daß es einen Grad von Alkoholismus gibt, der auch die Augen überlaufen läßt, getrunken hatte er damals noch nicht selber.

Zuletzt hatte er diesen Mann in einem Sarg gesehen. Grinsend lag die Leiche da. Unter der Unterlippe verkrustete eine Narbe. Der Mann hatte sich beim Rasieren stets an dieser Stelle geschnitten. Er hatte die Gewohnheit beibehalten, auch als es um seinen letzten Bartwuchs ging und er nicht selber den Bart schabte, sondern ein Krankenwärter.

Dieser Erzeuger hatte eine Angewohnheit erworben. Er vertrieb die Familie aus der Wohnung, wenn er betrunken heimkam. Erst dann legte er sich zur Ruhe, nicht immer ins Bett und nicht immer entkleidet. Als Arbeiter war er höchstens alle vierzehn Tage betrunken heimgekommen. Doch als er zwischendurch selbständig arbeitete, konnte man sich nicht mehr auf das sichere Datum eines Zahltages verlassen.

Diese Heimkehr sollte sich als Lektion erweisen. Zum Unterricht hatte der unregelmäßige Rhythmus eines Motors gehört. Der Liftmotor arbeitete über dem Zimmer, in welchem der Junge wach lag, wegen der drohenden Vertreibung in den Kleidern. Um wach zu bleiben zählte er die knackenden Zeichen eines Motors, wenn dieser bei einem Stockwerk auf die kleinere Drehung schaltete. Der Junge zählte, ob der Lift bis in die fünfte Etage fuhr und seinen Vater ankündigte.

Es brauchte einige Zeit, bis der Junge diese Gelegenheit als Lektion begriff. Jahrelang hatte der Vater ohne Nutzen für den Sohn getrunken. Aber ums elfte Jahr war es soweit. Allerdings trug sich der Junge damals mit dem Gedanken, davonzulaufen. Er hatte die Schweizerkarte vor sich ausgebreitet und fuhr mit dem Finger Sternfahrten in alle Richtungen ab. Er ölte mit Sorgfalt sein Fahrrad und hatte begonnen, das Geld für das Flaschenpfand zurückzubehalten.

Aber dann war er geblieben. Ob aus Instinkt oder aus Klugheit, war egal; gleichgültig, ob aus Mut oder aus Feigheit. Er war geblieben, weil er verglichen hatte. Andere waren davongelaufen. Peter von nebenan zum Beispiel. Da dessen Steckenbeine nicht rasch genug liefen, hatte er vor der Bäckerei ein Fahrrad gestohlen und nicht einmal achtgegeben, daß noch ein Anhänger daran befestigt war. So sehr Peter auch strampelte, mit den Körben voll Brot im Rücken wurde er eingeholt, ehe er die nächste Straßenecke erreichte. Sie steckten ihn in eine Anstalt, auf dem Land, in einen Musterbetrieb mit Obstkulturen. Er ging mit einem Rucksack, als fahre er in die Ferienkolonie; aber er hatte nichts zum Abkochen mitgenommen. Im Treppenhaus wurde beim Schwatz von Zwangsjacken und vergitterten Zellen gesprochen. Man brauchte nur auf dem Geländer zu rutschen, schon hieß es: »Willst du zu Peter?«

Peter lief auch aus der Anstalt davon. Beim dritten Mal blieb er im Spalier hängen. Er durfte für einige Zeit nach Hause, da er sich ein Bein gebrochen hatte. Er erzählte seinen einstigen Kameraden von der Anstalt. Er zeigte einen Schlagring. Sie kriegten Neugier auf Schlafsäle und gönnten dem Heimleiter, daß ihm die Wellensittiche entflogen waren. Zum Abschied kritzelten sie ihre Namen in den Gips; später erfuhren sie, daß Peter nicht nur Fahrräder gestohlen hatte.

Auch von Vreni hieß es, sie sei davongelaufen, da sie zwei Nächte nicht nach Hause gekommen war. Aber sie hatte sich nur im Keller versteckt, wohin sie der Briefträger gelockt hatte, um ihr Kätzchen zu zeigen. Erwischt wurde sie, als sie am Morgen an die Milchflaschen ging.

Sie kam nicht in eine Anstalt. Aber ihrer Mutter und ihr wurde ein Vormund zugesprochen, da Vreni keinen Vater hatte. Der Vormund läutete unangemeldet an der Tür, hob in der Küche die

Deckel von der Pfanne und wollte wissen, wieviel die Schürzen gekostet hatten. Er trug immer eine Aktentasche mit einem Messingverschluß, darin war alles über Vreni aufgeschrieben.

Als Vreni von ihm behauptete, er habe ihr auch Kätzchen zeigen wollen, stand für jedermann fest, daß sie ein lügenhaftes Mädchen war; es überraschte niemand, daß sie sehr bald anfing, sich die Nägel rot anzustreichen, und daß sie sich mit sechzehn ihr erstes Kind holte.

Der Immune war damals nicht davongelaufen. Die Beispiele sprachen dagegen. Es gab die Väter und die Mütter, und denen fing die Polizei die Kinder ein. Es gab aber auch den Pfändungsbeamten. Als der einmal ins Haus kam und ein Vater im unteren Stockwerk nicht die Möbel herausrücken wollte, half die Polizei dem Pfändungsbeamten. Der Junge trug sich mit dem Gedanken, Pfändungsbeamter zu werden. Er überlegte, wer wohl der Polizei hilft, wenn der Pfändungsbeamte einmal zu ihr kommt und ihr die Möbel holt.

Die Machtverhältnisse waren klar.

Allerdings paßte er in der Geographie auf. Er wünschte sich zu Weihnachten einen Globus mit einer elektrischen Birne drin. Diesen Globus konnte man in Drehung versetzen, so daß die gelben Ebenen, die braunen Gebirge und die blauen Meere ineinander überliefen; er war neugierig, weshalb es einem auf einem Karussell schlecht wird und nicht auf der Welt.

Er blieb, aber mit dem Bleiben war nichts erreicht. Er begann genauer anzuschauen, was ihn bedrängte; er ging bei seinem Vater, der nichts von Schulen hielt, in die Schule.

Der Junge hatte sich anfänglich mit dem gewehrt, was ihm spontan zur Verfügung stand. Er hatte geweint, wenn der Vater betrunken nach Hause kam; er hatte gezittert, wenn dieser nur schon die Arme hob; er hatte gebettelt, gefleht und die Faust gemacht.

Er sah sich nach etwas anderem um und kam auf den lieben Gott. Er schwor ihm, nicht mehr zu onanieren und in die Heidenmission zu gehen, wenn der liebe Gott mache, daß sein Vater nicht mehr trinke. Danach baute der Junge sein Gelübde aus. Wenn sein Vater schon nicht anders könne, möge Gott ihn so betrunken nach Hause lassen, daß er keine Kraft mehr habe zu streiten und gleich mit den Kleidern aufs Bett falle; der Junge versprach, seinem Vater die Schuhe auszuziehen, damit dieser ungeniert schlafen könne.

Da war ferner die Mutter. Sie weinte selber. Nicht nur, wenn der Vater betrunken nach Hause kam. Sie betete zum Heiligen Antonius, der die verlorenen Sachen zurückbringt, und legte manchmal Karten. Aber wenn sie nach dem Jungen langte, war nie klar, wer wem die Hand gab; wenn ihr Mann sie vertrieb, tat sie Dinge in die Einkaufstasche, als würde sie mehr als ein paar Stunden draußen bleiben, und trug alles zurück. Er hatte dieser Mutter einmal gesagt: »Kehren wir nicht mehr heim. Nehmen wir den Zug, beim nächsten Zahltag. Du hast Verwandte, die aus dem Photoalbum.« Aber die Mutter kehrte zurück, sie war eine Frau, die blieb.

Und es hatte eine Zeitlang eine Großmutter gegeben, zu der Zeit, als sich der Junge mit Fäusten und Tränen wehrte. Sie hatte sich manchmal in ihr Zimmer eingeschlossen; wenn sie wieder herauskam, streichelte sie ihm über den Kopf; doch war sie in einem Sarg aus dem Haus getragen worden.

Später waren noch zwei kleine Schwestern hinzugekommen, die wimmerten, wollte der Vater sie zurückbehalten; er torkelte mit der kleinsten auf dem Arm. Wenn sie aus der Wohnung flüchteten, nahmen sie die Schnuller mit; vergaßen sie die, mußte man im Keller oder im Heizungsraum, wohin sie sich manchmal verkrochen, die Litanei »galli-galli« aufsagen, bis die Kleinen einschliefen.

Es gab am Ende nur ihn selber. Ob er weinte oder ein Gelübde ablegte, wie er es drehte und wie er fluchte, was immer er abzog und was er hinzufügte. Es blieb ein Rest, verbissen oder hilflos; dieser Rest war er, von diesem Rest stand nur eines fest, daß er nicht draufgehen mochte.

Natürlich konnte man sich an die väterliche Heimkehr gewöhnen. Hatte der Vater die verjagt, für die er sorgte, war er in den Schlaf gefallen, schlichen sie wieder in die Wohnung zurück. Die

Mutter ging oft nicht mehr ins Schlafzimmer. Sie tastete sich durch die Wohnung, ohne Licht zu machen. Aber dann hörte auch diese Nacht auf. Gewöhnlich war der folgende Tag ein Samstag. Da zogen sie alle aus, mit Netz und Markttasche. Sie füllten sie und füllten danach den Küchenschrank und den Vorratskasten. Es wurde gesotten oder gebraten, und der Junge erhielt ein Stück Fleisch, das war so groß wie das seines Vaters.

Man hätte diesen Vater morden können. Gift ins Fleisch träufeln und zuschauen, wie er kaut, und ihn, noch mit der Gabel in der Hand, begraben. Im Putzschrank standen Fläschchen mit einem Totenkopf auf dem Etikett. Oder man konnte an ihn stoßen, wenn er die Wäschestangen auf dem Balkon reparierte, zwischen den Töpfen mit dem Schnittlauch in den Hof hinunterschauen und ganz langsam auf zehn zählen.

Oder vielleicht war es besser, sich mit der Katze zu verabreden, weil die Polizei keine Katzen sucht. Die Augen zusammenkneifen und »jetzt« sagen, damit sich die Katze auf den Mund des Schläfers hockt und zuerst einmal das Schnarchen erstickt, dann ihre Krallen in die Gurgel schlägt, und erst, wenn nichts mehr schnarcht und nichts mehr schluckt, zurückkommt, um die versprochene Cervelatwurst zu holen.

Eines Tages blieb der Mann auch liegen. Auf einer vereisten Straße, der Junge hatte, hinter einer Hausecke versteckt, zugeschaut. Der Vater war mit seinem Rad gestürzt und lag mitten auf der Straße. Passanten drängten sich hinzu, der Junge sah, wie sie gestikulierten. Dann erhob sich der Mann, trat das verbogene Rad gerade und klaubte sich aus dem Gesicht Sand, der aufs Eis gestreut worden war. Das Gesicht war zerkratzt. Der Junge betrachtete es, als der Vater sich wusch; so ausführlich hatte der Mann noch nie im Badezimmer gestanden. Der Junge klammerte sich an der Türklinke fest. Immer wieder hielt der Mann das Gesicht dicht vor den Spiegel. Es war bleich, mit roten Striemen. Der Junge begriff; das ist auch nur einer, der sich wehrt, um am Leben zu bleiben.

Also mußte der Junge etwas herausfinden, bei dem sein Vater am Leben bleiben konnte und er selber nicht draufging.

Dem Jungen fiel auf, daß sein Vater auf verschiedene Weise betrunken war. Das hing nicht nur damit zusammen, daß er zu verschiedenen Zeiten und lange nicht immer erst um Mitternacht nach Hause kam. Es hing mit den Gläsern zusammen, aus denen sein Vater trank. Manchmal wurde der Junge ausgeschickt, um seinen Vater zu suchen und abzufangen, er traf ihn auch gelegentlich, in den Wirtschaften, die an seinem Weg zur Arbeit lagen; da war eine, die »Palme«, die gefiel dem Jungen wegen des Namens –, der Vater ist wieder in der Palme, wer konnte das schon sagen.

Wenn er den Vater erwischte, konnte der wütend werden, schimpfen und höhnen, aber er konnte seinen Sohn auch einladen zu einem Glas Apfelsaft: »Nimm einen großen.« Dann sah der Junge, daß der Vater verschiedene Gläser vor sich hatte: kleine oder große, Becher oder Humpen, Karaffen oder Flaschen, Kaffeetassen oder Kaffeegläser, und auf dem Tischtuch waren Ringe von verschiedener Größe und verschiedener Farbe.

Wenn dieser Mann nun in der Küche torkelte, wenn er sich am Tisch festhielt, wenn er seine Werkzeugtasche in den Gang schleuderte und seine Überkleider auseinanderrollte, wenn er schrie, warum nichts Warmes auf dem Tisch stehe, wenn er sich auf einen Schemel hockte und zerknüllte Banknoten auf den Tisch hinplättete und von Abzügen und verlogenen Wirten jammerte, dann fragte sich der Junge, ob das vom Humpen oder von den kleinen Gläsern komme, ob es das Bier sei oder der saure Most; er brachte die angeschwollenen Adern in Zusammenhang mit Schnaps und folgerte aus der Art des Torkelns auf die Art der Getränke. Er stellte noch einmal auf, was getrunken worden war, aber nicht als Wirt, und gleichgültig, ob die Rechnung beglichen wurde oder nicht.

Es war nicht mehr länger die Heimkehr eines betrunkenen Arbeiters in den Schoß der Familie am Zahltag. Sondern es war für den Jungen eine Hausaufgabe, die er sich selber stellte, eine, die in keinem Rechenbuch vorkam und die in der Heimatkunde nicht erwähnt wurde. So konnte ihn der gleiche Vater einmal aus dem Schlaf aufscheuchen, in die Küche schubsen und ihn anbrüllen, was das sei, das da auf dem Tisch stehe. Dabei hielt der Vater eine Tasse in der Hand, die er aus der Holzwolle ausgepackt hatte. Er wühlte in dem Papier, zerknüllte es, warf es der Tasse nach auf den Boden, dann den Unterteller; er brauche Platz, man hätte kein Geld für solches Zeug. Er machte reinen Tisch, schob mit beiden Armen die aufgetürmten Tassen und Unterteller weg über den Rand.

Der Junge sah nicht, wie das billige Geschirr auf dem Boden zerschlug. Ein Steingutgeschirr, das er im Warenhaus für den Geburtstag der Mutter gekauft und wofür ihm der Vater noch Geld gegeben hatte und das nun stückweise in Scherben ging.

Der Junge hielt sich zuerst an Einzelheiten: Daß jetzt die Schnur reißt, daß die Tassen mit dem Packpapier dumpfer aufschlagen, daß ein Knäuel Holzwolle sich im Ärmel verfängt, daß die Schachtel an der Stuhllehne hängen bleibt. Diese Einzelheiten verloren ihren Zusammenhang und gingen ineinander über. Je gebannter der Junge zusah, desto unbeteiligter wurde er. Er wußte nur: Da will einer Geschirr zerschlagen. Er gab acht, wie der dabei vorging. Er brauchte einen Boden, der stärker war als das Geschirr. So konnte der Junge am Ende beifügen: »Da ist noch eine Tasse, die hast du vergessen.«

Zum ersten Male hatte der Junge gelernt, sich auszuschalten und nur zu schauen.

Die Küche war nicht mehr der Raum einer Dreizimmerwohnung in einem Proletarierviertel, sondern sie war Kulisse, die man nach dem Vorfall hätte abbauen können; sie hatte ihren Dienst getan, auch wenn sie am andern Morgen wieder da war und benutzt wurde: mit ihren gesprungenen Kacheln, den Wasserflecken, die sich wie ein Muster über die Decke zogen, der Pfanne mit dem ranzigen Fettansatz, dem ausgewrungenen Lappen hinter dem Wasserhahn und einem Klinkerboden, der am andern Tag saubergewischt war.

Es war bei diesem Zerschlagen von Geschirr nur noch zufällig, daß es sich um einen Vater und um einen Sohn handelte. Es waren zwei, von denen jeder für seine Füße ein Stück Boden beanspruchte, zwei, die sich behaupten wollten, nicht einmal gegeneinander, aber jeder für sich. Es standen zwei einander gegenüber. Einer, der mächtig schien und über den Küchentisch regierte. Und ein anderer, noch etwas schlaftrunken, im gestreiften Pyjama. Von Zeit zu Zeit rieb er die Füße aneinander.

Die Zeugung fand ein zweites Mal statt. Sie hatte längere Zeit gedauert, sie war immer wieder unterbrochen und wieder aufgenommen worden. Weinen war ihr vorausgegangen, und Räusche begleiteten sie; es wurde auch nachher gestöhnt und beide keuchten. Der Immune hatte sich an seiner eigenen Zeugung beteiligt. In der Küche war ein Intellektueller auf die Welt gekommen.

Die Trauerhose

Als sich der Immune fünfundzwanzig Jahre später über den Sarg seines leiblichen Erzeugers beugte, staunte er. Er hatte gemeint, er habe diesen Mann längst begraben. Nun stellte sich heraus, daß der Mann in der ganzen Zwischenzeit Tag für Tag zur Arbeit gegangen war und bis vor einer Woche noch gelebt hatte; das Datum stand weiß auf dem schwarzen Querbalken eines Holzkreuzes.

Er hatte den Mann zu Lebzeiten begraben. Er hätte nicht angeben können, wann; das mußte sich über Jahre hingezogen haben. Und wenn er sich fragte, wo, dann konnte das nur in seinem Kopf sein, vielleicht nicht einmal begraben, nur verscharrt, aber so tief, daß er trotz aller Nähe zu den Träumen nie in ihnen auftauchte.

Als der Immune den Toten sah, erschrak er: wie begräbt man einen, den man schon begraben hat?

Es war mal wieder so, daß sich der Immune darauf vorbereitet hatte, eine eindeutige Situation zu erleben. Aber er nahm an einem Budenzauber mit Kreuz, Kranz und Sarg teil, an einem Verwandtentreff, an einem Seelentrost, an einer Berufsausübung, und eine Erinnerung kam hoch.

Er hatte sich darauf vorbereitet, ein trauernder Sohn zu sein. Nicht zuletzt der Mutter wegen. Deswegen hatte er auch im Flugzeug etwas getrunken; seine Augen sollten feucht sein, dafür hatte zumindest der Verstorbene Verständnis.

Aber ehe das Ganze begann, meldete sich das Unvorhergesehene: eine Trauerhose.

Der Immune war aus dem Ausland hergeflogen. Der Flugplan erlaubte keine andere Ankunft als wenige Stunden vor dem Begräbnis. Die Mutter, die Schwester und der Schwager standen in der Empfangshalle. Sie hatten alles besorgt: Der Vater sei ruhig gestorben, sie hätten das Inserat aufgegeben, die Todesanzeigen verschickt; sie waren erleichtert, daß sie die Spitalrechnung bereits bezahlt hatten.

Vor ihnen stand der Immune in seinem hellen Anzug, fröstelnd, gebräunt, den leichten Mantel über der Schulter, unter dem Arm die Reiselektüre, und eine dunkle Brille auf. Ihm gegenüber sah er die beiden Trauerfrauen, die Köpfe in schwarze Schals gewickelt, beide gebückt, die Ältere klammerte sich an ihre Tasche. Der Immune war aus einem griechischen Spätherbst in einen schweizerischen Winter geflogen.

Die Frauen trösteten ihn. Sie hätten zwar den schwarzen Anzug nicht gefunden, wie am Telefon abgesprochen, und sie fragten, ob Auslandsgespräche immer so teuer seien, auch bei Todesfällen. Der Immune hätte auch nicht angeben können, in welchem Koffer der schwarze Anzug lag, wo die Koffer und Kisten überhaupt untergebracht waren. Er besaß damals keine feste Adresse. Die Frauen hatten sich um den schwarzen Anzug gekümmert, sie hatten ihn bei der Jüdin gekauft, die den Immunen noch als Jungen gekannt hatte. Zur Sicherheit hätten sie auch Hosenträger mitgebracht. Unterwegs würden sie essen, da könne er sich umziehen; sie hätten »Marengo« gewählt, das könne er auch bei anderen Gelegenheiten tragen.

Die Mutter hatte den Anzug gekauft. Sie war gewohnt, eine Nummer größer zu kaufen, damit der Bub noch wachsen konnte; sie hatte auch diesmal eine Nummer größer gekauft. So stand der Immune im hölzernen Anbauabort eines Landgasthofes, vor dem Luftloch hörte er die Hühner. Die Hosenträger nutzten nichts, es waren solche altmodischer Art, für einen Bund mit Knöpfen, die neuen Hosen aber hatten keine Knöpfe. Er stand in Hemd und Socken, die Trauerhose war zu groß.

Es sei ausgeschlossen, den hellen Anzug zu tragen, es kämen zu viele Verwandte, man würde es ihm falsch auslegen, war der Beschluß der beiden Frauen in Schwarz. Sie ließen ihre halbleeren Teller stehen und kleideten, noch kauend, den Sohn für die Trauerfeierlichkeiten ein.

Er stieg in die Trauerhose. Man hätte die Knöpfe von den hellen Hosen abtrennen können, es blieb aber keine Zeit, um sie an die Trauerhose anzunähen. Man mußte noch den Pfarrer treffen, der Einzelheiten über den Toten wissen wollte. Man erbat an der Theke eine Schnur und band die Hose fest, nicht zu stark, damit das Blut nicht abgeschnürt wird, sagte die Mutter. Darüber die Jacke. Wenn der Immune die Arme etwas hob, fielen die Ärmel nicht übers Handgelenk, er müßte von Zeit zu Zeit etwas an den Manschetten zupfen. Zuletzt wurde der Regenmantel übergezogen, auch wenn er beige war, erkälten sollte sich der Immune nicht. Man sah oben die schwarze Krawatte und unten die schwarzen Hosenbeine. Der Regenmantel hatte eine Durchgreifetasche, so konnte der Immune auf alle Fälle, und ohne daß es auffiel, die Hose halten.

Die Zeremonie konnte beginnen. Der Schauplatz war ein Landfriedhof.

Der Pfarrer redete mit dem Blick auf den Notizblock. Da er nicht viel von dem Toten wußte, sprach er davon, daß das Leben von Arbeit erfüllt war. Zwischendurch sah er unruhig nach dem Sarg, ob es auch der richtige Tote sei.

Der Immune erinnerte sich, wie dieser Mann im Sarg oft geschrien hatte: »Ich mache euch alle fertig, und hinterher mich.« Nun war er fertig, allein und für sich, ausgeblasen und abgetreten, aufgebahrt und zur Schau gestellt.

Die Hose hielt. Der Mutter liefen die Tränen über das Gesicht, ohne daß sie seufzte oder schnupfte. Die Schwester schluchzte, und der Schwager hielt die Papiertaschentücher bereit. Der

Pfarrer sagte: Nicht der, der von uns gegangen, sondern die, die hier bleiben, sind zu bedauern.

Der Immune sah, wie dieser Tote einst über den Boden gekrochen war und das Militärgewehr gesucht hatte. Als er es unter dem Bett bei den alten Schuhen fand, wußte er nicht, wo die Munition war. Da fiel dem Jungen ein, daß in der Schublade, wo die Papiere und Schriften lagen, auch zwei Revolver waren; mit ihnen töteten sie die Kaninchen, deren Felle im Herbst auf dem Balkon trockneten. Er hatte die beiden Brownings zu sich genommen, mit denen man ihm sonst zu spielen verbot.

Die Schwestern, die Mütter waren und auch Cousinen und Tanten wurden, die Onkel, die Väter waren, und alle, die sich gegenseitig zu Schwägerinnen und Schwagern machten, zu Großvätern und Enkelkindern, die neue Verbindungen herstellten, indem sie heirateten, zeugten und warfen, indem sie ihre Namen abtraten, übertrugen und weitergaben, sie standen in einer ergriffenen Front da.

Der Junge hatte damals nicht gewußt, wo er die Kaninchentöter verstecken sollte. Er zitterte in der Stube, überlegte, ob er sie vom Balkon in den Hof hinunterwerfen solle. Er hörte den Vater im Gang. Da machte sich der Junge ans Klavier, hob den Deckel, schob den einen Revolver hinein, der fiel den Saiten entlang hinunter und verriet mit einem musikalischen Klingklang sein Versteck.

»Im Namen des Vaters, des Sohnes und des Heiligen Geistes.« Alle beteten mit, daß zu uns sein Reich komme, alle vergaben ihren Schuldigern und sagten »Amen«, so sei es.

Mit dem andern Revolver aber war der Junge an seinem Vater vorbei ins Badezimmer geflüchtet. Er schloß sich ein, er dachte daran, den Browning unter die Schmutzwäsche zu stecken. Als er Wasser löste, fand er ein sicheres Versteck, er schob den Revolver in das Abflußrohr.

»Requiescat in pace«, er möge in Frieden ruhen. Die beiden Totengräber schoben die Seile unter den Sarg.

Da galt es ein paar Schritte zu machen, mit einer Hand die Mutter haltend und die andere in der Durchgreiftasche. Der

Immune hatte sich vor das Grab gestellt, um die Kondolenzen entgegenzunehmen. Er tat es verbissen und mit gespreizten Beinen, um die Hose nicht zu verlieren. Er zeigte, was die andern später beim Beerdigungs-Schmaus als gefaßte Haltung lobten.

Da lag dieser Mann nun, wehrlos, und baumelte an vier Seilen. Der Immune verspürte eine Wut, er hatte Lust, den Deckel aufzubrechen und dem Toten zuzurufen: »Hau ab, daß sie dich nicht erwischen.«

Es ging um das Trinkgeld für die Totengräber. Der Pfarrer faltete die Zwanzigernote auseinander, um zu schauen, ob noch eine zweite drin liege. Man wußte nicht genau, ob man im »Sternen« oder im »Ochsen« reserviert hatte. Eine Schwägerin sagte, es sei eine kleine, aber schöne Beerdigung gewesen. Es wurde ausgemacht, wer mit welchem Wagen zurückfuhr; man sah im Fahrplan den nächsten Bus nach, der Anschluß hatte. Und eine Tante zählte die Kränze.

Der Immune erwartete, daß der Tote um Hilfe rufe. Aber der Tote blieb ruhig, und gerade dies, das Verhalten der väterlichen Leiche, die nicht den gefühlvollen Anlaß ihrer Beerdigung benutzte, um sich anzubiedern, machte dem Immunen einen Entscheid möglich.

Er hatte diesen Mann schon einmal begraben, also verhielt er sich beim zweiten Begräbnis anders. Er hatte ihn ohne Schaufel und Sarg beerdigt, allein, er erinnerte sich, daß er den Mann kaum hatte schleppen können. Aber während nun die andern sich anschickten, den Mann zu beerdigen, holte ihn der Immune aus seinem Sarg hervor.

Dieser Erzeuger war auch nur ein Sohn gewesen; man hatte ihm ein Leben gegeben, das man ihm ebenso ungefragt und fraglos hätte vorenthalten können. Und dem Gezeugten dieses Gezeugten, dem Immunen, war es gleich ergangen. So benutzte der Immune das zweite Begräbnis seines Vaters, um diesem Leben zu schenken, aber er konnte es nur, indem er ihm ein Leben gab, das dieser Mann nicht vor sich sondern bereits hinter sich hatte.

Er hatte diesen Mann stets als einen Fall betrachtet: ein Innerschweizer, der nach Zürich gekommen war und sich in der Stadt nicht assimilieren konnte. Der Alkoholismus fand in dieser Entfremdung ein Motiv. Die Arbeitslosigkeit hatte ihn zu einem Sekuritäts-Denken gezwungen, das ihm nicht lag. Er suchte die Freiheit und hoffte sie als selbständiger Handwerker zu finden. Sofern er Vorstellungen hatte, waren sie kleinbürgerlicher Art, aber er hielt nicht viel von Vorstellungen. Das galt auch von der katholischen Kirche, mit deren Wasser er getauft worden war.

Der Immune konnte diesem Manne nur ein Leben geben, indem er aus einem Fall eine Figur machte.

Der Vater wird Figur

Der Vater war von den Voralpen in die Stadt gekommen und hatte die Felder, auf denen er in seiner Jugend geholfen hatte, Heu zu führen, vorübergehend in einem Schrebergarten wiedergefunden. Er richtete sich am Rand der Stadt ein, auch wenn er zwischendurch in einem zentraleren Quartier wohnte und dort mehrfach umgezogen war. Aber er zog wieder an den Rand und wanderte mit ihm in die Nähe neuer Gruben und Weiher, im Rücken die Stangen der Baugerüste; sie verdrängten den Rand der Stadt und schoben ihn nach dem Zweiten Weltkrieg immer weiter hinaus. Der Mann ließ sich in Gemeinden nieder, wohin die Baugerüste nachkamen und der Boden sprunghaft teuer wurde. Er verdiente an dieser Teuerung und richtete sich weiter draußen ein. Er war mit dem Rand der Vorstädte so lange gewandert, bis er wieder in einer Gegend war, die mit ihren Hügeln jener glich, aus der er einst ausgezogen war.

Er war aus einer Gegend gekommen, wo die Frauen eine Kuhtemperatur im Leib haben und wo es üblich ist, im Stall die Jungfernschaft zu verlieren; sie lassen dabei die Futtergabel kaum aus der Hand und machen sich nachher gleich wieder an die Arbeit. Aber sie gehen auch zur Beichte, und bald binden sie sich ein Kissen um den Bauch, wenn sie am Sonntag vor der

Kirche unter dem Portal warten. Als er sein Mädchen sah, griff er ihr noch einmal unter den Rock, aber diesmal vor allen Leuten, langte das Kissen hervor, riß es mit den Zähnen auf und schüttete die Gänsefedern auf der Kirchentreppe aus.

Er ging zu seinem einstigen Lehrer und bat ihn, er möge ihm helfen. Sie setzten ein Inserat auf. Er wünschte eine Frau von woanders. Aber sie sollte ein Bild beilegen. Es kam ein Brief, nur einer, aber als er das Papier anfaßte, war er schon geil. Im Brief lag ein Photo, und er streichelte über den Hochglanz; eine Frau ordnete vor einem Peddigrohrtischchen Blumen. Er nahm seinem größten Bruder den Koffer vom Schrank, packte ihn und tat, was nicht hineinging, in eine Kartonschachtel. Als ihn die Schwestern fragten, wo er hingehe, sagte er, in die Stadt, und als sie wissen wollten, in was für eine, da zeigte er das Lichtbild.

Die Mutter begleitete ihn bis auf den Bahnhof. Sie redete noch am Schalter auf ihn ein, dazubleiben. Sie gab ihm eine Flasche Bätziwasser, die Hälfte zum Trinken, die andere Hälfte zum Einreiben. Er nahm den ersten Schnaps, ehe er umstieg. Er nahm dann kleinere Schlucke, aber mehr, als es Stationen gab. Bald hörten die Dörfer nicht mehr auf und gingen ineinander über. Als er in der Stadt ankam, wußte er nicht, welchen Ausgang nehmen, der Bahnhof hatte mehr als einen. Er fragte sich durch, das Photo in der äußeren Rocktasche und den Brief in der Hand. Als er im Miethaus die Treppe hochgestiegen war und geläutet hatte, erschrak er, wie sich die Türe öffnete; aber es war die Mutter. Er wurde in die Stube gebeten, dort zog er die Jacke aus und sagte: »Ich bleibe«, ehe er die Frau gesehen hatte, deretwegen er hergereist war, und schlief ein auf dem Sofa, neben sich eine leere Flasche, nichts mehr zum Trinken und nichts mehr zum Einreiben.

Er machte aus der Unbekannten seine Geliebte, ehe diese am anderen Morgen die Koffer wegstellte und erfuhr, was im Pappkarton drin war, ein Paar Stiefel und Leibwäsche und kein Geschenk. Er machte aus der Geliebten eine Verlobte, darauf drängte schon die Schwiegermutter. Aus der Verlobten machte er eine Braut in Weiß mit Schleier. Er schickte denen zu Hause hinterher ein Photo, er und die Braut vor einem Peddigrohrtischchen. Dann machte er aus seiner Frau eine Mutter, hatte ein schlechtes Gewissen, als er sie verunstaltet hatte, genierte sich, als er zum erstenmal einen Kinderwagen schob und wunderte sich, als einer »Vater« sagte. Dann machte er aus seiner Frau eine Betrogene und schimpfte die Serviertöchter, zu denen er in die Mansarde stieg, »Huren«. Darauf machte er die Mutter seines Sohnes nochmals zur Mutter, gleich zweimal kurz hintereinander; die beiden Töchter waren so sanft, daß er sich vornahm, es jedem zu zeigen, der sich ihnen nähern sollte. Dann machte er immer weniger, und als er bis auf die Knochen aufgebraucht war, machte er aus seiner Frau eine Witwe.

Es hockte überall in ihm, zwischen den Schenkeln und in den Beinen. Und manchmal in der Nase; er konnte niesen, daß die Haare seines Schnurrbartes aufstanden. Es hockte ihm in den Ohren, und es war kein Ohrenwurm. Es vergrub sich ihm unter den Fingernägeln wie Maschinenöl, das man nicht wegschrubben konnte. Es würgte in der Kehle; er fluchte und schimpfte, tobte und sagte es allen, den Idioten und Trotteln, den Wixern und pomadisierten Votzen. Es hockte ihm aber vor allem in den Händen, er brauchte für sie etwas zum Langen und Greifen, und nicht nur eine Frau oder ein Glas, sondern er brauchte Arbeit.

Er war ein Arbeiter und konnte nichts anderes als arbeiten, er konnte schuften, und wenn es sein mußte, sich abrackern. Er war in jungen Jahren stempeln gegangen, dabei hätte er Werkzeuge für seine Hände gebraucht. Aber er stellte sich in einer Schlange an, statt des Werkzeugs hielt er ein Büchlein in der Hand, das er auf ein Pult legte, sie drückten einen Stempel hinein, mit diesem Stempel stellte er sich in einer andern Schlange an und erhielt an der Kasse eine Unterstützung ausbezahlt. Dann stellte er sich woanders an, in Reih und Glied, seine Hände hielten diesmal eine Stange, an die ein Transparent genagelt war; er ging demonstrierend durch die Straßen, was auch keine Arbeit brachte.

Jedoch ertrug er keinen Meister. Er unterschrieb Arbeitsverträge, als es wieder Arbeit gab, aber er achtete nicht auf die

Unterschrift; er hielt nicht viel vom Schreiben, schon einen Einzahlungsschein auszufüllen widerstand ihm, er gab lieber den Lohn ab. Er hatte in einer Schmiede die Lehre gemacht, aber in einer Fabrik gearbeitet; dort rauchte er auf der Toilette, und am Eingang gab es eine Stechuhr. Vorübergehend wurde er Nachtwächter und führte seinen Hund vor, wie der auf Befehl aufstand und sich aufs Wort niederlegte. Er wollte selbständig werden und ging zunächst auf Montage. Da war man freier und reiste sogar an Orte, wo man französisch sprach. Aber man durfte nicht die Stunden, die man im Wirtshaus saß, auf dem Arbeitsrapport eintragen. Er wollte sein eigener Herr und Meister sein und wurde zwischendurch Hauswart. Eines Tages tat er eine eigene Werkstatt auf, in einem Kellerlokal, und später konnte er einen Arbeiter einstellen und einen Lehrling halten. Aber er durfte keine Rechnung anstehen lassen, und gerade die häuften sich, bis die ganze Werkstatt unter dem Berg einstürzte. Er ging wieder in fremde Betriebe arbeiten, in ein Abbruchgeschäft vorerst. Er dachte immer noch daran, selbständig zu werden. Aber er ertrug keinen Meister, als Meister auch nicht sich selber.

Er war ausgebildeter Hufschmied. Zu seiner Arbeit gehörten Hämmer, die er nach dem Schlag auf dem Amboß austanzen ließ. Es hatten auch Pferde dazu gehört, aber die traf er in der Stadt nur noch gelegentlich, vor einem Bierwagen oder einem Spritzenwagen. Es hatte aber vor allem das Feuer zu seiner Arbeit gehört. Daher war er lustig und zufrieden, als er zwischendurch als Heizer und Hauswart arbeitete, da war er wieder zu seinem Feuer gekommen; er sah ihm durch die Luke zu, er kannte jede Flamme, wenn auch jede nur einmal. Er stocherte in dem Feuer; er lockte das Feuer und erstickte es mit Kohle, dann hörte er zu, wie die Kohle von erwürgten Erdschichten und menschenleeren Jahrhunderten erzählte. Sein Gesicht glühte, er hätte am liebsten den Kessel selber verheizt und am Ende die Bimmelglocken der Feuerwehr geschmolzen und dabei einen Riesendurst gekriegt. Gegen diesen Durst trat er an.

Er wollte schließlich auch etwas vom Leben haben. Als Bursch war er auf den Tanz gegangen, aber in der Stadt gab es dafür Lokale und kein Holzpodium. Er tanzte noch einmal, als seine älteste Tochter heiratete; er tanzte nur mit ihr, als wäre er der Bräutigam, und er tanzte so lange, bis ihm der Schweiß herunterlief und der Durst wiederkam. Er las in den illustrierten Blättchen am Feierabend, er las da drin auch mal eine Geschichte, einen Bericht über die Zulukaffer hatte er im Gedächtnis behalten. Sie hatten diese Heftchen abonniert, da sie mit einer Versicherung kombiniert waren. Aber er, er wollte etwas vom Leben haben, und er jaßte; wenn er Trumpf ausspielte, dröhnte die Platte, es gab kaum etwas, das sich den Schwielen an den Händen so gut anpaßte wie Spielkarten, er stach und heimste ein, er spielte nicht einfach gegen seine Gegner oder mit seinem Partner, er spielte gegen die Karten selbst, die einen im Stich lassen konnten.

Als junger Ehemann hatte er ein Motorrad besessen, aber nach dem Unfall starb sein Beifahrer vor der Amputation im Spital, und das erste Motorrad kam auf den Schrott. Viel später kaufte er noch einmal ein Motorrad, eine Okkasion, er kaufte ein billiges, noch eines, wegen des Tanks, er legte ein neues Kabel, aber das Motorrad blieb nach zwei Häuserzeilen stehen; er schob es heim, flickte von neuem, er hatte ein Motorrad, das nie ging, er besaß ein Motorrad, das aus lauter Bestandteilen bestand.

Er war ein Schaffer, der nicht still sitzen konnte und der auch den Feierabend kaum ertrug, selbst in der Wirtschaft konnte er nicht ruhig sitzen, da mußte er die Serviertochter tätscheln oder noch eins bestellen oder das Maul aufreißen und alle zwischen den Zähnen knacken, mit denen er sich nicht verstand. Er mußte was tun, er reparierte und flickte; er liebte das Radio nicht wegen der Musik, sondern weil man es auseinandernehmen konnte. Er langte nach jedem Schalter, ob er locker war, er schmierte die Türangel, wenn es sein mußte, mit Salatöl. Er leimte, wo die Fugen nicht fest waren. Er war in der Wohnung und im Haus mit seinem Metermaß und dem Schraubenzieher unterwegs, stets auf der Suche nach jener Schraube, die los war. Dabei wunderte er sich, daß er selber so oft das Wort »kaputtmachen« brauchte.

Es wäre alles so leicht gewesen. Aber was wollten sie eigentlich von ihm, sollten sie ihn doch lassen, er wollte ja auch nichts von ihnen. Er schlief mit seiner Frau, und sie hatte Freude daran, also gut. Es wäre alles so leicht gewesen. Er ging arbeiten. Wenn es nicht ausreichte, war das nicht seine Schuld. Was sollte es, als sein Sohn ihm Fragen stellte, soll er doch selber schauen; wenn er heranwächst, wird er schon sehen. Er selber hatte auch niemand zum Fragen. Und dann weinten und plärrten sie, die lieben Angehörigen; er warf sie hinaus, er mochte das Gejammer nicht. Es wäre alles so leicht gewesen, aber er fragte sich, wer ihm all das Gewicht anhängte; wenn er sich umdrehte, sah er nichts, was er nachschleppte. Der Kopf konnte schwer sein, wie ein Faß, das er nachfüllte. Aber einmal wurde doch alles sehr leicht, der Körper verlor seine Kilos, und der Krebs fraß sein Gewicht. Als seine Hände so abgemagert und dünn waren wie die studierten Hände seines Sohnes, nahm er dies als Zeichen, daß es zu Ende war.

Er ging in das Spital. Zu Fuß, er dachte nicht daran, hineingetragen zu werden. Er sagte dem Arzt, er wolle etwas haben, er könne nicht mehr schlucken, nicht einmal mehr Flüssiges. Er wehrte sich, als sie ihm einen Schlauch in den Magen legten. Aber er gab nach, als er all die Katheter und das andere Werkzeug des Doktors sah. Als er sich aus dem Spital wegschleichen wollte, hatte er sich bereits damit abgefunden, daß er auf einer Gummiunterlage schlief. Er staunte, als ihm eine junge Krankenschwester die Schenkel wusch. Dann stachen sie ihm kleine Schläuche in die Arme, über ihm hing an einem Gestell eine Flasche, er soff zum letzten Mal, Tropfen um Tropfen, in sich hinein, dann schloß er die Augen. Als sie ihm das Totenhemd zuknöpften, ließ er es geschehen, und als sie ihn in einen Sarg taten, verhielt er sich ruhig. Aber als sein Sohn sich über diesen Sarg beugte, grinste er.

Er hatte als Junge zum ersten Mal das Bleiben geübt, aber es folgten ganz andere Übungen, und es waren immer neue notwendig.

Zu ihnen gehörte ebenso, sich in einem Punkt heilen zu lassen, auf den es nicht ankam, wie der Versuch, Ethnologe des eigenen Stammes zu werden.

Zu seinen Unternehmungen zählte auch ein Theater des Stolperns und das Experiment, Boden für seine Füße zu gewinnen.

Manchmal hatte es schon genügt, das Radio oder den Fernsehapparat anzustellen, nicht aus Neugierde auf ein Programm, sondern dankbar, daß etwas die Ohren füllte und etwas vor den Augen lief. Und dann hatte es schon gereicht, daß er ein Projektil, von dem er sich Erlösung versprach, zu lange in den Händen hielt.

Er hatte sich mit der Gesellschaft einzulassen, die er vorfand, und er mußte achtgeben, sich von ihr nicht tödlich infizieren zu lassen. Er lernte, den Nächsten in Anstand zu mißbrauchen und erfuhr, wie das ist, wenn einer abgeschossen wird, ohne daß ein Schuß fällt.

Zu seiner Immunisierung gehörte es, die Grenzen der eigenen Toleranz kennenzulernen.

Dabei gab es kaum die offene Bedrohung, dazu waren die Verhältnisse zu verfilzt. Aber die täglichen Abstriche und Absprachen, die Interventionen, das Zurück- und das Einstecken, die kleine Demonstration der Machtverhältnisse – dieser Prozeß war darauf ausgerichtet, einen mürbe zu machen. Er aber wollte nicht die Resignation als Vernunft ausgeben.

Er entwickelte die verschiedensten Methoden. Doch vor lauter Fragen, wie man überlebt und durchkommt, blieb für das Leben selber oft kaum mehr Raum; zuweilen tat er seine ganze Kraft in ein paar sichere und lässige Schritte, die ausreichten, bis er um die nächste Ecke war.

Die Fragen, wie man vorgeht, konnten in einem Maße zu Fragen der Taktik werden, daß die Sache, um die es ging, sich im Hintergrund und er sich selber im Hinterhalt verlor.

So geplant und überlegt sich aber manches ausnahm, es gab Augenblicke, da sah alles mehr nach Strampeln aus; da war er eine Marionette, der die Fäden, an denen sie hing, aus dem Leib wuchsen.

Wenn er ein Leben lang am Leben blieb, dann nicht zuletzt, weil er bewußt an seiner zweiten Zeugung teilgenommen hatte, aber anderseits buchte er es als Erfolg, daß er jeden Morgen von neuem aufgestanden war.

Als wichtigstes Vorgehen erwies sich immer wieder der Versuch, von der eigenen Person abzusehen und sie als Anlaß zu nehmen, um von anderem zu erfahren.

Dabei blieb stets ein Rest. Er wußte oft nicht, wohin damit, und konnte ihn nur wieder bei sich unterbringen.

Dieser Rest war mit seinen Gegebenheiten erfaßbar; er lieferte Daten, mit denen man einen Computer fütterte. Sein Lieblings-Ausweis neben dem Paß war daher die Computer-Karte: eine bestimmte Anzahl von Löchern in einer bestimmten Anordnung auf einem Stück Papier; wäre eines der Löcher nur um einen Millimeter daneben gestanzt, hätte die Karte bereits einem andern gehört.

So nahm er zuweilen ein solches Papier vor die Augen als Guckkasten und sah durch die Löcher, die ihn ausmachten.

Im Dorf der Väter

Seine Vorfahren waren Bauern: dem Bauernstand verdanke das Land sein Werden und Wirken. Die Begegnung mit dem Land der Väter war unausweichlich. Wie sie in dem noch für Werte empfänglichen Alter stattfand, sei hiermit verraten. Denn eines Tages sollte das Schulbuch und mit ihm die Schulbuch-Sprache zum Leben erwachen.

Der Vater des Immunen hatte seine Jugend noch auf dem Lande verbringen dürfen, ehe er in der Stadt einen Hausstand gründete. Seine Brüder und Schwestern hingegen hatten sich nie vom Dorf gelöst, weder innerlich noch äußerlich.

Auch demjenigen, der immun werden wollte, war es eines Tages vergönnt, sich dorthin zu begeben. Aber er fuhr nicht wegen Ferien hin oder wegen eines Besuches, sondern weil Hitler Holland, Belgien und Luxemburg überfallen hatte. Damals begab sich der Junge aufs Land in die Gemeinde seiner Väter und an den Ort seiner Herkunft.

In jenem Mai 1940 erschütterte eine tumultuöse Panik die Stadt Zürich. Wer konnte, packte seine Koffer und strebte weg von der Stadt einem sicheren Hort zu. Die Mutter des Immunen gedachte in jenem Moment der Verwandten in der Innerschweiz. Sie hatte am Radio vernommen, daß bei einem Einfall der Deutschen die Berge verteidigt werden sollten und auch die Täler und Seen dazwischen.

Nicht leichten Herzens nahm der Knabe in jenem schicksalhaften Frühling Abschied, mit einem Köfferchen und einem Rucksack ausgerüstet. Allein bestieg er die überfüllte Eisenbahn, wo sich viele unter dem Druck der drohenden Katastrophe drängten und wo er endlich ein bißchen Platz für sich fand, neben einer Dame, die zwei Pelze übergezogen hatte.

Als er auf einer vielbefahrenen Nebenstrecke in Richtung auf seinen Heimatort fuhr, nahm die Spannung zu, wie er die tannenbestandenen Höhen sah, über denen sich die Wolken türmten. Er drückte sein Gesicht ans Fenster und sah in die vorbeirollende Landschaft hinaus. Unter allen Kühen, die er erblickte, beeindruckte ihn eine, die war aus Holz. Sie stand einsam in einer Wiese, schwarz-weiß bemalt, ein Flecktier, das Reklame für Schweizer Schokolade machte und dem Zug mit besorgtem Ausdruck nachsah.

So sehr auch um ihn herum von der zerstörerischen Wucht des Krieges die Rede war, konnte dies seinem unschuldigen Gemüt nicht Abbruch tun, das neugierig war, zum ersten Mal die Heimatgemeinde kennenzulernen, wo auf dem Friedhof der Name seiner Familie auf unzähligen Grabsteinen verwitterte.

Der Mann, der ihn abholte, war ein richtiger Bauer, wie der Junge sogleich erkannte. Das war nicht jemand, der einen Beruf hatte, sondern das war eine vom Wetter gebräunte Tanne, welche über sich das Firmament trug und an den Wurzeln die Scholle, weshalb er einen schweren Gang hatte. Es war jemand, den das Morgengrauen ans Tagwerk rief und dem erst die Dämmerung bei seinem Schaffen Einhalt gebot.

Und der Mann neben ihm, der auf dem Bock saß und die Zügel fest in den Händen hielt, stand mitten im ewigen Wechsel von Saat und Ernte, hoffend auf Gedeih in Haus und Flur, bangend vor Seuche, Dürre und Unwetter, ein freier Landmann, dem Brauchtum ergeben.

»Wald«, sagte er, als sie sich dem Wald näherten. Er meinte damit nicht nur einen Ort, wo Tannen wuchsen, sondern er zeigte auf einen grünen Tempel, durch den ein erhabenes Rauschen ging und wo die Bäume einzig dem Gesetz der Natur untertan waren.

»Wiesen«, sagte er, als sie durch den Wald hindurchgekommen waren. Der Frühling schickte sich an, ins Gras zu schießen. Über dem Wunder des Gedeihens stieg eine einsame Lerche in den wolkenlosen Nachmittaghimmel. Ein Feldweg führte auf die Kuppe, es war ein schmaler Weg, aber es war ein Weg.

»Korn«, sagte der Bauer, als sie ein Stück weiter gefahren waren. Er wies nach vorn und seitwärts auf die Felder. Das war nicht das Korn, dessen Mehl rationiert war und das mit Kartoffeln gestreckt wurde. Er zeigte auf etwas, das in Bälde in die Runde wallte und nach göttlichem Ratschluß zum täglichen Brot heranwuchs, und es war dem Bauern verheißen, als erster die Früchte des Ackers zu genießen.

»Hof«, sagte der Bauer nach einer Weile. Er zeigte nicht auf ein Dach, das auf einer Seite fast bis zum Boden reichte. Sondern er zeigte mit der Peitsche auf eine Schicksalsgemeinschaft, für die der Hof wichtiger war als der einzelne, von Generation zu Generation weitergegeben, und den zu verlieren nicht tilgbare Schuld bedeuten würde.

»Bäurin«, sagte er, als sie beinahe schon anhielten. Eine Frauengestalt hob ihren von Arbeit gezeichneten Rücken im Gemüsegarten, wo sie mit umsichtiger Hand das Regiment führte und sich, nachdem sie kurz genickt hatte, einem andern Tätigkeitsfeld, dem Hühnerhof, zuwandte; ihre Arbeit war von großer innerer Schönheit.

»Hier wohnst du«, sagte er. Seine Verwandten waren nicht richtige Bauern, sie besaßen eine Schmiede und betrieben eine Kolonialwarenhandlung. Seine Heimatgemeinde lag in einer frommen Gegend, wo man das Kreuz auf den Brotlaib zeichnete, bevor man ihn anschnitt. Hier tat der Kapuziner den Stall segnen. Es war eine ausgedehnte Heimatgemeinde mit einer eignen Wallfahrtskapelle und vielen abgelegenen Einzelhöfen, wo die Einheimischen einen urchigen Schnaps brannten.

Die Neugier des Knaben wurde belohnt. Die Buben vom Land trugen Hochwasserhosen, die bis über die Knie hinunter reichten. Den Mädchen baumelten wohlgekämmte Zöpfe vom Kopf. Die meisten Kinder wiesen im Gesicht fröhliche Sommersprossen auf, man sah ihnen an, daß sie aus der frischen Luft kamen. Der Großvater rauchte sein Pfeifchen und saß auf der Ofenbank, obwohl es nicht Winter war. Es gab zum Frühstück bereits gebratene Kartoffeln, und man trank den Kaffee aus bauchigen Tassen, die man mit beiden Händen umfaßte.

Auch auf dem Lande war für den Schulbesuch gesorgt. Den Lernfreudigen stand ein großer Schulraum zur Verfügung, in welchem die verschiedensten Klassen gleichzeitig untergebracht waren. Während die Zweitkläßler rechneten, prüfte der Lehrer gewissenhaft die Schönschrift bei den Drittkläßlern und sah zwischendurch besorgt zu den Erstkläßlern, die zeichneten. Die Viertkläßler hingegen beugten sich bereits über die schwierigere Botanik. Ganz hinten war noch ein Plätzchen frei, das der Schüler aus der Stadt zugewiesen bekam.

Hier begann der Unterricht mit einem Schulgebet. Als sich an diesem für den Städter ersten Schultag alle Schülerinnen und Schüler getrennt neben den Schulbänken aufstellten und bereits mit dem Vaterunser begonnen hatten, gab der Lehrer ein Zeichen. Er sagte, über den Rohrstock gebeugt, mit den gefalteten Händen trommelnd, nachdem er kurze Zeit nachdenklich gewesen war: »Wir müssen einen ins Gebet einschließen, der aus dem Sündenbabel zu uns gekommen ist.«

Der kleine Städter betete mit, wie es sich für die Schulstube ziemte. Er hob die Hände bis zur Nase und blinzelte dahinter hervor, wer wohl aus dem Sündenbabel komme. Alle andern blinzelten auch, sie blinzelten zu ihm und hörten dabei auf zu beten. Als sie beim »täglichen Brot« ankamen, betete er noch allein, und als sie beim »Amen« waren, merkte er plötzlich, er war es, er selber, der aus dem Sündenbabel kam.

Um alles wiedergutzumachen, streckte er während des Unterrichtes seine Knabenfinger hoch, sobald der Lehrer eine Frage stellte. Doch der Lehrer bedeutete ihm, er solle am ersten Tag nur zuhören und erst am zweiten Tag antworten. In der Pause gab sich niemand mit ihm ab, so daß er allein am Mäuerchen stand, das den Schulhof vom Friedhof trennte, sich fast der nackten Knie schämend. Er lief nach Schulschluß stracks nach Hause, wo seine Großmutter und seine Tante ein währschaftes Mahl hergerichtet hatten. Doch wich er aus, als sie fragten, wie es gewesen sei; es würgte ihn im Hals.

In der Nacht lag er wach in seinen karierten Decken. In der gleichen Kammer schliefen auch zwei Vettern, von denen der eine zu ihm schlich und wissen wollte, was das sei, ein Sündenbabel. Der kleine Städter versprach, es ihm am andern Tag zu sagen, und mußte dafür sein Ehrenwort geben. Nun lag er erst recht wach. Er hatte einmal im Religionsunterricht von Babel gehört, wo sie einen Turm bauten. Aber der Aussichtsturm auf dem Ütliberg bei Zürich konnte damit nicht gemeint sein. Sündenbabel mußte etwas Verworfenes sein, und er hatte keine Ahnung davon.

Das beste war wohl, wenn er den Lehrer fragte, dachte er, dann überfiel ihn der Schlaf. Der Lehrer nahm am andern Tag seine Aufgabe ernst und behielt den Neuling in der Pause zurück. Gütig sah der Lehrer zu seinem kleinen Schützling nieder, während er seine Finger zwischen den steifen Kragen und den Hals steckte. Er sagte, indem er durchs Fenster hinaussah: »Ich weiß, wie es in diesen Städten zugeht.« Dann nickte er ein paar Mal und fügte bei: »Die Huren von Babylon. Die Weiber in Zürich streichen sich die Nägel rot an.«

Diesmal folgte dem Städter auf dem Heimweg ein kleines Rudel, welches sein eigner Vetter anführte. Als der Städter zum Lauf ansetzte, weil er Angst hatte, sie würden ihm Schläge verabreichen, versperrte ihm der Vetter rauflustig den Weg: »Jetzt wollen wir wissen, was das ist, ein Sündenbabel. Ich habe es den andern versprochen.« Alle standen drohend da mit ihren sommersprossigen Gesichtern. Der Städter nickte angstvoll, er lockte sie von der großen Straße weg, sie folgten ihm und setzten sich in eine Wiese, wo sich der junge Löwenzahn entfaltete, an einen klaren Wasserlauf.

»Die Huren«, hob der kleine Städter an, und dann suchte er ein Wort: »Die Huren von Babel.« Alle hatten ihren Schultornister von sich gelegt, sie saßen mit gesenktem, erwartungsvollem Blick da. Nur das Summen einer kecken Fliege war zu hören. Als der Städter bereits schwieg, hoben sie ihren Blick zur erneuten Drohung. »Dort streichen sich die Weiber die Nägel rot an«, ergänzte der kleine Städter. »Die Weiber?« wiederholte einer, und alle wollten sich vergewissern: »Rot?« »Feuerrot«, war die sofortige Antwort, »und sie lassen die Nägel ganz lang wachsen.« »Wie Krallen«, wußte einer, »so sind die Weiber.« »Aber sie verdienen«, überlegte ein anderer, »an einem einzigen Tag mehr, als einer nach einem ganzen Sommer Käse von der Alp bringt.« »Weil sie nichts arbeiten«, meinte ein anderer, und einer hatte schon einmal eine solche am Bahnhof gesehen, als er jemand auf den Zug begleitete. Da wollte einer wissen, ob alle Weiber die Nägel rot anstreichen, und dann fragte er den Städter, der genickt hatte: »Auch deine Mutter?« »Meine Mutter?« zögerte der kleine Städter, dann wurde er leiser, »meine Mutter, klar. Die streicht die Nägel am feuerrotesten an.«

Nach jedem Schulschluß drängten sich seine Mitschüler. Die Mädchen, die nicht mitkommen durften, tuschelten über die Buben. Es wurden immer mehr Buben, die sich einfanden hinter der Scheune am klaren Wasserlauf. Trotz allen Eifers wurde es für den Städter immer schwieriger, alle Fragen nach dem Sündenbabel zu beantworten.

Der kleine Städter ging die zehn Gebote durch. Aber er mußte feststellen, fluchen taten sie hier auch. Als er sagte, daß sie dort stehlen, erwiderten sie ihm, auch hier würden sie die Äpfel vom Baum des Nachbarn holen und Grenzsteine versetzen. Und als er weiterfuhr, dort würden sie einander töten, wußte einer, daß sie sich hier sogar selber umbringen wie der Mattenhof-Köbi, der sich am Nußbaum aufgehängt hatte. Am Ende blieb nur das sechste Gebot mit der Unzucht, die sie trieben, und mit der Unkeuschheit, die sie begingen. Das machten sie zwar hier auch, am liebsten im Heu, aber in der Stadt, da taten sie es auf der Straße und den ganzen Tag und überall und alle miteinander. Den Buben hüpften Herz und Hosen vor Spannung. Doch einmal trat unerwartet der Lehrer hinter dem Scheunentor hervor und überraschte die Bubenschar. Er hatte gelauscht, und ihm war alles zu Gehör gekommen, was in ihm berechtigten Zorn schürte. Er schickte die Schüler barsch nach Hause an die Arbeit und befahl dem Städter, er möge auf den Abend seinen Besuch bei der Tante ansagen. Eine schwarze Wetterwolke braute sich über dem kleinen Haupt zusammen.

Ein Vetter nahm ihm die Aufgabe ab, die Verwandten von dem drohenden Besuch zu unterrichten. Als sie beim Abendbrot im Familienkreis saßen, löffelten alle schweigend, nur die beiden Basen kicherten, ohne zu sagen warum. Als sie am Radio die

Nachrichten von den Kriegsfronten und von der blindwütigen Zerstörung hörten, trat das Unheil durch die Tür. Der Lehrer sprach zuerst über das Wetter, fragte den ältesten Vetter, weshalb er das letzte Mal nicht im Turnverein erschienen sei, dann bat er die Tante um ein Gespräch, weil der Onkel sagte, Schulsachen seien Weibersachen. Der Großvater durfte in der aufgeräumten Stube bleiben. Das Strafgericht war unausweichlich.

Der Städter stellte sich mit seinen Vettern vor die festverschlossene Tür. Zwischen Flüstertönen, Aufschreien und Stuhlrücken vernahmen sie ein paar zusammenhängende Worte: »...ich bin dort gewesen, ich kenne die Städter... lassen wir den Pfarrer vorläufig aus dem Spiel... er schlägt seinem Vater nach... aber stellen Sie sich vor, der käme zurück und verlangt noch etwas vom Erbe.«

Als die Tür aufging, drückte die Großmutter dem Lehrer eine Flasche Selbstgebranntes in die Hand, er nahm die Köstlichkeit mit Freude entgegen. Dafür langte er in die Brusttasche und zog ein Heiligenbildchen hervor, einen »Guten Hirten, der die Lämmer weidet«. Alle Basen und Vettern waren enttäuscht; denn der kleine Städter, statt bestraft zu werden, erhielt noch ein Geschenk.

Sie beteten in der Schule wiederum für ihn. Diesmal brauchte der Lehrer keine Erklärung abzugeben. Mit rotem Kopf fügten sich die Buben dem Gebet, und die Mädchen kamen mit fester Stimme nach. Niemand blinzelte, auch der kleine Städter widmete keinem einen Blick. Er hoffte inbrünstig, daß der Krieg bald zu Ende gehe, damit er nach Zürich zurückkehren konnte – Zürich, so lange hatte er dort gelebt, schon bald zwölf Jahre, und er hatte nicht bemerkt, was alles los war.

Diesem Gebet verdankte der Städter die Freundschaft mit einem, der behauptete, für ihn hätten sie auch gebetet, obwohl er aus dem Dorf stamme. Er war der Sohn einer Magd, und man wußte nicht genau, welcher Bauer sein Vater war. Doch ging es der Mutter nicht schlecht bei dem Bauern, wo sie gerade arbeitete, auch wenn die Bäuerin sie immer wieder schikanierte.

Mit Lisas Franz stieg der Städter auf die Alp, nicht auf die allerhöchste, wo man mit dem Himmel auf du und du steht, aber doch so hoch, daß man die Schneehäupter des Alpenwalls sah. Lisas Franz kannte die Höhle, wo das »Wilde Mannli« hauste; er wußte auch, daß man den Blitz in eine Milchkanne sperren kann, wenn man den Deckel nur rasch genug zuschlug und vorher darüber den Urin eines Kalbes gespritzt hat. Man konnte dem Blitz nachher befehlen, die Baumstämme im Winter ins Tal zu rollen, nur durfte man dabei nicht zuschauen. Franz wußte das alles von einem Senn, der selber gesehen hatte, wie einst vor dem Sturm eine nackte Frau auf einer Wildsau aus dem Bernischen herübergeritten war. Aber das war noch lange nichts, denn im Juli würden auf dem Hexenboden Geißböcke mit Frauen tanzen, es sei einmal auch die Frau eines Regierungsrats darunter gewesen. Der Senn wußte, daß man dafür Kräuter auskochen muß, die man im schwarzen Gras findet. Der Senn tue so, als ob er nicht richtig im Kopf sei, aber man müsse so tun, als ob man spinne, sonst würden sie einen einsperren, wenn man erzählt, was man weiß und dabei richtig im Kopf ist.

Nach einem langen Sommer aber kehrte der kleine Städter zurück, obwohl der Krieg noch lange nicht zu Ende war. Jedoch war die unmittelbare Gefahr durch ein gütiges Geschick etwas gemildert worden. Als der Junge vom Zug aus den See sah, wurde er aufgeregt und stellte sich bei den Vorort-Stationen an die Ausgangstür. Mit Stolz überreichte er der sorgsam wartenden Mutter die Tüten Mehl. Als sie ihn in die Arme schloß, sah er nach ihren Nägeln. Während sie auf die Straßenbahn warteten und im Tram selber fragte ihn die Mutter immer wieder: »Was hast du denn, daß du die Frau so anschaust?«

Im Niederdorf der Stadt

Das Niederdorf, das war das Dorf des Immunen. Es lag mitten in der Stadt. Da konnte man auch den Ernst des Lebens kennenlernen, dafür sorgten schon immer einige, im Notfall wir selber.

Unser Dorf war der älteste Teil von Zürich, die Altstadt, darunter taten wir es nicht, hier krachte es im Gebälk und in den Hosen, sanierungsbedürftig und denkmalgeschützt. Wir selber erhaltenswert, jedenfalls schien die Polizei auf uns nicht verzichten zu können. Immer war einer ausgeschrieben.

Hier kamen die Huren und die Intellektuellen zusammen, der Strich und der Journalist; hier hatten die Fußballer ihre Kneipen und die Photographen ihre Ecken, die Halb-Schauspieler und Dreiviertel-Verleger; Student und Zuchthäusler sagten sich hier Gutnacht; da lagen die Künstler bei den Sekretärinnen und die Grafikerinnen bei denen, die sonst nichts taten, und immer solche, die sich herumtrieben, der ganze Katalog der Säufer und alles, was nie auf einen Prospekt kommt.

Im Dorf herrschte eine Zeitlang Seppli, er war ein King. Wir hockten wieder einmal in einer Kneipe, über die Polizeistunde hinaus. Als es nichts mehr zu greifen und nichts mehr zu bestellen gab, blieb nur eines, die widerliche Nachtluft, zum Kotzen frisch.

Seppli steuerte auf die gegenüberliegende Hausmauer, nahm seinen Apparat hervor und pißte, hingebungsvoll, mit Überdruck und in Rückenlage. Als die Flut auströpfelte, bogen zwei Schmierlappen um die Ecke, die Polizei, typisch, sie kommt immer im falschen Moment. Obwohl es dunkel war, sah man, wie sie strahlten. Endlich hatten sie einen getroffen, den sie erwischen konnten; die leuchteten, als wären sie nicht auf Patrouille, sondern als Leuchtkäfer ausgeschickt worden.

»He«, rief der eine, »stehenbleiben.« Seppli rannte gar nicht davon. Er hatte sein Zeug eingepackt und wartete, die Arme verschränkt. Im Laufschritt kam der eine; man sah, der hatte Laufschritt geübt. Seppli zeigte in die Gegenrichtung: »Da ist er durch. Gleich um die Ecke.«

Aber die Schmierlappen ließen sich nicht abwimmeln. Der zweite leuchtete mit der Stablampe die Mauer ab. »Ha, feucht«, sagte er, es war ein Befund, und er war auf Befunde angewiesen. »In was für einem Quartier treibt ihr euch herum?« begann Seppli. »Steck deinen Bestellblock wieder ein. Allmählich dürfte man sich kennen. Habt ihr überhaupt keinen Kundensinn. Bin ich auf Streit aus? Kürzen wir ab. Wenn ich beweisen kann, daß ich es nicht war, laßt ihr mich laufen? Entendu, copains?«

Noch ehe die beiden genickt hatten, holte Seppli seinen Apparat ein zweites Mal hervor. Er bat die beiden, etwas zusammenzurücken, nicht wegen des Schamgefühls oder wegen der Ruhestörung, aber sein Zabadäus sei empfindlich und ertrage die Nachtluft nicht, er wolle nachher nicht Scherereien mit seinen Frauen. Dann legte er los: ein klarer Strahl, sauber im Bogen und sicher im Ziel, und als Dreingabe noch ein paar Achterschleifen. Der Beweis war eindeutig: wäre er es vorher gewesen, er hätte jetzt nicht gekonnt, aber da er jetzt konnte, war er es vorher nicht gewesen. Der Freispruch verdampfte an der Hausmauer. So tat Seppli unter Polizeischutz, wofür ihn die Polizei verknurren wollte.

Seppli war einer, der gelernt hatte, davonzukommen. Er und der Immune, die mußten sich verstehen: »Wir lassen uns nicht kaputtmachen.«

Sie konnten Seppli nicht kaputtmachen. Dabei hatten sie alles versucht, von Amts wegen und mit Hilfe von Erziehungsdirektionen. Als sie seinen Eltern das Verfügungsrecht über die Kinder nahmen, steckten sie ihn in eine Anstalt, da sich im Moment kein Bauer fand, der eine billige Arbeitskraft brauchte. Anstalt mit allem Drum und Dran, geschorenem Haar, Arrest und Ausbrechen. Als sie ihn nach einem Jahr rausließen, gaben sie ihm neun Franken in die Tasche und einen Transportgutschein für die Bundesbahn, wohin er immer wollte. Damit hatten sie ihm die Fahrkarte für die nächste Anstalt als Sprungbrett fürs Zuchthaus ausgestellt. Aber er tat ihnen den Gefallen nicht.

Als Seppli ins Dorf gekommen war, direkt vom Bahnhof über die Bahnhofbrücke voll in die Altstadt hinein, da hatte er sich gleich richtig eingeführt. Als er die Balestra betrat und einer der Stammgäste fragte: »Was ist das für eine Import-Nudel?«, blieb Seppli nur eines übrig. Er mußte ihm ein Auge zupflastern. Aber mit nur einem Auge sah der blöd in die Welt, so pflasterte er ihm auch das andere Auge zu; der mußte in die Bergsteigerschule, um über seine geschwollenen Lippen hinwegzukommen.

Seppli war bis anhin König der westschweizerischen Hausierer gewesen, nun begann er sich zum König des Niederdorfs zu schlagen. Er tat sich für kurze Zeit mit Jogg zusammen. Jeden Abend, ehe sie die Sterne aushängten und den Mond anzündeten, patrouillierten sie dorfauf und dorfab.

Das waren eben noch Nachkriegszeiten. In der Stadt war alles intakt, die Auslagen in den Geschäften märchenhaft, und erst noch der Verkehrsknotenpunkt. Zürich war auf dem Sprung, aus einem Kaff eine Großstadt zu werden. Als schweizerische Stadt tat sie dies gewissenhaft, sie sah sich um und vernahm, daß zur Großstadt das Laster gehört. Also machte sich Zürich daran, auch lasterhaft zu werden.

»Du schreibst mein Leben«, sagte Seppli zum Immunen. »Du studierst doch? Oder studierst du schon nicht mehr? Das weiß man bei euch nie. Schreiben können wirst du wohl? Wenn ich in den Zeitungen lese, wie die andern losgehen, kann ich mit ganz anderem dienen. Aber ich kann nicht schreiben. Ich bin ein Zigeuner. Ich ging nur neun Monate in die Schule, und dies nicht einmal hintereinander. Was die für einen Tanz aufführen, wenn ich beim Jassen einen Strich zuviel auf die Tafel schreibe – aber wo hätte ich schreiben lernen sollen.«

»Abgemacht«, sagte der Immune. Sepplis Locken krausten sich, als trüge er Lockenwickler. Dann wurde er nachdenklich: »Wie ist das mit der Verjährung?«

»Kein Problem«, beschwichtigte ihn der Immune, »es gibt zwei Arten von Verjährung: die juristische und die der Kunst. Die der Juristerei hat Termine. Die der Kunst beginnt sogleich.« Seppli entschied sich für die Kunst.

»Aber vorher gehen wir noch ins Arschbacken-Casino. Um die Zeit ist der schwule Spunten gemütlich. Dann schauen wir bei Trudi rein und schauen ihr ein bißchen in den Ausschnitt. Und sollte einer kommen, der uns mißfällt, hacken wir ihn nieder. Aber dann gehen wir essen.«

Auch Matratzen-Rosa war unterwegs. Es hieß, sie habe die

ausgesuchteste Matratze im Dorf. Jedem Freier klaue sie ein Schamhaar und habe die Sammlung eines Tages in Drillich genäht, nirgends liege man so weich. Aber das ist eine Verleumdung. Hätte sie jedem Freier ein Schamhaar geklaut, sie hätte zuhause nicht eine Matratze, sondern ein Matratzenlager. Aber so sind die Leute, immer alles miesmachen.

Die nehmen wir mit. Und Rolly auch. Rolly steht sich seit Tagen an der gleichen Ecke die Beine in den Bauch. Dabei hat er sich so aufs Heiraten gefreut. Bereits auf dem Standesamt war es zum Krach gekommen, weil er sich verspätet hatte. Aber er fand mit dem besten Willen morgens um elf niemand, den er hätte anpumpen können, und er wollte doch nach der Hochzeit die andern zu was einladen. Als er die Frau in seine Bude führte, wurde sie wütend, dreht sich um und ward nicht mehr gesehen. Jetzt kann Rolly sich nicht einmal scheiden lassen. Er hatte ihr eine Aussteuer versprochen. Aber er besaß nur ein paar Farbtöpfe. So hatte er auf die freien Wände Kasten und Tisch gemalt. Nun steht Rolly da und kann nicht zurück. Sie verrechnen ihm jetzt noch die bemalten Wände in dem Loch, wo die Flöhe Läuse haben.

»Kommt mit«, Seppli lädt ein, »es hat bestimmt irgendwo ein freies Glas. Aber ihr dürft nicht stören. Seppli muß noch eine Geschichte durchgeben.«

Als Zigeuner hatten sie zuhause immer an der Kantonsgrenze gewohnt. Die Hausierer-Patente wurden vom Kanton ausgegeben, aber nicht nur die Patente sind kantonal, sondern auch die Polizei. Also lebten wir nicht in dem Kanton, wo wir verkauften – begriffen oder muß man was nachschütten?

Geht ihr einmal zu Fuß hausieren in einer Gegend, wo sie um alle Häuser herum lauter Wiesen haben. Seppli wünschte sich ein Velo. Er kam zu seinem Rad; sie trugen es stückweise zusammen. Am Ende war es da, eine Lenkstange und Räder. Nur eines, Seppli hätte gern Handgriffe gehabt. Er kam dazu, aber zu einem roten und einem schwarzen. Er hatte sich vorgenommen, wenn er groß ist, wird er als erstes zwei gleichfarbene Handgriffe kaufen. Also schön. Er radelte wieder einmal herum, ohne

Patent, dafür mit Seifenpulver. Plötzlich radelte einer hinter ihm her, ganz verbissen. Klar, wenn unsereiner Uniform anhätte, wäre er auch verbissen. »Haltet ihn«, schrie der Polizist, und die Straßenarbeiter feuerten den Jungen an: »Hopp, Schweiz, hopp, Schweiz.« Seppli mußte nur noch über die Brücke, in den andern Kanton, zum Vaterzelt. Also bitte, wer strampelt besser? Seppli wollte dem Landjäger was zum Abschied bieten. Als er sich umdrehte und seine Zunge herausstreckte, stürzte er; er sammelte zusammen, was er fand, Seifenpulver, Tasche und Papiersäcke, und schob sein Velo über die Brücke. Ihr wißt, wie die sind, hartnäckig bei dem Beruf. Nach einer Stunde kam er auch, der Verfolger mit dem Kantonspolizisten, der zuständig war. Von weitem rief er schon: »Diesmal haben wir ihn. Ich habe einen Beweis«, er zog aus der Tasche einen roten Handgriff; am Fahrrad fehlte tatsächlich ein Handgriff, nur noch einer war dran, aber es war ein schwarzer. Ein schwarzer und ein roter Handgriff, wo gibts denn sowas, da gibts doch nichts zu beweisen.

»Lassen wir den Landjäger, du weißt, nicht umsonst heißen Würste nach ihnen. Gehen wir weiter. Hinauf zum Bunker. Dort hockt sicher ein bißchen Pack!«

Was machen die denn für ein Gesicht an einem gewöhnlichen Mittwochnachmittag? Was? Porz hat sich umgebracht. Er hat sich unter den Zug geworfen. Ein umständlicher Selbstmord. Das hat man davon, wenn sie einem zuhause das Gas sperren. Ja und Brigitte? Mit der ging er doch schon längst nicht mehr. Sie, die so gerne traurig ist. Jetzt hat sie's auch noch verpaßt, Witwe zu werden. Die kommt um alles. Unter den Zug? Gibt sowas eigentlich Verspätung?

»Hallo Pica?« Sie sah mit gerümpftem Maul herüber. »Ei, wo hast denn du den Mantel her? Es ist doch gar nicht Ausverkauf. Komm, laß dich anfassen. Ich möchte wissen, ob die Freier noch was übriggelassen haben.«

Aber Pica kam nicht. Die hatte die Damen-Platte aufgelegt. Sie ließ sich von ihrem Nebenan die Zigarette anzünden. Man sah es dem Begleiter von weitem an, der war nichts für die Kasse, der war was fürs Herz; dafür konnte er schon Kavalier spielen.

»Bring das Studentenfutter mit.« Pica hielt sich immer einen Studenten. Sie hatte eine Dreizimmerwohnung, das eine Zimmer stellte sie nur einem Tessiner zur Verfügung, sie war auch Tessinerin. Blond war sie heute, direkt aus der Wasserstoffsuperflasche. Und da sie katholisch war, hielt sie sich immer einen katholischen Tessiner. Am liebsten solche aus dem Kollegium. Frisch von der reinen Männergesellschaft weg. Was für ein Umsteigen. Aber sie besorgte ihnen auch die Wäsche.

Wie die da hinten dreinglotzen. Da braucht man sich nicht zu wundern, daß man erkältet ist, bei der Zugluft, wenn so viele Arschlöcher offenstehen.

»Sauhunde«, rief Yvonne. Es war ihr ernst; daß sie schon um die Zeit besoffen war, war neu. Aber von Zeit zu Zeit überkam sie der Rappel. Quartalsmelancholikerin. Wenn der Rappel über Yvonne kam, sah man unterm Verputz ihres Make-up vier bis fünf Tapetenschichten. »Sauhunde«, rief sie. Sie fing an, sich zu wiederholen. Sie meinte damit jeden und sich selber. Sie hatte recht, aber wozu uns einen solchen Bericht durchgeben. Das wußten wir selber. »Alles ist beschissen«, verkündete sie. Aber wenn man sie fragte, wo am meisten, wußte sie auch keine Antwort.

Hüpfen wir einen Ast weiter.

Unser Dorf – es gehörte uns gar nicht. Wir wohnten gewöhnlich nicht einmal im Dorf. Aber wir lebten dort. Dort wohnten Rentner, Ladenbesitzer, Leute, die zur Arbeit gingen und auch immer welche fanden. Die nahmen am Abend noch ein Glas und wollten ihre Ruhe haben. Sie kamen ans Fenster und drohten, sie würden die Polizei holen. Es waren eben solche, die in der Nacht schliefen.

Wir waren es gar nicht, die sangen. Das waren die, welche zwischendurch einmal ins Dorf kamen, die Freitags- und Samstagsausgeher. Solche, die mal was erleben wollten. Gleich in Gruppen kamen sie. Immer ein bißchen Pfadfindergeist und Rekrutenschulerinnerung. Kaum hatten sie eins genehmigt, waren sie lustig. Die marschierten in Kolonnen durch die Gassen, die Hand auf der Schulter des Vordermannes und im

Zickzack. Oder sie gingen eingehängt, es tönte aus ihnen, als hätten sie Schallplatten geschluckt. Die taten nichts ohne Strickvorlage.

Wir sangen nicht. Wenn wir laut waren, dann höchstens, weil wir stritten. Wir konnten doch den Streit nicht vorverlegen, nur damit die andern nicht in ihrer Nachtruhe gestört wurden. Man konnte die, die dort wohnten, tagsüber sehen. Was heißt tagsüber, schon am Morgen früh, sofern man um die Zeit auf war. Da war das Dorf das Dorf. Da waren die Frauen mit Einkaufstaschen unterwegs, der Postmann brachte sein Zeug los, dann kamen die Wagen der Bierbrauereien – schlafen wir weiter, die reinste Gartenhäuschenstimmung.

Wir hätten ja gerne im Dorf gewohnt. Zuweilen gelang es auch einer oder einem. Aber gewöhnlich mußten wir aus dem Dorf raus fürs Wohnen. Was die uns quälten mit der Anmeldepflicht. Natürlich wohnten wir irgendwo. Aber man hat doch nicht immer die Kleider dort, wo man wohnt. Hüpfen am Ort, das war nicht unsere Gangart. Vielleicht wohnten wir schon längst bei jemand, der noch keine Ahnung hatte, daß wir uns bei ihm niedergelassen hatten. Aber von Amts wegen wollten sie es genau wissen, die ließen auch nicht bei der Hausnummer mit sich reden. Sie wollten ihre Papiere verschicken, und dafür brauchten sie Adressen. Wir wohnten – ja natürlich wohnten wir, postlagernd, irgendwo zwischen Nordpol und Pfingsten.

»Was gibts Neues? Auch nichts Neues? Also gut, dann erzähl den alten Kohl, den alten Hut haben wir schon auf.«

Jeder hatte eine Geschichte. Die besseren sogar ein paar. Aber man kam mit einer durch, man mußte nicht einmal sparsam sein. Marina, die tat es seit zehn Jahren mit einer einzigen Geschichte. Sie erzählte sie zwar immer nur im Vertrauen, aber sie hatte immer zu irgendeinem Vertrauen.

Von sich aus wäre sie nie auf den Strich gegangen. Wer unternimmt schon von sich aus etwas. Aber sie hatte einmal geliebt. Ihren ersten Mann. Der hat sie betrogen; sie hat für ihn gearbeitet, während er mit andern schob. Und sie Arschloch, so ist sie halt, hat das lange nicht gemerkt. Jetzt rächt sie sich an den

Männern. Das möchte sie einmal: einen geil machen und ihn stehenlassen. Aber vorläufig muß sie ja noch von etwas leben. Ein Glück, daß sie darob nicht lesbisch wurde.

Auch Kurt kam mit einer Geschichte durch. Dabei hatte er es viel schwerer. Denn der männliche Strichgang war verboten, da kam zuweilen die Sittenpolizei vor dem Frühstück vorbei. Mit der Emanzipation war's eben nicht weit her.

Er mache schon mit, aber er sei nicht so. Er benötige das Geld. Doch tue er es nicht des Geldes wegen. Er könne morgen zu arbeiten anfangen, eine Bombenstellung. Dafür brauche er die Werkzeugkiste, die habe er im Bahnhof eingestellt. Aber womit solle er sie auslösen. Viel sei es auch nicht. In vierzehn Tagen könne er zurückzahlen. Angefangen habe es mit einem Unfall. Man wisse, daß die Versicherungen doch keinen Rappen zahlen. Er müsse jetzt unbedingt ein Zimmer suchen. Ob man bei dem Herrn ausschlafen könne? Natürlich nimmt er noch ein Glas.

Man mußte uns die Geschichten lassen. Es war oft das einzige, was wir hatten, zum Frühstück, zum Mittagessen und erst noch auf die Nacht.

»Wie war das doch mit der Geschichte, King, als du Kochseife verkauft hast?« – »Das war ein Verkaufstrick, und kein Betrug!«

Unser Dorf, es war auch das Dorf des Immunen. Er war zuerst als Gymnasiast ins Niederdorf gekommen. Da gab es die Buch-Antiquariate mit den Okkasionen, die man für die Schule brauchte. Im Dorf waren die Klassiker billiger. Erhielt man zu Hause das Geld für den Neupreis, ergab die Differenz einen ersten Nebenverdienst, und fehlte eine Seite, gab es immer noch einen Banknachbarn.

Die Gymnasiasten kamen rudelweise ins Dorf, wegen der Zigarettenläden, wo nicht nur Schokolade, Rauchwaren, Papeterieartikel verkauft wurden, sondern auch Zeitungen und Zeitschriften, darunter solche für den Atelier-Künstler, für die Freunde des Schönen, für Sonnenanbeter und für Freikörperkultur. Zeitschriften mit einem Streifen an dem Ort, wo sie selber Unterhosen anhatten. Einer mußte rein und ein Heftchen erstehen. Sie losten aus, dann teilten sie auf: Busen, Ärsche und

Schenkel, je nachdem, wieviel einer zum Kaufpreis beigetragen hatte. Sie nahmen ihren Teil nach Hause für unter die Bettdecke. Du wirst noch jetzt eine Nummer kleiner, wenn du daran denkst. Ja, das Dorf war eine Bildungsstätte. Das hatte auch der Erbauer der Universität gewußt. Ging der Immune vorne in die Universität hinein und beherrschte er sich, die Haupttreppe hinaufzusteigen, sondern bog nach rechts ab, an der Garderobe vorbei, den Wandzeitungen entlang, kam er zu einer Treppe, die hinunterführte, direkt ins Niederdorf. Wenn das keine Architektur ist.

Da konnte man dazulernen, und dies alles mit Philosophie und im Philosuff.

Nicht, daß wir extra einen Grund gebraucht hätten. Aber manchmal zuckte es doch in uns. Selbst Kuno erfand zuweilen einen Grund, um zu trinken, dabei kam er gar nie aus seinem Rausch heraus, er wärmte ihn nur auf.

Kam er doch eines Nachmittags mit den glänzendsten Augen, aber nicht vom Trester diesmal, sondern eindeutig mit Gefühl unter den Wimpern, und klagte, so sei das Leben. Klar, wie sollte es auch anders sein. Da war Kogitsch gestorben, und Kuno war bei seiner Beerdigung, aber ob ihrs glaubt oder nicht, er war der einzige Freund, sonst lauter Unbekannte. Er hatte gar nicht gewußt, daß Kogitsch so viel Unbekannte kennt. Da trinkt man mit einem herum, und wenn's so weit ist, kommt nicht mal einer zur Abdankung. Kuno mußte noch eins bestellen.

Nur eben, Kuno war einen Tag zu früh auf den Friedhof und zur falschen Beerdigung gegangen. Nun war ihm auch klar, weshalb ihn die andern Trauernden so merkwürdig angeschaut hatten. Aber der fremde Tote hatte sicher auch Freude gehabt. Für einen einzigen Toten zweimal trinken, wenn das kein Kranz ist.

Auch Grütli hatte zwischendurch einen Einfall für die nächsten Gläser. Es hieß, er habe eine Million im Niederdorf ausgegeben, eine ganze Erbschaft. Aber als die Million weg war, war er selber noch da. Er wohnte zuweilen in einer Kneipe, wo er hinter der Garderobe schlief; er brauchte nicht viel Platz, und die

Kneipe machte erst um elf vormittags auf, so konnte er ausschlafen. Er trug eine Markttasche mit sich, sein Büro, da waren alle Ausweise drin und die Aufforderungen für die Abholung eingeschriebener Briefe. Wenn er in eine Routinekontrolle kam, hielt er seine gefüllte Markttasche hin: »Das alles bin ich.«

Am Ende landete er auf dem Statistischen Amt. Nicht, daß er für die Arbeit zu kurze Arme gehabt hätte. Aber er jammerte, als er sein nächstes Glas bestellte: er habe einen Sekundarlehrer auf dem Gewissen, genauer einen halben; er könne rechnen wie er wolle, er sei auf 7,5 Sekundarlehrer gekommen; er habe einen halben Sekundarlehrer und wisse nicht, wo die andere Hälfte sei, er müsse noch eins trinken.

Manchmal war's ja wirklich nicht zum Aushalten. »Hier ist nichts los.« »Ich haue ab.« »Ich gehe« – wir sangen die Litanei abwechslungsweise. Und wenn einer ging, nickten wir und wetteten, wann er wieder zurückkommen würde.

Bei denen, die nach Regensdorf ins Zuchthaus gingen, wußte man ziemlich genau, wie lange; es sei denn, sie würden sich gut aufführen, aber man muß ja nicht immer mit dem schlimmsten rechnen. Bevor sie gingen, feierten wir Abschied. Immer war einer da, der Ratschläge geben konnte, der als Arbeitszeugnis auch einen Entlassungsschein hatte. Ja nur acht geben, daß man nicht in die Wäscherei kommt. Die waschen die Sachen vom Kantonsspital, da findest du plötzlich einen Finger in den Leintüchern, und wegen Souvenirs gehst du ja auch nicht nach Regensdorf.

Und gestern ist Pepe gegangen. Der ging nach Davos, hat die Motten in der Lunge, der hustet nicht mehr lange.

Eines Tages gingen die Niederdörfler in den Zoo. Seppli lud ein. Einer hatte erzählt, wenn man die Affen mit Salzheringen füttert, fangen sie an zu onanieren. Also begaben sich die Niederdörfler ins Delikatessengeschäft. Einer verlangte gleich vier Kilo, die armen Affen. Nur ein paar Heringe kauften sie, dafür gut durchgesalzen. Sie fuhren mit dem Taxi in den Zoo. Aber dort gab es so viele Affenkäfige; sie wußten nicht, ob

Salzhering bei allen wirkt. Sie entschlossen sich für die farbigsten Affen, die Mantelpaviane, die hatten bestimmt in einer Palette gehockt, die kannten Künstler, die waren irgendwie verwandt mit den Niederdörflern. Alle rückten zusammen, als Seppli den Salzhering durchs Gitter schob. Da kam der Oberkiller der Affen, der Chefzuhälter der Mantelpaviane, rümpfte die Nase und zerdrückte den Hering am Boden. Er hatte nichts probiert. Affen sind auch nicht alles.

Ja, von Zeit zu Zeit ließen wir das Dorf.

Wir fuhren auf Bildungsreise, an das Ganovenfestival. Nicht nach Salzburg oder Bayreuth, aber dafür nach Marseille oder Hamburg. Hafenstädte standen hoch im Geruch. Dort knallte es. Die verstanden etwas von Milieu. Das ist nicht wie bei uns, wo sie die Kerze anzünden, um zu schauen, ob sie das Licht ausgemacht haben.

Frankfurt hatte einen ganz besonderen Klang. Sich dort um den Bahnhof herum auszukennen, war Renommee. Da gab's doch... lassen wir den Namen, der ist heiß. Der organisiert nicht nur Huren, sondern Zuhälter, die müssen Taxifahrer oder Vertreter sein, da wird es schwierig, einem was nachzuweisen. Man würde es dem Typ nicht ansehen. Er hat eine Figur wie eine Hundehütte, in jeder Ecke einen Knochen.

»Ich gehe«, am besten trug dies der Maler Marat vor. Er ging auch. Jeden Morgen ins Bahnhofbuffet, wanderte dann stundenlang von Kaffeehaus zu Kaffeehaus. Er behauptete, man könne sich in dieser Stadt nur im Zickzack bewegen, sonst treffe man auf Bekannte. Aber dann war er plötzlich wieder im Dorf, und wenn es nur dafür war, um zu sagen, daß hier nichts los sei und daß er jetzt gehe, endgültig.

Wir brauchten das Dorf. Wir konnten das Dorf nicht den andern überlassen. Was da alles kam. Solche, bei denen man besser die Nachgeburt aufgezogen hätte. Man wußte manchmal wirklich nicht, ob wir sie dem Fremdenverkehr oder der Inzucht verdankten.

Da kam regelmäßig die Heilsarmee. Am Samstagabend. Die Gottesjodler boten Platzkonzert. Manchmal trat einer hervor und legte ein Bekenntnis ab. Aber die hatten gar nichts zu berichten, die hatten sich viel zu früh bekehrt.

Als der Immune anfing ins Dorf zu gehen, machten die ersten Spielsalons auf. Durchflipperte Abende. Die Bumper hüpfen lassen, die Kugel von Loch zu Loch jagen, daß das Barometer steigt und ein Freispiel anzeigt.

Damals gab es noch immer ein paar GIs im Dorf, direkt von der deutschen Besatzung kamen sie. Den Huren klebte der Kaugummi am Gebiß. Die Zuhälter trugen die ersten Bluejeans und zeigten die amerikanischen Kugelschreiber, die sie vorn in der Brusttasche trugen. Ab jetzt kam der Whisky in die Bar. Es wurde nicht mehr gespielt, sondern »gegämbelt«. Der Bauer in den Jasskarten wurde ein Farmer und der König ein King – muß man übersetzen oder bist du sonst schon blöd?

Damals war im Dorf alles »ober«, das Leben war oberfaul, die Mädchen obergeil, die Schwulen oberwarm und die Preise oberbeschissen.

Das war kurz bevor alles »elefantös« wurde: das Leben, das Bett, der Haarschnitt, die Schallplatten.

Bis dann alles maximal wurde – auch wir selber.

Schau, da ist doch tatsächlich der Verleger unterwegs. Der muß ein maximales Geschäft gemacht haben, der trinkt schon den zweiten Pfefferminztee.

Auch Seppli war wieder unterwegs. »Essen wir zusammen?« fragte Seppli, und der Immune wollte wissen: »Hast du Geld?« – »Nein – aber dort drüben sitzt einer, der will Geld verlieren.«

Es erschien immer einer, der Geld verlieren wollte. Man konnte sorglos bestellen. Heute wurde gut gejasst, es gab noch was zum Dessert. Und erst noch eine Geschichte dazu:

Da hockten sie bei Sepplis zuhause wieder einmal am Straßenbord. Der Alte befahl dem Jungen: Pack ein paar Schuhbändel ein und tausche sie gegen einen Kranz Cervelat-Würste beim Metzger. Als Seppli die Würste brachte, begann der Alte, die Cervelats zu schälen und warf den Kindern die Häute zu; die stürzten sich drauf, Häute, mit etwas Wurst dran. Seppli hätte gern mehr gehabt und bettelte, bis der Alte wütend wurde und losschimpfte: »Wie viele Cervelats muß ich eigentlich fressen, bis ihr genug Wursthäute kriegt!«

O ja, was für ein Erwachen im Dorf.

Du hast keine Ahnung, wie du zu den Leintüchern gekommen bist, in die du heute nacht geschwitzt hast. Es ist besser, du fängst heute gar nicht mit dem Vormittag an und wartest, bis es gleich Abend wird.

Das waren Morgen, die Augen verquollen, Blutwürste im Kopf. Einen Kater auf dem Buckel und einen Affen im Bauch, die reinste Menagerie und nichts zum Füttern.

Es war zum Schlüssellöcher ficken, aber Vaseline hatten wir auch keine. Wenn nur wieder Abend wird, dann fliegen wir Vögel aus.

Unser Dorf – es war auch das Dorf der Angeschlagenen. Irgendwo hatte es uns alle einmal erwischt, wenn wir auch selber nicht wußten wo, und wenn wir es gewußt hätten – gezeigt hätten wir es eh nie.

»Der kommt nicht draus« – das war unser Verdammungsurteil. Sie liefen zu Tausenden herum, die nicht drauskamen. Wir tranken auch mit ihnen und verstanden uns mit ihnen sogar zeitweise.

Wir waren Mischler und Mit-Mischer. Wir kannten den Dreh. Schlüpfen, das war hier die Form des Davonkommens. Wir wußten, man kann nicht warten, bis die Karten verteilt sind. Sonst wären wir überhaupt nie zu einem Trumpf gekommen. Wir mußten uns vorher einschalten, selber oder per Partner. So mischten wir mit, solange noch die Karten gemischt wurden – wir mischten für den Unterhalt und für die Alimente, im Bett und im Geschäft, beim Saufen und beim Spielen. Wir mischten untereinander und gegeneinander und am Ende ohne Partner uns selbst.

Auch der Immune mischte mit, schon vom Zuschauen her. Etwas stimmte mit dem nicht. Überhaupt, was will der hier, soll er in seinen schwulen Spunten verdampfen.

Aber was tut's. Wenn wir zusammen waren, legten wir los. Da waren wir groß und klopften unsere Sprüche. Wir mußten auch was klopfen. Der Stollen, in den wir einfuhren, waren unsere Sprüche, und die Pickel, die wir schwangen, waren unsere Sprüche, und nicht nur acht Stunden am Tag und überhaupt nicht nur am Tag, sondern auch die ganze Nacht, und dies ohne Zulage.

Wir waren besser als der Aff am Trapez, und wenn es sein mußte, spielten wir auch den Vollmond. Wir handelten mit allem, wenn's drauf ankam mit Tramschienen und fertigen Bahnhöfen. Aber dann blieb uns manchmal doch einfach die Spucke weg, und nicht nur, weil wir den andern so aufs Hemd gespuckt hatten, daß die gegen die Wellen kämpfen mußten. Dann kam der Moment, wo alle Sprüche geklopft waren, kein Stollen mehr zum Einfahren und alle Pickel weg.

Bei einigen konnten wir zuschauen, wie sie verreckten. Sie boxten vorher noch durchs Lokal und in die Luft. Andere verreckten, ohne daß sie starben, das waren die Hartnäckigeren. Das war der Vorteil im Dorf. Man brauchte sich nicht zu genieren. Man begriff, daß einer draufging, und schaute zu.

»Schon lange nicht mehr gesehen, Seppli«, rief der Immune. – »Keine Zeit.« – »Anita?« – »Nein. Geschäfte.« – »Wieder hausieren?« – »Großantiquariat. Falls du was brauchst, melde dich. Oder schick andre. Ich habe alles. Bahnhofsuhren aus dem Rokoko und alle Louis toute de suite.«

Dann drehte sich Seppli noch einmal um, bevor er in den Kastenwagen stieg: »Ich muß dir noch eine Geschichte erzählen, die vom Eierlesen. Das nächste Mal.«

Wir glaubten alle, daß wir einmal groß herauskommen. Und sei's nur mit einem Dreizehner im Toto.

Das Dorf wollte uns haben; es hatte seinen Ritus, seinen Trott und seine Bequemlichkeit. Hier kannten wir den Fahrplan und die Marschtabelle. Aber das Dorf begann uns zu verdauen, ehe wir merkten, daß wir geschluckt worden waren.

Hier trieb sich auch der Immune herum, er hatte im Dorf seiner Väter die Unschuld verloren, im Geist, versteht sich. Aber der tat alles zuerst im Geist.

Manchmal stand er an einer Ecke, allein und die Schultern eingezogen, weit über die Polizeistunde hinaus, wenn der letzte

Kellner abgerechnet hatte, wenn auch die nartnäckigste Hure aufgab und der läufigste Schwule im Pissoir am Limmatquai verschwunden war. Da lehnte der Immune an irgendeiner Hausmauer. Es kam in ihm hoch, einmal mehr, es war nicht einfach der Alkohol, und es waren nicht seine Flöhe, die ihm was husteten.

Aus eigner Tiefe

Plötzlich stiegen sie in ihm hoch, er hatte sie nicht gerufen, und er hätte sie auch nicht gekannt, um sie rufen zu können, er hörte ihre Stimmen, die kamen nicht von außen und waren in ihm, und es war nicht im Traum

sie konnten zu jeder Stunde hochkommen und überall, unbekümmert und verlegen, bei aller Frechheit untertänig, kriechend, bettelnd und stets mit Anspruch

sie kamen, ob er an einer Ecke stand oder im Flugzeug durchs Fenster sah, ob er einen Hahn aufdrehte oder bummelte, wenn er nach einer Zigarette langte oder sich kratzte oder wenn er sich an den Tisch setzte

plötzlich hielten sie ihm den Löffel und wollten auch davon und taten, als kämen sie aus dem Glas vor ihm oder hinter dem Vorhang hervor oder seien im Eisschrank gesessen, hätten nur unter dem Stuhl gewartet und machten ihm vor, als seien sie eben aus dem Lautsprecher gehüpft

namenlos tauchten sie auf, mit Gesichtern in steter Häutung und monoton in ihrer Beharrlichkeit, öffneten alle Riegel und schlichen von Hintertür zu Hintertür

als Meute kamen sie und jagten sich, aus jedem Flüchtenden entfloh ein zweiter und vermehrte sich auf der Flucht, madengleich krochen sie hervor, verwandelten sich, fielen als Schwarm über seine Phantasie und fraßen sie kahl

es öffneten sich Gräber in ihm, aber es waren nicht Tote, die herausstiegen, sie erschraken vor sich selber und gaben ihm den Schrecken weiter in Zügen kamen sie, geordnet und doch zufällig aufeinandergestoßen, ein kleines Volk, das aufbrach, es wanderten andere mit und wanderten durch ihn und suchten nur ihn, ein Singsang, nicht Klage, nicht Triumph und nicht bloßes Geplärr

ein einzelner dann, nur für sich unterwegs, Marodeur, einer, der Feuer legt, wo es nichts zu rauben gab, und der in Flammen aufgehen läßt, wo man ihn aufnahm, höhnt und steht da, es schüttelte den Immunen, aber nicht, weil er selber gelacht hätte

sie waren unterwegs mit Gepäck und mit Hausrat, Auswanderer im Planwagen und Flüchtlinge, die sich im Zwischendeck stritten, sie flüchteten gleichzeitig vor der Dürre, vor dem Eis und der Überschwemmung, sie schleppten ihre Habe und zogen doch mit leeren Händen weiter

sie riefen den Immunen, und er brach mit ihnen vor zehn mal tausend Jahren auf und verschwand mit ihnen in der nächsten Nacht

dann jagte sie der Immune fort, beschimpfte sie, lachte sie aus und erstickte sie in einem einzigen Atemzug, und die, die er vertrieben und ausgewiesen hatte, ließen ihre Müdigkeit zurück, sie richteten sich von neuem in ihm ein und fanden Gänge in ihm, die der Immune nicht kannte, sich drängend und die andern verdrängend, bohrten sich ins Mark und gaben ihre Klopfzeichen durch

eine Gespensterstunde am hellichten Tag, mit Schemen, die Schatten warfen, sie trugen Kleider aus allen Jahrhunderten und Fetzen aus jeder Epoche

und andere krochen ihm unter die Haut, sie flüsterten ihm zu, daß lebendiges Fleisch brennt, und daß man sie verbrennen muß, die andern, die Ketzer und die Ungläubigen, die Dissidenten und die Andersartigen, und sie stellten neben dem Feuer Kübel mit Wasser bereit, aber nicht um zu löschen, sondern um die verkohlte Leiche zu taufen

sie kamen hoch und reklamierten beim Immunen ihre eignen Erwartungen und Hoffnungen, sie seien in ihm und ein Teil von ihm und er könne sie nicht verleugnen, sie würden ihn nicht in Ruhe lassen, kämen wieder und plötzlich seien sie da und die, die hochkamen, stritten miteinander, verzweifelt und angeberisch, im Rudel und verirrt und immer in ihm, und die, die ausgebrochen waren, kamen hoch und rieten, noch einmal auszubrechen, und andere, die ausgebrochen waren, warnten davor, und es kam der, der nur zusehen wollte, sie polterten und pochten und schlugen drein, als wünschten sie Einlaß und waren schon längst drin, und sie wollten bestätigt haben, was sie lebten, und forderten, was sie vertan und verpaßt hatten

Ungelebtes stieg in ihm hoch, jeder stellte Anspruch und jeder verlangte Gehör, noch stumm brachten sie ihre Bitten vor, und unter allen Schreien und Rufen ein Name, sein eigner

sie errichteten in seinem Kopf die Feuerstelle, brannten Erde und formten Töpfe mit Gesichtern, die der Immune nie gesehen, und sie drückten dem Immunen die Augen von innen aus und wollten sie durch Steine ersetzen

sie hantierten an seinen Knochen, schabten und schnitzten sie und spielten am Ende Flöte darauf, sie machten sich an die Haut, wollten sie trocknen und behämmern und färbten sie ein, sie schändeten ihre Gräber, indem sie hochkamen, wühlten darin und klirrten mit ihren Spangen und Ketten und holten hervor, was ihnen noch eigen war, und der Immune wußte, es gab für ihn keine Waffen und keine Insignien, er nahm als Grabbeigabe eine Schreibmaschine mit

und es kamen jene in ihm hoch, die nach einem Ebenbild aus Dreck und Wasser geformt worden waren, Männchen und Weibchen, und neben ihnen einer, der wurde herausgeschleudert, als der Vulkan mit der Vulkanin die Liebe trieb, und einem andern, dem wurde das Knie in der Esse geschmiedet, und den nächsten, den hatten die Götter im Ofen aus Mais gebacken, und andere, die waren am Affenbrotbaum auf die Welt gekommen

plötzlich waren sie da und stiegen in ihm hoch.

Die Inflation der Vorfahren

Dokumentarisch hatte es unwiderlegbar damit begonnen, daß er geboren worden war. Der Auftritt war auf die Minute genau in einem Geburtsschein festgehalten.

Die Hebamme hatte zum Vater gesagt, er solle sich die Zeit merken, wenn er den ersten Schrei höre. Als der Vater ein Wimmern vernahm, hielt er den Pendel der großen Stubenuhr an. Erst danach, als das Kind gewickelt war und im Arm der Mutter lag, brach der Streit aus: bei einer Geburt schaue man auf die Uhr, aber halte nicht die Zeit an, das mache man bei Toten.

Aber es hatte alles schon viel früher begonnen. Nicht erst mit seinem Vater und seiner Mutter. Es hatte schon mit den Eltern seiner Eltern begonnen und mit deren Eltern. Es waren lauter Vorfahren, zu denen er gekommen war. Diese leiblichen Vorfahren hatten auf dem Land gelebt. Als der Immune mit elf Jahren zum ersten Mal in seine Heimatgemeinde fuhr, hatte er einen Menschen getroffen, der am ehesten einem Vorfahren glich, seinen Großvater: Obwohl es Sommer war, saß der auf der Ofenbank und rauchte seine Pfeife; ging sie aus, stopften sie ihm die Nachfahren und zündeten sie an; zog der Großvater daran, lebte er noch.

Zu diesem Vorfahren hatte eine Frau gehört, jene Großmutter, die auf dem Land lebte. Mit sechzig Jahren wurde sie ins Bezirksspital eingeliefert. Als sie am Morgen statt Kaffee mit Schnaps ein Mus kriegte, brannte sie durch und nahm den Zug. Sie ließ die Hand auf der Stelle des Bauches, wo der Verband lag; sie gab acht, daß die Nähte nicht platzten; soviel verstand sie auch vom Flicken.

Als sie achtzig war, telefonierte sie in ein paar Tagen soviel, wie sie es in ihrem ganzen bisherigen Leben nicht getan hatte. Eine Enkelin stellte die Nummern zusammen; die alte Frau bot ihre Töchter und Söhne auf, die Schwiegertöchter und Schwiegersöhne, sie alle sollten mit ihren Kindern und Kindeskindern kommen. Als sich alle vor dem »Hirschen« für das Gruppenbild aufstellten, trat sie davor, sah sich an, was und wieviel aus ihrem Bauch herausgewachsen war, begann zu zählen und nickte; von ihr aus hätte man wieder auseinandergehen können.

Unter denen, die begutachtet wurden, war auch der Immune – Fleisch von ihrem Fleisch und Bein von ihrem Bein; da kniff sich der Immune in den Arm; es war sein Fleisch, das weh tat.

Als Gymnasiast hatte er Familien kennengelernt, die wußten genau Bescheid über ihre Vorfahren. Die besaßen einen Stammbaum und konnten ihn an die Wand hängen. Der Immune hatte das Wort Stammbaum zuerst im Zusammenhang mit Hunden gehört. Sie hatten eine Zeitlang einen Schäferhund gehabt, einen reinrassigen, es war ein Prinz zu Hohenfels und Abderdingen gewesen. Aber wichtiger als bei Hunden erwies sich der Pedigree bei Menschen. Da er aus einer proletarischen Familie kam, der Bauern vorangegangen waren, hatte er nur anonyme Vorfahren, auch wenn alle getauft worden waren, im katholischen Ritus. Wollte der Immune Vorfahren haben, mußte er sich die selber zulegen. Er tat es nicht, indem er in einem Taufregister nachforschte, sondern indem er ein Stück Papier und einen Bleistift nahm. Wenn er davon ausging, daß es schon zwei gebraucht hatte für seine Zeugung und Austragung, wenn für diese und für alle andern vor ihnen auch je zwei nötig gewesen waren, wenn er pro Jahrhundert drei Generationen ansetzte und für die Zeitspanne von sechshundertfünfzig Jahren kalkulierte, so lange, wie es das Land gab, aus dem er stammte – dann kam er bei solcher Berechnung auf über eine Viertelmillion Vorfahren. »Was für ein Aufwand an Beischlaf«, dachte er, als er vom Blatt aufsah, »und was für ein Gestöhn.«

Indem sich der Immune eine solche Anzahl von Vorfahren zulegte, neutralisierte er sie auch; sie verloren das Verpflichtende. Immer wieder hatte es geheißen, man müsse den Vorfahren nacheifern und ihnen gleich werden. Aber woher hätte der Immune soviel Talent zum Guten und Tüchtigen holen sollen? Bei so vielen Vorfahren, wie er sich zugelegt hatte, konnte man aus der Art schlagen, wie immer man wollte, irgendeinem schlug man sicher nach. Oder eben: Man konnte, unbelasteten Gewissens, mit sich selber beginnen.

Selbst wenn man von der Qualität dieser Vorfahren überzeugt war, mindestens von ihrem anständigen Mittelmaß, gab es sicher eine bestimmte Anzahl, die nicht viel getaugt hatte, jedenfalls nicht für einen Stammbaum, den man in der Stube aufhängt. Einer erlaubten Wahrscheinlichkeitsrechnung nach durften die fünf Prozent ausmachen, die Diebe, Säufer, Grenzsteinversetzer, vielleicht Mörder und Totschläger gewesen waren, Schänder, Faulpelze, Herumtreiber und Heiden. Und unter den Frauen war möglicherweise eine aus dem Kloster entsprungen, etwas Unzucht mußte drinliegen, ebenso wie die Vorfahrin, die fremd gegangen war und in deren Bauch ein vorüberziehender Krieger oder ein rastender Händler etwas zurückgelassen hatte.

Schon bei einem solch bescheidenen Prozentsatz hätte es ein beachtliches Gefängnis abgegeben, würde man diese fünf Prozent oder etwas über zehntausend an einem Ort versammeln, in einer Familiengruft mit Wächtern.

Aber dieses Gefängnis gab es. Nur daß dort nicht allein die Untäter saßen, sondern auch die Anständigen, die Lauen wie die Tüchtigen, die Duckmäuser und die Gerechten, die, denen alles egal war, und die, die aufbegehrt hatten.

Es hieß zwar, er trage diese Vorfahren im Blut. Er trug sie sowenig im Blut wie die andern. Er trug sie in den Hoden. Aber in den vaterländischen Reden wurde immer vom Blut gesprochen, wo sich die Vorfahren aufhalten. Nun konnte ein Offizier auch leichter fordern, man müsse fürs Vaterland sein Blut vergießen als seine Hoden.

Die jedenfalls, deren Gräber schon längst eingeebnet waren, saßen im Gefängnis zwischen den Schenkeln und baumelten bei jedem Schritt mit. Von dort aus verteilten sie mit ihren Genen Erbschaften, die Farbe fürs Auge oder die Farbenblindheit oder den Ansatz zur Fettsucht oder die Blutgruppe, auch wenn keineswegs ausgemacht war, was sie alles verteilten und wie sie dieser Verteilung oblagen; dort zwischen den Schenkeln frönten sie ihrem Mendel-Lotto und mischten für die Zukunft mit.

Diese Eingesperrten wußten aus eigener Erfahrung, daß ihr jeweiliger Träger, in diesem Fall der Immune, sterblich war. Daher hielten sie unentwegt nach einem neuen Hodenträger Ausschau, um ihre kleine Ewigkeit zu retten. Sie kannten ein einziges Credo, die Fortpflanzung, und wollten sich keine Gelegenheit entgehen lassen fürs Weiterdauern. Selbstsüchtig schoben sie die Lust in den Vordergrund, bei der geringsten Gelegenheit wollten sie Auferstehung feiern.

Aber es gab ja nicht nur die leiblichen Vorfahren, sondern die Schule verhalf ihm zu vaterländischen Ahnen. Er nahm von ihnen ausführlich in der Heimatkunde und in der Geschichte Kenntnis, sie hielten sich nicht ungern in Liedern auf. Auch beim Turnen sprach man von ihnen; sie hatten keine Strapazen gescheut, und man wurde ihnen nicht zuletzt durch Liegestützen ähnlich.

So vernahm der Immune: das Land verdankt dem Bauernstand sein Werden und Wirken. Aber das Dorf, das sein Dorf werden sollte, lag mitten in Zürich und war ein Altstadtquartier. Der erste Baum, auf den er kletterte, stand in einem Hinterhof; man fragte sich jeden Frühling, trägt der Krüppel von einem Baum noch Holunder oder tun wir ihn um, aber man ließ ihn stehen wegen der Wäscheleine.

Es waren schweizerische Vorfahren, zu denen er gekommen war. Von ihnen stand fest, daß sie tüchtig waren. Sie hatten Kriege geführt. Wollte man etwas über sie erfahren, mußte man sich Daten für Kriege und Schlachten merken. Das verhielt sich gleich mit den Vorfahren anderer Länder; auch ihre Geschichte war eine von Schlachten, von Siegen und Niederlagen. Da seine Mutter vor ihrer Heirat Deutsche gewesen war, mußte er auch deutsche Ahnen haben, die sich als Vorfahren viel besser eigneten, denn sie hatten viel mehr Schlachten geschlagen, und zwar bis in die jüngste Zeit, als die schweizerischen Vorfahren längst zur Neutralität gewechselt und die ertragreichen Fronten der Wirtschaft entdeckt hatten.

Was immer man von diesen Vorfahren halten mochte, sie waren vor ihm da gewesen. Zwar hieß es, diese Vorfahren hätten an einem bestimmten Datum einen Bund begründet. Aber niemand hatte das Pendel angehalten, als sie die Schwurfinger erhoben.

Und es war unklar, was sie vorher gemacht hatten, die Vorfahren der Vorfahren. Von den ganz frühen wußte man, daß sie Hirse liebten, sie hatten auch Scherben hinterlassen, wie das Vorfahren zu tun pflegen, und man konnte ihre Pfahlbauten als Modelle nachbauen. Aber wo hatten sie sich während der Völkerwanderung aufgehalten: Wanderten sie mit oder taten sie als zukünftige Schweizer ihren Stand an einem der vielbegangenen Wanderwege auf?

Von irgendwoher waren sie gekommen. Sie waren eingewandert. Wer aber vor den andern einwanderte, wurde ein Einheimischer; insofern stammte der Immune von Einheimischen ab.

Aber in der gleichen Schule, wo er von vaterländischen Vorfahren hörte, lehrten sie ihn auch Lesen und Schreiben und öffneten ihm damit Wege zu ganz anderen Vorfahren, zu solchen aus Papier.

Er kam lesenderweise zu Vor-Vätern und Vor-Müttern, zu Ur-Ur-Müttern und zu Ur-Ur-Vätern, die zwischen Deckel eingesperrt waren. Zerschlissen die einen und die andern stockfleckig, vergraben auf einem Regal oder neu hergerichtet in einem Paperback, als Reprint oder in Dünndruck, manche mit Initialen, als Broschüre verlegt oder als Pamphlet und andere wiederum in Leder, sie drängten sich spaltenweise in einem Lexikon, sie hielten sich in den Friedhöfen von Bibliotheken und in Kolumbarien von Gestellen auf.

Man konnte sie auferstehen lassen, und der Immune tat es, neugierig, mutwillig, auf eignen Antrieb hin oder auf Empfehlung, aus purer Routine oder wegen einer Prüfung, um Zeit zu verbringen oder um mitreden zu können. Schon beim Durchblättern konnten sie lebendig werden, für einen Satz oder für ein Kapitel, als Ganzes oder als Ahnung, als Idee, als Stichwort oder als Entwurf.

Diese Vorfahren aus Papier konnten wichtiger werden als die

leiblichen und die des Vaterlandes. Aber der Umgang mit ihnen war nicht ungefährlich.

Der Immune hatte junge Leute gekannt, die mit vollen Kräften einstiegen und sich mit Vorvätern aus Papier beschäftigten. Ein paar Jahre später traf er sie wieder, da waren sie eingeschrumpft und nicht viel größer als eine Textanmerkung. Sie lebten in der Kellerwohnung von Fußnoten und im Hinterhof eines Anhangs. Sie redeten nicht mehr, sondern sie zitierten.

Darum ließ der Immune Vorsicht walten. Kaum hatte er einen Vorfahren aus Papier kennengelernt, sah er sich nach einem zweiten um. So liebte er an den Büchern die Bibliographie; mit ihr öffnete sich jedes Buch auf andere Bücher hin.

Je mehr Vorfahren er sich zulegte, umso mehr befreite er sich von ihnen. Es war im Umgang mit Geschichte für Inflation.

Er, der bleiben lernte, wurde einer, der ging.

Er warf vor dem Einschlafen plötzlich die Decke zurück, fuhr auf und ging hinaus, wenn auch nur, um ein paar Blöcke abzulaufen. Er wollte sich vergewissern, ob seine Füße noch gehen konnten, ehe er sie für die Endgültigkeit einer Nacht ausstreckte.

Er sprang auch unvermittelt in einer Gesellschaft auf, machte ein paar Schritte in irgendeine Richtung, ohne seinen Satz zu unterbrechen oder den Tonfall zu ändern. Es schien, als suche er Auslauf.

»Ich gehe«, das war sein Tätigkeitssatz. Ein Ausruf und Programm, und manchmal eine Drohung, nicht zuletzt gegen sich selber.

Aber dann war ihm wieder, als hätte er nie Boden unter den Füßen gehabt, also machte er sich daran, selbst für den Kopf Füße zu erfinden.

Sosehr er seine Füße liebte, er hatte sie oft vernachlässigt. Sie hatten sich verformt und allerlei Moden von Schuhen mitgemacht. Die Zehntausende von Kilometern hatten Spuren hinterlassen; es lockte ihn manchmal, eine Handlesekunst für Füße zu erfinden.

Bei seinem Sandkastenspiel der Politik galt die erste Akte den Füßen. Nicht eine Geburtsurkunde oder ein Taufschein sollte als erstes ausgestellt werden, sondern ein Paß, um zu gehen.

Er ging, was seine Adressen betraf; unzählige waren zusammengekommen, ohne daß er sie gesammelt hätte.

Er ging von Verdienstmöglichkeit zu Verdienstmöglichkeit, und dies nicht immer freiwillig, denn es waren politische Zeiten.

Er ging durch die Betten, durch die eigenen und durch die der andern – und von Geschlecht zu Geschlecht.

Einmal war er auch ins Dorf seiner Väter gegangen, und

ein anderes Mal wollte er bis an ein Ende der Welt aufbrechen; er ging als Stadtflüchtiger von Stadt zu Stadt und entdeckte hinter jedem Vorhang einen neuen.

Von Jahreszeit zu Jahreszeit ging er, aber nicht wie der Kalender es vorsah. Der Frühling war eine Frage des Fahrplans, und mit dem Ticket löste für ihn der Sommer den Herbst ab.

Er ging von einer Sprache in die andere und meinte damit nicht Fremdsprachen. Von der Sprache des Wurlitzers wechselte er zur Analyse, vom Fabulieren zum Hymnus und zur Notiz und übers Lesebuch zurück zum Jargon, abrupt und dann wieder auf Übergänge bedacht.

Am liebsten wäre er in alle Richtungen gegangen und aus allen Richtungen zurückgekehrt, bis jeder fremde Ort ein vertrauter wurde, jeder vertraute sich einem fremden anglich und es keinen Unterschied mehr gab zwischen vertraut und unvertraut.

Er ging auch durch Zimmer und Wohnungen, von Wand zu Wand und von Raum zu Raum, parlierend und stumm, geschäftig und mechanisch. Manchmal sah es aus, als übe er für die Zelle.

Diese Gänge durch Zimmer und Wohnungen hatten ihre eigene Geographie, auch wenn es dafür keinen Guide und keinen Atlas gab. Er wanderte stellvertretend für das, was er nicht kannte und was er aller Wahrscheinlichkeit nach nie zu Gesicht bekam.

Er, der ein Geher wurde, hatte eine Frau gekannt, die war immer geblieben. Es war seine Mutter, sie hatte ihm das Gehen beigebracht.

Das Dach überm Kopf

Die Frau, die stets geblieben war, glaubte ans Dach überm Kopf. Sie hatte erlebt, wie ihre Mutter keine Wohnung kriegte, weil sie eine alleinstehende Frau war und erst noch eine mit Anhang. Der Anhang war sie, ein Mädchen. Sie war entschlossen, einmal ein eignes Dach überm Kopf zu haben.

Als junge Frau war sie zur Wahrsagerin gegangen, die hatte aus den Karten gelesen: Es kommt ein Mann ins Haus und der bringt eine Nachricht und er ist nicht von der Post. Als der Mann klingelte, der ihr Ehemann und der Vater ihrer Kinder werden sollte, wohnte sie mit ihrer Mutter in einer Zweizimmerwohnung, aber das würde sich ändern, wenn erst einmal ein Mann im Haus war. Doch er erhielt nicht gleich Arbeit, und das Ersparte reichte nicht weit; sie schaffte sich das Doppelschlafzimmer an; bei der hohen Anzahlung waren wenigstens die Raten nicht so hoch.

Schon bald nach der Hochzeit fanden sie eine Dreizimmerwohnung. Das war schon wichtig wegen des Kindes. Ihr Mann arbeitete in einer Fabrik. Er wäre beinahe zu spät zur Geburt gekommen. Ihre Mutter rief ihn vom Gemüseladen aus an, die Wehen hätten eingesetzt. Sie wollte das Kind nicht im Schlafzimmer zur Welt bringen, wo die Hebamme das Bett hergerichtet hatte, sondern in der guten Stube.

Als sie das Kind in der Hand der Hebamme sah, wie es schrie und in der Luft hing, langte sie danach. Ihr war, als hätte sie ihm gekündigt; sie mußte einen Ersatz für die Bauchdecke bieten.

Doch immer diese Monats-Ersten. Kaum hatte sie die Rechnung für Holz und Kohle bezahlt, mußte man schon wieder heizen. Auch ihre Mutter meinte, es gebe keinen richtigen Sommer mehr.

Sie fanden eine Wohnung zum gleichen Mietzins, aber mit einem zusätzlichen Zimmer, das durfte man untervermieten. Gegen Küchenbenutzung wehrte sie sich, in der Küche wollte sie mit den Ihren allein sein. Zudem lag die Wohnung näher am Arbeitsplatz des Mannes; es gab nicht mehr so viele Wirtschaften am Weg.

Dann verlor ihr Mann zum ersten Mal seine Stelle, er konnte wirklich nichts dafür, Hunderten wurde gekündigt. Auch der Betrieb, der ihn danach einstellte, schloß, ehe die Überkleider ihres Mannes trocken waren.

Sie half im Laden an der Ecke aus. Aber so war's natürlich nicht gemeint, daß sie schuftete und ihr Mann und der Zimmerherr, der auch seine Stelle verloren hatte, nun in der Küche saßen und tranken. Ihre Mutter konnte nur stundenweise arbeiten, es mußte jemand aufs Kind aufpassen; in die Krippe stecken wollte sie es nicht. Sie konnten die Wohnung halten; die Arbeitslosenunterstützung reichte gerade für die Miete und das Gas.

Ihr Mann hatte Glück. Er kriegte sogar zwanzig Rappen mehr in der Stunde, das Kind durfte mit dem ersten Zahltagssäcklein spielen, es aber nicht zerreißen. Nun brauchte sie auch das Klavier nicht zu verkaufen; der Händler hatte ihr kaum was geboten, wer braucht ein Klavier in solchen Zeiten.

Schon den zweiten Zahltag aber verfeierte ihr Mann mit seinen Kollegen; sie hatte auf dem Küchentisch die grünen Einzahlungsscheine bereitgehalten. Sie sagte, so gehe es nicht weiter; aber er warf den Rest des Zahltags in der Küche herum, und das Kind klaubte die Münzen hinterm Küchentisch hervor, weil es die kleinsten Hände hatte.

Sie einigten sich darauf, daß sie den Mann am nächsten Zahltag abholten. Sie wartete mit ihrer Mutter und dem Kind umsonst; sie hatten sich im Freien verabredet, um nicht was ausgeben zu müssen in einer Wirtschaft. Ihre Mutter und das Kind, das noch nichts kostete, fuhren mit der Vorortsbahn zurück, während sie zu Fuß ging, das Geld vom Flaschenpfand hätte nicht auch noch für beide Rückfahrkarten gereicht.

Hinterher lag er an ihrem Hals und jammerte, er habe niemanden; es traf schon zu, daß er keine Freunde hatte, aber weshalb saß er mit den andern in den Wirtschaften herum, und ins Kino ging er mit ihr auch nicht mehr wie früher.

Er sagte, sie solle allein kommen, er wolle nicht nach der Arbeit, wenn er einmal feiern könne, mit der Schwiegermutter und dem Kind zusammensitzen. Er stellte sich prompt ein; sie aßen auswärts und etwas Teures, auch wenn sie nicht so lang in der Wirtschaft bleiben mochte; nicht nur, weil der Rauch ihr in den Augen brannte, sondern weil es sie reute, hinterher ein Taxi zu nehmen, wo sie schon anfing zu zittern, wenn es zweimal läutete, weil vielleicht der Postbote draußen stand mit eingeschriebenen Mahnungen.

Schon das darauffolgende Mal kam er nicht; sie wartete bis neun, damit er nicht sagen konnte, sie sei zu früh weggegangen, er habe Überstunden gemacht. So hatte es einfach keinen Sinn, das beste war, sie ging, und sie mußte jetzt gehen, wenn sie noch etwas vom Leben haben wollte. Was für Partien hätte sie machen können. Wenn er sich nicht um Frau und Kind kümmerte, brauchte er auch keine. Das Kind besuchte den Kindergarten, das war auch schon eine Erleichterung, und dann war noch immer ihre Mutter da.

Sie blieb. Er versprach, daß es nicht mehr vorkomme. Er kaufte ein Motorrad. Sie willigte nicht gleich ein. Als er zum ersten Mal davonbrauste, stand sie unten auf der Straße, überall wurden die Vorhänge beiseitegeschoben. Nach einem halben Jahr mußte ihr Mann auch noch den Unfall haben, lange bevor die letzte Rate fürs Motorrad abbezahlt war. Nun fiel nicht nur der Lohn aus, sondern es kam noch die Spitalrechnung dazu, und er hatte Glück, daß er nicht für den haftete, der mitfuhr. Die Versicherung zahlte nicht gleich, man wußte, wie die Versicherungen sind, man mußte nur schauen, was die für Bauten hinstellen.

Sie entschloß sich zu handeln, Handel zu treiben mit Kinderwagen. Sie hatte nur den Keller auszuräumen. Die Kinderwagen waren fabrikneu, Kinderwagen, das war was Sicheres, und wenn die billig waren, nahmen die Leute einen kleinen Farbfehler in Kauf. Sie gab vom Kinderwagengeld an die Miete. Die Suppe konnte man strecken und eine Naht konnte man auslassen, aber man konnte nicht plötzlich einen Monat lang an Wänden sparen.

Da meinte ihr Mann, es böte sich eine günstige Okkasion; er meinte ein zweites Motorrad. Nun kam er am Abend erst recht spät nach Hause und behauptete, das Motorrad sei schuld; aber er war nur herumgesessen. Sie hörte es an seiner Stimme, ehe sie ihm in die glasigen Augen sah.

So ging das von Zahltag zu Zahltag und über die Monate ins Jahr; man kam nie aus dem Dreck heraus. Als sie einmal eine Schulfreundin traf und sie zusammen ins Café gingen, sagte die: »Du warst früher immer so lustig.«

Sollte er besser wieder zurück ins Kaff, dort fiel er nicht auf. Sollte er doch seine Schachteln wieder packen. Aber dort hatten sie es ihm dreckig besorgt. Als sein Vater starb, sagten sie, es sei nichts da zum Erben.

Wie hatte er dem Buben versprochen, er gebe ihm das Geld für einen Schultornister. Was hätte sie gemacht, wenn die Pfandleihe nicht am Samstagvormittag offen gehabt hätte; sie hatte immer gemeint, ihre Kette und die Uhr wären was wert. Aber der Bub hatte seinen teuren Tornister gekriegt; sie hatte einen Pullover gestrickt, wie ihn sonst keiner trug; ihr Bub, der wird was Besseres.

Sie konnte einen Neubau zum Putzen übernehmen, und am Abend half ihr noch die Mutter, auch am Samstag; so kamen sie zu einem größeren Betrag. Sie zog an einem Werktag die Sonntagskleider an, ging auf die Bank und versteckte das Büchlein unter der Matratze, auf der sie schlief. Als sie heimkam, fragte der Bub, was sie in der Einkaufstasche hätte; sie zeigte ihm eine Illustrierte, sie hatte eine Versicherung abonniert für alle Fälle und auch für den Tod; er durfte das Geld in die Hand nehmen, das sie auf die Seite legte, für die Winterschuhe beim Ausverkauf.

Dann kam sie zu einem Haus, das ihr schon fast gehörte.

Ihr Mann hatte seine Stelle aufgegeben; er sagte, man hätte ihn nur schikaniert. Er richtete sich im Keller ein, reparierte Radios und flickte, was anfiel. Einmal half er Rolläden herrichten; da fragte ihn der Verwalter, ob er nicht die Hauswartsstelle übernehmen wolle. Sie fuhr mit ihrer Mutter und dem Bub wieder einmal am Nachmittag mit dem Bähnchen auf die Forch zum heiligen Antonius. Sie versprach ihm eine Gabe, wenn ihr Mann die Stelle bekäme, und wenn er sich hielte, würde sie regelmäßig etwas schicken; mit drei Franken im Monat konnte man einen Neger bekehren.

Das Hochparterre, in das sie einzogen, war was anderes, da konnte man nicht von der Straße hineinschauen, ein Vorgarten lag dazwischen. Sie tat sich ein Telefon zu. Das Haus besaß Lift, und in den Badezimmern gab es eine gekachelte Wanne; ihr Bub brachte Schulkameraden nach Hause, um ihnen das Badezimmer zu zeigen, und die durften mit dem Lift fahren, aber nicht den ganzen Tag.

Zum ersten Mal lebten sie mietzinsfrei. Da ihr Mann am Abend und an freien Samstagnachmittagen Reparaturen ausführte, konnte sie Schulden bezahlen, und selbst wenn er nicht den ganzen Zahltag heimbrachte, konnte sie endlich mal einteilen; sie nahm nicht mehr soviel Baldrian wie früher. Dann erlitt ihre Mutter einen Gehirnschlag und starb zwei Tage darauf, aber sie hatte ja noch immer den Bub.

Jeden Morgen las sie im »Tagblatt« die Inserate, in denen Liegenschaften zum Verkauf angeboten wurden. Sie schnitt die Inserate aus und legte sie im Küchenschrank neben die Rabattmarken. Wenn sie von Zeit zu Zeit ans große Reinemachen ging, warf sie weg, was sich angesammelt hatte, es kamen eh wieder neue dazu.

Es wunderte sie schon, warum er einmal so spät heimkam und einen Betrag auf den Tisch legte, der größer war als er je mit Überstunden hätte zusammenbringen können, und eine Seite Speck packte er aus. Am andern Tag entdeckte sie, daß das Sparbüchlein nicht mehr unter der Matratze lag, und es war auch nicht zwischen die Bettgestelle gefallen. Es hatte einfach keinen Sinn.

Aber dann war ausgerechnet Krieg. Man hatte es kommen sehen, so viele Photos hatte es früher in den Zeitungen nicht gegeben. Auch ihr Mann rückte ein. Er war ein Soldat. Er war diensttauglich und nicht ein Staatskrüppel wie der im ersten

Stock, den hatte es auf der Straße erwischt, obwohl es kaum Verkehr gab. Jetzt saß diese Frau mit ihren vier kleinen Kindern da und hatte den Mann auf dem Sofa und die Fürsorge am Hals. Verglichen mit ihr hatte sie Glück.

Sie besorgte das Haus, das ihnen fast gehörte. Nicht nur die Treppenreinigung übernahm sie, sondern half auch beim Weißeln der Küchen und Badezimmer. Ihr Mann hatte ihr beigebracht, wie man die Heizung bedient, und sie betreute den Vorgarten.

Als ihr Mann aus dem Militärdienst entlassen wurde, mieteten sie einen Werkstattraum im Untergeschoß eines Nachbarhauses. Handwerker waren gesucht; es war das beste, wenn er sein eigener Herr und Meister war. Aber er tat ihr immer alles zuleid und fand es hinterher noch lustig. Statt daß er froh war, daß sie ihm half, lachte er sie aus, vor allen Leuten. Natürlich sah sie in ihrer Arbeitsschürze nicht besonders aus und die Hände von Ölfarbe verschmiert – soll er doch zu seinen Serviertöchtern gehen.

Doch dann zogen sie einen Sommer lang jeden Sonntag in der Frühe los und gingen in den Wald; so war es lange nicht mehr gewesen, das war wie damals, als sie verlobt waren, und wenn sie gepicknickt hatten, wickelten sie sich in eine Wolldecke und schickten den Bub in die Pilze und in die Beeren.

Es kam ein Kind, und schon dreizehn Monate später ein zweites. Da hatte sie bereits nicht nur gelernt, ein Kind aus dem Bauch zu entlassen, sondern auch aus den Armen.

Es waren Mädchen. Der Mann freute sich an ihnen. Eines Nachts aber kroch er auf dem Boden umher und suchte das Militärgewehr. Sowas hatte er früher nie gemacht. Er sollte vielleicht doch einmal zum Doktor, sie hatte erst letzthin gelesen, daß man jetzt gegen sowas Spritzen hat; es gab auch Tabletten; vielleicht müßte man ihm die heimlich in den Kaffee tun. Wie sollte sie jetzt weggehen, jetzt, wo noch zwei Kinder dazugekommen waren. Da hatte sie sich immer vorgenommen, nur so lange zu bleiben, bis ihr Bub für sich selber schauen konnte. Aber wenn der studieren wollte, mußte er noch lange in die Schule, jetzt kam er wenigstens ans Gymnasium. Und dann war das eine Mädchen kränklich, sie wollte einmal dem Briefkastenonkel schreiben.

Dann begann der Mann damit, die Familie aus der Wohnung zu jagen. Er hatte schon früher ihrer Mutter gedroht, er werfe sie raus; die hatte sich oft in ihrem Zimmer eingeschlossen und sich gar nicht mehr gezeigt. Aber jetzt war sie tot, und er fing das gleiche Theater mit ihr und den eignen Kindern an.

Wenn er manchmal nur nicht mehr gekommen wäre. Für die erste Zeit würde das Witwengeld von der Illustriertenversicherung reichen. Ihr Sohn konnte nach der Schule irgendwo aushelfen, und die Mädchen müßten halt in die Krippe. Sie hat man auch in die Krippe gesteckt und geschadet hatte es nicht; es war besser, man wußte von Anfang an, woran man war.

Sie blieb und half. Zwischendurch saß sie am Küchentisch und las in den Zeitungen die Inserate, in denen Häuser angeboten wurden. Sie rechnete am Zeitungsrand die Zinsen aus für die erste und die zweite Hypothek, schlug die Beträge für die Versicherungen dazu und teilte alles durch zwölf. Wenn ihr Sohn zuschaute und fragte, warum sie blieben, sagte sie ihm, wenn sie einmal ein Haus hätten, wäre alles gut; und der Sohn versprach, recht bald groß zu werden.

Sie blieb. Aber deswegen brauchte er nicht zu meinen, sie bliebe für immer. Nur weil sie stets zurückgekehrt war. O nein, da irrte er sich. Nur so lange würde sie bleiben, bis das mit den Schulden in Ordnung war, dann würde sie trotz allem gehen. Er könnte ihr nicht nachsagen, sie habe ihn im Dreck hocken lassen, den Gefallen tat sie ihm nicht.

Dann kam ein Großauftrag. Wenn nur ein paar solche kämen, und er bei der Arbeit bliebe, könnte man endlich nicht nur alles in Ordnung bringen, sondern auch was auf die Seite tun. Aber die Firma, die soviel Türbänder bestellt hatte, wartete sechzig Tage, bis sie bezahlte. Statt daß er sich nach einem neuen Auftrag umsah, hockte er am Vormittag in der Wirtschaft und stritt schon beim Mittagessen, ging gleich wieder in die Wirtschaften, kam spät heim und sagte ihnen, sie sollten zur Wohnung raus und zum Teufel gehen.

Es war immer das gleiche. Es mußte ihr einmal verleiden. Sie konnte doch nicht immer und wieder nachgeben. Am besten wäre, mit dem Ganzen aufhören, die Kinder warm anziehen und über alles einen Schnellzug fahren lassen.

Jetzt kriegte ihr Mann nicht einmal mehr die Eisenstangen und Stahlrohre auf Rechnung geliefert. Da war es schon besser, den Arbeiter zu entlassen, sie konnte einspringen. Für den eignen Haushalt blieb kaum Zeit. Sollte sich der Bub das Essen selber aufwärmen, die Welt ging nicht unter, weil mal kein frisches Hemd da war.

Wenn sie die Inserate aus den Zeitungen ausschnitt, stieß sie auf unbekannte Ortschaften; sie fragte ihren Mann, der von der Montage und vom Militärdienst her Bescheid wußte. Man mußte an den Schulweg denken wegen der Mädchen. Aber dann kam kam die Kleinste ins Spital, der Doktor hatte gesagt, das sei zu operieren, doch das Kind erwachte nicht mehr aus der Narkose; es waren immer die Liebsten, die einen verließen.

Warum sollte sie gehen. Der Friedensrichter hatte gesagt, ihr Mann müsse zur Wohnung raus, nicht sie und die Kinder. Die Möbel würden ihr gehören, sie hatte die Quittungen behalten, auch wenn sie bereits das zweite Schlafzimmer hatten. Aber ihr Mann drohte, er würde keinen Rappen bezahlen für Alimente; er war imstande und hörte auf zu arbeiten, nur damit er nicht bezahlen mußte.

Wegen einer Gelegenheitsreparatur hatte der Mann in einem Zweifamilienhaus gearbeitet, wo eine Wohnung leerstand und wozu eine Doppelgarage gehörte, die konnte man leicht in eine Werkstatt umwandeln, wenn man Starkstrom hineinlegen ließ. Die Hausbesitzer, ein Ehepaar, kinderlos und schon alt, waren bereit, gegen einen bescheidenen Betrag einen Vorverkaufsvertrag zu unterzeichnen.

Bevor sie zum Notar ging, ließ sie sich beim Coiffeur nicht nur die Haare waschen und legen, sondern auch Dauerwellen machen. Sie zögerte, ob sie ein neues Kleid kaufen sollte, doch ein neuer Mantel tat es auch. Sie nahm vorher Baldriantropfen, aber diesmal vor Freude. Als der Notar das Schriftstück hinhielt, hätte sie statt zu unterschreiben fast das Ja-Wort gegeben.

Wenn er jetzt einsichtig war, konnte man neu anfangen. Das

war eine neue Umgebung; er war weg von denen, mit welchen er gewöhnlich zusammenhockte. Doch der Versuch, eine eigene Werkstatt aufzutun, scheiterte. Sie hatten gemeint, nach dem Kriege gebe es Beton und man beginne sofort zu bauen. Sie schrieb mit ihrem Mann täglich Offerten; sie erhielten oft nicht einmal negativen Bescheid.

Aber dann entdeckte sie das Geschäft mit dem eignen Dach.

Dabei gehörte ihr das Haus gar nicht richtig. Als der alte Mann starb, drängte die Witwe auf eine Regelung, weil sie spürte, daß sie es bald ihrem Mann nachtun würde. Eines Tages klingelte der Inhaber eines Baugeschäfts und erkundigte sich, ob das Haus käuflich sei. Es gehörte nicht viel Land dazu, aber das Haus stand auf einem Stück Land, das für eine Großüberbauung ausschlaggebend war. Es war leicht, die Witwe zu überzeugen. Aus der Absicht, ein Haus zu kaufen und sich unter dem eignen Dach einzurichten, war ein Zwischengeschäft geworden.

Als sie diesmal vom Notar kam, setzte sie sich noch im Mantel an den Tisch und legte die Scheine nebeneinander wie Wahrsagekarten; sie ordnete zwei kleine Häufchen, eines für ihren Sohn und ein kleineres für ihre Tochter, dann teilte sie den großen Rest. Als ihr Mann hereinkam, schob sie ihm die eine Hälfte zu und sagte, sie gehe. Sie hatte die Trennung beim Gericht beantragt, nur Trennung und nicht Scheidung, weil sie katholisch war; aber sie versprach ihm, beim Suchen eines möblierten Zimmers zu helfen.

Sie zog aus einem Haus, das ihr kurz gehört hatte, in eine Wohnung mit ihrem Sohn, der eben die Matura bestanden hatte, und mit ihrer Tochter, welche in die Schule kam. Sie kaufte eine Polstergruppe, weil sie endlich einmal Ruhe und es schön haben wollten.

Aber nach sechs Wochen stand ihr Mann vor der Tür, sie war gar nicht mehr ans Telefon gegangen, so oft hatte er angerufen. Was für ein Jammerlappen stand da; sie wollte ihn gar nicht hereinlassen, aber das konnte sie ihm nicht antun, daß ihn die andern in dem Zustand sahen. Er zog in der Stube ein dickes Kouvert hervor, er hatte von dem Geld fast nichts verbraucht. Er arbeitete in einer Vorortgemeinde; dort gab es ein Stück Land, es sei noch nicht Bauland, man müsse nur bei den richtigen Stellen vorsprechen.

Und reden, das konnte er. Was der für ein Maul führte, er hätte damit studieren können. Die zu Hause hatten ihn nicht in die Schulen gehen lassen, das war bei ihr anders mit ihrem Sohn. Aber sie wird erst zurückgehen, wenn er es schriftlich gab, nicht mehr zu trinken.

Wenn man das Geld zusammenlegte, konnte man das Land kaufen, und ein Häuschen bauen. Der Bau des Hauses zog sich dahin, über einen Sommer bis in den Winter. Ihr Mann arbeitete wieder einmal in einer Fabrik; so gingen die Sanitär-, Schlosser- und Heizungsarbeiten, die er selber ausführte, nur am Samstag und am Sonntag voran. Man hatte glücklicherweise mit dem Bauführer, der auch die Pläne gezeichnet hatte, eine Pauschale abgemacht. Schlüsselfertig mußte er das Haus hinstellen, bis eben auf jene Arbeiten, die man in eigener Regie übernommen hatte.

Ihr Sohn hatte sich als Student in der Stadt ein Zimmer genommen. Die Tochter, die noch gern weiter in die Schule gegangen wäre, aber nun eine Lehre besuchte, meinte, man solle das Haus behalten, nachdem man nun endlich eines habe.

Sie rechnete: Wenn man verkaufe, könne man jedem etwas geben, der Tochter etwas an die Aussteuer, dem Sohn etwas ans Studium, und es blieb immer noch ein Betrag, um eine andere Liegenschaft zu erwerben, die man wieder herrichten konnte.

Nach dem Verkauf wollte der Mann richtig aufs Land. Wenn möglich ein Bauernhaus mit einer Werkstatt kaufen. Wenn man vorsichtig kalkulierte, blieb erst noch etwas übrig, um noch einmal selber anfangen zu können. Sie packte Fleischkäse und Wurstbrote ein, wenn sie an arbeitsfreien Samstagnachmittagen in Gegenden fuhren, wo die Häuser nicht teuer waren. Vielleicht war es falsch gewesen, daß sie nicht schon früher mit ihm aufs Land gezogen war. Es war nicht seine Schuld, daß es nach dem Krieg lange Zeit keinen Beton gab und er mit seiner Bauschlosserei ohne Aufträge dasaß, das ertrug kein Mann. Es fehlte eben das Betriebskapital. Das war nun anders, und die Kinder waren jetzt auch groß.

Nicht nur zu einem Haus kam sie, sondern zu zwei.

Das erste war günstig; im Inserat hatte gestanden »reparaturbedürftig«. Aber reparieren hatten sie gelernt. Sie waren zuerst in den Dachstock gestiegen, der war noch gut, das war die Hauptsache. Wichtig war, daß die Esse in der Schmiede intakt war; ihr Mann konnte seine Werkstatt auftun, es blieb was übrig als Betriebskapital. Man ging zum Notar; diesmal in einen kleinen Bezirksort, wo das Büro in einem Hinterzimmer lag. Der Notar schüttelte jedem die Hand und setzte sich mit Käufer und Verkäufer nachher zum Umtrunk in eine Bauernwirtschaft.

Nur aus Neugier hatten sie das andere Haus angeschaut, aber es wäre dumm gewesen, das nicht zu kaufen; so billig war es, daß etwas faul schien, aber es war eine Erbengemeinschaft, die sich zerstritten hatte und das Haus losschlagen wollte, so rasch wie möglich.

Jetzt konnte geschehen was mochte. Sie hatte ihr eigenes Dach überm Kopf und auch ihr Mann hatte eines. So brauchte sie sich nie einen Vorwurf zu machen, wenn sie einmal ging.

Der Sohn war bereits berufstätig, der hatte gut reden, in einem solchen Loch kaufe man kein Haus. Sie reservierte ein Zimmer für ihn, auf alle Fälle. Er war auch froh, als er dort eines Tages seine Kisten und Schachteln unterstellen konnte. Regelmäßig rief die Tochter an; sie war verheiratet, und ihr Mann fuhr einen Wagen.

Man mußte halt eine halbe Stunde zu Fuß, bis man an die nächste Haltestelle des Postautos kam, und von dort ging es nochmals eine Viertelstunde bis zur Bahn. Sie begann, sich mit ihrem Mann in dem Haus einzurichten, zu welchem die Werkstatt gehörte. Sie hatten einen Teil des Hausrats übernommen, weil der frühere Besitzer nicht noch Geld ausgeben wollte für den Wegtransport. Wenn man nur das andere Haus hätte vermieten können; um darin zu wohnen, hätte man es einigermaßen herrichten müssen; als Bauernbetrieb rentierte der Hof nicht, so daß man auch keinen Pächter fand. Die Häuser mußten bewohnt werden, sonst zerfielen sie, vor allem im Winter, wenn nicht geheizt wurde. Aber das Geld, das man für die Instandhaltung vorgesehen hatte und mit dem man die Schmiede zum Funktionieren bringen wollte, war als Anzahlung für das zweite Haus draufgegangen.

Vorläufig arbeitete der Mann im Nachbardorf. Alle vierzehn Tage, wenn es Zahltag gab, brachte er auf dem Veloanhänger Farbkessel, Zementsäcke und auch Backsteine. Er lud oft so schwer, daß er mehr den Veloanhänger flickte als transportierte.

Ob er's wahrhaben wollte oder nicht, er hatte Nachtschweiß. Das sah sie am Morgen, da waren die Leintücher naß. Aber er wurde wütend, wenn sie ihm an die Stirn faßte. Er hustete beim Erwachen anders als früher. Das kam nicht vom Rauchen. Und er vertrug überhaupt keinen Alkohol mehr. Er schlug, das hatte er früher auch nicht getan, und er hatte eine schwere Hand.

Eines Morgens konnte er auch nicht mehr schlucken. Er ging ins Spital. Der Zement lag noch im Freien. Sie versuchte die Säcke unters Vordach zu schaffen, aber sie waren zu schwer. Sie dachte daran, was für starke Arme ihr Mann gehabt hätte. Es regnete auf die Säcke, und sie wurden steinhart.

Sie wollte ihm noch einen Morgenrock bringen. Ihm, der nie so was trug. Sie hatte schon unter der Tür des Krankenzimmers gesehen, daß es zu Ende ging. Er hatte es auch gewußt. Er hatte ihre Hand genommen und gesagt, er habe sie genügend geplagt, ein ganzes Leben lang, er verspreche ihr, wenn er drüben sei, komme er nicht zurück, um sie noch weiter zu plagen.

So saß sie allein unter ihrem eignen Dach. Viel telefonierte sie mit ihrer Tochter. Die kam auch öfters übers Wochenende mit ihrem Mann und dem Kind und besorgte Einkäufe. Gelegentlich schrieb ihr Sohn. Der Briefträger fragte, ob er die Marken behalten dürfe.

Sie hatte sich lange gewundert, was es war; es war das Feuer. Sie heizte mit dem elektrischen Ofen, so brachte sie auch zwei Zimmer warm. Aber ihr Mann, der hatte den Kachelofen geheizt. Und während er das Holz hineinschob, hatte sie am Ofen gestanden und drangelangt, ob er schon warm wurde. Sie hatte neben dem Mann in der Küche gesessen. Ins Feuer hatten sie geschaut und kein Wort gesagt.

Sie lebte unter ihrem eigenen Dach mit einem Hund. Sie durfte ihn nicht ins Freie lassen, denn er wilderte. Der Förster hatte gedroht, den Hund zu erschießen. Wenn sie einmal in den Bezirksort mußte oder gar in die Stadt ging, schloß sie ihn ein und stellte ihm das Fressen für ein paar Tage hin. Kam sie zurück, jaulte er schon, wenn sie bei der alten Mühle war. Er sprang gegen die Tür, daß die untere Füllung durchbrach. Die Frau mußte sich mit beiden Beinen gegen den Boden stemmen, wenn er bei der Begrüßung auf sie lossprang. Dann machte sie sich daran, das Zimmer aufzuwischen und auszulüften.

Vielleicht war es besser, das Ganze zu verkaufen. Ihr Sohn war im Ausland, ob der zurückkam, wer weiß. Und ihre Tochter war außerhalb der Stadt verheiratet. Sie hatte ihr gesagt, sie könne zu ihr ziehen. Aber sie sorgte für sich selber, solange das ging. Wenn was passierte, dann hätte sie Geld, sie hatte bei ihrem Mann gesehen, was es kostet, damit man überhaupt im Spital aufgenommen wurde.

Sie behielt die Häuser und suchte per Inserat für eine schwarze Hündin ein liebes Plätzchen. Sie brachte den Hund dem, der ihr zuerst telefoniert hatte, und bat ihn, den Hund so lange an der Leine zu halten, bis sie im Postauto saß und abfuhr.

Dann räumte sie das Haus aus. Der Knecht von der Molkerei nebenan half ihr die Kästen auseinanderzunehmen, auch das Ehebett. Nur ein Zimmer ließ sie möbliert mit einer Couch, einem Sessel und einem Tischchen, und legte etwas Wäsche bereit in den Wandschrank.

Sie ging in die Stadt zurück und fand ein Zimmer, das gratis war, wenn sie dafür das Treppenhaus reinigte. Sie dachte daran, bei einem Kiosk auszuhelfen, aber dort gab es Zugwind. Bis sie dann eine Stelle fand, die ihr erlaubte, sich einmal mehr einzurichten.

Wenn nur die Treppen nicht wären. Sie meinte, es käme von den Beinen, aber es kam vom Herzen. Der Doktor hatte recht, die Schmerzen gaben nach, als sie die Tabletten nahm. Es seien nicht Tabletten, die gesund machen, sondern solche, die verhindern, daß es schlimmer wird. Aber sie konnte auf den Treppenabsätzen ausruhen. Sie hatte den ganzen Tag zur Verfügung, und untertags waren nicht so viele Leute im Haus, daß man sie beim Verschnaufen überrascht hätte.

Es war ein altes Mietshaus. Eine junge Architektengruppe hatte den Mietern gekündigt und aus den Wohnungen Appartements gemacht. Man nannte sie im Vertrag Gouvernante. Die Schlüssel ihrer beiden Häuser waren so schwer gewesen, daß man sie in der Handtasche spürte. Man durfte sie nicht verlieren, denn es gab kaum mehr Schlosser, die solche Schlüssel schmiedeten. Und nun hielt sie ein Schlüsselchen in der Hand, das kaum Gewicht hatte.

Sie kam zu einem Passepartout für ein ganzes Haus. Sie ging sogleich in den Keller und probierte, ob es der Schlüssel tat; er tat es für alle Kellerabteile und für die Waschküche. Sie ging von Etage zu Etage, verschnaufte und klopfte an die Zimmer und probierte den Schlüssel; er öffnete alle Türen. Sie stieg mit dem Schlüssel bis unters Dach; er paßte auch für die Mansarden und Abstellräume.

Es traf sich günstig, daß es fünfundzwanzig Jahre her war. Jetzt räumten sie das Rayon auf dem Friedhof, wo ihre Mutter begraben war. Sie hatten ihr vom Bestattungsamt geschrieben wegen des Grabsteins. Natürlich wollte sie den behalten. Man brauchte nur die Vorderseite abzuschleifen, es war ein guter Stein. Und so teuer war die neue Inschrift auch nicht. Sie wußte nicht recht, ob sie sich fürs Kreuz oder für die Palme entscheiden sollte. Jedenfalls kam ihr Mann zu einem Grabstein. Nur schon wegen all denen, die neben ihm lagen.

Und für die beiden Häuser suchte sie Mieter. Für das eine meldete sich ein Pensionierter. Dem war es recht, wenn man das eine oder andere flicken konnte. Er war Witwer und hatte Zeit wie sie. Und fürs andere Haus interessierten sich junge Leute. Sie war zunächst skeptisch gewesen, aber so sahen die Jungen heute eben aus. Und als sie sie einmal besuchte, da erschrak sie, als sie sah, daß sie die Stube schwarz ausgemalt hatten, aber sie schenkten ihr eine kleine Decke; das eine Mädchen hatte einen Webstuhl in die Scheune gestellt.

Mit den Mieten, die sie einnahm, konnte sie an größere Reparaturen gehen. So fuhr sie manchmal an freien Samstagen zu ihren Häusern. Die Handwerker mußten sie halt im Auto abholen. Sie ließ sich Offerten ausstellen und schaute nach, ob man die Dachtraufe befestigen mußte; plötzlich war ein Brunnen versandet; in einem Stall hatte die Mauer schon immer einen Riß, aber das Fundament senkte sich nicht weiter; dann war die Frage wegen der Wasserinstallationen, aber mit den neuen konnte sie zuwarten; als nächstes kam der Boden in dem hinteren Zimmer dran; vorerst mußten im andern Haus die Stützbalken neu gezogen werden.

Die Handwerker waren nett; wenn sie fragte, ob sie nicht einen Umweg machen könnten, taten sie es; sie fuhren mit ihr auf den Hügel, wo der Friedhof ihres Mannes lag, und alle Handwerker hatten gesagt, es sei einer der schönsten Friedhöfe.

Es war schon richtig, daß sie die Häuser behalten hatte. Man wußte nicht, was noch alles kam. Schließlich konnte man ein Stück Land verkaufen, wenn's einmal notwendig war. Für Eigenbedarf durfte man kündigen, und das würde man auch sicher verstehen. Was mit ihrer Tochter geschah, wer weiß, die hatte Kinder. Auch ihr Sohn war untergebracht. Es waren auf alle Fälle zwei Häuser da, aus denen niemand einen vertreiben konnte.

Sie selber lebte in einem Haus, das ihr nicht gehörte, wo die Mieter kamen und gingen und sich nicht einmal immer an die Termine hielten.

Da kam dieses Mädchen in die Schweiz zurück und hatte vom ersten Tag an gearbeitet; jetzt kriegte sie bereits ein Kind. Ihr Freund wollte bei ihr wohnen. Das ging schon, aber ob der auch für sie aufkam. Der hatte den Puls aufgeschnitten, als sie ihn abholten, weil er nicht in den Militärdienst einrückte. Sie sagte der Verwaltung nichts wegen des Teppichs, sie mußte nochmals drüber. Für einmal konnte sie schon Geld ausleihen. Sie selber hatte ja nicht einmal eine richtige Versicherung.

Bei dem von Nummer 17 ahnte sie auch nichts. Der gab ihr manchmal ein Trinkgeld, sie wußte nicht wofür. Er war auch geschniegelt, als sie ihn abführten, er hatte von Frauen gelebt. Sie hatte seine Sachen in den Keller gestellt. Er war noch ein Bürschchen; er war manchmal zu ihr wegen der Knöpfe gekommen; aber er mußte selber einfädeln, sie sah kaum noch das Nadelöhr.

Bei ihr holte eben die Polizei Auskunft. Die klingelten, als ob ihnen die Klingel schon gehörte.

Die meisten waren Ausländer. Die hatten eine Heidenangst vor der Polizei. Der Jugoslawe, der hatte Tränen in den Augen, als er zurückkam, nur weil sie ihm das Zimmer behalten hatte. Als er zum ersten Mal nach Hause fuhr, hatten sie Pocken da unten, und er mußte in Quarantäne. Der konnte wenigstens Deutsch.

Sonst kamen sie mit Formularen zu ihr; sie hatte noch nie in ihrem Leben solche Formulare gesehen, woher sollte sie Italienisch können. Da mußte sie halt telefonieren. Die konnten recht frech sein auf den Ämtern, und die Italiener kamen nicht richtig draus. Sie brachten ihr eine Flasche Chianti, wo sie doch gar nicht trank. Aber zusammenhalten, das taten sie, und wie sie die Kinder anzogen. Schon die kleinen Mädchen hatten Ohrringe. Sie kochten gemeinsam, wie die Spanier. Es wunderte sie nur, was die Spanier für Öl brauchten. Das mußte ein besonderes Öl sein, da war immer der Boden voll, wenn sie kochten, und sie brachte das kaum weg.

Jetzt wohnte auch noch ein Neger im Haus. Aber nicht einer mit diesen wulstigen Lippen, die ihr Angst machten. Der besuchte Kurse. Sie wußte gar nicht, daß es Kurse für Neger gab. Er sagte ihr, sie solle sagen, er sei verreist, wenn man anrief. Aber die Mädchen kamen halt dann persönlich. Sie konnte nicht alle Leute ans Telefon rufen. Sie schrieb ihnen wohl einen Zettel, aber nicht nachts um elf.

Wenn jetzt die Türken auszogen, mußte sie einen suchen, der die Glühbirnen einschraubt. Gottlob war der von Nummer 27 geblieben, der ihr die Container an die Straße schob. Die Jungen zogen eben weg, wenn sie etwas fanden. Die heirateten. Viele schickten ihr eine Anzeige. Ganz moderne. Nur zwei, in Nummer 8, die blieben, die hatten im Wandschrank das obere Gestell voll von Konserven; aber regelmäßig kamen sie zu ihr und bettelten um Salz. Jetzt hatte sie ihnen ein ganzes Paket hineingestellt. Nur das Radio mußten sie leiser stellen. Wegen der Nachbarn. Sie selber hörte ja nicht mehr so gut. Die andern wollten schlafen, die mußten am Morgen an die Arbeit. Gerade die beiden Kellner, die oft Frühdienst hatten. Es wurde doch bei ihr reklamiert. Mit fünfunddreißig Mietern im Haus war schon genug los, wenn nichts los war.

Die Frau saß in ihrem Schaukelstuhl und erzählte ihrem Sohn, wenn er sie besuchte, von denen, die sie »meine Leute« nannte. Plötzlich hielt sie inne und fragte ihn: »Möchtest du was essen?« Sie hatte die Hände über ihrem Bauch gefaltet. In diesem Bauch hatte der Immune zum ersten Mal gewohnt. Und eines Tages hatte er in einen solchen Bauch geschaut und gesehen, wie tot das sein kann, wo man zu leben anfing.

Die Autopsie

Der Pathologe nahm das Herz von der Waage.

»450 Gramm, Perikard zart. Im Herzbeutel etwas klare gelbe Flüssigkeit. Innenfläche glatt, glänzend. Herz eher schlaff. Größer als die rechte Leichenfaust. Spitze abgerundet. Wird vom linken Ventrikel gebildet. Die rechte Herzkammer ist erweitert. Die linke normal. Der rechte Vorhof...«

Der Pathologe unterbrach das Diktat. Er hatte die Gruppe von Männern bemerkt, die eingetreten waren. Unter den weißen Mänteln sah er die Hosen von Militär-Uniformen. Er hielt das Herz in Brusthöhe vor sich. Er nickte zur Tür.

»Herr Kollega.«

»Herr Kollega.«

»Die Sanitätsmannschaft?«

»Ein Teil davon.«

»Moment, bitte«, der Pathologe beugte sich über das Herz in seiner Linken. Die Männer blieben auf ein Zeichen des Offiziers bei der Türe stehen. Der Pathologe betätigte das Pedal für das Weiterdiktat. Das Herz war von seinen Stammgefäßen getrennt. Er führte eine stumpfe Schere ins Herz, fuhr die Gänge ab, den Blutstrom imitierend, vom rechten Vorhof in die Lungenarterie: »Rechter Vorhof erweitert. Linker normal. Formen oval geschlossen. Herzohren frei. Epikard zart-spiegelnd mit mäßigem epikardialem Fettgewebe. Enokard glänzend.« Nahm vom Stahlchromtischchen über den Knien der Leiche einen Maßstab: »Klappenmessung: Tricus pidalis 12 cm. Tricus mitralis 10 cm. Aorta 8 cm. Am Schließungsrand der Mitralis ein warzenförmiges Knötchen. Sehnenfäden verkürzt und verdickt. Trabekel und Papillarmuskel mittelkräftig.«

Er tauschte auf dem Instrumententischchen Maßstab mit Messer aus. Schnitt mit dem Skalpell ins Herz, prüfte den Widerstand. Die Linke gab unter dem Druck etwas nach. Ein kratzendes Geräusch, der Stahl stieß auf Kalk. Der Pathologe schnitt die Kranzarterie in regelmäßigen Abständen durch und trennt das Lumen: »Am Abgang der linken Kranzarterie sichelförmige Einengung der Lichtung.«

Er legte das Herz in die Schüssel zurück, neben Messer und Maßstab. Eine Stahlchromschüssel mit zentralem Abfluß. Tintierte Flüssigkeit sickerte aus dem Herz; daneben die schlaff eingefallene Lunge.

»Der Pulmonaltrakt«, erklärte der Offizier, »das Schnabelähnliche ist der Kehlkopf.«

Der Pathologe winkte dem Kollegen, der bat seinerseits die Mannschaft, ihm nachzukommen. Der Wink wurde mit leisen, fast zögernden Schritten befolgt. Die Männer, unter ihnen der Immune, stellten sich im Halbkreis um den Schragen.

»Danke, daß wir kommen durften.«

»Wenn es als Anschauungsunterricht nützt«, meinte der Pathologe. Er deutete auf die Leiche. Die obere Partie der Haut war bleich, die abhängigen Partien wiesen konfluierende Totenflecken auf.

»Ein Wasserbauch. Typisch für Leberinsuffizienz.«

»Metastasenleber?« erkundigte sich der Sanitätsoffizier.

»Werden wir gleich sehen. Eine vierundsechzigjährige Frau.«

Die Rippen der Frau endigten frei in der Luft. Unter der auf die Seite geklappten Oberhaut eine buttergelbe Fettschicht. Die Brüste hingen zur Seite, in die Achselhöhlen gebettet.

Der Pathologe ging zur Leiche zurück. Er schöpfte mit einer Kelle Flüssigkeit aus dem Bauch in einen Meßzylinder, goß ihn ins Lavabo am Fußende der Leiche, füllte den Meßzylinder von neuem und ein drittes Mal: »Drei Liter Azites-Flüssigkeit.«

Mit einem länglichen Messer trennte der Pathologe die Leber heraus. Sorgsam packte er sie mit beiden Händen, hielt sie unter den laufenden Strahl des Lavabo, wusch sie blutfrei, klaubte an ihr.

Der Sanitätsoffizier: »Er prüft die Konsistenz. Bei jedem Organ zuerst die Beschreibung: Größe, Farbe, Brüchigkeit.«

Der Pathologe sah auf, lächelte und zuckte mit den Achseln: »So genau hätt' ich es gar nicht erklären können.«

Er hob die Leber auf das Präpariertischchen. Von der Unterseite her öffnete er mit einer spitzen Schere die Gefäße und die Gallengänge: »Leber weist knotige Oberflächenstruktur auf mit weißen Kuppen.«

Er hielt die Leber dem Kollegen hin, dann führte er sie der Mannschaft vor: »Metastasenleber. Wie zu erwarten. Gebärmutter-Karzinom. Stadium 4.«

Der Pathologe tranchierte die Leber, handbreite Scheiben, nicht bis auf den Grund durchgeschnitten; dann klappte er die Schnittflächen auseinander: »Gesundes Lebergewebe auf ein Drittel reduziert«, dann zur Mannschaft: »Zerstört und verdrängt durch die Tumorzellen. Inoperabel.«

Der Sektionsdiener räusperte sich. Alle schauten zu ihm. Er hantierte am Kopf. Er wandte seinen Körper etwas zur Seite, damit man ihn an der Arbeit sah. Er hatte von der Stirn aus um den oberen Schädel einen Schnitt gezogen. Nun hob er die

Kopfhaut von hinten und zog sie nach vorn. Ein nackter Schädel schälte sich hervor, geschlechtslos, ohne Alter, zwei Augenhöhlen. Darunter die Kopfhaut von innen, blutig und glatt, das graue Kopfhaar bildete einen Bart.

Der Pathologe hatte Milz und Niere herausgenommen. Die Organe, blutfrei gewaschen, lagen auf der Präparierfläche. Gerinnsel. Er schnitt aus den Organen je einen Würfel und legte sie in eine Flasche mit Flüssigkeit.

»Formalin«, verfolgte der Sanitätsoffizier das Vorgehen.

»Für den Histologen«, sagte der Pathologe. »Arbeitsbeschaffung. – Formalin, das kennen Sie sicher vom Fußschweiß-Pinseln.«

Ein splitterndes Geräusch, ein summendes Sägeblatt. Der Sektionsdiener führte den Rundschnitt am Schädel aus.

Der Pathologe sah auf, nickte, aber zu niemandem. Dann betrachtete er den Unterleib der Leiche. Mit einer Hand hob er die entleerte Blase. Zeigte auf die darunter liegende Gebärmutter.

»Der kleine Knoten dürfte der Primär-Tumor sein. Er liegt im Bereich des Gebärmutterhalses.« Er überlegte einen Moment: »Die Verwachsungen an den beiden Seiten sind Tumor-bedingt.«

Mit einem Skalpell löste der Pathologe die Verwachsungen heraus, legte sie auf das Präpariertischchen, öffnete Vagina und Gebärmutter.

Der Immune preßte die Schenkel um die Genitalien zusammen.

»Das Blutgerinnsel deutet auf Blutungen beim Lebenden hin – die Frau hatte noch ein Globin von dreißig Prozent.« Dann löste der Pathologe die beiden Eierstöcke heraus und halbierte sie mit einem gezielten Schnitt: »Normale Altersatrophie.«

Nun war die Leiche ausgehöhlt und leergeschöpft. Die Wirbelsäule mit den Verstrebungen der Rippen ein lecker Schiffsrumpf, stellte der Immune fest und hörte: »Keine Knochenmetastase.« Der Sektionsdiener hob die Schalotte, legte sie auf die Seite. Der Kopf ohne die obere Hälfte. Die Finger des Sektionsdieners glitten in den Schädel und nahmen eine graue Masse heraus. Das Hirn. Es schlidderte auf dem Chromstahl. Er tranchierte es.

Ein älterer Mann war eingetreten. Geschäftig und aufgeregt. Er flüsterte mit dem Sektionsdiener, der einen Meißel in der Hand hielt. Mit ihm drang er ins Innere des Schädels.

Der Sektionsdiener zum Pathologen: »Der Mann wartet.«

Pathologe: »Was für ein Mann?«

»Der Ehemann wohl.«

»Ist es schon vier Uhr?« fragte der Pathologe. Sein Kollege hielt ihm eine Uhr hin. Dann zum Sektionsdiener: »Fertigmachen.«

Der ältere Mann entfernte sich, mit den Händen paddelnd.

Der Pathologe: »Der Einsarger.«

»Brauchen wir Wirbelsäule?« erkundigte sich der Sektionsdiener.

»Nein«, winkte der Pathologe ab, »keine Extremitätenknochen. Sonst kämen die Dachlatten in Funktion«, fuhr er fort und wies auf eine Ecke, wo Dachlatten aller Längen standen, »damit die Leiche zusammenhält, falls man ihr Wirbelsäule entnimmt.«

Der Sektionsdiener hob die Schüssel mit den Eingeweiden, er schüttete die Organe in den leeren Leib der Leiche. Ein Haufen purzelnder Organe, sie klebten aneinander. Der Sektionsdiener verteilte von Hand und ebnete ein. Dann holte er eine Rolle Kreppapier, riß Stücke davon, zerknüllte sie, stopfte den Leib aus und tastete die Leerstellen ab.

Das Buch, das jeder in uns hat. Mit unbeschriebenem Papier im Bauch gehen wir unter den Boden, saugfähiges Papier, überlegte der Immune.

Der Diener setzte zum Nähen an. Mit einer gebogenen Nadel führte er eine Paketschnur, nähte rasch mit fortlaufender Naht von unten nach oben. Von der Seite her hoben die Brüste ihr Gewicht, kehrten an ihren angestammten Platz zurück, getrennt durch einen Knoten.

Der Pathologe stand neben dem Schreibpult vor dem Fenster. Wandte sich zum Lavabo. Er wusch die Gummihandschuhe;

den Wasserstrahl regulierte er mit dem Knie. Er streifte die Gummihandschuhe von den Händen, zwischen den Fingern Spuren von Talk. Er nahm ein Bündel und hielt es dem Sanitätsoffizier hin: »Der Spitalbericht.« Der Offizier gab ihn der Mannschaft weiter; der Immune stand am nächsten und nahm ihn in Empfang.

»Seit wann gehört das zum Ausbildungsprogramm, der Besuch in der Pathologie?«

»Noch nicht, war mein Einfall. Aber wie soll die Mannschaft sonst zu Toten kommen.«

»Auf der Notfallstation könnten sie sich ans Blut gewöhnen.«

»Ich war selber schon lange nicht mehr in der Pathologie; der gute Neumeier.«

»Haben Sie auch noch bei ihm studiert? Für einen Arzt ist er noch alt geworden.«

Der Immune las einen Namen, die beiden Vornamen. Er schaute auf die Leiche. Hausfrau als Beruf angegeben. Geburtsdatum. Einlieferungsdatum. Meldungen gehen an die Adresse des Ehemannes, Nummer und Namen der Krankenkasse. Zwei Kinder.

Der Sektionsdiener stülpte die Kopfhaut von vorn wieder über den Schädel. Die Augenlöcher verschwanden, sie erhielten Augenäpfel und Brauen zurück. Er strich die Kopfhaut fest, prüfte, ob die Haarkappe auf der Schalotte saß. Mit gespreizten Fingern strich er durchs Haar, ordnete es, legte ein paar Wellen über die Stirn, tiefer als die Seitenstellen, wo der Rundschnitt begann. Dann langte er mit zwei Fingern ins Gesicht, rückte die Nase etwas in die Mitte, modellierte den Mund zu einem Lächeln.

»Bitte«, der Pathologe verlangte die Papiere zurück. Er unterschrieb. Dann öffnete er die weiße Gummischürze.

»Es gibt auch rote Gummischürzen«, sagte der Sanitätsoffizier.

»Je nach Temperament«, fügte der Pathologe bei.

Der Sektionsdiener hob die Leiche vom Schragen auf einen Serviertisch, stieß ihn weg, nachdem er die Leiche mit einem

Tuch zugedeckt hatte. Er ging ab durch eine mannshohe Klapptür.

Der Sanitätsoffizier wollte sich verabschieden. Der Pathologe begleitete ihn und die Mannschaft. Mit einem Ruck schob der Sektionsdiener eine neue Leiche aus dem Kühlraum. Die starren Zehen schauten unter dem weißen Überwurf hervor. Der Sektionsdiener näherte sich dem großen Zehen, beugte sich. Am Zehen hing eine Paketadresse. Der Sektionsdiener flüsterte vernehmlich: »Medizinische Klinik A.«

»Ach, der Unfall-Tote«, bestätigte der Pathologe.

Der Sektionsdiener winkte der Mannschaft, er bückte sich, blieb in der Hocke und zeigte auf die rechte Fußsohle: »Der schwarze Fleck. Hier ging der Strom durch.«

Dann schob er den Nächsten zum Schragen.

Der Schöpflöffel der Mutter

Er war ein Sohn, er trug das Zeichen auf dem Bauch, eine persönliche Vernarbung, die nichts über die Person, sondern nur über die Machart aussagte.

Die Eltern hatten ihm später erzählt: Kaum habe die Hebamme ihn im Arm gehalten, habe er gepinkelt, ein ganzes Wasserglas voll, die Hebamme habe es herumgereicht, »ein Bub, ein richtiger Bub«. Auf die Hänselei pflegte der Immune zu antworten, er habe damals noch nicht reden können; das Schreien hätten sie ihm falsch ausgelegt, deswegen habe er seinen Kommentar anders abgegeben.

So gekonnt die weise Frau ihre Arbeit verrichtet hatte, der Immune mußte seine eigene Hebamme werden. Er hatte an dieser Nabelschnur gerissen und gezerrt, als sie längst abgedorrt war.

Dabei hatte er sich als Junge und Jugendlicher vor diese Frau hinstellen und sie verteidigen wollen. Aber sobald sich eine Möglichkeit bot, war er ausgebrochen.

Er hatte als junger Mann Vorwürfe erfunden und die erstbesten benutzt, um nicht nach Hause zu müssen, und sei's nur für einen Besuch. Seine Tapferkeit hatte am Ende darin bestanden, eine Frau zum Weinen zu bringen. Zugleich hatte er seine Ohnmacht gespürt, an diesem Leben etwas ändern zu können.

Er hatte sich lustig gemacht über das, was sie ihm beigebracht hatte: man müsse ein rechter Mensch sein und das Gute lohne sich. Er wollte ihr manchmal das eigene Leben vorhalten und sie nach der Belohnung ihres Gutseins fragen. Wenn er aber Vorstellungen von Gerechtigkeit hatte, verdankte er sie dieser Frau.

Dabei hatte sie ein Leben lang erfahren, daß die Mächtigen mächtig waren, und es war gegen sie nicht anzukommen; von denen hing ab, ob man zu essen hatte und ob man wohnen konnte und ob man was zum Anziehen besaß. Daher meinte sie lange, es wäre wohl gescheiter, sich nicht mit ihnen anzulegen.

Sie wünschte, daß ihr Sohn etwas Besseres wird, und dafür mußte er in die Schulen. Es sah auch aus, als ob er die Schulen dazu benutzte, um etwas Besseres zu werden. Der Immune aber brachte die Frau um ihren Einsatz. Er mußte sich nicht nur von ihrem Bauch, sondern auch von ihren Erwartungen entbinden, und das war der Riß einer Nabelschnur, deren Vernarbung auf keinem Bauch zu sehen war.

Er wollte diese Frau nicht prellen und wußte, daß sie es zunächst einmal nur so auffassen konnte, doch sagte sie eines Tages unvermittelt, daß die Besseren gar nicht so gut sind.

Damals war er bereits ein Mann, und die Frau, seine Mutter, ging in die Jahre.

Sie war immer älter gewesen und größer, aber dann war ihr der Sohn über den Kopf gewachsen; sie war eines Tages alt und wurde kleiner; während ihr Sohn in die Breite ging, wurde sie schmächtiger.

Sie sagte, sie selber höre nicht mehr gut, und sie fügte bei, das könnte auf der Straße schon einmal gefährlich sein; sie war auch einmal ohnmächtig hingefallen, sie hatte damals noch nicht gewußt, daß sie Zucker hatte.

Auch das Klingeln des Telefons entgehe ihr immer mehr, entschuldigte sie sich, aber sie könne ja selber anrufen; sie sagte manchmal im Gespräch etwas, das nicht ganz in den Zusammenhang paßte, und meinte hinterher, es sei auch schön, wenn man nicht mehr alles höre, was die Leute sagten.

Plötzlich konnte sie sich an eine Begebenheit aus der Kindheit erinnern, und das war frischer, als was ihr vor einer Stunde noch geschehen war:

Da war sie etwas über sechs Jahre alt gewesen. Im Stadtkreis vier, wo sie aufgewachsen war, hieß es an einem Nachmittag, vor dem Bahnhof stehe ein Neger; sie seien alle aufgeregt gewesen und hätten beschlossen, den Schwarzen anschauen zu gehen, aber sie hätten ihn verpaßt, da sie sich vorher noch die Sonntagskleider angezogen hätten.

Als alte Frau kannte sie andere alte Frauen und tauschte mit ihnen gelesene Heftchen und Zeitungsartikel, vor allem medizinische. Sie trafen sich mit Vorliebe in den Kaffeestuben der Warenhäuser oder in den Restaurants des Frauenvereins; dort war der Kaffee zehn Rappen billiger, man mußte ihn am Buffet holen, aber man durfte vor einer leeren Tasse sitzen bleiben, ohne daß einen das Personal scheel ansah.

Die alte Frau löste auch eines Tages ein General-Abonnement für die Straßenbahn. Damit konnte sie überall hinfahren, sie brauchte nur den Ausweis hinzuhalten, bis zu den Endstationen, von wo sie wieder zurückfuhr.

Sie war eine alte Frau, die ein Leben lang geblieben war, und die nicht übrigbleiben wollte.

Sie war Jahrzehnte lang Ehefrau gewesen. Nach dem Tod ihres Mannes wurde sie eine Witwe und setzte das Wort »Witwe« vor ihren Namen wie einen Titel, so selbstverständlich, wie sie an einem Finger zwei Ringe trug.

Sie stellte fest, daß eine Ehefrau, die ihren Mann verliert, einen Titel erhält. Als sie ein Kind verlor, war sie zu keiner neuen Bezeichnung gekommen. Wenn ein Kind seinen Vater oder seine Mutter verliert, wird es Halbwaise oder Waise. Aber das war anders, wenn die Kinder zwanzig wurden. Da verwaisten die Kinder nicht mehr, und ihre Tochter und ihr Sohn waren schon längst erwachsen.

Und die Tochter hatte einen Buben und zwei Mädchen. Wenn die alte Frau mit der jüngsten Enkelin am See spazierte und die beiden sich die Hand gaben, wußte man nicht genau, wer wen hielt, damit keines verlorengehe. Beide standen am Steg und schauten sich die Schiffe an. Die Großmutter erzählte, daß es früher Schiffe gegeben habe mit Rädern auf beiden Seiten, aber so groß waren die Schiffe nicht gewesen. Doch das Mädchen kannte viel größere Schiffe, es wußte dies vom Fernsehen.

Die alte Frau begann aufs Alter hin zu staunen.

Sie wunderte sich über die hohen Preise und über die modernen Läden, die man baute; es gab hier Gemüse und Früchte, die sie noch nie gesehen hatte, geschweige daß sie deren Namen kannte. Sie staunte über die Kleider der Leute und was die Jungen alles zeigten und vorführten. Sie sah den Autos nach, die herumfuhren, und sie stutzte, wer sich alles eines leistete. Sie begab sich an die früheren Wohnadressen und faßte es kaum, daß die Häuser gleich aussahen, und in der Werkstätte, wo ihr Mann hatte selbständig werden wollen, befand sich noch immer eine Schlosserei. Sie wunderte sich über all die Medikamente, die sie einnehmen mußte, und davon immer mehr. Am liebsten aber suchte sie den Flohmarkt auf; da fand sie Dinge wieder, die sie als Mädchen und junge Frau gebraucht hatte und die oft im Weg gewesen waren; sie staunte über die Preise, sie hatte nicht gewußt, daß sie einst so reich gewesen war.

Als sie ihren Sohn einmal im Ausland anrief, schloß sie vorher die Tür mit dem Schlüssel und rückte ein paarmal den Stuhl zurecht, bevor sie die Nummer einstellte. Ohne daß sich das Fräulein vom Amt einschaltete, redete sie mit ihm, als säße er neben ihr.

Und als ihre Tochter und ihr Sohn ihr einen Grill schenkten, da hatte sie sich den zwar gewünscht. Aber sie fürchtete sich, die Schalter und Knöpfe zu betätigen und verheimlichte es. Sie war verblüfft, wenn sie im Prospekt nachlas, was man mit diesem Grill alles machen konnte. Sie stellte ihn auf den Schrank und freute sich, auch etwas Modernes zu besitzen.

Zu ihrer größten Überraschung aber war sie nochmals zu einem Sohn gekommen.

Der Immune hatte jahrelang diesen Sohn gespielt. Er kannte die Möglichkeit, sich mit einem Geschenk loszukaufen, etwas mitzubringen und mit dem Mitbringsel das Lösegeld für sich selber zu entrichten.

Er hatte sogar eine Zeitlang an Familienfesten mitgemacht. An jenen Weihnachten teilgenommen, wo die Familie zusammengehörte. Er konnte die Nervosität verbergen, obwohl er wußte, daß bald das Lied angestimmt wurde. Er war solchen Anlässen immer mehr ausgewichen, indem er über diese Festtage Arbeit annahm, deretwegen er wegfahren mußte.

Die Angst, etwas vorspielen zu müssen, war gelegentlich so groß gewesen, daß er für längere Zeit kein Lebenszeichen gab; es stellte sich Gleichgültigkeit ein, wo diese nicht gemeint war.

Das änderte sich erst, als der Immune zum zweiten Mal Sohn wurde. Der Frau, die seine Mutter war, hatte man beigebracht, für andere da zu sein, für ihren Mann und für ihre Kinder. Als ihr Mann starb, waren nur noch die Kinder da, vor allem ihr Sohn, der nicht verheiratet war.

Die Frau, die immer wieder daran gedacht hatte wegzulaufen und die am Ende geblieben war, hatte stets Hand angelegt und ihrem Mann geholfen, wo immer eine Möglichkeit sich bot. Nun legte sie Hand an bei ihrem Sohn. Der hatte keine Werkstatt, so räumte sie manchmal statt einer Werkbank einen Schreibtisch auf.

Sie las noch immer zuerst die Inserate und die Todesanzeigen, aber sie begann darüber hinaus die Zeitungen da zu lesen, wo sie sonst nur kurz verweilt hatte. Ihr Sohn schrieb für Zeitungen; sie hatte ihn auch schon im Radio gehört und auch auf dem Bildschirm gesehen. Sie rief ihren Sohn einmal an, und als der »Hallo« sagte, antwortete sie: »Einen Augenblick.« Er hörte Tumult und Schreie. Die Frau wußte, daß ihr Sohn in seiner Wohnung das deutsche Fernsehen nicht kriegte, so hielt sie den Hörer vor den Bildschirm und sagte nachher: »So geht's da unten zu, wo du hinwillst.«

Sie legte Hand an, indem sie Kommentare gab: Der Papst

Johannes war ein guter Papst, man merkte, daß er es in der Jugend nicht leicht gehabt hatte; man sollte die Leute in Vietnam endlich in Ruhe lassen, die sind dort schließlich zuhause; und die englische Königin, die könnte auch den Armen was geben, was die für Schmuck besitzt; jetzt haben sie den Alten wieder die Rente nicht erhöht, und zwanzig Franken sind überhaupt nichts mehr wert; aber in der Tschechoslowakei, da müssen sie unten durch; wie doch Menschen mit anderen schrecklich sein können, jetzt auch noch in Afrika; ob es denn wirklich mit dem Hunger so furchtbar ist, es sind Kinder, die können doch nichts dafür; und das mit den Flugzeugen, Unglücke hat's zwar schon immer gegeben, sie weiß noch, wie die Titanic unterging; sie erinnert sich genau, wie die Männer auf die Straße gingen, nur damit sie Arbeit kriegten; wenn einmal das Geld für die Bomben und die Tanks verteilt würde, sie wüßte schon, was sie mit ihrem Teil anfinge.

Der Immune hatte anfänglich ungeduldig reagiert. Die Geographie verwirrte sich bei ihr, und die Namen bereiteten ihr Schwierigkeiten, schon von der Aussprache her, und dies nicht nur wegen des Alters der Frau.

Der Immune war in Schulen gegangen, die sie nie besucht hatte; aber sie, die nun mit den Worten nicht zurechtkam, war es gewesen, die ihm diese Schulen ermöglicht hatte. Die Kluft war nicht zu leugnen, wenn Mutter und Sohn in der Küche saßen und Kaffee tranken und sie aus einem Schächtelchen einen Süßstoff hervorholte, weil sie den Zucker nicht mehr vertrug.

Er wurde ein zweites Mal ihr Sohn, indem sie zusammen reden lernten.

So waren sie schon einmal in der Küche gesessen. Damals hatte der Sohn als Kind auf Dinge gezeigt, und die Mutter hatte den Dingen zu einem Namen verholfen. Nun saßen sie wieder da, jetzt zeigte die alte Frau auf Dinge und wollte wissen, wie das heißt.

Von Zeit zu Zeit kam es zu einer zeremoniellen Bestätigung, daß eine alte Mutter und ein erwachsener Sohn zusammensaßen – dann, wenn es ans Essen ging.

Es hatte ihn als Kind und Jungen und auch als jungen Mann nervös und wütend gemacht, wenn ihm die Mutter schöpfte. Sie pflegte den Teller so voll zu machen, daß man kaum mit dem Besteck zugreifen konnte. Er hatte darüber geschimpft und gemurrt, war unwillig gewesen und ihr mit dem Schöpflöffel zuvorgekommen.

Aber nachdem er zum zweiten Mal ihr Sohn geworden war, ließ er sich schöpfen, soviel und auf die Art, wie die Mutter wollte, und dieses Recht gab er nur ihr.

Die alte Frau nahm einen Schöpflöffel, füllte ihn mit Reis, Kartoffeln oder Teigwaren und häufelte Löffel um Löffel den Teller voll, schob das bereits Geschöpfte beiseite, um noch etwas Platz fürs Fleisch zu kriegen, und sagte: »Es hat noch mehr.« Und der erwachsene Sohn langte mit Messer und Gabel zu, daß es über den Tellerrand lief. Die Mutter sagte: »Es macht nichts.« Sie hielt einen Lappen in der Hand, um aufzuwischen, und sagte: »Iß ruhig weiter.« Dann schob sie ihm Papierservietten zu und zeigte auf das Salzfaß: Sie salze nicht mehr wie früher, sie spüre es nicht mehr so auf der Zunge. Dann langte sie nach dem Schöpflöffel, um die freigegessenen Stellen auf dem Teller des Immunen nachzufüllen. Es war, als hätte seit dem letzten Besuch bei seiner Mutter nie mehr jemand für ihn geschöpft, und es war, als ob sie zum letzten Mal schöpfte und den Schöpflöffel nie mehr aus der Hand legen wollte.

Er, der ein besessener Geher wurde, hatte als erstes ein Stück Weg aus einer Mutter ans Tageslicht zurückgelegt. Er hatte nackt begonnen; es war eine Nacktheit, die sich zudecken ließ.

Diese nackte Haut merkte sich, was ihr widerfuhr. Es hatte mit einer Narbe angefangen, einer abgedorrten Nabelschnur, der einzigen demokratischen Narbe, die er kannte.

Zwar gab es auch Narben, die einem entsprechen mußten, der immun werden wollte, geplante Narben, die von Impfungen stammten. Doch die Narben, die von seinen Kämpfen herrührten, waren nicht auf dieser Haut zu sehen.

Es war eine Haut, die hielt. Das hatte ihn immer überrascht; denn manchmal war ihm, als trage er in sich etwas Selbstgebasteltes, etwas, das plötzlich losgeht und dann doch weitertickte, von irgendwem deponiert und gefährlich wie ein Anarchistenscherz.

So sehr diese Haut gehalten hatte, sie genügte nicht fürs Klima, sie besaß auch Druckpunkte für die Gesellschaft, was Kälte, Wärme und Schmerz betraf.

Diese nackte Haut mußte zugedeckt werden. Kaum war er geboren, wurde er zum ersten Mal eingekleidet, und es gab in der Folge kaum mehr ein Ereignis, das nicht mit einer Einkleidung verbunden war. Die Kleider versuchten immer wieder Macht auszuüben, von der Nacktheit dieser Haut zu profitieren und ihn zu Gesten und Rollen zu zwingen; das hatte er nicht zuletzt gemerkt, als er eine Zeitlang Uniform trug.

Diese Einkleidungen waren aber nicht nur Schutz und Verpackung, sondern auch Ausstellung und Information, damit begannen schon Schwindel und Täuschung. Dabei hatte sich der Immune oft in Kleider geflüchtet, nicht nur um die Nacktheit zu verdecken, sondern er hatte die Kleider als Versteck und Unterschlupf benutzt.

Anderthalb Quadratmeter Getast besaß der Immune, mit einer rhombischen und vieleckigen Felderung, über anderthalb Quadratmeter Haut nannte er sein eigen, das war sein unveräußerliches Grundstück, mobil und verletzbar, aber ein Boden, um darauf Erfahrungen zu machen.

Die Haut, eine Dolmetscherin von Licht, Wärme und Kälte, konnte ihn erregen, als hätte sie etwas preiszugeben, aber nicht den Augen, sondern den Fingern, die sie abfuhren und darüberstreichelten. Er hatte diese Nacktheit kennengelernt, indem er über andere nackte Haut gestreichelt hatte und indem andere Finger über die eigene gestrichen waren.

So verschrumpfelt sich die Haut bei der Geburt ausgenommen hatte, sie war bei aller Wehrlosigkeit mit Anspruch verbunden gewesen; aber er wurde in jenen Jahrzehnten geboren, als dieser Anspruch gestürzt wurde. Er mußte sich in der Folge nicht nur für seine Haut wehren, sondern auch gegen sie.

Von Anfang an war es eine helle Haut gewesen, sie hatte stickstoffhaltiges Melanin enthalten, die Dichte des eingelagerten Farbstoffes machte eine Pigmentierung aus, deretwegen er zu den Weißen gehörte.

Es war jemand mit einer anderen Pigmentierung, der ihm eines Tages dazu verhalf, das eigene Land zu entdekken, auch wenn er bei »Land« nicht nur an das dachte, was auf einer Karte Grenzen hatte.

Proletarier Sightseeing

Wir verlassen jetzt die City und überqueren die Sihl. Die Sihl ist der mindere Fluß. Sie führt Dreckwasser, besonders nach Unwettern. Bis sie von einem andern Fluß aufgeschluckt wird. Der Limmat. Die Limmat ist der bürgerliche Fluß. Die Sihl der Proletenfluß. Zürich liegt nicht nur an der Limmat sondern auch an der Sihl. Der Immune kam von diesem minderen Fluß.

Rechts, bereits etwas zurück, die Hauptpost. Weiter vorn die Kaserne und daneben die Kantonspolizei. Die drei Gebäude grenzen das Quartier gegen die Innenstadt ab. Es gibt Leute, die behaupten, es sei nicht zufällig, daß zwischen City und Arbeiterviertel die Kaserne und die Kantonspolizei stehen.

Wir nähern uns nun dem Quartier, in dem der Immune aufgewachsen ist. Ich hoffe, es wird für Sie eine angenehme und abwechslungsreiche Sightseeing-Tour. Den Besuch des Proletarierviertels hat der Verkehrsverein erst seit kurzem in seinem Programm.

Ab jetzt befinden wir uns in Außersihl. Das Gebiet wird so genannt, weil es jenseits der Sihl liegt. Es ist auch als »Scherbenviertel« bekannt, was kaum übersetzt werden muß. Auch als »Chreis Cheib«; die Stadt ist in Kreise eingeteilt, und »Cheib« kann alles heißen: ungehobelt, grob, roh, ungebildet. In unsere Tour ist das Industrieviertel erst seit kurzem einbezogen. Wir werden übrigens auch am Krematorium vorbeifahren.

Rechts das Bezirksgericht. Darin bemerkenswerte Mosaiken zum Thema Gerechtigkeit. Gleich vorn die beiden Groß-Kinos. Revolver-Kinos. Gegenüber dem Tramdepot auf der andern Straßenseite Reihenhäuser, der erste soziale Wohnungsbau der Stadt. Auffallend die Gartenzwerge im Vorgarten und die alten Wagenräder als Blumenrabatten. Wir können hier leider nicht anhalten zum Photographieren, aber Sie kommen schon noch dazu.

Der Wohnturm und der damit verbundene Geschäftsblock

mit Ladenstraße ist einer der größten Komplexe in der Stadt. Wir aber biegen nach links ein. Die Tramhaltestelle, wo der Immune als Junge oft auf die Trams gewartet hat. Dort auch eine Textilienhandlung. »Die Jüdin.« So hieß das Geschäft beim Immunen zuhause. Die meisten Kleiderläden hier gehören Juden.

Das Haus, bei dem wir anhalten, ist nicht das Geburtshaus. Der Immune muß schon mindestens sechs Jahre alt gewesen sein, als seine Eltern hier einzogen. Die vierte oder fünfte Adresse hier im Quartier. Sehr viel anders sehen die übrigen Häuser auch nicht aus. Die Umstände sind günstig, daß sich dieses Haus kaum verändert hat.

Wir wollen aussteigen. Um einen Eindruck zu gewinnen, müssen Sie in einen der Hinterhöfe gehen. Zwar ist der, den wir aufsuchen, nicht ganz typisch. Gewöhnlich gelangt man durch eine gedeckte Zufahrt hinein, wie da drüben. Nein, etwas mehr rechts. Wie dort, wo die Tafel steht: »Ballspielen verboten.«

Gehen wir dem Mäuerchen entlang in den Hinterhof. Hier die Werkstatt. Eine Schreinerei. Die urbanistische Konzeption ist klar: ein Viereck von Mietshäusern und im Hinterhof Werkstätten, Garagen, Lagerschuppen, Kleinbetriebe.

Es gibt auch Hinterhöfe, wo man ein Stück Wiese oder Anpflanzungen sieht. Doch eher üblich ist der Hinterhof wie hier: gekiester Boden oder asphaltierte Flächen, rissig und uneben. Sie sehen, wie die einzelnen Hinterhöfe unterteilt sind. Der Auslauf, der mitgemietet wird.

Darf ich Ihre Aufmerksamkeit auf die Balkone lenken. Vor allem auf die charakteristischen Winkelkonstruktionen der Vorrichtungen fürs Wäschetrocknen. Zum stilistischen Eindruck der Hinterhöfe gehört das Gestänge. An den Häusern die Balkone mit den Wäschestangen, im Hinterhof die Teppichklopf-Stangen.

Sie sehen zwei Vorrichtungen, um Teppiche zu klopfen. Eine Stange, gewöhnlich freistehend, auf zwei Trägern. Für die großen Teppiche. Die sogenannten Stubenteppiche. Und dann die kleinen Eisentischchen. Für die Türvorlagen. Sie müssen bedenken, das wurde errichtet vor der Staubsauger-Epoche. Als Turngeräte eignen sich diese Teppich-Vorrichtungen immer noch.

Die Rückseite der Häuser ist erwartungsgemäß weniger repräsentativ als die Fassade, die auf die Straße schaut. Bevor Sie in den Bus einsteigen, werfen Sie noch einen Blick in den Hauseingang. Holen Sie auch einmal tief Atem, damit Sie Proletarier-Luft kosten. Über den Briefkästen hängt die »Hausordnung«. Schade, daß es so dunkel ist. Benutzen Sie ungeniert das Feuerzeug. Dann können Sie die Wandmalereien sehen. In solchen Häusern findet sich im Hauseingang oft ein Schablonen-Gemälde – in diesem Falle eine oberitalienische Seelandschaft. Geben Sie auf die Fahrräder acht.

Wenn wir zum Platz zurückgingen, würden wir einen der Lebensmittelläden finden, die hier die Funktion einer Bank hatten. Was man in diesen Kreisen zurücklegte, war das Flaschenpfand, wichtig in den Tagen vor dem Zahltag. Und die Bankbüchlein, die man besaß, waren die Büchlein mit den eingeklebten Rabattmarken. Wir müssen jetzt weiterfahren. Was Sie vor sich haben, ist die Friedhofsmauer. Wir werden auf den Friedhof zurückkommen. Zunächst wollen wir uns dem Schulhaus zuwenden. Den Vorbau müssen Sie sich wegdenken, wenn Sie die Situation wiederhaben wollen, wie sie sich zur Jugendzeit des Immunen bot. Einer der größten Schulhauskomplexe der Stadt. Eigentlich zwei Schulhäuser. Allerdings kann ich Ihnen keine Vergleichszahl angeben. Umso bemerkenswerter, daß der Immune seinerzeit der einzige seines Jahrgangs war, der ans Gymnasium übertrat.

Sie haben vielleicht selber schon bemerkt, daß sich der Charakter der Häuser ändert. Gepflegtere Vorgärten und zweistökkige Reihenhäuser. Nur noch zwei oder vier Familien in einem Haus. Wir verlassen jetzt die eindeutigen Mietskasernen mit ihren Hinterhöfen. An der nächsten Ecke werden wir kurz anhalten. Hoffentlich ist ein Parkplatz frei. Ja, wir haben Glück, es findet keine größere Beerdigung statt.

Diese Ecke hat sich völlig verändert. Geblieben ist noch das

Restaurant, das der Vater des Immunen häufig frequentierte. Die berühmte »Palme«. Aber sonst ist nichts mehr gleich.

Hier führte früher ein nicht asphaltierter Weg zu den Schrebergärten. Man weiß, wie sehr der Immune an dem Garten hing. Nun war zur Kriegszeit ein solcher Garten von unbestrittener Nützlichkeit. Sie besaßen ein Gartenhäuschen mit Laube und Vorhängen. Man hat sich oft gefragt, weshalb der Immune nie von seinen Kaninchen erzählt hat.

Heute präsentiert sich das Areal anders. Der Friedhof wurde erweitert. Nicht mehr mit einer grauen Umfassungsmauer wie früher. Der Eingang wurde freundlicher gestaltet. Die Trennung zwischen dem Friedhofsareal und den übriggebliebenen Schrebergärten ist nicht so streng. Vor dem Gebüsch sehen Sie ein Grab, aber hinter der Gebüschmauer jätet ein Pensionierter an einem Gemüsebeet.

Wir können nun die erste Etappe des sozialen Aufstiegs des Immunen vorführen. Sie sehen die drei Häuser, aneinandergebaut, immer noch Mietskasernen, doch stattlich, noch heute fast modern. Der Vater des Immunen konnte dort einziehen, weil er Hauswart war. Wenn Sie Anekdoten mögen, kann ich Ihnen eine bieten. Als zur Kriegszeit die Verdunkelung angeordnet wurde, mußten die hellen Lampen vor den Häusern durch gedämpfte ersetzt werden. Gewöhnlich wurden blaue Lampen gewählt. Doch dem Vater des Immunen schien dies zu eintönig. So strich er die elektrischen Birnen rot an. Diese Bordellbeleuchtung hätte ihm beinahe die Entlassung eingebracht.

Wenn wir jetzt die Straße hinunterfahren, kommen wir zum Coiffeur-Salon, der für den Immunen, als er Knabe war, einen Lernprozeß darstellte. Auf einem Regal standen zwei Chromflaschen, die verschieden beschriftet waren. Bei jedem Coiffeur-Besuch überlegte der Junge vorher, mit welchem Wässerchen er bespritzt werden wollte. Bis ihm eines Tages eine Aushilfe verriet, daß sich in beiden Flacons das gleiche parfümierte Wasser befände.

A propos »Glauben« – wir kommen jetzt zur katholischen Kirche. Die Häuser, in denen sich heute die Pfarrgemeinde niedergelassen hat, erwarb die Kirche erst in jüngster Zeit. Früher standen da gewöhnliche Mietshäuser. Der Kauf war möglich dank unzähliger Topf-Kollekten und einiger bedeutender Herz-Jesu-Spenden.

Die Kirche wurde ausgebaut; es gibt heute eine Unterkiche. Beide sind leider um die Zeit gewöhnlich geschlossen, so daß wir das Altarbild nicht sehen können: eine Kreuzigungsszene mit einem mächtigen Gottvater, der einen gewaltigen Bart trägt. Da der Siegrist, der Küster, wie Sie vielleicht sagen, ebenfalls einen Bart trug, hatte der Immune, als er klein war, die beiden nicht auseinanderhalten können.

Würden wir geradeaus fahren, kämen wir zum Kindergarten des Quartiers. Wir halten uns aber nach links. Das Schulhaus haben Sie schon gesehen. Wir fahren entlang der Friedhofsmauer. Es ist der größte Friedhof der Stadt. Ein berühmtes Grab gehört dem Gründer des Roten Kreuzes, Henri Dunant. Gegenüber dem ersten Portal sehen Sie eine Bäckerei. Da hat sich der Immune als Junge oft eingedeckt. Wenn sie als Ministranten bei einer Beerdigung ein Trinkgeld erhielten, kauften sie sich im Sommer hier Eis und sonst zerbrochene Kekse, »Abbruchwaffeln«, wie das hieß.

Wir verlassen nun diese Region und fahren in einem großen Bogen nach Außersihl zurück. Dabei werden wir eine Brücke passieren, welche über die Bahngeleise führt. Die Stadtkreise vier und fünf liegen hinter dem Bahnhof. Somit gehören auch Depots und Lagerhäuser dazu. Natürlich der Güterbahnhof. Die En-gros-Geschäfte. Wir lassen diesen ganzen Bereich aus. Wir stoßen ins eigentliche Industrieviertel vor. Zahnradfabrik, Lagerschuppen der großen Lebensmittelkonzerne. Rechts eine Seifenfabrik. Wenn der Wind drückte, stank es im Quartier. Die Kinder, unter ihnen der Immune, leisteten sich den Sport, mit zugehaltener Nase daran vorbeizurennen und zu behaupten, sie hätten nichts abgekriegt.

Wir lassen die Ausfallstraße links. Dieser Platz war schon immer verkehrstechnisch wichtig. Wenn Sie genau hinschauen, können Sie zwischen den auf die Tram Wartenden einige farbige

Flächen sehen. Das ist eine Plastik. Eine abstrakte Skulptur. Die »Konkrete Schule« hat in Zürich Tradition. Mit solchen Skulpturen verschönert die Stadt die Plätze. An andern Plätzen tut sie es figurativ mit Geraniumpflanzen oder entsprechendem Grünzeug.

Wir wollen nicht länger im Industrieviertel mit den Brauereien, Schuppen und derartigem bleiben, wir wenden uns der Langstraße zu. Das ist die Prachtstraße der Arbeiterviertel. Geschäft an Geschäft. Eben hatten wir zur Linken eine Pferdemetzgerei. Das ist nicht die Pferdemetzgerei, wo der Immune als Junge einkaufen ging. Die liegt weiter aufwärts. Geräuchert soll das Pferdefleisch den süßlichen Beigeschmack verlieren.

Es fallen Ihnen vielleicht die vielen Bars auf. Seit einigen Jahren häufen sich hier Diskotheken und Clubs. Nachdem das Niederdorf durch Razzien und entsprechende Kontrollen in seinem Vergnügungsbetrieb leicht gestört wurde, flüchtete sich manches in andere Viertel. Auch nach Außersihl. Es sah so aus, als würde das Quartier in den letzten Jahren zum »swinging«-Zürich.

Wir fahren jetzt unter der Eisenbahn durch und biegen scharf nach rechts ab. In dem kleinen Haus ein berühmtes Lokal, die »Räuberhöhle«. Ist auch schon in einem Film vorgekommen. Es ist das Lokal der Clochards. Übrigens nicht weit weg von einem Luxusrestaurant. Ein solches Nebeneinander gibt es nur in diesem Viertel.

Es ist aber nicht das Clochard-Lokal, das der Immune aufsuchte. Wir werden noch an ihm vorbeifahren. Mit dem Einbahnbetrieb ist es nicht immer leicht, alles zu zeigen. Hier in der Nähe findet man auch das »Brockenhaus«, dasjenige der Heilsarmee. Das städtische liegt unterhalb des Bahndamms, direkt hinter dem Hauptbahnhof. Alte Möbel findet man dort schon längst kaum mehr zu vernünftigen Preisen. Höchstens noch alte Kleider. Wie damals. Oder Bettzeug.

Und nun das Clochard-Lokal, das ich schon erwähnte. Hier trieb sich der Immune eine Zeitlang herum. Hier stand er nach der Polizeistunde um Mitternacht mit andern vor der Tür und zählte, ob er noch den »Eintritt« habe. »Eintritt«, das waren sechzig Rappen, fünfundfünfzig für den Kaffee oder fürs Bier, und fünf fürs Trinkgeld. Das reichte, um morgens um vier Uhr ins Lokal zurückzukehren, wenn dieses wieder aufmachte. Mit dem Eintritt konnte man bestellen und am Tisch schlafen.

Die Grünanlage zu Ihrer Rechten bietet ein idyllisches Bild. Mütter, Kinderwagen, spielende Kinder. Vielleicht können Sie die Bronzepferdchen sehen. In der Nacht verwandelt sich der Park. Für die Anlage der Büsche hat sich die Stadtgärtnerei mit der Sittenpolizei abgesprochen. Weiter vorn ein Musikpavillon. Der Pavillon bietet den Stadtstreichern Unterschlupf. Es wird auch mit den Neulingen um das angestammte Recht gestritten, auf den Bänken zu schlafen.

Unser nächstes Ziel ist der Helvetiaplatz. Von einigen auch der »Rote Platz« Zürichs genannt. Erwarten Sie nicht zuviel. Aber für die Sozialgeschichte ist der Platz wichtig. Ein Hauptschauplatz für den Generalstreik 1919. Hier standen sich Truppen und Arbeiter gegenüber. Immer noch ein Platz für Demonstrationen. Sie sehen darauf ein Denkmal. Von dem Zürcher Künstler Karl Geiser, der freiwillig aus dem Leben schied. »Die Arbeiter«, unvollendet. Schade, daß nicht Markttag ist. Zweimal in der Woche findet hier ein Gemüse- und Früchtemarkt statt. Auch Blumen. Und Fischstände, wegen der ausländischen Arbeiter.

Das große Gebäude mit der gewölbten Jugendstil-Fassade ist das »Volkshaus«. Als Junge hatte sich der Immune den Kopf zerbrochen; er fand das Haus zwar groß, aber er fragte sich, ob denn darin das ganze Volk Platz habe und weswegen das Volk nur ein einziges Haus besitze. Das Gebäude gegenüber, das gehört bereits zum Gerichtskomplex.

Das Volkshaus besitzt einen der größten Theatersäle der Stadt. Eine ständige Musical-Bühne dort einzurichten scheiterte. Doch ist das Haus nach wie vor wichtig für Meetings, politische und religiöse Versammlungen und Verkaufs-Ausstellungen. Eine Genossenschaftsbuchhandlung ist untergebracht. Das Volkshaus führte von Anfang an Bäder, öffentliche. Denn die meisten

Häuser hierherum besaßen keine eigenen Badezimmer. In einer Ecke des Volkshauses sehen Sie ein Café des belächelten Frauenvereins. Selbstbedienung. Viele ältere Frauen und Männer. Jetzt, wo es kälter wird, dient das Café als Wärmestube. Sonst ist weiter nicht viel zu sagen. Ein Verwaltungsgebäude. Vor dem Schulhaus der Eingang zu einem unterirdischen Bunker. Aus der Kriegszeit. Für den Zivilschutz beibehalten. Dient als Notschlafstelle. Eine Zeitlang konnten die Rocker darin wohnen.

Wir machen jetzt einen kleinen Bummel. Der Bus erwartet uns bei dem italienischen Restaurant, wo Ihnen von unserem Unternehmen ein Glas Wein spendiert wird. Wer nicht zu Fuß gehen will, kann natürlich im Bus bleiben.

Es fällt Ihnen vielleicht auf, wie hier renoviert wird. Gewöhnlich nur das Erdgeschoß, heruntergeputzt, neu verkleidet, zum Teil popig. Können Sie die Aufschrift da vorn lesen? Es ist griechisch. Ein Herren-Coiffeur. Gleich daneben ein griechischer Laden mit Spezialitäten. Das finden Sie hier allenthalben. Etwas weiter vorn ein spanischer Laden. Keineswegs etwa der einzige. Hier, in dem Quartier, haben sich immer die Ausländer niedergelassen. Schon immer Italiener.

Übrigens können Sie jetzt photographieren. Wenn Sie ein paar Straßenzüge hinuntergehen, kommen Sie zu einer Kreuzung, die noch im Stil des alten Proletarierviertels erhalten ist: an jeder Ecke ein Restaurant. Da konnte man den Wirt wechseln, wenn man mit ihm Krach hatte. Und im Lauf der Jahre im Kreis herumgehen. Gehen Sie unbekümmert in eines der Restaurants.

Dort können Sie noch alte Proletarier treffen. Seien Sie freundlich, und Rücksicht bitte, wenn Sie Aufnahmen machen wollen. Nicht jedermann hat es gern, wenn er als Proletarier geknipst wird. Halten Sie sich danach an dieses Geschäft mit den roten Blumen vor der Auslage, dann links, und Sie finden uns wieder im ersten italienischen Restaurant rechts.

Ich lasse Sie jetzt im Restaurant. Nein, ich kann leider nicht bleiben. Genießen Sie den Wein. Der Bus bringt Sie zum Bahnhof zurück. Darf ich Sie auf unsere anderen Stadtrundfahrten aufmerksam machen? Jene, die durch das Geschäfts- und

Einkaufszentrum führt und bei der Sie auch die Altstadt besuchen. Oder »Zürich by night«, mit Darbietungen schweizerischer Volksmusik. Wegen der schlechten Jahreszeit muß die Bootsfahrt auf dem See ausfallen, dafür nehmen Sie an einem gemütlichen Fondue-Essen mit Kerzenbeleuchtung teil.

Ich hoffe, daß die Fahrt durch das Proletarierviertel für Sie anregend war. Hier war der Immune aufgewachsen. Hierher kehrt er auch regelmäßig zurück, wenn er von seinen Reisen nach Zürich heimkommt. Wo er sich im Augenblick aufhält, kann ich Ihnen leider nicht sagen. Doch dürften Sie dies bei Gelegenheit schon erfahren. »Auf Wiedersehen«, »good bye«, »au revoir.«

Am Rande Europas

Du willst nach Cabo São Vicente. Du hast niemandem gesagt, wo du hingehst; daß du dich hier befindest, ist für dich selber eine Überraschung. Du läßt die Straße in ihrem geraden Lauf zu deiner Rechten. Du bemerkst einen Dreiräder-Karren; was er geladen hat, ist unter einem Teertuch versteckt. Einem Mädchen bist du begegnet; es trug einen Kessel, und später hast du den Arbeiter gegrüßt, dem das Kind das Essen brachte. Das Mädchen wartete am Straßenrand auf eine alte Frau. Beide sind in schwarze Schals gewickelt und entfernen sich, eng nebeneinander und gebückt.

Du gehst der Küste entlang. Da gibt es Wege, von Sträuchern versperrt, ausgetreten und unbestimmt im Ziel. Manchmal ist ein Abdruck zu erkennen, aber du siehst keine Tiere. Du kletterst auf einen Stein und gibst acht, nicht zu stolpern.

Ein Feld ist abgesteckt, »perigo de morte«, »Todesgefahr«. Du weichst aus. Das Transformatoren-Haus ist umstellt von Masten, die Drahtseile halten, ein Takelwerk ohne Schiffsrumpf. Auf einem Kilometerstein liest du die Angabe »São Vicente«. Du schaust zum Dorf Sagres zurück. Am Ausgang mischt einer Zement, und ein Hahn gibt einem andern Hahn Antwort.

Vor dir liegt das Kap. Wo es anfängt, erkennst du nicht, obwohl du wieder entlang der Küste gehst. Auf der Karte des Hotelprospekts war der Ort eingezeichnet; aber jetzt könnte jede Bucht das Knie sein, das zum Vorgebirge ansetzt. Du weichst im Augenblick von der Richtung ab; aber zu welcher Richtung auch die verkeilte Küste dich zwingt, in Blickweite liegt immer der Leuchtturm.

Du kennst die Namen der Blumen nicht. Auch in der Schule hattest du nie gelernt, wie sie heißen. Daß sie im Blattinnern Wasser speichern, soweit erinnerst du dich. Du brichst ein kantiges Blatt und leckst den Saft; die Bitterkeit schmeckt fade. Blumenpolster, wo sie fehlen, wächst Seegras; wo das aufhört, bloße Erde. Lediglich eine Blume kennst du, den Aronstab, den tut man bei dir zuhause auf die Kränze, hier wächst er wild.

Die Küste fällt steil ab, so daß du zögerst. Es wird dir schwindlig, wenn du hinunterschaust. Zwischen dem Meer und dem Land ist kein Raum, nicht für den Menschen und nicht für Strandgut. In den Felskaminen unter dir braust das Wasser. Du stehst auf festem Grund und hörst, wie das Wasser unter deinen Füßen arbeitet. An diesen Felsen bauen Vögel ihre Nester; wenn der Wind ein paar erfaßt, hörst du ihr Geschrei.

»Ponte de Sagres« zeichnet sich ab. In der Distanz erhält die Festung ihre Form; gemauerte Zacken eines Sterns, der sich nach dem Land hin öffnet, einen Platz umschließend, der leer ist und dessen Leere einige Gebäude markieren. Eine Kanone richtet ihr Rohr aufs Meer, vor der Mündung Wolken. Auf diesem Vorgebirge hatte Heinrich der Seefahrer seine Schule eingerichtet. Keine Frau und keinen Freund kannte er, der jungfräuliche Infant umgab sich mit Kapitänen und Astronomen. Mit achtzehn hatte er die erste Stadt erobert, als Mann widmete er sich der Methode.

In sturer Attacke wirft sich das Meer gegen die Felsen. Manchmal schlägt eine einzelne Welle hoch und springt übers Plateau. Du bewunderst die Phantasie des widerstandsfähigen Steins. Da bleibt ein Fels im Wasser, neigt sich gegen das Festland, aber das Festland zog sich zurück. Tore und Brücken erfindet der Stein, aber das Wasser dringt durch die Tore, unterspült die Pfeiler und gräbt Tunnels. Das Meer wäscht die Löcher aus und vertieft sie.

Dann halten dich die in den Felsen geschlagenen Stufen zurück. Auf einer Tafel liest du, daß unten ein Stück Sandstrand liegt, du kannst eine Konservenbüchse erkennen. Am Straßenrand ein Gebäude, davor ein geteerter Parkplatz. Durch die hohen Fenster siehst du im Saal einen Kübel, in dem Pinsel stecken; die Stühle stehen auf den Tischen; an der Tür ist ein Schloß vorgehängt.

Die Büsche am Küstenrand werden dichter, so daß kein Boden mehr zu sehen ist und der Fuß bei jedem Schritt einknickt. Auf der Straße zurück fährst du zusammen, als der Hund hinter dir schnüffelt. Aber wie du dich umdrehst, weicht er aus und legt den Kopf zwischen die Vorderfüße. Man ruft ihn, aus dem Ginster erhebt sich ein Mann, der sich auf einen Stock stützt. Er sagte etwas, du nimmst es als Gruß und winkst zurück.

Du siehst, daß die Steine weiter vorn gemauert sind und daß im Mauerloch eine Brettertür lehnt. Im Spalt der Bretter meinst du, eine Bewegung zu erkennen, nimmst einen Schatten für ein Paar Augen.

Ein Flugzeug sticht über die Halbinsel, zielt zur Fortaleza von Sagres und verschwindet hinter den Wolken. Auf diesem Vorgebirge hatten sie die Strömungen, die Wellen und die Winde studiert, um Schiffe zu erfinden, mit denen man auf den Atlantik hinausfahren konnte. Über dem Meer von Wasser ein Meer von Luft, durch das eines Tages auch Schiffe fuhren, und du spekulierst, ob es ein Meer gibt, für das wir selber noch keine Schiffe erfinden.

Die Straße läuft gerade auf das Vorgebirge zu. Hier vorn hört Europa auf. Du bist am südwestlichsten Punkt des Kontinents. Hier führten die Wege nach Afrika und um Afrika herum bis nach Indien, und am Kap vorbei fuhren die Schiffe in die Neue Welt.

Du trittst nach einem Stein und pflückst ein Blatt, zerfaserst es. Du schaust zurück: der Hirt und sein Hund sind nicht mehr zu sehen, nur ein Vogel schreit.

Am Torbogen spielt ein Kind. Als es dich entdeckt, läßt es den Stecken, mit dem es auf dem Boden kratzte. Als du dich näherst, geht es rückwärts zur Haustür; wie du am Tor bist, ruft es, und eine Frau schaut kurz durch das Fenster. Zu deiner Linken vernimmst du Schritte. Ein Mann legt die Finger an den Hutrand; dann schlägt eine Tür, und die Motoren beginnen zu arbeiten.

Du läßt das Wärterhaus. Die Sonne sinkt auf den Horizont, über das Wasser breitet sich eine rote Lache aus.

Auf den Booten haben die Fischer noch nicht die Lampen angesteckt, mit denen sie die Fische in die Netze locken. Der Leuchtturm wirft noch nicht sein Licht, um die Fischer vor den Klippen zu warnen. Der Augenblick ist dunkel und der Moment unentschieden. Du bist auf Cabo São Vicente. Du hast Gedanken, und die Gedanken reichen hin.

Das Monster-Experiment

Auch der Immune suchte Land.

Aber er tat es nicht als einer, der aus einer Nation stammt, zu der eine bestimmte Fahne und eine Hymne gehörten. Er tat es nicht als Entdecker, aufgebrochen im Namen eines Herrschers, die Taschen leer und die Fässer voll Pulver, an der Bibel und dem Astrolab hantierend. Er war nicht auf der Suche nach einem El Dorado, wo ein König in Goldstaub badet und der Seegrund gelb ist vom Metall. Es verlangte ihn nicht nach einem verheißenen Land, und kein Prophet verwirrte ihm die Zukunft mit Weissagungen.

Er redete ausgelieferter und gieriger vom Land.

Er tat es nicht als Kreuzritter, der aus dem Taufschein den Tagesbefehl macht, nicht als Krieger, dem ein Präsident die Schießkunst dekoriert, und nicht als einer mehr im Gefolge eines Feldherrn. So redete der Immune auch nicht als Müder, der von einem Eiland träumt, nicht als Abenteurer des Erlebenwollens und auch nicht als Söldner von Ideologien oder Konzernen oder als deren Missionar.

Der Immune redete vom Land, als hätte er nie Boden unter den Füßen gehabt.

Damit meinte er nicht den Boden, in den man bohrt und Stollen baut, aus dem man Erz gewinnt und den man schürft. Es war nicht der Boden, in den man Kanäle legt, und auch nicht der, den der Pionier Rodung um Rodung einem neuen Westen abgewinnt. Es war nicht der Boden, den einer beackert und besät, noch nicht der Boden der Spekulation und des Grundbesitzes und noch nicht jener der Reform und der Neuverteilung.

Es war der Boden, den er brauchte, um Füße darauf zu setzen, als sei er noch im Wasser unterwegs. Als seien nicht Millionen Wesen vor Millionen Jahren aufgebrochen und hätten aus ihren Kiemen Lungen gemacht, die Schuppen abgestoßen, sich mit Hebelwerkzeugen aufgerichtet und jene Gangart ausgebildet, die für den Menschen typisch wurde.

Dabei galt die Erde als entdeckt. Was an weißen Flecken übrigblieb, war eine Frage der Sonderkredite und Spezialisten. Grenzen waren gezogen, vermessen, ausgehandelt, abgefordert und vermint, durch Verträge, Diktat und Gewalt festgelegt, markiert mit Schlagbäumen, Stacheldraht und Wachttürmen. Um andere Grenzen wurde noch immer gelogen, gestritten und gekämpft; aber diese waren so wenig endgültig gezogen, wie die Verteilung des Besitzes endgültig war, obwohl das viele meinten, darunter nicht zuletzt auch Besitzlose.

Der Immune redete vom Land, als stünde er am Anfang der Landeroberung, als sei es auf der Erde zur Verlandung gekommen, aber noch nicht zur Vererdung des Menschen.

Er evozierte noch einmal den Aufbruch, in Notlage und aus Neugier; es war Vertreibung und freiwilliges Verwerfen, verbissen und verzweifelt, die Rettung als Programm und alle Pläne offen, katastrophen-geschockt und zukunfts-geil.

Hier, an diesem Ufer, wo das Land und die Verlandung begannen, waren alle gezwungen, sich etwas einfallen zu lassen, um am Leben zu bleiben; ihnen fühlte sich der Immune verwandt. Über seinem Experimentieren ein Schrei, lauter als die Wogen und deren Aufprall. Es war nicht der Schrei eines Einzelnen, es blieben Familie, Gattung und Art auf der Strecke; es war aber nicht nur der Schrei des Verendens, es war auch der Schrei der Lust.

Bis anhin hatten die Lebewesen Auftrieb im Wasser gehabt, von nun ab konnten sie auf festem Grund aufschlagen, hinfallen und liegenbleiben. Mit dem ersten Schrei entstand das Gehör. Dem stimmlosen Dasein folgten die Laute der Landeroberung; auch der Immune war daran, die Sprache mitzuerfinden, und nicht nur wegen der Beute, des Partners und des Wettbewerbs. Er hißte seine akustischen Flaggen; er stieß sein Rü-rüp, sein Gruck-gruck, sein Brä-brä und Wock-wock aus. Seine Laute scheuchten andere auf, sein Zittern pflanzte sich fort und versetzte der Luft elektrische Schläge, und die sandte Signale aus.

So kamen die Tiere und was ihnen ähnlich war aus ihren Pech- und Asphaltmeeren, von den Bergen und aus den Höhlen; sie schlichen aus den Laboratorien der chemischen Fabriken und verließen die Fossiliensammlungen. Sie leerten die fürstlichen Naturalien- und Kuriositäten-Kabinette, stiegen aus Fabelbüchern und Bestiarien, sie flüchteten aus der Zirkusarena und durchbrachen die Gitter im Zoo.

Es stellte sich ein, was verworfen wurde und was sich ausprobiert hatte: Ausgeklügeltes und Spinniges, Überspanntes, Durchdachtes, Geschicktes, Bewährtes und Singuläres. Sie waren dabei, als wieder einer sich daran machte, das Land zu erobern; es war für diesmal der Immune.

Die Schlangen bildeten eine erste Fraktion. Sie hatten einst zugeschaut, wie die andern sich auf ihren Quasten und Flossen vorwärtsschoben, umkippten, sich aufrafften, jeden Weiterschub als Triumph feierten und sich aufrichteten; wie sie liegenblieben, sich nochmals erhoben und durchkamen, während die andern sich mit der letzten Zuckung einen Stoß weiterschoben und einem zweiten den Weg versperrten, der in der gleichen Richtung suchte. Die Schlangen hatten die Beine verworfen und sich an die erste Gangart des Kriechens gehalten; ihnen waren die Lider zugewachsen, aber die waren durchsichtig.

Es war die bücherlose Zeit, das Wasser verfaßte seine Memoiren mit Hieroglyphen der Erosion; die Fische und Schnecken drückten ihr Leben in den Stein als Chronik, und das Kohlenradion begann zu verfallen und machte alle fünftausend Jahre einen Strich.

Inmitten von diesem Aufbruch und dieser Etablierung, von Verwerfen und Bewährung hockte der Immune im Säuglingssitz am Boden und langte zwischen die Zehen, welche die Schwimmhaut verloren hatten; er fing an, diese Zehen und erneut die Finger zu zählen.

Es sah aus, als begänne noch einmal der Zehen-Disput. Die Vögel spielten ihre beiden Zehen und die Krallen aus und richteten sie gegen die Dinosaurier; diese hielten drei Zehen entgegen, sie waren die zentnerschweren Verlierer. Im Hintergrund die Huftiere, denen die Zehen zusammengewachsen waren, und überall verteilt die unerschütterliche Majorität der Fünfzeher; aber sie hätten nicht die Majorität abgegeben, hätten die Insekten mitgestimmt.

Über allen zog der Paradiesvogel seine Schleifen. Ihn ging dieser Boden nichts an, er hielt sich allein an seine Schwingen, wollte nichts von Füßen wissen und entfernte sich in einem uferlosen Horizont, ohne Wunsch, sich je niederzusetzen, er wollte erst auf diesen Boden zurück, wenn er tot herunterfiele.

Ein Hengst trabte vorbei mit acht Beinen, auf dem Weg aus dem Norden in den Norden zurück und hielt sich nicht auf den Feldern auf, wo die Bauern zu seiner Besänftigung die letzte Garbe liegen ließen. Durchs Wasser galoppierte ein anderes Roß, mit den Hufen steuernd, seine Rennbahn waren die Kreise einer Windhose; in seiner Mähne hatten sich Seeigel und Algen verfangen. Es war auch für den Immunen der Moment, sich etwas einfallen zu lassen und zu erproben, ob der Einfall standhält.

Da stürzte sich der Greiff auf ihn: Ich zerreiße alle Menschen lebendigen Leibes. Doch der Immune bettelte um Schonung, der

Greiff möge zuwarten; was vorläufig zu zerreißen sei, sei noch kein Mensch.

Da wackelte der Greiff mit dem Hinterteil eines Löwen und streckte seinen Adlerhals und gab nach, weil ihm seinerseits die Chimäre drohte. Sie hatte sich hierher geschleppt und eine rote Spur gezogen. In ihren Augen saß eine grüne Bitterkeit. Die göttliche Abstammung hatte nichts gefruchtet. Als sie durch den Mutterschlund kroch, erschien zuerst der Kopf eines Löwen und gleich dahinter am Hals angewachsen, der Kopf einer Ziege, zum Abschluß warfen die Wehen einen Drachenkörper aus. Der Neuling, der am Leben blieb, spuckte Feuer und Gluthauch und meckerte dazu.

Monstren näherten sich dem Immunen; er begrüßte sie als Brüder und Schwestern der Landeroberung.

Die meisten hielten sich sonst zwischen Buchdeckeln auf, deren Schloß sich nur schwer öffnen ließ, oder hausten im Fundus der Menschen und stiegen selten aus der Requisitenkammer der Eingeweide hinauf in die Hirne; sie waren verbannt auf Kapitelle von Säulen, zeigten sich auf Kanonentafeln und lösten sich nur mühsam von der Rückendeckung ihrer Reliefs.

Der Immune erhob sich und probierte seine Füße aus; der Boden war feucht und wärmetreibend; es wucherten Schachtelhalme, Farne und Siegelbäume.

Ein Rudel von Werwölfen scheuchte den Immunen auf. Diese Werwölfe waren Menschen gewesen, aber die Melancholie war ihnen im Maul zu Reißzähnen gewachsen; nun heulten sie vor Hunger und leckten nach Blut.

Und weil der Immune überlegte, meinten viele, er sei ein Zögerer. So meldeten sich alle, die ebenfalls gezögert hatten mit dem Menschen, unter ihnen das Pferd des Propheten. Es hatte vom Menschen nur die Augenpartie übernommen; schon bei der Kinnbacke hörte die Ähnlichkeit auf, dafür hatte es sich Adlerflügel wachsen lassen und konnte seinen Propheten mit einem Satz ins Paradies tragen.

Der Immune brauchte alle, die sich einmal mit dem Menschen eingelassen hatten; wenn es auch nur zu einem Teil war und nur für eine gewisse Zeit oder einen Zug mehr, aus Begeisterung und mit Skepsis, jene, welche nur das Fingerchen reichten, und auch jene, welche schon die ganze Hand nahmen. So lächelte der Immune der Mantichora zurück.

Sie war das verachtete und gehetzte Ungeheuer. Sie hatte sich unter einem Felsvorsprung verkrochen, den Schwanz, von dem sie ihre giftigen Pfeile schoß, zwischen die Löwentatzen gebettet. Sie zeigte das Gesicht eines Menschen, aber wollte das Kinn verbergen, denn sie besaß drei Reihen Zähne; so hing ihr das Gesicht schwerer nach unten, als sie einmal tatsächlich lächelte.

Unentschieden blieb so manches: ob Rückanpassung oder Zögern, und zu den Unentschiedenen gehörte auch die Nixe. Es war nicht klar, ob sie schon einmal einen warmblütigen Unterleib besessen hatte und wegen der Erfahrung damit so erschrokken war, daß sie wieder Fischin werden wollte. Oder ob sie nach dem Menschen begehrte, weil sie Brüste besaß, aber nicht die Möglichkeit, einen zu gebären, der an diesen Brüsten hing, so daß sie alle, die sich ihr näherten, zu sich herunterzog, damit niemand von ihrem Wunsch nach Liebe erfährt und von ihrer Unfähigkeit dazu.

Auch die Kanopier hatten sich aufgerufen gefühlt. Als die Ohren entstanden, waren die Ohren das Modernste gewesen. Die Kanopier wollten nichts anderes als Ohren haben und ließen sich Ohren über den Kopf hinaus wachsen; aus ihrem Reich flohen alle Hasen. Die Kanopier hatten sich am Rande angesiedelt, wurden Hinterwäldler und horchten mit großen Ohren, was jenseits der Berge geschah.

Der Immune probierte die Flüße aus. Er machte ein paar Schritte, die Beine trugen ihn. Da holte er aus, den Blick zum Himmel und in die Ferne gerichtet, und stolperte über einen Stein, schlug auf, rieb sich den Ellenbogen und langte nach seinem zerschundenen Gesicht.

Unter die Zuschauer hatten sich auch die Salusier gemischt, eine kleine, aber laute Abordnung. Sie trugen auf dem Hals ein abgewinkeltes Dach, einem Vogelkäfig ähnlich, sie benutzten es für den Reiseproviant, den sie stets mit sich herumtrugen. Die

Nase hing ihnen zwischen den Beinen, sie pflanzten sich mit der Nase fort. Sie hatten auch ihr Gesicht tiefer gehängt; die Augen saßen ihnen über den Kniescheiben.

Der Immune hatte hingeschlagen, weil seine Beine keine Augen besaßen und die Füße keine Sehorgane. Also mußte man ihnen dazu verhelfen. Oder, so überlegte er, man mußte den Kopf in Bodennähe holen, damit er die Hindernisse besser sieht.

Der Immune stellte sich auf den Kopf. Dabei entdeckte er viele, die in gleicher Stellung verharrten. Sie standen kerzengerade, steckten ihren Kopf in ein Vogelnest von Turbanen und brüteten darin. Einige hatten die Arme verschränkt und die Augen geschlossen, und andern wuchsen Ranken und Zweige aus Mund und Nase.

Aber der Immune wollte nicht anwachsen, sondern sich auf seinem Kopf fortbewegen. Er versuchte zu rutschen und plumpste. Für einen langen Aufschlag war ihm der Atem genommen. Als er die Augen öffnete, hüpften um ihn einige Satyrn, die Ziegenböcke wackelten vor Lachen und schlugen sich auf die behaarten Schenkel. Der Immune aber sah nur Hörner, welche den Satyrn aus der Stirn wuchsen. Er griff an den eigenen Kopf und spürte einen Haaransatz und sonst nichts.

Da überkam den Immunen der Gedanke, für diesen Kopf Beine zu erfinden. Er erinnerte sich daran, daß ein Gott einmal den Menschen aus Erde und Wasser geschaffen hatte.

Er grub mit den Händen im Boden und wühlte im Lehm, bis er Tonerde fand; daraus formte er zwei Würste nach dem Ebenbild der Beine, die ihm aus dem Rumpf wuchsen. Er machte eine Kerbe fürs Knie und zeichnete den Kreis für die Scheibe. Dann schabte er an seinem Stirnansatz mit einem scharfkantigen Stein zwei Stellen frei, und schlug in den Schädel zwei Löcher, um die Hörnerbeine einzusetzen. Dann bot er seinen Kopf der Sonne an, damit sie ihm die Beine trocknete und in den Schädel einbrannte.

Als der Immune ansetzte, sich auf den Kopf zu stellen, schrien alle und applaudierten: die Hoch- und die Niedrigbeinigen, die Kurz- und Langschrittigen, die Schwer- und Leichtfüßigen. Die

Beine hielten. Der Immune machte einen ersten Schritt auf dem Kopf und half der Bewegung mit den Schultern nach. Er hatte einen Schritt Geländegewinn verwirklicht. Aber dann stürzten die Beine ein, der Immune sackte zusammen. In seiner Betäubung hörte er ein Schlangengezisch. Kopffüßler. Weichtier. Ein Intellectualis. Leitfossil. Tintenfisch auf festem Boden ohne Tintenbeutel zur Vernebelung.

Er hatte seinen Kopf auf tönerne Füße gestellt; das Experiment war mißlungen.

Als der Immune aufsah, stockte den Ungeheuern die Milch und die Monstren flohen. Die Chimäre schleppte sich davon und zog neben der eingetrockneten Spur eine frisch leuchtende.

Eine Tonscherbe war dem Immunen ins Auge gedrungen, so hing ihm ein Augapfel heraus und schielte nach innen, und über dem andern Auge klebte eine Flechte; von der Stirn lappte ihm zerrissene Haut.

Und alle Tiere und die, die ihnen ähnlich waren, kletterten in ihre Fabelbücher zurück und suchten Unterkunft in den Bestiarien, sie hängten sich wieder an die Schläuche in den Laboratorien, füllten erneut die Kuriositäten-Kabinette, rüttelten an den Eisengittern im Zoo und verkrochen sich im Sägemehl der Zirkusarena.

Der Immune wollte rufen. Aber als er den Mund öffnete, platzte eine Wunde. Schaum trat ihm zwischen den Zähnen hervor, und ein Husten schüttelte ihn.

Da verließ der Schütze sein Sternbild. Der Kentaur näherte sich dem Immunen. Er hatte vom Menschen den Kopf und den Oberkörper übernommen, ansonsten war er ein Pferd. Als der Immune zu ihm aufsah, sagte der Kentaur: »Um dem Menschen zu helfen, muß man einen Roßleib haben.«

Der Immune brachte einen ersten Satz zustande: »Man hilft mir nicht, indem man mich verbindet, sondern indem man mir zuhört.«

Der Kentaur scharrte: »Ich verbinde mit den Händen. Die Ohren stehen zur Verfügung.«

Und der Immune: »O meine Ungeduld. Töten würde mich,

wenn ich nicht von meiner Erfahrung reden könnte, auch wenn der Weg sich als aussichtslos erwies. Ich möchte von ihm reden, und sei es nur, damit in Zukunft andere sich diesen Weg ersparen können.«

Die Entdeckung der Schweiz

Aber der Immune, der Boden für seine Füße suchte, stammte aus einem Land, das auf der Landkarte zu finden war. Einmal wurde ihm eine Frage nach diesem Land gestellt, und diese Frage schockierte ihn. Es war in Südamerika.

Er besuchte in Kolumbien ein Seminar, wo Lehrerinnen und Lehrer ausgebildet wurden, alle selber noch Schüler, die sich lieber in den Schulbänken verkrochen hätten, vor die sie hinzutreten hatten.

An einer ungeteerten Straße lag das Seminar, in einem Tal, vor das sich andere Täler schoben. Der Blick aus dem Unterrichtsraum ging auf kaum bewachsene Abhänge; diese weiteten sich in ein Gebirge aus, durch das kein Weg führte und von dem es hieß, hier würden sich die Banditen und die Guerilleros verbergen.

Elf Busstunden hatte der Immune seit Bogota hinter sich. Das Seminar lag auch weit weg vom nächsten Provinz-Städtchen. Hier wurden Bauernkinder geschult. Zum Ausbildungsprogramm gehörte, daß sie keine Bekanntschaft mit der Stadt schlossen. Die Kinder sollten sich von ihr nicht verführen lassen und als Lehrerinnen und Lehrer wieder in ihre abgeschiedenen Dörfer zurückkehren, um dort die Buchstaben und Zahlen, die sie gelernt hatten, weiterzugeben.

In dieser Schule richtete ein Mädchen, von einer Nonne mit einem Augenaufschlag ermuntert, an den Immunen die Frage. Es drehte mit beiden Händen an einem seiner Zöpfe, als es, den Blick auf die Bank vor sich gerichtet, wissen wollte: »Wer hat die Schweiz entdeckt?«

Das war eine Frage, wie sie nur die Neue Welt stellen konnte, amüsierte sich zunächst der Immune. Da war eines Tages ein

Seefahrer oder ein Missionar gelandet, ein Abenteurer ausgefahren oder ein Beamter ausgeschickt worden, sie machten eine Entdeckung, aus Absicht oder aus Zufall, sie merkten sich das Datum und seither gab es diese Orte. Und damit die Geographie des Irrtums: Völker, die zu Indianern wurden, nur weil ein Entdecker gemeint hatte, er sei nach Indien gekommen; da wurde eine Bucht zur Flußmündung, ein erstes Grün zum Paradies, und auf der Landkarte hießen die Dörfer, Städte und Flüsse nach Gold und Silber.

»Bei uns«, so brachte der Immune ausholend vor, »bei uns verhält sich das anders.« Beinahe hätte er gesagt: »Uns gab es schon immer.«

Aber je mehr der Immune überlegte, umso verlegener wurde er. Er brauchte einen Dreh und griff auf die letzten zweitausend Jahre zurück. Schon bei Caesar kamen die Helvetier vor, ein Stamm, der eine Schlacht verlor. Mit ihnen war immerhin ein Name da, wenn auch noch kein Land. Der Immune fuhr fort, in Jahrhunderten zu rechnen. Zwölfhundert Jahre später gründeten drei Kantone eine Eidgenossenschaft; da gab es eine Schweiz. Aber die Stadt, in welcher der Immune auf die Welt gekommen war, gehörte damals noch nicht dazu.

Der Immune durchlief die Jahrhunderte, aber auch Napoleon hatte die Schweiz nicht entdeckt. Auch die Engländer hatten sie nicht entdeckt, die im 18. Jahrhundert die Wasserfälle bewunderten und zur Belustigung der Einheimischen auf die Berge kletterten. Sie entdeckten die Schweiz so wenig wie die amerikanischen Touristen nach dem Zweiten Weltkrieg, nicht die Emigranten hatten sie entdeckt, nicht die Steuerflüchtigen und nicht die Fremdarbeiter... Wohin der Immune sich auch wandte, es gab keinen Entdecker. Da stieg in ihm der Verdacht auf, daß sein Land vielleicht noch gar nicht entdeckt worden ist.

In seiner Verlegenheit suchte der Immune Hilfe in den Gesichtern der indianischen Bauernkinder. Er richtete den Blick auf ein Paar Schlitzaugen; diese verloren ihre Ängstlichkeit und öffneten sich weit, und der Immune sah in ihnen etwas Dunkles auftauchen, ein Schiff mit fremden Männern:

»Wir kämpften uns den Fluß hinauf. Noch nie hatten wir solches Wasser gesehen, wir kannten bis dato nur Salz- oder Süßwasser, aber was wir hier, unter so fremden Himmelsstrichen fanden, war eine neue Art Wasser. Es roch ziemlich widerlich und war von bräunlicher Färbung; die Strömung war träge, es formten sich Schaumkronen, die nicht von der Bewegung des Flusses kamen. Eines Morgens entdeckten wir, wie Fische mit ihrem bleichen Bauch nach oben im Wasser trieben.

Wir fragten den Gefangenen, der uns als Dolmetscher diente; aber unsere Frage schien ihn zu verwundern. Wir gaben ihm auch einen Schöpflöffel davon; er trank das Wasser ohne zu zögern und schaute nach dem Schlucken triumphierend auf. Er sagte, er habe während seines ganzen Lebens, er ist noch ein junger Mann, nie anderes Wasser in den Flußbetten gesehen. Wir hießen ihn ein zweites und ein drittes Mal davon zu sich zu nehmen, doch geschah ihm nichts.

Wir erhielten keine klare Antwort über das Wasser, das in diesem Fluß anzutreffen ist, weshalb wir ihn den ›Fluß der toten Fische‹ nannten. Denn auch über den Namen des Flusses scheinen sich die Uferanwohner nicht einig zu sein. Unser Dolmetscher nannte verschiedene Bezeichnungen, das kommt daher, weil die Stämme an diesen Ufern so unterschiedliche Sprachen reden. Sie sollen früher recht grausame Kriege gegeneinander geführt haben, doch infolge allgemeiner Kriegserschöpfung befinden sie sich in einem augenblicklichen Zustand der Versöhnung. Soweit wir es vom Schiff aus beurteilen konnten, bewegten sie sich auf beiden Uferseiten ziemlich gleich und kleideten sich sehr ähnlich.

Aber wir wollten uns ja nicht an diesen Ufern aufhalten, sondern stromaufwärts vordringen; man hatte uns von einem geheimen Goldland erzählt, einem El Dorado, dort sollen ungeheure Reichtümer gehortet werden. Wir hatten auf einer Insel, welche dem Festland vorgelagert ist, erfahren, daß diese Reichtümer von Gnomen bewacht werden.

Aber nicht nur wegen der von Zwergen behüteten Reichtümer wollten wir in den ›Helvetien‹ genannten Gau vordringen, sondern auch weil es dort Jungbrunnen gibt, die ewiges Leben verheißen. Die Zaubersprüche und Formeln sollen streng gehütet werden. Doch hofften wir, Mittel und Wege zu finden, damit auch unser großer Herrscher und unser Volk in den Genuß solcher Vorteile kommen.

Plötzlich rief unser Gefangener: ›Da!‹ Wir waren überrascht, denn was wir sahen, unterschied sich vorerst nicht von dem, was wir bisher an diesen Ufern angetroffen hatten. Aber unser Dolmetscher war ganz aufgeregt, er sagte, wir befänden uns an einem Dreiländereck. Allerdings befänden wir uns nicht in der eigentlichen Region der goldhütenden Gnomen, aber hier begänne ihr Territorium. Was wir vor uns sähen, sei der sagenhafte Ort der Jungbrunnen.

Wir staunten tief, fielen auf die Knie und dankten unserem großen Gott für den unerwarteten Anblick, der uns so gewaltig gewährt wurde; dann schärften wir unsere Schwerter und rüsteten Pfeil und Bogen.

Wir meinten zunächst, wir seien entdeckt worden und unsere Ankunft habe sich bereits herumgesprochen; denn überall waren Rauchzeichen zu sehen. Aber wir wurden bald eines Besseren belehrt, daß es sich hier nicht um Nachrichten handelt, die durchgegeben werden; das konnte schon deswegen nicht sein, weil sie in der Nacht nicht auf sichtbares Feuer überwechselten.

Sie brachten vielmehr Opfer dar. Das ganze Ufer entlang rauchte es in den Himmel. Es hatte uns an ihren Bauten schon gewundert, daß sie hohe Gebäude errichten und keine Stufen dazu, doch erfuhren wir, daß sie innen Treppen anbringen, und auch, daß sie Treppen haben, deren Stufen sich von selbst bewegen, was bei uns selbstverständlich großes Gelächter erregte. Sie bauen auch für den Rauch Häuser, runde und schmale, Rohren vergleichbar. Aber es war kein Feiertag, sondern ein ganz gewöhnlicher Werktag; sie bringen nicht Menschen dar, indem sie ihnen wie wir die Brust öffnen, das dampfende Herz herausnehmen und es dem Himmel überreichen, und sie opfern auch nicht solche, die dafür auserlesen sind und sich mit Gesang auf die Opferung vorbereiten, sondern sie opfern wahllos; sie opfern diese Menschen ein Leben lang, indem sie sie arbeiten lassen; es sind nicht die vielen, die ein paar opfern, sondern es sind ein paar wenige, welche die vielen andern opfern.

Trotz allem blieben wir mißtrauisch. Wir hatten unterwegs bereits ein Schiff verloren, was immer noch auf dem Gemüt der Mannschaft lastete. Die Einheimischen verfügen über größere und schnellere Boote, doch haben sich unsere flachkieligen Schiffe bis jetzt als Vorteil erwiesen. Wir hatten zwar gehört, daß der Stamm der goldhütenden Gnomen friedfertig sei; seit langem würden sie nicht mehr selber Krieg führen, aber alle Kriege aufmerksam verfolgen, indem sie keinem der Streitenden helfen und mit beiden Seiten Handel treiben. Aber wir hatten andererseits auch in Erfahrung gebracht, daß die kampftüchtigen Männer sich alle Jahre in Krieger verkleiden und Kampfspiele durchführen, die bis zu drei Wochen dauern.

Um die Friedensbereitschaft dieses Stammes zu prüfen, schwamm in der Dunkelheit der Nacht der kühne Kaziken-Sohn Kamilk ans Ufer und legte dort die Gastgeschenke aus: kostbares Holz, einige Geschmeide und viel parfümierte Tücher. Sobald die Sonne aufging, legten wir uns auf die Lauer, nachdem wir die Bodenbeschaffenheit und den Ankergrund ausgekundschaftet hatten. Das Kommandoschiff hatte ich bis auf einen Pfeilschuß vors Ufer beordert.

Als wir an diesem Morgen der kommenden Dinge harrten, wurde uns zum ersten Mal bewußt, was für eine barbarische Sitte es ist, die ganze Zeit Rauch hochsteigen zu lassen. Sie schwängern den jungfräulichen Himmel und verdunkeln damit das Antlitz unseres höchsten Gottes, der Sonne. Damals ist uns zum ersten Mal der Verdacht aufgestiegen, daß diese Einheimischen bei aller Friedfertigkeit Brüder der Nacht sind.

Der, welcher die Geschenke fand, prüfte sie lange, dann rannte er davon, und wir warteten, bis er mit dem Häuptling zurückkehrte. Aber er erschien mit zwei Männern, die beide gleich gekleidet waren. Es waren zwei Polizisten, wie sie uns bald selber kundtun sollten, jedenfalls nannten sie sich so, indem sie mit den Fingern auf die eigene Brust wiesen; was das bedeutete, sollten wir noch erfahren.

Sie suchten vorerst das Ufer ab, bis sie uns auf dem Fluß entdeckten. Dann gaben sie uns Winkzeichen und bestiegen eines ihrer schnellen Boote. Es wäre falsch gewesen, ihnen entkommen zu wollen; so rüsteten wir uns auf den Kampf und verschanzten uns in unseren Booten, fest entschlossen, unser Leben so teuer wie möglich zu verkaufen. Doch als sie sich uns in einer Schleife genähert hatten, machte einer eindeutige Friedensbewegungen. Wir dankten zurück und ließen den ersten an Bord. Der Mann wollte Papiere sehen, doch wußten wir nicht, was er verlangte. Auch als der Dolmetscher ausführte, worum es sich handelte, begriffen wir nicht genau. Wir merkten jedoch bald, daß es ihm nicht genügte, mit eigenen und gesunden Augen uns und unser Schiff zu sehen.

Alle Einheimischen tragen Papiere auf sich, darauf ist eingetragen, wo und wann sie geboren worden sind. Das ist umso verständlicher, als sie sich nicht mehr in Haar- und Kleidertracht nach ihrer Herkunft unterscheiden. Die Existenz dieser Menschen beginnt nicht damit, daß sie aus dem Schoß einer Frau auf die Welt kommen, sondern mit einem Eintrag auf einem Amt. Wir hätten nur allzu gern gewußt, ob es sich mit dem Tod auch so verhält.

Der uniformierte Einheimische kritzelte etwas auf einen Zettel und hielt ihn uns hin. Wir dachten, es sei ein Gegengeschenk, und brachen in einen Freudenjubel aus. Aber wir wurden ernster, als wir erfuhren, daß es sich um eine Strafe handelte. Wir wunderten uns doch sehr, daß wir dafür, daß wir parfümierte Tücher, Geschmeide und kostbares Holz ausgelegt hatten, auch noch bestraft werden sollten. Aber der Mann erklärte, es sei verboten, hier Schiffe anzulegen und ans Ufer zu schwimmen. Wir lachten ihn aus, worauf er sich erboste. Wir merkten bald, daß es nur eine Kriegslist von ihm war, uns in eine Auseinandersetzung zu verstricken. Der Mann bestritt es, er wiederholte mehrere Male und berief sich immer wieder darauf, es gehe um eine Vorschrift, so daß wir neugierig wurden, was das ist.

Diese Vorschriften entnahm er einem ihrer heiligen Bücher, das er auf sich trug; darin sind unzählige Vorschriften eingetragen und nach Zeichen geordnet, die einem doppelten Galgen, einer Halsschlinge vor dem Zuziehen gleichen.

Diese Vorschriften sind jenen langsam wirkenden Giften vergleichbar, wie sie einige unserer indianischen Stammesbrüder aus Lianen, Maniok und Kakteen gewinnen. Nur daß die Vorschriften nicht aus Pflanzen, sondern aus dem Saft jahrlang trainierter Hirne extrahiert werden. Diese Vorschriften wirken, ohne daß man später genau sagen könnte, wann man sie eingenommen hat. Sie sind zum großen Teil auch von so neutralem Geschmack, daß es einem nicht auffällt, wenn man sie zu sich nimmt. Die Wirkung tritt denn auch fast übergangslos erst im Laufe der Jahre ein. Die Vorschriften führen zu gewissen Lähmungserscheinungen, ohne daß die Arbeitslust dadurch gemildert würde, im Gegenteil, die Wirkung kann eine ausgesprochene Arbeitswut sein. Am auffallendsten dabei ist der Gedächtnisschwund; so vergessen die meisten unter ihrem Einfluß, wovon sie in der Jugend geträumt und wofür sie einst gekämpft haben.

Die Vorschriften bewirken auch einen gewissen Rauschzustand. Aber dieser Rausch widerfährt nicht dem, der sie einnimmt, sondern dem, der sie anwendet. Wir konnten bei dem Polizisten deutlich sehen, wie in dem Moment, als er die Vorschrift vorlas, sich die Pupillen vor Entzückung weiteten und die Augenhaut in ein lustvolles Rot überging.

Da wir in unserer friedlichen Absicht mißverstanden worden waren, mußten wir es darauf anlegen, den zweiten an Bord zu locken. Der kletterte nur allzu gern hoch und wollte wissen, ob wir Flüchtlinge seien. Da wir nicht antworteten, wollte er weiter wissen, ob und wieviel Geld wir besäßen. Wir wichen aus, indem wir sagten, wir kämen vom Sonnenuntergang her. Dann erkundigte er sich, ob wir Arbeit suchten. Wir schwiegen erneut, weil wir nicht verraten wollten, daß wir auf der Suche nach dem Gold der Gnomen und dem Jungbrunnen sind. Da wollte er uns gefangennehmen, doch kamen wir ihm zuvor. Ich sah mich gezwungen, ihm eine Tracht Prügel aufzuzählen. Als wir ihn schlugen, fragte er uns, ob wir auch Polizisten seien.

Als wir sie abtasteten, stießen wir auf die ketzerischsten Dinge, die uns je vor Augen gekommen sind. Sie trugen einen mit einem schmalen Band am Handgelenk befestigten runden Gegenstand, der Sonnenscheibe nachgebildet, darauf im Kreis eine Unzahl von Chiffren, sorgfältig eingeritzt und aufgemalt. Es waren sogenannte Uhren, die auch in der sonnenlosen Zeit, die nur dem Mond und seinem langsamen Wachsen und Vergehen gehört, die Stunde angeben. Wir zerschmetterten ihnen die Götzengebilde und zwangen sie in die Knie, um unseren Gott um Vergebung zu bitten. Denn die Scheibe ist einzig des Sonnengottes, und jeder Profanierung ist mit größter Härte zu begegnen. Die Tatsache, daß ihnen diese Dinge und Fetische auch die Zeit in der Nacht angeben, zeigt einmal mehr, mit wem sich diese Söhne der Finsternis verbünden.

Als die beiden Gefangenen ihre zerschmetterten Götzengebilde sahen, jammerten sie mehr als über die Schläge und hörten nicht auf mit ihrem Wimmern. Sie sagten, wer ohne ein solches Ding sei, werde vom Unglück bedroht, weil alles von der richtigen Zeit abhänge. Doch konnten sie unsere Frage, woher sie wüßten, wann einer zur richtigen Zeit stirbt, auch nicht beantworten. Sie haben die Zeit in unendlich viele Bestandteile zerlegt, um möglichst viel in ihr unterzubringen, als sei sie ein großer Warenspeicher; sie tun dies ohne Angst, daß ihnen eines Tages die Zeit platzen könnte. Wir waren jedenfalls überrascht, feststellen zu müssen, daß sie mit einem der heiligsten Güter, der Zeit, einen plumpen Handel treiben.

Als wir die beiden durchsuchten, fanden wir Pläne, auf denen alle Straßen aufgeführt und die wichtigsten Gebäude eingetragen waren. Das schien uns recht dienlich, um Zugang zu jenen Häusern zu finden, in denen der Jungbrunnen untergebracht ist. Dabei darf man nicht übersehen, daß der Ort so groß war, daß man ihn auch beim tüchtigsten Schritt nicht an einem einzigen

Tag hätte abschreiten können. Wir brachten in Erfahrung, daß es sich nicht um eigentliche Jungbrunnen handelt. Zu unserem Erstaunen erwies sich, daß die Einheimischen Stein- und Erdefresser sind. Allerdings zerreiben sie vorher die Erde und die Steine, und aus dem Mehl backen sie winzige Brötchen in Form von Kügelchen und Täfelchen aller Farben. Um den zum Teil recht widerlichen Geschmack zu vertuschen, versüßen sie sie sehr oft mit einer zuckrigen Hülle.

Neu war für uns, daß man gar nicht an den Ort vordringen muß, wo diese Kügelchen und Täfelchen ausgedacht, gekocht und hergestellt werden, sondern daß sie überall in den Straßen verkauft werden, von einem Berufsstand, der bei ihnen Apotheker oder ähnlich heißt, aber auch von verwandten Berufen wie den Coiffeuren und Putzmittelverkäufern. Der Berufsstand der Apotheker genießt wegen seiner Raffgier kein besonders hohes Ansehen; man sagt ihnen nach, daß die Kleinlichkeit ihres Charakters von den feinen Waagen herrühre, mit denen sie Umgang pflegen, aber sie haben dennoch in manchem für die andern Mit-Einheimischen ein Vorbild abgegeben.

Wir bräuchten also nur in die Straße zu gehen, um diese Kügelchen und Täfelchen der ewigen Jugend in unseren Besitz zu bringen. Das schien uns wunderbar. Aber wir wurden darüber belehrt, daß man sie kaufen muß. Wir fragten die beiden Gefangenen, weshalb denn ein so wunderbares Geheimnis wie das des ewigen Lebens nicht an alle verteilt werde. Darob mußten die beiden so sehr lachen, daß wir ihnen hinterher die Fesseln fester anziehen mußten. Sie sagten, man müsse für alles bezahlen, und wer kein Geld habe, der komme auch nicht in den Genuß des ewigen Lebens.

Ich erzähle dies, so unwahrscheinlich es sich auch anhören mag, um von all dem vollständig zu berichten, was uns widerfahren ist, selbst wenn es zu keines Menschen Gewinn wäre, sondern nur zu dem der Wahrheit.

Wir fanden auf unseren Gefangenen auch, was sie als Geld bezeichnen, es war wieder eine Art Papier. Die Einheimischen pflegen nie ohne solche Papiere auszugehen, denn sie verleihen ihnen Macht und Ansehen; sie geben ihnen auch die Sicherheit von Waffen, hängen aber nicht so schwer wie Geschmiedetes oder Geschnitztes und sind vor allem nicht sichtbar, was den Trägern wiederum ein harmloses Aussehen gibt. Aber plötzlich zücken sie diese Papiere, und dann ist es um den nächsten geschehen. Gefährlich ist, daß diese Waffen heimlich wirken; so haben wir unzählige Fälle gesehen, wo einzelne an unsichtbaren Wunden dahinsiechten, die ihnen durch diese Papiere zugefügt worden sind.

Wegen dieses Geldes und der damit zusammenhängenden Auskunft haben wir einen unserer besten Leute verloren. Wir ordneten ihn ab, Kügelchen und Täfelchen zu erwerben mit den Papierstücken, die wir unseren Gefangenen abgenommen haben. Als wir berieten, ob der Ausgesandte wohl unerkannt durch die Straße komme wegen seines nicht-einheimischen Aussehens, erhielten wir die beschwichtigende Antwort, daß die Leute hier so vielfältig bunt angezogen seien, daß auch unser Stammesfreund kaum auffallen werde. Man kann sich daher unsere Unruhe ausmalen, als er nicht mehr zurückkehrte. Wir schickten eine Expedition aus, so viele Männer, wie ein kleines Boot faßt. Sie fanden ihn, als er gerade weggetragen wurde. Zuerst meinten sie, er sei von bewaffneter Hand erschlagen worden, aber die Auskunft, die wir erhielten, war viel ungeheuerlicher. Er hatte gleich nach dem Erwerb viele von den Kügelchen und Täfelchen zu sich genommen, so daß er auf der Stelle tot umgefallen war. Es gelang den Unseren jedenfalls nicht, seine Leiche freizukämpfen; so mußten wir diesen Krieger nach einem glorreichen Leben am Steuer und an der Waffe einem ruhmlosen Tod überlassen.

Ich brauche nicht ausführlich zu werden darüber, daß es uns zutiefst überraschte und sogar entsetzte, als wir erfuhren, daß die erste Wirkung eines solchen Jungbrunnens der Tod war. Der Umgang mit dem Jungbrunnen scheint jedenfalls gefährlich, doch lockte es uns nun umso mehr, dahinterzukommen, und wir drohten den Gefangenen, wenn sie uns falsche Auskunft gäben, müßten wir sie mit dem Tode bestrafen. Wir spielten ihnen mit der Yaki-Flöte und der Queche-Trommel auf, doch sind sie es nicht gewohnt, als Gefangene zu tanzen.

Für die nächste Expedition stellte sich ein älterer Steuermann zur Verfügung; er hatte sich darum beworben, weil er bereits in einem respektablen, aber nicht mehr genußfähigem Alter war und ihm seine Manneskraft längst nicht mehr strotzte. Er mußte aber diesmal einen Eid ablegen, daß er nichts allein zu sich nehme. Er brachte nicht nur Kügelchen und Täfelchen, sondern auch unzählige Gefäße verschiedenster Größen und Längen, alle mit einem Deckel, den man nicht hochhebt sondern wegdreht, wie uns die Gefangenen zeigten. Unser Steuermann begann sich sogleich mit Salben einzureiben zu unserer allgemeinen Belustigung und unter dem Ansporn der Allerjüngsten. Aber da er sich nicht veränderte, begaben wir uns zur Nachtruhe, während der alte Steuermann die ganze Nacht durch sich mit Salben an allen Körperstellen und besonders an einer einrieb, so daß er am andern Morgen ganz erschöpft war; doch war keine der Runzeln weg, die wir am Abend zuvor gemeinsam gezählt hatten.

Wir hatten jedenfalls beschlossen, so viele Täfelchen, Kügelchen, Töpfchen undsoweiter mitzubringen, als nur immer möglich. Da uns der Gebrauch aber recht kompliziert schien, haben wir auch einen Apotheker in seinem typischen weißen Rock eingefangen. Der sagte, er sei bereit, uns den Eingang in eines der Gebäude zu verraten, wo alle diese Jungbrunnen-Dinge hergestellt würden, und schlug uns auch vor, an seiner Stelle einen sogenannten Chemiker einzufangen. Aber wir ließen ihn nicht frei und behielten ihn, denn wir wollten ihn unserem großen Herrscher vorführen. Ich mußte ihn übrigens schützen, denn als herauskam, daß er einer der Eingeweihten war, wollte die Mannschaft gleich zu seiner Versteigerung übergehen.

Nun zeigten sich die Verlockungen allenthalben. So weit von unserer Heimat, unter einem so fremden Himmel und nicht nur der Unbill des Wetters ausgesetzt, sah ich mich zu disziplinarischen Maßnahmen gezwungen, als einer unserer Jüngsten sich an die verpackten Dinge machte. Doch konnte ich Nachsicht üben, da er die gestohlenen Kügelchen nicht für sich verwendete, sondern für seine junge Frau zu Hause eine Kette verfertigte. Man darf nicht vergessen, der Mond war auf unserer Fahrt schon mehrere Male zu einem vollen Haus gekommen, und ich mußte achtgeben, daß den Männern die aufgestaute Lust nicht zum Hinterhalt wurde. Nun gibt die Sache mit dem Jungbrunnen und der den Tod aufhebenden Nahrung Anlaß zu recht bemerkenswerten Überlegungen, worüber ich mich nicht lange auslassen möchte.

Sie glauben nämlich an ein Leben nach dem Tod. Doch erweisen sie sich als von größtem Geiz oder mindestens äußerster Zurückhaltung. Sie geben ihren Toten nichts mit auf den Weg, keine Waffen und keine Wegzehrung, nur ein Hemd und nicht einmal Schuhwerk. Ja, die Verheirateten gehen sogar so weit, daß die Frau dem verstorbenen Mann und der Mann der verstorbenen Frau den Goldring wegnimmt, den sie seit der Eheschließung tragen. Sie machen zwar manches wieder wett mit Blumen, die sie auf die Gräber legen und pflanzen, doch erfreuen diese eigentlich mehr die Hinterbliebenen, als daß sie den Toten von Nutzen wären. Man kann jedenfalls daraus sehen, daß sich das Plündern ihrer Gräber in keiner Weise lohnte.

Überraschend aber ist, daß sie soviel Sorgfalt darauf verwenden, am Leben zu bleiben und gleichzeitig an ein Weiterleben nach dem Tod in Glückseligkeit glauben. Auch ihr höchster Gott hat eine Träne im Auge, doch hat dies nichts mit der Bewässerung von Wüsten zu tun wie bei uns. Verwunderlich bleibt, daß sie ausgerechnet den Tod hinausschieben, der ihnen endlich das glückliche Leben bringt. Aber bei diesen Einheimischen scheint die Angst vor dem Glück weit verbreitet zu sein.

Bei diesen Expeditionen waren wir zum ersten Mal in direkten Kontakt mit den Einheimischen gekommen. Was uns vorerst auffallen mußte, war ihre Körpergröße; wir waren vorbereitet, auf Zwerge zu stoßen, aber die meisten waren normal oder gar hochgewachsen, so daß wir annehmen mußten, nur jene, welche das weiße und das gelbe Metall hüten, seien Gnomen. Zuerst aber fiel uns noch etwas völlig anderes auf. Wir sahen zwei verschiedene Menschen-Typen: normale und solche, welche auf der Nase dünne Balken trugen, an denen zwei Gläser befestigt waren. Wir meinten, es handle sich um Insignien einer bestimmten Kaste; aber wir brachten sehr bald in Erfahrung, daß es sich um Krücken handelt, die man auf das Nasenbein stellt und kunstvoll an den Ohren befestigt, so daß man sich bücken kann, ohne sie zu verlieren. Sie tragen diese Gestelle wegen ihrer schlechten Augen. Nun haben sie allgemein an Sehschärfe eingebüßt, wie auch ihr Gehör abstumpfte; das ist wohl schon deswegen notwendig, weil ihre Straßen von grauenhaftem Lärm erfüllt sind; da sie ja nicht mehr Krieg führen, ist es kein Kriegsgeschrei, sondern ein ohrenbetäubendes Friedensgeschrei. Sie haben längst ihren Jagdinstinkt verloren und klagen nicht einmal darüber.

Es ist nicht sehr einfach, mit bloßem Auge Unterschiede festzustellen. Die Untertanen erkennt man jedoch sehr gut daran, daß sie eine fremde Sprache sprechen. Diese wohnen gewöhnlich in eigens für sie reservierten Häusern, die oft nicht aus Stein, sondern aus Holz sind, und dort leben sie zusammengepfercht; da sie ihre Familien nicht bei sich haben dürfen, schmuggeln sie ihre Kinder heimlich in die Räume, aus denen sie sie nur nachts für ein paar Minuten auf die Straße führen. Und wenn sich diese Untertanen unter die Einheimischen mischen, was ihnen von Gesetzes wegen nicht vorenthalten ist, werden sie durch Blicke und allgemeines Verhalten der andern stets an ihre Herkunft erinnert.

Diese Untertanen sind auch daran zu erkennen, daß sie lauter sind als die Einheimischen und mehr lachen. Doch gibt es unter ihnen solche, denen ein gewisser Aufstieg gelang; sie werden dann leiser in ihrem Benehmen und lachen weniger als früher. Das Interessante aber ist, daß diese Untertanen nicht in Kriegszügen eingefangen werden, sondern freiwillig hierherkommen, das heißt aus bloßer Not getrieben. Wenn man sieht, unter was für herrschenden Menschen sie zu leben vorziehen, kann man sich ausmalen, wie groß die Not in ihren Ländern sein muß, wo sie herkommen und wo es einen viel weniger finsteren Himmel gibt als hier.

Zuerst waren wir überzeugt, daß die von uns befragten Einheimischen logen. Denn sie behaupteten fast alle, sie hätten noch nie einen der goldhütenden Zwerge gesehen und es seien nicht eigentliche Zwerge; der Ruf komme vielleicht daher, daß sie sich immer für kleiner ausgeben, als sie in Tat und Maßstab sind.

Aber was uns noch unwahrscheinlicher dünkte: daß die Befragten noch nie mit eigenem Auge oder mit dem Augengestell das gehortete Gold gesehen hatten. Wir forschten weiter, ob nicht einmal im Jahr das Gold gezeigt und ausgestellt werde, bei einem großen Fest; aber sie verneinten es, und wir mußten zur Kenntnis nehmen, daß alle davon überzeugt sind, daß dieses Gold existiert, obwohl es keiner von ihnen gesehen hat.

Außerdem behaupteten sie, daß dieses Gold in Form von Barren gehortet werde, weil es sich so besser lagern lasse. Als wir fragten, weshalb sie daraus nicht Kelche, Gefäße und Schalen machten oder Ringe, Spangen und Ketten, weil dadurch das Gold erst seine Schönheit entfalte, merkten wir sehr bald, daß ihnen der Besitz wichtiger ist, als was man an Schönheit daraus machen könnte.

Als wir sie fragten, ob sie nicht einmal Lust hätten, dieses Gold zu sehen, leuchteten ihre Augen, und sie nickten. Als wir sie fragten, weshalb sie denn nicht in diese Tempelbezirke eindringen, wo das Gold gehortet werde, gegebenenfalls mit Gewalt, erschraken sie und legten den Zeigefinger senkrecht auf die Lippen, was in ihrer Gebärdensprache soviel wie Schweigen bedeutet. Als wir mit unseren Fragen weiterdrängten, flehten sie uns mit Blicken an, wir sollten still sein und nicht weiter in sie dringen. Wir mußten feststellen, daß diese Einheimischen nicht nur vor dem Glück Angst haben, sondern nichts so sehr fürchten wie Fragen, vor allem, wenn diese von Fremden, wie wir es sind, gestellt werden.

Nun scheint es auch keineswegs leicht zu sein, zu diesem Gold vorzudringen. Man kommt ohne weiteres in diese Tempel, es ist ein ständiges Hinein und Hinaus; auch wenn die Besucher sich geschäftig geben, können sie doch eine gewisse Andacht nicht verbergen, wenn sie diese Hallen betreten. Schon diese Hallen sind bewacht, aber das ist nichts gegen die Schutzmaßnahmen, welche die Zwerge errichtet haben, damit niemand an ihr Gold kommt. Diese Gnomen scheinen über geheime Kräfte zu verfügen. So besitzen sie Tarnkappen, mit denen sie ganze Vermögen verschwinden lassen; so unauffindbar diese sind, im gegebenen Moment sind die Vermögen wieder da. Und dann machen sie das tote Papier lebendig und zeugungsfähig, so daß sich dieses vermehrt, indem andere Menschen für sie arbeiten, doch stellen sie zwischen sich und diese Menschen eine Art Schirm, damit sie die Mühen und Leiden der Arbeit nicht zu sehen brauchen.

Solch gewaltige und geschickte Gnomen beschützen das Gold natürlich mit aller Kunstfertigkeit. Sie horten es in tiefen Kellern, zu denen man durch eine Unzahl allerdickster Türen muß, die lediglich kaum nachahmbare Schlüssel öffnen. Das ist nur eine der Fallen auf dem Weg zum Gold und ins Herz des El Dorado. So sind auch überall mechanische Vögel angebracht, welche sogleich zu singen und zu schrillen beginnen, wenn man sich ihnen nähert, gleichgültig welche Absicht man hegt. Denn dieses Gold wird ja nicht nur vor Fremden, sondern auch vor den Einheimischen gehütet.

Zu diesem Golde vorzudringen war mit unüberwindlichen Hindernissen verbunden. Es war nicht so, daß sich unsere Männer davon hätten abschrecken lassen. Aber es schien mir als Unternehmen doch sehr waghalsig. Dies nicht nur, weil die Fortsetzung der Reise sich immer beschwerlicher ausgenommen hätte; wir hatten ausgekundschaftet, daß es flußaufwärts künstliche Stromschnellen gibt; an den Stellen hätten wir einmal mehr das Boot nachts ein Stück übers Land ziehen müssen. Waghalsig schien mir das Unternehmen, weil wir nur eine kleine, wenn auch tapfere Schar waren, die allein gegen die gewaltigen Gnomen nichts unternehmen konnte.

So schien es mir richtig, uns Zeit zu lassen und uns mit denen zu verbünden, die bisher dieses Gold auch nicht gesehen hatten; sie machten die große Zahl aus und waren jene, die man überall auf den Straßen traf, Mann und Frau, Junge und Greise. An sie war verhältnismäßig leichter heranzukommen, auch wenn sie sich nicht ohne weiteres ansprechen lassen. Aber man muß ihnen zuerst einmal die Furcht vor den Gnomen nehmen und ihnen zeigen, daß diese Zwerge nicht stärker sind als sie, sondern nur deswegen stark, weil sie das Gold hüten. Und diese Macht müßte leicht zu brechen sein. Es gab nur einen Weg, um an dieses Gold zu kommen: sich mit dem Volk zu verbünden.

Das war die Aufgabe, die wir uns stellten, wir, die wir nach Osten gesegelt waren, und ich glaube, wir dürfen dies mit aller Hoffnung tun; denn ich bin bereit zu bezeugen, daß diese Einheimischen trotz allem vernunftbegabte Wesen sind, dafür trete ich ein, mit meinem ganzen Mann-Sein und mit meinem ganzen Ohne-Angst-Sein.«

Er stammte aus einem Land, das im Kriegsfall Leib und Leben beanspruchte. Dabei glaubte er nicht, daß die Entscheidungen an nationalen Fronten fielen; er nahm Grenzen als Hilfslinien der Orientierung.

Es gab andere Länder, die waren für sein Erleben und seine Formierung nicht minder wichtig geworden. Das hieß nicht, daß er sein Land ausgetauscht hätte gegen ein anderes, dazu hatte es ihn zu sehr geprägt. Auswanderer wollte er nicht werden, und Emigrant hatte er nie sein müssen.

Aber auf seiner Karte verschoben sich nicht nur die Grenzen Land um Land, sondern über den Kontinent hinaus. Er liebte die Ränder Europas.

Im Notfall habe ich einen Kontinent, pflegte er zu sagen, und dieser Kontinent war unermeßlich groß. Seine Ausdehnung hatte ihm ein Raumgefühl beigebracht, das ihm nicht mehr erlaubte, nur noch Europäer zu sein, auch wenn er nach wie vor die Zeit nach europäischen Uhren maß.

Er hatte diesen Kontinent regelmäßig als seine persönliche Zuflucht benutzt und konnte das nur wettmachen, indem er von dessen Nöten und Sorgen sprach, abgesehen davon, daß er dort das Tränengas kennengelernt hatte, daß er wegen seiner Lederschuhe schon ein señor war und auf eine Plastikpalme stieß, als er an ein Ende der Welt reisen wollte.

Es war seine Art, die Erfahrung zu machen, daß der Kontinent seiner Herkunft nur einer unter anderen war; in diesem Sinne war es unwichtig, daß der Kontinent seines Notfalls Südamerika hieß, es hätte auch Asien oder Afrika sein können.

Wie er mit Ländern und Kontinenten umging, so ging er auch mit sich selber um. Er war ein Stadtflüchtiger, der von Stadt zu Stadt ging, denn die Stadt bedeutete die größtmögliche Chance: unter vielen einer unter anderen zu sein und das, wenn möglich, nicht allein.

Aber oft ging es nicht nur darum, wie kam er über die nächste Grenze, sondern über die nächste Minute, und er, der sich für seine Haut zu wehren hatte, hatte sich auch gegen sie zur Wehr zu setzen. Und er verdankte einem, der eine andere Hautfarbe besaß, die Entdeckung seines eignen Landes.

Aber dann sucht er wiederum ein Land, das auf keiner Karte zu finden war. Er war dabei gewesen, als die Phantasie die Macht nicht übernahm. Zum ersten Mal war er auf Reisen gegangen, indem er sich als Kind auf das Tretbrett einer Nähmaschine setzte, und als Erwachsener erzählte er von den nächtlichen Flügen der Kopfkissen-Gans.

So ein besessener Geher er auch wurde, er kehrte doch regelmäßig zurück. Und zwar in die Stadt, wo er geboren und aufgewachsen war, denn Zürich das gab es. Mit jeder Rückkehr verschob sich der Stellenwert dieser Stadt, und dies konnte schon heißen, daß er nach dem raschen Einfall der Tropennächte wieder die Dämmerung entdeckte.

In dem Maße jedoch, wie sich seine Erfahrungen ausweiteten, Land um Land und über den Kontinent hinaus, wurde der lokale Bereich von Bedeutung, jener Bereich, der überblickbar war, wo er mitreden und mitwirken konnte. Wenn er vom Quartier redete, meinte er damit nicht nur einen Stadtteil.

Zu diesem lokalen Bereich gehörten aber auch jene Nächsten, an deren Geschick er unmittelbar beteiligt war, und dazu gehörten alle, die eine Familie ausmachen konnten. Für sich selber kannte er den Trott des Allein-Seins.

Die ersten Toten

Zur Familie gehörten auch jene, die eines Tages fehlten, und in der ersten Familie, die der Immune kannte, fehlten auf einmal eine Großmutter und die ganz kleine Schwester, und jede von ihnen auf andere Art.

Bei der Großmutter hätte man mit dem Tod rechnen dürfen, aber als er eintrat, kam er überraschend, und die kleine Schwester, für die man viel erhofft hatte, blieb für immer die ganz kleine Schwester.

Es fehlte eines Tages eine alte Frau, nachdem sie in der Küche umgefallen war, und es fehlte eines Tages ein kleines Kind, das man ins Spital überführt hatte.

Der Immune war am Abend vor der Operation noch im Spital gewesen, um Blut zu spenden, ein Sonntagabend. Das Schauspielhaus, wo er als Statist auftrat, lag nicht weit entfernt vom Kinderspital, er stand damals kurz vor der Matur. Aber als die Großmutter an jenem Nachmittag in der Küche umfiel, war er bald darauf aus der Schule heimgekommen und in die Küche gegangen, um sich ein Konfitüren-Brot zu streichen, den Schultornister noch auf dem Rücken. Er hatte sich über die zerquetschten Kirschen am Boden gewundert und noch einige mit den Schuhen zerdrückt, daß sie spritzten.

Die alte Frau hatte einen Schlaganfall erlitten; sie geiferte. Wenn man sie rief, redete sie mit der Zimmerdecke und drehte sich nach den Ecken, bis ein zweiter Schlag kam und sie tötete. Das kleine Kind aber hatte von Geburt an einen Fehler gehabt; man hatte gehofft, ein Doktor könne diesen Fehler korrigieren. Was genau mit dem Herzen los war, hatte der Immune nie ganz begriffen, dabei hatte ihm der Arzt am Abend vor der Operation erklärt: Das größte Risiko sei, daß alles beim alten bleibe. Es schien mit den Herzklappen zusammenzuhängen und damit, daß venöses Blut direkt in die Adern ging, ohne sich aufzufrischen; das könnte später kritisch werden.

Von der Großmutter hatte der Junge nur erfahren, daß sie Blut im Gehirn hatte, aber an der falschen Stelle, und daß dort alles überlief. Sie lallte, eine Seite war gelähmt, aber es hätte noch schlimmer sein können. Als sie starb, sagte die Mutter von der Großmutter, sie sei erlöst worden.

An der kleinen Schwester wollte man die Operation durchführen, bevor sie in die Schule kam; in den Kindergarten hatte man sie gar nicht erst geschickt. Wenn sich das Kind anstrengte, lief es blau an; schon wenn es mit andern spielte, verfärbte sich sein Gesicht. Der Immune hatte das Gesicht einmal tiefblau gesehen, als die ganz kleine Schwester beinahe vom Lavabo purzelte; sie war hinaufgeklettert, um sich vor dem Spiegel das Gesicht mit Mehl einzustreichen.

Diese kleine Schwester hatte manchmal gelacht und auf ihre Nase gezeigt: »Ganz blau.« Sie rieb die Hände aneinander, daß die Fingerspitzen bläulich anliefen, dann fragte sie ihre größere Schwester und den ganz großen Bruder, ob sie das auch könnten; aber die konnten das nicht, höchstens im Winter. Nur die Großmutter hätte es gekonnt, die hatte bläuliche Finger gehabt, da sie beim Kirschen-Entsteinen umgefallen war.

Die Katzen zeigten nicht mit den Pfoten auf die kleine Schwester, wenn sie rannte und plötzlich stehen blieb. So spazierte sie mit ihnen, rief die Katzen wie andere den Hund. Sie zog mit ihnen aus, rudelweise folgten sie ihr, ein Stück die Straße hinunter und dann den Feldweg hinauf bis zum Kanal. Die Mutter hatte Angst, aber das Kind versprach, nicht ins Wasser zu fallen. Wenn man die ganz kleine Schwester fragte, was sie dort mache, sagte sie: »Dasitzen«, und wollte man mehr wissen, sagte sie: »Den Katzen Fische zeigen.« Sie schlurfte mit ihren offenen Schnürsenkeln; das Haar hing ihr ins Gesicht, weil sie mit einem Bändel dem »Tiger« eine Krause um den Hals gebunden hatte.

Am Stauwehr hatte sie der Immune auch einmal gesucht, weil sie zum Abendessen nicht nach Hause gekommen war. Er fuhr mit dem Velo hin und sah sie am Ufer sitzen; als er sie rief, lachte sie. Sie rieb sich die Augen, bis sie lauter bunte Kugeln sah, riet ihrem Bruder, es auch zu tun, und zeigte in die Luft: »Dort ist wieder eine.« Vom Stauwehr hatte die kleine Schwester am Abend vor der Operation erzählt, und die Krankenschwester hatte dem Immunen hinterher gesagt, es sei ein lustiges Kind gewesen, es habe den ganzen Saal unterhalten. Das Mädchen habe auch am andern Morgen dem Onkel Doktor die Arme entgegengestreckt.

Auch die Großmutter hatte eine Landschaft gehabt, aber die bekam der Immune nie zu sehen. Von ihr erzählte sie, wenn sie an der Nähmaschine saß; oft wiederholte sie, daß es bei ihr, dort, wo sie herkomme, auch Berge gebe, aber diese Berge seien oben eben. Der Junge hatte dabei auf dem Tretbrett der Nähmaschine gesessen; er durfte, die Beine gegen den Boden stemmend, mitwippen, aber nicht zu stark, sondern im Rhythmus der Großmutter-Füße. Als er einmal ins Schwungrad langte, sprang der Lederriemen heraus, und oben brach die Nadel. Da drohte ihm die Großmutter, er dürfe nie mehr unten sitzen. Aber dann schaukelte er wieder mit, schon am nächsten Tag, während die Großmutter oben nähte und erzählte.

Und sie erzählte, daß auch sie eine Großmutter gehabt habe, daß es dort Wälder gebe so groß wie hier nirgends, und in den Wäldern immer noch Köhler und richtige Wilderer, die seine Eltern sonst nur im Kino sahen. Während es oben schnurrte und erzählte, sah der Junge, wie vom Tisch der Nähmaschine die geflickten Hemden und die ausgebesserten Leintücher und Wäschestücke allmählich zu ihm herunterlappten, hochsprangen, wieder herunterhingen und plötzlich verschwanden; er wartete nicht nur auf das, was als nächstes in der Erzählung geschah, sondern auch, was als nächstes über den Nähmaschinentisch zu ihm herunterkam.

Eines der ersten Wörter, die er zu entziffern lernte, war »Singer«. An den großen goldenen Buchstaben hielt er sich fest, wenn er sich abstemmte und mitwippte; er fuhr auf diesem Tretbrett in die Gegend, wo seine Großmutter herkam und wofür man sonst den Zug nehmen mußte.

Sie hatte versprochen, sie würden einmal nicht per Nähmaschine, sondern mit der Eisenbahn hinfahren, wenn er größer sei. Er wuchs; in der Küche wurde von Zeit zu Zeit Maß genommen und die Striche an die Wand gezeichnet, mit einem Datum versehen. Bald war er zu groß, um sich noch auf das Tretbrett zu setzen. Aber sie versprach, nicht ohne ihn zu gehen, und sie hatte ihr Versprechen gehalten.

Als die Großmutter im Sarg lag, hatte sie jemand hergerichtet wie eine Braut und ihr die Frisur hochgesteckt, so daß sie wie auf einem Photo von früher aussah. Sie trug einen hochgeschlossenen Kragen; als die Mutter sagte, er solle schauen, wie die Tote lächle, staunte der Junge: so schön und eine Dame war die Großmutter noch nie gewesen.

Die kleine Schwester aber mochte er nicht noch einmal anschauen, als ihm die Krankenpflegerin sagte, man habe den Sarg offen gelassen. Der Immune hatte das Kind zuletzt an Schnüren und Schläuchen gesehen, ein Gummiding hing neben dem Bett, ihr zweites Herz, und die Haut unterm Kinn und zwischen den Fingern war aufgepumpt mit Luft, als hätte sie jemand aufgeblasen und aus ihr ein Ungeheuer von einem Ballon gemacht.

Zur toten Großmutter war er nachher noch einmal hineingeschlichen und hatte lange gezögert, bis er ihr einen Stups gab. Aber sie reagierte nicht, und er hatte ein zweites Mal mit dem gestreckten Zeigefinger an die Schulter der Großmutter gerührt; dabei war er mit seiner Gürtelschnalle an den Sarg gekommen und hatte einen Kratzer gemacht; er war hinausgeschlichen, aus Angst, es könnte entdeckt werden.

Als er von seiner sterbenden Schwester kam, wollte die Mutter wissen, ob sie ihn noch erkannt hatte, und der Immune sagte, für einen Augenblick sei sie klar geworden und habe deutlich auf den Ruf ihres Namens den Kopf gedreht. Aber in Wirklichkeit hatte sie sich im Absonderungszimmer auf der Intensivstation gewälzt, als würden die Schläuche sie nicht am Leben halten, sondern als seien es Fesseln, aus denen sie sich befreien wollte. Die Großmutter hatte Handschuhe getragen, gehäkelte, und man sah durch das gebrochene Muster die bläuliche Haut; man hatte die Hände nicht sauber gekriegt; es dauerte auch einige

Zeit, bis die Flecken von den zerquetschten Kirschen vom Küchenboden weggerieben waren.

Was die Einkleidung eines Toten kostet, erfuhr der Immune nach dem Tod seiner ganz kleinen Schwester. Er bezahlte die Rechnung, und die Frau hinterm Schalter sagte ihm, man habe das Totenhemd der Kategorie III gewählt, das sei das günstigste und sicher im Sinne der Hinterbliebenen. Man hatte ihn zu dieser Schwester an einen Ort geführt, der sich wie eine Garage ausnahm. In dem großen Raum stand nur in der Ecke der Kindersarg, in einer andern ein Gestell und daneben einige Laubrechen. Die Großmutter aber war aufgebahrt worden, sie stellten den Sarg auf zwei Stühle in dem Zimmer, wo sich die Großmutter manchmal eingesperrt hatte. Über die Stühle war das dunkelrote Tischtuch aus Samt gebreitet, das sonst auf dem ovalen Tisch in der schönen Stube lag. Er hatte sogar mitgeholfen, als sie den Sarg aus der Wohnung trugen. Er hatte das Tischchen im Gang mit dem Telefon weggerückt, damit sie durchkamen, und die Wohnungstür aufgesperrt. Im Treppenhaus mußte man rufen, die Frauen sollten warten, es käme ein Sarg. Die beiden Männer hoben den Sarg und trugen ihn vorsichtig die Treppe hinunter, stemmten ihn bei den Treppenabsätzen über das Geländer und sagten zueinander »Obacht«, als ob sie etwas kaputtmachen könnten.

Als der Immune zu seiner toten Schwester ins Spital ging, setzte er sich auf eine Bank, die zu niedrig war; er lehnte sich an einen Wandteppich mit trompetenden Bären. Der Mann von der Buchhaltung hatte ihn gebeten, Platz zu nehmen; der Immune hatte sich ins Wartezimmer für Kinder gesetzt, und alle Möbel, in denen er sich bewegte, hatten Zwergengröße.

Denn beim Tod der ganz kleinen Schwester hatte er seiner Mutter den Gang ins Spital abgenommen, um das Geschäftliche zu erledigen. Der Mann von der Buchhaltung erklärte ihm alle Posten. Das Geld reichte, aber mit einem Teil hatten sie noch schwarze Schuhe kaufen wollen. Er beschloß mit der Mutter, eine Tinktur zu kaufen, mit der man Schuhe schwarz färben konnte, da die andere Schwester doch bald aus den Schuhen herauswachsen werde. Beide Male war aufgeräumt worden, und beide Male mußten Kleider weggelegt werden. Die Kleider der Großmutter wurden in einen Koffer getan, von dem die Großmutter dem Jungen immer gesagt hatte, den nehmen wir dann mit, wir müssen denen zu Hause doch etwas bringen. Auch die Kleider der ganz kleinen Schwester wurden gebündelt, doch kam einiges schon verpackt aus dem Spital; man brachte sie auf den Estrich und tat Kampferkugeln hinein, damit nicht die Motten an die Sachen gingen.

Von der ganz kleinen Schwester behielt er einen Gegenstand zurück. Als die Pflegerin ihm die persönlichen Dinge einpackte, fragte sie, ob er alle Spielsachen zurückhaben wolle, hier seien sie immer recht knapp damit. Er nahm nur eine Holzpfeife, die er selber noch ins Spital gebracht hatte, vorn saß ein bunter Vogel, der sich drehte, wenn man hineinblies; er blies hinein, nicht fest, damit er nicht störte, und der Vogel drehte sich ein Stück weit mit einem Ruck.

Auch von der Großmutter wurde geerbt. In einem Säcklein hatte sie ein paar Goldstücke aufbewahrt, unter dem Matratzenkeil; sie brachte sie nicht auf die Bank, denn sie hatte erlebt, wie daheim alle Banken krachten, und es war Gold, weil sie mitgemacht hatte, wie ein Kilo Brot einst Millionen gekostet hatte. Die Mutter sagte, jetzt gehört uns das Klavier, und der Junge hatte gestaunt. Es war schon immer in der Stube gestanden, er wäre gar nie auf den Gedanken gekommen, daß es nicht ihr Klavier war.

Beide waren in der Nacht gestorben. Der Junge hatte gehört, wie der Arzt sagte, man müsse jetzt mit allem rechnen. Der Vikar war dagewesen wegen der Letzten Ölung; der Junge hatte noch den Teller mit dem Salz und dem Öl gehalten. Am Abend war er doch schlafen gegangen, weil er am andern Tag in die Schule mußte, aber er ging nicht in die Schule. Er wachte in der Nacht auf. Der Vater war spät nach Hause gekommen, aber er war ganz ruhig ins Schlafzimmer geschlichen. Als der Junge aus der Stube ging, saß die Mutter in der Küche, einen Mantel überm Nachthemd, und schickte ihn zurück. Aber er schlief nicht mehr ein.

Wenn er den Atem anhielt, hörte er ein Röcheln und auf einmal nur noch ein Schluchzen, aber das kam von einer andern Stimme. Der Anruf wegen der ganz kleinen Schwester kam morgens um zwei. Der Immune war ans Telefon gegangen, obwohl er es nicht zuerst gehört hatte. Die Mutter stand daneben und langte nach dem Hörer, aber griff nicht zu. Kaum hatte der Immune den Hörer am Ohr, fragte die Mutter nur: »Wann?« Er konnte den Tod der kleinen Schwester auf die Minute genau angeben.

Und beide Male war auch ummöbliert worden.

Nach dem Tod der Großmutter wurde das Zimmer gelüftet, es roch auch bei offenem Fenster nach Baldrian und verbrauchten Tapeten. Das Bett wurde abgewaschen und die Matratze an die Sonne gelegt mit einem Tuch darüber, damit der Stoff nicht verbleicht. Dann konnte der Junge das Zimmer beziehen. Er, der nie groß genug geworden war, um mit der Großmutter zu ihren Bergen zu fahren, die oben eben sind, war nun groß genug, um ein eigenes Zimmer zu haben.

Die Stube, in der er bisher auf dem Sofa geschlafen hatte und wo das Klavier drin stand, das nun ihnen gehörte, wurde zur guten Stube; sie wurde als gute Stube gehalten für den Fall, daß einmal jemand käme. Aber als nach einem Jahr die erste Schwester kam, und ein Jahr darauf die ganz kleine Schwester, wurde wieder in der guten Stube geschlafen.

Doch als die ganz kleine Schwester starb, war die Familie längst umgezogen. Der Immune half das Bett auseinanderzunehmen, das schon fast zehn Tage nicht mehr benutzt worden war; er trug die Laden in den Keller. Nur die Matratze wurde auf die Matratze des Bettes gelegt, in dem die größere Schwester schlief. Es wäre schade gewesen, echtes Roßhaar im Keller feucht werden und gar verschimmeln zu lassen.

Die ganz kleine Schwester und die Großmutter hatten sich nicht gekannt. Aber als die ganz kleine Schwester starb, sagte die Mutter, jetzt sei sie zur Großmutter gegangen.

Nach dem Tod der Großmutter hatte der Junge manchmal gemeint, sie käme vielleicht noch einmal durch die Tür, nur zu ihm und nur für einen Moment. Aber nach dem Tod der ganz kleinen Schwester mußte er der größeren Schwester erklären, daß es aussichtslos sei, zum Stauwehr zu fahren, und sie schien es rascher begriffen zu haben als die Katzen, die noch tagelang ums Haus strichen.

Als die Schwester fragte, wie denn die ganz kleine Schwester die Großmutter finde, sie kenne sie doch gar nicht und man müsse zu ihrem Friedhof ein paar Mal umsteigen, nahm der Immune die Schwester auf die Knie und spielte mit ihr Nähmaschine.

Der Brief an die Schwester

Ob ich den Brief abschicke, weiß ich nicht. Aber solltest Du ihn erhalten und hört er mitten im Satz auf, dann habe ich ihn eben einfach in einen Umschlag gesteckt. Nicht weil ich zuwenig Zeit hätte, sondern um ihn vor mir selber zu retten. Plötzlich reiße ich ihn aus der Maschine und zerknülle ihn, was auch wieder nichts heißt, oder, was noch wahrscheinlicher ist, ich schreibe ihn nicht fertig und lasse ihn so lange herumliegen, bis er verlorengeht, und das dürfte bei mir leicht der Fall sein, Du kennst ja meine Unordnung, Du hast oft genug bei mir aufgeräumt.

Du hast einmal angedeutet, so nebenbei, und es war nicht als Vorwurf gemeint, das weiß ich genau, Du hast gesagt, ich würde kaum von mir reden. Ich kenne das, auch andere sagen es mir, und ich kann mir gut denken, daß ich hochnäsig wirke. Glaub mir, der Wunsch zu reden wäre manchmal schon da.

Aber andererseits, gerade weil Du nie etwas wissen wolltest, lernten wir uns verstehen. Dabei liegt Dein Leben, und das bewundere ich, klar und eindeutig da. Du brauchst Dich nicht zu fürchten, daß einer Einblick nimmt, auch wenn Du ihn nicht ohne weiteres gewährst. Aber bei mir, was da zusammenkam, oder besser, was da alles nicht zusammenkommt.

Was immer auch wäre, an Dich könnte ich mich wenden, auch wenn ich es vielleicht nicht täte. Und es ist auch nicht so, daß Du nicht erschrecken könntest und nicht über mich erschrecken würdest.

Du ahnst vielleicht gar nicht, wieviel mir in diesen letzten Jahren an unserem Telefonieren lag. Und wenn's nur zum Quatsch war. Natürlich interessiert es mich, zu erfahren, wie es Dir geht und was die Kinder machen, und das ist fast die gleiche Auskunft. Aber es ist nicht nur das; was bedeutete es mir zuweilen schon, einfach Deine Telefonnummer zusammenzustellen. Nein, Rücksicht ist es jedenfalls bei mir nicht. Das ist schon eher bei Dir der Fall. Du schweigst manchmal, um einen zu schonen, ich frage mich allerdings, was es da noch zu schonen gibt.

Das ist die übliche Feigheit: was einem lächerlich vorkommt, wenn man es mündlich vorträgt, soll nun plötzlich weniger lächerlich wirken, wenn man es aufs Papier bringt. Ich, der sich schon davor drückte, Kartengrüße zu schicken. Wenn ich doch damit anfing, dann nur wegen der Briefmarken, die Dein Bub sammelt.

Aber wenn man schreibt, hat man das Gesicht des andern nicht vor sich; beim Reden hätte man sich selbst schon längst korrigiert, weil man eine Miene oder Geste des andern interpretiert oder mißversteht. Das kenn ich doch nur zu gut: schon das zu korrigieren, was ich noch nicht einmal vorgebracht habe.

Typisch – da will ich schreiben, und schon schreib ich übers Schreiben, gerade als ob ich nichts mitzuteilen hätte.

Ich habe mir natürlich immer vorgeschwindelt, es werde sich schon einmal eine Gelegenheit bieten; eine blödsinnige Mühe, nach einem solchen Anlaß Ausschau zu halten. Aktuell ist er nicht, und so etwas wie einen Brief erwartest Du schon gar nicht.

Nun also schön: ich finde es gut, daß Du meine Schwester bist, und Du bist es immer mehr geworden.

Damit könnte ich eigentlich aufhören. Jetzt hab ich es gesagt und geschrieben. Wie sich das komisch anhört, daß Du immer mehr meine Schwester wirst. Das bist Du wohl geworden, als Du auf die Welt kamst. Zehn Jahre Unterschied, das ist schon etwas. Jedenfalls haben wir nicht um Spielsachen gestritten, aber nicht, weil wir edel gewesen wären.

Es gibt ein anderes Datum, ich weiß nicht, ob Du Dich so genau daran erinnerst, oder wenn Du es tust, ob Dir bewußt ist, wie sehr das für mich ein Datum ist.

Und das möchte ich Dir sagen.

Noch jetzt überkommt mich die Wut. Wie sie dasitzt, dieses Fräulein Professorin und Prorektorin. Ich wollte bei ihr etwas ausrichten. Ich hatte mir vorher genau ausgerechnet, wie weit ich gehen konnte. Aber ich kam gar nicht über den Anfang hinaus, da sagte sie schon, und ich höre den Satz noch genau: »Sie muß sich eben daran gewöhnen, daß sie auf der Schattenseite des Lebens geboren worden ist.«

»Sie«, das warst Du, meine Schwester.

Ich habe manchmal noch heute Lust, dieses Frauenzimmer ausfindig zu machen und sie aufzusuchen, sofern sie nicht schon abgekratzt ist, aber das ist bestimmt eine, die ihren Lebensabend verbringt. Ihr all das ins Gesicht zu schreien, was ich damals nicht vorbrachte – mit allem Treppenmut, den ich aufbringe. Damals nickte ich nur, als hätte mir eingeleuchtet, was sie sagte. Geradezu zierlich saß sie hinter dem Schreibtisch in ihrem Büro, und ich habe sie nicht erwürgt, diesen Knochen.

Damals, damals bist Du meine Schwester geworden.

Ich weiß doch, wie gern Du in die Schule gegangen wärst. Lehrerin werden, Handarbeitslehrerin, etwas, das mir eher merkwürdig vorkam, aber man muß ja wohl stricken, nähen und sowas.

Ich wußte genau, unter welchen Umständen Du Dich für die Aufnahmeprüfung vorbereitet hast. Die Mutter war damals im Spital, nein, das ist nicht richtig, sie war bereits im Sanatorium, aber das kommt aufs gleiche hinaus, und beim Vater wußte man ja nie, und ich hatte mich bereits abgesetzt. Wie froh waren wir gewesen, überhaupt das Depot für das Sanatorium entrichten zu können.

Das wollte ich vorbringen und erklären. Es war ja eine reine Ermessensfrage, ob Du die Probezeit mitmachen konntest oder nicht. Aber eben, die Frau Prorektorin hatte anders befunden. Sie drehte an ihrem Kettchen und sagte, es bräuchten nicht alle in die Fortbildungsschule, man könne auch sonst glücklich werden, es gebe für jeden ein Plätzchen.

Hinterher habe ich die Schülerinnen gesehen. Ich wußte gar nicht, daß es hinter dem Großmünster einen Kreuzgang gibt, und daß dort eine Schule untergebracht ist. Wie diese Schülerinnen kicherten und ins Pausenbrot bissen, und wie die angezogen waren. Für einen Augenblick dachte ich, daß Du Dich hier nie wohlgefühlt hättest – so habe ich Dich hinterher noch für einen Gedanken lang verraten.

Dabei hattest Du doch für die Aufnahmeprüfung einen Mantel umgeändert, gewendet, verkürzt oder verlängert oder so etwas. Es war schließlich Februar, Du hattest im Grunde bereits mit diesem Stück Deine Aufnahmeprüfung bestanden, bevor Du ins Schulzimmer gingst. Ich weiß noch genau, es war Februar.

Was ich an der Universität für Studentinnen gesehen habe. Die Väter Akademiker. Die studierten, weil man in der Familie immer studierte, und ich traf sie vor allem in meiner Fakultät, der Philosophischen Eins, sie trieben, wie sich das anhört, sie trieben Literatur und Kunstgeschichte oder saßen in der Psychologie.

Und wenn ich daran denke, was für Trotteln ich Nachhilfestunden geben mußte – »wissen Sie, meinem Sohn geht der Knopf eben spät auf«, und ich mußte mich abmühen, so etwas wie einen Knopf zu finden. Und Du, eben ein Proletarierkind. Auf der Schattenseite des Lebens geboren. Irgendwie hat mir die Prorektorin noch imponiert, so selbstverständlich brachte sie das vor, die glaubte noch dran. Nichts hatte ich ausgerichtet, schlicht und einfach nichts. Ich habe Dich nachher getroffen, eingeschüchtert und erwartungsvoll bist Du dagesessen. Du hast an den großen Bruder geglaubt, klar, zuhause hieß es auch, der geht an die Universität, bitte sehr, und der kam dann und sagte, daß nichts daraus wird.

Ich sehe noch genau, wir haben uns ein Stück Kuchen zum

Kaffee geleistet; ich habe Dich zum Autobus begleitet und konnte mir ausmalen, wie der Abend wird. Wenn Du dem Vater erzählst, was vorgefallen ist, wird der noch lachen, weil wir alle zu hoch hinauswollen. Damals habe ich mir geschworen, etwas zu tun, damit solche Schulen nicht durch solche Stücker verwaltet werden, nicht nur diese Schule, sondern Schulen überhaupt. Denen muß man die Bücher wegnehmen und lesen, und sie ihnen links und rechts um die Ohren schlagen. Nein, man muß ihnen die Bücher wegnehmen und lesen, lesen und nochmals lesen, damit man immer eins mehr gelesen hat und sie mit jeder Lektüre um ein Buch unfähiger macht.

Geschworen – wie sich das anhört. Mit dem schlechtesten Gewissen ging ich damals nach Hause. Mit dem Vorwurf, ich hätte mich vorher drum kümmern müssen. Natürlich fielen mir die besten Ausreden ein. Ich stand ja selber mitten im Examen und hatte mit allerlei Akrobatik diese Monate finanziell zusammengepumpt.

Wie ohnmächtig ich damals war. Aber es ist immer das gleiche. Wenn man ohnmächtig ist, glaubt man an die Zukunft, und wenn man mächtig ist, hält man sich an die Gegenwart. Ich habe vor kurzem eine Statistik gesehn, es sind noch immer nicht einmal acht Prozent an der Universität, die aus Arbeiterkreisen stammen.

Schön, ich durfte an die Uni gehen; verstehst Du, daß ich den Brief nicht nur Deinetwegen schreibe?

Wir haben, soweit ich mich erinnere, nie mehr davon gesprochen. Du hast inzwischen Kinder, Deine Zukunft läuft und streitet und plärrt, und meine ist nicht aus Fleisch, sondern aus Papier, und ich glaube an Papier.

Wenn Du mit Deinen drei Kindern auftauchst, wenn die in kürzester Zeit aus dem Wandschrank ein Versteck gemacht und mit Kissen eine Burg gebaut haben, nach allen Flaschen langen, ihre Bonbon-Papiere zwischen die Bücher verstecken und sich im Vorbeigehen zwicken ... Ich bin nicht Vater und weiß, daß hier eine Erfahrung in meinem Leben fehlt und daß sie kaum nachzuholen ist. Ich sage das nicht, weil ich allein lebe, wenigstens hoffe ich, es nicht deswegen zu sagen, sondern es ist die Feststellung von einem, der alles erfahren will – und dann vor lauter Alles-Erfahren so vieles nicht erfährt.

Als ich Dir sagte, man müsse dafür sorgen, und ich sei bereit dazu, daß der Bub einmal in ein Gymnasium kommt, da hast Du gesagt: Wir wollen mal abwarten, bis es soweit ist. Ich meinte damals, Du habest resigniert; erst hinterher habe ich begriffen, daß Du Deine Kinder liebst und ihnen nicht Deine eigenen Träume aufzwingen willst.

Also gut, schreibe ich weiter. Das Blatt steckt noch in der Schreibmaschine. Und als ich es durchlas, hatte ich den Eindruck, ich habe gar nicht geschrieben, was ich schreiben wollte. Nicht, daß ich etwas zurücknehmen möchte. Aber wenn ich Dir schon einen Brief schreibe... Dieses verdammte Geld, es hat den Vater kaputtgemacht, nicht daß es allein schuld war, aber er kam nicht dagegen an, und die Not hat unsere Mutter ausharren lassen, sie lernte hinnehmen und hinnehmen. Aber dennoch, wir haben von beiden Ellenbogen gekriegt, auch wenn man uns nicht beigebracht hat, wie man sie einsetzt.

Es war doch etwas ganz anderes. Schau, Du warst ein Mädchen und ich war ein Junge. Und bei den Mädchen hieß es, die werden doch bald heiraten, ich aber, ich als Junge brauchte einen Beruf.

Du hast in der Bäckerei gearbeitet und dann in dem Souvenirladen, wo ich heute noch manchmal davorstehe. Dann hast Du Dir ein eigenes Zimmer eingerichtet. Als Du Dir die Anzahlung leisten konntest, erzähltest Du mir, daß Du auch eine Schreibmaschine auf Ratenzahlung kaufen willst, um zu üben und dann ins Büro zu gehen.

Dann hast Du geheiratet. Es war Deine Art auszubrechen, das habe ich verstanden. Du bist in die Arme Deines Mannes ausgebrochen.

Es ist eine merkwürdige Erfahrung, die ich immer wieder mache. Ich meinte, es sei kein Problem für mich, mit einem Arbeiter auszukommen. Und es war auch sonst nicht der Fall, so glaubte ich wenigstens. Nicht in den Betrieben, wo ich mit

Arbeitern zu tun hatte. Und auch privat hatte ich stets Arbeiter als Freunde, auch heute noch. Wenn ich ehrlich bin, nur einen oder zwei.

Aber manchmal habe ich den Eindruck, ich trage die Distanz heran, und das würde ich bedauern. Nicht nur, weil ich Euch und auch Deinem Mann zu Dank verpflichtet bin. Ich konnte bei Euch wohnen, als ich sonst nirgends unterkam, er war zu mehr als zu einer bloßen Gefälligkeit bereit. Und es sah manchmal auch so aus, als käme es zu einem Gespräch, vor allem, wenn er von den Kindern zu reden begann.

Eines hab ich gelernt, ich hüte mich, über die Beziehung zwischen einem Mann und einer Frau zu urteilen. Eines der größten Rätsel ist für mich immer noch, wie sich ein Ehepaar findet, und ich weiß genau, würde ich meine Umgebung nach meiner Logik verheiraten, ich würde das Unglück nicht vermindern, sondern im besten Falle anders verteilen, wenn nicht vergrößern.

Und dann schweigst Du. Und ich erfahr es von der Mutter, daß Du zu Hause warst und nicht ans Telefon gehen wolltest, damit Du nicht davon reden mußt.

Wozu mich schonen, bitte, ich mache vielleicht den Eindruck von jemand, der geschont werden möchte, aber ich bitte Dich und beschwöre Dich, mich einzubeziehen. Ich bin jemand, den man nicht schonen soll und dies je länger umso weniger, der immer mehr darauf angewiesen ist, daß er nicht geschont wird.

Nicht schwer nehmen, das ist eine Deiner Formulierungen. Du sagst es mir, und Du sagst es Dir und uns beiden; ich weiß doch genau, daß es Dir nicht gelingt. Ich habe gesehen, als Du das letzte Mal bei mir warst, wie Deine Hand zitterte. Nervosität, ich erinnere mich genau, wie sie einen in der Schule auslachten, weil man nervös war, weil man rasch sprach und abgehackt und die Blicke herumflackerten, Gispel und Nervenbündel wurde man genannt, und einer stellte sich auf die Schulbank, faxte und zitterte was vor.

Dabei ist es nicht das Schlechteste, was wir haben, unsere

Nerven. Wir müssen nur dafür sorgen, Nerven auszubilden, um die eigenen Nerven zu ertragen. Es sind doch die Sensiblen, die draufgehen, was noch nicht heißen braucht, daß es auch die Guten sind. Ich könnte mir vorstellen, daß, wenn einmal eine soziale Gerechtigkeit besteht, dies die beste Voraussetzung ist für den Aufstand jener, die Nerven haben.

Wir sind nicht Geschwister nur vom Blut und von der Herkunft her, sondern wir sind Bruder und Schwester wegen unserer gemeinsamen Nerven. Was für eine Familie, wenn das eine Familie ergäbe.

Das tägliche Aufstehen

Am andern Morgen stand der Immune einmal mehr auf.

Er ging ins Wohnzimmer, schob Zeitungen und Bücher auf dem Clubtisch beiseite, suchte in der Küche weiter, hob den Regenmantel von der Stuhllehne und griff in die Taschen. Er kehrte ins Schlafzimmer zurück, die Schachtel auf dem Nachttisch war leer. Im Arbeitszimmer fand er hinter dem Telefonapparat eine halbvolle Packung. Er stellte das Radio an, setzte sich für ein paar Zigarettenzüge hin und klaubte ein angebranntes Streichholz vom Boden. Dann ging er in die Küche, hob eine Mineralwasserflasche in Augenhöhe und stellte sie neben den Herd zu den andern leeren Flaschen, vom Tropfbrett nahm er eine Tasse und füllte sie unterm Leitungshahn.

Im Badezimmer drehte er das Warmwasser an, löschte die Zigarette unterm Strahl und legte sie neben die Seifenschale. Gebeugt stand er da und wusch sich, plötzlich drehte er den Hahn zurück und lauschte gegen das Wohnzimmer: Das Bibelwort zum heutigen Tag. Er öffnete ein Schränkchen, zog eine Unterhose hervor, stopfte die andern Wäschestücke zurück, ehe er die Tür zuschlug. Er wühlte in einer Schublade, nahm ein Paar Socken heraus, legte sie zurück, langte nach einem dunkelblauen Socken, fand das Gegenstück nicht und griff nach dem Paar, das er schon einmal in der Hand hatte.

Socken und Unterhosen in der Hand ging er hinaus, deponierte beide auf einem Regal im Gang, bevor er die Türe zur Toilette aufmachte. Dort fischte er eine angerissene Zeitung hinter der Wasserleitung hervor, setzte sich hin, las und überflog den Stellen-Anzeiger. Im Badezimmer seifte er seine Hand ein und fuhr zwischen die Schenkel. Das Frottiertuch noch in der Hand, kratzte er sich in den Schamhaaren, während er das Gesicht gegen den Spiegel hielt, ein Auge zukniff und sich über das Kinn strich. Er schlüpfte in Unterhose und Unterhemd und zupfte einige Fusseln vom Kragen, ehe er das Hemd zuknöpfte. Er stopfte einen Wulst in die Hose und ging mit dem Pullover überm Arm ins Wohnzimmer. Während er die Socken anzog und die Schuhe zuband, hörte er Nachrichten: Krawall in München, ein Prozeß in Griechenland, Diskussion um den Milchpreis, ein Sportrekord, dann wieder das Wetter und zum Schluß eine Vermißtmeldung.

Bevor er zur Wohnungstür ging, strich er sich mit gespreizten Fingern durchs Haar und langte in die Hosentasche: in der Hand lag Kleingeld, eine gefaltete Banknote, ein abgegriffener Kassenbon, gebrauchte Fahrscheine, eine Büroklammer, ein Hemdknopf.

Verließ er die Wohnung eine halbe Stunde früher, traf er auf der Straße gewöhnlich die Zeitungsfrau; sie schob ihr Wägelchen und huschte in die Hauseingänge. Wenn Montag oder Donnerstag war, standen vor dem Delikatessengeschäft leere Kisten. Dann konnte der Immune kehrtmachen, er stieg die Treppen wieder hoch. In der Küche drückte er das Knie gegen den Plastiksack, band ihn zu, packte ihn unter den Arm und ging wieder hinunter, er stellte den Sack neben die andern an die Ecke. Möglicherweise hatte er selber daran gedacht, daß Abfuhrtag war, und den Plastiksack schon gleich mit hinuntergenommen. Aber er konnte auch an den leeren Kisten vorbeigehen, ohne Lust, nochmals in die Wohnung hinaufzusteigen.

Er schlenderte durch das Gäßchen und blieb vor der Quaimauer stehen. Auf dem Fluß die weißen Umrisse der Schwäne, die schaukelten, daneben kleinere helle Flecken, die Schnäbel der

Bleßhühner. Der Immune steckte sich eine Zigarette an und steuerte auf das Café zu. Die jugoslawische Serviertochter hatte Frühdienst. »Wie immer?« rief sie von der Theke. Er holte vom Zeitungsrechen eine Zeitung, wartete, bis der Lieferant vorbeikam, der trug vor dem Bauch ein Blech mit Brötchen. Als die Serviertochter die Portion Milchkaffee hinstellte, rückte der Immune die Zeitung etwas beiseite und las weiter: Flugzeugentführer in Libyen, Wahlen in Holland, eine Erklärung der lateinamerikanischen Bischöfe, drei Unfalltote auf der Autobahn, der Ausbau der Seefeldstraße in Frage gestellt. Eine der Lehrtöchter vom Coiffeursalon stand vor dem Wurlitzer, eine andere rief ihr zu »B 7: Mein junges Leben...« Der Immune zählte einen Betrag auf den Tisch.

In den Sommermonaten stellte das Café die Stühle und Tische ins Freie. Der Immune setzte sich dann gewöhnlich an den äußersten Tisch, sah über den Fluß auf die Gegenseite, wo der Morgenverkehr begann. Bis an die Stühle wagten sich Spatzen; er verlangte ein Brötchen, fütterte sie und sah zu, wie sie stritten. Er wartete auf die Zeitung, an einem andern Tisch wartete ein anderer, bis die Zeitungsfrau kam.

Aber es konnte auch anders sein: Der Immune fuhr aus dem Schlaf auf, sah nach der Uhr, warf die Decke zurück, kraxelte aus dem Bett, ging ins Badezimmer, spritzte sich Wasser ins Gesicht, schüttete sich »Russisches Leder« in die Hand und fuhr die Stirn ab. Er schlüpfte in den Bademantel, ging ins Arbeitszimmer, beugte sich über das Blatt in der Schreibmaschine und überflog es. Er suchte in den Taschen des Bademantels, klopfte auf dem Schreibtisch Papiere ab. Im Wohnzimmer fand er die Zigaretten. Er drückte auf die Schleuder des Aschenbechers, die kaum nachgab; er schraubte den oberen Teil ab, ging mit dem Aschenbecher in die Küche und leerte ihn in den Plastiksack. Er bückte sich und öffnete den Eisschrank. Dann langte er vom Gestell eine Dose, tat ein paar Löffel Pulverkaffee in eine Tasse und hielt sie unter den Warmwasserhahn, er rührte in der Tasse und trank einen Schluck. Er nahm die Zuckerdose, gab einen Würfelzucker hinein, machte mit der Tasse in der einen Hand ein paar

Kreisbewegungen, während er mit der andern die Brotbüchse öffnete und gleich wieder den Deckel darauflegte. Er stellte die Tasse auf den Tisch und ging mit dem Aschenbecher ins Arbeitszimmer, dort schraubte er den oberen Teil darauf. Er knüpfte den Bademantel fester, setzte sich, zog die Schreibmaschine zu sich, schraubte das Blatt heraus, überflog es, spannte ein neues Blatt ein und begann zu tippen.

Es hätte aber auch so sein können: Gleich nach dem Erwachen tastete er der elektrischen Schnur entlang und knipste das Licht an. Er drehte den Kopf, stützte sich auf, drückte auf die Zigarettenpackung, ehe er eine Zigarette herauslangte, riß ein Streichholz an und blies den Rauch langsam aus, ehe er den Kopf aufs Kissen legte. Er streckte die Beine, hob mit ihnen die Decke, ließ sie fallen, er inhalierte und sah dem Rauch nach. Er klopfte die Asche von der Decke, entdeckte das Buch am Boden, hob es auf, las ein paar Zeilen, klappte es zu und legte es auf den Nachttisch. Dann drückte er die Zigarette aus, zog die Wolldekke hoch und ließ eine Hand zwischen den Schenkeln ruhen.

Er erwachte aus seinem Dösen, schlug die Decke zurück und blieb auf dem Bett sitzen, rieb sich den Fuß und fuhr über einen eingewachsenen Zehennagel. Dann stand er auf und streckte sich. Er hustete, schüttelte sich, hielt beide Fäuste vor den keuchenden Mund, torkelte mit geschlossenen Augen in den Gang. Im Badezimmer beugte er sich über das Lavabo, noch immer keuchend spuckte er aus. Dann sah er sich im Spiegel an, die Augen waren wäßrig, er hüstelte, langte nach der Dose mit dem Rasierschaum und begann sich das Kinn einzureiben.

Es war aber auch denkbar, daß er zuerst in die Küche ging. Er nahm einen Apfel, biß hinein und legte ihn neben den Bastkorb. Er stellte die Teller zusammen, tat sie mit einer Schüssel ins Abwaschbecken, sprühte etwas aus einer Dose darüber und sah zu, wie der Schaum stieg. Er tauchte einen Schwamm in den Schaum und fuhr mit ihm über den Küchentisch, er verschob Prospekte, Drucksachen, darunter eine Einladung. Er sah auf der Uhr nach dem Datum. Er warf die Drucksachen in den Plastikeimer, nahm eine Zeitung; bevor er sie in den Plastikeimer steckte, überflog er die Titelseite: gescheiterte Friedensmission, Rückzug in Vietnam, Erhöhung der Parkgebühren, das Photo von einem Doppelmord. Er schüttete das Teekraut in den Plastiksack und stellte die Kanne ins Becken, nahm die Bratpfanne vom Herd, sprühte aus der Dose darüber und stellte sie neben das Abwaschbecken. Dann riß er von einer Papierrolle ein Stück ab, ging ins Wohnzimmer, fuhr mit dem zerknüllten Papier über den Clubtisch, hob die beiden Gläser, kratzte an den Ringen auf der Politur. Dann zog er die Vorhänge auf und schaute für einen Moment hinaus. Er stellte das Radio an und summte die Melodie mit, als er in die Küche zurückging. Dort stellte er die Gläser ins Abwaschbecken. Dann ging er ins Badezimmer, drehte den Durchlauf-Erhitzer an, er hörte das Knattern der Gasflamme. Die Musik im Radio wurde unterbrochen. Eine Verkehrsdurchsage: Stau auf dem Bernardino-Paß. Er sah, wie das Wasser in der Badewanne stieg, er lachte: Wasserstandsmeldungen.

Er konnte sich aber auch erheben, neben dem Bett stehen bleiben, stöhnen und Luft ausstoßen. Er torkelte in die Toilette, setzte sich auf die Schüssel und ließ laufen. Er blieb sitzen, die Arme verschränkt, nickte ein und fuhr auf, zog an der Kette und stützte sich an die Wand. Im Gang schob er mit dem Fuß einen Schuh beiseite. Er ging ins Badezimmer, wühlte in einer Schublade zwischen Röhrchen, Flacons, Tuben und Schachteln. Er nahm ein Röhrchen hervor, las das Etikett, warf das Röhrchen zurück, nahm ein anderes, schüttelte es und legte es wieder hinein. Er drehte am Lavabo das Wasser an und trank vom Hahn. Er deckte mit beiden Händen das Gesicht, rieb in den Augen und schlug gegen den Türrahmen. Im Wohnzimmer sah er am Boden die Hosen, ging ins Arbeitszimmer, zerknüllte eine bereits zerknüllte Zigarettenpackung. Er suchte im Aschenbecher nach einem Stummel, drückte ihn gerade, zündete ihn an und spürte die Flamme nahe an der Lippe. Er machte ein paar Züge, ging in die Küche, drehte das Wasser an und schlürfte. Er warf den Zigarettenstummel ins Abwaschbecken. Im Gang blieb er stehen, machte ein paar Schritte aufs Wohnzimmer zu, dann ging er ins Schlafzimmer. Er ließ sich aufs Bett fallen, spreizte seine Beine, wühlte sich bäuchlings unter die Decke. Er drückte den Kopf aufs Kissen, preßte die beiden Kissenenden gegen die Ohren und verbarg sein Gesicht.

Er kannte den Trott des Alleinseins. Nicht daß ihn dieser Trott am Leben gehalten hätte, aber er hatte oft weitergeholfen, dieser Gebrauch von Gesten, nach deren Bedeutung nicht weiter gefragt werden mußte.

Der gleiche Alltag, der manchmal zum Ersticken war, konnte Halt bieten. So gab es nicht nur das »immer wieder«, sondern auch das unentwegte »einmal mehr«.

Aber er kannte eine Wiederholung ganz anderer Art, er war ein Mann, für den das zweite Mal entscheidend war. Das äußerte sich nicht nur darin, daß er Orte, die für ihn folgenreich gewesen waren, ein zweites Mal aufsuchte, und zwar nicht, um das erste Mal zu wiederholen, sondern um zu schauen, inwiefern das erste Mal standhielt. Auch in der Liebe war für ihn das zweite Mal stets wichtiger gewesen als das erste.

Nun hatte er schon immer zugleich aus zweiter Hand gelebt. Nicht nur, weil er anderen das Leben verdankte und weil bei jedem Wort, das er benutzte, schon immer ein anderer mitgedacht hatte. Die Direkterfahrung war nur eine Möglichkeit zu erleben, aber wichtigste Ereignisse hatte er nicht selber erfahren, sondern war dafür auf Vermittlung angewiesen – ob dies die stalinistischen Lager waren, der Vietnamkrieg, der Einmarsch in Prag oder die Zerschlagung der chilenischen Revolution.

Er selber wollte in diesem Sinne für andere eine zweite Hand und ein zweites Auge werden.

Erregender als jede Frage nach der Originalität war das Problem der Stellvertretung. Zwar wollte er immer etwas werden, das es noch nicht gab, aber um zu wissen, was es noch nicht gab, war er zunächst einmal auf die Kenntnisnahme aller andern angewiesen.

Selbst was das eigene Leben betraf, hatte er oft in

Situationen nur noch als Stellvertreter der eigenen Person agiert.

Er suchte die Ansteckung und lieferte sich den Fiebern aus. Er war bereit, Bazillen und Viren Aufnahme zu gewähren, aber nur, um sie ein für alle Male zu bannen. Er war ein Mann der lebenserhaltenden Dosierung.

Und er fragte sich auch, wie weit man sich vom Tod infizieren lassen kann, um jene Abwehrkräfte auszubilden, gegen die der Tod am Ende nichts vermag.

Das zweite Mal mußte ihn schon interessieren, weil er immun werden wollte; denn sich-immunisieren war das Verhalten beim zweiten Mal. Das konnte er an der Impfung am leichtesten illustrieren: etwas in abgekürztem Verfahren durchmachen, um ihm beim zweiten Mal nicht zu erliegen.

Daher faszinierten ihn auch die Fehler, die er ein zweites Mal beging. Es gab Augenblicke, wo er genau wußte, daß das, was er tat, ein Fehler war, er konnte genau voraussagen, wie es gehen und was herauskommen würde, und er tat es dennoch, als hätte er keine erste Erfahrung gemacht. Gerade in der Liebe konnte er mit Bravour die gleichen Fehler wiederholen, mit einer Unbelehrbarkeit, als gäbe es keine immunologische Reife.

Denn von Zeit zu Zeit war ihm, als hänge es nur von ihm ab, daß es so etwas wie Glück und Freude gibt. Als sei er geradezu verpflichtet, glücklich zu sein, nur damit irgendwo und bei irgendwem dieses Glück passierte. Er war noch so gerne bereit, diese Verpflichtung zu übernehmen. Aber er mußte sich fragen, weshalb sollte es nicht ein anderer sein, der ebenfalls und vielleicht viel besser in Stellvertretung für ihn glücklich war.

Das Ensemble des Gigolos

Plötzlich stand sie hinter mir. Das hat sie auch später oft praktiziert; es war mir oft, als habe die Tür, durch die sie kam, weder Klinke noch Angel, sie pflegte ihre Vorliebe, andere zu überraschen, und ich eignete mich für ihre Préférence.

Ich hatte vor dem Landgasthof den Wagen bestaunt. Als sie auf ihn zuging, zeigte sie jenen sportlichen Gang, zu dessen Elastizität Bäder und Massagen verhelfen.

Als Twen hatte ich meinen Altersgenossen gegenüber den Standpunkt vertreten, es gebe zwei Arten von Menschen, solche, welche Auto fahren, und solche, welche einen Chauffeur haben; ich würde mich für den letzteren Typus entscheiden.

Lily chauffierte vorzüglich. Ich möchte fast sagen, sie führte das Auto am Gängelband. Einen amerikanischen Wagen, wie man ihn damals noch kaum auf europäischen Straßen sah. Ich hatte mich eben aufs rote Leder gesetzt, da hob sich unversehens der Sitz unter mir; als ich aufsah, verschwand das Fenster zu meiner Rechten in einer Rille und glitt ungekurbelt wieder hoch; in dem Augenblick spritzte es vor den Scheiben; wie sich die Lehne nach hinten neigte, senkte sich mein Polster. Lily betätigte Knöpfe; sie brachte mich in Schwingung.

Sie haßte es, allein Tee zu trinken, so tranken wir zusammen Tee. Sie mochte den Aperitiv nicht allein nehmen, so leistete ich ihr an der Hotelbar Gesellschaft. Sie haßte es auch, allein zu essen, so setzten wir uns gemeinsam an einen Tisch im Grill-Room. Sie ging auch nicht gern allein ins Kino »so als Frau«, sie ließ sich zwei Karten besorgen durch den Concierge; und sie haßte es auch, allein zu schlafen.

Auch einkaufen mochte sie nicht allein. Ich ahnte damals nicht, daß das Einkaufen zu den wichtigen Betätigungen meiner nächsten Zukunft gehörte. Lily holte an jenem Morgen ein Armband ab. Der Besitzer selber bediente die gnädige Frau; während sie sich unterhielten, sah ich mich um und machte eine

Entdeckung. Ein Ensemble, so was hatte ich noch nie gesehen. Blaue Opale, das war der Edelstein, der meinem Sternbild entsprach; besser hätten die Sterne in diesem Moment sich nicht für mich verwenden können. Plötzlich stand Lily hinter mir und ertappte mich. Das Ensemble sollte während der nächsten Monate meinen Lebensrhythmus mitbestimmen. Ich kam nicht auf einmal in seinen Besitz, sondern Stück für Stück; sogar die Manschettenknöpfe erhielt ich einzeln; lediglich die Krawattennadel überreichte sie mir nicht, die warf sie mir an.

Ehe ich mich versah, war ich zum Gigolo geworden. Vielfältig sind die Wege des Herrn, heißt es im großen alten Buch; ich frage mich manchmal, wie der Satz ausgefallen wäre, hätte der Prophet Lily gekannt.

Ganz unvorbereitet war ich auf meinen neuen Aufgabenkreis nicht; ich möchte es auch nicht im Hinblick auf eine wohldosierte Wahrheit verschweigen. Ich hatte zuvor einen älteren Diplomaten gekannt, der aus Gründen, auf die ich nicht weiter eingehen möchte, den Dienst quittieren mußte. Ich hatte ihn an einem vielleicht nicht delikaten Ort kennengelernt, dafür brach e er mir umso mehr an Umgangsformen bei.

Einmal wollte ich chinesisch essen, da ich das noch nicht kannte; er fragte mich: »Nord- oder südchinesisch?« Er war an einem internationalen Gerichtshof in China tätig gewesen. Als ich mit Lily in Paris war, ein zauberhafter Oktober mit Herbstkollektionen und einem »Canard numéroté«, sagte sie eines Abends unverhofft, sie möchte in ein chinesisches Restaurant. Ich fragte: »Nord- oder südchinesisch?« Sie sah mich verdutzt an, aber ehe sie etwas vorbringen konnte, wiederholte ich die Frage: »Kanton oder Schanghai?«

Es war bereits das zweite Mal, daß ich Lily mit meinem Savoir-vivre beeindruckte. Das erste Mal war es kurz nach unserer Bekanntschaft gewesen. Sie hatte mir fast belustigt die Weinkarte hingehalten, weil ich sicher mehr von Wein verstehe als sie. Mit der Zufallswahl hatte ich noch Glück, jedenfalls nickte der Ober zu meinem Treffer. Aber Lily begann zu staunen, als ich den Wein kostete. Da erinnerte ich mich des

Connaisseurs und Diplomaten. Ich sagte: »Ein bißchen transportmüde.« Der Kellner sah überrascht nach dem Etikett.

Etwas Weltläufigkeit mußte ich schon mitbringen. Aber ich war auch in anderer Hinsicht für meinen Gigoloposten nicht unvorbereitet, wenn auch bei Lily die Voraussetzungen anderer, wenn nicht gar besonderer Art waren.

Bei Regula hatte ich meine Tätigkeit als Avantgarde auffassen können, wenn auch als passive. Sie war eine unabhängige Frau, die schon seit den Anfängen beim Fernsehen dabeigewesen war, in jenen beschwingten Dreißigerjahren stehend, die so gerne anfangen, zur Anhänglichkeit zu neigen. Zu ihrer Selbstbehauptung gehörte, daß sie sich einen Mann hielt; der war zwischendurch auch ich. Ich hatte nichts anderes zu tun, als da zu sein, wenn sie abends nach Hause kam. Glücklicherweise besaß sie aufgeschlossene Vorstellungen vom Haushalt, so daß ich mich nicht allzu sehr mit dem Geschirr abquälen mußte. Natürlich bedeutete dies, stundenlang am Abend zu warten, bis sie aus ihrem Büro und vom Geschäftsdrink heimkehrte. Ich führte das verwöhnte Leben eines Katers, sie kaufte für mich das gesündeste Futter, damit das Fell seinen Glanz behielt. Wäre ich zwischendurch nicht manchmal auf die Straße gegangen, ich wäre einzig mit Pyjama und Morgenrock und einem Körbchen als Bett durchs Leben gekommen.

Einmal kam Regula nach Hause, ein wenig erschöpft, sie war zunächst immer ein wenig erschöpft; ich nahm es mit gewünschtem Ritual zur Kenntnis. Auch an dem Tag hatte sie Kraft und Energie für mich ausgegeben. Ich hatte die beiden Abteile, die mir im Wandschrank zugewiesen worden waren, mit abwaschbarem Papier neu beklebt, da mir das Karierte meines Vorgängers mißfiel. Eben wollte ich ihr meine Arbeit zeigen, als sie sagte: »Wir gehen nach Wien.« Sie drückte mir einen Pickel aus und gab mir einen Kuß.

Abends spät kamen wir in Wien an. Es reichte noch für einen kleinen Spaziergang ums Hotel und einen Drink, aber dann mußten wir ins Bett, denn Regula hatte bereits am frühen Morgen zu tun. Als sie ihr Haar im Fön flattern ließ, wachte ich auf, sie stellte ihn für einen Moment ab und sagte, ein paar Haarklammern in den Mund gekniffen, ich solle ruhig weiterschlafen, und fügte bei: »Geh doch ein bißchen shopping. Es kann schon sechs Uhr werden, wir fahren noch nach Schönbrunn hinaus. Ein Kollegenplausch.«

Ich schlief ruhig weiter, dann klingelte ich nach dem Frühstück und der Morgenzeitung. Ich sah einmal durch den Vorhang und dachte, hoffentlich hat Regula bei der Arbeit keine Schwierigkeiten. Sie liebte es, wenn ich zwischendurch an sie dachte. Dann duschte ich mich und zog mich an. Danach machte ich mich ans shopping. Ich kaufte mir eine Knize-Krawatte; ich sah mich nach einem kleinen Geschenk für Regula um. Aber Regula hatte mir nicht genügend Schillinge gegeben, um sie mit einer unkonventionellen Aufmerksamkeit zu überraschen. Ich nahm eine Droschke und ließ diese vor dem Stephansdom warten, weil ich auch einen Blick ins Innere der Kirche werfen wollte. Darauf fuhr ich ins Hotel zurück und erstand vorher noch einen Reiseführer für Wien und die nähere Umgebung.

Ich ließ mir einen Drink aufs Zimmer kommen. Während ich das Coca Cola in den Rum schüttete, erfuhr ich aus dem Guide: Wo Schloß Schönbrunn stand, da hatte sich die Kattermühle befunden. Als ich zwischendurch aufstand, ärgerte ich mich über den Anblick im Toilettenspiegel; alle Pyjamas sind nachteilig geschnitten. Ich streckte mich erneut aus, vertiefte mich in die Schilderung illusionistischer Landschaftsmalereien, zählte die antiken Statuen im Park nach und wußte nicht, wer Angeronia war. Dann legte ich die gekreuzten Arme unter meinen Kopf und stellte mir vor, was für einen Eindruck wohl Wien von der Gloriette aus macht, darob verfiel ich in einen leichten Entspannungsschlaf.

Als Regula nach Hause kam, war sie sichtlich erschöpft. Sie warf ihren Pelerinenmantel über den Frisierfauteuil, strich sich im Gehen die Schuhe von den Füßen, setzte sich aufs Bett und fragte mich, ob ich auch draußen gewesen sei; ich nickte. Dann fragte sie mich, ob ich auch an sie gedacht habe, und ich nickte ein zweites Mal. Darauf fragte ich meinerseits, wie Schönbrunn gewesen sei. »Ach«, sagte sie, »die miesesten Sandwiches seit langem.« Sie sei ganz wund vom Küß-die-Hand; sie machte das Handküssen vor und kitzelte mich in der Handinnenfläche. Als wir ausgelacht hatten, wollte ich wissen, wie denn die allegorischen Figuren der einstigen Kronländer Siebenbürgen und Galizien aussähen. Sie krauste die Stirn und schüttelte den Kopf: »Ein Scheißempfang.« Sie stand auf und schraubte sich aus ihrer Bluse. Ich erkundigte mich nach dem Rokokotheater. Da wurde sie unwirsch: »Schleichst du mir eigentlich nach?« Ich wehrte mich und zeigte ihr den Führer. Sie nahm ihn mir aus der Hand, legte ihn auf den Nachttisch, gab einen Kuß und sagte: »Wir gehen heute abend aufs Riesenrad.«

Ich hatte einen Fehler begangen. Ich hatte mein Katerprinzip durchbrochen und mich emanzipatorisch benommen. Das hat sie mir nie verziehen. Sie war in Schönbrunn gewesen, aber was es dort zu sehen gab, das wußte ich, darüber hatte ich im Bett nachgelesen.

Mit Lily verhielt es sich anders. Da war ich Gigolo, aber einer im Rahmen, in einem großbürgerlichen Rahmen, reich geschnitzt und schwer vergoldet. So nichtstuerisch war meine Tätigkeit nicht. Denn ich arbeitete im Hause von Lily als Sekretär ihres Mannes; es kam dazu dank ihrer Vermittlung.

So reich ihr Mann war, er ging einer Beschäftigung nach, er sammelte. Er sammelte Erstausgaben, Unikate, Wiegendrucke, Fehldrucke. Ein Bibliomane, zu dessen Post Auktionskataloge und Zeitschriften antiquarischer Gesellschaften gehörten. Er ging eben daran, von seiner Sammlung einen Katalog zusammenzustellen, einen bibliophilen Privatdruck mehr; ich sollte ihm bei den Anmerkungen und beim Vorwort helfen. Nicht daß er von mir Fachkenntnisse verlangte, meine Tätigkeit war mehr redaktioneller Art.

Er war ein dänischer Graf, auch das war etwas Neues. Daß die Dänen einen König hatten, war mir klar, aber daß sie auch Grafen hatten, war mir neu. Seine Familie reichte mit ihren Verbindungen weit ins Schwedische und Finnische hinein, und unter den Vorfahren waren solche, die mit Gustav Adolf nach

Europa heruntergekommen waren. Doch er war ein Gentleman; er sprach selten von einem anderen Jahrhundert als dem unseren.

Er besaß Güter. Aber das Geld war von einer Fischereiflotte gekommen. Ich verband mit Skandinavien stets die Vorstellung von Lebertran, zu dem man mich als Kind gezwungen hatte. So betrachtete ich meine Situation als eine nachträgliche Rache, doch es gibt auch Lebertran, gemildert durch Orangengeschmack. Wir verstanden uns vorzüglich; der Graf bezeugte sogar Verständnis für meine Lage.

Er war in seiner Jugend mit einer ungarischen Soubrette durchgebrannt, »blutjung, stierengeil und stinkreich«, wie Lily sagte. Von der Soubrette hatte der Däne Deutsch gelernt, daher hatte er bis in unsere Tage ein k. und k.-Deutsch behalten. Ich muß es erwähnen, damit man meine Tätigkeit versteht; denn meine Aufgabe bestand darin, sein Deutsch zu verbessern, ich mußte ihm die Soubrette aus dem Wortschatz vertreiben. Wie sie aus seinem Leben verschwunden war, darüber erfuhr ich von Lily nie Genaues. Ich hörte Andeutungen, wonach ihr nichts erspart blieb, sie habe am Ende ihres Lebens wieder singen müssen. Der Graf pflegte sich ihrer summend und gar pfeifend zu erinnern.

Nicht eigentlich im Hause lebte ich, sondern im einstigen Gärtnerhäuschen, von meinem Arbeitsplatz und Lilys Schlafzimmer durch eine Pergola getrennt. Dort hingen in jenem Frühsommer die Glyzinien fast schultertief; ihr Duft war betörend bis zum Kopfweh, doch kam er nicht an gegen das Parfum, das Lily ausströmte.

Jeden Monat fuhr ich für zwei Wochen in die Sonnenstube der Schweiz, eine Stube, die mit unzähligen Villen möbliert ist. Ein Stück schweizerischer Mediterranität, fast wie in Italien, nur sauberer, aber doch mit Palmen. Hier an den Hängen, auf den Terrassen und unter den Loggias, in den Grottos und auf der Piazza, zwischen Azaleen und Kamelien, gediehen die erstaunlichsten Lebensabende.

Für diese nicht nur klimatische Sonnenstube wurde ich eingekleidet, und zwar in den gleichen Geschäften, wo der Graf einzukaufen pflegte. Das brachte Probleme mit sich, weil man in diesen Geschäften gewöhnlich erst einkauft, wenn der Körper eine gewisse Fülle aufweist. Doch wir waren auf die Exklusivität angewiesen, weil wir dort sagen konnten: »Tun Sie es auf die Rechnung.« Aber die ersten Tage waren nicht nur mit Gängen zum Schneider verbunden, sondern bereiteten auch Schmerzen. Lily hatte mich beim Zahnarzt angemeldet. Altersmäßig war noch nicht allzu viel an mir zu flicken, aber sie hatte in ihrem zierlichen Notizbuch eine Mängelliste erstellt.

Als ich meine Tätigkeit antrat, fand ich am ersten Abend auf dem Clubtisch im Gärtnerhäuschen, in billiges Papier gewickelt, einen Ring mit jenem blauen Stein, der mir astrologisch zusteht.

Wir führten ein streng mondänes Leben. Zudem war Lily geistig regsam. Sie besuchte seit Jahren die Eranos-Tagung; ich lernte bei ihr manchen Symbolforscher kennen. Als ich zum erstenmal im Haus verkehrte, hatte sie sich eben sämtliche greifbaren Werke über die Etrusker kommen lassen. Als wir auseinandergingen, hatte sie sich bereits der östlichen Weisheit zugewandt. Nach einem Aufenthalt in Japan begann sie Haiku zu schreiben, ich fand die Kurzform auch richtiger, entsprechend Lilys gesellschaftlichen Verpflichtungen.

Der Graf nannte sie »Kätzchen«, und sie rief ihn »Löwe«. Er war zwar fast dreißig Jahre älter als sie, aber sie ließ sich nicht davon abbringen, in ihrem Ehemann etwas Animalisches zu sehen. Ich hingegen, ich hieß einfach »unser lieber Doktor«. »Brauchst du unseren lieben Doktor?« fragte der Löwe das Kätzchen, und Kätzchen meinte: »Macht's dir was aus, Löwe, wenn mich unser lieber Doktor begleitet?« Ich kam damals frisch von der Universität.

Es gab noch einen schwarzen Pudel, den ich sehr mochte, obwohl er strohdumm war. Gewöhnlich kam er am Morgen hinter dem Zimmermädchen und wollte vom Frühstückstablett einen Zucker. Wir waren Schicksalsbrüder, man führte uns gern aus.

Meine Arbeit fand Zustimmung sowohl beim Grafen wie bei Lily. Ich war nicht nur Sekretär, sondern auch Reisebegleiter;

denn sie haßte es, allein unterwegs zu sein. Ihre Garderobe brachte einen mobilen Lebensstil mit sich, ganz abgesehen von den gesellschaftlichen und kulturellen Anlässen.

Mailand war ein regelmäßiges Reiseziel. Im Albergo del Duomo erhielt ich den ersten Manschettenknopf. Ich erinnere mich noch genau an die metallene Ausstattung der Zimmer, gegen die sich mein Manschettenknopf blau abhob.

Nach Mailand mußten wir auch, als der Graf die Auszeichnung eines Ehrendoktors erhielt. Er hatte einer dänischen Stadt seine Sammlung als Stiftung in Aussicht gestellt. Da diese Stadt eine Universität besaß, kam er zu einer unerwarteten akademischen Ehrung. Lily und ich mußten uns für diesen Anlaß einkleiden, er selber hatte darauf bestanden.

»Qu'est-ce qu'on porte pour un honoris causa?« fragte Lily die alte Cecchini. Die hielt Lily fest in ihren Armen: »Ja, was trägt man zu einem Ehrendoktor?«

»Ça dépend de l'université«, gab die alte Couturière zu bedenken, und fügte mit branchensicherer Stimme bei: »Et naturellement, ça dépend aussi de la saison.«

Die Saison war klar, wenn auch ungünstig, denn der Akt fand Anfang September statt, »nicht mehr Sommer und noch nicht Herbst«. Die Universität war noch komplizierter, Aarhus, davon hatte die Cecchini noch nie gehört. Lily war gekränkt; sie war schließlich eine gute Kundin und hatte durchaus die Möglichkeit, sich in Zukunft in Paris einzudecken. Deswegen holte sie aus:

»Wie jung Sie aussehen, ma chère«, und dann flüsterte sie ihr ins Ohr: »Sie müssen mir sagen, wo Sie liften ließen.« Hätte die Cecchini nach ihrer kosmetischen Operation noch Falten gehabt, sie wären im Nu verschwunden; so aber blieb ihr Gesicht ganz steif. Für einen Moment hatte ich Angst, die Nähte könnten ihr hinter den Ohren platzen, und da hätte auch Nadel und Faden ihrer Haute Couture nicht weitergeholfen.

Wir fuhren jedenfalls zu dritt zum honoris causa. Was ich an diesen Reisen liebte, waren die Hotel-Aufenthalte. Der Graf schätzte es nicht, Trinkgelder zu geben. Er fand dies ein minderes Geschäft; also wurde »unser lieber Doktor« damit beauftragt. Das ahnten die Kellner, die Oberkellner, die Chefs de service und die Flaschenmeister natürlich nicht. So genoß ich es, mir aus der Hand fressen zu lassen. Ich wußte nicht, ob ich bald wieder in die Lage kam, so großzügig mit Belohnungen umzugehen und mich bei gefüllten Taschen als knauserig zu erweisen.

Aber eitel Freude bereiteten die Reisen nicht immer, auch wenn es stets spannend war. Denn Lily, das mußte ich ihr lassen, besaß Phantasie, auch wenn es eine Phantasie war, die ein Bankkonto brauchte, und sie scheute die Ausstattung nicht. Ich weiß noch genau, es war in München. Ich hatte für diese Reise den zweiten Manschettenknopf erhalten. Als ich beim Abschied die beiden Manschettenknöpfe und den Ring trug, bemerkte dies der Graf, der sonst nicht viel übrig hatte für Äußerlichkeiten. Er fragte mich, ob der Schmuck ein Erbstück sei. Ich lächelte und sagte geheimnisvoll: »Fast.« Dann fügte ich bei: »Von einer Tante.« Als Lily dies hörte, wollte sie wissen, von was für einer Tante. Sie lauerte auf die Antwort. Ich wußte wirklich nicht, wie ich meine Tante ausstatten sollte; so sagte ich: »Sie ist sehr nett.« Da fragte mich Lily: »Ist das alles?« Und der Graf meinte: »Jedenfalls verwöhnt sie unseren lieben Doktor.« Er wollte, daß ich sie einmal für ein paar Tage einlade. Da blieb mir nichts anderes übrig, als der Tante einige häßliche Hexenschüsse in die Glieder zu jagen, ihr zwei Stöcke in die Hand zu drücken und ihr die Schärfe des Augenlichts zu nehmen. Ich mußte das nette Geschöpf so herrichten, daß es nicht reisefähig war.

Aber das ist gar nicht die Szene, die ich schildern wollte. Es ist immer das gleiche mit Lily: fängt man mit einer an, kommt man schon auf die zweite.

Es war im Theater in München. Und der Krach, oder netter, der Disput, hatte schon an der Garderobe begonnen, weswegen weiß ich auch nicht mehr. Kaum saßen wir im Parkett, sagte Lily: »Ich kann nicht mehr.« Sie erhob sich. Als der Vorhang hochging, schlug sie mit einem Knall die Türe hinter sich zu, daß alle dorthin schauten, wo Lily abgetreten war, und niemand auf die Bühne.

In der Pause begab ich mich ins Hotel zurück. Ich wollte Lily in ihrem Zimmer aufsuchen. Ich selber war in der obersten Etage untergebracht, im frivoleren Dachstock der Chauffeure, Kindermädchen und Gesellschafterinnen. Als ich mich der Zimmertür näherte, hörte ich ein Flüstern, dazwischen einen Schrei und dann wieder Gemurmel. Es öffnete die Zofe; ich sah Lily auf dem Bett liegen. Davor die Gouvernante, daneben der Etagenkellner, den Eiskübel in der Hand, eben wurde eine Kompresse erneuert. Lily hob leicht den Kopf, ließ ihn aber sogleich mit verhaltenem Stöhnen fallen, gab der Gouvernante ein Zeichen, das diese nicht verstand. Da stützte sich Lily mühsam hoch und befahl uns zu folgen: Lily voran, in ungeknickter Würde von der Gouvernante gestützt, ihr folgte die Zofe, dann der Etagenkellner mit dem Eiskübel und zuletzt ich.

Wir besichtigten die Treppe, wo Lily gestürzt war. Lily hatte in der Bar einen Drink nehmen wollen. Aber der Lift war besetzt, sie benutzte die Treppe, doch blieb sie mit dem Absatz hängen, dann war sie gestolpert. Unten auf dem Treppenabsatz hatte sie der Etagenkellner gefunden. Sie hätte tot sein können, und schuld daran war ich.

Lily stand da und drückte die Kompresse aus, diese weinte für sie, Lily war personal-gewohnt. Ich nickte und gab dem Personal ein entsprechendes Trinkgeld. Lily wollte die Höhe wissen, als ich mir den Betrag ins Spesenbüchlein notierte. Dann versöhnten wir uns, obwohl es wegen der Höhe des Betrages fast zu einem Streit gekommen wäre.

Das Sich-Versöhnen gehörte zu unserer Beziehung, ja, sie war zuweilen ein kontinuierliches Sich-Versöhnen. Und da ich in den vierzehn Tagen, die ich in der gräflichen Villa zu verbringen hatte, nicht nur mit Arbeit ausgefüllt war, blieb uns immer Zeit zu neuen Versöhnungen. Versöhnt gingen wir ins Bett, und wir erhoben uns, um uns zu versöhnen. Wir hatten zwischendurch vergessen, weswegen wir uns entzweit hatten; so stritten wir schon beim Frühstück, über den Anlaß der Versöhnung, doch hatten solche Streitigkeiten auch Vorzüge, sie lieferten für den neuen Tag überblickbare Anlässe, um sich erneut zu versöhnen. Aber einmal war es doch aus.

Wir fuhren auf einer Serpentine am Lago Maggiore, plötzlich stieß Lily hervor: »Ich kann nicht mehr.« Da ich diesen Satz schon öfters gehört hatte, reagierte ich nicht. Sie sagte: »Ich gehe ins Wasser«, und sie fügte hinzu: »Und zwar mit dir.« Sie gab Gas. Sie streichelte mir übers Knie. Ich legte ihr sanft die Hände aufs Steuerrad zurück, aufs Volant, wie der Graf zu sagen pflegte. Lily schnupfte und sagte, ich sei fies, sie drückte aufs Gaspedal. »Gib's doch zu«, flüsterte sie und hätte beinahe einen Lastwagen gestreift. Da begann ich zu gestehen, daß ich fies sei, und zwar ganz fies; sie hielt das Tempo. Ich legte das Bekenntnis ab, ich sei nicht nur fies, sondern auch mies; dabei ließ ich keinen Blick vom Tachometer. Es lief auf eine Generalbeichte hinaus; je mehr ich bekannte, desto mehr fiel die Nadel. Der Kilometerzähler erteilte die Absolution.

Plötzlich riß Lily das Steuer herum, sie fuhr auf eine Abschrankung zu. Ich hatte während meiner Konfession bereits das Fenster heruntergelassen. Nun plumpste ich gegen die Frontscheibe. Lily sank in den Sitz zurück und sagte, sie könne nicht mehr. Ich stieg aus und lehnte mich ans Geländer. Von einem Ausflugsschiff winkte eine Schulklasse herüber. Lily kam zu mir, blieb hinter mir stehen, lehnte ihren Kopf an meine Schulter und weinte. Ich betrachtete das Wasser von oben.

Es ist mir heute noch unerklärlich, weshalb Lily auf den Gedanken verfiel, daß das, was wir lebten, die große Liebe sei; man konnte sie einfach nicht allein ausgehen lassen. Sie war von ihrem Einfall völlig hingerissen. Es kam auch zur großen Probe, wiederum am See, am Lago Maggiore, in der Nachsaison, es war eine Mondnacht. Ein einsames Paar, im Rücken die aufgestapelten Stühle und Tische, das Wasser schlug an die hochgezogenen Boote, da fragte sie mich plötzlich: »Was machst du, wenn ich von dir ein Kind kriege?« Auf die Frage war ich nicht vorbereitet. Es blieb mir als nachträgliches Präservativ nur ein Blitzeinfall übrig. Einmal mehr mußte ich zu ein paar Worten Zuflucht nehmen. So faßte ich sie an die Schulter und sagte: »Wenn du in deinem Alter von mir ein Kind kriegst, ist das ein Wunder der Natur, das müssen wir hinnehmen.«

Es war der Abortus unserer Beziehung.

Am anderen Morgen saß ich beim Frühstück. Giulietta hatte eben das Tablett hingestellt, und der Pudel wartete auf den Zucker. Da kam Lily herein. Ich stellte das Grammophon etwas leiser; ich hatte von Couperin »Les soupers du roi« aufgelegt. Ich liebte zum Bittersüßen der Marmelade und zum ungezuckerten Tee diskrete Fanfaren.

Lily trug ein Tailleur. Ihr Haaransatz war noch feucht. Ich erhob mich in meinem Morgenrock aus Krawattenseide. Ich tat einen Verlegenheitsgriff nach der Zuckerzange. Lily machte sich an der Kommode zu schaffen und sagte, ohne sich zu erheben: sie habe alles ihrem Mann gestanden, der tobe und werfe mich hinaus; dann nannte sie die Abfahrtszeiten der Schweizerischen Bundesbahnen ab Locarno.

Ich sagte vorerst nur: »Ach so«, und dann fügte ich hinzu: »Vielleicht fahre ich gar nicht nach Zürich zurück.« Lily brauste auf: »Wohin denn?« Ich meinte: »Ein paar Villen weiter.« Doch könne ich im Augenblick nicht genau sagen in welche. Lily nannte einen Namen, und als ich schwieg, einen zweiten, das war schon besser getippt. Und danach einen dritten. Das könne ich ihr nicht antun, sagte sie. Aber ich entgegnete, als Sekretär könne ich die Stelle wechseln. Da drohte sie mir, sie würde alles über mich erzählen, und ich bat sie, doch mit ihrer Erzählung gleich bei mir zu beginnen. Sie rechnete mir vor, wem alles sie mich vorgestellt hatte, sie habe mich auf der Straße aufgelesen, das mußte ich korrigieren, es war ein Landgasthof gewesen. Da reckte sie ihren Körper, der mir nicht ganz unbekannt war; sie stellte sich vor alle Villen am Ufer des Lago Maggiore, es war die Vertreibung aus dem Paradies, nur daß mich nicht ein Engel vertrieb, sondern Eva selber.

Ich fragte, ob sie Ring, Manschettenknöpfe und Etui wieder zurückhaben wolle. Da öffnete sie die andere Hand und warf mir die Krawattennadel an, sie prallte ab und fiel zu Boden, so daß der Pudel erschrocken auffuhr. Ich wußte nicht, ob es schicklich sei, sich danach zu bücken. Ich tat es: »Der Hund könnte sich verletzen.« Dann betrachtete ich den Opal, den ich den Sternen verdanke, steckte die Nadel ins Revers: »Richtig, die letzte Rate.« Nachdem ich mich angekleidet hatte, suchte ich den Grafen auf. Da fiel mir ein, daß er freitags beim Golf war. Ich verließ das Haus und schlenderte am See entlang zu den Golfplätzen. Ich traf ihn gerade nach dem Abschlag des vierten Loches. Aus Gewohnheit erkundigte ich mich, wieviel puts er gemacht habe.

Dann sagte ich ihm, ich müsse verreisen: »Aus familiären Gründen.« Er schlug eine Brücke: »Die Tante?« Ich sagte: »Ja, ganz plötzlich gestorben.« Er kondolierte und bedauerte meinen Weggang. Wir schlenderten gemeinsam nach Hause, er begann zu pfeifen und zu summen: »Und wer korrigiert mir jetzt mein Deutsch? Immerhin, das Wort Gatehose haben Sie mir gelassen.« Was das für ein Wort sei, wollte ich wissen, und er klärte mich auf: »Unterhosen.« Da erlaubte ich mir die Frage, was aus ihr geworden sei, der Soubrette. Er blieb stehen und sah zu Boden: »Theresienstadt oder Auschwitz.«

Und dann stand ich auf dem Bahnsteig. Ein gekündigter Liebhaber. Ich trug das Ensemble. Da ich von nun ab für meine Person selber aufkommen mußte, hätte ich beinahe zweiter Klasse gelöst, aber dann nahm ich doch einen Fahrschein erster. Nicht meiner Person galt die Aufmerksamkeit, sondern meinem Status und insbesondere meinem Ensemble.

Im Eisenbahnabteil hatte ich gerade die Beine ausgestreckt, als ein jugendlicher Kopf mit unordentlicher Coiffure hereinschaute. Der junge Mann zeigte mit dem Kinn auf den Platz, wo meine Füße lagen. Er schob sich durch die Tür; seine Jeans waren ausgefranst, ich wußte auf den ersten Blick nicht, ob aus modischen Gründen; aber als ich die Schuhe sah, schien es mir doch mehr Notlage als Stil zu sein. Der junge Mann warf seinen Ami-Sack auf das Netz.

Ich kuschelte mich in meine Ecke und las weiter. Er saß gegenüber, die Beine gespreizt, fast waagrecht lag er im Polster.

Er hatte die Arme verschränkt und sah mir mitten ins Gesicht, so daß ich nicht aufzuschauen wagte. Als ich es tat, hatte er sein Hemd geöffnet und ein Kettchen hervorgelangt, er zog es durch die Lippen und grinste. Dann fragte er mich, ob ich eine Zigarette hätte. Ich hielt ihm mein Etui hin, er nahm eine, dann langte er nach den Streichhölzern auf dem Fenstertischchen und sagte: »Zu einem solchen Etui gehört ein Feuerzeug.«

Als der Schaffner die Billets verlangte, hielt der junge Mann seinen Fahrschein hin. Der Schaffner stellte fest: »Erste Klasse.« Aber der junge Mann reagierte erst auf die zweite Mahnung: »Das soll erste Klasse sein.« Auch ich begann, das Polster genauer zu betrachten. Was er denn wolle, erkundigte sich der junge Mann. »Den Zuschlag«, sagte der Schaffner. Der junge Mann lachte; dann sah er auf mich: »Schade, jetzt wo wir uns erst kennengelernt haben. Diese lumpigen...« Er wandte sich an den Schaffner: »Wieviel ist es eigentlich?« Ich griff nach der Brusttasche. Als der Schaffner draußen war, ließ der junge Mann die Vorhänge an der Gangtür herunter: »Hoffentlich haben wir nun Ruhe.« Als er sich hinsetzte, wurden seine Blicke gezielter: sie galten meinem linken Ringfinger, der Krawatte. Beim Plaudern zupfte ich die Manschetten einmal beiläufig nach vorn.

In Airolo stiegen wir aus. Ich mietete ein Doppelzimmer in einer Pension. Wir beschlossen, vor dem Essen nochmals zum Bahnhof zu gehen, wo wir uns die Abfahrtzeiten für den andern Morgen merkten. Nach dem Nachtessen probierte Robert im Zimmer als erstes den Ring. Aber ich sagte ihm, vorerst würde er die Krawatten-Nadel erhalten und steckte sie ihm in den Reisesack als Trophäe, ehe er die Bettdecke zurückschlug.

Als Frühaufsteher war ich längst beim Kaffee, als er noch schlief, und ich ließ ihn weiterschlafen. Ich benutzte die Zeit zu einem Morgenspaziergang und stieg den Abhang hinter den Geleisen hoch, von dort sah ich, an einen Felsen gelehnt, dem Verladen von Autos zu. Ein Eisenbahnzug rangierte und verschwand im Tunnel: es war der Zug, in welchem Robert reiste. Als ich in die Pension zurückkehrte, war er verschwunden. Er hatte nicht nur die Nadel, das Etui und die Manschettenknöpfe mitgenommen, sondern auch den Ring. Er hatte am Abend zuvor noch gesagt, der Ring störe beim Streicheln. Ich setzte mich aufs Bett und mußte Robert gratulieren: er war in nicht einmal vierundzwanzig Stunden zu dem gekommen, was ich mir raten- und stückweise während Monaten abverdient hatte. Als Gigolo hatte ich aus ihm einen Gigolo machen wollen, ich hatte die Welt mit Gigolos anfüllen wollen – aber er war besser als ich. Nun saß ich allein auf dem zerwühlten Arbeitsplatz.

Da kam der verängstigte Griff an die Brusttasche. Alles Geld war noch da, nur den Fahrschein hatte er genommen, das war auch richtig. Denn jetzt fuhr er mit dem Ensemble. Befreit ging ich zum Bahnhof und löste eine Fahrkarte zweiter Klasse.

Im Wartesaal hatte ich alle Zeit, über die Varianten nachzudenken, wie man einander benutzen kann.

Wie benutzt man einen Homosexuellen

Wie benutzt man einen Homosexuellen? Das ist das Problem, dem wir auf den folgenden Seiten nachgehen wollen.

Mit »benutzen« meinen wir keineswegs »erpressen«. Es gibt keine Worte wie: »Du weißt, mein Lieber, mein Leben ist verpfuscht. Ich will neu anfangen. Ich hätte eine Gelegenheit im Ausland. Das wäre besser, auch für dich. Du kannst selber ausrechnen, was das kostet. Du in deiner Stellung.«

Und schon gar nicht die direkte Aufforderung, vielleicht verbunden mit einem Griff an Kragen und Krawatte: »Du schwule Sau, du meinst doch nicht, ich hätte Freude daran gehabt. Mach das Geld heraus.«

Nein, unsere Überlegungen gelten einem jungen anständigen Mann. Der Frage, wie kann man innerhalb des Anstandes, seines eigenen und dem der Gesellschaft, einen Homosexuellen benutzen.

Unsere Überlegungen haben also nichts zu tun mit intimen Photos, die auf den Schreibtisch eines Bürokollegen geschmuggelt werden. Nichts mit anonymen Telefonanrufen oder Briefen, deren Wörter aus Zeitungen einzeln ausgeschnitten worden sind. Sie haben auch nichts zu tun mit jenen Fällen, wo man einen Homosexuellen bei einem Treff im Park niederschlägt. Sie haben nichts zu tun mit Raub oder gar Totschlag. Alles Kriminelle und Halbkriminelle sei für diese Seiten ausgeschlossen. Unsere Gedankengänge gelten nicht dem Dunkel und dessen Machenschaften, sondern einem Benehmen, das sich in aller Öffentlichkeit abspielt und das sich im Lichte sehen lassen darf.

Es versteht sich also: für eine Gesellschaft, wo der intime Verkehr zwischen erwachsenen Männern strafrechtlich nicht verfolgt wird, für aufgeschlossene Verhältnisse, für den letzten Stand gleichsam.

Unsere Gedankengänge haben natürlich etwas mit Vorwärtskommen zu tun, sie sind von unbestrittenem Gebrauchswert, auch wenn wir nicht alle möglichen Situationen berücksichtigen können.

Um unsere Methodologie nicht in irgendwelche abstrakte Sätze zu kleiden, wollen wir dem jungen anständigen Mann ein Gesicht geben.

Was den Charakter des Vorführmannes anlangt, sollte es am besten einer mit allgemeiner Ausbildung sein, ein Charakter, der moralisch immer in die nächste Klasse kam. Vom Aussehen her braucht es kein Schönling zu sein, wenn auch Häßlichkeit grundsätzliche Schwierigkeiten bereitet. Ausgesprochene Schönheit aber könnte andererseits hinderlich sein, da die Schönheit sich oft gefällt und an Dingen Freude kriegt, welche ihr schmeicheln. Wir entschieden uns für eine Moral und ein Aussehen des Durchschnitts, weil wir weite Kreise ansprechen möchten. Unsere Gedankengänge sollen für so viele junge anständige Männer wie nur möglich verwertbar sein; sie stellen unsere eigentliche Zielgruppe dar.

Da wir bei unseren pädagogisch-methodischen Überlegungen, wie wir schon sagten, konkret bleiben möchten, gehen wir von einer anschaulichen Situation aus. Wir wählen als Laufsteg das Zeitungsmilieu.

Das darf keineswegs als Einschränkung verstanden werden,

als würden unsere Darlegungen nur für jemand gelten, der die Absicht hat zu schreiben. Wir wählen das Zeitungsmilieu nicht zuletzt deswegen, weil beim Gedruckten viel von Anstand die Rede ist, so daß sich für unsere Überlegungen ein weites Feld auftut.

Es ist aber insofern keine Einschränkung, als auch andere Berufsgruppen davon lernen können. Nicht nur das engere Zeitungsmilieu mit Grafiker und Photograph, mit Inseratenacquisiteur und Texter soll erfaßt werden. Es können durchaus Dekorateure und Laufburschen lernen, soziologisch fluktuierende Studenten, zukünftige Abteilungsleiter und Chauffeure, Magaziner ebenso wie Büroangestellte.

Gehen wir also an ein konkretes Beispiel heran und setzen ein Inserat auf: »Gesucht wird ein Volontär.«

Der Entscheid fällt zu Gunsten eines jungen Mannes, der manierlich dasitzt. Er hat eben das Gymnasium hinter sich und absolviert die Rekrutenschule. Er hat die Beine übereinandergeschlagen, wippt manchmal, wenn er etwas sagt, und hat die Hände über den Knien gefaltet. Er schaut schräg von unten auf, den Kopf leicht nach rechts geneigt; sein Auge ruht immer wieder auf dem Stuhl, auf dem ein Chef sitzt.

Dieser junge Mann wird dem »junior editor« zugeteilt, unserem Homosexuellen. Womit wir das Volontariat des jungen Mannes beginnen lassen können. Da es eine Zeitung kultureller Ausrichtung ist, wird der junge Mann nicht in die Hektik von Telex und Telefon-Diktaten eingeführt; aber er studiert ja auch Literatur und Philosophie, wo aktuelle Nervosität nicht so gefragt ist.

Die beiden essen zusammen, vorerst geschäftlich, dann privat und immer öfter privat. Man geht nach Büroschluß einen trinken und bleibt bis in den Abend hinein sitzen. Auch zuweilen ein Drink in der Wohnung des Homosexuellen, man sucht zusammen Revolverkinos auf. Der Redaktor klopft dem jungen Mann vertraulich auf die Schulter, wenn er neben ihm am Schreibtisch steht.

Es zeigt sich, der Homosexuelle hat den jungen Mann liebgewonnen; der junge Mann seinerseits erklärt, er verstehe sich mit niemandem so gut. So sitzen sie noch einmal im Garten jenes Restaurants, wo sie den Sommer über der Welt eine Philosophie und sich selber einen Philosophen abgerungen haben. Sie wissen beide, ehe sie es aussprechen, es war ein Flirt. Doch sie beschließen, die Sache auf sich beruhen zu lassen. Das ist umso eher möglich, als der Homosexuelle aus der Redaktion ausscheidet und für den andern das Volontariatsjahr zu Ende geht.

Lassen wir das Ganze in diesem halb erotischen, vorsexuellen Bereich. Wir haben diesen Ereignissen und Kombinationen Platz eingeräumt, weil man bis zu diesem Zeitpunkt kaum von methodischen Überlegungen reden kann. Daß der junge Mann geschmeichelt ist, liegt auf der Hand; daß ihn das Ganze neugierig macht, ist nur natürlich; daß er ein bißchen mitspielt, ist verständlich. Und daß der andere, unser Homosexueller, dabei spekuliert, dürfte auch nicht ungewöhnlich sein, zumal sein Werben nicht ohne Echo blieb.

Nach dieser Begegnung wollen wir eine Pause einschalten, eine nicht zu lange allerdings. Der Homosexuelle ist vor allem im Ausland tätig. Der junge Mann kehrt an die Universität zurück. Er stellt fest, daß dieser erste Kontakt nicht schlecht war, aber daß er nicht genügte, um in den kulturellen Betrieb hineinzukommen. Da erinnert er sich an den Homosexuellen, schließlich ist er mit ihm noch immer per Du.

Von nun an wird das Vorgehen methodischer, von nun an gelten systematische Überlegungen, von nun an muß sich der junge Leser die Dinge genau merken.

Wir lassen also beide wiederum zusammentreffen. In einem Caféhaus. Der Homosexuelle grüßt von weitem, zurückhaltend. Das spürt der junge Mann natürlich, so muß er den ersten Schritt tun, wobei der erste Satz sehr wichtig ist: »Es war alles so blöd.«

Das ist ein guter Anfang, gerade weil er nach gar nichts tönt. Dieser erste Satz könnte auch anders lauten, aber er muß als Wiederanknüpfung zwei Dinge enthalten: erstens ein Bedauern und zweitens etwas, das Hoffnung macht.

Wichtig ist, daß dabei jede Anspielung auf Arbeitsmöglichkeiten vermieden wird. Der Anfang soll dem »rein Menschlichen« gelten, von da aus kann man später auf das Privat-Persönliche gehen und erst im dritten Grad soll auf das Berufs- und Karrieremäßige hinübergewechselt werden.

Nun besteht die Möglichkeit, daß der Homosexuelle nur für einen Kaffee zusammensitzen möchte. Er sagt dem jungen Mann vielleicht sogar offen, daß es für ihn schwerer war, als der andere meinte, aber es sei nett gewesen, ihn wieder zu treffen.

Darauf ist nur mit einem Satz wie dem zu antworten: »Ich bin älter geworden. Ich habe heute eine gewisse Distanz zu manchem. Auch zu Vorurteilen«, und dann die entscheidende Nachbemerkung: »Du hättest mir nur etwas Zeit lassen müssen.«

Eine solche Erwiderung enthält viel Brauchbares: erstens den Hinweis auf das Alter. Man sagt: natürlich war das Ganze für dich vielleicht quälend, aber das war nicht ich, das war das Alter, das war die Unreife in mir, die kann man mir nicht übelnehmen, auch du bist einmal jung oder jünger gewesen. Dies muß zweitens gepaart bleiben mit dem Zeit-Moment: du mußt mir nur etwas Zeit lassen. Diese Bemerkung enthält zugleich einen Vorwurf: du hast so gedrängt, für mich war alles ungewohnt, beweise, daß du Geduld haben kannst.

Das Prinzip unserer Methode läßt sich auf Küchenebene etwa so darstellen: man steckt jemand an den Spieß, und immer dann, wenn er anzubrennen droht oder zu schreien anfängt, dreht man ein bißchen weiter.

Nun haben unsere Überlegungen natürlich nur Aussicht auf Erfolg, wenn der Homosexuelle etwas für diesen jungen Mann empfindet, die Intensität seiner Gefühle ist das Kapital, wobei wir einmal konzedieren wollen, daß ein Homosexueller lieben kann.

Doch, damit sich der zweite Schritt lohnt, müssen wir unserem Homosexuellen zu einer gehobenen Stellung verhelfen. Das dürfte insofern nicht schwierig sein, als unser Homosexueller den Fleiß derer mit sich bringt, die so tüchtig sein müssen, daß man von privaten Dingen absieht. Wobei es für uns gleichgültig ist, ob wir ihm direkt zu einem Zeitungs-Posten verhelfen, ob wir ihn Redakteur an einer Tages- oder Wochenzeitung werden lassen oder ihn beim Radio oder Fernsehen unterbringen. In diesen Stellungen ist man gewöhnlich über den direkten Brot-Posten hinaus bei den verschiedensten Medien tätig, was unserem jungen Manne zugutekommen soll.

Aus methodischen Gründen muß dem jungen Mann aber zunächst etwas Zurückhaltung empfohlen werden. Er soll seine Freude darauf beschränken, mit dem Homosexuellen wieder zusammen zu sein, gemeinsam zu Vernissagen oder zu Premieren zu gehen, hier eine Einladung und dort ein Abend und dann und wann wieder eine Zusammenkunft an einem dritten Ort.

Doch muß der junge Mann von Anfang an auf seinen Ruf achten. Weshalb zwei Beispiele gegeben werden sollen, wie der junge Mann sogleich das Terrain des bürgerlichen Anstandes abstecken muß.

Sollte sich der Homosexuelle zum Beispiel mit dem jungen Mann zu einer Vernissage verabreden, wird der junge Mann etwas zu spät kommen und nicht allein. Hat er eine feste Freundin, ist dies kein Problem. Unterhält er zu diesem Zeitpunkt, wie unser Vorführmann, keine feste Beziehung, wird er ohne weiteres ein Mädchen finden, das an Vernissagen interessiert ist. Natürlich wird der Homosexuelle überrascht sein. Nicht daß er etwas gegen Damenbegleitung hätte, aber es war anders abgesprochen. Darauf muß es immer wieder hinauskommen, daß es nie ganz so eintritt, wie es abgesprochen ist. Und zwar gerade in solchen Punkten, wo es nicht darauf ankommt.

Natürlich ist es unvermeidlich, daß man den jungen Mann als Freund des Homosexuellen betrachtet, zumal wenn dieser ihn zu privaten Einladungen mitnimmt. Also muß der junge Mann auf seinen Anstand bedacht sein. Die Gelegenheit dazu wird sich mit Leichtigkeit bieten. Sei es, daß er sich noch an dem Abend vertraulich an die Gastgeber oder Miteingeladenen wendet oder daß er sie später bei einem andern Anlaß oder auch auf der Straße trifft, man wird dabei auf den Homosexuellen zu sprechen kommen. Dem jungen Mann wird nichts anderes übrigbleiben als die Bemerkung: »Schade, daß er so ist.« Doch muß der junge Mann dabei auf den Tonfall achten; bei einer solchen Bemerkung muß die volle Sympathie durchscheinen.

Das alles ist nicht allzu leicht. Aber wir reden ja zu einer Jugend, die beweglich ist. Es kann sich in unserem Falle nicht darum handeln, daß der junge Mann kein Talent oder nur durchschnittliche Fähigkeiten besitzt. Natürlich gibt es Beispiele, wo ein Homosexueller à tout prix einen jungen Freund fördern will zu dessen und zur eigenen Lächerlichkeit. Das wollen wir hier ausschalten. Erstens einmal wollen wir unserem Homosexuellen einen jungen anständigen Mann gönnen, für den sich der Einsatz der Liebe lohnen würde. Und dann wenden wir uns an solche jungen Männer, welche durchaus die Voraussetzung haben, später einen verantwortungsvollen Posten in der Gesellschaft übernehmen zu können.

Unvermeidlich ist der Moment, wo man auf die Zukunft und den Beruf zu sprechen kommt, wo der junge Mann über die Universität klagt, über die sterilen Vorlesungen, den Elfenbeinturm der Fakultät, über seine Scheißarbeit auf dem Reklamebüro, daß er einen Gebrauchtwagen kaufen könnte, daß er schon längst von zu Hause weg möchte. All das muß vorgetragen werden mit einer Geste der Aussichtslosigkeit.

Eine solche Geste ist ebenso wichtig wie Bekenntnisse der folgenden Art:

Der junge Mann erzählt von einem Schulkameraden, der jetzt in London lebt: »Mit dem trieb ich mich einmal in Marseille herum, wir wollten Frauen aufreißen, aber dann waren sie uns einfach zu teuer. So gingen wir halt ins Hotel zurück, na ja, das war mal was anderes, und gespart haben wir auch erst noch.« Und kaum denkt der Homosexuelle: »So ausgeschlossen ist es also doch nicht«, muß eine andere Geschichte vorgebracht werden: »Als ich zwölf Jahre alt war, näherte sich mir ein Mann im Hallenbad. Ich kam zuerst gar nicht draus. Aber ich habe seither einen Schock.« Es braucht natürlich nicht das Hallenbad zu sein, auch eine Pfadfinderübung kann dienlich sein, auch eine Schulreise in den oberen Gymnasialklassen, der Ort ist weniger wichtig als der Schock, den der junge Mann seither mit sich herumträgt.

Der junge Leser könnte sich fragen, weshalb wir auf solche Details Gewicht legen. Aber bei diesem Vorgehen sind die Einzelheiten ausschlaggebend, Einzelheiten, die für sich allein eine Bagatelle scheinen, als kleines menschliches Mißverständnis oder als übergehbare Unklarheit. Die Summierung ist es, die diese Methode erfolgreich macht. Man kennt das zum Beispiel auch von der Ehe, wo die Zermürbung ja nicht aus einer einmaligen Handlung besteht, sondern aus einer Reihe infinitesimaler Kleinigkeiten. Dieses Vorgehen soll hier zur Anwendung kommen.

Sollte der Homosexuelle zum Beispiel übers Wochenende nach Paris fahren müssen, dann wird der junge Mann nur sagen: »Paris, ja, das wäre es.« Irgendwie läßt sich es schon richten – »wenn wir in ein billiges Hotel gehen, genügen meine Spesen, wir müssen uns halt einrichten.«

Auf dem Ankunfts-Flugplatz, in unserem Fall in Orly, wird dann der junge Mann sagen: »Ich habe für heute abend eine Verabredung mit jemand, den ich schon lange nicht mehr sah. Aber du kennst Paris so gut, daß du dich sicher nicht langweilen wirst.« Natürlich wird der Homosexuelle zumindest erstaunt sein, und wenn dies auf seinem Gesicht zum Ausdruck kommen sollte, dann muß der junge Mann sagen: »Soviel Freiheit müssen wir uns doch gegenseitig erlauben.«

Es könnte natürlich sein, daß der Homosexuelle in einem solchen oder ähnlichen Moment ärgerlich wird. Dann muß dies der junge Mann auf dem Rückflug oder besser nach der Heimkehr wiedergutmachen. Er begleitet den Homosexuellen nach Hause, nicht in die Wohnung, aber in den Hausgang, und dort muß es zu einer versöhnlichen Zärtlichkeit kommen. Dafür hat sich die Winkelstellung bewährt: Den Kopf auf der Schulter des andern, das Gesicht abgewandt und den Unterleib abgewinkelt. Dem Homosexuellen dürfte schon längst klar sein, daß es ein Hin und Her ist, bei dem er zusehends desorientierter wird. Er wird dabei bestimmt einmal falsch reagieren. Bevor es aber zu diesem Kurzschluß kommt, muß der junge Mann seine Stellung etwas ausbauen. Sollte sich der Homosexuelle in eine Isolation zurückziehen, muß er ihn von Zeit zu Zeit herausholen: »Du mußt unbedingt einmal zu uns nach Hause kommen, meine Eltern, meine Mutter vor allem, die möchten dich kennenlernen. Ich koche selber, gefüllte Kalbsbrust.« Was noch lange nicht heißt, daß man ihm Kalbsbrust serviert.

Im Grunde genommen braucht der junge Vorführmann gar nicht soviel: ein Tip da und eine Bemerkung dort: »Würden Sie einmal mit diesem jungen Mann reden, ich kenne ihn...« Oder: »Schauen Sie den jungen Mann doch an, der arbeitet gerade über...« Oder: »Natürlich nähme ich den Auftrag gerne an, aber aus zeitlichen Gründen kann ich nicht, ich kenne jemand, ich würde die Sache mitbetreuen.«

Solche Weichenstellungen sind da, damit sich der andre bewähren kann. Aber es wäre natürlich falsch, wenn sich der junge Mann damit zufrieden gäbe. Er muß es so weit bringen, daß sich der Homosexuelle in eine größere Sache verstrickt. Gut ist es, wenn es gelingt, ihn zu bewegen – wenn zum Beispiel eine zweite Sekretärin eingestellt werden soll –, einen Volontärposten zu schaffen. Zwar wird der Homosexuelle Bedenken anmelden, aber denen ist zu begegnen: »Wir zeigen es den andern, wir stellen ihnen etwas entgegen, wir zwei.«

Da jener, der liebt, immer in der schwächeren Position ist, dürfte man den Homosexuellen schon soweit bringen, den richtigen Fehler zu begehen. Ist es geschehen, hat der junge Mann eine Bewährungsfreiheit erlangt, die ihm ein ganz anderes Auftreten ermöglicht.

Der Anschaulichkeit halber greifen wir auf den Schulkameraden in London zurück. Der Zufall will, daß dieser mit einem Sportwagen tödlich verunglückt. Das bringt für unsern jungen Mann eine Fahrt nach London mit sich. Die Erinnerung an den verunglückten Schulkameraden darf einen nachhaltigen Eindruck hinterlassen. Wenn der Vorführmann geknickt und trauervoll zurückkommt und der Homosexuelle ihn im Büro im Arm hält und tröstet, kann sich der andere leicht entwinden. Er verspüre kein anderes Verlangen, als zu vergessen und sich in die Arbeit zu stürzen, alles Private müsse zurücktreten; vor allem wolle er jetzt allein sein. Es ist allerdings unklug, wenn der Homosexuelle unseren jungen Mann unentwegt am Abend mit anderen herumziehen sieht und merkt, daß der andere anfängt, sich von ihm abzusetzen. Damit dies möglich ist, muß unser junger Mann als Volontär sich mit den Sekretärinnen gut stellen, reizend sein und ihnen im Vertrauen sagen: er kenne den Homosexuellen schon, aber er habe nicht im Sinn, sich seine Karriere kaputtzumachen, weil er als dessen Freund und Günstling angesehen werde.

Der Homosexuelle spürt, daß er genau dort angelangt ist, wohin er nicht wollte. Er weiß, daß er Privates und Berufliches in einer Weise gemischt hat, wie er es selber nicht toleriert. Er wird andererseits den jungen Mann zur Rede stellen. Da kann der junge Mann sinngemäß nur so antworten: »Ich dachte, wir seien Freunde. Ich wußte nicht, daß die Intimität so wichtig ist. Ich bin nicht dagegen, das weißt du, ich finde es aber billig, wenn diese Frage plötzlich so wichtig wird.« Damit hat er den Homosexuellen auf eine Situation festgenagelt, die von dem aus zwar nicht so gemeint war, aber in deren Sinne er dennoch agiert hat. Bei unserem Vorgehen muß der junge anständige Mann den andern so weit bringen, daß diesem klar wird, wie moralisch fragwürdig er sich verhält.

Natürlich wird der andere sich auf das berufen, was zwischen ihnen gesagt worden ist, aber dem kann der junge anständige Mann auf sehr einfache Weise begegnen: »Damals war ich eben noch ein anderer Mensch.«

Wir erinnern uns an den Satz: »Du mußt mir Zeit lassen.« Jetzt ist der Moment gekommen, sich wieder auf die Zeit zu berufen: Man ändert sich mit der Zeit, das kann auch ein Homosexueller nicht bestreiten.

Nehmen wir an, der Homosexuelle wird ihm vorschlagen: Trennen wir uns. Das wird um so mehr der Fall sein, wenn der Homosexuelle sich eines Tages eingestehen muß, was er längst weiß – da ist verletzte Eitelkeit ebenso dabei wie Enttäuschung über die aufgewendeten Gefühle; er wird sich umso mehr betrogen fühlen, als es sich um ein zweites Mal handelt, bei dem er sich seiner Lächerlichkeit bewußt wird.

Der junge Mann kann es ohne weiteres auf einen Kurzschluß ankommen lassen. Am besten, wenn der Homosexuelle sich gar zu einer Kündigung hinreißen läßt und von »hinauswerfen« spricht. Das ist nämlich nur halb so schlimm, sofern der junge Mann die Zeit inzwischen genutzt hat.

Nur sollte der junge Mann nicht einen Fehler machen, wozu sich unser Vorführmann hinreißen lassen könnte, nämlich zum Chef des Homosexuellen zu gehen: »Ich möchte mich verabschieden. Danke für die Möglichkeit, hier gearbeitet haben zu können...«, und dann, nach einem langen Zögern: »Wissen Sie eigentlich, warum ich gehen muß?«

Dieser Gang ist nicht ratsam, da der Chef sich überlegen könnte und es auch antönt: »Aber Sie waren doch seit bald drei Jahren... Sie waren mit ihm öfter unterwegs, und jetzt plötzlich. Ich wünsche Ihnen alles Gute für Ihr Studium.«

Der Gang zum Chef war falsch, auch wenn das Prinzip richtig ist. Am besten ist es, wenn der junge Mann im Vertrauen mal dem einen beim Fernsehen und dem andern beim Radio sagt, wie es eben gewesen sei, er hätte zu Diensten sein sollen, da sei er eben gegangen, was zum Satz führte: »Das wäre noch schöner, wenn man zuerst mit einem Schwulen ins Bett gehen muß, um arbeiten zu können.«

Und auch bei den Bekannten und Freunden des Homosexuellen wird der junge anständige Mann mit Vorteil nie anklagend, sondern mit Bedauern von dem reden, was war. Er wird ohne das Wort »schade« nicht auskommen und den andern sagen: »Aber wir werden uns ja trotzdem noch weiter kennen, oder nicht?«

Jetzt muß der entscheidende Appell getan werden: an das gesunde und bürgerliche Empfinden. Dem jungen Mann, der ahnungslos in eine Situation hineinschlitterte und sich mit Anstand wehrte, dem muß geholfen werden. Um unserer Darlegung noch mehr Anschaulichkeit zu geben, führen wir eine Kontrastfigur ein:

Der Homosexuelle kennt natürlich andere junge Leute. Zum Beispiel einen Bauarbeiter, aus einer geschiedenen Ehe, zum Teil in Heimen aufgewachsen. Er ist nicht unglücklich über die saisonbedingte Arbeitslosigkeit; im Winter treibt er sich gerne herum. Diesen jungen Mann lernt der Homosexuelle kennen; es kommt zu sexuellen Beziehungen. Aus der Gewohnheit ergibt sich ein persönliches Verhältnis, der junge Bauarbeiter sucht nicht danach, aber er läßt es sich gefallen.

Dieser Bauarbeiter hat eine Freundin, die noch nicht sechzehn Jahre alt ist. Ihre Eltern sind gegen das Verhältnis, aus moralischen und sozialen Gründen. Als das Mädchen beim dritten Mal über Nacht nicht nach Hause kommt, schicken sie die Polizei. Für unseren Fall kann nicht interessieren, daß der Bauarbeiter wegen Verführung einer Minderjährigen zu zwölf Monaten bedingt verurteilt wird. Für unseren Fall ist lediglich interessant, daß er noch für ein anderes Delikt ins Gefängnis geht.

Bei der Strafuntersuchung hat sich herausgestellt, daß er Beziehungen zu unserem Homosexuellen unterhielt; das war weiter nicht strafbar, da er über zwanzig Jahre alt ist. Die Untersuchung führt zu folgenden zwei Szenen:

In der Voruntersuchung schiebt der Polizist dem Bauarbeiter einen Katalog hin mit Aufnahmen von Homosexuellen: er solle sagen, wen er kenne und ob er andere kenne, er möge die Adressen angeben, das alles könne sich strafmildernd auswirken. Es sei der Polizei auch klar, daß gerade junge Leute wie er das Opfer solcher Kerle seien, die einen mißbrauchen und hängen lassen.

Wenn unser Homosexueller als Zeuge kommt, greift der Polizeibeamte in die Schublade, er zieht Stellmesser und Schlagringe hervor: »Das sind Dinge, die wir bei Strichjungen gefunden haben. Wir sind ja da, um Sie als Homosexuellen zu schützen. Sie wissen, wie diese arbeitsscheuen Kerle sind. Wir, unsereiner, haben ja nichts gegen Homosexuelle, es kann doch einer nichts dafür, daß er mit sechs Fingern an einer Hand geboren worden ist.«

Der Homosexuelle hat diesen Bauarbeiter zuweilen zum

Essen eingeladen und ihm auch Geld gegeben, vor allem fürs Taxi, wenn es spät war, da der junge Mann in einem Vorort wohnte. Da aber dieser junge Bauarbeiter auf die Frage, ob er homosexuell sei, mit »nein« geantwortet hat, stellt der Richter die Frage nach dem Motiv der intimen Beziehungen. Der Bauarbeiter muß es aus Gewinnabsichten getan haben; bei einer weiten Auslegung kann dieses Handeln als Strichgang deklariert werden, weshalb zur ersten Strafe noch zwei zusätzliche Monate kommen.

Man kann aus diesem Beispiel sehen; derjenige, der mit dem Homosexuellen intim war und der zur privaten Freude des Betroffenen beitrug, wird bestraft, weil er Geld erhielt. Unser junger anständiger Mann aber hat umgerechnet ganz andere Beträge an Essen, Einladungen und Vermittlungen entgegengenommen. Man muß hier buchhalterische Bemerkungen machen, um zu zeigen, daß der Anstand, wie ihn unser junger Vorführmann kultiviert, sich nicht nur karrieremäßig, sondern auch moralisch bezahlt macht.

Auf jeden Fall wird jetzt deutlich, weshalb sich die Benutzung eines Homosexuellen lohnt. Man könnte sagen, was ist das schon anderes, als wenn irgendeine junge Frau es auf einen alten Mann abgesehen hat, nicht wegen der Person, sondern aus pekuniären Gründen.

Und man weiß, daß zu den häufigsten Scheidungen jene gehören, wo nach Abschluß und Staatsexamen ein eben arrivierter Akademiker sich von der Freundin trennt, die für ihn während des Studiums aufgekommen ist.

Ohne Zweifel, die Benutzung von Privatem und Persönlichem für Aufstieg und Weiterkommen ist nichts Ungewöhnliches. Abgesehen davon – man kann sich immer das Muster vor Augen halten:

Man pumpt beim Juden Geld; wenn er es zurückhaben will, verjagt man ihn als Ungläubigen. Das hat Herrscher nicht daran gehindert, im Dienste des wahren Glaubens zu stehen und im Sinne der einzig echten Nächstenliebe zu handeln. Die Liste ließe sich verlängern und variieren. In einem Punkt aber hat die

Benutzung des Homosexuellen doch Eigenwert. Denn es zeigt sich, daß der, welcher Lust und Zeit aufbringt, eine solche Beziehung gewinnbringend anzulegen, am Ende als Anständiger dasteht.

So ergeben sich verschiedene Stufen beim Reifeprozeß dieser Art bürgerlichen Anstandes: Zunächst geht es einmal darum, Gefühle und Erwartungen des andern so anzustacheln und zu mobilisieren, daß daraus irgendwelche Chancen entstehen, die es sofort zu ergreifen gilt. Dann kann man zum zweiten Schritt übergehen, indem man diesen Homosexuellen mit Zwischen- und Randbemerkungen persönlich und beruflich in Mißkredit bringt. Das dürfte umso erfolgreicher sein, je umstrittener dieser Homosexuelle ist, und dies wiederum ist umso ergiebiger, je unabhängiger der sich in der Öffentlichkeit zu äußern wagt.

Und dann kann man zum dritten Schritt übergehen, indem man sich über diesen Homosexuellen keineswegs lustig macht, sondern für ihn Bedauern und Mitleid aufbringt. Unter Berufung auf die Moral kann ihm zwar der Schmerz, der ihm eventuell zugefügt worden ist, nicht abgesprochen werden, aber doch das Recht dazu.

Das Vorgehen kann sich so weit vervollkommnen, daß man von diesem Homosexuellen am Ende noch die Zustimmung für das abverlangt, was ihm widerfahren ist, und er selber von der Verwerflichkeit seines Tuns überzeugt wird. Das wäre allerdings die Perfektion unserer Methode. Nun sind aber doch noch andere Dinge zu bedenken, denn es gibt keine Methode, die ganz makellos ist und nicht mindestens eine ungünstige Nebenerscheinung mit sich bringt.

Der junge anständige Mann ist natürlich gezwungen, seine Biografie, das heißt seine Ausbildungszeit, leicht zu frisieren. Da aber die meisten, mit denen er zu tun haben wird, in den gehobenen Stellungen, die er anstrebt, ihrerseits frisieren, wird er kaum irgendwelche präzisen Fragen zu befürchten haben. Das gegenseitige Nicht-Befragen ist eine Voraussetzung für team-gemäßes Verhalten.

Damit können wir den jungen anständigen Vorführmann aus unseren methodischen Überlegungen entlassen.

Wie der andere mit seinen Freundschaften fertig wird, ist sein Problem.

Eine Männer-Minorität

Freundschaft – du hättest nie gedacht, daß sie solche Folgen haben könnte.

Aber du wolltest doch, daß diese Freundschaften Folgen hatten. Wären sie ohne Konsequenzen geblieben, so wären es nicht Freundschaften in deinem Sinn gewesen. Es traten Folgen ein, aber nicht, wie du beabsichtigt oder vorgesehen hast.

Andererseits: so viel lag dir auch nicht immer an Konsequenzen. Dafür hast du dich zu ausführlich und zu interessiert an jenen Orten herumgetrieben, die man einschlägig nennt. Jemand aufreißen, so lautet doch schon der Ausdruck. Abenteuer, an deren Durchführung dir zuweilen nicht einmal etwas lag. Ungeduld und Verlegenheit stellten sich oft nicht erst hinterher am Waschbecken ein, wo man an einem Frottiertuch eine Bekanntschaft abwischt.

Nein, an dieser Männer-Intimität gefiel dir die Unverbindlichkeit nicht schlecht. Außerdem hat dich die Verführung schon als Technik gelockt, wobei du mit dem Schwierigkeitsgrad kokettiert hast. Du wolltest zum Beispiel auf alle fördernden Umstände verzichten – auf Schallplatten, Alkohol oder was sonst immer dienlich sein könnte. Dir schwebte einmal als Methode vor, aus purer Logik zu verführen. Wenn alle »a« »b« sind und alle »b« »c«, dann sind auch alle »a« »c«, ergo gehen wir nach Hause zusammen.

Das war nicht zuletzt Überlistung dessen, was sich als Natur ausgab, und doch zugleich ein Profitieren von dieser Natur, denn, einmal überlistet, war sie in ihrer Verlegenheit für ungeahnte Entdeckungen offen. Über den Kopf verführen, das schien dir mehr der Anstrengung wert zu sein, als dort erfolgreich zu wirken, wo die Natur das Gröbste schon vorweggenommen hat. Mit Dialektik bist du dabei vorgegangen. So, daß du von dir und der Sache abgeraten hast. Was hast du an Vorbehalten angeführt! Aber du hast die Nachteile mit einem solchen Aufwand an Phantasie dargestellt, daß daraus ein Motiv der Verlockung entstand.

Aber so unrecht hattest du nicht, wenn du abgeraten hast. »Es wäre besser, das Ganze auf sich beruhen zu lassen« – dieses Abraten war nicht nur Taktik. Es war zugleich eine Beschwörung, nicht zuletzt gegen dich selber vorgebracht. Du hast die Unverbindlichkeit gepredigt, aber die Gefühle waren dagegen. Während du in Frivolität von Konklusion zu Konklusion gingst, holten dich die eigenen Empfindungen ein.

Du hast geliebt, das ist alles. Du fingst an, dich dagegen zu wehren; dabei warst du in dem Maß, wie du dich wehrtest, auf jemand angewiesen. Aber es trifft schon zu, du hast nicht zuletzt im Umgang mit dir selber argumentieren gelernt.

Beim Gedankenspiel, für welches Verbrechen du am ehesten Talent mitbringst, würdest du unter den ersten die Unterschlagung nennen. Es leuchtet dir ein, daß man betrügt und an Vermögen geht, um jemand nicht zu verlieren, und es leuchtet dir ein, daß man jemand halten will bis zum eigenen Ruin. Ein Glück, daß du nicht Buchhalter oder Prokurist warst. Aber es gibt Unterschlagungen, für die man kein Kontoblatt braucht, insofern kennst auch du fingierte Belege, nachgeahmte Unterschriften und Falschbuchungen.

Manchmal hast du den Eindruck, der Weg deiner Freundschaften sei mit Papierkörben markiert. Aber das sind jene Ungerechtigkeiten, zu denen du dich hinreißen läßt. Die Tatsache, daß du mit dir selber gerne ungerecht bist, ist noch kein Grund, es auch mit andern zu sein.

Man kann nicht unentwegt von der Zukunft reden und dann betrübt sein, wenn der andere in diese Zukunft aufbricht. Es waren keine schlechten Stunden, in denen du mit einem Freund ans Planen gingst, du hattest oft die Möglichkeit, dabei zu sein, wenn einer begann, sein Leben einzurichten.

Zudem: was nützte es dir, Erfahrungen zu haben, wenn du sie nicht weitergeben konntest. Aber du wolltest die aussuchen, die von deinen Erfahrungen profitieren. Dir war, als gäbst du mit deinen Erfahrungen Intimes preis, und das wolltest du nur tun, wenn der andere sich in gleicher Weise öffnete. Und dann warst du überrascht, wenn das Gespräch plötzlich zu einem Tausch von Wert und Gegenwert wurde und du aus dem Bett eine Wechselstube gemacht hast.

Zwar sah es oft so aus, als könntest du Halt bieten. Vom Auftreten wirktest du stärker als vom Stand her. Du bist zuweilen erst zu deinem Stand gekommen, weil sich jemand anlehnen wollte; so warst du schon wegen deiner Standfestigkeit auf jemand anderen angewiesen.

Deine Freunde waren zudem für dich Anlaß, dich nicht nur auf dein eigenes Leben beschränken zu müssen. Nicht weil dir dein Leben mißfallen hätte. Aber je mehr du deinem Leben Kontur gabst, so zittrig die auch sein mochte, umso mehr bedurftest du der andern. In dir mußte im Lauf der Zeit vieles zurücktreten und immer mehr; mit jeder Entscheidung, die fiel, wurden andere Entscheidungen ausgeschlossen. Du lebtest notwendigerweise in immer größerer Beschränkung. Für all das, was du nicht selbst lebtest, wolltest du deine Freunde aufbieten. Sie sollten das Defizit deiner eigenen Person decken.

Aber mit diesen Überlegungen bist du weit weg von dem, wie du dich sonst kennst – weg von jenem nächtlichen Herumtreiben, vom Verlustieren in einem Park, vom Eckenstehen, vom Absuchen einer Bar nach der andern, vom Jagdrevier eines Bahnhofs, vom Husch-Husch einer Sauna.

Und damit bist du wieder weit weg von dem, der behauptet, die Treue sei für ihn etwas, das sich nicht erst hinterher einstelle, als Bestätigung oder Belohnung, sondern sie sei bei ihm Voraussetzung, eine Entscheidung, die am Anfang getroffen wird, ein Blanko-Check – als ob du zuerst das Ja-Wort gibst und erst hinterher konsumierst.

Das hat nun wiederum nicht viel mit deiner Unverfrorenheit zu tun, sogleich mit jemand ins Bett zu klettern. Nicht einmal unbedingt aus Lust, sondern fast methodisch und als Rationalisierungsmaßnahme, um reinen Tisch zu schaffen und zu schauen, was nachher noch auf diesem Tisch ist.

Jahrelang bist du mit Radikalität an deine Freundschaften herangegangen, als ob zur Kenntnisnahme des andern auch unerläßlich die Kenntnis seiner Intimität gehört. Das war ein totaler Anspruch, der schon alle Voraussetzungen für einen privaten Totalitarismus enthielt. Im gleichen Maße, wie du Bereitschaft gezeigt hast, konntest du brechen, und du warst dann entschlossen, den andern auszulöschen, ihm nicht einmal mehr ein Gesicht zu lassen und es in jene Luft aufzulösen, durch die du hindurchschauen kannst.

»Verläßlichkeit«, das ist eines der Wörter, die du gern im Mund führst. Aber in deinem Leben waren es Frauen, welche dir Verläßlichkeit geboten haben. Dabei meintest du lange, Verläßlichkeit sei eine Männertugend, als ob eine einzige Tugend je ein Geschlecht gehabt hätte.

Aber was willst du dich über deine Freundschaften auslassen. Es scheint dir schon falsch, etwas erklären zu wollen; aber es scheint dir nicht minder falsch, nichts zu sagen; schweigst du, kommst du dir als Schwindler und Lügner vor; beginnst du zu reden, ist dir, als ob du dich rechtfertigen oder gar entschuldigen möchtest.

Freundschaft – vielleicht versteckst du mit dem Wort schon alles. Müßte es nicht schlicht und einfach Schwulität und Homosexualität heißen? Die übliche Geschichte, nicht so sehr vor der Sache, dafür umso mehr vor dem Wort Angst zu haben?

Aber wenn du an den Großteil deiner intimen Freundschaften denkst, dann erweist sich die Aufstellung von »hetero«, »homo« und »bi« als eine Höhlenbewohner-Liste. Deine Erfahrung machtest du nicht, indem du gemäß einer Natur oder in Übereinstimmung mit einer Veranlagung gelebt hast, sondern entsprechend einer Situation – und die war reich an jener Phantasie, mit welcher der Mensch der Natur immer wieder ausgeholfen hat.

Aber das Dilemma bleibt, du willst dich nicht dazu zwingen lassen, von jener Minderheit aus, an der du teilnimmst, die Welt zu betrachten, oder wenn schon, dann ist es nur eine mögliche Perspektive, mit beschränkter Haftung. Aber deine Umgebung scheint immer wieder darauf aus zu sein, dir aus dieser Zugehörigkeit jenen Strick zu drehen, den man auch Schicksal nennt.

Es gehört zur unausweichlichen Erfahrung, daß an irgendeiner Theke plötzlich einer auf dich losgeht und schreit: »Was wollen die Schwulen in diesem Lokal. Man sollte ihnen ...« In dem Falle darfst du nicht so still sein, daß der andere meinen könnte, der Anwurf sei dir entgangen. Also stellst du die Frage: »Wie war das Wort?« Schließlich geht die Beschimpfung ausschließlich dich an, und du hast ein Recht, dich zu erkundigen, wie das Wort lautete. Das ist eine minimale Forderung, daß der, welcher dich verhöhnt, auch klar artikuliert.

Natürlich hast du anfänglich in einem solchen Moment gleich an die Juden und die Neger gedacht. Aber du ließest das Stoßgebet zu den Schwarzen und Beschnittenen; sie haben mit ihrer Nase und mit ihrer Haut schon genug Probleme; da ist es nicht fair, sie auch noch zusätzlich zu belasten. Wenn schon an sie denken, dann nicht fraternisieren; wenn solidarisch sein, dann nicht aus privaten Gründen.

Du erinnerst dich genau an das erste Mal, als dir das widerfuhr: ein Galeriebesitzer, etwas untersetzt, ein bißchen schmierig; er holte aus zur Verteidigung der Frau und machte aus ihr ein Loch: er formte mit dem Daumen und dem Zeigefinger der linken Hand einen Kreis und vögelte mit dem ausgestreckten Zeigefinger der andern Hand hinein. Du botest ihm die Chance, ein Kerl zu sein.

Du hast dich umgeschaut, um dich zu wehren: da saßen sie, verlegen und amüsiert, gelangweilt, indigniert und der kommenden Dinge wartend, lauter Heterosexuelle, man hätte es ihnen nicht angesehen.

Und du hast in Gedanken den einen oder andern herausgepflückt. Du wußtest von einem genau, was seine Meinung kostet, und es leuchtet dir ein, es mußte für ihn befreiend wirken, zu wissen, daß ihm wenigstens etwas gerade stand.

Du hast an die zerrütteten Ehen gedacht und dir gesagt: So weit ist es auch nicht her mit dieser Natur.

In dem Augenblick bist du dir kläglich vorgekommen. Nicht, weil dich einer bloßgestellt hat, sondern weil du anfingst, das Unglück der andern zu benutzen, um Boden unter die Füße zu kriegen.

Ganz abgesehen davon, daß...

Meine Register-Arie

Soll auch ich meine Register-Arie singen?

Allerdings, als ich nach Spanien kam, da war das schöne Spanien gar nicht schön. Da regierte dort ein Franco. Ein Superlativ von einem General. An seiner Brust hingen Orden. Was ihn sonst auszeichnete, die Gefängnisse, die waren zu schwer, um sie sich anzustecken.

Als ich ins schöne Spanien kam und in einer billigen Pension in Madrid abstieg, da waren es nicht tausendunddrei, wie einst Don Juan sang. Ich konnte sie an jenen zehn Fingern abzählen, die mir auch für die Liebe gedient hatten.

Nein – ich benötige keinen Elektrorechner und selbst ein Zählrahmen ist zuviel.

Aber fangen wir einmal und irgendwo an, und warum fangen wir nicht mit Frieda an.

Noch heute, wenn ich einen Zwiebelkuchen sehe, sticht mir Frieda in die Nase; denn wir schliefen am Freitag zusammen; Freitag war Zwiebelkuchentag.

Am Freitag kam ich ins Haus. Da waren die Herrschaften auswärts. Ich mußte den beiden Söhnen Nachhilfestunden geben; sie rechneten in der Schule nicht gern, zuhause hatte immer alles auf dem Tisch gestanden. Ich brachte ihnen bei, daß eine Großmutter lieb ist, aber daß man vor der Orthographie nicht zu ihr flüchten kann.

Wenn ich sie gequält hatte, wenn sie mich gequält hatten, schickte ich sie ins Bett. Der Weg zu Friedas Bett im Dienstmädchenzimmer führte über die Küche. Dort lag ein großes Stück Zwiebelkuchen, der beste, den ich je aß, und der beste, den ich jeden Freitag aß. Mein Mund war bereit für Frieda, denn auch sie roch nach Zwiebeln, obwohl sie ihre Hände mit jenem Putzmittel rieb, mit dem sie den Schüttstein scheuerte. Aber wenn sie warm kriegte, stieg aus ihren Händen der Geruch von Zwiebeln hoch, und sie kriegte nicht nur warm sondern heiß.

Sie war schaffig auch im Bett, nahm das Hackbrett, den Teigroller und den Kartoffelstampfer mit. Sie knetete mich, walkte mich aus und rollte mich zusammen, sie klopfte, streichelte und formte. Nach kürzester Zeit war ich hergerichtet; mit etwas Petersilie garniert, man hätte mich auftragen können. Wenn ich sie am Samstagmorgen verließ, zählte ich meine Knochen; da ich mich bis heute ohne Mühe bewege, muß ich noch alle haben, zumal ich nicht genau weiß, wieviel Knochen man braucht. Falls ich einen bei Frieda vergaß, hat sie ihn bestimmt in eine vorzügliche Sauce getan.

Aber dann war es mit der Freitagsliebe aus, die Söhne fielen durchs Examen; mein Unterricht war nicht mehr erwünscht. Doch habe ich Frieda später noch einmal gesehen. Sie schob einen Kinderwagen, das andere Kind hing ihr an der Schürze, und das dritte spannte ihren Rock. Sie hatte einen Bäcker geheiratet; im Ofen ihres Bauches gediehen ihm knusprige Kinder.

Frieda – das war eine Freitagsliebe. Doch eine Woche hat ja nicht nur einen Freitag, und nicht jeder Wochen-Tag eine Liebe und nicht alle Wochen einen Freitag. Und was für ein Tag es mit Marie war, weiß ich nicht mehr. Ich weiß nur noch wo, und ich weiß, es war kurz.

Es war auf dem Boulevard Raspail. Gegen Abend war's, und ich war jung. Da machte ein Mädchen aus einer Haustür einen Schritt und sagte: »Monsieur.« Ich drehte mich um, auch der hinter mir. Aber das »monsieur« hatte mir gegolten. Gegen Abend war's und sie war jung. Sie nahm mich bei der Hand und führte mich eine Treppe hoch. Auf jeder Etage zündete sie Licht an; als wir oben waren, lagen die unteren Stockwerke wieder im

Dunkel. In ihrem Zimmer stand ein Stuhl, darauf legten wir die Kleider; in ihrem Zimmer stand ein Bett, darauf legten wir uns selbst. Als wir erschöpft nebeneinander lagen, beugte sie sich über mich und sagte »merci«. Ich stand auf und stellte mich vor einen Spiegelscherben und betrachtete den, dem man »merci« gesagt hatte. Da fragte mich Marie, ob ich ihr nicht etwas schenken wolle. Ich langte nach der Hose; als ich die Scheine zählte, lächelte sie. Ich griff in die Hintertasche und zog ein Bündel heraus. Das hatte ich gespart für Bücher, um mich in Dialektik und Absurdität weiterzubilden; ich gab ihr die ungelesene und gesparte Philosophie in die Hand, ein zweites Mal sagte sie »merci«.

Oh Zwiebelkuchen-Frieda und Merci-Marie – und was mit Hilde, einer Hilde aus Tüll und mit Spitzen am Hemd?

Sie besaß eine Luxuswohnung, die stammte aus erster Ehe; sie besaß schränkeweit Kleider, die stammten aus zweiter Ehe; und sie besaß ein Bett, das hatte sie in beide Ehen mitgebracht.

Wenn sie dieses Bett aufschlug, hätte darin eine Mannschaft antreten können. Wenn sie in diesem Bett allein lag, mußte man sie suchen, als sei sie zwischen den Kissen und Decken verlorengegangen, und wir fanden uns.

Wenn ich mich auszog, hängte ich die Jacke an den Bügel, legte das Hemd über die Lehne und strich die Manschetten glatt, ich stellte die Schuhe nebeneinander, als stiege ich nicht in ein Bett, sondern wäre aufgeboten zur Inspektion. Aber selbst eine Feldweibelin wird müde und schwach. Ich hängte mich an ihren Hals, sie nahm mich in ihre Arme und die waren voll Schlaf.

Aber bei einem Kuß biß sie mir ins Ohr und flüsterte hinein: »Du wirst mich verlassen.« Sie verbarg ihr Gesicht, ich fuhr fort, ihr übers Haar zu streicheln; sie hatte mich auf Gedanken gebracht, auf die ich damals von mir aus nie gekommen wäre.

Eines Abends meldete ich mich nicht mehr – grundlos und einfach so. Sie hatte mich am Telefon noch gefragt, was ich essen möchte. Aber ich ließ sie sitzen an einem Tisch mit zwei Gedecken. Ich wußte, sie hatte Kerzen aufgestellt, die schonten ihr alterndes Gesicht und schmeichelten ihrer Figur.

Was für ein Held konnt' ich sein, und schon als Junge. Was habe ich Leni herausgeklingelt. Ich läutete unten an der Haustür, versteckte mich im Gebüsch und wartete, bis sie, meine Leni, auf den Balkon trat. Sie, die zwei Reihen hinter mir in der Schulbank saß, nach der ich mich nicht umdrehen durfte und mit der ich schmuste, ohne sie im Arm zu halten.

Jetzt stand sie oben auf dem Balkon und sah herunter, die Mutter hinter ihr. Wenn die beiden wieder drin waren, schlich ich wieder zur Haustür, klingelte noch einmal und wartete erneut im Versteck. Lenis Haar fiel übers Balkongeländer; ohne was zu hören, wußte ich, daß sie schimpfte. Ihr Schimpfen aber galt mir und gehörte mir ganz allein.

Ich war ein gewagter Hausglocken-Spieler, der gefährlich-gefürchtete Herausklingler im Quartier.

Soll ich jeden Blick aufzählen, den ich warf, und dies gleich doppelt, da ich zwei Augen warf? Und soll ich für jedes Mal einen Strich machen, wenn ich mich umgedreht habe zu jenem Pfiff, der mir doch nicht gelang?

Wie soll ich plötzlich eine Buchhaltung führen, der ich zwischen Soll und Haben nie genau unterschied, zwischen dem, was er haben sollte, und dem, was er zu sollen hatte.

Da wäre auf alle Fälle auch Erika. Sie war blond und schlank und flach. Ich wollte wissen, ob sie Brüste hat, und habe mich ein halbes Jahr vergewissert. Was haben wir in dieser Zeitspanne nicht alles untergebracht. Wo andere Jahrzehnte brauchten und auf eine Dauer-Ehe angewiesen waren, um sich zu ruinieren, haben wir es schon in sechs Monaten geschafft, uns mürbe zu kriegen und uns fertigzumachen. Wir waren eben klug, wir haben aufgepaßt und achtgegeben. Wir sind zueinander in die hintersten Winkel und Ecken gekrochen und haben die empfindlichsten Stellen erforscht. Wir wußten, wo es dem andern am meisten Lust bereitete und wo es ihm am meisten weh tat, und dort, genau dort, haben wir ihn getroffen. Das war nicht immer leicht, auch das Gedächtnis hatte seine Lücken. Aber wenn jeder wunde Punkt eine Wunde war, lagen wir erneut beieinander auf der Suche nach unbekannten Stellen. Wir ließen einander nicht ruhig liegen, wir wollten wissen »an wen hast du gedacht« und »wovon hast du geträumt«. Wir sahen einander in die Augen, weil wir wissen wollten, ob darin jemand anderes Platz hat, und wir hätten einander die Augen genommen und den andern lieber blind gehabt, als ihn einem dritten zu überlassen. Wir warfen uns vor, daß wir uns betrogen. Dabei sind wir tagelang nicht aus dem Bett gekommen, haben das warme Wasser aus dem Hahn über getrocknete Teebeutel in gebrauchten Tassen gegossen und Brote mit ins Bett genommen. Wenn wir beieinanderlagen, hüpften die Brotsamen mit.

Dann aber legte ich einen Köder. Sie holte den Köder, in der Falle saß ich.

Wir hatten den dritten in einer Bar kennengelernt. Ich spottete: »Der wär's.« Sie sagte nur: »Du spinnst.« Wir kamen zuweilen mit wenig Worten aus. Wir nannten ihn Scheck, weil er nach Kaninchen-Art im Haar einen hellen Streifen hatte. Ich vereinbarte ein Rendezvous zu dritt, ging nicht hin und meldete mich erst am andern Morgen. Der Schlüssel steckte von innen. Erika öffnete einen Spalt: »Du wolltest einen Beweis, ich habe ihn geliefert.«

Hätte ich damals eine Register-Arie gesungen, ich hätte ein bißchen tiefer angestimmt, als wäre die Stimme nach dem Stimmbruch noch einmal gebrochen.

Es gab nicht nur ein Register, das ich anlegte, sondern auch eines, in welchem ich es war, der aufgeführt wurde.

Aber hätte ich Rosemarie je in einen Katalog aufnehmen können? Es ging uns beiden dreckig, als wir uns kennenlernten. Da wir nichts zu beißen hatten, bissen wir uns in die Nase und leckten einander das letzte Salz von der Haut.

Bei ihr kam ich unter, sie räumte in ihrer Mansarde für mich einen Haken und schenkte mir einen Kleiderbügel. Aber die Wirtin durfte nicht wissen, daß ich bei Rosemarie hauste. So mußte ich in der Frühe aus dem Zimmer oder warten, bis die Wirtin zum Einkaufen ging. Aber dann plapperte die zuweilen im Treppenhaus, und ich hätte hinaus gemußt in die öffentliche Bedürfnisanstalt, denn die Toilette lag in der Wohnung. So hab ich vom Fensterbrett aus Ziegel begossen und düngte ein Moos, das immer grüner wurde.

Aber dann klopfte sie doch an die Tür, die Zimmervermieterin. Sie behauptete, sie habe Stimmen gehört. Rosemarie sagte, es sei der Papagei gewesen; der konnte nichts bestreiten. Und wenn ich laut wurde, mahnte Rosemarie: »Schrei ruhig, aber mach's in der Tonart eines Papageis.« Er war unser buntgefiederter Retter; aber am Abend hängten wir ihm ein Tuch übern Käfig, sonst sagte er unvermittelt, wenn wir im Bett lagen, »Guten Tag« und fragte uns: »Eine Tasse Kaffee.«

Wir lagen beieinander, ohne daß wir was wollten, außer den Arm des anderen. Wir haben geübt, wie man den Arm hinhält, damit sich ein anderer den Kopf hineinbettet und der eigne Arm nicht einschläft. Was lag ich wach, als müßt ich den Schlaf von Rosemarie hüten. Ich staunte, daß jemand in meinen Armen Ruhe fand, ich wußte, was meine Hände sonst alles taten.

Einmal bin ich aufgewacht in einer von unseren Nächten. Rosemarie hatte ihren Kopf aufs Kissen gelegt, ich hörte sie schluchzen. Da tat ich, als würde ich schlafen und träumen, und wälzte mich im Traum, bis ich an sie stieß und meine Arme um sie schlang. Sie fragte mich am andern Morgen, was mich im Traum bewegt habe, ich sei unruhig gewesen; sie war besorgt, und ich fragte zurück: »Wieso?« und wollte wissen: »Und du?«

Es war uns nicht nur dreckig ergangen, sondern eines Tages auch besser. Aber da lebten wir nicht mehr zusammen, doch riefen wir uns noch an. Rosemarie konnte dies zu jeder Nachtzeit tun. »Bleib am Apparat«, sagte sie. Ich hörte, wie sie Musik andrehte, ein Poltern und ein Stuhlrücken; dann kam sie nach einer Weile an den Apparat und schnaufte erschöpft: »Hast du gehört?« Und wenn ich lachte: »Ja, was denn?«, sagte sie: »Ich habe getanzt.« Da legte ich den Hörer hin, bot meinen Arm der Luft, drehte mich im Kreis und wirbelte durchs Zimmer und stampfte in einem Von-mir-aus-Takt, ging zurück ans Telefon, hörte eine andere Musik und rief in den Hörer: »Und jetzt noch einen Tango!«

Wir hatten einmal verreisen wollen. Die Koffer waren schon

gepackt, und wir stritten bereits um die Routen, die wir mit den Fingern auf der Landkarte abfuhren. Doch sind wir geblieben, aber nicht zusammen. Vielleicht haben wir den falschen Prospekt studiert.

Nein – fürs Register war sie nicht gedacht. Und auch nicht Irene.

Sie, die von Geschäft zu Geschäft ging, um einen dicken Vorhangstoff zu kaufen, der kein Licht durchläßt, damit es am Morgen nie hell wird. Sie, die an meinen Brustwarzen drehte, damit Transistor spielte und horchte, ob die Batterie noch nicht abgelaufen ist. Sie, die die Welt bunt wünschte und mit den Farben bei sich selber begann und in der Küche mit Streichen und Lackieren weiterfuhr. Sie, die den Schnee liebte, denn sie behauptete, er fällt, wenn sich die Engel pudern, um weiß zu werden wie Stuck.

Niemand öffnete wie sie die Tür, lehnte sich zurück und lachte: »Rasch, die Katzen.« Inzwischen sind es drei geworden; zählt man ein Paar Hausschuhe dazu, sind es fünf, denn an ihren Schuhen steht die Wolle wie ein Fell ab, so daß sie auf Katzen zu gehen scheint.

Sie tat immer und tut noch immer, als sei sie mit den Puppen verwandt, die sie aufs Bett setzt und zwischen den Kissen drapiert. Viele meinten, die Verwandtschaft träfe zu, weil ein Puppenmacher an ihr Gesicht gegangen ist; aber ich weiß, ihre Verwandtschaft mit den Puppen ist anderer Art, sie kann wic Puppen Geheimnisse bewahren.

Und sie, die soviel Ruhe bot mit ihrer Liebe, konnte nie stillsitzen – immer lief etwas, die Zunge über die Lippen oder die Finger durch die Ketten. Sie sammelte eine aufziehbare Menagerie, und manchmal ließ sie alle Blechtiere zugleich über den Teppich laufen: der Aff, der trommelte, der Hund, der den Handstand machte, und die Maus, die immer das gleiche Loch in den Käse fraß.

Wir haben gelacht, daß die andern auf uns zeigten und hinter uns tuschelten: »Was haben die?« Wir wußten, was wir hatten, denn wir hatten uns.

Jeder Finger an ihr schien zerbrechlich; so gab sie ihre Hand nicht ohne weiteres hin. Sie machte ihre Finger stark, indem sie sie mit Ringen bestückte. Eines Tages war auch ein Ehering dran, aber es war nicht ich, der ihn angesteckt hatte.

So zerbrechlich ihre Finger waren, diese Finger wollten arbeiten. Aber ihre männlichen Kollegen sagten: »Sei schön, aber schweig.« Sie jedoch wollte schön sein und dennoch mitreden. Sie hatte sich ihr Reißbrett, Lineal und Winkel erkämpft. Die Kollegen meinten, es könne jemand nicht einen klugen Kopf haben, wenn er ihn dazu benutze, Hüte drauf zu tun. Und Irene liebte große Hüte wie die Cloche, mit einer Stoffrose dran, die ihr tief ins Gesicht fiel, so daß sie kaum nach rechts oder links sehen konnte, wenn sie über die Straße ging.

Noch heute können wir einander aufsuchen, ohne vorher anzurufen. Und wenn es zur Unzeit ist, ist es immer noch eine Zeit, um für einen Moment in einer Ecke zu sitzen, und sei es nur zur Bestätigung, daß es den andern noch gibt. Dann schauen wir uns an: Ihr Gesicht ist nicht mehr schmal wie einst, und meine Lenden längst nicht mehr schlank, ihre Brüste nicht mehr spitz, und mir hängt der Bauch nach vorn. Aber wenn wir uns in die Augen sehen, weiß jeder vom andern: da ist einer, mit dem kannst du älter werden.

Wenn schon ein Register, dann bin ich selber eines. Und wenn einer meint, er könne in diesem Register nachschauen, soll er es tun. Wenn er drauskommen will, ist das eine Lebensstellung, dann geht es ihm wie mir.

Als mein eignes Register umfasse ich mehr als 1003 Posten. Schon meine 758 Wichtigtuereien und die 327 Futterkrippen sind mehr als 1003. Aber da ist noch kein einziger Plan mitgerechnet: nicht die 173 angefangenen, weder die 36 erträumten noch die 7 realisierten. Dazu kämen die 83 großen und die 19 kleinen Ambitionen, die 18 Verdächtigungen und die 41 Schliche, dreimal mein Hab und Gut, eine einzige Verzweiflung und gegen 18 000 Erwartungen, ganz abgesehen von all dem usw. und dem usf....

Und all das konnte in 1-em Schoß 1-er Frau Platz finden.

Ein Märchen zu dritt

Es waren einmal drei Menschen, die lebten eine Zeitlang zusammen, in jenem Jahr, in dem es einmal war.

Es war einmal Billbill, der liebte die Kunststücke; er benutzte dafür den Alltag und den Asphalt, so sah man nicht gleich, wenn er stürzte.

Es war einmal Pungin; sie kam aus dem Laoland von einem nicht regulierten Fluß, in dem ein alter Mann saß und die Wellen zählte.

Und es war einmal ein Immuner.

Es waren aber auch einmal zwei Geierlein, das Poltel und das Niesel, die liebten ein besonderes Aas, das tote Glück der andern. Es war einmal Billbill, der kletterte als Kind auf einen Kohlenberg, aber er versank zwischen den Bruchstücken. Der Berg rieselte, die Kokswand gab nach, und der schwarze Staub verschmierte das Gesicht des Kindes, das mit seinen Füßen scharrte. Der Vater hatte zur Strafe oben auf den Berg das Dreirad hingestellt.

Da verkroch sich das Kind im Keller, ließ die Mausefalle aufschnappen, warf der verängstigten Maus den Käse nach und trieb sie unters Holzgestell einem Loch entgegen. Darauf schenkte man ihm ein Schmetterlingsnetz, mit dem es durch die Wiesen rannte.

Als Billbill alt genug war, sollte er einen Beruf erlernen. Da schickten sie ihn noch einmal in die Schule. Das Buch, das ihm der Lehrer zeigte, hatte viel zu viele Seiten. Dann stellten sie ihn an eine Drehbank. Aber die bewegte sich nicht, wenn Billbill darauf trommelte; sie wollte nicht tanzen, und so tänzelte er davon.

Er saß am Straßenrand und kam so unweigerlich in die siebzehn. Da erinnerte er sich an die Mausefalle und an das Schmetterlingsnetz – an etwas, aus dem man jemand befreien, und etwas, womit man jemand einfangen kann, und er beschloß, Photograph zu werden.

Wo die Berufsschule lag, gab es ein Historisches Museum. Billbill hatte den Kontrollgang der Museumswärter genau studiert; er wußte, wann er sich mit den Mädchen zwischen Rüstungen und hinter alten Schränken verstecken konnte, ohne beim Küssen oder Karessieren gestört zu werden, und es gab dafür Bauernstuben, Folterkammern und Ritterverliese.

Billbill lernte in einer dunklen Kammer hantieren. Er badete die Papiere in Schälchen und schüttete das Abrakadabra des Entwicklers dazu, er zauberte mit dem Licht, das Schatten warf und dessen Schatten man weiß und nachher wieder schwarz machen konnte.

Das war damals, als einige Beethoven überrollten und andere bettelten, man möge ihnen die Hand hinhalten.

So rannte Billbill eines Tages wieder herum, mit einer Falle und einem Netz von Kamera. Aber er lief nicht mehr durch die Wiesen, sondern durch die Straßen. Er verkroch sich nicht mehr im Keller, sondern suchte öffentliche Gebäude auf, schaute hinter Bühnen und drang auf Flugplätze vor. Er fing Stars und Verhaftete ein, öffnete das Türchen seiner Falle für Verunglückte und für Geburtstagskinder, für Kandidaten und für Passanten und zwischendurch für Tote und für Selbstmörder und lernte das Gruseln nicht.

Er fand es spinnig, etwas im Kästchen zu haben, auch wenn ihm egal war, was er einfing und ob er es hinterher brauchte, entwickelte, trocknete und aufspießte.

In den Kaffeehäusern legte Billbill seine Kamera auf den Tisch, wie gewisse Damen ihren Pudel ausführen, um leichter mit Herren ins Gespräch zu kommen. Alle Mädchen bewunderten die Pudel-Kamera von Billbill, alle wollten ins Kästchen, um zu erfahren, wie sie ausschauen.

Das sahen die beiden Geierlein, und das Poltel blinzelte dem Niesel zu. Die wächserne Haut auf ihren Schnäbeln glänzte feucht: da roch ein junger Mann nach Glück. Das Poltel setzte zum Flug an, und Billbill rannte hinterher. Er fand ein Geierlein aus Gefiedernähe spinnig. Aber das Geierlein posierte nicht vor seiner Kamera, sondern setzte sich auf seine Schulter und flüsterte ihm etwas ins Ohr. Darauf zogen Billbill und das Geierlein von

Hühnerhof zu Hühnerhof; denn das Geierlein nannte die Mädchen Hühner.

Da Billbill gewöhnlich früh am Morgen wegschlich, sah er nie, daß jedesmal ein Huhn am Boden blieb, rote Flecken an den Stellen, wo die Krallen des Geierleins gesessen hatten. Poltel flatterte herum, und Billbill war mit seinem Sucher hinterher und tat in sein Fallen-Kamera-Netz, was er fand. Manchmal waren es nur Wolken, dafür hielt er sein Kästchen über den Kopf und knipste blindlings.

So kamen die beiden auch dorthin, wo gerade die Imagination die Macht übernehmen wollte.

Billbill kletterte auf Bäume und hängte sich an Laternen. Er ging auf dem Bauch, als die Jungfrau mit der roten Fahne die andern anführte, er nahm für die Massenaufnahmen den weitesten Winkel und fand es spinnig. Wenn es der Weltuntergang gewesen wäre, hätte er davon noch ein Bildchen gehabt, auch wenn niemand mehr da war, um es anzuschauen.

Dort sah ihn der Immune zum ersten Mal. Als Billbill zwischen den Demonstranten verschwunden war, erblickte der Immune an einem Hydranten einen Schlauch; es war wie der ungefiederte Hals eines Geierleins. Aber der Immune und Billbill lernten sich erst kennen, als die Imagination die Macht nicht übernommen hatte.

Billbill machte wieder seine Kunststücke auf dem Asphalt. Wenige hatten mitgekriegt, daß er inzwischen gestürzt war, und denen wich er aus. Er trommelte auf alle Autochassis, um von seinem Knöchel abzulenken, aber der Immune hatte den Knöchel gesehen.

Wenn der Immune warnte, sprang Billbill auf das Brückengeländer und tänzelte auf ihm quer über den Fluß, fiel nicht ins Wasser und hüpfte plötzlich auf die Straße, die Hände noch abgewinkelt in den beiden Taschen. Oder er sprang beim Abschied in die Höhe, kein Salto mortale, ein kerzengerader Auftrieb. Dabei drehte er die Sohlen nach oben, und unter dem teuren Lackleder sah man die Löcher in der Sohle, die mit ihrem Grinsen Billbill und den Immunen ansteckten.

Billbill hüpfte von Moment zu Moment, und dies pausenlos. So wußte er manchmal nicht mehr, wie er den einen Moment mit dem andern verbinden sollte, er blieb nur noch am Boden, um Anlauf zu nehmen, und setzte bei jedem Sprung schon zum nächsten an. Da er all die Momente nicht zusammenbrachte, machte er seine Kapriolen, viele nannten ihn einen Schwindler, aber er hüpfte nur über die Löcher zwischen all den vielen Momenten, von denen es immer mehr gab.

Die beiden hatten sich in einer Kneipe kennengelernt, und sie hatten zusammen beinahe ein Faß geleert. Glas um Glas. Als sie nach Hause torkelten, wußte keiner von beiden, wer wen stützte, sie halfen sich gegenseitig gegen den weißen Wein.

Als sie erwachten, zeigten sie sich, was sie besaßen, und sie verglichen leere Taschen. Beim Immunen war einmal eine Anstellung drin gewesen, aber auch Billbill hatte keine mehr; es hatte bei ihm auch ein langes Auto drin Platz gehabt, und sie suchten noch genauer, aber auch das Kamera-Fallen-Netz war weg, geklaut oder liegengeblieben oder irgendwo in die Falle gegangen.

»Ich habe eine Wohnung«, gestand der Immune, und Billbill meinte: »Immerhin.« Er lief davon und kam mit Kehrichtsäcken zurück, in die er Kleider und Wäsche gestopft hatte; er lief nochmals davon und brachte Schachteln mit Schallplatten. Sie legten eine auf und hörten Schneewittchen zu, wie es erzählte, wer alles in seinem Bettchen geschlafen hatte, all die Soldaten, all die Matrosen.

Es war damals, als wir alle schon längst in einem gelben Unterseeboot durch die Meere fuhren.

»Ich hätte noch einen Kontinent«, gestand der Immune, und beide fragten sich: »Wie kommen wir hin?«

Sie verkauften, was sie nicht besaßen; sie verschacherten, was ihnen nicht gehörte; sie borgten, wofür es keine Bürgen gab, sie bliesen so lange in ihre Schulden, bis die platzten. Dann packten sie ihre Koffer, Billbill trieb ein Mausefallen-Netz auf und nahm eine Kamera mit, und der Immune, ein fahrender Schreiber, nahm die Schreibmaschine in die Hand.

Zum Abschied stellte sich am Flughafen Poltel ein. Es hockte zu den beiden und kicherte. Wenn ein Geierlein kichert, zerspringt irgendwo ein Glas; dem Immunen fiel die Brille zu Boden.

Billbill und der Immune fuhren bis ans Ende der Welt. Sie ließen sich durch den Hafen rudern. Die Meermöwen waren geierleingroß, und als die beiden auf die See hinausschauten, war der Horizont in eine Grube gestürzt.

Es war damals, als ein Doktor jedem Kind Milch versprach und die Revolution vom Wein und nicht vom Blut hätte rot sein sollen.

Sie waren auch in der Stadt der dreihundertfünfzig Kirchen gewesen. Der Immune wollte Billbill eine Stadt schenken, auch wenn sie ihm nicht gehörte. Als sie auf der Terrasse saßen und der Immune auf die Unterstadt und die Bucht zeigte, verschränkte Billbill seine Arme auf dem Tisch und schlief ein.

Der Immune hatte Angst, daß Yemaja, die große Wassermutter, es bemerkte, daher schlich er zum Kathedralen-Platz, wo ein Rasierklingenverkäufer aus zerschnittenen Taschentüchern wieder ganze machte.

Sie fuhren halbe und ganze Tage mit dem Bus, zertraten sich ihre Füße an Orten, wo es mehr Wegweiser als Häuser gab. Billbill versteckte seine Ohren hinter den beiden Muscheln eines Kopfhörers und nickte zu einem andern Rhythmus als zu dem, den der Chauffeur aus dem Motor holte.

Sie fuhren in ein Katastrophengebiet, wo die Dürre den Boden aufgerissen hatte und wo schwere Wolken hingen, aber nicht, um zu regnen. Und die, denen die Sonne alles weggefressen hatte, rotteten sich zu hungernden Meuten zusammen und überfielen die nächsten Ortschaften, wo die Geschäfte auch leer standen.

Die beiden stolperten in die Bordelle und soffen einen Zukkerrohrschnaps, in dem Ameisen schwammen, die am andern Morgen im Kopf erwachten. Billbill war aus dem ersten Bordell davongerannt und dann gleich wieder umgekehrt; wenn die Mädchen lachten, dann war das Lachen größer als die Lücken ihrer Zähne, für welche Kalk und Vitamine fehlten.

Es war damals, als einer sang: Auf dem gleichen Platz, auf der gleichen Bank, ein Jahr danach.

Spinnig war auch, was Billbill träumte. Die beiden aßen beim Frühstück nicht nur Papaya, gebratene Bananen mit Käse drauf, sondern sie nahmen zu sich, was Billbill geträumt hatte. Sein liebster Kumpan war das Kopfkissen, er legte sein Ohr dicht daran, um nicht zu verpassen, was es ihm im Schlaf erzählte. Im Schlaf machte Billbill seine Erfindungen. Ein Bett mit einem Kopfkeil, der von allein hochging beim Erwachen, so daß die Matratze zu einer Rutschbahn wurde, auf der man voran auf seinen Arbeitsplatz glitt, direkt in den Sessel hinein, wo man weiterschlief. Nur wußte er noch nicht, was er mit all den Millionen machen sollte, die ihm die Erfindung einbringen würde.

Sie waren nicht nur im Traum in einer Stadt gewesen, die fauler war als alles, was die beiden je in der Tropensonne zusammengegähnt hatten. Sie hockten am Ufer, neben einem, der Tickets verkaufte und dazwischen auch Lose, und die letzten Tickets nur, wenn man auch ein Los dazu erwarb. Die beiden sahen einem Schiff zu, das nicht recht wußte, wohin die Fahrt gehen sollte und sich dennoch beladen ließ, und es war so träge wie der Fluß selber. Der machte aus Langeweile eine große Schleife und wollte irgend etwas umarmen; es waren aber nur Billbill und der Immune da, und so lagen die beiden am Ende im Arm des Flusses.

Als sie aber ans Ende der Welt kamen, stritten sie sich, und sie gingen dort auseinander, wo die Erde wieder anfing rund zu werden.

Der Immune fuhr allein nordwärts in die Berge. Er nahm den erstbesten Zug und reiste unter lauter Schmugglern. Er konnte sich baum bewegen zwischen den Säcken, Schachteln und Koffern. Vor Wut warf er ein Paar Schuhe, das im Polster versteckt war und das ihn gestört hatte, aus dem Fenster; dann beobachtete er, wie die Schmugglerin alle Polster abklopfte. Es fror ihn fast zu Tode, als sich der Zug auf die dreitausend Meter hinaufquälte und in der frühen Sonne ein Lama den Hang hinunterlief; der Immune sah in den Morgenhimmel, es gab kein Geierlein und keinen Kondor.

Billbill aber flog allein zurück. Als er in die Zoom-Zoom-Bar kam, fragten ihn alle, wie es gewesen sei. Er hatte bei den ersten Sätzen Tränen in den Augen. Dann ließ er die weißesten Mäuse aus der Fallen-Kamera, er zeigte vor, was ihm alles ins Netz gegangen war, und auch das, was ihm ins Netz hätte gehen können.

Auf dem Nebenhocker saß zum Empfang ein Geierlein. Nicht das Poltel, sondern das Niesel. Es saß da, knabberte und lächelte still vor sich hin.

Es war aber auch einmal Pungin.

Sie kam aus dem Laoland, das war im Jahr des Schweines in der vierten Dekade, als der Mond zum Hund überging.

Als Billbill Pungin kennenlernte, erzählte sie ihm, bei ihr zuhause gebe es weiße Elefanten. Er, dessen Augen noch feucht waren, mußte lachen. Die Mädchen hatten ihm schon manchen Bären aufgebunden, noch nie aber einen weißen Elefanten, und er fragte sie, ob es auch gestreifte Elefanten gäbe, Zebras mit Rüssel.

Billbill nahm Pungin auf sein Zimmer mit, das er sich für zwei Wochen gepumpt hatte. Da war nur eine Matratze drin, sie setzten sich drauf, schauten sich an und zogen sich aus. Da sie keine Decke hatten, mußten sie sich die ganze Nacht mit sich selber zudecken.

Billbill und Pungin sprachen ein Turteltauben-Englisch.

Aber sie konnten nicht nur plaudern und quatschen und sich lieben und sich beschlafen, sie mußten auch etwas essen. So nahm Billbill seine Kamera und zog einmal mehr mit seinem Fallen-Netz aus. Er sagte seiner Pungin, sie solle warten, er tue die Welt in sein Kästchen und sei um vier wieder zurück.

Pungin wartete auf einer Bank, gewohnt zu warten, und wartete froh. Über ihr im Baum aber hockten die beiden Geierlein.

Denn es waren einmal die beiden Geierlein, Poltel und Niesel. Das Niesel war aus der Moldau gekommen. Das war so traurig, daß es für beide reichte. Das andere Geierlein trug gewöhnlich den Hintern so voll, daß für zwei genug da war. So hatten die beiden Geierlein Freundschaft geschlossen; das eine war für beide melancholisch, und das andere legte für beide die Häufchen.

Als Billbill zurückkehrte, zeigte er seiner Pungin, was er im Kästchen hatte. Aber niemand kaufte ihnen die Welt ab. Da nahm Pungin Billbill an der Hand und führte ihn zu ihrem Überseekoffer. Sie holte von der Halskette einen Schlüssel und öffnete das Schloß; dann suchte sie zuunterst und zog ein schmales Bündel hervor; sie wickelte eine Zeitung um die andere frei, darin lag das Flugbillet, ihr Rückfahrschein, den hatte sie bis jetzt behalten, um ins Laoland zurückzukehren, aber nun ging sie auf ein Reisebüro; die wollten den Schein nicht zurücknehmen, aber dann kauften sie ihn doch für die Hälfte seines Wertes.

Es war damals, als auch der Immune zurückkehrte. Er hatte seine Fahrten im Autobus hinter sich und war Tal um Tal durchs Gebirge gefahren; er hatte sich jeweils nicht erkundigt, wohin geht der Bus, sondern nur, wann fährt der nächste.

Als Billbill und der Immune sich trafen und als sie ausholen wollten zum Streit und zu Vorwürfen, mußten beide lachen. Es war einfach spinnig gewesen. Sie kehrten wieder ihre Taschen um und verglichen, was drin war.

Billbill sagte, in meinem Kästchen habe ich die Welt, aber was fang ich damit an? Der Immune meinte, wie wäre es, wenn ich einen Vers dazu schreibe? Davon lebten die drei. Als der Immune sagte, ich habe immer noch meine Wohnung, lief Billbill davon und brachte Kehrichtsäcke und Schachteln voll Schallplatten. Dann lief er nochmals davon, läutete unten an der Haustür wie ein Feuerwehrmann und zeigte auf einen Überseekoffer, darin waren lauter Mädchensachen und zuoberst Schuhe, von denen der Immune wissen wollte, ob es zu dieser Größe lebende Füße gibt. Dann lief Billbill ein drittes Mal davon und brachte seine Pungin mit.

Und Pungin brachte ihr Haar mit. Es war an einem Scheitel aufgehängt, sonst wäre es längst mit dem Wind davongeflogen. Sie konnte es binden, dann stand es aufrecht wie eine Antenne; sie wickelte nach dem Bad ihr Haar in einen Knäuel, und der Immune fragte sich, wo sie all das Haar hingepackt hatte. Aber dann war das Haar wieder da; sie ließ es flattern; es hing ihr über Schultern und Brüste, dann steckte sie ihr Haar in die Bluse, und es schob sich um ihren Hals wie ein Schal.

Als der Immune Pungin auf die Haare küßte, zuckte Pungin; er wußte nicht, daß bei denen aus dem Laoland die Seele in den Haaren mitwächst.

Billbill kaufte zum ersten Mal in seinem Leben ein Möbelstück, ein Bett. Als er es in der Mansarde zusammensetzte, fragte Pungin, wo der Süden sei. Billbill steckte den Finger aus dem Fenster, den er angefeuchtet hatte, und zeigte auf den Kirchturm. Pungin wollte nicht das Kopfende gegen Süden stellen, denn so bettet man im Laoland die Toten, sondern sie wollte mit Billbill gen Osten schlafen, wie es den Lebenden und Liebenden zusteht.

Und Pungin nahm ein Blatt und begann zu rechnen mit dem Geburtstag von Billbill. Sie zeichnete Koordinaten, setzte Punkte ein und darunter die für das Glück, dann zog sie Linien, und es waren Wellen. Er hängte das Blatt an den Türpfosten; wenn er morgens wegging, warf er noch vorher einen Blick darauf und fuhr mit der Hand in der Luft nach oben oder nach unten, je nachdem wie die Kurve zu lesen war.

Neben das Bett stellte Pungin auf eine Kiste das Photo ihrer Eltern. Sie hatte dafür einen silbernen Rahmen gekauft. Denn als sie aus dem Dorf weggezogen war, hatte sie die Familie bis an den Bus begleitet, und der Vater hatte zum zehnten Mal gesagt, sie solle beim achten Stopp umsteigen. Draußen vor dem Busfenster hatten alle Brüder und Schwestern gestanden und dahinter die Vettern und Cousinen; der Vater hatte auf alle gezeigt und gesagt, sie solle sie nicht vergessen.

Neben die Photos stellte Pungin eine Tube mit Tigerbalsam für den Fall, daß man krank würde. Dann begann sie zu wohnen.

Es war einmal, da lebten drei Menschen zusammen.

Sie gingen zu dritt auf den Markt. Pungin kaufte nicht nur frische Hühner, sondern erkundigte sich auch nach Hahnenkämmen; der Verkäufer sah sie erschrocken an. Aber beim nächsten Mal hatte der Verkäufer die Kämme in ein Papier gewickelt und streckte das Paket schon von weitem Pungin entgegen. Zuhause hackte sie die Hahnenkämme ganz fein, tat sie in eine Sauce von flüssigem Pfeffer, setzte sie den beiden Männern vor; als die reden wollten, züngelten Flammen aus ihren Mündern.

Eines Abends brachte Billbill einen Käfig nach Hause, darin saßen zwei Birdy-Birdy. Sie streuten den Vögeln zu dritt Körner, schütteten ihnen Wasser nach und warteten, bis sie sangen. Billbill begann den Käfig zu schaukeln, aber sie zwitscherten auch so nicht. Doch eines Morgens waren sie laut und vollführten ein Schnäbelchen-Spektakel und waren zuhause, so daß man sie flattern lassen konnte.

Eines Abends brachte Billbill einen Ring nach Hause. Er hatte ihn in einem Trödlerladen entdeckt. Es war ein Ring mit einem weißen Elefanten. Billbill hatte nachgeprüft: der Elefant war so klein, daß er die Finger von Pungin nicht zertrampeln konnte.

Und eines Tages schenkte Billbill Pungin eine Nähmaschine. Pungin nähte als erstes Vorhänge mit großen Rüschen dran. Dann begann sie Stoffreste zu kaufen; aus Zeitungspapier machte sie Schnittmuster; sie nähte Blusen und Hosen, die machten ihre Brüste noch gespannter und ihre Schenkel noch klarer.

Es war einmal, da hatte jeder seine Maschine und sein Apparätchen.

Billbill zog am Morgen aus mit seinem Kamera-Fallen-Netz, um Momente zu haschen. Er sagte, er werde eine Firma gründen, die »Licht und Schatten AG«, und in der ganzen Welt Filialen auftun.

Der Immune spielte mit seiner Schreibmaschine und zog auf dem leeren Papier Linie um Linie.

Pungin aber ließ die Nähmaschine summen.

Vor dem Summen der Nähmaschine hatten die Geierlein

Angst. Denn sie fürchteten alles, was zusammenfügt und nicht trennt, und bei jeder neuen Naht, die ihnen zu Gesicht kam, schrien sie auf. Solange Pungins Nadel durch die Stoffe lief, wagten sie sich nicht in die Nähe.

Als der Immune eines Abends auf den Balkon ging, lehnte Billbill verlegen am Geländer. Er spielte unauffällig mit einem Stück Brot. Er hatte eines der Geierlein gefüttert, und der Immune sah eine Schwinge hinter dem Kirchturm verschwinden.

Pungin aber sang zu ihrer Nadel. Sie sang ein Kap-he-rüo. Der Immune hätte gern in aller Stille gelauscht. Aber sie hätte vor Scham aufgehört. So mußte der Immune auf seiner Maschine klappern und den Gesang stören, den er hören wollte, und manchmal hämmerte er auf die gleiche Stelle am Ende einer Seite, bis Pungin mit ihrem Lied zu Ende war.

Einmal fragte er sie doch, was sie singe. Es sei ein Ruderlied, sagte sie, ein Arbeitslied, es bräuchte eigentlich einen Vorsänger dazu und einen Chor. Sie entschuldigte sich, aber der Immune bat sie, nochmals zu singen; sie sagte, sie könne nur singen, wenn Billbill dabei sei. An jenem Abend setzte Billbill sich neben sie, und sie sang.

Es war an jenem Abend, als er einen großen Fisch nach Hause brachte und an die Decke hängte. Die Schuppen waren aus Bambusplättchen, und er schwamm im Luftzug, der durch Tür und Fenster kam. Als Pungin klatschte, zitterte der Fisch, er spürte, daß auch sie aus dem Laoland kam.

Pungin sang ihre Preislieder auf den Beischlaf und zum Lob der Papageien. Als der Immune wissen wollte, ob es im Laoland auch Geierlein gibt, nickte Pungin, aber sie erzählte vom Yong-Vogel.

Einmal erzählte sie von einem Dichter aus dem Laoland, der hatte vor unendlich langer Zeit gelebt, im letzten Jahrhundert. Der hätte schön gedichtet, sich aber schlecht benommen, denn er hatte sich an die Frauen am Hof herangemacht. Daher verurteilte ihn der König zu vierhundertachtzig Schlägen, doch begnadigte er ihn wegen seiner Verse zur Hälfte; der Dichter starb beim hundertsiebzigsten Schlag mit dem Sandholzknüppel. Das erzählte Pungin damals, als einige im Chor sangen: Sagt uns, wo unsere Freunde sind.

Der Immune meinte, man müßte die Wohnung verschönern. Er kaufte Farbe und Pinsel. Aber Billbill zog seinen heikelsten Anzug an und ging in die Zoom-Zoom-Bar. An jenem Abend hauten sie sich eine runter, sie boxten sich in die Achseln und ins Gesicht und würgten einander. Der Immune ging weg und soff herum, bis es ihm aus den Augen lief, er erfuhr, man habe Billbill am Nachmittag mit einem der Geierlein gesehen.

Pungin nähte weiter. Ihre Nadel lief durch alle Baumwollblumen. Sie nähte einen Mantel. Man hatte ihren in einem Restaurant gestohlen. Aber sie hatte nicht zur Polizei gehen können, denn Pungin hatte keine Erlaubnis, um zu wohnen und zu arbeiten. So mußte Billbill sein Liebstes vor der Polizei verstekken, und der Immune half ihm dabei.

Manchmal kam ein anderes Mädchen aus dem Laoland; die war verheiratet, durfte arbeiten und wusch hinter einer Theke ab. Die beiden machten sich ans Kochen, sie zwitscherten mit ihrer Wurzelsprache in allen Tonlagen; man konnte nicht feststellen, ob es aus den Töpfen brodelte oder aus ihren Mündern. Sie füllten Schüsselchen und Schälchen und brauchten dafür einen dritten Stuhl; sie riefen dem Immunen, ob er nicht probieren wolle. Dann aber aß Pungin wieder allein in der Küche, über ein blaues Schulheft gebeugt, sie buchstabierte nach, was sie im Buch las, und flüsterte vor sich hin: »Was kostet ein Gepäckträger?« und sang die Konjugation eines Kap-he-rüo: »Ich bin, du bist, er ist, wir sind.«

Es gab damals eine Badewanne, die stand auf vier Löwentatzen. Sie war so groß, daß zwei darin baden konnten; man konnte darin nicht nur baden, sondern sich aufhalten, und Billbill und Pungin hielten sich darin auf. Dann konnte Pungin mit ihren Händen Wellen schaufeln und Billbill auffordern, er solle sie zählen. Wenn er eine hatte, rief sie: dahinter ist eine andere, und hatte er sich gedreht, da hatte sie vor ihm schon wieder eine neue gemacht.

Als der Winter kam, gingen sie zu dritt auf einen Hügel, um den Schnee anzuschauen. Pungin schrieb einen langen Brief nach Hause und erklärte denen im Laoland, was Schnee ist: weiß wie Lotus, aber er könne schmutzig werden; er könne schwimmen, aber nur kurz, dann gehe er unter; er decke alles zu, aber die Decke gebe nicht warm; man könne aus dem Schnee Kugeln formen und sie einander anwerfen, er sei aber nicht wie ein Schwamm; sie erzählte, daß hier auf dem Berg ein alter Mann sitzt, der nicht Wellen, sondern Flocken zählt.

Das war damals, als es einmal war.

Eines Tages aber trugen die Geierlein Billbill fort. Der Immune erschrak, als er Billbill zwischen soviel Flügeln am Himmel hinter Fernsehantennen verschwinden sah; er hatte Angst, Billbill würde stürzen. Aber die Geierlein hatten ihm jedes Gewicht genommen.

Damit zog auch Pungin weg. Billbill schickte sie für die letzten Schachteln und Säcke und wartete in der Zoom-Zoom-Bar. Der Immune half Pungin, die Sachen die Treppe hinunterzutragen. Ihr weißer Elefant hatte sich in ihrem Gürtel verfangen.

Mit den beiden gingen auch die beiden Birdy-Birdy in ihrem Koffer von Käfig, der Girlandenfisch flog davon und ließ seinen Haken zurück.

»Wenigstens haben wir gelacht«, hatte Billbill beim letzten Mal gesagt. Es traf zu, sie hatten gelacht, alle drei, am hellsten von ihnen Pungin.

Nun kragelten die Geierlein ihre schrumpfligen Hälse, schlugen mit den Schwingen um sich und konnten sich im Moment nicht erheben vom Boden, denn sie waren zu schwer, sie hatten sich am toten Glück von dreien vollgefressen. Das Niesel hatte seine melancholischen Augen nachgefüllt, das Poltel hatte seinen Hintern übervoll, beide warteten seine Verdauung ab.

Auch der Immune lachte; das fiel ihm auf, wenn er es allein mitten auf der Straße tat.

Es war einmal, und das war damals.

Eines Tages ging der Immune ans Telefon, er hörte ein Rauschen, als hätten sich Schwingen in den Drähten verfangen, dann hörte er ein Summen, und Pungin fragte ihn: »Wie geht es dir?« Das war damals, als der Mond ins Haus des Hundes überwechselte.

Es war einmal ein zweites Mal, und alle waren da, die nicht gestorben waren, Billbill, Pungin und der Immune und auch die beiden Geierlein.

Da er erst noch selber von sich sagte, er sei ein Intellektueller, wurde immer wieder der Verdacht ausgesprochen, es mangle ihm an Empfindungen.

Natürlich hatte er dem Vorschub geleistet, indem er die zeitgemäße Sprache des Zynismus beherrschte. Nun waren allzulange allzuviele gute Worte in allzuvielen falschen Mündern gewesen.

Er war in dem Maß ein Intellektueller, als er mit seinen Empfindungen umzugehen hatte, mit den eigenen und mit denen der anderen. Er hatte sich immer wieder wegen seiner Empfindungen ausgesetzt und hätte ohne den Intellekt nicht zurückgefunden. Sein Intellekt hatte sich gerade im Disput mit seinen Empfindungen geschult.

Diese wären ohne den Intellekt verloren gewesen. Hätten sie nur an einem einzigen Tag all das, was sie an Absurditäten vernahmen, voll und ganz mitempfinden wollen, es wäre nicht mehr möglich gewesen, das Wasser für den Tee aufzusetzen; es wäre schon gar nicht Kraft übriggeblieben für die Empörung über das, was am nächsten Tag geschah.

Also mußte der Intellekt für eine Art der Immunisierung sorgen, die nicht stumpf machte, die aber für den Moment die Hände frei ließ, um überhaupt agieren zu können; das wiederum war nur möglich, indem er aussonderte und speicherte, um im gegebenen Moment nicht mit leeren Händen dazustehen.

Es waren ja nicht die Ereignisse, die sich in unmittelbarer Nähe und vor dem eigenen Gesicht abspielten, welche das Problem bildeten. Sondern es waren die anonymen Toten, die der Massengräber, die Opfer der Katastrophen und Kriege, die gewöhnlich als runde Zahl in den Nachrichten vorkamen, wo man für news nicht auf einen einzelnen Rücksicht nahm.

Aber diese Empfindungen konnten bei zweihunderttausend nicht heftiger reagieren als bei fünfzigtausend. So übten die Empfindungen in ihrer Empörung bereits Verrat, da ihr Vorstellungsvermögen nicht den Ereignissen entsprach. Es war der Intellekt, der den Empfindungen aus diesem Dilemma heraushalf. Das Herz war ein Analphabet, es mußte beim Intellekt in die Schule.

Wegen der Anschaulichkeit demonstrierte dieser an einem Einzelfall, ließ es aber nicht bei diesem Fall bleiben und multiplizierte ihn auch nicht einfach, weil diese Empfindungen doch nur schwer rechnen konnten, sondern er mußte diesen Empfindungen zeigen, daß hinter dem, was geschah, ein System stecken konnte, daß es Gründe dafür gab, weshalb es zu solchen Ereignissen kommen konnte. Indem er davon sprach, daß vieles vermeidbar wäre, konnte er seinen Empfindungen Hoffnung machen, eines Tages das Unrecht so reduziert zu sehen, daß es mindestens wieder faßbar wurde.

Er hatte dafür zu lernen, mit seinen Augen umzugehen. Er brauchte ihre Naivität und setzte sie bei seiner Erfahrung als methodische Unschuld ein. Zugleich liebte er an den Augen die Augenlider, und nicht nur, weil sie der Schamlosigkeit der Augen zu Scham verhalfen. Und er, der auch eine Gute-Nacht-Geschichte erzählte, fragte sich, weshalb den Toten die Augen offenstehen: ob aus Schreck oder Überraschung vor dem, was sie erwartet, ob aus Neugierde und mit Offenheit für das, was ihnen während eines Lebens nicht vors Gesicht gekommen ist.

Der gebrochene Blick

Die Augen freuten sich, bis ihnen der Blick gebrochen wurde. Der Immune stand auf einem Belvedere und sah auf Lissabon.

Der Blick stürzte über eine Mauerrampe, hielt sich am Abhang fest, an Gebüschen, Kakteen und Ziegeln, sie gaben den Blick weiter, von First zu First, über Terrassen und Balkone, über abgestufte Gärten und Plätze: Block um Block glitt der Blick über die Unterstadt zu Kuppeln und Türmen, den Hügel hinauf zur Kirchenruine von Carmo, eine Erinnerung an das Erdbeben, nach dem die Stadt rechnet. Eine Katastrophen-Datierung.

Der Blick richtet sich gegen den Fluß. Darauf ein paar Boote, treibend und fast ziellos, rostbraune Segel, ein Dampfer zog seine Kurve gegen die Docks und die Quais, am Horizont der angedeutete Übergang vom Fluß zum Strohmeer. Dann suchte der Blick von neuem die Dächer ab. Der Immune war in der Nacht aufgeschreckt, ein Hahn hatte ihn geweckt. Er hatte zunächst gemeint, der Hahn krähte im Traum. Aber als er im Bett wachlag, hörte er erneut den Schrei; ein andrer Hahn antwortete, mitten in der Stadt, nun suchten die Augen nach einem Ort, wo sich ein Hahn aufhalten könnte.

Die Augen freuten sich; sie hatten sich den ganzen Morgen schon hingegeben und hatten aufgenommen. Sie hatten sich an der »estufa fria« erfreut, einem gedeckten Garten, unter einem Gitterwerk zitternde Schatten, tropen-wuchernd und farrenfacettiert, ein Mobile von dunklem Grün, Kaskaden, Brücken zur Zier, bemooster Fels und Grotten-Geflüster.

Die Augen waren den Fisch-Verkäuferinnen gefolgt; eine war barfuß, ein untersetzter Körper, drall und wippend, in kurzem Rock, die Schürzen hochgezogen, ein farbiges Tuch im Nacken. Im Flachkorb auf dem Kopf trugen sie die glitschige Last; ihnen voraus ging ein Schreien, mit dem sie die Ware anpriesen, und ihnen folgte der Geruch von frischem Aal und Schollen.

Die Augen hatten in den Silbergeschäften verweilt, in den Auslagen gegossene Schnörkel und ein matter Glanz. Ein Triumphbogen, zwischen Hausmauern gedrängt, der Durchblick auf einen Platz. Zwei Tauben hatten sich auf die Posaune eines Engels gesetzt, der sich am Sockel des Monuments festhielt.

Die Augen hatten sich im Alfama-Viertel an den winkligen Gassen ergötzt; sie hatten den Immunen verleitet, über Treppen zu steigen und in Hinterhöfe einzudringen. Hauseingänge, in denen Wein gezapft wurde, an den Mauern Bündel von Stockfisch, Krustengebilde aus Salz, das der Luft die Fadheit nahm. Die Augen hatten mit der Wäsche gespielt, welche an Leinen über den Gassen hing, in einer Ecke ein mannhoher Geranium.

Der Immune war zum Kastell São Jorge hinaufgestiegen. Er hatte haltgemacht auf einem Miradouro, blaue Kacheln. Der Fluß hatte mit dem Aufstieg an Länge und Breite gewonnen. Die Augen hatten sich ausgeruht. Der Immune war höher gestiegen, über einen Graben und durch ein Tor, hinter die Festungsmauer auf einen Platz. Kindermädchen, ein paar Soldaten-Urlauber. Ein weißer Pfau schlug das Rad.

Er lehnte an das Mäuerchen und sah auf Lissabon; er beschloß, hier glücklich zu sein. Am Abend zuvor war er angekommen. Er war nach der Ankunft mit der Fähre ans andere Ufer gefahren, um gleich zurückzukehren; er wollte zweimal ankommen. Zwischen Koffern, Einkaufstaschen, Aktenmappen erstand die Silhouette von Lissabon, die Praça do Commercio, die Wandelhallen und Arkaden, in der Mitte zu Pferd ein König aus Bronze.

Es war nichts Großes geschehen. Er hatte sich in einer Schenke an die Theke gestellt und weißen Wein verlangt; dazu hatte er einen flachen Stein gekriegt, um die Muscheln darauf auszuklopfen. Der Wirt hatte für ihn eine Nadel aus dem Hemd geholt, um die Schnecken aus dem Gehäuse zu ziehen. Der Immune war hinterher im Boulevard-Café gesessen; er war die Rua Garrett hinaufgeschlendert und in einem Viertel flaniert, wo durch offne Türen zuweilen Gesang und Gitarrenbegleitung zu hören war.

Nun stand er auf dem Kastell São Jorge, vor Kacheln, in welche die Topographie der Stadt eingezeichnet und eingebrannt war; er fuhr mit dem Finger eine Linie ab, als einer neben ihm fragte: »Was suchen Sie?«

Der Immune erblickte einen jungen Mann, der in der Hand ein paar Hefte und Bücher hielt, mit einem Gürtel zusammengebunden, und der Immune sagte »schön, sehr schön« und zeigte auf Lissabon.

Da zeigte der Fremde auf die Kacheln und blieb mit dem ausgestreckten Finger stehen: »Es ist hier. Ich nehme an, Sie suchen den Hauptsitz der Staatspolizei?« Unvermittelt drehte sich der junge Mann um, aber niemand stand hinter ihm. Ein Wächter spießte Abfall auf einen Stecken; der weiße Pfau trieb seine Frauen über den Rasen. Der Fremde lächelte und drehte den Kopf wieder zum Immunen, dann verschwand er.

Der Blick suchte, als gelte es einen Punkt in der Unterstadt zu finden. Er orientierte sich an den großen Gebäuden; er irrte über die Dächer und Terrassen; er versuchte in die Schatten einzudringen, die mit ihren dicken Strichen die Straßenzüge anzeigten. Dann floh er zum Fluß, ihm entlang über alle Boote hinweg und an einem Dampfer vorbei, sprang ans andere Ufer und über das Kreuz zurück und zum gegenüberliegenden Hügel mit der Kirchenruine; aber die Katastrophe, die er suchte, besaß kein Mahnmal.

Die Augen waren aufgescheucht worden. Es herrschte in der »estufa fria« nicht mehr die Kühle eines schattigen Gitterwerks, das über den Tropenpflanzen zitterte. Die Feuchtigkeit, die sich über dem bewachsenen Stein ausbreitete, wuchs an der Wand einer Zelle hoch und rührte von den Gezeiten her, die den Gefängnisraum bei Flut anfüllten, so daß der Insasse auch bei Ebbe nur auf einer nassen Pritsche sitzen kann.

Die Fischweiber suchten nicht mehr länger in keifender Konkurrenz Abnehmer für ihre Ware auf dem Kopf; sie schrien keine Fische und Preise aus, sondern es war ein Lamento über eingesperrte Männer, und sie schoben sich mit ihrem Körper durch den Verkehr, der Speisung portugiesischer Mäuler entgegen.

Im ziegelroten Wirrwarr des Alfama-Viertels gaben die Wäschestücke ihre Buntheit auf und zeigten ihre zerfetzten Ränder und Flicken.

Die Arabesken auf der Freiheits-Avenida wandelten sich von einem kapriziösen Ornament zu einer Geheimschrift, die auf der Straße eine illegale Mosaik-Nachricht durchgab, sichtbare Klopfzeichen von einer schwarzweißen Musterung. Und die beiden Tauben auf dem Denkmal waren davongeflogen, weil der Engel in die Posaune gestoßen hatte.

Die Augen wehrten sich; sie wollten nicht nur die Schönheit Lissabons sehen, sondern auch die des ganzen Landes. Sie wollten auf den Hügelkuppen die Windmühlen sehen, nicht aufgespießte Vögel, deren gestutzte Flügel sich im Winde drehen. Sie hatten sich auf die Karren gefreut, die am Abend mit den Rinden der Korkeiche beladen wurden. Sie wollten der Sonne entgegenblinzeln, aber einer Sonne ohne Arbeitszeit, nicht jener, welche mit ihrem Aufgehen die Landarbeiter an die Arbeit schickt und sie erst mit ihrem Untergehen wieder entläßt.

Die Augen hatten in Kreuzgängen und auf Portalen die Ornamente entziffern wollen; sie hatten die in Stein gehauenen Affen bewundern wollen und ziseliertes Takelwerk mit Anker, Tau und Boje, gemeißelte Korallenbäume, Seesterne, Algen und geknotete Säulen. Und die Pinienwälder? fragten die Augen. Und die Weinfässer auf den rabelos-Kähnen? Und die Ochsen mit den Lyra-Hörnern, zwischen denen keine Saiten gespannt sind? Die durchbrochenen Kamine im Süden? Und all die Fayencen? Die roten Felsen und der weiße Strand dazwischen? Sie wollten den Booten zuschauen, die nach der Mondsichel geformt sind, das Fischnetz sehen, das in einer Girlande um die Schultern der Männer hing; aber an diesen Schultern hingen auch Arme und daran waren Hände, die kaum etwas erhielten vom Fang.

Die Augen verloren; sie sahen sich um, soweit sie konnten, ihr Blick wurde aussichtslos. Der Immune war seinen Augen erlegen. Da sperrte er die Augen hinter die Lider und ließ sie in jenem Dunkel, das sich auch in den Gefängnissen findet. Er entdeckte einen, von dem er nicht wußte, wie er hieß und woher er kam, er hatte ihm nie ins Gesicht geschaut und seine Hand nicht gedrückt, er kannte ihn auch nicht von einem Photo her, er hatte keine Ahnung, wer zu Hause auf ihn wartete und ob überhaupt jemand wartete. Es gab ihn, diesen Gefangenen, ohne Alter, Geschlecht und namenlos, und dieser Anonyme war sein Nächster geworden.

Er öffnete die Augen wieder. Da war ihr Blick mehrfach gebrochen. Lissabon lag hinter Gittern.

Ein Standpunkt

»Sind Sie zufrieden mit dem, was Sie gesehen haben?«

Der Immune blickte auf die Karibische See; langsam wandte er sich vom Fenster und bestätigte dem andern, der im Fauteuil saß: »Sie waren ein vorzüglicher Begleiter und Betreuer.«

»Die augenblickliche Situation in Kuba erlaubt es nicht, daß Ausländer allein reisen. Wir hoffen, die drei Wochen haben Ihnen gefallen. Auch die Unterkunft. Wie hier im einstigen Hilton, im heutigen ›Habana Libre‹. Die Aussicht ist großartig, nicht wahr? Sie mußten allerdings oft auf das Essen warten. Aber der Boykott durch die imperialistischen USA bringt Versorgungsschwierigkeiten mit sich – temporär.«

»Es ist mir bewußt, daß ich als Ausländer eine Vorzugsbehandlung genoß. Zudem bot das Warten den Vorteil, Kontakte aufzunehmen.«

»Oder in Schwierigkeiten zu kommen. Mit deutschen Genossen, glaube ich. Mit denen aus Frankfurt oder so.«

»Das kann kaum der Rede wert sein.«

»Sie haben in deren Gegenwart Errungenschaften der sozialistischen Revolution Kubas in Frage gestellt.«

»So hat man das rapportiert! Jetzt verstehe ich endlich, weshalb wir dieses Gespräch führen. Ich wunderte mich schon, als Sie mir vorschlugen, ob man nicht in mein Zimmer gehen könne, man rede hier ungenierter.«

»Es gibt die Resozialisierung in Kuba.«

»Daran zweifle ich gar nicht. Es ist schon komisch, was für eine Bedeutung diese Geschichte erlangt. Ich fand sie einfach lustig.«

»Nur lustig?«

»Doch, lustig ist sie schon. Bei meinem Bummel durch die Altstadt von Habana sah ich die erleuchtete Bar. Ich dachte, da gibt es etwas zu trinken ...«

»Sie vermissen die Konsumgesellschaft?«

»Keineswegs. Aber Durst hatte ich trotzdem. Doch kann ich Ihnen nicht zur Rationierung gratulieren wie andere aus Westeuropa, weil die damit schon die Überwindung der Konsumgesellschaft feiern.«

»Wie heißt die Bar?«

»Das spielt keine Rolle. Ich weiß auch den Namen gar nicht mehr. Der Mann hinter der Theke sagte mir jedenfalls, er habe Rum. Nicht in der Bar, sondern zu Hause. Dort könne man in Gesellschaft von Frauen trinken. Da war mir klar, worum es ging. Lachen mußte ich, als er sagte, er wolle kein Geld, sondern Ware. Dabei sah er auf meine Hosen. Ich stellte mir vor, wie ich ohne Hosen ins Hotel zurückkehre.«

»Das ist rein anekdotisch. Eine belanglose Geschichte.«

»Als das war sie auch gemeint. Interessant wurde sie erst dadurch, wie die andern darauf reagierten. Die Studentin – ich nehme an, es ist eine Studentin, von der Sie reden –, sie sah mich kurz an und sagte: ›Was Sie erzählen, ist nicht wahr.‹ Da war ich schon verdutzt. Sie fuhr fort: ›Es gibt in Kuba keine Prostitution mehr.‹ Dann blätterte sie in den Notizen, sie hat sich besonders für die Situation der Frau interessiert, und dann nannte sie Zahlen.«

»Die stimmen. Kuba ist nicht mehr das Bordell der USA.«

»Es geht auch gar nicht darum. Ich habe seit dem Augenblick jedenfalls vermehrt denen zugeschaut, die sich in Kuba umsahen. Schon aus methodischen Gründen.«

»Was störte Sie an ihnen?«

»Stören? Ich wunderte mich einfach darüber, wie sie vorgingen. Am Morgen mit Unterlagen aus dem Hotel in den Wagen, den die Regierung zur Verfügung stellte, dann in Ministerien und zu Komitees. Zum Mittagessen zurück mit neuen Unterlagen. Lektüre, Randstriche, Vergleichen der Notizen, dazwischen Spanisch büffeln, dann wieder los zur Beschaffung neuer Unterlagen.«

»Das ist doch alles sehr gewissenhaft. Wir staunten auch.«

»Vielleicht haben Sie recht – die einen Völker machen die Revolution, und die andern halten ein Seminar darüber. Amüsiert hat es mich jedenfalls, als man sie aufforderte, einen halben Tag Zuckerrohr zu schneiden. Dafür waren sie weniger zu haben – das sei verlorene Zeit. Für Kuba sicher nicht. Geben Sie acht, die Genossen, von denen wir reden, die sind auf dem Sprung und erklären Ihnen schlüssig, wie man eine Revolution durchführt. Da sie selber nie eine machten, hatten sie Zeit, darüber nachzudenken, mit summa cum laude.«

»Aber diese Genossen sind von Kuba begeistert.«

»Von Kuba oder von den eigenen Vorstellungen? Wie dem auch sei. Hoffen wir, daß die Begeisterung anhält. Ich selber bin im Umgang mit Begeisterten eher zurückhaltend. Begeisterte können enttäuscht werden, und das nehmen sie nachher den andern übel. Die paar Grad Skepsis, die ich mitbringe, erlauben mir vielleicht eines Tages, ein paar Grad länger treu bleiben zu können. Ich halte es schon im Umgang mit Einzelpersonen so.«

»Also gar kein Enthusiasmus in diesem Sommer 1968? Nach dem Aufstand der Jugend in Paris? In Mexiko? Die Guerilla auf dem lateinamerikanischen Kontinent nimmt zu.«

»Ich glaube, es kommen die Jahre der Detaillisten. Auf beiden und auf allen Seiten. Das hört sich nicht weltbewegend an. Ich sage auch nicht, daß das gut oder schlecht ist. Mit den Detaillisten kommen die Fachleute – schon ein Mechaniker zum Beispiel ist ein Fachmann, auf den man nicht verzichten kann. Wo hinaus wollen Sie eigentlich mit dem Gespräch?«

»Dorthin, wohin wir gelangen werden.«

»Eigentlich bin ich es, der sonst die Interviews macht. Ich weiß nicht, ob ich für Sie ein dankbarer Gesprächspartner bin. Sie wissen selber, mehr als einmal war ich verlegen auf unserer Reise. Als die Russen in die Tschechoslowakei einmarschierten, befanden wir uns in Santiago de Cuba. Als ich nach Habana zurückkehrte, war ich natürlich neugierig auf die Reaktionen und Kommentare der andern Westeuropäer. Am meisten überraschten mich jene, die fragten: ›Wie verhält sich ein Linksintellektueller in einer solchen Situation?‹ Die fragten zunächst gar nicht danach, was geschehen ist. Sicherlich, wir kennen alle das Problem, von der falschen Seite Applaus zu kriegen. Aber man muß sich hüten, daß vor lauter taktischen Fragen die Taktik den Platz der Wahrheit einnimmt. Ich reagiere besonders empfindlich, weil ich die Gefahr bei mir selber kenne ...«

»Das führt weg.«

»Ja. Ich stamme eben auch aus einem Land, das deutschsprachig ist.«

»Nein, ich meine, das führt von Kuba weg.«

»Das hingegen finde ich nicht. Ich glaube nämlich nicht, daß man Methoden exportieren oder übertragen kann. Methoden sind für mich etwas, das sich nicht von dem Prozeß lösen läßt, bei dem es entstand, oder doch nur sehr bedingt. Ganz abgesehen davon erlebe ich hier in Lateinamerika immer wieder eine neue Form des Imperialismus – den der Begriffe, man traktiert den Kontinent mit Begriffen und Vorstellungen, die unter andern Umständen und in andern Situationen gewonnen worden sind.«

»Also können Sie positiv über Kuba schreiben?«

»Haben Sie vor dem Gegenteil Angst? Ich komme aus einem Europa, wo der Arbeiter im Stich gelassen worden ist. Nicht zuletzt von den eigenen Führern. Ich gehöre nicht zu denen, die den Arbeitern vorwerfen, daß sie auf Sicherheit aus sind. Für diese Haltung fehlt mir der entsprechende Jahrgang und vielleicht auch die bürgerliche Herkunft. Aber es ist für mich andererseits auch klar, daß die soziale Gerechtigkeit nur eine Voraussetzung ist, auf der dann eine neue Kultur entstehen kann. Von da aus mußte mich doch Kuba faszinieren – eine Veränderung der Gesellschaft, die gleichzeitig sozial und kulturell, gleichzeitig wirtschaftlich und intellektuell stattfindet.«

»Mein Vater war noch Analphabet.«

»Meiner ging in die Schule. Aber deswegen nahm er noch lange nicht an dem teil, was bei uns als Kultur gilt.«

»Das hört sich immerhin schon anders an als das, was Sie vorher sagten. Wir haben im Augenblick viele Revolutions-Touristen bei uns.«

»Für einige habe ich sogar Verständnis. Vergessen Sie nicht, für viele war Kuba die erste Begegnung mit den Tropen. Ich war nicht überrascht, als einer die Mulattin als Erfindung des Sozialismus feierte. Ich habe es in der Hinsicht leichter – den Umständen entsprechend. Ich habe die Begegnung mit der Exotik hinter mir. In Bahia, im brasilianischen Bahia. Die Tropen sind eine Verführung. Ich finde es sogar unklug, sich nicht verführen zu lassen. Das Exotische gibt es, und wir reagieren darauf. Man braucht ihm ja nicht zu erliegen, sondern man kann durchgehen. In Abbreviatur gleichsam.«

»Sind die Brasilianerinnen so gut?«

»Die Frage gefällt mir. Aber seien Sie vorsichtig. Stellen Sie nie eine solche Frage in Gegenwart der eben erwähnten Genossen. Die würden es Ihnen als Verrat an der Sache auslegen.«

»Wieso? Ich möchte einen Sozialismus, an dem ich Freude haben kann. – Sind Sie in einer Partei?«

»Nein.«

»Politisch tätig?«

»Ich treibe Journalismus.«

»Aber irgendwo müssen Sie doch stehen.«

»Sie möchten ein Geständnis. Es ist ja nicht das erste Mal, daß Ihre Fragen in diese Richtung zielen. Warum nicht, Bekenntnisse sind immer allgemein, also gut. Ich stelle mir eine Gesellschaft vor, in der keiner für etwas büßen oder, sagen wir, Konsequenzen auf sich nehmen muß, für das er nichts kann – zum Beispiel die Rassenfrage...«

»Sie sind gegen die Negerpolitik der USA?«

»Ich glaube nicht, daß die Rassenfrage eine Hautfarbe hat. Und dann bin ich nicht grundsätzlich gegen Unterschiede. Ich bin nur dagegen, daß man aus Unterschieden ein Wertsystem ableitet. Es sollte einfach nicht so sein, daß einer für Voraussetzungen, die er nicht selber geschaffen hat, Konsequenzen auf sich nehmen muß – ob das nun die Rasse oder die mißliche soziale Situation ist. Aber Sie werden jetzt enttäuscht sein. Das nimmt sich nicht sehr originell aus...«

»Dann bleibt einfach die Frage, wie man dazu kommt. Und dem weichen Sie aus. Sie sind öfter in Lateinamerika?«

»Ja. Aber was fangen Sie mit mir an, wenn ich sage: manchmal habe ich das Gefühl, ich komme überhaupt nicht mehr draus – und das gilt nicht etwa für Sie oder für Kuba oder Lateinamerika. Da wird auf allen Seiten ein Verrat geübt, mit dem ich nicht einverstanden sein kann, ich meine ein Verrat an den Worten, um die es uns doch geht. Schön. Wenn ich schon nicht drauskomme, dann möchte ich wenigstens wissen, wie das ausschaut, bei dem ich nicht drauskomme. Vielleicht reise ich deswegen. Was Lateinamerika betrifft, so weiß ich, entsprechend den Umständen, ein paar Dinge. Aber wenn ich nur schon Nachrichten aus Afrika höre, muß ich den Atlas nehmen und nachschauen, wo die oder jene Hauptstadt liegt. Man bewegt sich zwischen besonderer Kenntnis und purem Analphabetentum. Da bin ich auf andere angewiesen. Darauf, was andere sehen. Deshalb interessiert es mich, wie man die Augen einsetzt. Damit sind wir wieder am Anfang unseres Gesprächs. Ich selber bin mehr als einmal auf meine eigenen Augen reingefallen. Wenn ich daran denke, zu was für Schönheiten die mich schon verleitet haben. Ich meine das nicht nur privat. Aber andererseits brauche ich diese Augen, gerade ihre Unbekümmertheit und Hemmungslosigkeit, einfach draufloszuschauen. Manchmal schalte ich meinen Kopf aus und möchte nichts als sehen. Nicht um den Augen das Urteil zu überlassen, aber um sie nicht daran zu hindern, Material zu sammeln. Und dann überfällt mich der Wunsch, nichts als Augen zu sein, nicht mehr zu wissen, sondern nur noch zu schauen. Und dann wieder das Bedürfnis, diese Augen zu schließen. Nicht nur für eine Nacht.«

Die Kopfkissen-Gans

Mach deine Augen zu und horch am Kopfkissen. Die Kopfkissen-Gans wartet. Hau ruhig drauf aufs Kopfkissen, bevor du den Kopf hineinlegst. Das tut der Gans nicht weh. Solange du die Augen offen hast, spürt sie nichts. Erst wenn du schläfst, holt sie ihre Federn. Du hast einmal eine Feder aus dem Kissen gezogen und sie durch die Luft geblasen, das war recht unbedacht, denn sie ging verloren. Du solltest die Gans hinterher nicht noch einmal rupfen, sie ist gerupft; sie braucht die Federn, und zwar alle, gerade die feinen, die Daunen. Schließ also die Augen und horch, was die Kopfkissen-Gans vorhat, wenn sie die Federn aus deinem Kissen rupft und sie auf ihren Scheitel, an den Hals und an die Innenseite der Schenkel steckt. Natürlich macht sie sich sofort bemerkbar. Du mußt begreifen, sie wartet den ganzen Tag, bis du deinen Kopf aufs Kissen legst und die Augen zumachst. Dann beginnt ihre Stunde, dann kommt sie zu den Federn, die ihr einst gehörten, und ist für eine Nacht wieder eine volle Gans, von den Zehen über ihren gedrungenen Körper bis zum Kopf. Sie fängt auch gleich zu schnattern an, das machen Gänse, wenn sie zufrieden sind.

Die Kopfkissen-Gans hat warten gelernt. Es kann draußen längst dunkel sein, deswegen bist du noch lange nicht im Bett. Du fängst an, deine Sachen aufzuräumen, nur um noch nicht unter die Decke schlüpfen zu müssen, auch wenn du vor Müdigkeit fast umfällst, du würdest lieber auf dem Teppich einschlafen. Die Kopfkissen-Gans hat Geduld, auch wenn sie schon an ihrer Bürzeldrüse drückt, denn unterm Schwanz hat sie eine Tube, daraus quetscht sie Öl und reibt sich damit ein. Die Federn müssen halten, mindestens so lange wie du schläfst, also eine gute Nacht lang, und diese gute Nacht kann nicht nur lang, sondern auch sehr tief sein.

Du brauchst nicht zu blinzeln. Die Kopfkissen-Gans sieht man nur mit geschlossenen Augen. Also zieh die Decke bis zum Kinn und tu nicht, als ob du nicht geblinzelt hättest. Gib auf den Bären acht, damit er nicht erstickt. Es muß dir doch an ihm liegen, es hat jedenfalls gedauert, bis du dich entschieden hast, ihn ins Bett mitzunehmen und nicht die Puppe mit dem echten Haar, das man kämmen kann. Sie alle – das Kaninchen mit dem Kaninchenfell und das Kamel, das auf drei Beinen steht; die geschnitzte Kuh, auf die du Flecken gemalt hast; die Katze aus Plastik, die mit dem Kopf wackelt, und die Schildkröte aus Gummi, die ich dir einmal mitgebracht habe – sie alle haben die Kopfkissen-Gans gesehen. Vor diesen Tieren, die zum Spielen da sind, und vor den Puppen, welche die Menschen nachmachen, schämt sich die Kopfkissen-Gans nicht. Sie kommt gerupft, sie zeigt ihre bloße Haut, jene Gänsehaut, die auch wir Menschen kriegen, wenn wir frieren oder wenn der Schreck uns in die Glieder fährt. Wir aber, wir sehen die Kopfkissen-Gans nicht, auch nicht wir Erwachsenen, auch nicht ich, obwohl ich ein Onkel bin, der dich zu Bett bringt, es sei denn, wir schließen die Augen.

Wenn du jetzt die Augen schließt und wir für einen Moment still sind, können wir vielleicht hören, wie die Gans auf das Zimmer zuwatschelt. Mag sein, daß sie schon im Treppenhaus ist. Du kennst die Gangart der Gänse, im letzten Sommer hast du ein paar im Wylermoor gesehen, und du bist erschrocken, weil sie mit ihren gestreckten Hälsen drohten. Das waren Hausgänse, enge Verwandte der Kopfkissen-Gans, aber die Kopfkissen-Gans ist ein Zugvogel, am ehesten der Graugans ähnlich, sie braucht die Aschenfarbe, um nicht zu verraten, wie bunt es in ihrem Kopf zugeht.

Auf dem Boden setzt sie wie die anderen den ersten Fuß vor den zweiten und zwar genau in der Mitte, wo sie am schwersten ist; bevor sie torkelt, setzt sie den zweiten Fuß vor den ersten, balanciert und kippt von einem Schritt in den nächsten. Aber für dich ist nicht das Watscheln wichtig, sondern daß sie zum Flug ansetzt.

Den Segelflug beherrscht die Kopfkissen-Gans nicht, auch wenn sie es zwischendurch versucht, aber den braucht sie gar nicht für die Entfernungen, die sie zurücklegt. Sie macht in der Stunde mehr als die achtzig oder neunzig Kilometer der übrigen Gänse. Denn unter Umständen fliegt sie mit dir in einer einzigen Nacht rund um die Welt und dies ein paarmal; sie muß am andern Morgen wieder zurück sein und alle Federn in dein Kissen tun, bevor du erwachst. So schnell ist kein Flugzeug; wenn du mitfliegen willst, mußt du zunächst einmal die Augen schließen, damit es dir nicht schwindlig wird.

Die Kopfkissen-Gans kommt herum, das macht sie nach Art der Gänse, die nicht nur an einem Ort zuhause sind – die tschechischen Gänse gehen nach Griechenland und die aus Sibirien an die Ostsee, dänische Gänse verbringen den Winter in Südfrankreich, und die aus Island gehen nach England. Man müßte eine Karte haben, auf der nicht die Linien eingetragen sind, welche die Länder trennen, sondern wo man die Linien sieht, welche die Züge der Gänse anzeigen. Gänse glauben nicht an Grenzen, das ist wohl der Grund, weshalb einige Menschen der Gans sagen, sie sei eine dumme Gans.

Weil die Kopfkissen-Gans herumkommt, hält sie es wie alle, die herumkommen, sie will gleich erzählen. Das kennst du von deinem Onkel. Aber als du mit deiner Schulklasse zum ersten Mal eine Fahrt in die Berge unternahmst, hast du hinterher auch noch tagelang davon gesprochen. Die Kopfkissen-Gans ist an ganz anderen Orten gewesen, aber sie erzählt nicht nur, weil sie herumkommt.

Ganz nackt und völlig gerupft erscheint sie nämlich nicht, sondern sie hat sich vorgesehen. Bevor sie zu dir kam, war sie schon anderswo und hat andere Federn eingesammelt. Sie holt alle Gänsekiele, die erreichbar sind, diese Gänsekiele, die einst geschnitzt und gespalten wurden und in Tintenfässern steckten. Diese Kiele tut die Kopfkissen-Gans als Schwungfedern in die Flügel, all jene Federn, die einmal eine menschliche Hand geführt hat, mit denen Urkunden aufgesetzt und Schulaufgaben gemacht worden sind, mit denen Briefe geschrieben und Rechnungen aufgestellt wurden – oder was immer man sonst mit einem in Tinte getauchten Gänsekiel zu Papier bringen kann.

Wenn die Kopfkissen-Gans zum Flug ansetzt (und sie kann senkrecht starten, wenn es sein muß), sind ihre Flügel ob all der Gänsekiele voll von Geschichten, ehe sie den Schnabel auftut.

Und sie tut den Schnabel auf. Sie hat schon im Ei reklamiert, als das nicht richtig warm war. Mit einem Weinlaut hat sie angefangen. Weil sie als kleine Gans eben noch nicht selber die Hindernisse wegtun konnte, so weinte sie, das kennst du auch, sie mußte lernen, die Kraft, die man fürs Weinen brauchte, in die Flügel und in den Hals zu stecken, um das Hindernis selber wegzuschaffen. Ich weiß, die jungen Gänse geben einen Laut von sich, damit teilen sie den Eltern und Geschwistern mit, wenn sie müde sind und schlafengehen wollen.

Die Gänsesprache aber, die verstehen all die Kinder, welche der Kopfkissen-Gans für eine Nacht die Federn überlassen. Auch wenn die Kopfkissen-Gans nicht den letzten Laut verrät, die Kinder brauchen sich nicht so merkwürdige Dinge einfallen zu lassen wie gewisse große Leute, die haben einer weißen Schlange den Kopf abgeschlagen, ihn geteilt, eine Erbse hineingetan und das Ganze vergraben, und als eine Erbsenstaude wuchs, haben sie die erste Schote gegessen, um die Gänsesprache zu verstehen.

Nun geht die Kopfkissen-Gans nicht nur an den Nil oder sonst an einen großen Fluß wie den Orinoko in Südamerika, um dort andere Gänse zu besuchen. Sie geht vor allem zu jenen, die bedroht sind, und fliegt mit deinen Federn auch nach Hawaii. Du kennst die Insel, du hast sie einmal im Fernsehen gesehen. Die Kopfkissen-Gans sucht dort die Sandwich-Gänse auf. Die heißen nicht so, weil man sie zwischen zwei Scheiben Brot steckt, sondern sie heißen nach einer gleichnamigen Insel, die man auch nicht essen kann.

Auf Hawaii laufen die Gänse auf der Lava herum und richten sich auf den Abhängen der Vulkane ein. Nicht nur der Mensch hat sie gejagt, sondern auch verwilderte Hunde und Schweine, Schleichkatzen wurden eingesetzt, die hörten die Gänse nicht, und als sie schrien, hatten die Raubtiere sie bereits zwischen den Zähnen.

Die Kopfkissen-Gans sucht die Welt auf, die einst den Gänsen gehörte. Das führt sie bis in eine Riesenstadt wie New York, dort ließen sich in Long Island Wolkenkratzer nieder, aber keine Gänseschar mehr, dabei gibt es Gänse, die bauen auch in die Höhe, die nisten auf Ästen und in Gabelungen von Weiden.

Und so leuchtet es ein, daß die Kopfkissen-Gans die entwässerten Moore aufsucht und die trockengelegten Seen, jene Kanäle, in denen viele junge Gänse nicht mehr weiterkamen, weil sie die harten Kanten nicht hinaufklettern konnten. Die Kopfkissen-Gans nimmt Richtung auf die Hafenstädte. Gewöhnlich steigen Gänse, wenn sie sich den Städten nähern, und fliegen nur tief in der freien Natur. Die Kopfkissen-Gans aber geht von der Höhe hinab fast zu den Kaminen, Türmen und Fernsehantennen, weil sie das Land ausmißt, das einst den Gänsen zur Verfügung stand. Wo einst Nest neben Nest lag, da steht nun Schuppen neben Lagerhaus. Denn viele Gänsearten gibt es gar nicht mehr, und nicht alle hatten Glück wie die Schopfkasarke. Von ihnen haben sich ein paar auf das Bild eines Künstlers gerettet. Die flogen nie mehr weg von der Seide, auf die ihre Flügel und ihr Flügelschlag gemalt worden waren. Es war aus mit dem großen Zug an den Küsten entlang, ein paar aber fliegen immer noch, nicht dank ihrer Flügel, sondern dank eines japanischen Pinsels.

Wie ich als Kind einmal die Augen schloß, erzählte mir die Kopfkissen-Gans von den Flamingos, den rosaroten, die am Mittelländischen und am Schwarzen Meer wohnen und sich auch auf den Inseln des grünen Vorgebirges niederlassen. Noch heute, wenn ich die Augen schließe, sehe ich sie dastehen, diese Soldaten-Vögel in Kolonne und Kompanie, ihre Köpfe eingezogen auf dem Körper und den langen Hals eingerollt, verknotet, als ob sie etwas nicht vergessen sollten und nun ihr Leben verbringen, um darüber nachzudenken, was sie nicht vergessen sollten; dann aber setzen sie zum Flug an, ihre Hälse strecken sich ganz gerade, und sie vergessen, darüber nachzudenken, was sie nicht vergessen sollten.

Wenn du die Augen zumachst, wird dir die Kopfkissen-Gans vielleicht auch von den stelzbeinigen Flamingos erzählen. Oder vielleicht hat sie heute ein ganz anderes Programm und geht an den Südpol. Zu den Pinguinen, die Schnee trinken. Zu den Eisfeldern, auf denen niemand Schlittschuh läuft. Dort stehen die Pinguine hübsch nach ihrer Größe geordnet. Eine unwirtliche Gegend, aber sie war auch für die Feinde unwirtlich; den meisten Jägern froren die Finger ab. So konnten die Pinguine langsam aufs Fliegen verzichten, und da sie sich viel im Wasser aufhielten, taten sie sich Federn zu, die fast Schuppen sind. Wenn die kleinen Pinguine besonders lustig sind, mag das vielleicht damit zusammenhängen, daß ihre Eltern die Eier auf den Füßen tragen und mit ihnen jonglieren.

Es sind nicht nur Verwandte, welche die Kopfkissen-Gans aufsucht, sondern sie sucht auch die auf, die gänseartige Enten und entenartige Gänse sind, und es ist auch nicht immer so einfach zu sagen, wie sie miteinander verwandt sind. Eine Urgroßmutter der Kopfkissen-Gans war zum Beispiel gar keine Gans, sondern eine Ente, und zwar eine ganz berühmte, denn sie konnte französisch. Als sie starb, das heißt, als sie geschlachtet wurde, hat ein ebenso berühmter Mann eine weiße Schürze vorgebunden und eine weiße steife Mütze aufgesetzt und der Ente ein glänzendes Begräbnis bereitet; natürlich wurde auch diese Ente gerupft, aber das gehört zum Familienschicksal der Enten- und Gänse-Vögel.

Bei der Beerdigung dieser französischen Entengroßmutter benutzten die Anwesenden das teuerste Besteck, Messer und Gabel aus Silber, die Ente war immer ein bißchen eingebildet gewesen. Knusprig lag sie auf der Platte, neben ihr ein Schüsselchen mit einer Sauce aus Orangensaft und geriebener Orangenschale; deswegen wurde die Urgroßmutter für die Nachwelt die Orangen-Ente.

Die Kopfkissen-Gans ist recht stolz auf diese Urgroßmutter. Diese Vorfahrin hat den Weg unzähliger Enten- und Gänsevögel zurückgelegt. Von den bewachsenen alten Flußarmen, den feuchten Wiesen und Waldbrüchen über die Rast- und Nistplätze zu jenem Friedhof, der auch der Bauch des Menschen genannt wird und von dem die Menschen sagen, es sei ein Enten- und Gänsehimmel.

Aber die Kopfkissen-Gans hat noch eine ganz andere Verwandte, das wissen die wenigsten. Jetzt, nachdem du die Augen geschlossen hast, will ich es dir verraten, bevor du einschläfst.

Es war eine richtige Gans, die sprach allerdings nicht französisch, sondern englisch, eine Gans, die sich in eine Frau verwandelt hat. Niemand durfte wissen, daß sie aus einem Ei geschlüpft war, daß sie eines Morgens herumrannte und als kleines Kind gar kein kleines Kind war, sondern ein Büssel, ein Gänsejunges, das seine Eltern suchte und überall angefaucht wurde, bis es auf die Gänsemagd zulief, aus ihr die Mutter machte und bei ihr lebte, nicht nur auf der Weide, sondern in der Kammer.

Eines Tages verlor die kleine Gans alle Federn; es wuchsen keine neuen nach. Als sie sich vor den Spiegel stellte, bemerkte sie, wie sich ihre Haut glättete, sie verkroch sich. Als sie sich wieder vor den Spiegel stellte, sah sie, daß sie immer größer wurde; sie sah, daß ihr Schnabel verdorrte und abfiel und daß darunter Lippen hervorkamen, wie die von Menschen. Eines Tages hatte sie einen Mund, sie glich immer mehr einem Mädchen und wurde der Gänsemagd ähnlicher. Als die Bauersleute die Mädchen-Gans entdeckten, meinten sie, es sei ein Kind der Gänsemagd und jagten beide davon.

Die Mädchen-Gans war ein richtiges Mädchen geworden. Nur, wenn es den Mund auftat, kamen Verse heraus; was immer die Mädchen-Gans sagte, es reimte sich. Deswegen lachten sie alle andern aus; so zog sie vom Dorf in die Stadt, wo man die Mädchen-Gans auch auslachte, bloß war sie den Leuten rascher gleichgültig. Aber die Kinder bekamen nicht genug von den Versen, wollten immer neue Reime hören und schrien: »Tu den Schnabel auf!« Wenn sie zuhörten, waren sie ganz still, so wie du jetzt. Aus dem Gänsemädchen wurde eine Frau, die Mutter Gans, welche Reime erfand, wie sie dein Onkel nie zustande brächte.

Der Gänsekiel aber, mit welchem Mutter Gans die Reime aufschrieb, der steckt im rechten Flügel einer Kopfkissen-Gans.

Darum gibt es einige, die behaupten, die Kopfkissen-Gans dichte mit fremden Federn. Aber das ist gleichgültig, denn sie braucht die Verse für ihren Kampf. Wenn sie auf dem Nachtflug den Fuchs erwischt, der sich zu den Gänsen schleicht, dann jagt und verfolgt sie ihn mit dem Kampfruf: »Fuchs, du hast die Gans gestohlen, gib sie wieder her...«

Denn eines ist sicher, die Kopfkissen-Gans wird stark, wenn sie wieder zu ihren Federn kommt. Ihr Schnabel ist schon kräftig, er hat auf den Seiten Hornzähne, mit denen die Gans ein Rohr brechen kann. Aber wenn die Kopfkissen-Gans wieder zu ihren Federn kommt, kann sie auch jene Gitter und Drahtgeflechte brechen, gegen die Gänse getrieben werden und worin sie sich dann verfangen. Die Kopfkissen-Gans geht auf ihrem Nachtflug auch zu den Lockvögeln, jenen Gänsen, die eingefangen und abgerichtet wurden, damit sie die andern Gänse vom Himmel herunterholen; diese meinen, wenn eine Gans ruft, könne man sich unbesorgt niederlassen, aber sie gehen in die Falle.

Die Kopfkissen-Gans ist wachsam; das ist auch für dich gut, wenn du einmal nachts im Traum aufbrichst. Ein so junger Vogel wie du verfliegt sich nur allzu rasch und findet dann nicht mehr heim, weil er nur dem Schnabel nachläuft. Aber solang es die Kopfkissen-Gans gibt, wirst du kein Irrling. Sie bringt dich in jenes Nest zurück, wo man für dich aus ihren Federn ein Kissen bereitet hat.

Wenn du am Morgen aufwachst, ist dein Kissen zerdrückt; nicht nur weil die Kopfkissen-Gans manchmal kaum Zeit findet, ihre Federn wieder hineinzustopfen. Der Zipfel, der herausragt, ist ein Hügel, über den die Kopfkissen-Gans flog; die Beulen und Einbuchtungen sind nicht nur die Stellen, wo du deinen Kopf hineingelegt hast, es sind die flachen Meere und Tümpel, wo die Kopfkissen-Gans sich mit den andern Gänsen aufhielt; was zerknautscht und zerknüllt ist, das sind die Spuren von den Flügen, zu denen die Kopfkissen-Gans aufbrach, nachdem du eingeschlafen bist.

Laß also die Augen geschlossen. Der Onkel wird das Licht ausmachen. Er möchte wissen, wie das aussieht, ein Kind, das einschläft, ohne daß es hungrig ist, und das ein Bett hat, in dem es liegen darf, und das atmet, ohne Angst, irgendeine Bombe werde seinen Schlaf zerreißen. Mindestens von einem Kind möchte er wissen, daß dies der Fall ist. Auch dein Onkel möchte schlafen gehen.

Er richtete sich in der Gesellschaft ein, die er vorfand, und machte mit, was man den sozialen Aufstieg nannte. Er kannte somit die gehobene Stellung, die Sicherheit eines festen Einkommens und die Möglichkeit, durch Spesen zu einem standing zu kommen; man lebte damals weitherum über seine Verhältnisse, nicht nur was die Buchhaltung, auch was Anspruch, Vorstellungen und Ideen betraf.

Aber er hatte diese Karriere verschiedene Male aufgegeben, nicht immer freiwillig. Zum ersten Mal unterbrach er eine, als er merkte, daß seine Zukunft schon fest auf dem Sessel saß. Es war kein Stellenwechsel, denn er wollte sich nicht verbessern, sondern befreien.

Nach seinem Auszug aus dem Büro erkundigten sich dieselben, die ihn sonst eingeladen hatten, nicht mehr danach, wie es ihm gehe, obwohl es ihnen auch früher egal gewesen war. Deswegen war er überzeugt, die Pensionierung gehöre an den Anfang eines Lebens, um sich selber ein für allemal die Versuchung zu nehmen, die eigene Person mit einem Posten zu verwechseln.

Er wollte sich in der Folge mehr als nur einen Arbeitgeber zutun. Ideal wäre gewesen, wenn Millionen seine Brotgeber ausgemacht hätten. Er wollte nicht einem einzelnen oder einer Gruppe ausgeliefert sein. Er demokratisierte seine Arbeitgeber und hoffte, ihnen auf diese Weise die Mitbestimmung zu entziehen.

Aber die Unabhängigkeit war leichter herzustellen als Monatsmiete zu bezahlen, seine Freiheit bestand oft darin, viel Zeit zu haben, um zu überlegen, wie er die laufenden Rechnungen beglich.

Aber bei seinem Versuch, etwas Unabhängigkeit zu erlangen, hörte er öfters die Bemerkung: »Sie haben es einfach, Sie haben keine Familie.«

Er hatte gemeint, eine Familie zu haben, erleichtere

vieles. Die Lieben und Liebsten würden einem zu dem Mut verhelfen, für den er selber kaum einen persönlichen Anlaß hatte.

Er hörte, daß er als Alleinstehender in einer begünstigten Situation lebe. Aber er war ja nicht nur in familiärer Hinsicht ein Alleinstehender, er machte auf die verschiedenste Weise die Erfahrung, nie ganz dazuzugehören.

Er eignet sich durchaus für das Spiel von »in« und »out«. Er sang die Chorlieder der Gesellschaft mit, trug seine Registerarie vor, aber er sang auch das hohe Lied des Alkohols und hatte sich in der Akrobatik des Stolperns geübt.

Auch für ihn galt der Satz: Von etwas muß ich doch leben.

Das Ganze schien sich anders auszunehmen: den Kopf abgeschlagen, den Magen herausoperiert, die Kälte- und Druckpunkte neutralisiert, die Genitalien abgeschnitten und die Füße amputiert, das schien die beste Voraussetzung für das zu sein, was er unter Unabhängigkeit und Freiheit verstand.

Aber er war mit nackter Haut auf die Welt gekommen, mit einem Magen, der Hunger hatte, mit einem Bedürfnis nach Liebe und mit einem Kopf, der mitdenken wollte. Das aber hieß, daß er sich mit denkbar schlechten Voraussetzungen an die Angelegenheiten der Gesellschaft machte.

Die Heilung

Der Immune mußte eines Tages geheilt werden. Es ging um seine Seele, genauer, um sein Seelenheil. Wir wollen dabei bescheiden bleiben und bedenken, daß auch uns solches widerfahren könnte. Man muß in Betracht ziehen: damals, als einige sich daran machten, die Seele des Immunen zu heilen, hatte das noch etwas Verruchtes. Da galt eine kranke Seele als so schlimm, daß man lieber nicht von ihr sprach und sie auch nicht gern zur Kenntnis nahm. Die Irrenhäuser waren fest umrissene Plätze.

Es war nicht wie heute, wo wir mit Selbstverständlichkeit und schon bald aus Gründen des standing den Psychiater in Familie und Firma einbeziehen, wo man, ohne groß zu erröten, von seinen Komplexen spricht, die zugegebenermaßen oft unter widrigen Umständen und mit viel Mühe erworben worden sind, weswegen der einzelne eine verständliche Anhänglichkeit für sie beweist.

Als der Immune zum ersten Mal in der Turnhalle über der Kletterstange: »Mens sana in corpore sano« las, konnte er dieses Latein vom »gesunden Geist im gesunden Körper« noch nicht übersetzen. Aber als heranwachsender Staatsbürger ahnte er, daß er der Forderung nach einer gesunden Seele nicht entgehen würde.

Für den gesunden Körper hatte der Staat verschiedentlich gesorgt. Das regelmäßige Turnen gehörte zum Stundenplan der Volksschule. Der Schüler wurde jedes Jahr auf Tuberkulose untersucht. Er war gegen Pocken geimpft worden. Es waren Tropfen gegen die Kinderlähmung verteilt worden. Im Turnus wurde er beim Zahnarzt angemeldet. In den untersten Klassen war damals noch die Läusetante zu Besuch gekommen, die löste den Mädchen die Zöpfe und wühlte mit ihren Fingern in deren Haaren, schaute den Buben unter die Kragen am Hals und unter die Hemdärmel und kontrollierte die Fingernägel.

Aber mit der Seele verhielt es sich anders. Da spritzte man

nicht mit Nadel und Serum; gegen ihre Schäden gab es keine überträufelten Würfelzucker, und wenn man in der Röntgenzentrale die Brust durchleuchtete, stellte man nicht fest, ob die Seele Schatten warf oder nicht.

Auf der Seele des Immunen lagen aber Schatten.

Zuerst war es dem Französisch-Lehrer aufgefallen. Er behielt die Entdeckung noch für sich. Im Unterricht stellte er Überraschungs- und Fangfragen und merkte sich die Reaktionen des Immunen unauffällig. Dann besprach er sich mit dem Latein-Professor im Lehrerzimmer, fast nebenbei am Lavabo, als dieser die Hände wusch. Sie hatten sich für fortschrittlichere Zustände eingesetzt; mit der Gratis-Pausenmilch waren sie nicht durchgedrungen, doch war es ihretwegen erlaubt worden, Kugelschreiber zu benutzen. Als der Französisch-Lehrer sich an den Kollegen wandte, »fiel Ihnen nicht auch schon auf...«, antwortete der, »ich weiß, wen Sie meinen«.

Die beiden beschlossen, ihre Beobachtungen auszubauen und auszutauschen. Sie bewarben sich freiwillig um die Pausenaufsicht und schlenderten über den Pausenplatz, wie ihn mancher Leser sicher aus eigener Erfahrung kennt. Den beobachtenden Lehrern fiel indessen am Immunen weiter nichts auf. Aber gerade das war das Bemerkenswerte. Der Immune schien verstockter oder gar hinterhältiger zu sein, als es sich auf den ersten Blick ausnahm. Jeder der beiden Lehrer brachte für die vereinbarte Besprechung Hefte und eine kleine Beige Einzelblätter, sie legten die Schulhefte aufgeschlagen vor sich hin und die Blätter daneben; dann traten sie einen Schritt zurück, schüttelten den Kopf, sahen sich an und nickten sich gegenseitig zu.

Die beiden Lehrer zogen den Schularzt ins Vertrauen. Auf seinen Vorschlag hin trafen sich die drei in einem Garten-Restaurant, bei Bier und frischer Luft. »Geprägt«, sagte der Schularzt nach dem ersten Blick, »und wie gestört.« Der Fall war offensichtlich, auch wenn der Schularzt sich noch nicht über die Hintergründe auslassen mochte. Eines war klar, es war ein Fall, und die drei bestellten noch ein Bier.

Schon am andern Morgen, kaum hatte die Glocke um zehn

nach sieben geklingelt, klopfte es an die Tür des Klassenzimmers. Der Lateinlehrer sagte zum Immunen: »Geh raus. Du wirst erwartet.« Die Klasse sah auf ihren Mitschüler. Draußen stand der Schularzt, freundlich lächelnd erkundigte er sich, wie es ihm gehe. Mit Schüler-Gehorsam sagte der Immune »gut«. Der Arzt wollte wissen, wann sie sich sprechen könnten, ob zum Beispiel heute um vier. Das gehe nicht, antwortete der Immune: »Wir haben Singen.« Doch der Arzt beruhigte ihn, er werde das mit dem Sing-Lehrer in Ordnung bringen.

Das Mittagessen verschlang der Immune, so daß die Mutter schimpfte, er solle kauen, sonst kriege er ein Magengeschwür und dann müsse er zum Doktor. Der Immune schloß sich im Badezimmer ein. Dort wusch er sich; er wußte nicht genau, an welchen Stellen er sich ein zweites Mal waschen sollte; die Füße sicher und dann nochmals zwischen den Schenkeln. Er drückte das Gesicht vor den Spiegel und fingerte an einem Mitesser herum.

Als er am Nachmittag ins Schulzimmer kam, hänselten ihn einige, ob er was Ansteckendes habe und streckten ihre Handflächen gegen ihn, als müßten sie sich schützen. Der Immune sagte, er habe ein Zitterlein in der Hand und das schlage unverhofft los. Da trat der Französisch-Lehrer auf die Gruppe zu und sagte: »Seid nett. Nehmt Rücksicht.«

Um vier Uhr schlich er sich zum Schularzt. Dazu mußte er über die Straße ins gegenüberliegende Schulhaus. Dort hielt er sich vor dem Biologiezimmer auf und betrachtete die ausgestopften Bussarde, dann machte er ein paar Schritte, sah im Kasten einen Brocken Gneis vom Gotthardmassiv. Kasten um Kasten näherte er sich dem Zimmer des Schularztes, wo er anklopfen mußte.

»Fällt dir nichts auf?« fragte ihn der Schularzt. Die Schwester hatte eben eine Teetasse weggestellt. Der Arzt schlüpfte aus seinem weißen Kittel. Er schob den Schüler zum Stuhl: »Setz dich. Setz dich richtig hin. Der Stuhl gehört dir ganz.« Und dann wiederholte er die Frage: »Fällt dir nichts auf?«

Der Immune legte die Hand an die Schlaufe des Gürtels, weil

er meinte, er müsse sich ausziehen; statt dessen zeigte ihm der Schularzt einen Tisch voll mit Schulheften und Einzelblättern: Das Blau, das stammte von ihm, und die roten Striche am Rand, die roten Unterstreichungen und die roten Kreise, die um einzelne Wortenden gezogen worden waren, die stammten von fremder, nämlich von Lehrerhand. Da lagen die Schulhefte mit jenen Arbeiten, die sie Exercitia nannten und die der Immune während der Schulstunden schrieb, und daneben lagen die Blätter mit dem, was er als Hausaufgaben erledigt hatte.

Der Immune schwitzte, als hätte er eine schriftliche Prüfung in Physik vor sich. Doch dann half ihm der Schularzt: »Deine beiden Schriften. Fällt dir da nichts auf? Das sind doch zwei völlig verschiedene Schriften. Die, die du zuhause schreibst, und die in der Schule.«

»Ach«, sagte der Immune, »das könnte ich erklären...«

»Ist schon recht«, unterbrach ihn der Schularzt, »aber vorher wollen wir uns noch über gewisse Dinge unterhalten.«

Der Schüler hätte die schizophrene Tatsache mit den zwei so divergierenden Schriften erklären können, denn das hing mit der Art zusammen, wie er sich seiner Hausaufgaben entledigte, eben nicht zu Hause.

Zum Verständnis müssen wir ausholen und erklären, daß der Immune beziehungsweise seine Eltern in einem Viertel wohnten, das in einer völlig anderen Region der Stadt lag als die Schule. Der Schüler war gezwungen, die Straßenbahn zu benutzen, was immer noch einen Schulweg von fast drei Viertelstunden ausmachte.

Man muß sich eine Straßenbahn vorstellen, wie man sie heute höchstens noch in einem Depot auf einem Abstellgleis trifft. Da gab es den Motorenwagen, in der Mitte das Sitzabteil, wo schienen-parallel die Bänke angeordnet waren; vorn und hinten, durch eine Schiebetür getrennt, je eine Plattform für die Stehpassagiere und in jeder Plattform ein Motorenblock.

Gewöhnlich pflegte sich der Immune auf die hintere Plattform zu zwängen und drückte sich dort durch die anderen vor bis zum Motorenblock. Er puffte sich einen Arbeitsplatz frei, legte eine

Unterlage auf den Motorentisch, einen Zettel darauf und begann, sich seiner Hausaufgaben zu entledigen.

Natürlich, Aufsätze konnte er auf diese Weise nicht schreiben. Aber zum Beispiel für schriftliche Übersetzungen, sei es der Krieg der Gallier oder die Fabeltiere von La Fontaine, eignete sich der Arbeitsplatz auch in zeitlicher Hinsicht vorzüglich.

Wenn nun die Straßenbahn, sagen wir, um bei der Zürcher Geographie zu bleiben, an der Schmiede zu rasch in die Kurven ging, schwang das Ende des »n« so aus, daß der Immune zu einer eindeutig gestörten Impulsivität kam.

Wenn die gleiche Straßenbahn bei der Sihlbrücke mit einem Ruck anhielt, konnte das Schriftbild des Immunen zu einem Aufstrich kommen, der ein übersteigertes Triebleben verriet.

Und wenn, um noch ein Beispiel zu geben, am Paradeplatz seine Straßenbahn mit einem Gegentram um den Vortritt kämpfte, knirschte der Sand in den Rädern; das »t« des Immunen kam zu einem dicken Querstrich, einen jener typischen Protektionsstriche, einer Deck- und Schirmform, die für eine alarmierende Ungeborgenheit stand.

Wie wir uns erinnern, wollte der Schüler einen Moment lang das Geheimnis lüften. Aber dann hätte er zugeben müssen, daß er seine Hausaufgaben nicht zu Hause macht, sondern in der Straßenbahn erledigt. Es schien ihm nachträglich weniger schlimm, eine Seele zu haben, die Schatten warf, als ein Schüler zu sein, der seine Aufgaben nicht korrekt erfüllt.

Da nun ein solches Geständnis nicht abgelegt wurde, blieb dem Immunen nichts anderes übrig, als in den Heilungsprozeß einzuwilligen; es spricht für seinen guten Willen, daß er sich schon am ersten Abend daranmachte.

Diesmal schrieb er seine Hausaufgaben zu Hause. Er legte das Lineal bereit für die Unterstreichungen und ein Fließblatt unter die Schreibhand. Er gab acht auf den Rand und setzte Wort um Wort. Als er fertig war, lagen vor ihm die saubersten Blätter, die er je geschrieben hatte.

Aber dem Immunen ging gleich auf, daß dies ein Fehler war. Wenn er am andern Tag derart saubere Blätter abgab, mußte das verdächtig wirken; eine Heilung über Nacht mußte den Schularzt enttäuschen, zumal eine solche Radikalkur unwahrscheinlich war. Also setzte sich der Immune noch einmal hin und begann die säuberliche Vorlage weniger säuberlich abzuschreiben, er benutzte nicht das Fließblatt, so daß er eine Linie mit dem Ärmel verschmierte, was er mit Befriedigung zur Kenntnis nahm.

Zudem konnte der Schüler nicht von einem Tag auf den andern sein Freizeit-Programm umstellen. Schon ein paar Tage später hatte er überhaupt keine freie Minute am Abend; als er nach Hause schlich, belog er die Mutter, er habe keine Hausaufgaben. Am andern Morgen war er völlig zerknirscht, es dauerte einige Tramstationen, bis er überhaupt zum Motorblock vordrang; dann stellte er fest, daß er ein Buch vergessen hatte; an der Station, an der er aussteigen mußte, merkte er, daß er eine Übung übersetzt hatte, die sie schon längst durchgenommen hatten. Was er dem Lehrer abgab, war eine einzige Sudelei.

Der Französisch-Lehrer nahm das Blatt ohne irgendwelche Bemerkungen entgegen, äußerst interessiert sogar. In der Pause trug er es ins Nebengebäude zum Schularzt. Er fragte ihn auch, ob er nicht einmal ein paar Briefe von seiner Frau vorzeigen dürfe, er habe welche, aus der Verlobungszeit, aber der eigentliche Grund sei der da, er hielt das Blatt des Immunen hin.

Der Schularzt sagte lange nichts, dann drehte er das Blatt und murmelte: »Gute vitale und begabungsmäßige Anlagen, aber wie stark diese sekundären Einengungen sind.« Er prüfte mit der Lupe auf der Rückseite die Druckspuren: »Eine erstaunliche Vitalität.«

Der Leser kann sich denken, wie der Immune zu solchen Druckspuren kam. Es war ein regnerischer Tag gewesen; in der Straßenbahn hatten sich mehr Leute als sonst gedrängt, darunter einer, der stets mit mißmutigem Blick dem Treiben dieses Bengels zugeschaut hatte. Dieser dickliche Kerl war es auch gewesen, der den Schüler, der konzentriert an seiner Hausaufgabe war, ein paarmal puffte. Der Immune war zu seinem

Vitalitätsdruck gekommen, weil ihn ein anderer in den Rücken gestoßen hatte.

Die nächste Sitzung begann damit, daß der Schularzt erzählte, wie schwer er es im Elternhaus gehabt habe, sie seien zu sechst gewesen, aber wie es letzten Endes alle schwer haben, und ob es sich bei dem Immunen nicht auch so verhalte. Der Immune fand, das gehe den Schularzt nichts an. Er schilderte rosige Verhältnisse, geradezu idyllische Zustände, er baute sofort ein Zimmer an der elterlichen Wohnung an und möblierte es. »Aber dein Vater ist Arbeiter?« fragte der Schularzt, doch der Immune korrigierte: »Vorarbeiter.«

Wie unsere Leser von früher her wissen, verhielt es sich in Wirklichkeit anders. Ein paar Tage später folgte auch auf dieses Gespräch einer jener Zahltage, wo die Mutter in der Küche am Tisch saß und weinte; indessen hockte der Immune auf seinem Bett, klopfte mit dem einen Pantoffel das Leintuch und dachte an den Mann im weißen Kittel.

Da am andern Tag eine Geographie-Stunde ausfiel, stand der Immune schon eine halbe Stunde früher vor dem Konsultationszimmer, zögerte, machte ein paar Schritte, klopfte und öffnete; doch hielt er die Tür nur einen Moment lang offen. Er hatte den Schularzt in einer Ecke erblickt, mit dem Rücken zur Tür; auf seiner Schulter lag das Häubchen der Krankenschwester, einer ihrer Arme hing lose herunter und hielt noch einen Wattebausch. Der Immune hatte gleich den Kopf gesenkt und ein Schmatzen gehört, das er mit dem Zuklinken der Türe nicht zu stören hoffte.

Nun stand der Immune draußen, er ging an der Garderobe entlang und ließ die Finger von einem Haken zum andern hüpfen. Dann setzte er sich auf eine Bank. Er hörte das Pausenzeichen, erhob sich aber nicht. Er mischte sich unter die Mitschüler und ging vors Gebäude. Dort schaute er denen zu, die sich aufs Fahrrad schwangen, ging darauf zurück und betrachtete die ausgestopften Bussarde. Dann klopfte er an die Arzttür, wartete, bis er ein »Herein« hörte, und klopfte noch ein zweites Mal.

Der Arzt saß hinter dem Schreibtisch. Ohne zu grüßen, fragte er: »Weshalb kommst du zu spät?« Der Immune stotterte, doch der Arzt fuhr weiter: »Ich kann dich auch warten lassen.« Dann langte er zum Telefon. Die Krankenschwester brachte eine Tasse Tee und stellte sie neben die Schreibunterlage. Der Arzt sagte »Schätzchen« in den Apparat, dann machte er eine Pause, erkundigte sich, wie es den Kindern gehe, und teilte mit, er komme heute etwas früher nach Hause. Als der Arzt den Hörer aufgelegt hatte, zeigte er auf ein Blatt. Der Immune sah den großen schwarzen Klecks mitten auf einer seiner Arbeiten. Er dachte angestrengt nach: das war die Linie Fünfzehn, die beim Bellevue immer so wackelig die Schleife nahm.

Unsere Leser können sich denken, es war für den Schularzt kein leichtes Ding, zu entziffern und zu deuten, was ihm vom Immunen vorgesetzt wurde. Da war so manches pallidär und pastos, überstürzt und fahrig, da war manches zerzaust und zerrissen, sperrig und schartig, klotzig und keilig. Um sich nur schon ein Bild über die kortikalen Veranlagungen zu machen, was es da an Unverwurzeltem gab und an Leichtsinnigem, an Utopischem und Illusionistischem. Ein Labyrinth von Buchstaben und Wörtern tat sich auf mit Spitzen, Fangschleifen und Harpunen, und erst all das Bogige.

Der Immune hatte gesagt, er träume gar nicht. Der Schularzt bedeutete ihm, das sei ein Irrtum, jeder träume. Der Immune entschloß sich zu träumen, er wälzte sich in dieser Nacht unruhig hin und her, noch nie hatte er eine Hausarbeit so ernst genommen. Am andern Morgen hatte er als Erinnerung noch gerade ein Bild behalten: Er stand auf einem Turm; als er herunterstürzte, war er aufgewacht. Es schien ihm ein recht kümmerlicher Traum.

Da fiel dem Immunen ein Schulkollege ein, der eine Bank hinter ihm saß. Mattmarker war der geduldigste Kerl in der Klasse, von gutmütiger Körperfülle; es hieß, er sei Baptist und trinke jeden Morgen zwei rohe Eier. Wenn er in seiner Bank saß, konnte man ihm flach mit dem Atlas auf den Kopf schlagen, und nicht nur mit dem dünnen historischen Atlas, auch mit dem dicken Weltatlas. Mattmarker grinste nur, auch beim zweiten Zuschlagen. Er galt allgemein als Spinner, so nahm sich der Immune vor, sich an ihn zu wenden wegen der Träume. Mattmarker träumte phantastisches Zeug. Er träumte es nicht nur, er zeichnete es auch auf ein Blatt vor sich, die merkwürdigsten Männchen und Weibchen und die seltsamsten Tiere.

Dieser Mattmarker schwamm durch einen Teig von Walfischen, dann rannte er mit den Turnschuhen auf dem Rücken der Tiere und kitzelte sie; sie drehten sich wie ein Karussell, aber es waren keine Walfische gewesen, sondern Trommeln oder eher Posaunen, und am Ende hatte er sich mit einem Büchsenöffner durch den Urwald gekämpft. Oder dann kletterten lauter Ameisen aus dem Konfitürenglas, die ihn durch die Stadt und über den Pausenplatz schleiften, bis er auf einem Schaukelstuhl durch die Wiese floh, und er hatte Angst, daß die Kirchturmspitzen ihm die Luft aus den Pneus stächen; doch regnete es, als der Wecker klingelte.

Der Schularzt hatte dem Immunen gesagt, er tue auch nur seine Pflicht, der Schüler hatte genickt, er wollte dem Schularzt bei seiner Pflichterfüllung helfen; daher war er froh, daß Mattmarker für ihn träumte. Einmal war er allerdings ziemlich geknickt, wie er vom Schularzt wegging. Als er am andern Tag Mattmarker traf, sagte er: »Du bist ein schöner Sauhund.« Mattmarker war betrübt und wollte wissen, ob er nicht mehr träumen solle, doch der Immune tröstete ihn: »Schon, aber was anderes.«

Nun hat sich der Leser sicherlich schon längst gefragt, wie die Mitschüler reagierten. Auf ihr Drängen mußte der Immune Auskunft geben, und er sagte: »Ich habe ein lyrisches ›g‹ und ein ›d‹ mit der kleinen religiösen Kurve.« Als sie wissen wollten, was das zu bedeuten habe, gab er keine weitere Antwort, sondern sagte nur, es werde über ihn ein Dossier angelegt; alle spürten, daß er auf dem Weg war, jemand zu werden.

Auf alle Fälle konnte der Schularzt feststellen, daß der Ordnungswille des Schülers zusehends seine zersetzenden Gegenkomponenten verlor, es zeichnete sich immer mehr ein Zug zur

Ordentlichkeit ab, und der Verbundenheitsgrad der Buchstaben und Wörter nahm zu.

Einmal, zur letzten Bestätigung für die Heilung, mußte der Immune auch beim Schularzt eine volle Seite unter Kontrolle schreiben. Da setzte er schon keine Buchstaben mehr und reihte nicht Wörter aneinander, sondern verfaßte Girlanden, die schwungvoll nach oben geöffnet waren und nach unten geschlossen; er baute Arkaden, die nach oben geschlossen waren und sich nach unten öffneten; zwischendurch hängte er ein paar Schnörkel an, überraschende Bereicherungen, die für eine geradezu heitere Form des Bautriebes sprachen.

Der Immune begriff: das Ziel war, aus ihm einen Schönschreiber zu machen. Es gab die Schulschrift, und das, was abwich, war die eigne Person. Unsere Leser werden nun verstehen, daß der Immune die Gelegenheit dieser Heilung benutzte, um die eigne Person zu retten.

Denn ihm wurde noch etwas klar: Die Gesellschaft war darauf aus, einen von der eigenen Person zu heilen. Angesichts dieser Bedrohung war es klüger, sich der Heilung zu unterziehen, sich aber in einem Punkt kurieren zu lassen, auf den es nicht ankam.

Zudem begriff der Immune, daß diese Gesellschaft schneller private Seelen kuriert als öffentliche Betriebe.

Der Immune stand den Prozeß der Heilung ohne großen Schaden durch. Eines Tages legte er seine Reifeprüfung ab und wurde als nützliches Glied in die Gesellschaft entlassen.

Chorlieder der Gesellschaft

Und diese Gesellschaft fand sich zuweilen in einem Chor. Der Immune hatte im Lauf der Jahre an unzähligen solchen Chören teilgenommen, als Mitsprecher und auch als Gegenstand, wie es zu den liberalen Regeln von Recht und Gegenrecht gehörte.

Solche Chöre traten zu ihrem eigenen Vorteil privat auf. Sie konnten sich allerdings auch anläßlich eines offiziellen Empfanges formieren, doch kam es dann nie zu jenem Zusammenhang, zum Vertraulichen und Überblickbaren, wie dies ein privater Rahmen zusicherte. Die äußere Voraussetzung für den Auftritt war ein größerer Raum. Ein Salon vielleicht, wenn auch nur dem Anspruch nach. Ein oder zwei Wohnzimmer, durch eine Schiebetür getrennt, die für diesen Abend offenstand. Eine Halle, möglicherweise, oder ein living-room, denkbar mit einem offenen Kamin, oder gar ein ganzes Haus, was gewöhnlich soviel hieß wie die unteren Räume.

Die Möblierung konnte dabei recht verschieden ausfallen; ob mehr auf Stil oder auf Funktion ausgerichtet, war gleichgültig. Ebenso gleichgültig, ob ererbt, erspart oder von einem Designer als geschlossenes Ganzes entworfen. Sitzecken, Polstergruppen, Stehbar oder mehrstufige Wohnlandschaft, alles war dienlich. Das Mobiliar mußte nur so arrangiert sein, daß auch die Konversation zu zweit oder zu dritt möglich war, daß man sich zwischendurch in die kleine Plauderecke zurückziehen konnte, um dann wieder mehrstimmig und vielschichtig zum Chorlied überzugehen.

Der Anlaß für den Chor-Auftritt war stets eine Einladung. Es brauchte nicht unbedingt ein größeres Essen mit mehreren Gängen zu sein; fast besser tat es ein Buffet-Dinner oder bloß eine Party. Auch die kleine Feier nach einer Premiere oder einer Vernissage bot durchaus die Möglichkeit für einen solchen Auftritt. Aber dabei bestand die Gefahr, daß sich die Äußerungen zu sehr im kollegialen circulus vitiosus bewegten; das brachte zwar Intensität und reichste Nuancierung mit sich, aber die blieben intern, und das Ganze artete nur allzu rasch in direkte Animositäten von Fachgeplänkel und private Streitigkeiten aus.

Die Chöre kamen zu ihrer reichsten Entfaltung, wenn die einzelnen Teilnehmer und Mitsprecher sich aus verschiedenen Berufen und Einkommensstufen rekrutierten. Zudem war es von Vorteil, wenn die einzelnen Teilnehmer mit Ehemann oder Ehefrau kamen, mit Lebensgefährtinnen, Freundinnen oder Freunden. Denn der Chor lebte nicht nur von der Verschiedenheit der sozialen Herkunft, sondern auch von der des Alters.

Ein Chor von bürgerlich-gehobenem Durchschnitt kam zustande, wenn sich Leute aus der Geschäftswelt mit Leuten aus der Kulturwelt trafen, wenn Vertreter der freien Berufe wie Ärzte und Anwälte anwesend waren und vielleicht auch einer von den Public Relations, wenn einer von der Wissenschaft herkam oder doch mindestens von der Universität, einer von der Administration oder gar der aktiven Politik, vielleicht ein Schauspieler, und dann eine Person, die man immer einlädt, obwohl man nicht recht weiß warum, von Zeit zu Zeit ein junges Talent, etwas Finanz und etwas Journalismus, ein bißchen Handel und ein bißchen Intellekt, und unter diesen allen auch der Immune.

Solche Chöre brachte mit leichter Hand Claire zusammen. Die Vertrauten riefen sie »Klärchen«, in den Papieren stand Clara mit »C«. Sie selber nannte sich am Telefon Frau Doktor Berger. Frau Doktor Berger arrangierte in ihrer Großwohnung Einladungen, kurzfristig per Telefon und auch mit Karten »Um Antwort wird gebeten«. Dem Sinne nach »einmal im Jahr«, auch wenn sie fast jede Woche einen kleinen Chor bei sich hatte: »Man sieht sich so selten.« Eines Tages war der Immune eingeladen worden; er hatte ein zweites Mal hingehen dürfen und danach noch öfter, wenn auch mit großen Unterbrechungen, und dann mit immer größeren. Hier hatte er als junger Mann seine ersten gesellschaftlichen Chorerfahrungen gemacht, die er dann später bei anderen Chören in ganz anderer Zusammensetzung wieder gebrauchen oder doch mindestens erneut zur Kenntnis nehmen konnte.

Wie bei allen Kollektivauftritten, die auf ein Zusammenspiel angewiesen sind, war auch bei einem solchen Chor das Einstimmen eine unerläßliche Voraussetzung:

»Kennen Sie...?« und »Darf ich vorstellen?« Das Interessiert-Bittende: »Würden Sie mal, ich möchte schon lange«, und das Repetierte: »Wie geht es?«, und das Nicht-minder-Routinierte: »Es freut mich«, und das Informierte: »Schon zurück, ach Sie waren noch gar nicht?«, und das Überraschte: »Also doch«, und das Fast-Pikierte: »Na so was.« Aber auch das Unentwegte: »Danke vielmals«, und das Trainierte: »Ganz meinerseits«, und manchmal auch das Boshafte: »Wer hätte das gedacht«, und das Mottohafte: »Schön, daß Sie kamen.«

Zum Einstimmen gehörte das Warmlaufen. Dazu brauchte es etwas Zeit und das Angebot von Getränken vorzugsweise alkoholischer Natur.

»Nehmen Sie bitte«, und »Danke, ich habe schon«. Das Unbekümmerte: »Ich war so frei«, und das Sich-Zuhause-Fühlende: »Eins von Ihren schönen Gläsern«, und das Geplagte: »Wo steckt nur das Mädchen?«, und das Bedachtere: »Fahren Sie oder Ihre Frau?«, das Habituéhafte: »On the rock wie immer«, und das Connaisseur-Betonte: »Pur, nur pur, wie kann man auch Wasser hineintun«, und das Bekenntnishaft-Gesunde: »Einen Fruchtsaft, wen's sein darf, nur einen kleinen«, und das Abenteuerlich-Offene: »Versuchen wir den Quetsch. Sie waren letzthin im Elsaß?«, und das Gestenhafte: »Sie wissen, wo die Flaschen stehen.«

So spontan sich auch der Chor bildete, er kam erst zur vollen Wirkung, wenn er unter einer möglichst unaufsässigen Leitung stand. Und Claire war eine Chorführerin mit geschickter Hand und sicherem Ton – kinderlos und unaufdringlich verheiratet, führte sie ein offenes Haus, in das zu kommen bereits ein Ausweis war.

Claire gab den Einsatz und winkte ab. Eingestimmt und warmgelaufen waren die Gäste gewöhnlich dann, wenn sich der erste an die Verabschiedung machte.

»Mein lieber Keller, das dürfen Sie mir nicht antun«, rief Claire, aber Keller beharrte darauf: »Leider, leider.« »Jetzt, wo es eben erst angefangen hat«, sagte sie ihm, und die Gastgeberin zog ihr seidenes Tüchlein durch den Armreif. Doch Keller blieb unerbittlich: »In meiner Lage. Claire, das müssen Sie verstehen.«

Wenn der erste gegangen war, gab Claire das Zeichen: »Was für ein netter Mensch«, und der Chor setzte ein.

»Tragisch. – Ich kam überhaupt nicht dazu, mit ihm zu reden. – Das wundert mich, denn schweigsam ist er nicht. – An einem Blödsinn ist sie gestorben. Die spritzen heute in den Spitälern einfach drauflos. – Man darf eben nicht an einem Samstag krank werden. – Dafür haben wir immer mehr Krankenkassen. – Vier Buben. Der Jüngste geht noch in die Schule. Was machen die ohne Mutter. – Der Vater ist ja noch da. – Der hat sein Junggesellen-Leben nie aufgegeben. – Kombinieren konnte er schon immer. – Sie sollen ein schönes Haus am Bodensee haben. – Er war ein Wochenend-Vater. – Es ist schon brutal. Nicht nur die Frau verlieren, jetzt muß er auch noch erfahren, daß seine Söhne die Kinder seiner Frau sind. Schrecklich. – Man kann natürlich ... – Nein, man kann wirklich nicht. – Gerade jetzt, wo er sich von den Betrieben zurückziehen wollte. – Das Leben nachholen, das würde mir auch passen. – Darüber, gerade darüber haben wir letzthin auch gesprochen. Aber Sie wissen ja, wie mein Mann denkt. – Starb sie wirklich nur an einer Spritze? Man hat doch ihren Vater im Wald gefunden. Es könnte ja in der Familie liegen. – Das war ein Unfall. Ein eindeutiger Unfall auf einem Spaziergang. Das mit dem Vater. – Er sieht so lustig aus in seinen dunkelblauen Hemden. – Er ist nun einmal sparsam. – Ach, das ist nicht Trauer? – So alt ist er auch wieder nicht. – Er hat mir eine irrsinnige Geschichte erzählt: Kennen Sie den Unterschied zwischen der rechten und der linken Backe? – Ach, den kannten Sie nicht? – Es trägt eben jeder an etwas. – Er hatte Tränen in den Augen, als er von seiner Frau sprach. – Es ist ja auch noch nicht so lange her. – Ruft er Sie jetzt manchmal auch mitten in der Nacht an? – Das finde ich aber lästig. – Er möchte mit jemandem reden. – Tagsüber ist er eben im Betrieb. – Ich lasse nichts über Keller kommen. Und nicht nur, weil er mein Gast war. – Er ist einer der originellsten Menschen, die ich kenne. – Das finde ich auch. Menschlich gesehen ist er großartig.«

Von wem die einzelnen Bemerkungen, Auskünfte, Fragen und Interjektionen kamen, war unwichtig. Natürlich unterschieden sie sich nach Temperament, Einkommen, Alter, Eingeweihtsein und momentaner Laune. Doch wäre es falsch und nicht im Sinne des Chors, einen einzelnen hervorzuheben. Auch was nicht austauschbar war, brauchte nicht persönlich gekennzeichnet zu werden. Das Chorlied lebte als Ganzes, auch wenn es kein Massenchor war. Es blieb individuell gefärbt. Es war ein Gruppenlied, fast ein Arbeitslied, aber eines für den Feierabend, nach der Arbeit und des Verdienens Mühe. Und das Lied galt als Ganzes dem, der sich verabschiedete, wie jetzt eben Schleichreim.

»Nicht doch«, sagte Claire. Schleichreim nahm ihre Hände, preßte sie und küßte die Fingerspitzen, indem er sich darüber beugte. Claire lehnte sich zurück: »Sie Charmeur. Aber nicht daß es wieder so lange dauert wie letztes Mal, bis wir uns sehen.« Und Schleichreim: »Hängt doch alles von morgen ab. Dabei weiß ich nicht einmal, ob ich den Vertrag unterschreiben soll. So ein Scheißberuf.« Sie rief ihm »toitoitoi« nach. Er winkte zurück und verteilte ein paar Kußhändchen in die Runde, die zurückblieb und sich zum nächsten Chorlied rüstete, sobald Claire gesagt hatte: »Ist er nicht großartig?«

»Spielt er wieder? – Warum sollte er nicht? – Nach dem letzten Verriß. – Da muß man auch die Hintergründe kennen. – Ist jemand krank geworden? – Er springt nicht ein. Er wurde eigens dafür engagiert. – Unvergeßlich, wie er im ›Wilhelm Tell‹ sagte: Laßt dicke Männer ... – Das kommt doch im ›Tell‹ gar nicht vor. – Seit wann spricht er denn nur Text, der zum Stück gehört? – Ich kenne ihn von Graz. Oder Linz. Wir waren auf der Durchfahrt nach Jugoslawien. Ein völlig verregneter Abend. Da war er großartig auf der Bühne. – Es sind die kleinen Rollen, die ihm liegen. Das behaupte ich ja schon lange. – Man sollte ihm von der nächsten abraten. Schon als Freund. – Er hat doch früher in Berlin große Rollen gespielt. – Die waren alle Stars in Berlin. – Manchmal möchte ich auch meinen Hitler haben. – Seine Frau war immerhin im KZ, die erste. – Wie kommt denn das: seine Frau im KZ und er draußen in der Emigration? – Wir waren diesen Sommer zum ersten Mal in Dachau. Als wir nach Salzburg fuhren. – Man sollte damit aufhören. – Der ›Jedermann‹ war schon gut. – Nein. Ich meine die KZs. – Es war aber schon eindrücklich. – Man muß einmal neu anfangen. – Kunst hat nun einmal nichts mit Wiedergutmachung zu tun. Das mag hart klingen. – Kriegte er denn soviel? – Es gibt kaum noch einen Suppenwürfel, den er nicht im Fernsehen anpreist. – In dieser Serie mit dem Bernhardiner, da war er nicht schlecht. – Haben Sie auch einen Hund? – Schade, schade um ihn. Bei diesem Talent. – Das Genialste war seine Rache an Hitler: Kommt nach Deutschland zurück und heiratet die deutsche Maid, die auf allen Plakaten ihre Gretchenzöpfe zeigte. Das blondeste Geschöpf. – Blond? Als ich sie kennenlernte, war sie schwarz. – Ich spreche von früher. – Seine Frau ist ein Goldschatz. – Nicht wahr? Eine richtige jüdische Mamma ist sie geworden. Man würde nicht denken, daß sie aus Tegernsee kommt. – Ist Schleimreich eigentlich sein Künstlername? – Das finde ich gemein. – Wer sagt denn, daß ich etwas gegen Juden habe. Ausgerechnet ich. Das ist doch lächerlich. Fragen Sie mal ... – Es hat doch niemand etwas gegen Schleichreim. – Im Gegenteil. – Das finde ich auch, ganz im Gegenteil. – Haben Sie bemerkt, wie er sich verabschiedet hat? Ganz alte Schule. – Und was er für eine Präsenz hat. Nimmt eine Salzmandel und ist da, voll da.«

Natürlich war ein solches Chorlied nie ausgeschöpft. Im Falle von Schleichreim fehlte diesmal das Allgemein-Anerkennende: »Juden sind nun einmal hervorragende Ärzte und Anwälte«, und das Staunende: »Woher das wohl kommt?« Es fehlte auch das Immerhin-Beruhigende: »Schließlich haben wir einen Oberstkorpskommandanten in der Armee, der Jude ist«, aber auch das Einschränkende: »Als Schleichreim möchte ich nicht im Politischen Departement diplomatische Karriere machen wollen.« Und es kam auch nicht zum Lob: »Es spricht für die Klugheit der Schweizer Juden, sich auf die Textilbranche zu beschränken«, und das Dennoch-Mahnende: »Darüber darf man nicht die Banken vergessen. Und wenn's nur ein paar sind.«

Aber ein Chorlied konnte aus zeitlichen Gründen gar nicht erschöpfend sein, einfach schon deswegen nicht, weil sich bereits der nächste Gast an die Verabschiedung machte. Nun lebte ein solches Chorlied nicht zuletzt als Teil eines Chorlieder-Kranzes.

»Wer ist sie eigentlich, diese reizende alte Person? Das wollte ich schon das letzte Mal fragen. – Die alte Schumacher? Sie kennen sie nicht? – Sie ist für ihr Alter sehr vif. Die Äuglein, die sie hat. – Und Humor hatte sie, als ihr die Perücke rutschte. – Es ist schon erstaunlich, was man heute für Gebisse machen kann. – Die verlangen ja auch dafür. – Dabei muß die alte Schumacher schmal durch. – Deswegen nahm sie zwei Schinken-Gipfel! – Zählen Sie immer, was die anderen essen? – Nur, wenn es die beiden letzten sind. – Sagen Sie nur, Sie hätten noch gesehen, wie ich der alten Schumacher was eingepackt habe. Wo ist denn nur das Mädchen? Ach, mein Mann kümmert sich schon darum. – Die alte Dame erzählte, ihr Mann sei Erfinder gewesen. – Ihr Mann hat bei meinem Mann im Betrieb gearbeitet, bis dieser Unfall passierte. – Wer hatte einen Autounfall? – Wir reden von der alten Schumacher. – Ich werde sie auch einmal einladen. Was ißt sie denn am liebsten? – Ihr Hund frißt nur Kalbsleber, hat sie selber gesagt. – Sie hat eine Tochter. Die ist in England verheiratet und schickt manchmal was. – London ist die einzige Stadt, in der ich leben könnte. – Sie auch? Wir fanden letzthin Paris so enttäuschend. Was die aus Montparnasse gemacht haben. – Ist die alte Schumacher Französin? – Woher. – Es ist reizend von Ihnen, Claire, auch solche Leute einzuladen. – Wenn sie nur nicht so dankbar wäre. Hinterher schreibt sie mir die längsten Briefe, ganz zierlich und alles von Hand. – Das hat man halt. – Die scheint noch viel Geld für Lose auszugeben. Sie fragte mich, wann Ziehung sei. – Da könnte ich auch noch was erzählen ...«

Das Chorlied konnte abrupt in das Wettgespräch zweier Personen übergehen, wofür sich Ehepaare vorzüglich eigneten. Er sagte, er möchte gerne etwas erzählen. Claire hob das Glas und sagte: »Bitte«, und dann begann die Ehefrau des Mannes, der sich zu Wort gemeldet hatte, zu erzählen. Der Mann wandte sich langsam und lauernd nach seiner Frau, sie lachte zurück: »Du bringst ja doch immer alles durcheinander. Mich nimmt's nur wunder, wie du es bei Gericht schaffst.« Er gab nach, sie: »Vor kurzem.« »Was heißt vor kurzem«, unterbrach sie der Ehemann, »das war mindestens vor zwei Monaten.« »Nie«, widersprach sie. »Aber ja«, sagte er und zog eine Agenda – »das war genau, ich kam aus Südafrika, das war genau am 4. März, ob du es wahrhaben willst oder nicht...« »Ach«, sagte seine Frau, »du meinst die Geschichte mit Sonja, bitte, die find ich recht langweilig. Bitte erzähl du!«

Aber auch dieses Ehepaar würde sich einmal verabschieden müssen. Dann hatten die Zurückgebliebenen wiederum das Wort, und zwar im Chor. Und dies, sobald Claire die Eröffnung gemacht hatte: »Ein rührendes Paar, menschlich gesehen. – Keinen Augenblick hat sie ihn aus den Augen gelassen. – Sie weiß schon warum. – Ich dachte, es sei nicht seinet-, sondern ihretwegen. Gott, hab ich was Dummes gesagt? – In dem Kreis brauchen Sie nicht zu verschweigen, was jedermann weiß. – Wenn man ihn fragt, wie es ihm geht, antwortet sie an seiner Stelle: gut. – Das probier ich das nächste Mal aus. – Was macht er denn in Südafrika? – Er vertritt Firmen. – Er hat sehr interessant von seiner Reise erzählt. – Es ist immer alles komplexer. – Es ist eben etwas anderes, wenn man die Neger vor der Tür hat. – Man sieht einmal mehr, daß man sich nicht auf unsere Zeitungen verlassen kann. – Ich komme nicht nach mit den zwei Ausgaben der ›Neuen Zürcher‹. – Es war nett von ihm, daß er überhaupt kam. – Sonst müßte er ja zuhause bleiben. – Nein, ich meine, weil er so viel unterwegs ist. Er sagte selber, er müsse zuweilen nachschauen, um zu wissen, in welcher Stadt er ist. – Daher die Agenda. – Wir sind in Zürich, falls Sie das nicht wissen. – Er versteht noch viel von Literatur. – Jedenfalls liest er. – Ob sie wirklich soviel Ansprüche stellt? – Er kann froh sein, daß sie diese Ansprüche auf ein paar Verehrer verteilt. – Ich bin jedenfalls neugierig, wie es bei ihnen zuhause aussieht. – Wurden Sie eingeladen? – Ich weiß auch nicht, wie ich dazu kam. – So ist sie wieder. – Also hingehen tu ich auf alle Fälle. – Das würde ich auch. – Sie ist eine geborene Weber. – Eine Seiden-Weber oder eine Spielwaren-Weber? – Sie bringt unwahrscheinlich Leute zusammen. – Mit der Köchin, die sie hat. – Wir waren einmal dort. Hoffentlich stellt sie Ihnen auch diese Kaviarschüssel auf. Ich meine nur als Erfahrung. – Jeden Monat möblieren sie um. – Was hat das damit zu tun? – Ich weiß es eben. – Das ist doch nicht logisch. – Das habt ihr doch an uns Frauen gern, daß wir nicht logisch sind.«

Aber es konnte auch einer, allerdings nicht gegen den Willen von Claire, das Chorlied stoppen und das Wort an sich reißen. Das waren die Soli zwischendurch, wie sie Haas liebte: »Ich könnte Ihnen noch was bieten.« »Aber ja«, bestürmten ihn ein paar. »Ich hätte es schon früher erzählt, wenn man mich gelassen hätte«, sagte Haas, und Claire streckte die beiden Hände flehend aus: »Aber bitte, bitte sehr.« »Es ist nur ein Nachtrag«, meinte Haas. Was immer auch an Gedanken- und Meinungsaustausch an eine solche Einlage und an einen solchen Nachtrag anschloß, Haas sah ins leere Glas, nippte am Rand und blieb in sich versunken. Doch nahm er wieder an den nächsten Chorliedern teil, es wäre denn, er verabschiedete sich bald danach und Klärchen eröffnete das Chorlied auf ihn: »Ein geistreicher Mann. So irrsinnig gut.«

»Haas? – Mögen Sie ihn nicht? – Habe ich mit ihm zu tun? – Ich meinte nur wegen des ›geistreich‹. – Oh doch, ich finde ihn unwahrscheinlich brillant. – Das ist doch bloße médisance. – Er ist furchtbar nachtragend. – Und entsetzlich launisch muß er sein. – So sind diese Leute halt. Das ist typisch für sie. – Also stimmt es doch? – Schauen Sie doch mal, wie er sich bewegt. – Lebt er noch immer mit diesem Boxer? – Ich dachte, Boxer seien sportlich. – Er ist auch gar kein Boxer. Er hat sich doch an meinen Mann gewandt wegen der Arbeitserlaubnis. Ein australischer Kellner ist er. John. Schade, daß er Nachtdienst hatte. Sein Make-up, süß sag ich euch. – Besser als die Algerier, die ihm regelmäßig die Wohnung räumen. – Ist denn da noch was zu holen? – Die Bildersammlung ist schon bemerkenswert. – Und nach jeder Vernissage kommt ein neues dazu. – Sie müssen nicht nur lachen, sondern auch selber einmal etwas sagen. – Und dabei ist Haas sehr sensibel. – Ja, das spürt man gleich. – Ist er krank? – Er ist vom Trinken so aufgeschwemmt. Er war in einer Entziehungskur oder so was Ähnliches. – In einem Männer-Sanatorium? Kennen Sie den Witz? – Nein, Sie haben versprochen, heute keine Witze zu erzählen. Ich weiß, sie sind gut, aber sparen wir sie auf, für die mageren Jahre. – Gut. Aber dann dürfen Sie, liebe Claire, auch keine Knef-Platte auflegen. – Wenn Sie wüßten, was ich bereit habe. – Ist sie nicht großartig, unsere Claire? – Lachen wird man wohl noch dürfen. – Ich mag Haas. – Er ist einer der wenigen Kunstkritiker, die Augen haben. – Er ist halt menschenscheu. – Das ist das Tragische bei diesen Leuten, wenn sie ins Alter kommen. – Da rächt sich manches. – Er bleibt eine grandiose Erscheinung. Finden Sie nicht auch, rein menschlich gesehn?«

Das Chorlied konnte sich aber zwischendurch Themen zuwenden, die wegführten von den Personen, wie in diesem Fall zum Beispiel:

»Ich habe jetzt Tabletten. Da kann man fast alles essen. – Aber bitte nicht ohne ärztliche Kontrolle. – Das glaube ich einfach nicht, drei Pfund in einer Woche. – Es ist bloß eine Konstitutionssache. – Aber vielleicht müßte man es einmal mit autogenem Training versuchen. – Ach, Unterwasser-Massagen haben auch nichts genutzt. Man muß mich nehmen, wie ich bin. Mit allen Kilos. – Die Türken lieben dicke Frauen, dreimal so dicke.«

Wäre der Satz mit den Türken schon früher gefallen, hätte sich das Chorlied nochmal anders entwickeln können. Es hätte sich auf das umfangreiche Thema »Frau«, aufs »Reisen« oder auf »Dienstboten« ausrichten können. Zu Anzüglichkeiten über die Frau durfte es bei Claire allerdings nicht kommen, auch wenn durchaus einige Verwegenheiten drin lagen:

»Die wollen eben etwas in den Händen haben, die Türken. – Ob das so eine besondere Erfahrung ist: alles per Kilo? – Sie meinen bei den Fleischpreisen? – Ach, Sie sind furchtbar. – Bei Kurven denke ich in erster Linie ans Autofahren. – Die Eskimos schenken einem die Ehefrau. – Da hat man das Geschenk.«

Damit wäre der Übergang zum »Reisen« oder zu den »Dienstboten« gegeben oder zu beidem zugleich:

»Meine Putzfrau war in Kenya. Bitte sehr, auf Safari. Sie hat mir das Photo gezeigt: auf Elefantenjagd. – Haben Sie den Elefanten in den Eisschrank gebracht? – Wir haben jetzt eine Türkin. Der mußten wir beibringen, entschuldigen Sie das Thema, aber wir mußten ihr zeigen, daß man nicht auf die Toilettenschüssel steht, sondern sich auf den Ring setzt. – Wenn das so weitergeht, müssen wir in den Restaurants die Bestellungen bald durchtrommeln. – Wozu Dienstboten, bei den Haushaltsmaschinen, die man heute hat. – Sie hatten Glück mit Ihrer Italienerin. Die sieht reizend aus. – Es brauchte auch seine Zeit. Jetzt trägt sie wenigstens die Röcke bis zum Knie. Und dann fing sie an, mit unserem Neffen Schallplatten auszutauschen. – Unsere will ausgerechnet über Weihnachten weg. Dabei war sie letztes Jahr unten. Sie sind ja rührend; eine Salami hat sie mitgebracht. Etwas feucht und schimmelig. Mein Mann konnte fast nicht.«

Damit stand wiederum der Mensch im Mittelpunkt. Menschen traten auch wieder ins Zentrum, nachdem sich das nächste Paar verabschiedet hatte. Claire begleitete sie hinaus, und die Zurückgebliebenen rückten zusammen, schoben die Sessel und bildeten einen Kreis, indem sie die Lücken ausfüllten. Als Claire hereinkam, fuhr sie sich übers Haar und sagte: »War das nicht aufregend, die beiden?«

»Der schickt uns noch alle nach Sibirien. – Aber nicht Uli. Seine Kinder besuchen mit den unseren die gleiche Ballettschule. – Seine Mutter, die war links. Ganz militant. Was die mit unehelichen Kindern losgelassen hat. – Es waren auch andere Zeiten. – Warum darf eigentlich ein Mensch seine Meinung nicht ändern? – Ich habe ihm jedenfalls die meine gesagt. – Um Gottes willen. Er hatte solche Hemmungen zu kommen. – Ich habe ihn mir ganz anders vorgestellt. – Er hatte wenigstens Mut. Und das schon beim Einmarsch der Russen in Ungarn. – Bei der Diskussion um die Militärdienstverweigerer hat er sich großartig geschlagen. – Man würde nicht denken, daß er selber einmal Uniformen verbrannt hat. – Aber Sie müssen zugeben, man kann doch nicht mit den Prozessen so weiterfahren. – Es braucht alles seine Zeit. – Sagen Sie das mal meinem Sohn. – Seine Frau ist Lehrerin? – War. War Lehrerin. Sie gibt noch immer Kurse für die Arbeiterweiterbildung. – Ich sehe sie nächste Woche. Da zeigt sie mir auch, wie man Blumen steckt, wissen Sie, diese japanische Art. – Sorgen Sie nur dafür, daß Sie nicht zu ihr nach Hause müssen. – Die wohnen irgendwo da draußen. – Da werden Sie gefragt: Was trinken Sie? Sie hält eine Kanne mit heißem Wasser bereit und schiebt eine Blechdose mit verschiedenen Säcklein dazu: Pfefferminze, Lindenblüten, Kamillen. – Da muß ich mir vorher noch einen Whisky genehmigen. – Stimmt es eigentlich, daß Vegetarier bei der Bluttransfusion Schwierigkeiten haben? – Wozu haben wir einen Doktor unter uns? – Sind Sie Kassenpatientin oder bezahlen Sie bar? – Das war gut, das war irrsinnig gut. – Ob Uli die nächsten Wahlen schaffen wird? – Die andern haben ja niemanden aufgebaut. – Möchten Sie Stadtrat werden? – Seine Vorstellung vom sozialen Wohnungsbau ist reine Wahltaktik. – Merkwürdig, wenn er im Amt ist, kommt in ihm der Schweizer hoch, wie senkrecht er sich ausnimmt. – Ich finde, daß ihm sogar die Unbeholfenheit steht. Sie gibt ihm etwas Reelles. – Er ist schon ein erstaunlicher Typ. Wenn man bedenkt, wie er sich halten konnte. – Das finde ich auch. Er ist mir jedenfalls lieber als ...«

Es konnte bei einem solchen Chorlied zur Gegenstrophe kommen, und die betraf in diesem Fall jemanden, der nicht da war, »diesen Professor, Sie wissen schon, wen ich meine.« »Man kann bald keine Zeitung mehr aufschlagen, ohne daß man seinen Namen unter einem Aufruf findet. – Ich schreibe meinen Namen lieber nur einmal hin, dafür unter einen richtigen Scheck. – Er wurde doch erst progressiv, als er die Stelle an der Universität erhielt. – Sonst hätten sie ihn ja auch nicht genommen. – Das nennt man heute eben dialektisch. – Dafür haben sie kein Wort mehr für Charakter. – Haben wir es nötig, unsere Meinung an die große Glocke zu hängen? – Für meinen Geschmack hat er sich zu sehr bei der Jugend angebiedert. – Er hat eben auch schon graues Haar. – Wie ist denn eigentlich sein neues Buch? – Soll ich mich mit diesem verklemmten Puritanismus abgeben? – Das stimmt, er hat etwas von einem Pfarrer. – Etwas Pastorales. – Genau, ganz genau. – Ich trau ihm nicht. – Kann man einem Pastor trauen? – Das geht mir jetzt wieder zu weit. – Es soll da drin Stellen geben. – So rasch werden wir auch nicht rot. – Das meinen Sie nicht politisch. – Was die mit ihrer Sexualität haben. Mein Gott, wenn unsereins ... – Ich halte mich jedenfalls lieber an Uli. – Und doch. Ich werde diesen Professor das nächste Mal einladen. – Sie sind ein Scheusal, Claire. – Wo am meisten?«

Es brauchte nicht immer jemand wegzugehen, damit das Chorlied angestimmt werden konnte; es gab Versuche, damit anzufangen, wenn jemand kurz hinausging, aber der Aufenthalt auf der Toilette war keine richtige Voraussetzung für das Singen im Chor.

Bonalli zum Beispiel hatte den ganzen Abend dagesessen, hatte sich Glas um Glas eingegossen und stets von der Flasche genommen, die in nächster Nähe stand; er hatte manchmal gelacht und immer wieder genickt. Bis er sich plötzlich mit einem Ruck erhob. Er vergoß sein Glas und bemühte sich, mit dem Ärmel das Polster zu reinigen. Aber Claire sprang ihm bei; sie führte ihn zu einem Sessel am Fenster, wo er sich hineinsetzte, achselzuckend und grinsend, den Kopf zurücklehnte und zu schlafen begann.

»Sieht er nicht bezaubernd aus? Er hat sich für heute abend eigens einen Schlips umgebunden. Noch ein richtiger Junge. – So jung ist er auch wieder nicht. Er ist mehrfacher Familienvater. Jedenfalls hat er Kinder. Überall. – Wie ruhig er dasitzt. – Er versprach mir, sich nicht danebenzubenehmen. Er stellt nächste Woche aus. – Schön, sehr schön, das freut mich für ihn. – Hätte er doch nur mit Haas gesprochen. Ich wollte die beiden zusammenbringen. – Wie war der Name? – Meyrisch. – Den wird man sich merken müssen. – Das ist der Name der Galerie. – Was malt er denn? – Er ist Bildhauer. – Schade. Das ist mehr für Spitäler und Schulhäuser. – Haben Sie seine Hände gesehen? Toll. – Das kommt vom Schweißen. – Erich, komm doch einmal. Schau dir diese Hände an. – Was schweißt er denn? – Abstrakt. – Was Sie immer für Leute einladen. – Was ist eigentlich aus diesem Maler Becker geworden? – Er hat mal eine Karte aus Paris geschickt. Und dann rief er auch einmal an. Aber ich hatte keine Zeit. – Wer wird eigentlich Museums-Direktor? – Das dürfte klar sein. – Also doch. – Sie müssen vorher natürlich noch die Stelle ausschreiben.«

Die Chorlieder wurden kürzer, wenn die Nacht vorrückte.

»Das ist der reinste Fachidiot. – Aber bitte, ein hervorragender Chirurg. – Was kann er denn, außer mit einem Messer umgehen. – Haben Sie die Zähne gesehen? Der hat Angst vor dem Zahnarzt. – Die Metzger gehen ja auch nicht selber in die Wurstmaschine. – Und seine Frau. – Was wollen Sie, sie war mal seine Sekretärin. – Das ist kein Grund, mir die Krankheitsgeschichten der Patienten von ihrem Mann zu erzählen. Ich kriegte schon Krebs vom Zuhören. – Sie will eben auch mitreden. – Manchmal versteh ich die Studenten schon. Dem würde ich auch die Bude einrennen.«

Oder:

»Was die nur mit ihrem Garten hat. – Die Arme, sie hätte so gerne Kinder gehabt. – War es denn unheilbar? – Ihr Mann wollte nicht. – Wollte nicht oder konnte nicht? – Er wollte keine Kinder haben in so unsicheren Zeiten. – Dafür entläßt sie dann die Sekretärin ihres Mannes, weil die schwanger war. – Das verstehe ich. – Nicht ihr Mann hat die Sekretärin geschwängert. Sondern deren eigener Mann. Sie aber, sie konnte den Anblick eines dicken Bauches nicht ertragen. – Man würd's nicht denken, wenn sie dasitzt. – Aber von Blumen versteht sie etwas.«

Gegen das Ende gab es dann das Chorlied, das sich zum Abschied fand:

»Es war schön – und so gemütlich. – Vielen Dank für die Pastete. – Was Sie sich für eine Mühe machen, Claire. – Wir telefonieren noch. – Also bis zum nächsten Mal. – Was Sie für eine reizende Wohnung haben. – Sie sollten mal tagsüber herkommen. Bei Föhn sieht man bis zu den Alpen. – Ist das die Küchentür, ich möchte dem Mädchen noch was hinlegen. – Gehen Sie am Donnerstag auch zu der Premiere? – Wo haben Sie diesen prächtigen Schal her? – Wo hab ich jetzt nur wieder die Autoschlüssel? – Es war so reizend. Sonst bleiben wir nie so lange. – Danke nochmals für die Blumen. Wenn Sie wüßten, wie ich Kamelien liebe. – Ja Claire, wirklich, es war ein gelungener Abend. – Ohne Kompliment, Frau Doktor Berger. – Und was für nette Leute.«

Aber einige blieben, bis zum allerletzten Schluß. Das hatte der Immune auch das erste Mal getan. Die nächsten Male zog er es vor, noch vor Polizeistunde ein Lokal aufzusuchen. Das, was Claires Chor das Milieu genannt hätte. Er brauchte es als Ausgleich. Dabei wußte er genau, daß dieses Milieu auch seine Chorlieder kannte, verglichen mit Claires Chor-Auftritten waren sie viel beschränkter. Bei der ersten Einladung aber war er bis zum allerletzten Schluß geblieben:

»Jetzt, wo wir unter uns sind. – Ich lüfte mal. – Doch, einen Schluck nehme ich noch gerne. – Es ist auch recht schön im kleinen Kreis. – Wer war denn eigentlich die Dame, die die ganze Zeit hinten saß ...«

Keiner entging dem Chorlied. Auch Claire nicht. Es kam der Moment, da blieben Claire und ihr Ehemann zurück. Das Chorlied über sie setzte manchmal schon auf der Treppe ein, auch wenn die Sänger gewöhnlich bis unten warteten, wo man noch ein paar Worte wechselte, beim Tor und im Vorgarten:

»Sie macht es schon großartig. – Es ist erstaunlich, wie ihr Mann kaum in Erscheinung tritt. – Sagen wir es deutlich, er ist ein Trottel. – Er ist in der Chemie. – Von irgendwo muß das Geld ja kommen. – Sie hatte es auch nicht leicht mit ihm. – Er verdankt ihr seine Stellung. Ihrem Liebhaber jedenfalls. – Den sieht man nie. – Vielleicht gibt's den gar nicht. – Sie meinen, Claire sei imstande ...? – Dahinein wollen wir uns jetzt nicht verbohren. – Erstaunlich, was sie für Leute zusammenbringt. – Nicht wahr? Deswegen geh ich auch gerne hin. Menschlich gesehen ... – Finden Sie auch?«

Der Immune hatte beim ersten Abend vom Vorgarten hinaufgeschaut. Er hatte bemerkt, wie sich ein Fenster öffnete. Dann hatte sich ein Frauenkopf hinausgeschoben und sich lauschend nach unten gebeugt.

Bei Claire hatte der Immune seine erste Chorerfahrung gemacht, und er hatte begriffen, diese Chorlieder wurden überall gesungen, wo diese Gesellschaft sich in einer Gruppe fand, aus der dann einer wegging.

Es war ein gemeinsamer Abgesang, wobei der Betroffene am Leben blieb. Als Abdankung auch ein Trauergesang, und als solcher stets um Lustigkeit bemüht. Es waren auch Preislieder auf jene, welche die Gesellschaft ausmachten, zu der man selber gehörte. So meinten die Zurückgebliebenen nicht nur den, der wegging, sondern auch sich selber. Daher sprach dieser Chor immer als Richter, aber als einer, der den Freispruch von vornherein erteilt; man war ja selber mitgemeint.

Und zuweilen waren die Chorlieder gleich festgelegt: »Kommen Sie, mein Lieber«, sagte Claire am Telefon. »Ich habe Minister Zubler zum Essen. Einen richtigen Minister. Der war eben mit dem Rotkreuz unterwegs. Er bringt seine Schwester mit. Aber wir haben schon anderes überstanden.«

Auch der Immune war Gegenstand der Chorlieder geworden. Nicht nur dadurch, daß er wegging, sondern vor allem, als er schon längst nicht mehr hingegangen war:

»Warum ist der Immune nicht gekommen? – Mehr als einladen kann ich auch nicht. – Mir war er immer zu arrogant. – Klug ist er schon. – Aber das ist es ja gerade. Seiner Intelligenz fehlt die menschliche Wärme. – Woher nur seine Aggressionen kommen? – Er nimmt kein Blatt vor den Mund. – Hat er überhaupt ein Blatt? – Immer diese Flecken auf seinen Kleidern. – Claire, Sie kennen ihn doch aus der Zeit, als er anfing. – Ich frage mich, was er jetzt machen wird. – Ach, der kommt immer davon. – Er schien mir ziemlich nervös am Telefon. – Sie haben mit ihm gesprochen? – Das konnte ich mir ja nicht entgehen lassen. – Ist denn was passiert? – Haben Sie nichts gehört? Es war ein Riesenskandal. – Der vergeht auch wieder. – Was war denn? Wir kommen eben aus den Ferien! – Daher die Hautfarbe. – Da haben Sie was verpaßt. – Um Gottes willen, was ist denn? – Lesen Sie. Das war eine Titelgeschichte.«

Die Affaire

Zur gewohnten Stunde, an einem Februar-Dienstagmorgen um 7.24 stieß I. (39) die Drehtür zu einem 2-Millionen-Nachkriegsbau in der Zürcher City auf. Der Pedell wunderte sich keineswegs, daß dieser Redakteur zur Arbeit erschien, ehe er Mop und

Eimer von der Frühreinigung weggestellt hatte. Er erinnerte sich später: »Es war wie immer.«

I., den seine Kollegen spöttisch »señor« nannten, weil er neben seinem Zeitungs-Ministerium ohne Ressort die Abteilung Südamerika betreute, ging wie immer zum Lift. In seiner vernachlässigten Kleidung (»teure Stoffe, und nachher ist's mir egal«) hätte niemand einen Mann von Einfluß vermutet und schon gar nicht einen, der Einfluß verlieren könnte. In der obersten Etage schloß er mit lässiger Gewohnheit die Tür zum Sekretariat auf und ging in den Nebenraum. Sogleich machte er sich an die Kaffeemaschine und trank zwei Tassen abgestandenen Jubila-Kaffee von gestern. Darauf steckte er sich eine Zigarette an; es war bei seinem fabulösen Nikotin-Konsum nicht die erste. Dann aber tat er etwas, was er noch nie getan hatte. Er stellte sich mitten im Sekretariat auf, fuhr die Aktenschränke und Schreibtische mit einem langsamen Blick ab, eine Bürolandschaft zwischen amerikanischem Knoll und Heimatstil, und dann – dann lachte er. Er kümmerte sich nicht wie sonst um sein Postfach, sondern ging auf den Flur. Über den schallschluckenden Teppich begab er sich zu seinem Büro, zur letzten Tür, mit fast gemütlichen Schritten, die nicht zu seiner notorischen Nervosität paßten.

Dabei hätte er jeden Grund zur Nervosität gehabt. Am Abend zuvor hatte er einen Telefonanruf nach Hause gekriegt, von einem Kollegen, der ihm mitteilte, er habe es von M., dem habe es W. durchtelefoniert: ihm, I., werde eins untergebuttert, fristloses Ausscheiden aus der Redaktion mit eventuellem Hausverbot, die Entmachtung sei eine beschlossene Sache.

I. gab sich entspannt. Er hatte sein Büro persönlich eingerichtet. Nicht aus Identifizierungsbedürfnis mit dem Job, sondern weil er in den letzten Jahren durchgehend in möblierten Appartements und Hotels gewohnt hatte. So gab er als Ausgleich seinem Arbeitsort »eine Note«.

Die Umstände für einen speditiven Umzug waren günstig. Das meiste stand noch in Kisten verpackt. Was als Einzug gedacht war, erwies sich als nützlich für den definitiven Auszug.

Nicht daß I. erst jetzt zu einem eigenen Büro gekommen wäre, er war bereits fünf Jahre an der Zeitung tätig (Werbespruch: »Weltblatt mit Urteil«). Nach langjähriger freier Mitarbeit war er ad interim in die Zeitung eingetreten, war über ein Jahr lang ad-interim-Redakteur geblieben, bis er ins Gremium der Chefredaktion einstieg.

Doch in dieser Zeitung war seit Wochen eine hektische Reorganisation im Gange. Oder genauer: in Gang gebracht worden. Vordergründig sprach man von administrativem Umbau, hintergründiger bereits von Ressort-Mutationen. Ein Kompetenzen-Wirrwarr trug noch das Seine zur Konfusion bei. Die angebahnte Zeitungs-Kosmetik war ein new look besonderer Art: Es ging um nichts Geringeres als um einen Kurswechsel.

Im Zuge dieser recht »diffizilen Reform« war auch I. zu einem neuen Büro gekommen, dem gediegensten Raum im Hochhaus, dem einstigen Salon des längst verstorbenen Gründers. Die Wohnräume waren in Büros umfunktioniert worden. Doch das Cheminée war geblieben; es standen bereits zwei Besucher-Stühle vor dem Import-Marmor.

Von den Möbeln gehörte I. nur ein alter spanischer Tisch. Was ihm nicht gehörte und was die Gründer-Witwe sich bis jetzt stets geweigert hatte zu verkaufen, war ein dazu passender geflochtener Stuhl mit rotem Lederkissen. Ein Sessel, der an diesem Tag noch eine Rolle spielen sollte.

Doch der Reihe nach: I. setzte sich in den Stuhl und fingerte wahllos in den Papieren vor sich. Er suchte etwas, das er gar nicht finden konnte. Das annoncierte Kouvert mit der Entlassung konnte nicht früher als mit der ersten Hauspost eintreffen, schließlich lag die Befehls-Zentrale des Drucker-Bosses in einem anderen Stadtviertel, und seinetwegen, wegen I., wurde der Druckerboss nicht zum Frühaufsteher.

I. sah zur Wand, wo seine abwaschbare Weltkarte im Großformat aufgehängt worden war, der einzige Wandschmuck, den I. verlangt hatte: eine Weltkarte »nicht mit Europa und Afrika in der Mitte, sondern mit Amerika oder Asien im Zentrum«. Doch der Chef vom Einkauf hatte nur eine mit Amerika in der

Mitte gefunden. Die Schrauben waren erst provisorisch eingelassen; das Weltbild saß locker. Es war eine Affaire.

Ein Höhepunkt lag allerdings schon zehn Monate zurück. In jenem heißen Sommer 1968 war es auch in Zürich zu blutigen Auseinandersetzungen zwischen Demonstranten und der Polizei gekommen. Die »Stadt der Gnomen«, die » Geburtsstadt von Pestalozzi« hatte sich bei einer sonst länger dauernden Stilverspätung mit erstaunlich geringer Phasenverschiebung an die internationale Protest-Marsch und Dreinschlag-Politik angeschlossen. Das Ganze war so überraschend gekommen, daß die ahnungslose Polizei noch nicht einmal über Wasserwerfer verfügte; sie mußte sich zur Hauptsache auf die Knüppel verlassen, getreu dem helvetischen Glauben ans Handwerk.

I. selber hatte diesen Sommer auf einer Report-Reise nach und in Kuba verbracht und ein paar Tage vor den Zürcher Unruhen jene in Mexiko City erlebt, als die Polizei in die Studenten auf dem »Platz der drei Kulturen« schoß.

Die als »Zürcher Unruhen« bekannt gewordenen Ereignisse hatten zu einer allgemeinen Radikalisierung geführt mit verschiedenen Manifesten, teach-in's und sit-in's. Auch die Redaktion des »Weltblatts mit Urteil« spaltete sich in die zwei Flügel, die schon lange vorher existiert hatten. Der Einmarsch russischer Truppen in die Tschechoslowakei hatte die ideologisch-politische Situation verschärft. Indem Rußland sich als Bruder-Nation der USA erwies, mußte die Linke ihren Standpunkt mindestens differenzieren, während die Rechte in der Tschechoslowakei Dinge stürzen sah, die nicht in ihrem Sinn errichtet worden waren.

Die Radikalisierung hatte innerhalb der Redaktion selbst die Labilen und Zukurzgekommenen zu einer Entscheidung gezwungen, und zwei der drei Schwankenden schlugen sich auf die linke Seite, die einen Moment lang die größere Attraktion ausübte.

Als I. Anfang November nach Zürich zurückgekehrt war, fand er sich mit folgenden Fakten konfrontiert: Der Chef war im Sanatorium. In der Redaktion gab es zwei Gruppen, die nur noch per Gruß miteinander verkehrten. Der Drucker-Boss, einer der beiden Hauptaktionäre, Delegierter des Verwaltungsrats und Besitzer der Druckmaschinen sowie Herausgeber einiger Fachblätter für white-collar-Berufe, war zum leibhaftigen Herrn im Hause geworden. Es verstrich kaum ein Tag, ohne daß er nicht in den Redaktionsräumen auftauchte.

I., der es bis dahin verstanden hatte, als zweiter im Hintergrund eine vorzügliche »Politik der Wandelhalle« zu treiben, war gezwungen, die Rolle des ersten Mannes im Vordergrund zu übernehmen.

Er begegnete allgemeiner Skepsis (»der ging mir schon lange auf den Wecker...«, »er liebt es, die Graue Eminenz zu spielen wegen des Graus...«, »ein halbes Jahr weg sein und dann dreinreden wollen«). Seine Politik zwischen Tür und Angel hatte manche Tür geöffnet und auch manche aus den Angeln gehoben. Aber jetzt war es nicht einfach, etwas aus der Trickkiste zu holen.

Eine Kündigungseuphorie hatte um sich gegriffen. Die Lösung schien nur noch im Hinauswurf, Abschieben, Weg-Ekeln oder Votieren auf längeren Urlaub zu liegen. Die Linke kündigte in Gedanken und vertraulichen Gesprächen der Rechten, die der Linken schon längst mit Interventionen beim Verlag kündigen wollte. Der Drucker-Boss trug einen Zettel mit Namen bei sich, von denen er zuweilen einige durchstrich und sie durch andere ersetzte. Er war der einzige, der wegen des Kündigens nicht mit einem zweiten reden mußte. Zudem konnte der Drucker-Boss mit dem Budget operieren, auch wenn nicht gemeint war, was vorgebracht wurde: »Es geht um die kostengünstige Produktion von Zeitungsartikeln.«

Worum es tatsächlich und in Wahrheit ging, erfuhren die Beteiligten erst viel später. Der Vorwurf war berechtigt: »Man hat uns die wirkliche story vorenthalten.« Aber auch die, welche vorenthalten hatten, kamen zu ungeahnten Pointen.

I. taktierte scheinbar paradox nach der Devise: Keine Köpfe rollen. Das mußte ihm von beiden Seiten als Verrat ausgelegt werden und entsprach schon gar nicht den Wünschen des

Drucker-Bosses. Aber I. war überzeugt: »Wenn ein Kopf zu rollen beginnt, pfeift er den anderen.« Am Ende aber rollten bei dem Säuberungsprozeß die Köpfe, anders, als es I. befürchtet hatte, und nicht so firmen-intern, wie es der Drucker-Boss gern gesehen hätte.

Die Rückkehr des Chefs aus dem Sanatorium hatte weder die Atmosphäre gereinigt noch aus der Kater- eine Bärenstimmung gemacht. Es sah vielmehr nach komödiantischem overkill aus. Persönliches und Gesellschaftskritisches begann sich zu verfilzen, Ego-Fraktionen und Ressort-Interessen gingen Hand in Hand und saßen Büro-Tür an Büro-Tür. Man forderte bereits gesonderte Leistungsfeststellungsverfahren, wie der Drucker-Boss kundtat.

Der Drucker-Boss, ein Drucker-Sohn, der einen 170-Drukker-Staat befehligte (»meine Angestellten sind nicht meine Freunde«) begann für sich und die Bilanz zu zittern. Die höheren Verlagsangestellten zeigten sich beunruhigt, die Insertionsabteilung schickte alarmierende Ukas. Man sprach allenthalben von Unterwanderung, Links-Drall und Polit-Tratsch.

Hätte I. damals beweisen können, daß in Zukunft die Linke, die Neue Linke, die verschiedenen Ligen von nun an regelmäßig ganzseitig inserierten, vieles wäre gewonnen gewesen. Aber die linke Insertionswut blieb aus, die Linke kam tatsächlich nur über den redaktionellen Teil in die Zeitung, schreibenderweise oder als Thema.

I. jedenfalls schlitterte zwischen Redaktion und Hauptaktionär-Drucker-Boss, eine Stellung, die er für diesmal nicht selber erfunden hatte.

An jenem Dienstagmorgen hatte I. genug Zeit, um nachzudenken. Als er in die Zeitung eingetreten war, hatte er mit einigen Kollegen zunächst einmal für einen neuen Wortschatz des Polit-Dudens zu kämpfen. Es wurde künftig nicht mehr geschrieben »In Vietnam blieben sieben Rote auf der Strecke«, sondern »In Vietnam fielen sieben Vietcongs.« Die Zeitung hatte bis zu jenem Zeitpunkt tapfer, da unblutig, am Kalten Krieg teilgenommen, auch noch, nachdem sich zwischen Washington und Moskau eine Verständigung angebahnt hatte. Als schweizerisches Publikationsorgan hatte dieses »Weltblatt mit Urteil« seine Grundsätze um so entschiedener und rauflustiger vorgebracht, als die Leitartikler ihren bewaffneten Lesern (»jeder Schweizer hat ein Gewehr zuhause«) für den Ernstfall die Neutralität in Aussicht stellten.

I. sinnierte melancholisch über den langen Weg vom Feuilleton in die Politik. Die Politiker im Redaktionsschoß hatten sich lange gegen die Kultur abgesichert. Der Chef selber hielt sich als praeceptor Helvetiae an schweizerische Belange grundsätzlicher Art. Der Rest der Welt war aufgeteilt worden. Derjenige Redakteur, der nach dem Krieg einige Jahre in Wien zugebracht hatte, betrachtete von diesem Außenposten aus den Sozialismus bis nach Rußland. Derjenige, der sich in englischer Geschichte auskannte, betreute auch die USA, den Fernen Osten und einen Teil von Afrika. Ein anderer Teil von Afrika gehörte in die Kompetenz jenes Redakteurs, der in Paris studiert hatte und sich auch des Nahen Ostens annahm. Vergessen worden war das portugiesische Afrika und auch Südamerika (»Samba- und Operetten-Diktaturen gehören ins Magazin«). Bei diesem Klein-Yalta von Meinungslenkern hatte sich eine Lücke aufgetan, durch welche I. in die Politik geschlüpft war.

I. sinnierte noch melancholischer. Bei allen Auseinandersetzungen jüngeren Datums, bei persönlichen Rivalitäten und gegenseitigem Mißtrauen hatte das »Weltblatt mit Urteil« die übliche Schizophrenie zwischen Kultur und Politik vergessen können, für über ein Jahr nun. Es war in der Politik nicht zur Kompensation nach rechts rezensiert worden, während die Kultur linke Kommentare veröffentlichte. Es gab in der Erinnerung keine schlechte Liste für die zweite Hälfte der sechziger Jahre:

Die Themen waren auch danach gewesen: Militärdienstverweigerer, die als Kriminelle behandelt wurden; der Zusammenhang von schweizerischer Wirtschaft mit der Unterentwicklung in der Dritten Welt; Universitätsreform und Abbau der Bevormundungswissenschaften; Antikommunismus im Namen einer

Freiheit, die nur Interessen meinte; die jurassische Minderheit als Problem des ungelösten Föderalismus; der Lehrling als billige Arbeitskraft; der Kampf nicht nur für die soziale Besserstellung der Fremdarbeiter, die nun Gastarbeiter hießen; die Entlarvung faschistischer Regime; der Zweifel, daß unsere Freiheit in Vietnam verteidigt wird; die kontinuierliche Wiederkehr der Rassenfrage; und dann und ferner noch... Nach seiner Rückkehr hatte es nur noch ein Überrunden nach rechts und nach links gegeben.

Manche Mitarbeiter scherten aus, besonders T-Z. Beachtliche Aktienpakete, die er von seinem Vater geerbt hatte, erlaubten ihm einen Mao-Radikalismus, den er auch von den andern forderte. Er sprach schlüssiger, da er die Politik auf dem Papier mit Zitaten machte. Mit ihm hatte sich I. sogleich zerstritten und zu dem Satz hinreißen lassen: »Für sein Chinesisch fehlt mir das Konto.«

»Der Laden gehört doch nicht uns«, pflegte I. so oft zu wiederholen, daß die Binsenwahrheit zum Stoßgebet wurde. »Würde ich ein Drehbuch verfassen, sähe es auch anders aus.«

An die Stelle des Urteils trat immer mehr die methodische Überlegung, die Gesinnung war schon längst durch taktische Fragen in den Hintergrund gedrängt worden, die Politik wurde zum »l'art-pour-l'art« des »Koste, was es wolle«.

Es begannen Köpfe zu rollen. I. handelte gegen seine eigene Devise, er war bereit, auf einige Außenposten zu verzichten und bei den Mitarbeitern Kürzungen vorzunehmen. I. wollte einen Schritt zurück machen, um nicht ganz zurückgepfiffen zu werden. Der Tanz »Zwei nach vorn und eins zurück« hatte aber nur Sinn als Gruppentanz, als Solo-Auftritt taugte er nichts. Die linken Redakteure kündigten, mit ihnen gab ein Großteil der Mitarbeiter auf. Was die Rechte feierte, konnte für I. kein Sieg sein. Er isolierte sich zusehends. Es blieb nichts anderes übrig, als sich selber den Laufpaß zu geben. Er setzte seine Kündigung auf und erklärte sich mit sich selbst solidarisch.

So sehr dem Drucker-Boss Kündigungen gelegen kamen, die von I. war ihm nicht willkommen. Nicht nur weil sich zwischen beiden sogar ein Vertrauens-Verhältnis feindlicher Brüder herausgestellt hatte. Längst hatte der Drucker-Boss ein anderes Team im Kopf. Er war schon beim »Einkaufen«; er sprach von »Einkaufen«, da eine seiner wenigen gesellschaftlichen Beziehungen die Ehrenmitgliedschaft in einem Fußball-Club war. Aber er brauchte jemand für das große Reinemachen. Dafür hatte er I. vorgesehen; der hatte bald gespürt, daß schon das physische Zusammensein mit dem Drucker-Boss Milieuschäden mit sich brachte. Da das große Reinemachen Schmutzarbeit war, empfahl I. seine beiden Kollegen M. und F. Also saß I. an jenem Dienstagmorgen in seinem Büro. Es spielten die üblichen Manager-Riten. Die Sekretärin brachte einen frischen heißen Kaffee. Sie erschien dann mit der Post. Als sie mit der Mappe »Unerledigtes« unter der Tür erschien, winkte I. ab. Es gab eine andere Prioritäten-Liste.

I. wurde ungeduldig. Er blätterte im »Spiegel«; aber sein Sinn stand nicht nach Lektüre. Er beschloß zu telefonieren und ließ sich eine Verbindung mit P. geben. Nicht sehr geistreich begann er sich zu beklagen, er habe das Kündigungs-Schreiben vom Drucker-Boss noch nicht erhalten, wann das wohl zu erwarten sei. Er, P., müsse doch informiert sein. Aber P. wußte von nichts, er fiel dafür aus allen Wolken.

P. war Mit-Begründer des Zeitungsunternehmens, war lange Zeit auch zeichnender Redakteur gewesen, bis er freiwillig ausgetreten war. Noch immer hatte er Aktien, wenn auch nicht mehr viele, doch saß er nach wie vor im Verwaltungsrat. I. hatte P. in den letzten Wochen manchmal fast täglich gesehen, er hatte verlangt, daß P. an gewissen Besprechungen zwischen ihm und dem Drucker-Boss teilnahm. Auch P. hatte sich beunruhigt gezeigt; er war der Verwaltungsrat-Mensch, der am ehesten die Wünsche von Zeitungsmachern begriff.

P. hörte sich am Apparat die neueste Entwicklung der letzten Tage an und meinte: »Es muß etwas geschehen.« Nach einer Pause sagte er: »Es gäbe nur eins, sich mit dem ›anderen‹ zu verbünden.« Da fehlte I. für einen Moment die Antwort.

Der »andere«, damit war der andere Hauptaktionär gemeint,

der paritätisch genau soviel Aktien besaß wie der Drucker-Boss. Er war Delegierter eines anderen Druckerei-Unternehmens. Bisher hatte es als unumstößliche Regel gegolten, daß sich einzig der Drucker-Boss des »Weltblatts mit Urteil« annahm. Nun aber bahnte sich eine neue Allianz an.

P. war das Zünglein an der Waage, aber das Zünglein sollte sich als großer Schinken erweisen.

Mit einem Telefonat hatte sich alles geändert. I. nahm einen Notizzettel und stellte eine Rechnung an: 41 Prozent mit den 12 Prozent von P. ergab 53 Prozent. Das war eine Majorität. Dann klingelte das Telefon. P. war am Apparat. Er gab eine doppelte Nachricht durch. Er hatte in Erfahrung gebracht, der Drucker-Boss habe seinen Besuch auf vier Uhr nachmittags vorgesehen, weil er den Abschlußtag nicht gefährden wolle. P. habe aber auch mit dem »anderen« telefoniert. Der fahre gleich nach Büroschluß um zwölf von Knortzikon herüber. Er, P., werde auch da sein.

Das war um 10.40.

I. stand am Fenster. Plötzlich gab es die Möglichkeit, die Zeitung zu halten. Das bedeutete mindestens Zeitgewinn, Verschnaufpause und die Möglichkeit interner Bereinigung. Der »andere« war auch nicht das, was sich I. als Delegierten wünschte. Der »andere« hatte die Nase stets oben, nicht aus Hochmut, sondern weil er alle Stufen hochgeklettert war und die Gewohnheit behalten hatte, nach der nächsten Ausschau zu halten.

I. holte zu einem Kraftakt aus. Er ließ die gesamte Redaktion antreten, inbegriffen die Leute vom Umbruch und die Chef-Sekretärin. Es kam zu einer überstürzten Sitzung. Das noch nicht eingerichtete Büro nahm sich wie ein Heerlager aus. Etwas Pfadfinderhaftes war auch dabei. I. legte dar, was er vorhatte: P. werde sich mit dem »anderen« verbünden. Das seien neue Machtverhältnisse. Dabei werde auf alle Fälle Bewegungsfreiheit für die Redaktion herausgehandelt. Bei dem neuen Bündnis werde man von Anfang an Bedingungen stellen.

Durch so vieles geschockt, was in den letzten Wochen vorgefallen war, willigten alle ein. Die, welche sich gegen die Intervention gewehrt hatten, sowieso. Die, welche gekündigt hatten, nahmen das Ganze als eine weitere Fortsetzung des Comic-strip, in dem sie seit einiger Zeit mitmachten. Die, welche keine Meinung hatten, schlossen sich einmal mehr der Meinung der andern an. Und die, welche am Abend zuvor mit dem Chef verhandelt hatten, waren durch die neue Aktien-Verteilung so überrascht, daß sie sich durch Schweigen anpaßten. So hoch hatte I. noch nie gepokert: Um vier Uhr komme der Drucker-Boss zur Machtübernahme. Um zwei Uhr der »andere«. Wenn der Drucker-Boss komme, hätten sie bereits die Macht übernommen. I. organisierte die Verschwörung von Lohnempfängern.

Das war um 10.55. Um 12.05 kam der Gegenschlag.

I. hatte keine Lust aufs Mittagessen (»sowas liegt schon auf dem Magen«). Doch wollte er eine halbe Stunde »Luft schnappen«. Als er im Flur stand, kam P. auf ihn zu. Er trug eine unverpackte Flasche Wein im Arm und hielt ein flaches Paket in der Hand. P.: »Ich habe was zum Essen mitgebracht.«

Mit vielsagendem Blick entkorkte I. die Flasche Riesling, holte bei der Sekretärin zwei Gläser und meinte: »Die Redaktion steht geschlossen da – wie noch nie.« P. packte vier Sandwiches aus, räkelte sich im Sessel, faltete die Hände im Schoß und sagte: »Den großen Coup lande ich.«

Das Geständnis kam, ehe das Büro-Picknick begann. P. hatte seine Aktien an den Drucker-Boss verkauft. Nicht erst kürzlich, sondern schon vor anderthalb Jahren. Damit der Handel nicht publik wurde, sei er noch nominell Besitzer der Aktien. Das sei sein Glück und seine Chance, denn er habe immer noch das Stimmrecht.

I. brauchte nicht viel aktienrechtliches Know-how, um zu wissen, daß der Drucker-Boss nur eine Generalversammlung einberufen mußte, die Überschreibung der Aktien verlangen konnte und mit den bisherigen und den neu hinzugekommenen Aktien über eine Majorität verfügte, gegen die nichts mehr auszurichten war.

Warum er ihn vor zwei Stunden noch im Glauben gelassen habe, die Sache könne »geritzt« werden. Warum er ihn nicht von

Anfang an, und warum erst jetzt, orientiert habe. Es setzte ein Schwall von »Warum« und »Wieso« ein. P. holte zu Erklärungen aus: »Ich habe gemeint...«, »ich habe gedacht...«, »ich habe telefoniert.«

Sie habe nicht gewußt, bestätigte später die Sekretärin, daß ein Mensch weiß werden könne, »wie es im Buch steht«. I. war weiß geworden. Doch war er nicht der einzige, der an diesem Nachmittag die Gesichtsfarbe wechseln sollte.

Um 12.30 kam der »andere«.

I. stand im Empfangszimmer. Der »andere« begrüßte ihn stürmisch. Sagte etwas Freundliches über einen Artikel, den I. vor kurzem geschrieben hatte (»der war doch von Ihnen oder nicht?«). Doch bat I. ihn nur, ihm in sein Büro zu folgen, dort sitze P., der habe eine Mitteilung zu machen.

I. ließ die beiden in seinem Büro allein. Er setzte sich auf einen Stuhl neben seiner Bürotür, von dem er bisher nie gewußt hatte, wozu er nützlich ist. Er hörte plötzlich einen Aufschrei. Der »andere« hatte aufgeschrien. Jetzt war der »andere« weiß geworden.

Um 15.50 kam dann der Drucker-Boss.

Der Drucker-Boss hielt einen Umschlag in der Hand; in den Mundwinkeln hatte er Triumph und in den Augenwinkeln Süffisanz. Wie immer strömte er Rasierwasser aus. »Dieser Brief dürfte Sie interessieren«, sagte er, indem er zu einem unschweizerischen Diener ansetzte. Doch I. nahm den Brief erst gar nicht entgegen, mit einer schweizerischen Hoteliergeste wies er in den Flur: »Sie werden in meinem Büro erwartet. P. und der ›andere‹ sind dort.« Es war der Moment, wo der Drucker-Boss weiß wurde.

Das war um 15.55. Dann kam die Stunde der big shots. Um 16.30 wurde I. in sein eigenes Büro gerufen.

Der »andere« wollte noch einmal alles aufrollen – »ganz genau«, wie er betonte. Ihm war ein Tor geschossen worden; er hoffte, beim »repeat« käme ein foul zum Vorschein.

I. winkte ab: »Wozu noch einmal!« Alle blieben stumm, bis es zum Eklat kam.

Der »andere« schrie: »Sie«, er wandte sich an den Drucker-Boss, »und Sie«, er drehte sich zu P.: »Sie beide wußten ganz genau, daß dieser Kauf und Verkauf gegen den Vertrag war. Gegen jede Abmachung. Im Vertrag, im unterschriebenen Vertrag, ist eine Klausel, danach müssen alle Aktien, die zum Verkauf kommen, zuerst den beiden Hauptaktionären angeboten werden – paritätisch. Das ist nicht geschehen.«

Der Drucker-Boss drehte an seinem Ring: »Die Methode habe ich von Ihnen. Erinnern Sie sich, wie Sie zu den Sie-wissen-schon-Aktien gekommen sind? Seither hab ich Sie als Partner, wo ich Sie nicht haben wollte. Zudem haben Sie selber einmal gesagt, ein Unternehmen mit zwei Hauptaktionären von fünfzig und fünfzig sei nicht lebensfähig. Ich gebe Ihnen ja nur recht.« Dann drehte sich der Drucker-Boss zu P., ohne daß er seine Augen hob: »Und P., P. hat seinen Preis gekriegt.«

I. schaute zu, wie die Mayonnaise auf den Sandwiches gelber wurde, selbst die Mayonnaise änderte die Farbe.

Dreimal war in kurzer Zeit vital gezittert worden. Es waren Augenblicke der Katecholamin-Ausscheidung (Oberbegriff für Adrenalin etc., wird durch nervöse Impulse gesteuert).

P. hatte gezittert, weil er selber dazu beigetragen hatte, sich zu dekuvrieren.

Der »andere« ahnte zitternd seine Verabschiedung. Er war ein Allgewaltiger, aber er hatte einem Verwaltungsrat Rechenschaft abzulegen, und der bestand praktisch aus einer Familie. Er mußte sie davon benachrichtigen, daß er überrundet worden war. Aber auch der Drucker-Boss hatte gezittert. Nicht so sehr, da er einen Fitness-Club besuchte. Seine Großstrategie als Mächtiger gegen den Allermächtigsten war entlarvt worden. Auf alles war er gefaßt gewesen, nur nicht, daß dies aufs Tapet und ans Licht kam.

Nur I. hatte nicht gezittert. Es war nicht die Ruhe der Überlegenheit, er war ruhig wie die Ware, die gehandelt wird. Er besaß die Immunität eines Mannes, der zur Sache wird.

»Ich möchte eine Aktie sehen«, sagte I. plötzlich laut. Der Satz wirkte befreiend, selbst I. lachte mit. So fügte er nicht mehr hinzu: »Ich möchte tatsächlich gerne eine Aktie sehen, ich habe noch nie eine Aktie dieser Zeitung vor Augen gehabt. Meines Wissens waren die alten Sklavenpässe auf den Namen des Gehandelten ausgestellt. Aber auf einer Aktie stehen wohl nicht die Namen jener, die gehandelt werden. Es wären wohl auch zu viele.«

Der »andere« öffnete unerwartet die Tür. Er wußte selbst nicht warum, so herrschte erwartungsvolle Stille. Man hörte das Klappern von Schreibmaschinen.

Formulierte I. später: »Was man nicht hörte, waren die Rotationsmaschinen. Die Schreibmaschinen hatten den Kampf gegen die Rotationsmaschine verloren.«

Auf 17.00 wurde die längst obsolete Sitzung anberaumt.

Als I. sein Büro verließ, stieß er auf die Gründer-Witwe. Die Alarm-Meldungen hatten auch sie mobilisiert. Sie zerknüllte ein zerknülltes Taschentuch in der Hand.

Da an diesem Tag so viele Geschäfte getätigt worden waren, mochte I. nicht nachstehen. Auch er stieg ins Geschäft ein: »Ich möchte den Sessel kaufen, den in meinem Büro.« Die Gründer-Witwe willigte erlöst ein. Die Desorientierung war so groß, daß der Preis günstig ausfiel. Hätte I. gehandelt, er wäre noch gratis dazu gekommen. Aber er wollte beim Erwerbs-Stil bleiben.

Auf dem Weg zum Sitzungszimmer in der unteren Etage wandte der Drucker-Boss die Schockmethode an: eine Stufe heiß, eine Stufe kalt.

Drucker-Boss: »Ihnen hätte ich das Ganze anvertraut.«

I.: »Ich möchte noch was vom Leben haben.«

Drucker-Boss: »Ich kann Sie erledigen – völlig fertigmachen.«

I.: »Sie müssen nur sagen, ich hätte schon längst von diesem Aktienkauf gewußt.«

Drucker-Boss: »In zehn Jahren bin ich der Mächtigste.«

I.: »Ohne mich. Im übrigen: Ich habe den Sessel in meinem Büro gekauft. Die Stelle können Sie haben, aber nicht den Stuhl.«

Um 17.04 begann die Sitzung. Das Traktandum war kurz, die Gesichter wurden lang. Der »andere« übernahm den Vorsitz:

»Nachdem wir erfahren haben, daß P. seine Aktien verkauft hat, bleibt uns nur die Mitteilung zu machen, daß der Mann zu meiner Rechten«, er zeigte auf den Drucker-Boss, »die Zukunft bestimmt.« Wäre dem »anderen« ein Zitat eingefallen, er hätte es vorgebracht. Die Situation rief nach einem Klassiker.

P. zog an seiner Zigarette: »Ich werde dieses Haus nie mehr betreten.«

Der Drucker-Boss ging zum Entlastungs-Angriff über: »Es wurde alles aufgebauscht.« Er sah zu I.: »Wir wollen doch nicht über solche Bagatellen stolpern.« Er versuchte, I. gegen das Feuilleton auszuspielen, doch dort winkten sie ab, das seien Interna gewesen. Der Drucker-Boss eignete sich offensichtlich nicht zum Verhandeln am runden Tisch, ihm lagen die Entscheide am Diktaphon mehr.

Dann überließ der »andere« dem Chef den Vorsitz. Der verschränkte die Arme auf dem Sitzungstisch und neigte leicht den Kopf: Er möchte doch jeden der Reihe nach um eine Stellungnahme bitten.

Der erste sagte, er brauche Bedenkzeit, ob er unter diesen Umständen weiter mitmache. Der zweite hatte bereits gekündigt. Ebenfalls der dritte. Da sprang der Funke der Kündigung auf den vierten über. Darauf erklärte sich der fünfte solidarisch. Der sechste hatte schon am Vormittag gekündigt, weil er »dieses Narrenhaus« nicht aushalte. Da meldete sich der erste, er brauche keine Bedenkzeit mehr, er kündige auch. Das Rondo ging weiter; am Ende blieben noch zwei, wobei der eine darauf beharrte, er wolle seinen Entscheid noch überschlafen. Der Drucker-Boss starrte auf seine manikürten Nägel: »Die Kündigungen nehme ich nicht an«, dann stand er auf. Als er unter der Tür war, drehte er sich um und bat W. zu sich; der hatte nicht gekündigt.

Die andern setzten sich zusammen wegen eines gemeinsamen Communiqués – »wohlabgewogen, aber eindeutig«. Als I. die erste Fassung vorlas, kam W. herein. Er teilte mit, er habe den Vorsitz übernommen, soviel er wisse, wolle die Redaktion eine persönliche Erklärung in die Zeitung bringen, das gehe nicht.

Die Machtübernahme hatte stattgefunden; es gab das letzte gemeinsame Essen auf Spesen, doch nahmen nicht mehr alle teil.

Drei Tage später, zu ungewohnter Stunde, etwas nach zehn, ging I. in sein Büro. Er setzte sich in seinen Sessel. Als die Umzugsmänner die Kisten draußen hatten, nahm er den kürzlich erworbenen Sessel und trug ihn persönlich zum Warenlift.

Die Gespensterstunde

Fantasio. Was für ein Narrentag war der Namenstag des Immunen, ein erster April, und die Bäume hingen voller Fische.

Der Immune kletterte aus seiner Wohnung und wartete in der Bar, bis die anderen Gespenster kamen; von nun an trafen sie sich als Schatten in der Fantasio.

»Es ist Mitternacht. Zwölf Uhr und null Uhr. Sie hören Nachrichten: Die sechziger Jahre sind vorbei. Das lustige Jahrzehnt ging zu Ende.«

Jetzt klingelte das Totenglöcklein in der Fantasio. Nun löste der Wurlitzer die Nachrichten ab. Hundertzwanzig Minuten dauerte die Gespensterstunde: von Mitternacht bis zwei Uhr früh und etwas darüber hinaus, Toleranz, um noch auszutrinken. Die Polizeistunde fand später statt, aber der Polizei gehörten längst alle anderen Stunden und nicht nur die in der Nacht. Einmal wurde Mitternacht in Zürich, dann schlug auch für den Immunen die Stunde der Fantasio.

Fantasio, eine Kneipe von einem Nachtlokal, am Namenstag des Immunen eröffnet und für alle kommenden Narrennächte und Gespensterstunden offen.

»Es ist vierundzwanzig Uhr und null Uhr. Sie hören kurz das Wichtigste vom Jahrzehnt: Die roten und die schwarzen Fahnen wurden eingerollt. Die Pflastersteine ruhen wieder in ihren Straßenbetten.«

Schnecken-Rita hatte sich auf die Barrikade des Barhockers gekniet. Von dort hielt sie ihre Tirade, in blonder Zopfperücke und im ledernen Minijupe. Sie kämpfte für ein Revier, für das eigene und für das ihrer Kollegen, sie verteidigte, was ihnen ihre Zuhälter mit Handschlag und Sprutz abgesteckt hatten.

Die Fantasio und ihre Mitternacht als Stunde des Milieus, aber die Gespenster hatten schon längst den Ort für anderes entdeckt.

Schnecken-Rita holte aus und haute auf die nächste ein, und wenn dies eine Kindergärtnerin war, war das unwichtig, es war eine neue: »Scheißweib, du mußt deinen Typ noch bezahlen, nur damit du auch drankommst.«

Die beiden kollerten von ihren Hockern. Die Hure versuchte die andre in die Schulter zu beißen. Um beide bildete sich ein Kreis. Aber der Stenz der einen und der Freund der andern zerrten sie auseinander.

Es gab keinen Sieg in der Fantasio, denn die Fantasio war die Fantasio. Die Schlacht hatte stattgefunden, man konnte zur Absprache übergehen. Die vorderen Sitze blieben für die Prostitution von Fleisch und Schleimhaut reserviert, jene Hocker, auf welche der Passantenblick fiel, in »Schätzchen«-Rufweite der Türe. Dazu gehörte das Tischchen hinterm Windfang, ein Versteck für die Zuhälter, Beobachterposten und Spieltisch mit dem Tablett für den Würfelpoker. Und der Rest der Bar für die andern, ein Schlauch von einem Darm, der sich zu einem Magen öffnete, einer Gruppe von Tischchen. An dieser Theke richtete sich auch der Immune ein. Die Fantasio war eine Welt; so widerfuhr der Fantasio, was der Welt geschehen war, sie wurde geteilt.

Aber keiner brach durch die Türe wie Glarer, er riß den Türgriff aus den Schrauben und lauerte gebückt, schaukelte mit dem Oberkörper und stand zum Sprung bereit.

Der Immune fuhr zusammen; sonst hatte ihn Glarer stets attackiert, aber was sollte selbst Glarer gegen ein Gespenst; so lachte der Immune herausfordernd zurück. Doch Glarer schimpfte nicht und tobte nicht und fluchte nicht, er kam auf den Immunen zu und fragte, mit hängenden Säcken unter den wäßrigen Augen: »Wie geht's?«

O Fantasio, die Gespenster wußten, daß es den Gespenstern verschieden gut geht, und hier trafen sie sich wieder.

Als Glarer aus dem Spital ausgebrochen war, hatte er vorher noch das Eisenbett im Isolierzimmer verbogen und den Nachttisch gegen das Fenster geschmissen. Als erstes wechselte er einen Stock tiefer zur Notaufnahme und ließ sich dort die Hand verbinden. Kaum draußen, soff er sich voll und fuhr mit dem Wagen über das erste Trottoir und durch die nächste Auslage in ein Ladengeschäft; als er aus dem zusammengestauchten Blech kletterte, stützte er sich an die Gestelle, von denen Konservenbüchsen kollerten.

Er war ein Schrank von einem Mann, der die Weiber wegwarf, ehe er sie zerdrückt hatte, mit jedem Rülpsen fegte er ein paar Kerle vom Stuhl, und unter seinen Nägeln, die er mit dem Taschenmesser schnitt, war es schwarz von jenen, die er knackte, und wenn er sich zu Hause reckte, fielen die Ziegel vom Dach.

Aber nun lag er in der Fantasio am Boden und streckte Arme und Beine steif von sich. Einer schüttete ein Glas über ihn zur Taufe, ein zweiter wollte ihn mit Bier wecken. Das dünne Haar klebte Glarer an der Stirn, er schloß die Augen und leckte nach dem Bier, das übers Gesicht lief; er stöhnte, daß ihm die Knöpfe am Hemd platzten, er verschmierte den Boden und nahm als Pinsel den eignen Rücken.

Er hatte bisher nur ein Ding gemalt, ein verloren Ding, das Strumpfband einer Frau; er hatte es unter Palmen gesucht, aber seit langem malte er nichts als die eigene Leber; er kaufte dafür immer breitere Leinwände und größere Kübel mit roter Farbe.

Das Mädchen kniete neben ihm und legte seine Hand auf ein Taburett, damit er sich aufstütze; sie wimmerte, er möge aufstehen, aber er rutschte nur aus und grinste. Als ein zweiter sich bückte, stieß ihn das Mädchen weg, sie schob an Glarer und versuchte ihn am Hosenbund zu fassen; er plumpste zurück, sie puffte ihn von hinten, aber er blieb ein Sack, aus dessen aufgerissenen Nähten nichts rieselte. Da beugte sich das Mädchen über ihn, legte den Kopf auf seinen Bauch und redete mit dem, Glarer stemmte sich hoch, kroch an der Wand entlang und fiel nochmals aufs Taburett, aber dann stand er aufrecht, sah auf die Füße und staunte.

Wieder einmal ging am Immunen vorbei ein Zug durch die Fantasio: voran das Mädchenkind. Es zog die hundert Kilo hinter sich her, die sich während vierzig Jahren in Glarer angesammelt hatten. Der hatte die Augen geschlossen und schnüffelte in der Luft, er trappelte leicht und ließ sich ziehen, voran das Mädchen, ein Blindenhund, es sah nichts und hörte auf keinen Ruf, zog seinen Malerfreund hinter sich her und wollte nur raus, ein Kind, das selber die Hand gebraucht hätte und seine einem andern hinstreckte; der hängte sein Gewicht daran und suchte mit der freien Hand hinter sich im Leeren.

Der Immune grüßte einen, der hinterm Rücken ein Grab suchte, das sich nicht mehr öffnete. Aber für die Fantasio taten sich die Gräber auf.

Ehe die Kirchtürme Zürichs Mitternacht ausriefen, war der Immune auf dem Weg, ehe der Klöppel zwölfmal die Glocke von innen schlug, legte der Immune sein Skelett in Alkohol. Und bald marschierten andere auf, einige in den Totenhemden ihrer Mäntel, die sie am Boden schleiften, ein Leichenband als Schal um den Hals; die Ketten klirrten an Handgelenk, Knöchel und Hals, und einer hatte sich eine Tasche umgehängt für die Wegzehrung auf dem Gang ins Reich der Schemen.

Die Gespenster, die kamen, warfen Schatten; die Spiegel in der Fantasio waren rauchgeschwärzt. Und einige stiegen aus der Gruft persönlicher Erinnerung: »Dich gibt's auch noch?« Der Immune lachte auf die Frage: »Sind das nicht bald zwanzig Jahre her?«

Der Immune strengte sich an: »Weißt du noch«, aber es war nicht der Wurlitzer, der fragte. Der Immune erinnerte sich an nichts, hätte er es getan, er hätte es gleich vergessen. Er nickte zu allem und fragte zurück: »Wie war das?«

Die, die erzählten, hatten noch Erde im Haar, die sich nicht abklopfen ließ; einige berichteten von den Friedhöfen draußen, wo sie jetzt wohnten, im Grünen mit Robinsonspielplätzen und Einkaufszentren.

Sie waren verscharrt in Beruf und Familie, aber von Zeit zu Zeit kraxelte einer hoch und verließ die Grabkammer mit Polstergarnitur, Laufgitter und Einbauschränken; einige pressierten so sehr, die hielten noch die Schaufel in der Hand, mit der sie sich ausgebuddelt hatten, und suchten an der Garderobe nach einem Platz, um sie zu deponieren.

»Hast du nochmal was von Edgar gehört? Ich auch nicht.« Der Immune suchte rundherum, wippte zur Musik und fragte unvermittelt: »Wen?« Er sah an allen vorbei. Da ging ein Gesicht auf die Toilette, aber der Name dazu hatte es sich in einer Ecke bequem gemacht.

O Fantasio, da war doch inzwischen ganz anderes gewesen, das war noch gar nicht so lange her und war doch erst gestern gewesen und schon waren die Mäuse daran – aber für den Gang in die Fantasio schüttelten sie die Nager ab.

Fantasio war das Comeback auch jener, welche die Bar zum ersten Mal betraten. Sie kamen zum Teil aus den Abdankungshallen der Universität und der Technischen Hochschule. Einige brachten ihre Kolleghefte mit und tauschten Notiertes, legten die Totentafeln neben sich auf den Stuhl und schwitzten beim Trinken das Gelesene aus. Der Immune brauchte nicht die Augen aufzumachen. Er öffnete die Nasenflügel, um zu wissen, wo sie saßen, die Richtung stimmte, dort, wo es nach gesalzenem Papier roch. Doch da fuhr er zusammen. Er hörte ein Poltern, Stühle wurden gerückt, Tische geschoben, und unter einem Sessel verkrochen sich die Klopfgeister, sie hatten die Nachrichten annonciert: »Sie hören das Neuste von den Übriggebliebenen.« Der Immune prostete sich zu, auch er war ein Übriggebliebener, der sich in der Nacht für zwei Stunden erhob.

Vielleicht waren es gar keine Gespenster, fragte sich der Immune, vielleicht lebten alle andern, und bloß er war ein Gespenst, das nur Verwandtes sah. Jedenfalls gab es zumindest ein Gespenst, aus dem Blut tropfte, wenn man ihm ins Fleisch schnitt.

Als einer mit einem gezielten Schlag an der Thekenkante dem Bierkelch die Krone abbrach und die splitterscharfen Zacken einem zweiten ins Gesicht stieß, tropfte es diesem von der Vorderfront, und weil der Getroffene im Schreck und Schock den Kopf schüttelte, spritzte das Blut rundherum. Die neben ihm fluchten, schimpften und verlangten vom Kellner warmes Wasser und einen Lappen, um sich sauberzuwaschen von dem Zeug.

Der mit dem zerschnittenen Gesicht flüchtete hinter die Theke, von dort puffte ihn der Barmann weg, weil er hier nichts zu suchen hatte. Der Angreifer hielt ihm das gezackte Glas entgegen und holte mit der Trophäe zum nächsten Sieg aus, und der Getroffene hielt beide Hände vors Gesicht, die wurden immer röter, und er wußte nicht wohin damit.

Die Lebendigsten aber tippten die Kasse.

Pedro tippte für sie, die um Mitternacht auferstanden. Er biß auf einen Stummel und ließ ihn vom linken in den rechten Mundwinkel hüpfen und wieder zurück. Die Umstehenden lachten, und nicht nur, weil er das Servierbrett auf einem ausgestreckten Finger wirbeln ließ. Es lachten nicht nur die Mäuler. Am lautesten pfiff es aus den Löchern in den Totenschädeln, die besaßen Resonanz, ohne daß ein Verstärker eingebaut war.

Pedro griff jeder Frau nach der Brust, mit der zweiten Hand nach einer zweiten, er hechelte mit dem Unterleib in eine dritte Richtung. Die, an denen er herummachte, waren verlegen und zugleich stolz, daß ein Lebendiger an ihnen herumtappte. Sie hatten Angst, das Fleisch könnte ihnen von den Knochen fallen, und nur noch Hunde würden für sie Interesse zeigen.

Pedro setzte zum Reigen an, es folgten ihm auch jene, die hocken blieben, sie tanzten mit den Augen hinterher und klopften mit Hand und Fuß den Takt.

Als erster stellte sich einer ein, der noch im Sezessionskrieg gekämpft hatte, er trug die amerikanische Militärjacke offen, die Knöpfe fehlten; Orden hingen ihm an der Brust, er war eben erst angekommen, da er den Nordatlantik zu Fuß gemacht hatte.

Hinter ihm trug eine den Poncho, die Zöpfe baumelten ihr auf dem Rücken, sie langte in die Luft, als wollte sie Flöte spielen und einen Condor füttern. Ihre Freundin hatte sich in einen indischen Sari gewickelt und sich einen Punkt auf die Stirn gemalt. Sie spreizte die Finger zu dünnen Stäbchen, die begannen zu glimmen und strömten Moschus aus. Dahinter gaben sich ein Trapper und ein Hirt die Hand, dem Hirten hing vom Hemd eine Kapuze, im Maul steckte ein gekrümmtes Pfeifchen. Der nächsten stand das Haar aufgeblasen um den Kopf, der wie eine Rassel tönte; sie schlug mit zwei leeren Coca Cola-Flaschen die Negertrommel. Jene folgten, welche sich den Che-Guevara-Bart angeklebt hatten; von Zeit zu Zeit griffen sie danach, ob der Mastix hielt; der fremde Bartwuchs kitzelte und kratzte. Hinter sie stellten sich die in chinesischer Bluse mit Stehkragen; eine Reihe von Knöpfen ging ihnen als Naht vom Hals bis zum Bauch; sie verkehrten an der Großen Mauer und benutzten als fliegenden Teppich ein kleines rotes Buch.

Und immer auch die Schar der demokratischen Jeans – mit Kunstflicken, ausgefranst, durchscheuert, verwaschen und abgeschabt.

Pedro führte den Mitternachtsreigen der Fantasio an.

Auch der Immune versuchte ein Bein zu heben und einzustimmen in den Tanz, aber er torkelte bereits vom ersten Barstuhl zum zweiten und hielt sich am dritten, aber nicht vor Lachen. Die Nachrichten sind vorbei. Drück den Wurlitzer B 7: »Kaputtgemacht habe ich mich den Tanzenden beigesellt.«

Es ist Mitternacht. Nun klingelt die Kasse in der Fantasio. Ab jetzt zahlt man mehr, und auch die Gespenster entrichten den Aufschlag. Da fingerte der Immune in der Tasche und griff an Papier herum; er tastete ab, ob es ein Fahrschein, ein Zettel oder doch eine Banknote sei; er schüttelte die Rocktasche, die Münzen klingelten, und ihnen antwortete das Klingeln der Kasse. Die Gespenster hatten keinen Kredit. Es war nicht sicher, ob sie am andern Tag wieder kamen. Nicht, daß sie betrügen wollten, aber wo hätten sie sonst lebendig werden sollen. Unversehens wurde dem einen oder andern die Grabplatte zu schwer.

Die Fantasio wollte es bar. Der Immune war ein guter Kunde, nicht weil er viel besaß, sondern weil er hinlegte, was er in der

Tasche mitbrachte, und wenn sie leer war, bettelte er den Erstbesten an.

Einige Gespenster langten ins Maul für das Geld, sie hatten die Münzen unter die Zunge gelegt für den Zoll am Totenfluß. Sie wurden lebendig mit einem Bon, der neben das Glas gelegt wurde. Der Bon aus der Kasse war der Geburtsschein um Mitternacht, namenlos, mit einem Preis und einem Datum; er hatte nur Wert, wenn er zerrissen war; je mehr zerrissene Bons einer besaß, umso öfter wurde er in diesen zwei Stunden geboren.

Der Totenfluß stand abgefüllt in Flaschen auf den Gestellen; er kursierte in den Schläuchen, mit denen der Zapfhahn und das Faß verbunden war. Schluckweise und glasweise ruderten sie zurück ins Reich derer, von denen sie annahmen, daß sie lebten, und die behaupteten, sie seien lebendig.

Plötzlich brüllten die Maschinen der »Hell-Boys«, die Motorräder heulten lauter als tausend Seelen, die im Fegfeuer braten. Zuerst drangen die Scheinwerfer ins Lokal, dann kletterten die Hell-Boys mit ihren Mädchen durchs Oberfenster, setzten ihre Stiefel auf die Tische, hüpften von dort auf den Boden und reckten ihre genieteten Jacken mit den aufgemalten Flammen.

Wenn sie zuschlugen, dann taten sie es im Verband. Der Immune hatte ihnen in der Fantasio beim Trio-Ballett zugeschaut. Der eine hatte sich auf den Stuhl gestellt und haute von oben, der zweite stand frontal und schlug waagrecht zu, der jüngste ging auf die Knie und schlug von unten in die Weichteile.

Sie gruppierten sich um einen, den der Immune von viel früher kannte, einmal mehr stieg einer aus der Gruft der Erinnerung. In der Fantasio redete er hinter vorgehaltener Hand, aber laut genug, damit ihn alle verstanden, er redete von der Partei, niemand wußte von welcher, und vielleicht war es die Partei der Gespenster mit allen Fraktionen, den Schwindelgeistern, die Kopfweh machten, und denen, die in der Natur draußen spukten.

Wenn geschlagen wurde, jubelten die Gespenster, die nach dem Boxkampf lechzten, der ihnen sonst nur am Bildschirm geboten wurde. All die, denen die Muskeln geschrumpft waren und die vor jeder Windbö Angst hatten, feierten das Leben, wenn ein Nasenbein krachte und zwischen den Lippen Blut sickerte.

Am lautesten jubelte ein Musiker. Damit seine Haarmähne den Glanz behielt, wusch er sie mit Gurkenmilch, bevor er in die Fantasio kam; er schrieb an einem Stück für Cello und elf Konservenbüchsen, am Randstein gekratzt, con brio und Klassenbewußtsein.

Die Hell-Boys hockten sich hin, die Gestiefelten, die Genieteten und die Geflammten. Sie kamen aus einem Bunker und verkrochen sich nachher wieder unter der Erde in einem Luftschutzkeller. Bevor sie aufbrachen, suchten sie ihre Knochen zusammen, all jene, die ihnen übriggeblieben waren nach den geschiedenen Eltern, der geprügelten Kindheit und der verschrumpften Jugend, nach all den Heimen und Anstalten.

Der Immune stierte auf seinem Barhocker in die Flaschenreihe; er nahm nichts zur Kenntnis und verstopfte die Ohren mit Lärm. Er zündete mit dem glimmenden Stummel eine neue Zigarette an.

O Fantasio. »Mitternacht ist vorbei und Sie hören die Nachrichten: Das Jahrzehnt des Boutiquismus beginnt.«

So stellte sich auch der schöne Rolf ein. Er hatte dem Immunen vor einem Jahr den Weg versperrt und ihm erklärt, wie man die Revolution durchführe. Nun stand er da und lächelte; aber der Immune sah an der sportlichen Mumie die Einschnitte, wo die verderbliche Ware wie das Hirn entfernt, und wo die Eingeweide herausgenommen worden waren.

Er leitete nun eine Frauenzeitschrift. Er betrachtete in seinen Editorials den Horizont überm See und entdeckte ihn von neuem für die Leserinnen; er erließ Aufrufe, die Balkone mit Sonnenblumen zu bepflanzen. Er schrieb für die Käseunion und wirkte von innen durch die Löcher im Käse.

Der schöne Rolf trat nicht allein auf, er brachte seine Freundin mit, ein Mannequin: Busen 82, Taille 55, Hüfte 83 und Hirn 8,7. Sie lächelte umweltfreundlich und ihre Stirn war übersät von

Flittersternen. Sie liebte den Pop und war im Jugend-TV aufgetreten, wo sie gegen moderne Zuchtmethoden protestierte: auch Hühner haben ein Recht auf Sonne.

Denn die Fantasio war chic, wenn auch nur, um einmal hinzugehen. Da sahen die etablierten Gespenster die andern an, die Angefressenen und Angeknapperten, die Angeschlagenen und Mitgeschwemmten, und der Immune ließ sich anschauen.

O Fantasio, sie war gruselig und grausig, von bösen Geistern geplagt und von Gespenstern heimgesucht.

Aber der schöne Rolf hielt noch einen Bruder, der mußte stellvertretend für ihn durch die Gassen traben, großgewachsen und mit einem ungekämmten Schopf, durch den er von Zeit zu Zeit mit einem Handrechen fuhr, als bringe er Heu ein. Der schmiß mit allem um sich, auch mit sich selber, und wenn er in die Fantasio kam, baute er sich vor dem Immunen auf und hämmerte sich auf die Brust: »Ich bin ein einsamer Wolf.« Aber der Immmune meinte: »Einsamer Wolf, das drück ich im Wurlitzer.« Dann hielten beide Ausschau, ob nicht am Himmel der Fantasio ein Schlitten fährt, den sie anfallen und anbellen könnten, aber sie entdeckten nur ein geköpftes Faß.

Als der schlaksige hochgewachsene Blonde erfuhr, daß sich seine Freundin verlobt hatte, aber nicht mit ihm, steckte er alle zehn Finger in den Mund, doch waren die Nägel bereits abgebissen, und er schrie nach einem Onkel. Der war zehn Jahre lang für internationale Gesellschaften in Afrika herumgefahren, den Strom hinauf und die Wüste hinunter, um Gold zu suchen. Aber dann hatte er eines Tages mit einem Korb Erdbeeren eine Vierzehnjährige in seine Hütte gelockt; er behielt sie und züchtete Bisamratten.

O Fantasio – es war auch die Fantasio der ausgewanderten Onkel und der imaginären Tanten, der Cousinen in der Anstalt und des Bruders im Büro.

Doch manche hatte inzwischen ihre Boutiquen von Schafställen aufgetan und waren dafür aufs Land gezogen. Sie führten an den Stiefeln echten Mist von echtem Kleinvieh vor, wenn sie in der Fantasio erschienen. Die Mädchen trugen Baumwollstoffe, die sie selber mit indischen Motiven bedruckt hatten. Wo immer sie in die Bauernhäuser einzogen, warf die Kuh im Nachbarstall ein Kalb mit zwei Köpfen.

Aber es kam der Moment, da hatte die Fantasio genug von all den Gespenstern, sie wollte frei haben; so sperrte sie die Gespenster aus, am Freitagabend und in der Nacht von Samstag auf Sonntag.

Da begann die Fantasio schon früh am Abend mit aufgerissenem Maul zu schlucken und füllte ihren Bauch, daß die Kellner kaum durchfanden, und die Kasse hüpfte vor Klingeln. Sie drängten sich reihenweise an der Theke, all die, welche auch einmal ausgingen und sich einmal etwas gönnten, die, welche am Wochenende zu leben begannen, nach allen wöchentlichen Stempeluhren und gleitenden Arbeitszeiten.

O Fantasio, es war die Gespensterstunde der Freizeit und des freien Wochenendes, all jener Geister, welche die Mitternacht sonst zum Schlaf brauchten, um am nächsten Tag zur richtigen Zeit und am richtigen Ort in die Gruft ihrer Arbeitsplätze hinabzusteigen.

Der Gorilla hatte als Boxer begonnen, aber ein Schlag hatte seinen Auftritten im Ring ein Ende bereitet, nun trat er als Rausschmeißer auf. Es gab einen Punkt in seinem Kopf, wo jedes Wort aufhörte; der Gorilla kratzte daran und behauptete, die Gespenster hätten ihm heimlich alles geklaut. Da packte ihn die Wut, er schnürte seine Arme unter die Achseln des Erstbesten und warf den Zappelnden hinaus. Er wußte, wie sehr die Gespenster auf die Fantasio angewiesen waren, also vertrieb er sie; er hatte erlebt, wie sie kleinmütig und winselnd zurückkamen, dann verdiente er an ihnen seine Prozente; so ließ er sie auch wieder herein und gesellte sich zu ihnen.

In der Freitagnacht und in der von Samstag auf Sonntag konnte er sie raussperren und äugte durch den Spion. Draußen standen die Gespenster, die nicht wußten, wo sie für die nächsten beiden Stunden spuken sollten. Sie schraken auf, wenn es von den Kirchtürmen schlug, Viertelstunde um Viertelstunde wurde ihnen ein Stück ihres Lebendigwerdens abgeschnitten.

Es waren die Momente der Gespenstersolidarität. Wenn einer an der verriegelten Tür rüttelte, dann tat er es nicht nur für sich, sondern auch für die andern; die Geister begehrten Einlaß: klopf dreimal an, aber es wurde nicht aufgetan. Auch der Immune stand draußen.

Aber jedes Wochenende ging zu Ende; so stellten sich die meisten Gespenster am Sonntagabend früher ein, gaben sich entspannt, sagten nicht, wo sie herumgeirrt waren, und einige behaupteten, sie seien aufs Land gegangen, wo die Nächte und die Mitternacht erholsam seien. Dann strich auch dieser Hund herum, irgendein Bastard, an einer Straßenkreuzung gemacht, in einem Winkel geworfen, der in den Hinterhöfen die Abfallkübel kannte, von der Straße aufgelesen und nun von Tisch zu Tisch verhätschelt.

Es wurde Mitternacht in der Fantasio: »Zwölf Uhr und null Uhr, Sie hören die neuesten Nachrichten. Die nächste Ping-Pong-Mannschaft ist zu politischen Gesprächen abgeflogen.«

Einige Gespenster horchten auf, die, welche einst in Kolonnen durch die Straße marschiert waren, sie fragten: »Weißt du noch?«, sie meinten ein sit-in, sie redeten von Besetzungen, sie hatten Seminarien und Wohnhäuser verteidigt, sie hatten Zettel geklebt, Sprüche an die Mauern gemalt und Flugblätter entworfen.

O Fantasio, Treffpunkt von 68ern, es war die Jam-Session vergangener Agitation, das lose Zusammenspiel von Rebellen und Revolutionären, von Übriggebliebenen, mit allen Dissonanzen der Fraktionen und breaks der Programme und den raschen Harmonieabläufen der Weltgeschichte.

Die nächste Erste-Mai-Rede hält die Tochter aus gutem Hause – der Rockhit der Frühlingssaison.

Ja, sie kamen aus komfortablen Familiengräbern mit kostbaren Nischen, wo jedem ein Platz vorgesehen war, mit Girlanden von Generationen und in Marmor gemeißelten Stammbäumen; da hielten sich die Angehörigen in Sarkophagen auf, und eine Bank war da, um auszuruhen beim Trauern.

Die Vätertöter gesellten sich dazu. Einer hatte einen Vater

zuhause, der war Großrat. Der hatte den Sohn ins Kollegium geschickt, dort waren sie gedrillt worden von der Morgenandacht an. Als sie einen Kameraden beim Onanieren erwischten, schoren sie ihm den Kopf und lieferten ihn dem Pater aus. Jetzt rüsteten sie die Scheiterhaufen gegen den Pater und ihre Erzieher und waren immer noch beim Scheiterhaufen. Sie erhoben sich gegen ihre Väter, sie wollten ihre Väter entthronen, und dafür war ihnen alles recht, auch das Proletariat.

O Fantasio, o Fantasissimo.

Einmal stand auch ein Prolet da. Ein Lehrling, den die Gespenster umkreisten. Auch der Immune war überzeugt, daß dieser Arbeiter innen rot ist und daß das Blut aus ihm tropft, wenn man ihm ins Fleisch schneidet. Der Prolet staunte über den Fantasio-Sound, und der Immune fragte ihn, ob er Mechaniker sei.

Die Stunde Null war vorbei und die erste Stunde vollgelaufen. Selbst die Kasse war nicht mehr richtig im Kopf und spuckte leere Bons aus, ohne daß einer tippte; der Wurlitzer tönte, als hätte er keine Lautsprecher, sondern nur ein Megaphon.

»Ein Uhr. Sie hören die Nachrichten: Die Imagination hat die Macht nicht übernommen.« Da hatte auch der Immune seinen Einzelauftritt.

Er wußte nicht mehr, wo er selber anfing, obwohl ihm der Mantel einen Umriß gab, er wußte auch nicht, wo die andern begannen. Er redet mit dem Allernächsten und Allerersten, mit dem Hocker und dem geköpften Faß, mit dem Nachbarn oder mit sich selber.

Stell den Wurlitzer ab, jetzt geb ich die Nachrichten durch.

Die andern zahlten ihm ein Glas und warteten darauf, bis er seine Schau abzog und sein non stop-solo feilhielt. Wenn der Immune torkelte, sah er zu Boden, als sei er über das Gitarrenkabel gestolpert, er nuschelte und gab seine Kantate durch, mit rostig versoffener Stimme.

Jetzt schenkten sie in der Fantasio das Kopfweh und den Dünnschiß aus.

Einige sahen auf den Immunen, der war einmal ein Mann

gewesen, der hatte zu den Meinungsbildenden gehört; aber er hatte sich selber die Plattform entzogen, er war ein Übriggebliebener, und nicht nur er selber fragte, wovon er eigentlich lebte.

Tappend und schmuddelig hielt er der Luft seine Leitartikel, hämmerte auf die Theke, schlug auf den Hocker, hielt sich fest und meinte, er habe den Jenseitsblick, weil er aus der Grabkammer seiner Wohnung herabgestiegen war.

Und er pöbelte drauflos: Gähn nicht! Wenn du den Mund aufmachst, sieht man hinten hinaus, so leer bist du; und der Immune hatte sich selber gemeint.

Ein Abgedankter, der zwischen Mitternacht und zwei Uhr früh lebendig wurde. Es waren die Momente, wo alles um ihn herum versank, wo sie, die Schatten warfen, selber zu einem großen und einzigen Schatten wurden. Der Immune sackte zusammen, kroch in sich hinein, mochte noch immer nicht nach Hause und wollte nur hier sein und hier bleiben, ein Gespenst unter Gespenstern.

Aber dann kam die Polizeistunde, einmal kam sie, und einmal kam der Moment, da wurde kein Glas mehr ausgeschenkt. Der Fantasio, welche die Stunde für die Gespenster schlug, ihr selber wurde die Stunde geschlagen.

Der Immune langte nach den gebrauchten und noch nicht abgeräumten Gläsern, schüttete die Neige aus allen Gläsern in das seine, den Rest vom Bier mit dem Rest vom Wein zusammen und dazu, was sich am Boden des Schnapsglases angesammelt hatte; er wrang die Gläser aus, die er erreichen konnte. Er mixte den Fantasio-Drink, es war der Immunen-Cocktail der letzten und allerletzten Tropfen.

Von Mitternacht bis zwei Uhr früh dauerte die Gespensterstunde. Es war aber nicht nur die Gespensterstunde einer Nacht und aller anderen Nächte, es war die Leere zwischen all dem, was vorbei war, und dem, was noch nicht begonnen hatte.

O Fantasio, es war der Immunen-Moment, im Vakuum zu leben.

Bei diesem Immunisierungsprozess konnte es Momente geben, die ihre Peinlichkeit hatten. Es gab Augenblicke, wo die Tatsache, daß es ihm elend ging, nicht genügte, sondern wo er das auch demonstrierte, als sei das Elend nur zur persönlichen Schikane erfunden worden; diese Immunisierung hatte ihre Wehleidigkeiten.

Es war seine Ungeduld, die ihn zu Kurzschlußhandlungen trieb; im Kopf ging alles so einfach auf, und die Wirklichkeit kümmerte sich überhaupt nicht darum.

Nun schien zuweilen wirklich nichts anderes übrigzubleiben als Flucht. Damit war nicht nur die Möglichkeit gemeint, Gepäck mitzunehmen und wegzugehen. Manchmal flüchtete er einfach nach Hause und zog den Stecker des Telefons heraus. Oder er haute ab in den Witz und in die Ironie und stellte zwischen sich und die anderen eine lustige Geschichte. Ganz abgesehen von seinem Stoßgebet »Eine Kugel wär's« und dem Hohelied des Alkohols, das vom Wort her schöner war als vom Anblick des Sängers.

Aber er hatte immer wieder neue Methoden ausgedacht, um sich zu verstecken; wenn er sich dann in einen ausgeklügelten Winkel verkrochen hatte, war er überrascht, daß ihn niemand fand, und zu Vorwürfen bereit.

Und er, der in einem Wort Unterschlupf suchte und dort auf das Schlüsselwort wartete, erfuhr immer wieder, daß es keinen Reim gab. Seine Augen versuchten zu hören, weil sie verstehen wollten, was ein Blick sagte, und mit einem Händedruck lernten die Finger sprechen, auch wenn es oft genug nur beim Stammeln blieb.

Manchmal wollte er nichts anderes als sich die Ohren zuhalten. Nichts mehr hören und nichts mehr vernehmen, und doch öffnete er dann wieder die Handmuscheln, mit denen er die Ohren abdeckte, in der Hoffnung, es sei jener

Spray erfunden worden, der alle Werbesprüche der Wirtschaft und der Politik vertreibt.

Dann war ihm wieder, das beste wäre, alle Radios und Wurlitzers auf solche Lautstärke einzuschalten, daß nur noch Musik dröhnt, daß man kein Wort wechseln muß, daß man nur noch zu dem nickt, was aus dem Kasten kommt, und anfängt zu tanzen, um nie mehr damit aufzuhören. Ein Schlagzeuger zu werden, der mit der Axt umspringt.

Er hatte lange gemeint, allein sein heiße, niemanden zu haben, mit dem man reden konnte, wenn es einem mies ging. Aber er hatte dazu gelernt: es war ihm Gutes widerfahren, und als er sich umsah, um es jemandem mitzuteilen, war niemand da. Darauf ging er in die nächste Kneipe und lud die erstbesten ein: »Bauen wir ein Fest.«

Er kannte die Feier an sich. Wie er manchmal vor dem Einschlafen ausging, um zu schauen, ob seine Füße noch gehen konnten, so lachte er manchmal – allein, auf der Straße oder an einer Theke, grundlos, einfach als Test.

Kabul verpaßt

Sein Kabul lag an der Triemlistraße.

»Hauen wir ab.« Aber der Immune war nicht mitgegangen. Nicht nach Kabul und nicht an die Triemlistraße. Daß Christian dort zuletzt wohnte, wußte der Immune nicht einmal.

Der Immune hatte die Nachricht in der Zeitung gelesen. Für die üblichen »Unglücksfälle und Verbrechen« war sie zu groß aufgemacht. Aber andererseits keine Sensation. Eher merkwürdig als aufregend, doch für ein paar Stunden Thema. Der Immune hatte vorerst die Neuigkeit nicht mit Christian in Verbindung gebracht. Als er später durch Zufall Genaueres erfuhr, begriff er, daß die Polizei die Angelegenheit als numerierte Akte auf sich beruhen ließ.

Christian war tot. Auf Krankheiten hatte er sich nie verlassen. In Unfällen kannte er sich aus. Er hatte sich nicht getötet, und keiner hatte ihn umgebracht.

Ein großer Coup war es nicht, obwohl Christian den großen Coup prophezeite, sich und den andern: »Es ist doch alles Dreck.«

»Was denn sonst?« fragte der Immune zurück.

»Die Hippies machen aus dem Geld Scheißdreck. Ich mache aus dem Scheißdreck Geld.«

Es stand nicht fest, ob Christian schon einmal auf dem Weg nach Kabul war: »Nur noch links den Berg hinauf, nach Afghanistan.«

Als Beweis zeigte er einen Siegelring aus Messing, den er sich in Teheran hatte herstellen lassen: »Direkt hinterm General Post Office.« Er hielt den Ring mit der Faust dem Immunen unter die Nase, ein Beweis weniger zum Anschauen als zum Spüren: »Hauen wir ab.«

»Warum soll ich mitkommen?«

»Du hast recht. Im Grunde brauche ich dich gar nicht.«

Aber dann trafen sie sich wieder im »Hang-Over«. Immer

nach Mitternacht, der Immune gewöhnlich alkoholisiert. Christian stellte sich neben ihn. Er drückte den Unterleib nach vorn, und alle erwarteten eine Obszönität. Er öffnete die Schnalle und den obersten Knopf der Hose. Aber dann drehte er den Gürtel: »Ein Reißverschluß. Hohl. Für die Dollars. Wir nehmen doch Dollars mit, oder? Bestell mir was. Mir bringt der Kellner nichts.«

Das andere Mal zeigte Christian auf seine Hand und auf den Gipsverband: »Ich muß mir vorher noch die Klammern rausnehmen lassen. Aber dann ist es soweit. Hast du schon gepackt? Du hättest den Kopf des andern sehen müssen. Pump mir was. Ich mit meinem Unfall, ich kann doch nicht arbeiten.«

Zuweilen kam ihm der Immune zuvor: »Wann, hast du gesagt, fährt der Omnibus nach Kabul?«

»Tu nicht blöd. Im Notfall spendieren wir Blut. Ich habe bereits eine Adresse. In jeder Stadt ein Spital. In Indien werden wir statieren. Die brauchen immer ein paar Europäer für die Massenszenen.«

Dann aber erschien Christian nicht; das konnte ein oder zwei Wochen dauern. Als sich der Immune erkundigte, sagten die, welche oft mit ihm zusammen waren: »Wir haben gehört ...«; aber sie wußten auch nicht genau, was sie gehört hatten: »So gut kennen wir ihn nicht.«

Nach einer Mitternacht war er dann wieder da. Als der Immune wissen wollte, ob er rasch in Kabul gewesen sei, meinte Christian: »Du Arschloch.«

»Ich habe mich selber schon zum Bier einladen lassen«, gestand der Immune.

»Dann gib mir wenigstens einen Schluck.« Und als sich Christian den Schaum vom Mund wischte: »Kommt's drauf an?«

Sie hatten sich im »Hang-Over« kennengelernt. Dort trieb sich Christian mit ein paar Studenten herum. Er kannte sie von der Schule her. Von einem Internat, das sich nicht viele Väter für ihr schlechtes Gewissen leisten konnten. Bei Christian hatte es die Alte bezahlt, »mit Tantiemen«, aber er meinte »mit Alimenten«. Doch war er rausgeflogen; auch die Kollegen wußten nicht genau warum. Dabei war es da oben »ganz schön alpin« gewesen.

Und in Zürich hatten sich diese Ehemaligen wieder getroffen.

Die andern hatten die Matur, und Christian hatte zwei Jahre Erfahrung mit Frauen, Kneipen, Polizei, Versicherungen und Spital. Er wies mit dem Daumen auf die Kollegen; er war eben daran, dick ins Geschäft einzusteigen: »Ich geb nicht nach, bis die mir alle auf harte Drogen umsteigen.«

Auch mit dem Immunen wollte Christian ins Geschäft kommen, aber der winkte ab. Christian fragte: »Kein Geld?«

»Das sowieso nicht.«

»Schiß?«

»Ich saufe.«

»Das sieht man.«

Dann verschwand Christian aufs neue. Diesmal mit dem Flugzeug; er hatte am Abend zuvor das Ticket herumgereicht: »O.k. Siehst du, o.k.? So gefällt's mir.«

Er war nach Istanbul abgehauen. Dort hatte er sich sogleich in den Pudding-Shop gesetzt, wie man ihm empfohlen hatte. Als er zurückkehrte, bot er viele Details. Sogar eine Bauchtänzerin war drin und auch eine Moschee: »Das ist eher was für dich.«

In Istanbul hatte er auch eine Amerikanerin kennengelernt. Die tauchte einmal um Mitternacht im »Hang-Over« auf, einmal um Mitternacht verschwand sie. Es war Lucy, er kannte sie vom Anschlagbrett aus dem Pudding-Shop: »Die lebt poste restante. Zuhause haben sie ein Warenhaus.«

Christian war aber auch weiter unten gewesen, in Beirut: »Das war heiß, ganz schön heiß.«

»Und sonst?«

»Seit wann willst du Ansichtskarten?«

»Und wie stehts mit Kabul?«

»Da kannst du schon bald nicht mehr hin. Es ist wie mit dem Motorradfahren. Soll ich da unten die gleichen Arschlöcher anschauen, die mir hier zum Hals heraushängen?«

Einmal, nach Mitternacht, stieß der Immune auf Christian, als der vor dem »Hang-Over« am Schaukasten mit den Striptease-Photos lehnte. Christian winkte mit dem Kopf; der Immune hockte sich neben ihn, auf den Sims. Vor ihnen hatte sich einer auf den Kühler eines parkierten Wagens gesetzt. Christian: »Ein Detaillist.«

»Wo hast denn du das Büro, wenn nicht hier auf der Straße.«

»Schau den da hinten. Jetzt hat er Glück. Wie er strahlt. Der verkauft ›Gelben Libanon‹. Er hat einen Kunden gefunden. Und du? Du könntest doch einmal anfangen. Wenigstens probieren.«

»Was ist denn Besonderes daran?«

»Da hörst du die Töne nicht nur, du siehst sie auch. In allen Farben. Das ist Musik.«

»Was für Töne?«

»Du mußt natürlich vorher eine Platte auflegen.«

Christian war eben wieder einmal davongekommen. Sie hatten seine Freundin geschnappt; die hatte gleich gesungen, jedes Lokal genannt und alle Namen, außer dem von Christian.

»Kritzelt sie mir aus dem Gefängnis: ich will dich nicht verlieren. Der antwort ich schon gar nicht. Die ist versorgt. Die wird versorgt.«

»Wie alt ist sie?«

»Gottlob über achtzehn. Als sie von zuhause fortlief, war sie auch schon über sechzehn. Wäre sie nur bei ihren Rockern geblieben. Es war blöd, sie da rauszuholen. Aber es hat mich eben gejuckt. Du weißt, wie die über ein Mädchen hergehen. Grausam sag ich dir. Zu viert haben sie mir abgepaßt. Und mit einer Fahrradkette. Ich konnte es der Kleinen in den ersten Wochen nur von Hand machen.«

»Aber sie fing wieder an zu arbeiten.«

»Und den ganzen Lohn hat sie mir gebracht. Da siehst du, wie blöd die Frauen sind.«

»Was machst du jetzt?«

»Ich handle mit Schaffelljacken. Aus Afghanistan.«

»Immerhin.«

»Ein Restposten.«

»Nein, was machst du jetzt, im Moment?«

»Sie haben mir das Ticket genommen. Die Polizei hat nicht gern, wenn man ihre Inselpfosten umfährt. War ja auch nur noch ein Rosthaufen. Das Abschleppen war teurer als...«

»Komm mit.«

»Hast du eine Tür zuhause?«

»Eine unten und eine oben.«

Und dann hauten sie ab. Als sie über die Straße wollten, stoppte vor ihnen ein Auto. Christian: »Nein, den Gefallen tun wir ihnen nicht, uns überfahren zu lassen. Wenn schon, nehmen wir was anderes als ein Auto.«

Als sie zuhause waren, fragte Christian: »All die Bücher. Hast du die alle gelesen?«

»Zum Teil.«

»Wenn das mal brennt.«

Kaum hatte Christian sich in den Fauteuil gesetzt: »Hast du Papier?«

»Sicher. Einen Moment – da.«

»Nein, nicht Schreibmaschinenpapier.«

Christian klopfte auf die Lehne und schlug sich auf den Kopf, er lachte sich einen herunter: »Wenn du nicht spinnst.« Er legte ein bräunliches Klümpchen auf den Tisch: »Ich wollte eins rauchen.«

»Tu's doch.«

»Aber nicht allein. Wo ist die Toilette?«

Er kam gleich zurück und hielt ein Stück Toilettenpapier in der Hand: »Zwischendurch rauch ich schon selber. Aber ich handle lieber damit. Ich arbeite nicht gerne in die Luft, sondern in die Tasche.«

Als er das Papier mit der Zungenspitze netzte, schielte er um sich: »Elektrisch hast du nicht? Drehst du die Platten von Hand?«

Der Immune stand vor den Schallplatten. Er nahm eine und zog die Platte aus der Hülle. Dann ließ er es und stellte das Radio ein, drehte die Skale ab. Christian: »Laß das. Nein, das vorher.

Noch etwas zurück. Jetzt.« Dann zündete er den Joint an, nahm einen Zug und reichte ihn dem Immunen; der zog daran. Christian: »Du mußt inhalieren.« Und als der Immune seinen zweiten Zug genommen hatte, fuhr Christian fort: »Die Anlage wäre nicht schlecht. Aber die Lautsprecher stehen falsch. Ich komme mal und richte das. Wie ist's? Spürst du was?«

Der Immune reichte den Stengel zurück. Christian hatte die Arme auf die Knie gestützt: »Siehst du was?«

»Ja.«

Dann lehnten sie sich in ihren Fauteuil und ihren Stuhl. Christian: »Was siehst du?«

»Lauter Vorhänge – nichts als Vorhänge. Bis in die Lunge.«

Und nach einer Pause fragte Christian: »Wenn du weggehst...«

»Ja?«

»Nur so. Weißt du, was es kostet, am Bahnhof in einer Telefonzelle zu übernachten? Die nehmen dreißig Franken Buße. Das ist nicht schlecht.«

Dann bückte er sich, zog die Reißverschlüsse auf und stieß die Halbstiefel von den Füßen. Dem Immunen brannte der Stummel an den Fingern. Christian: »Gib her.« Er erhob sich und ging in den Gang: »O verdammt. Das ist die Wohnungstür. Bei so vielen Winkeln in einer Wohnung muß man Wegweiser aufstellen. – Aha, diese Tür ist schon besser. Hast du keinen Schalter im Schlafzimmer?«

»Eine Nachttischlampe. Tut's das nicht?«

»Was machst du?«

»Ich stelle die Musik leiser.«

»Sind wir nicht allein? Laß sie.«

Der Immune ging ins Schlafzimmer. Christian: »Laß doch die Leintücher. Mir gefällt das Puff.«

»Wenigstens die Wolldecke strecken.«

»Heizt du mit Holz?«

»Ach woher.«

»Zieh mal an dem Leibchen, da kommt ein Mensch nicht

lebendig raus, so eng ist das.« Als er die Hosen aufknöpfte: »Den Gürtel, den kennst du.«

»Immer noch leer?«

»Du kannst ja was reintun.«

Dann boxte Christian das Kissen. Als er sich ins Bett legte, machte er ein hohles Kreuz und ließ sich fallen: »Kommts drauf an?«

Am Morgen hob der Immune ein Paar Jeans vom Boden auf und ein Leibchen. Das Schwerste war die Schnalle. Als er die Hosen faltete und auf den Fenstersims legte, fiel ein Stellmesser heraus. Da Christian in den Tag hineinschlief, beschloß der Immune, Frühstück und Mittagessen zu kombinieren. Er holte was im Laden unten, nahm Käse und Wurst und ging nochmals für einen Orangensaft zurück. Dann stellte er die beiden Gedekke auf den Küchentisch und machte sich an die Schreibmaschine.

Plötzlich stand Christian unter der Tür. Die verschlafenen Augen zugekniffen. Ein magerer Körper mit kläglichen Rippen. Er kratzte sich im Haarzeug zwischen den Schenkeln. Der tätowierte Anker war bläulich gefroren. Er drehte sich wortlos um, ging in den Gang und rief von der Küchentür: »Erwartest du jemand?«

»Das ist für uns.«

Dann drehte Christian am Radio. Der Immune ging in die Küche. Er hörte Christian in der Toilette, ein Plumps und dann ein Fluchen. Als Christian unter der Küchentür erschien: »Das fängt schon gut an.« Er stellte ein Bein auf den einen Küchenstuhl und machte sich an einer Kruste zu schaffen. Der Immune: »Wo hast du die Narbe her? Übel.«

»Hast du die auf dem Rücken nicht gesehen?« Christian drehte sich um und verrenkte sich, indem er die Narbe auf dem Gesäß abfingerte: »Die Narbe ist eine ganze Story.«

Dann ließ sich Christian auf einen Stuhl fallen und betrachtete den Küchentisch. Plötzlich holte er aus und schlug mit der Faust auf den Tisch. Die Tasse vor ihm hüpfte. Er wartete, dann holte er ein zweites Mal aus, die Tasse machte einen kleinen Sprung. Nun hämmerte Christian ein Trommelfeuer und jagte die Tasse vor sich her, er trieb sie bis zum Rand, von wo sie auf den Boden fiel. Er langte nach einem Messer und stieß damit in die Butter, ein paarmal: »Die kill ich.« Dann verschränkte Christian die Arme auf dem Tisch, legte den Kopf hinein und schluchzte.

Der Immune hatte vom Abwaschtisch aus zugeschaut. Als das Wasser im Kessel pfiff, holte er ihn von der Flamme. Dann nahm er Kehrichtschaufel und Handbesen. Als er sich bückte, stieß ihn Christian mit dem Fuß weg: »Das mach ich selber.« Nachdem Christian die Scherben aufgewischt hatte, stellte er die Kehrichtschaufel auf den Herd, nahm ein Messer, strich die Butter glatt und modellierte sie: »Man sieht nichts mehr. Du kannst essen.« Während Christian an seinem Brot kaute, sagte er plötzlich: »Du könntest mein Vater sein.«

»Da hätte ich früh anfangen müssen.«

»Ich hätte nichts dagegen gehabt. Kennst du eigentlich meine Mutter?«

»Wie sollte ich.«

»Warum kommst du immer wieder zurück?«

»Man muß von etwas leben.«

»Kann man das drüben nicht?«

»In meinem Beruf?«

»Holzhacken kannst du sicher. Die haben doch noch Wälder.« Christian langte mit dem Messer nach dem Käse: »Wenn du noch was willst, mußt du es sagen. Kennst du übrigens deinen Spitznamen?«

»Nein.«

»Die nennen dich den Immunen – die haben keine Ahnung.« Und als er sich ein paar Krumen von den Lippen klaubte: »Jetzt eine Zigarette. Dann ein Bad. Das hast du bestimmt. Einer, der den Tisch deckt.«

Als Christian aus dem Bad kam: »Hast du keinen Fön?«

»Nein.«

»Du hast doch auch lange Haare.«

»Es tut mir leid.«

»Hast du wenigstens Papier?«

»Schon wieder?«

»Zum Aufschreiben, du Arschloch.«

»Sicherlich.«

Dann setzte sich Christian in den Fauteuil: »Zieh mal die Vorhänge auf. Es ist doch schon Mittag. Lebst du im Dunkeln?«

Der Immune zog die Vorhänge auf. Dann gab er Christian einen Block: »Reichts?«

»Und schreiben soll ich mit den Fingernägeln?«

»Ein Kugelschreiber – oder muß es was Besseres sein?«

Christian kritzelte ein paar Striche, das Knie als Unterlage für den Notizblock benutzend: »Verdammter Blödsinn.« Er erhob sich, ging in die Küche und machte sich einen Platz frei: »Du wäschst auch nur einmal im Jahr ab.« Dann beugte er sich über den Block: »Garage. – Die müssen mit dem Preis herunter. Das sind doch alles Gauner.«

Er sah auf, nickte und schrieb:

»Wäsche holen.« Und nach einer Weile: »Mutter telefonieren. Kennst du sie eigentlich? Das hab ich dich, glaub ich, schon mal gefragt«, und dann halblaut: »Zimmer suchen.« Er sah aufs Blatt, strich das Wort »Zimmer« durch und schrieb darüber: »Stelle suchen.« Er überflog das Papier, riß das Blatt ab und schob es in das Plastiketui zu den Ausweisen: »Damit ich nicht vergesse, was ich tun muß.«

»Und Kabul?« fragte der Immune.

»Hast du Feuer? Das sind überhaupt meine Streichhölzer. Klar, die hast du mir geklaut.«

Und dann tauchte Christian unter; die beiden sahen sich wieder einmal im Hang-Over. Christian hatte einen Hund an der Leine: »Nicht einen hergelaufenen wie die Hippies. Mach schön Männchen.« Und da der Hund sich unter den Barstuhl verdrückte: »Mach schon Männchen, oder ...«

»Wo hast du den her?«

»Er gehört Sonja.«

»Eine Freundin mit Hund?«

»Natürlich kennst du sie. Du hast doch auch schon mit ihr gesoffen. Du weißt natürlich hinterher nicht mehr, mit wem du säufst. Das ist die mit dem Photoautomaten.«

»Photographin?«

»Blödsinn. Ein Hürchen. Die treibt es im Photoautomaten. Vorhang ziehen und wuppdiwupp. Die Sache ist entwickelt. Fremdarbeiter.«

Aber nach drei Tagen kam er ohne Hund, grüßte den Immunen kaum, ging in die Ecke zur Garderobe, blieb stehen und kam zurück.

Der Immune: »Wo ist der Hund?«

»War doch nur ein Votzenschlecker.«

Und dann erschien Christian für lange Zeit nicht mehr. Der Immune erkundigte sich einmal mehr, ob er nach Kabul gegangen sei.

»Nein«, erfuhr er, »er arbeitet auf der Post. Nachtdienst.«

»Ach was«, sagte ein anderer, »man hat ihn im Güterbahnhof gesehen. Er verlädt Bananen.«

Beim nächsten Mal bestellte Christian Whisky. Der Immune: »Dick gehst du rein. Vom Bananengeld?«

»Spinnst du?«

»Warst du nicht im Güterbahnhof?«

»Ich war im Spital.«

»Um Gottes willen.«

»Ratten gefüttert. Das wäre auch einmal was für dich.«

»Was gibst du denen?«

»So eine Art Bouillonwürfel, und zweimal in der Woche Salat. Die brauchen auch was Pikantes. Glaub mir, du kriegst die Viecher gern. Dabei sind einige nichts als ein Geschwür, das herumläuft. Soll ich dir eine mitbringen? Oder hättest du lieber eine Maus? Eine die sich immer im Kreis dreht.«

Das nächste Mal sah der Immune Christian zu einer ungewöhnlichen Tageszeit, an einem Samstagnachmittag. Christian stand plötzlich in der Wohnung: »Das hat man davon, wenn man nicht abschließt.« Christian torkelte, er hatte sich den Bart abrasiert; ein läppischer Flaum stand ihm um die Lippen.

»Was hast du?«

Christian trällerte und machte ein paar Tanzschritte im Gang: »Zum Kotzen.«

»Setz dich.« – »Nein«, Christian schüttelte den Kopf und ließ ihn baumeln: »Nein und nein und nein.«

Plötzlich schrie er: »Wo ist die Tür?«

»Das ist die Küche.«

»Mach die Tür auf oder ich schlag alles zusammen.«

»Die Tür ist ja offen.«

Christian lachte; er lehnte sich an den Immunen und legte den Kopf auf die Schulter: »Ich gehe. Ich haue ab.« Er riß die Tür auf, und der Immune sagte: »Gib acht. Die Treppe, du weißt.«

»Ich fliege. Ich fliege nach Kabul.«

Als der Immune Christian einen Monat später traf und auf den Samstagnachmittag anspielte, sagte Christian: »Wovon sprichst denn du? Kauf lieber etwas – echter aus Marokko.«

»Du kennst mich.«

»Ach richtig. Du säufst dich lieber zu Tode.«

»Das kann dir doch gleich sein.«

»Nein. Denn davon hab ich nichts.«

»Hilft's dir?«

Noch einmal hatte der Immune Christian gesehen. Beide mußten grinsen. Sie trafen sich im Warenhaus.

»Warenhausdieb?«, fragte der Immune.

»Wie du. Ich brauche Velopneus. Und du?«

Der Immune überlegte und sagte: »Schreibmaschinenpapier.« Er brauchte nichts, er hatte bereits die zweite Rolltreppe genommen. »Gehst du mit dem Fahrrad nach Kabul?«

»Ich habe bereits die Impfungen. Ich kann sie dir zeigen. Nicht? Ach, du genierst dich. Ich habe mich ja nur am Oberarm impfen lassen.«

Eine Frau zwängte sich mit ihren Einkaufstaschen an den beiden vorbei und schimpfte.

»Was macht der Prozeß?« fragte der Immune.

»Nichts. Nicht einmal vorgeladen wurde ich. Auch nicht als Zeuge. Da siehst du, was die Polizei für Schafseckel sind.« Dann beugte er sich zum Immunen und flüsterte ihm ins Ohr: »Du hast nicht zufällig einen Revolver?«

»In dem Anzug nie.«

»Na ja, du brauchst ihn wohl selber. Im übrigen, ich habe schon längst einen. Ich wollte nur schauen, ob du ein Freund bist – wenns drauf ankommt.«

»Kommt's drauf an?«

Als Christian die Rolltreppe nach oben fuhr, sah ihn der Immune zum letzten Mal.

Die einen behaupteten, sie hätten an der Triemlistraße russisches Roulette gespielt; bei Christian sei die Kugel drin gewesen. Andere sagten, er habe sich schlicht und einfach umgebracht, er sei schon immer ein Selbstmordkandidat gewesen, man habe nur in seine Augen schauen müssen. Und andere meinten, er sei einfach high gewesen. Er habe mehr konsumiert als gehandelt.

Die Polizei hatte ihre eigene Version; die glaubte an einen Mord, und die beiden anderen, die dabeigewesen waren, wurden ein paar Tage in Untersuchungshaft behalten; aber man konnte dem Mädchen nichts nachweisen und dem Kollegen auch nichts.

Dem Immunen leuchtete ein, was das Mädchen erzählte: Christian sei im Fauteuil gesessen, einen Revolver in der Hand. Er habe den Finger am Abzug gehabt und mit dem Revolver gespielt; er habe ihn um den Finger drehen lassen und dabei habe sich ein Schuß gelöst. Sie hätten gar nicht gewußt, daß der Revolver geladen gewesen sei. Als Christian zusammensackte, meinten sie zuerst, er mache Blödsinn.

»Warum hätte er sich umbringen sollen. Er wollte doch nach Kabul«, sagte das Mädchen, »er hatte bereits die Koffer gepackt.«

Das war in jenen Monaten, als der Immune wieder einmal daran dachte, sich einen Revolver zuzutun, als er wieder einmal am Tisch saß, in der Hand ein Projektil, und sich mit einer Kugel unterhielt.

Das Projektil in der Hand

Mach Schluß. Richtig und endgültig. Dein ewiger Stoßseufzer »im Grunde müßte man«. Nein, nicht »im Grunde«, sondern von Hand und mit Revolver. Du hast das Projektil in der Hand. Aus und fertig. Nicht darüber nachdenken, wie es wäre, wenn du einmal ... dafür sorgen, daß es ruhig und still wird, mit dir und in dir und um dich. Aber nein, du machst lieber den ganzen Dreck weiter, und dabei weißt du genau, das beste wäre abzustellen. Dich und das Ganze. Die Abtreibung nachholen, hinterher, und abwürgen. Willst du denn ewig an diesem Leben zappeln? Ein Hänger, aber doch nicht schon zu Lebzeiten. Als Maria sich aufhängte, tat sie es am Fensterkreuz, im Schlafzimmer, das war effektvoll. Als ihr Freund nachhause kam, da hat sie gebaumelt, an einer Kabelschnur, und weil er noch einige Zeit mit seinem Wagen herumfuhr und erst hinterher zur Polizei ging, haben sie ihn die ganze Nacht verhört. Auch dich hatte er gesucht. Sie hat es wenigstens getan. Du kannst ja aufs Theater verzichten. Abgesehen davon, du könntest lange baumeln. Wer käme schon. Ehe sie dich fänden, würden sie dich riechen. Und das Telefon hört von allein auf zu klingeln, du bist oft genug nicht hingegangen. Du mußt dich nur entscheiden. Du weißt genau, wenn du ehrlich wärst, du und ehrlich. Ein paar Minuten Mut. Du hast hinterher genug Zeit, um nachzudenken. Nein, nicht wieder anfangen zu witzeln. Willst du weiter das Gestöhn? Nimm den heutigen Tag, und wenn das nicht genügt, nimm den gestrigen. Genügt dir das nicht? Tag für Tag. Willst du weitermachen wie all die Jahre? Wenn du nicht ausweichen würdest, gäbe es nur eines – du hast es in der Hand, da in der rechten. Eine Kugel. Wie sich das anhört. Bei Kugeln denkst du immer zuerst an Kanonenkugeln. Mein Lieber, die sind vielleicht größer. Aber das genügt, was du da auf der Hand hast. Die sind gar nicht rund, diese Kugeln. Aber das ist ausgedacht, die fabrizieren nicht drauflos, die wissen schon, wie ein Projektil wirkt. Das muß durch die Schläfen dringen. Oder steck den Lauf in den Mund. Oder findest du es plötzlich nicht mehr kläglich, was du lebst? Wer hindert dich, es zuzugeben? Den andern kannst du ja was vormachen. Dir selber auch, gut, zugegeben. Du hast es auch oft genug getan. Vorher soll noch einmal alles als Film abrollen, das ganze Leben. Ich hätte dir auch ein besseres Programm gewünscht, so zum Schluß. Aber du weißt: die andern sind stärker, du tust, als könnten sie dir nichts anhaben. Stück um Stück gehst du drauf. Was ist nicht schon alles kaputt, abgestorben und eingekapselt. Du bringst gar keinen Lebenden um, sondern einen Halbtoten, wenn du abdrückst. Schau, wie leicht die Kugel ist. Da ist nicht nur Pulver drin. Da haben sie Ruhe abgefüllt, unendliche Ruhe. Auch für dich, auch wenn sie nicht an dich gedacht haben. Für deinesgleichen oder derartiges. Oder hast du etwas gegen den Revolver? Willst du wieder zum Strick zurück? Das gibt Lustgefühl. Dir fällt immer etwas ein, du hast eben lesen gelernt. Die erigieren noch, die Erhängten, und ejakulieren. Reiner Reflex, ein letzter Erguß, das wäre einmal anders onaniert, sich den Hals am Strick abreiben. Mit nassen Hosen abtreten, ist das so stilwidrig? So sehr hast du auf deine Hosen sonst auch nicht geachtet. Also gut, such dir einen Haken. Aber verlier das Projektil nicht. Nicht, daß du deine Kugel nicht mehr findest, falls du es dir am Haken nochmal überlegst. Schau, wie sauber das Projektil gedreht ist, es kollert über die Platte. Präzisionsarbeit, das muß in den Lauf passen. Dein Tod als Präzisionsarbeit, endlich einmal etwas, an dem es nichts mehr zu rütteln gäbe. War das nicht immer dein Traum? Etwas, das ein für allemal dasteht. Du hast das Werkzeug vor dir, eine Kugel und einen Revolver. Was für ein Kaliber, fragte der, welcher dir den Revolver verkaufte. Kalibergröße, wenn's nur für einen Tod reicht. Oder willst du dich weiterquälen, im Quälen kennst du dich doch aus. Oder willst du dich immer noch verbessern? Am liebsten würdest du ins Bett sinken und dort untertauchen. In allen Kissen, wenn möglich recht weich, und nie mehr aufstehn. Aber ein bißchen mußt du nachhelfen. Friedrich, der ging ins Wasser. So gesund sah er aus, von den

Locken oben bis zu den Sandalen unten. Der hat einmal beim Essen von seiner Familie erzählt – ein Onkel hat sich umgebracht, und eine Schwester war damals in der Anstalt. Der hatte es einfach, da wurde es vererbt, die haben seit Generationen geübt. In einem Boot hinausfahren und sich ertränken. Nicht glasweis wie du es tust, sondern einen ganzen See saufen. Und dann geländet, als unbekannte männliche Leiche. Die haben Waschfrauen-Hände, da kann man die Haut wie einen Handschuh von den Fingern ziehen. Nein, als Wasserleiche sehe ich dich auch nicht. Aber das wäre ein Grund, um noch einmal in die Zeitung zu kommen. Also schön, mach Schluß. Du kannst was Eignes erfinden. Karst, der nahm einen Plastiksack, eine ganz gewöhnliche Einkaufstasche, die hat er sich über den Kopf gestülpt, dann Chloroform darunter, das hatte er eben, weil er am Abend eine Zahnarztpraxis aufräumte, um was nebenbei zu verdienen. Dann muß er das Ganze zugebunden haben. Wer weiß, das könnte Schule machen. Es ist ein Einfall wie ein anderer. Das Radio drehte er noch auf. Als die kamen, um zu reklamieren, gab's keine Beschwerden mehr. Auf dem Hals trug er den Aufdruck eines Discountgeschäfts. Man muß eben selber Hand anlegen. Oder hältst du nach einer andern Möglichkeit Ausschau? Sollen wir die Möglichkeiten durchgehen? Ich habe Zeit, ich nehme mir Zeit. Dann haben wir nachher endlich Ruhe. Schön sachlich und mit ruhig Blut. Das Blut auf die Ruhe vorbereiten. Sicher, einen Katalog hab ich auch nicht. Aber soviel Möglichkeiten gibt's nicht. Es muß nur wirksam sein. Wie wär's mit klassisch und sich die Adern aufschlitzen? Im Badezimmer. Du konntest nie richtig mit Rasierklingen umgehen. Für einmal etwas weiter unten schneiden und ein bißchen tiefer hinein. Und nicht nach dem Blutstiller langen. Schon fällt dir wieder etwas dagegen ein. Umschnürung, die Zeitangabe nicht vergessen. Sonst stirbt das ab, nur ein Glied, und nicht du selber. Das hast du einmal geübt. Für den Fall, daß eine Schlagader getroffen wird. Aber auf die müßtest du es absehen. Es müßte in der Badewanne sein, schon wegen des Abflusses. Einen guten Eindruck machen Tote nie. Aber schön – wie wär's mit Gas? Du hast ja Gas in der Wohnung. Aber das ist nicht mehr tödlich, seit du Erdgas in der Wohnung hast. Man kann nicht alles hinauszögern. Aber wenn du die Fenster gut verschließt und die Tür verriegelst, könnte dir schon mal der Sauerstoff ausgehen, zu richten ist das schon. Und wenn du dich beim Warten langweilst, kannst du ja was trinken, dich vollaufen lassen und dann keine Luft mehr kriegen. Aber nicht so saufen, daß du vergißt, den Gashahn aufzudrehen, dann hast du am andern Morgen wieder deinen Kopf. Du erinnerst dich, Paul, der schleppte eine Matratze in die Küche, der hat es sich bequem gemacht, der nahm auch den Transistor mit, er war musikalisch. Das letzte, was er auf dem Gasherd kochte, war sein eigener Tod, er war ein guter Koch, du hast oft bei ihm Spanischen Reis gegessen, es war nicht seine einzige Spezialität. Der hat's getan und leicht getan. Du mußt dich mehr an die halten, die es wagen. Paul meinte es ehrlich. Man hat nicht rausgekriegt, warum er es tat. Das wäre bei dir auch schwierig: nicht, daß nichts da wäre, aber das könntest du verschleiern. Das Ganze ohne Pointe. Liegt dir das nicht? Oder willst du es lieber als Pillenschlucker versuchen? Die denken bis zum Schluß an den ausgepumpten Magen. Also bitte, vorher das Kabel aus dem Telefonapparat reißen, nicht daß du plötzlich Lust auf einen Anruf kriegst. Das ist nicht wie früher. Selbstmörder werden nicht mehr scheel angesehen. Eine Gesellschaft wie die unsere integriert die Selbstmörder. Die muß wohl. Man wird dir nachträglich nicht einen Pfahl durch die Brust rammen und dich an einem Kreuzweg verscharren. Nur mit der Annoncierung wird man vorsichtig sein. In der Polizeinachricht wird man nicht von Selbstmord reden. Nicht aus Pietät, aber es soll ansteckend wirken. Du als Anstecker. Endlich machst du etwas, das Wirkung hat. Auf dezente Weise geben sie die Nachricht weiter: er ist von uns gegangen, gehn wir mit. Schade, daß du nachher nicht weißt, wer nachgegangen ist. Oder willst du, daß nicht jemand hinterher, sondern zusammen mit dir geht? Warum solltest du nicht jemand finden, der mit dir stirbt, wenn du schon niemand findest, der mit dir lebt? Auf dem Inseratenweg vielleicht, ein Wahnsinn zu zweit. Ach was. Ganz ungetaner

Dinge gehst du nicht. Oder stört es dich, so sang- und klanglos abzutreten? Dann benutz doch den Revolver. Dann gehst du mit einem Knall ab. Es braucht nicht so spontan zu sein. Aus dem Affekt heraus, das liegt dir nicht. Nicht wie Franz, der sich mit dem gleichen Messer, mit dem er den Kündigungsbrief öffnete, die Adern öffnete. Du kannst gezielter vorgehen. Erinnerst du dich, wie du als Kind gerannt bist, weil du hörtest, einer habe sich umgebracht? Ein Mann von der Bank. Der ging auf sicher. Der stellte sich auf das Balkongeländer im obersten Stock der Filiale, erschoß sich und ließ sich fallen. Zweimal umbringen, das ist kalkuliert. Der hat vorher Bilanz gemacht. Mach doch Bilanz. Das sollte dir gelingen: Bilanz-Selbstmord. Wie die ausfällt, weißt du selber. Früher habt ihr Gewissenserforschung getrieben. Was dir für Worte einfallen. Aber auf ein Wort mehr oder weniger kommt's auch nicht mehr an. Da jagst du dich, seit Jahren betäubst du dich, deine Arbeit, deine ewige Arbeit, du kannst dir keine Ruhe gönnen, tätest du das, dann hättest du für immer Ruhe. Aber dann nimmst du wieder einen Anlauf. Im Anlauf-Nehmen bist du gut. Da bist du Klasse. Wenn die Olympischen Spiele das als Disziplin einführen, kannst du dich melden. Obwohl du keuchst. Du merkst gar nicht, wo du mit deinem unentwegten Lebenwollen landest. Was alles nicht eingetreten ist, was dir alles nicht gelang. Natürlich hast du mildernde Umstände, ausgerechnet du, der so gegen mildernde Umstände ist. Und wenn's drauf ankommt, redest du dich heraus und bleibst am Leben. Von Anlauf zu Anlauf, und dazwischen nichts. Was heißt »nichts«. Dazwischen verteidigst du, was blieb. Profitier doch von der Tatsache, daß du sterblich bist. Wenn du dahockst, nur keine Angst. Du triffst schon ins Schwarze. Und schwarz ist es doch in dir. Hast du deine Bilanz nicht gezogen? Willst du dich jetzt hinsetzen und noch einen Brief schreiben? Wie denn: Ich, der Unterzeichnete, oder persönlicher? Sauberen Tisch machen? Bei der Unordnung, die stets auf deinem Schreibtisch herrschte? Weiß Gott doch nicht etwa um Verständnis bitten oder um Verzeihung. So weit muß man die andern nicht imitieren und sich herablassen. Nicht jetzt so tun, als ob du den andern was antun könntest. Lassen wir das. Vertrau auf die Kugel in deiner Hand, schau, was für ein Glanz auf ihr liegt. Im Licht, das sieht wie was Kostbares aus. Aber natürlich, du möchtest dich nicht nur umbringen, du möchtest dich auslöschen, ausradieren. Aber gegen dich hilft kein Taschenspielertrick. Es gibt dich. Und du möchtest gerne verschwinden. Wegfahren und immer weitergehen. Dich auflösen, das entspräche deinen Vorstellungen. Einmal hat dich einer gefragt, ob du den Amazonas kennst, du hast erzählt, er unterbrach dich: dorthin würde er gehen, wenn er sich umbringen würde. Verschwinden im Wald zwischen dem Wasser und der Ansammlung am Ufer. Nichts zurücklassen. Auch kein Gepäck. Wo man einen auch nicht mehr finden würde. Glaubst du, daß das für einen Toten so wichtig ist, ob man ihn findet oder nicht? Man findet Tote nicht, man räumt sie weg. Du hast die Fahrkarte für einen Amazonas in der Hand, eine Kugel, aber natürlich, die hinterläßt Spuren, und genau das möchtest du nicht. Aber du bist ein Spurenhinterlasser, auch unfreiwillig. Nicht nur dein Körper. Den werden sie aufbahren, und du wirst mit aller Wahrscheinlichkeit identifiziert. Wenn es dir noch gelingt, mit deiner Leiche irgendwo unterzutauchen, es bleibt eine Wohnung, gut, die kannst du auflösen, dann bleibst du als Erinnerung, bei zwei, drei Frauen vielleicht und sicher bei einer Freundin und bei ein paar Freunden bestimmt, unvermeidlich bei einer alten Frau und bei deiner Schwester – das mußt du auslöschen. Ja, du mußt alles wegschaffen und wegräumen, was du immer findest, wo es Spuren haben könnte. Nicht nur dich ausradieren und aus der Welt schaffen. Nein, alle andern auch, in denen du eine Spur hinterläßt, ob sie dich mochten oder verachten oder … auch die Spur dort, wo du gleichgültig warst und gleichgültig bliebst. Also fang an mit der Zerstörung aller Spuren, bring eine alte Frau um und werde zum Muttermörder, dann liquidiere die Familie deiner Schwester und sie mit dir und deine Freundin und knall sie ab, deine Freunde, aber gib acht, daß sie dich nicht zu früh erwischen, du wirst zum Massenmörder, nur weil du dich selber ausradieren willst, und wenn du vorsichtig bist, hast du bis zum Lebensende eine Beschäftigung, beseitigen und ausschalten, du mußt auch an die möglichen Zeugen denken und an jene, welche die Zeugen kennen. Alle Gashähne aufdrehen und in alle Wasserleitungen Gift schütten, nur noch schießen und würgen. Du bist mit Töten beschäftigt, es fing mit dir an, aber du mußt am Leben bleiben, um deinem Geschäft nachzugehen, du wirst dich verstecken müssen, günstige Gelegenheiten auskundschaften und auf leisen Sohlen gehen, elektrische Leitungen legen und mit Kurzschluß operieren, mit jedem Toten wirst du ein Stück toter und unabhängiger sein, du bringst dich ratenweise um, und am Ende, wenn nur noch du übrigbleibst, kannst du Hand an dich legen, ein Selbstmord-Mörder, dann kannst du die Kugel benutzen, sie, die jetzt in deiner Hand liegt. Schau sie dir an, spar sie auf. Schau, wie kühl das Projektil war, und jetzt hat es die Handwärme angenommen, es fraternisiert mit den Fingern. Aha, du wirst es nicht tun, einmal mehr nicht. Dann hockst du wieder da. Dann bettelst du dir ein bißchen Aufmerksamkeit zusammen, die hohle Hand machen – wozu? Es liegt ja ein Projektil drin. Tu's doch. Sei doch um Gottes willen und Herrgottnochmal endlich bereit. Red nicht mit dem Projektil, benutz es. Du steckst dir eine Zigarette an. Deine Lungen teeren, dich über den Lieferanteneingang umbringen, heimlicher, damit du es nicht selber merkst. Schön, man kann sich auch zu Tode saufen … soviel brauchst du gar nicht mehr nachzuschütten, bei deinem Alkohol im Blut, also auf die Weise willst du es dir besorgen. Du hast die Kugel zu lange in der Hand gehalten.

Das Hohe Lied des Alkohols

Gebenedeit seien die Reben, die Beeren, das Korn und alles, was gärt.

Reumütig kehr' ich zurück. Ich, der ich immun werden wollte. Ein Angefressener faltet die Hände ums Glas.

Nüchtern hab ich es versucht; es soll nie mehr geschehen.

Aber die Phasen der Abstinenz sind die Bänke auf Deinem Stationenweg, Alkohol.

Du kennst den Spruch: Lechzend steht der Hirsch an den Ufern des Wassers, es dürstet meine Seele an der Theke nach Dir.

Stoß mich nicht fort. Schau, daß sie mich bedienen, auch wenn sie mich kennen. Mein Kapital ist meine Haltlosigkeit, bauen wir darauf ein Fest.

Dir versagt sich keiner:

Der Stern, die Blume, der Eckstein, sie leihen Dir ihren Namen. Für Dich baumelt die kupferne Sonne im Wind, für Dich machen die Drei Weisen Rast. Es werben für Dich Rose und Krone, es lädt für Dich die »Fantasio« ein.

Ich höre die bunten Glocken der Wirtshausschilder, und ich stelle mich ein – in Deinen Bars und Beizen, in Deinen Bistros, Kneipen und Kaschemmen, wo immer Dir ein Ausschank errichtet worden ist.

Prost und Halleluja, die ganze Internationale von Skaal und Cheerio.

Haltet mit, ich spendiere.

Hätte ich Familie, ich gäbe sie aus. Die Frau, die ich liebte, verhärmt, verprügelt und ausgelacht, wenn sie mich sucht. Und die Kinder, die ich zeugte, würden glasweis verkommen. Aber Nächste habe ich und Allernächste, ich versetze sie und gebe aus, womit ich sie vom Pfandhaus holen könnte.

Und zum Schluß, Alkohol, gib mir so viel Streitsucht, daß ich auch mit meinem letzten Freund brechen werde.

Erbarme Dich meiner –

Hör nicht auf meine Verleumder; sie sagen mir nach, ich treibe Selbstgefährdung. Wörter haben die – reden von Erhaltungsstörung, wer aber konserviert besser als Du.

Erbarme Dich meiner und erbarme Dich derer, die sie in die Anstalt steckten, und erlöse sie von den Feuerqualen der Entziehungskur. Ich habe sie im Kreise herumirren sehen, hinter Mauern versenkt, über die sie nie klettern können; denn auf den Mauern hat man die Scherben von zerbrochenen Flaschen einzementiert.

Spiritus rector, der du auch mit dem Fusel die sauren Geister erlöst.

Schenkt mir ein.

Den ganzen Weg will ich gehen, von angeheitert und beduselt bis zum Wahnsinn, alle Stigmata der Nüchternheit besitze ich schon, voll von Symptomen:

Lallend und vergiftet wirst Du mich haben, meine Lippen und mein Gesicht zittern ohne Unterlaß, und mein Körper befällt ein jubilierender Tremor.

Mein Delirium möge für andere ein Grund zum Anstoßen sein.

Steht mir bei, ihr alle, die ihr ins Glas geschaut und die Welt durch einen leeren Boden gesehen habt. Nicht ihr Gelegenheits- und Zahltagstrinker, nein, ihr anderen, die Säufer und Trunkenbolde. Amateur war ich selber lang genug und habe meine Räusche mit Geiz per Quartal gezählt – nun kommt die Dauer des Dauerrausches.

Steh mir bei, Erzvater Noah, der du die Sintflut überstandest und dann für die Geretteten den ersten Suff trainiertest.

Heiliger Verlaine und Heiliger Keller, ihr Brüder von der trockenen Flasche.

Und du, seliger Oscar, der du im Straßengraben lagst, aber auf dem Rücken, um noch die Sterne zu sehen.

O Henry, Ernest und William.

Und ihr zehntausend anonymen Alkoholiker, die ihr euch nicht erwischen ließet, steht mir bei, damit ich Sein Lied singe, das Hohelied des Alkohols.

Schwarz soll unsere Messe sein wie die Leber, die schrumpfte.

Doch vorerst soll dem frevelhaften Volk die Epistel gelesen werden. Dem ruchlosen Volk der Wirte und Kellner, die Dich verwalten und verkaufen, die Tempelschänder, denen der Tempel gehört, die uns abfüllen und, wenn wir voll sind, uns auf die Straße werfen, nach einem Zuhause jagen, das wir nicht besitzen.

Dies ruchlose Volk, das nur an ein Wunder glaubt, an jenes von Kanaan, als Wasser in Wein verwandelt wurde, wir aber, wir verwandeln unser Blut in Alkohol.

Dies frevelhafte Volk möge noch eine Runde auftragen.

Ich komme zu Dir. Nicht erst am Abend oder zum Wochenende wie bisher. Schon am Morgen stell ich mich ein, und steht die Sonne am höchsten, überkommt mich das erste Kotzen.

Aber ich, ich habe Dich verraten, in Gedanken, Worten und Werken, durch meine Schuld, durch meine Schuld, durch meine übergroße Schuld.

Wie kannst du, Seele, angesichts dieser Flaschen, noch trauern, wie mich mit Kummer quälen?

Ihm gebührt die Ehre, dem Alkohol, und seiner Welt.

Ehre den Feldern, auf denen der Weizen und der Roggen für ihn gedeihen und wo seinetwegen Gerste und Dinkel wachsen.

Ehre dem Schleimfluß des Ahorns und dem Blutungssaft der Birke, allem, was gärt, dem zerkauten Mais und dem geschälten Reis. Dem Hopfen und seinen minderen Schwestern, der Lupine, der Minze und der Raute. Und all jenen, die für Dich Wurzeln schlagen, dem Mandiok und der Kartoffel.

Und Ehre jenen, die aus der Milch Branntwein machten.

Ehre dem Honig, dem Wildling unter den Gärstoffen.

Und daß ich es nicht vergesse: das Zuckerrohr. Ehre dem Zuckerrohr, das sich hell und dunkel brennen läßt, Ihm zu Ehren und mir zum Rum.

Du bist tödlich, denn Du bist konsequent.

Deine Reinheit ist ungeheuer, so daß Dich keiner pur erträgt. Aber Deine Reinheit wäscht die Wunden sauber, wasch mich innen aus von den Zehen bis zum Kopf.

Da mir nicht gelingt immun zu sein, mach mich steril.

Ich weiß genau, wenn es soweit ist. Jetzt noch ein Glas, dann ist es geschehen. Laß dieses Glas nicht an mir vorübergehen, sondern schenk es voll bis zum Rand. Jetzt kommt die große Wandlung.

Jetzt wird mein Blut zu Deinem Alkohol. Der Alkohol hat alles Wasser gezogen. Alle Zellen melden Durst, und Du vergrößerst den Durst, indem Du ihn stillst –

Paradoxer Durst, ich glaube an Dich.

Du zeigst mir Dinge, die die andern nicht sehen. Ich aber, ich habe die geflügelten Affen gesehen, die die Welt wie eine Banane schälten. Es waren nicht weiße Mäuse, wie die Doktoren meinen, es waren weiße Ratten mit einem Küchenmesser als Schwanz, und damit haben sie euch die Köpfe vom Stengel geschnitten, und ich habe die Kröte gestreichelt, die in meiner Kehle ihre Pfütze suchte.

Ich höre Dinge, die ihr nicht vernehmt, weil eure Ohren mit einem Wurlitzer-Wurm verstopft sind. Darum meint ihr, ich torkle, dabei tanze ich zu einer Melodie, bei der die Tiere mitschreien, aus deren Häuten die Trommeln gemacht werden. Ein Takt, der ohne Gleichgewicht auskommt wie ich. Mein Gehör jault fein wie das eines Hundes, und so behandeln sie mich auch als einen Hund.

Mein Kopf verwandelt sich in einen Kolben, der siedet und brodelt, und es läuft aus ihm über und tropft durch das gekühlte System meiner Brust, und alles sammelt sich als Destillat. Gebenedeit sei alles, was gärt.

Unendliche Dreieinigkeit von Käse, Brot und Wein – verfault, gesäuert und vergoren. Nur was verdarb und dann genießbar ist, wird klassisch.

Nimm mein Opfer an:

Meine Stellung und meinen Beruf, die hast Du schon.

Auch den Mietzins kann ich Dir nicht geben, Du hast schon den vom nächsten Jahr.

Aber meine Potenz gebe ich Dir, die gehabte, die erfingerte und die erträumte, die alle kannst Du haben mit der Lust vom letzten Jahr.

Und mein Gedächtnis gebe ich Dir. Es möge nichts Frisches mehr behalten; ich bringe der Erinnerung das Erbrechen bei.

Und ich gebe Dir, was an Würde noch vorhanden ist. Wenn ich mit nach außen gekehrten Taschen um ein nächstes Glas bettle und vor denen um Kredit winsle, die ich verhöhnte; wenn ich schmierig-zärtlich bin, klebrig und aufdringlich.

Und ich opfere Dir meine Leber und ihre Zirrhose. Bis über

die Rippenbogen blas ich das Organ auf, eh der Ballon zusammenfällt. Aus den Schrumpfungen mögen die Chirurgen-Auguren mir meine Vergangenheit prophezeien.

Was wollt ich sagen? Das Wort war doch eben noch da. Ja, am Anfang war das Wort, aber jetzt rede ich.

Nur Narren, Kinder und Betrunkene sagen die Wahrheit. Ein Kind bin ich nicht, und die Narren haben mich verstoßen.

Ich will die ganze Wahrheit kennen, alle Gläser.

Ich kenne das lustige Glas. Wenn wir auf den Tisch hauen, Sprüche klopfen und mit dem Buckel lachen, exaltiert und witzelsüchtig, und unter den Stühlen und Hockern nach den Pointen kriechen, die wir verschüttet haben.

Ich kenne das traurige Glas. Wenn mich ein Elend befällt, nicht irgendeines, sondern eines, das auch trunken ist. Wenn ich jedem gratis erzähle, der's nicht hören will, und bei denen insistiere, die hören mögen, wie's um mich steht, kläglich und penibel, und wenn ich durchs Lokal wanke und den Katzen das Futter hinhalte für meinen Katzenjammer.

Und ich kenne das böse Glas. Wenn mich der Zorn ergreift. Wenn über mir das gebrannte Wasser ausgegossen wird, dann mach ich die Faust und sag dem erstbesten, daß er der Allerletzte ist, und schieße auf dieser Jagd nach mir auf alle anderen tödlich, ein fluchender Schimpfer und ein Pöbler vor dem Herrn.

Alles sollst Du haben. Noch nie hast Du etwas unterschlagen. Was ich am Abend im Glas vergaß, gabst Du mir am andern Morgen zurück.

Selbst einem Kopf wie meinem gibst Du Ruhe – die Amnesie hält Amnestie.

Bringen Sie mir noch einen Korsakow, das vorletzte Glas.

Ich fülle alle Lücken selber aus, welche die Merkfähigkeit und das Gedächtnis hinterlassen, und wenn ich selber in die Gruben falle.

Ich, der ich mich hinabgesoffen habe, konfabuliere mich empor und erzähle die tollsten Geschichten mir selber: Ich war einmal.

Geht, das Lied ist aus.

Geht, mit so großen Gaben gesättigt, und wünscht nur eines, die Geschenke in euch festzuhalten: die Herzverfettung und die Hodenatrophie.

Gesegnet seid ihr im Diagnosen-Latein:

Polyneuritis, Hypalgesien, Hepatomegalie, Kardiovaskuläres und Amenorrhoe.

Und auch der Seele zu gedenken und ihrer Halluzinosen.

Nun beginnt die Wallfahrt – nicht zu Ihm hin, sondern von Ihm weg: von verschlossener Bar zu verriegelter Beiz, Rinnstein um Rinnstein.

Er aber macht aus dem Rinnstein ein Bett. Dank ihm wird das Pflaster weich und die Hausmauer ein Freund. Gebenedeit seien die Reben, die Beeren, das Korn und alles, was gärt.

Ich, der ich immun werden wollte, gebe es auf, Dich ertragen zu wollen.

Weg und den Amazonas hinauf

Auf und davon, und alle können mir. Ich habe es satt, bis oben, und unten schon längst. Das nennt sich ein Atlantikhafen. Dabei liegt der Atlantik noch gut hundertfünfzig Kilometer weiter westlich. Aber wer zählt hier schon die Kilometer. Und wenn es hier etwas genug hat, dann sind es Kilometer. Bei dem Fluß kommt man eh nicht draus. Der ist so breit, daß es ein See sein könnte und schon fast wieder ein Meer. Gezeiten jedenfalls kennt er und ist ein Binnenwasser, und doch nur ein Nebenfluß.

Wenn der Weltuntergang auf nächste Woche festgelegt wird, müssen sie ihn verschieben, sofern ihnen daran liegt, daß ich teilnehme; soweit ich sie kenne, bestehen sie darauf. Ich habe jetzt keine Zeit. Wenn der Himmel schon so lange zugewartet hat, kann er mit der Liquidation noch zwei, drei Wochen Geduld üben. Viel übler wird's inzwischen auch nicht werden. Wer weiß, vielleicht findet der Weltuntergang hier gar nicht statt, denn es ist fraglich, ob das noch zur Welt gehört, wo ich hin will.

Ich habe im Augenblick ganz andere Sorgen. Ich brauche eine Schiffskarte. Der Kiosk sieht wie ein Pissoir aus, aber dort werden die Karten verkauft, jedenfalls ist es so angeschrieben. Zwei lehnen an eine Wand; bückt man sich und schaut durchs Schalterloch, entdeckt man sie im Halbdunkel. Die beiden schauen mich an, als hätte ich etwas Unzüchtiges verlangt – das ist nicht richtig, hätte ich das getan, wären sie aufgesprungen. Bis dann einer ein paar Worte in den Mund zwischen Kaugummi und Gebiß schiebt und Fäden zieht: »Nichts.« So beginne ich nochmals: Ich möchte eine Schiffs-Karte, ein Schiffs-Ticket, eine Schiffs-Passage, ein Schiffs-Billett. Die beiden nicken. Aber nicht, weil ich etwas gesagt habe; sie haben schon vorher genickt, zur Musik. Am Tag vor der Abfahrt verkaufen sie die Karte: »Am achten, mehr oder weniger.«

Im Fahrplan steht doch der sechste. Wann das Schiff fährt, bestimmt nicht der Fahrplan. Das bestimmen die Anzahl der Passagiere und wo die aussteigen und wieviel Fracht geladen wird, und am Ende bestimmt es der Wasserstand. Der Fahrplan wird im Büro gemacht, aber einsteigen tut man hier, sofern man eine Karte hat. Immerhin, taubstumm sind sie nicht.

Und ich Arschloch bin eigens eine Woche früher hierher gekommen, um ganz sicher eine Fahrkarte zu erwischen. Nun stehe ich da. Davon werde ich auch nicht reicher. So schlendere ich zu den Docks. Ich schaue durch die Gitter, da liegen doch genug Schiffe. Da ist eines, wie ich es mir wünsche, ein Raddampfer. Wo sonst die Passagiere untergebracht wurden, schaut eine Kuh durch die Luke.

Hier werden sie mich nicht erwischen. Eine Adresse gab ich nicht an. Das hab ich klug eingefädelt. Sollen sie in ihrer Zeitung das Telefonbuch abdrucken. Wer hat das schon gelesen; und der Chef predigt doch, man müsse sich ans Nächstliegende halten.

Bis dann João auftaucht. Er steht neben mir und redet, und ich verstehe kein Wort. Er redet zehn Minuten und hat nur eine Frage gestellt: Woher ich komme. Das kann ich ihm schon sagen. Aber viel interessanter finde ich, wohin ich will.

João hat eine Schwester, die arbeitet bei der Post; die hat eine

Kollegin, welche einen Onkel bei der Feuerwehr hat. Der ist zwar pensioniert. Aber man wird schon herausfinden, wo er wohnt. Jedenfalls hat der einen Bruder, der im Hafen arbeitet. Er klebt Zettel auf die Kisten. Der hat mit denen von der Schifffahrtsgesellschaft zu tun. Einen kennt er besonders gut, doch der hat nur am Donnerstag oder Freitag Dienst. Bis dahin dürfte der Bruder wieder zurück sein, eine Tante hat sich verheiratet, und er war auf ihrer Hochzeit – kein Problem, man wird sehen, morgen.

Inzwischen habe ich Zeit, mich zu akklimatisieren.

Um fünf steh ich unter wie alle andern. Der Tropenregen prasselt auf die Straße, heftig, kurz, stark und klatschend. Der Asphalt beginnt zu dampfen, die Schwüle steigt und steigert sich, die Hitze wird dick. Ich hüpfe über die Pfützen und wähle zwischendurch ganz große.

Als ich in eine Kneipe gehe, ruft mir gleich beim Eingang einer zu, ich solle die Klapptür offenhalten, dann fliegt an mir vorbei ein Ding, das auf der Straße aufplatscht, dumpf, mit einem Schwanz, gräulichschwarz, eine Ratte.

Die wollen immer wissen, was ich mache. Techniker, das hätte ihnen eingeleuchtet. Da ich ein Fremder bin, reibt der Wirt das Glas mit der Schürze, ehe er es hinstellt. Agronom, nein, das bin ich auch nicht. Ich bohre kein Erdöl. Überhaupt, was die mit den Amerikanern haben. Missionar bin ich schon gar nicht. Als Gummisucher komme ich wohl nicht in Frage, und ich sehe auch nicht danach aus, als wolle ich Para-Nüsse sammeln.

Ich will den Amazonas hinauf, das ist alles.

João ist natürlich nicht da am andern Tag. Ich habe zwar noch alle Zeit, das heißt, das Schiff fährt nur zweimal im Monat, und so lange kann ich auch nicht untertauchen. Ich muß mir schon was einfallen lassen. Wenn der Bekanntenkreis von João nicht spielt, lerne ich vielleicht jemand kennen, der eine Cousine hat, die auf dem Standesamt arbeitet, und deren Verlobter ist bei der Straßenreinigung, und der kennt vom Einsammeln her einen, der einen Vetter hat...

Jedenfalls gehe ich schon in den Botanischen Garten, oder wie das Museum heißt. Da kann ich den Urwald im Klavierauszug anschauen. Die Baumstämme tragen Täfelchen; solche Täfelchen hatten sie uns im Militärdienst umgehängt, damit man weiß, wen man benachrichtigen soll. Nur daß bei uns noch die Blutgruppe angegeben war.

Und die Tiere sind auch da, und wie sie heißen! Aber am Ende ist eine Murucutu auch nur eine Ente. Von den Affen ist einer ganz hübsch nervös, aber das soll er auch draußen in der Freiheit sein. Das kenne ich.

Wenn es mit dem Schiff nicht klappt, habe ich wenigstens einen Zoo gesehen, und auch das Blasrohr, mit dem man Pfeile schießt, immerhin. Dieser João kann mir. Aber dann steht er da. An einer Ecke. Er habe gewartet. Aber wir hatten zu einer andern Zeit und an einem andern Ort abgemacht. Ich solle warten. Da sich auf der Schattenseite des Kiosks bereits einige räkeln, stelle ich mich hinter einen Kandelaber. Der wirft genau so viel Schatten, daß ich davon einen Streifen auf mein Gesicht kriege. Ich wandre mit ihm millimeterweise. Was die miteinander hatten, eruiere ich nicht genau. Der, welcher im Hafen arbeitet, und der hinter dem Schalter und dazwischen João haben palavert; sie nannten immer wieder verschiedene Beträge; ich vernahm deutlich, daß jeder dem andern vorrechnete, er habe Frau und Kinder, und sie zählten die unehelichen schon mit. Endlich lege ich eine Summe hin.

Nach einer Weile noch eine, diesmal für die Schiffskarte.

João schaut mir über die Achsel und liest mit: »Erste Klasse.«

»Aber das wollte ich gar nicht«, sagte ich. Da sind alle enttäuscht, und João streckte einen Finger nach dem andern in die Luft: die Schwester, der in der Feuerwehr ... Ich gebe noch nicht ganz nach: »Wie wär's mit zweiter Klasse?«

»Das haben wir nicht«, belehrt mich der hinterm Schalter, »nur erste und dritte.« Und João erklärt weiter: »Bei vierzig Grad – die Kabinen haben air condition.«

»Aber da erkälte ich mich nur«, geb ich zurück. »Nein«, sagt der, der beim Zoll arbeitet, »air condition, das hat es nicht, es hat Ventilatoren.« Und der hinterm Schalter beruhigt mich: »Der funktioniert kaum. Der Ventilator funktioniert selten.«

Das Geschäft ist nicht rückgängig zu machen. Der vom Zoll sagt, er sei vor der Abfahrt am Hafen, als Gepäckträger, ich soll mich an ihn wenden. Aber ich habe nur einen Koffer. Das sei es nicht, sondern der Platz.

Auf alle Fälle habe ich eine Karte, und das will ich feiern. Ich erkundige mich bei João, wo so richtig was los sei. »Gut«, sagt er, fügt aber bei: »Dort könnten Sie umgebracht werden.« Aber sie haben bereits einen umgebracht. Nicht ganz. Der Polizist zählt gerade die Stiche, und der andere notiert sie.

Als ein Zeuge sagt, er solle auch mal auf dem Rücken schauen, wird der Zeuge verhaftet. Wer sowas weiß, ist verdächtig. Der Name des Messerstechers ist zwar bekannt; aber man kann den Verdächtigen immer noch laufen lassen, wenn man den Schuldigen hat.

»Palacio dos bares«, nicht schlecht dieser Palast von Bars, eine Ansammlung von Hütten, Buden und Verschlägen. Im Lichtschein einer Tür schiebt ein beinloser Krüppel sich fast lautlos über den Boden, die Hände mit Lumpen umwickelt. Die Buden sind auf Stecken gebaut; wo der eine Laden aufhört und der andere beginnt, ist nicht auszumachen; aus jedem Loch scheppert es; es wimmert nicht nur aus der Box oder dem Transistor, sondern auch aus Kindermäulern, und die Kinder zeigen ihre aufgeschwemmten Bäuche. In jedem Fenster hängt was, und wenn's nicht Wäsche ist, sind es ein paar Brüste.

Aber dann trampt man doch in eine Bar, wo ein Hund seine Krätze leckt; die Schlampe stellt gleich ein Glas Whisky auf die Theke und fragt hinterher, was man wolle; in der Ecke schraubt sich ein fettes Ding aus dem Büstenhalter und zieht ihn unter der Bluse hervor. Ich möchte einen Zuckerrohr-Schnaps; dazu haue ich auf die Theke. Aber ich schlage etwas zu laut; so begnüge ich mich mit dem Whisky.

Schon kommt einer auf mich zu mit einem Messer. Das scheint die Spezialität des Hauses zu sein. Er läßt es aufspringen und wirft es auf die Theke; es steckt, und der Griff zittert. Eigentlich brauche ich kein Messer, aber dann kaufe ich es doch. Ich behalte es in den Fingern und begutachte es mit Kennerblick, damit auch der, welcher am Türpfosten lehnt, sieht, was ich habe. Als ich es nach vorn in die Hosentasche stecke, steht es ab, man hätt auch meinen können...

Dafür ist mir am andern Morgen so kotzelendübel, daß ich den Tag am liebsten gestrichen hätte. Ich wundere mich noch immer, wie ich nach Hause gekommen bin, denn ich bin im Hotel erwacht und zwar in meinem Zimmer, im Bett und in meinem, ausgezogen und die Hosen sogar gefaltet, und als ich das Geld zählte, war es noch da – alles stimmt, das ist unheimlich.

Sogleich der Griff nach der Schiffskarte. Ich ziehe sie aus der Brusttasche des Hemdes, das war nicht sehr intelligent, sie dort hinzustecken. Als ich sie auseinanderfalten will, beginnt sie an den Rändern einzureißen, feucht vom Schweiß, auf der Rückseite ein verdächtig violetter See, der benutzte Tintenstift. Ich klebe sie an den Spiegel zum Trocknen.

Es ist bald Zeit, daß das Schiff endlich fährt.

Inzwischen kenne ich die Stadt auch. Jeden Morgen geh ich auf den Markt. Der gefällt mir schon wegen des Namens »ver-o-peso«, »Gib aufs Gewicht acht«. Einer will mir den ganzen Morgen und jeden Tag von neuem einen Kakadu anhängen, er läuft mir einfach nach, der Käfig sei gratis, sagt er, und er hat auf den Schultern eine ganze Voliere.

Ich schau mich um bei den Schlangenhäuten, rissig, nicht gut präpariert, nur an der Luft getrocknet. Die kleinen ausgestopften Krokodile; die heißen gar nicht so, die heißen Jacaré, wie mich der Verkäufer belehrt. Jutetaschen, geflochtene Hüte und Mandiokasiebe. Kleine Gummitiere, Schildkröten, und dann Pfeile, bei einigen ist die Spitze abgedeckt wegen des Curare-Gifts, wer's nicht glaubt, kann die Finger dran ritzen.

Die Stadt kenne ich allmählich wirklich. Den Barock habe ich auch schon gesehen. Der ist unvermeidlich. Da hat ein Italiener mitgemischt. Ich bin nun einmal nicht auf Jagd nach Portalen. Aber sie sind nicht zu übersehen. Ich bleibe stehen und nehme einen Anblick mit, wenn es sich ergibt; es ergibt sich an allen Ecken. Die Stadt heißt schließlich nach Bethlehem Belém. Auch das Theater habe ich aufgesucht. Das hat mich geärgert. Ich hatte mir das Opernhaus für Manaus aufgespart, eine Opéra mitten im Urwald. Jetzt treffe ich schon hier ein Opernhaus, genauso größenwahnsinnig. Das paßt mir überhaupt nicht ins Konzept.

Wenn ich noch lange bleibe, gefällt mir die Stadt. Die Mangobäume, die über den Straßen zu einem Schattendach zusammenwachsen. Aber am liebsten hab ich die Stadt nicht geschäftig, wie sie tut, sondern nach Mittag, wenn die Rolläden herabgelassen und die Schlösser vorgehängt sind.

Ich will den Strom aufwärts, mit den Herumlungernden und den Ratés, den Desperados und den Abenteurern und allen, die abhauen wie ich.

Bis ich dann einen zweiten Hafen entdecke, auf Pfählen gebaut, die rachitisch sind. Je nach Ebbe und Flut steigt man auf dem einen oder andern Absatz aus, klettern tut man auf alle Fälle. Das Schiff legt auch nicht am Steg an, sondern entlang eines andern Schiffes; so turnen sie und bieten mit ihren Kisten, Schachteln, Taschen und Säcken Kunststücke, steigen über die andern Schiffe, halten sich an den Tauen, zerren einander hoch und hinüber und werfen sich die Ware zu.

Es ist wirklich Zeit, daß das Schiff abfährt. Einen Tag früher ist es zurückgekommen. Um zehn Uhr abends fährt es. Ich hätte mir lieber eine andere Abfahrtszeit gewünscht. Auf alle Fälle bin ich schon um fünf Uhr da. Aber wie ich ankomme, drängt sich schon ein Haufen. Ein Gewühl und ein Gekreisch, als seien alle zu spät.

So drücke ich mich durch, den Koffer als Schild vor mir. Plötzlich hab ich ein Kind zwischen den Beinen, das mit ruhigen Augen zu mir aufschaut; es gibt mir die Hand, aber dann schieb ich es weiter zur Frau, die am nächsten steht, und die schreit, als hätte ich ihr eines gemacht.

Hinter der Abschrankung treffe ich meinen Freund. Der grüßt mit einem ausgestreckten Finger am Mützenrand, nimmt meinen Koffer und pufft sich einen Weg frei. Wir klettern hinauf auf die

Augusto Montenegro. Vor der Kabine lauern schon zwei; aber mein Träger steigt über ihre Siebensachen; er nimmt von einer unteren Pritsche eine Schachtel, legt meinen Koffer drauf und hält die Hand hin. Eines wird mir klar: sie verkaufen Karten und nicht Plätze. Für die hundertfünfzig Plätze in der dritten Klasse haben sie etwa dreihundert Karten ausgegeben. Platz, das heißt im guten Fall zwei Haken, man bringt das Bett mit, die Hängematte, die wird festgebunden. Kreuz und quer hängen sie, zu dritt und viert übereinander, immer in einem andern Winkel. Die dritte Klasse hat auch bereits ihre Flaggen gehißt. Wäsche aufgehängt, irgendwelche Fetzen, Kleider und Windeln.

Jeder baut sich ein kleines Revier aus. Sie schichten Kisten und Koffer und verbarrikadieren sich mit Schachteln. Eben kommt eine Nähmaschine an Bord; alle ducken die Köpfe. Wenn einer nicht achtgibt, schiebt der Nebenmann seine Berge von Gepäck etwas nach vorn. Die Frauen häufeln um sich die Taschen mit Lebensmitteln, die meisten packen schon aus, füttern die Kinder; sie zeigen einander, was sie gekauft haben, bewundern es und machen es mies.

Auch die erste Klasse ist überfüllt. Wer keine Kabine hat, richtet sich hinten zwischen den Fässern fürs Bier und den Kisten fürs Mineralwasser ein. Der Rauchsalon ist geschlossen, damit sich dort niemand niederläßt. Indessen klettern sie auf die Stühle und Tische und befestigen ihre Hängematten. Unter ihnen einer, der keine Ahnung hat, so wärs mir auch ergangen.

Das Schiff ist längst überfüllt. Ich schaue mir die Passagiere an und frage mich, wer wohl schwimmen kann, selbst an den Hagersten und Ausgehungertsten ist noch immer was dran für die fleischfressenden Piranhas. Aber dann fährt das Schiff. Nicht um zehn, sondern um Mitternacht. Zu dritt und zu viert hintereinandergedrängt stehen wir an der Reling und winken, und ich winke mit, ich weiß nur nicht wem.

In der Kabine schlafen die andern drei schon. Ich lege mich auf die Pritsche. Aber dann klettere ich gleich wieder hinaus und setze mich aufs Deck, den Rücken an die Kabinentür gelehnt, und schaue in die Nacht. Die Milchstraße: wenn man einen

Indianer als Führer nimmt, kommt man auf der Milchstraße ins Reich der Schatten, Amazonas by night.

Amazonien, das sei die Gegenwelt, hat man mir gesagt, und jetzt hocke ich da. Soweit wärs geschafft, und obwohl es erst anfängt, ist mir, als hätte ich den coitus schon hinter mir.

Es geht los, schon in der Frühe, als ich auf die Toilette will, am ersten Morgen. Da steht einer ganz hinten und liest halblaut aus einem schwarzen Buch; er preist Gott, und im Kielwasser des Schiffes schnappen ein paar Vögel nach Abfällen.

Die dritte Klasse ist im hinteren Teil des mittleren und unteren Decks untergebracht, aber zur Essenszeit mischen sich die beiden Klassen. Da werden die Türen aufgemacht, die die Drittklaß-Passagiere aussperren. Sie müssen zur Küche, um sich das Essen zu holen, sofern sie sich nicht aus ihren Töpfen und Pfannen verpflegen. Während der Essenszeit können sie auch in die Bar hinaufsteigen.

Der erste, den ich kennenlerne, ist ein Gummisucher. Ich mißtraue ihm, ich habe mir die Gummisucher kräftiger und bulliger vorgestellt, aber was weiß ich. Es ist einer, der hat vier Jahre lang gespart, um nach Belém zu gehen, aber Belém sei nicht mehr wie früher, einzig die Frauen sind was wert, er hat vier Jahre nachgeholt und für die nächsten vier Jahre vorgeschafft; er kann sich kaum auf den Beinen halten.

Und dann ein Junger, der eben den Militärdienst beendet hat; er geht nach Manaus, um seine Familie zu besuchen. Aber er sagt ihnen nur guten Tag, dann verläßt er sie wieder; er hat Rio de Janeiro gesehen. Er weiß nur noch nicht, ob er abschleichen soll oder doch der Mutter vorher was sagen, weinen tun die Frauen sowieso, warum soll er dabei auch noch zuschauen.

Ein anderer ist nach Belém gefahren, um sich dort ein Hochzeitsbett zu kaufen; mit jedem Glas wird das Bett größer und hat eine Verzierung mehr. Während er an der Bar trinkt, sitzt seine Braut auf den Bettladen und bewacht sie.

Dann kommt eine rauf, die hat ihren Busen hochgestellt, Verkehrsampeln, die immer auf grün stehen. Hinter ihr plärren zwei Kinder. Sie stamme aus Obidos, aber sie ging stromabwärts und hat in Belém im Bordell gearbeitet, jetzt kehrt sie heim, stromaufwärts, mit vier Koffern und zwei Mäulern mehr.

Und zwei Studentenpaare, ein argentinisches und ein chilenisches. Der Chilene zieht mich beiseite. Die alte Geschichte: alles Gepäck gestohlen, auch die Dokumente, ob ich nicht helfen könne, er habe einen Revolver, einen 32er. Er zieht ihn unter der Windjacke hervor. Aber ich lehne ab, ich habe ja ein Messer; so unterhalten wir uns über Vor- und Nachteile von Stich- und Schußwaffen. Dann machte er sich an den Missionar, dem man das Taufen wirklich nicht ansieht; aber der winkt nicht ab, indem er ein Klappmesser hervorholt, sondern indem er eine schwarze Bibel zeigt.

Wenn die Essenszeit vorbei ist, hocken wir herum, nicht nur an den paar Tischen und Stühlen vor der Theke, sondern auch auf den Kisten und dem Boden.

Nur der Mexikaner geht auf und ab, er hat seine Gitarre im Arm. Er sagt, er fahre seit zwei Jahren den Amazonas rauf und runter, er kenne auch bessere Schiffe als die Augusto Montenegro, es sei ihre letzte Fahrt, aber sie werde es schon tun. Er verdient sich sein Leben mit dem Singen von Volksliedern. Ich weiche ihm aus, weil er von mir verlangt, ich solle ihm ein schweizerisches Volkslied beibringen.

Der Japaner hingegen sitzt fast immer allein. Ihm hängt der Mund zu einem konstanten Lächeln, als ob er die Hängematte im Gesicht trage. Er sei vor vierzig Jahren nach Brasilien gekommen, habe auf Kaffeeplantagen gearbeitet, nun sei er krank und suche einen anderen Job, hier am Amazonas. Wenn er erzählt, macht er Bewegungen, als stände er auf einer Pantomimenbühne; wir würfeln, wo er wohl unterkomme, ob beim Gemüse, Tee oder Sisal, und sechs Augen heißen, er kommt überhaupt nicht unter.

Wenn man aufeinanderhockt, wird die Biographie verdammt kurz, und vor allem, jeder will eine haben.

Daß der Leutnant per Schiff fährt, überrascht eigentlich, er hat einen größeren Urlaub gehabt. Nun geht er zurück in die Guerillaschule nach Manaus. Er war auch schon in Panama, wo die Amerikaner Anti-Guerilla-Taktik lehren. Aber wenn man sich im Urwald Panamas verirrt, stößt man immer gleich auf eine Coca-Cola-Reklame, das ist hier anders. Im brasilianischen Urwald kann man sich verirren, da werden die Jungens ausgesetzt mit etwas Wasser und Salz und dem Befehl, von dem Ort heimzufinden. In vierzig Tagen ist ein Anti-Guerilla-Kämpfer ausgebildet, und zwar so, daß er andere wieder ausbilden kann. Aber am gefährlichsten sind gar nicht die Schlangen oder die Jaguare, sondern die Wildschweine, die kommen in Rudeln daher, da kann man lange schießen, die, welche man trifft, werden von den andern überrannt, die trampeln ganze Wege ins Unterholz und stampfen zu Tode, was ihnen vor die Füße kommt, da bleibt auch dem tapfersten Krieger nur eines übrig, sich an den nächsten Baum zu hängen und zu Unserer Jungfrau von Irgendwo zu beten.

Bei dem weiß man wenigstens, es stimmt, daß er Offizier ist; denn er hat eine Uniform an. Auch die drei Franzosen dürften technische Assistenten sein, statt Militärdienst absolvieren sie Entwicklungshilfe, die haben Ferien. Mit denen hocke ich zusammen zum Canasta; der eine hatte den guten Einfall, ein paar Flaschen Cachaça mitzunehmen; wir schütten den Zuckerrohrschnaps ins Glas, büscheln unsere Karten, von Zeit zu Zeit beschäftigen wir uns mit der Schlange. Der Jüngste hat eine »Cobra« gekauft; allerdings waren ihr die Giftzähne ausgerissen worden; die Schlange windet sich um Tisch- und Stuhlbein und auch um unsere eigenen Beine, während wir Karten spielen. Zum Fressen hat man ihr zwei Singvögel mitgegeben, aber sie hat keinen Appetit, und indessen singen die Singvögel.

Der Forscher hat sie sogar auf Tonband aufgenommen. Er steht gewöhnlich an der Reling und hält das Mikrophon in die Luft, aber wir sind zu weit vom Ufer weg; zudem läuft fast die ganze Zeit ein Tonband mit Lautsprecher, wir könnten bald die nächste Melodie vorwegsummen, und dazu die Transistoren der Passagiere. Einmal, bei Nachteinfall, hat der Forscher Glück. Ich stehe am Geländer neben ihm; da beginnt ein Höllenspektakel. Die Affen klagen. Aber der Forscher sagt, sie würden nicht klagen, sie würden lachen; die Affen haben mit ihrer Unentschiedenheit viel vom Menschen.

Aber mehr als das Aufnahmegerät interessiert mich das blaue Säcklein, das er am linken Handgelenk trägt und in dem es piepst. Er hat darin ein Seidenäffchen; manchmal holt er den Sagüi hervor und läßt ihn an sich herumklettern und auch an andern. Dieses Seidenäffchen erlaubt ihm Bekanntschaften, es erweckt in den Frauen mütterliche Gefühle, die er dann als Liebhaber zu beantworten sucht; er läßt sich auch in der dritten Klasse einsperren und erzählt hinterher von seinen Abenteuern.

Der König aber ist der Turco. Der hat weder eine Karte erster noch eine dritter Klasse. Er habe Israel drei Tage vor Kriegsausbruch verlassen, habe den Krieg bei Rommel mitgemacht, sei auch bei Monte Cassino dabeigewesen, er habe genug von Europa und dem Krieg. Als Lügner besitzt er eine Leidenschaft für Details und Beweise, er öffnet das Hemd und zeigt eine Narbe, die wirklich nicht vom Blinddarm herrührt. Als er meine Nationalität hört, lobt er Arosa und die Fünftausender in der Schweiz; wie ich meine, so hoch seien sie gar nicht, fragt er mich, ob ich denn auf allen droben gewesen sei. Zum Beweis, daß er die Schweiz kennt, zieht er einen Schuh aus, ein Schweizer Fabrikat. Er sei Agronom, habe Wüsten bewässert, nun gehe er daran, aus dem Amazonas etwas zu machen.

Nur das amerikanische Paar macht einen nervös. Es war in Bolivien beim »Peace Corps«. Als Abschluß ihres Jahres machen sie einen Trip über Argentinien und Brasilien nordwärts und wollen in Manaus das Flugzeug nehmen. Nun haben sie erfahren, daß das Schiff vielleicht zehn oder zwölf Tage braucht. Sie haben kaum noch Geld, dürfen das Flugzeug nicht verpassen und schauen immer flußaufwärts.

Wir haben auch Gesellschaft an Bord. Zu der gehört ein Bankierspaar. Jedenfalls sagt er, daß er Bankdirektor sei. Aber der hat sich wohl selber befördert; dazu taugt die Augusto Montenegro, da kann sich jeder zu dem befördern, was er will. Auch ich habe mich zu einem befördert, der abhaut und der allen und sich selber sagt, leckt mich.

Jedenfalls sind es feine Leute, dieses Bankierspaar, das beweist deutlich, wie sie im Reis stochert, denn sie hat schon besser gegessen; und wenn sie die schwarzen Bohnen einzeln zerdrückt, dann hat sie schon würzigere gekostet. Und ich frage mich, ob sie auch schon einen besseren Mann im Bett gehabt als den ihren; aber vielleicht nimmt sie den Salz- und Pfefferstreuer mit.

Irgendwer sind wir schon auf diesem Schiff. Jeder erzählt, wo er sonst schon war und wie es dort ausschaut; aber mir ist es egal, wo die andern schon waren und wo ich schon gewesen bin – ich bin auf einem Schiff, das den Amazonas hinauffährt.

Nach anderthalb Tagen erfahren wir, daß wir bis jetzt noch gar nicht auf dem Amazonas fahren, sondern auf einem Nebenfluß, wir haben die Insel Marajó umfahren, und in der Nacht erreichen wir den Hauptstrom, wir lehnen über die Brüstung und schauen ins Wasser, und Wasser ist Wasser.

Immer wieder irgendwo eine Hütte auf Pfählen, ein Stück gerodetes Land, ein Boot an einen Pfahl gebunden, unter der Tür eine Frau, ein Kind auf dem Arm und am Rock ein paar, alle winken. Und dann einer in einem Boot unterwegs. Er nimmt unser Schiff nicht zur Kenntnis, kilometerweit habe ich keine Behausung gesehen, und doch scheinen seine Ruder ein Ziel zu haben.

Es wimmelt von Teenagern, Kindern von Angestellten der Schiffahrtslinie, Halbwüchsigen und Studentinnen, die sich an den ersten Abenden fürs Essen umziehen. Darunter ist ein Junger, der will später in die Politik, die Voraussetzungen scheint er zu haben; er führt mir aus: das Elend in Amazonien komme von der Prinzessin Isabel. Das war diejenige, welche im letzten Jahrhundert die Sklaverei aufhob.

Hier kann man sich nur auf einen Stuhl hinlümmeln, die Beine auf dem Geländer, und nichts anderes tun, als die Urwaldfront abfahren zu lassen, diesen lianenüberwucherten Mantel, verfilzt, kein Licht dringt ein, aber dann öffnet sich der Wald plötzlich zu einer kleinen Galerie.

Und mit der Landschaft vagabundiert auch das Wasser. Die

Ufer entscheiden sich nie, sie sind auf Wanderschaft, plötzlich eine Bruchstelle, kompaktes Grün, ertrunkener Urwald, und plötzlich alles rot und violett, es blüht; es sind die Stämme, die die Blüten tragen.

Eines Abends werden wir angegriffen. Eben gingen die Lichter an, schon stürzen Heerscharen von Käfern auf uns, prasseln gegen die Kabinenwand hinter mir, schlagen gegen das Gesicht; wenn ich mich drehe, spüre ich, wie sie am Rücken abprallen, es hagelt betäubte Körper, die Körper begraben einander, knöcheltief stehe ich in knackenden Käferleibern, bis ein Matrose rennt, die Lichter ausmacht und die Käferschicht ins Wasser spült.

Dann zwischendurch die Nachrichten – Europa ist hier etwas, das in den Nachrichten vorkommt.

In Cocal hatten uns Einheimische Trauben von Krabben verkauft. Nun knacken wir die Tiere, Süßwasserkrabben, wikkeln sie aus den Bananenblättern, spucken die Schalen über Bord; die Fühler kleben uns an den Fingern. Einer hängt die Krabben an einer Stange auf; in der Sonne beginnen sie bald zu stinken; so zieht ein fauliger Geruch mit.

Und dann die Attraktionen: Obidos, die engste Stelle des Amazonas, wir gehen von Bord und klettern zum portugiesischen Fort hinauf und prüfen das Echo der Verliese. Als wir zurückkehren, sehe ich die, welche erzählte, sie sei von hier. Sie sitzt auf ein paar Gepäckstücken; ihr Vater lebt mit einer anderen, und die Mutter und ihre Schwester sind weggezogen; sie will wieder stromabwärts mit ihren zwei Kindern und vier Koffern.

Indessen singt der Mexikaner seine Volkslieder, er hat eben eines aus Guatemala angestimmt: wieder einmal bittet einer seine Geliebte, daß sie warten soll. Die Bankiersfrau blättert in einer Zeitschrift und schaut gleichzeitig herum, ob es nicht was anderes zum Lesen gibt. Die vom »Peace Corps« rechnen aus, wie lange die Fahrt noch dauert. Der, welcher ein Bett in Belém gekauft hat, hat es ausgepackt und schon ein paarmal den andern vorgeführt, und schon bald ist die ganze dritte Klasse dringelegen. Wir mischen wieder einmal die Karten; der Agronom erzählt, er hätte in Persien arbeiten können; er hat sich bereits in einer Zweierkabine eingerichtet.

Und dann hocke ich auf einer Kiste und schaue zu, wie einer sich in der Hängematte schaukeln läßt, wie einer eine Zigarette von der obersten Hängematte zur nächsten hinunterreicht, wie der sie weitergibt, wie der andere sie wieder hinaufreicht. Die Arme spielen, ohne daß die Körper sich weiter bewegen, und sie pendeln mit dem Schiff. In der Hängematte und dahinter liegt einer, der zieht nach einer Stunde das linke Bein hoch und streckt das rechte; ob der Anstrengung verfällt er in Schlaf, und ich spüre, wie er mich mit seiner Müdigkeit ansteckt.

Und einmal landen wir um Mitternacht. Der Landesteg liegt auf der Höhe unseres Decks. So bauen sie mit Brettern Notbrükken, wir schauen vom Ufer her zu. Einer rennt verstört herum, er zählt die Säcke, die ausgeladen werden, »eine Gabe des amerikanischen Volkes«. Er beginnt von neuem zu zählen; er stellt fest, daß eine ganze Reihe fehlt; es ist deutlich drauf gestempelt, daß damit nicht Handel getrieben werden darf, aber nirgends ist aufgedruckt, daß man sie nicht stehlen darf.

Im Grunde ist mir völlig egal, wie die Orte heißen. Plötzlich fehlen die Studentinnen, die meisten Jungen sind ausgestiegen. Darunter auch die, welche einen breiten Hut trug und ein Tüllband darüber. Ihr hat der junge Franzose immer in die Augen geschaut; als er einmal länger hineinschauen wollte, hielten wir zu dritt Wache vor der Kabine, aber sie hat ihn nur heiraten wollen.

Auf einer Kiste hocken und rauchen. Das Wasser hat keine Strömung, und mir ist, als ständen wir still, als würde unter uns ein Teppich aus Wasser weggezogen. Und dann zum ersten Mal oben beim Kapitän. Zwar ist es verboten, aber schon alle sind über die Absperrung geklettert und schauten von seiner Kabine aus in die Gegend; ich lasse es mir nicht nehmen, jeden Abend wieder hinaufzusteigen.

Man hat keine Ahnung, welchen Weg das Schiff nimmt; es braucht nicht der breiteste zu sein; denn der ist vielleicht nur ein Wasserarm, der nirgends hinführt. Eine schmale Spur ist die

Linie, welche verbindet; man kann vom Auge aus nichts entscheiden. Wir fahren gegen Westen, einem System entgegen; jeder Wasserweg scheint eine Möglichkeit zu sein. Der Kapitän bringt einem bei, was feste und was falsche Erde ist, vor einem Monat hat er noch einen andern Weg genommen.

In der Abendsonne glitzernde Wasser-Sümpfe, und ein abgebrochenes Ufer. Hier hat der liebe Gott Wasser und Land geübt; als er es konnte, ging er in einen andern Kontinent und wurde dort berühmt.

Zur Abwechslung eine Wasserschlange. Ein Gekreisch, und alle laufen auf die andere Seite. Unten hauen sie mit Stecken ins Wasser, die Schlange sieht aus wie ein dicklicher Ast, der sich plötzlich bäumt.

Der Mexikaner sagt, weiter oben, wo der Amazonas Solimões heißt, gebe es Krokodile, und die Bankiersfrau weiß, daß die Jagd von Schildkröten verboten ist. Der Turco meint, man sollte überhaupt die Fischerei in Amazonien ausbauen, es beständen auch Pläne, die allerdings noch nicht an die Öffentlichkeit gedrungen seien. Und dann meldet sich einer zu Wort, der bisher den Mund nur zum Rauchen und Trinken aufgemacht hat: er habe schon Indianer gejagt; mit der rechten Hand knackt er die Finger der Linken.

Ich denke an den ersten Gummi, den ich bei einem Zwischenhalt gesehen habe. Um sechs Uhr früh sind wir an Land gegangen. Zwei schlugen mit ihren Harken in die Ballen, und ein dritter holte mit einem Haumesser aus, sie zerrten und schrien, als müßten sie ein wildes Tier zerreißen. Dann kam ein anderer dazu und buckelte einen neuen Gummiballen, sechzig bis siebzig Kilo hieß es, er brach beinahe darunter zusammen, dann warf er die Last ab; der Ballen schlug auf, machte einen Hüpfer, als wärs ein Spielzeug, das davonhüpfte und sich lustig machte über seinen Träger, der für einen Hungerlohn Lasten buckelte.

Auf einem Floß Vieh, offene Wiesen, Schilf und Busch, dann wieder Urwald und ein schattenloser Mittag. Und am Ufer die Riesen; die einen gehen auf Stelzen, und die andern haben Bretter als Wurzeln. Die Lust, über Bord zu klettern, ans Ufer gehen, querwaldein vorstoßen und sich mit einer Machete einen Weg bahnen. Aber vielleicht hat der Fluß Manaus längst weggespült, die Stadt ist in der Nacht an uns vorbei stromabwärts ins Meer getrieben, alle Häfen sind Treibholz geworden, wir können nirgendwo mehr anlegen.

Dabei wissen wir jetzt genau, daß wir in anderthalb Tagen in Manaus sein werden. So beginnt die Fragerei, was jeder dort macht, auch ich bin neugierig auf mich selber, ich weiß es nicht.

Einer erkundigt sich, ob es dort Moskitos gibt. Ein Matrose erteilt die Auskunft. Drei Sorten: die ersten stechen einfach, man darf nie kratzen; die zweiten reißen die Haut auf, das gibt Beulen; die dritten spürt man kaum, an denen stirbt man.

Daß wir Manaus näherkommen, können wir sehen, als der Rio Madeira einströmt – sein klar helles Wasser schiebt sich in die trübe Oberfläche des Amazonas und mischt sich für lange nicht, ich denke an die Sihl zuhause in Zürich.

Wir verteilen noch einmal die Karten. Der Mexikaner singt nochmals ein Volkslied, diesmal ein brasilianisches, und der Missionar preist Gott, er kann es immer noch nicht auswendig, noch immer schaut er im Büchlein nach.

Auch die, die bisher schwiegen, fangen an zu reden. Einer in meiner Kabine wurde aus dem Gefängnis entlassen; er hat den andern auf dem Heimweg von einem Fest getötet, es war Notwehr, er will den Amazonas hinauf und mal sehen.

Einer steigt vom untern Deck herauf, nur, um einmal hier oben zu sitzen, er hat alles verkauft, soweit er überhaupt etwas besaß. Die Frau hütet die Säcke und Schachteln; manchmal greift sie unter den Rock, sie hat ein paar Cruzeiros dort hingetan, wo sie immer am reichsten war, auf den Bauch.

Manaus ist ein Ziel, und als erstes sehen wir die Öl-Raffinerien. Die meisten haben schon längst ihr Gepäck hergerichtet, die Koffer schon ein paarmal in die Hand genommen und wieder abgestellt. Die Hängematten sind schon zu Würsten zusammengerollt, der Kellner stellt die leeren Kisten zusammen. Nun läuft auch das Tonband nicht mehr. Der Amazonas weitet sich zum Strom, wir begegnen kleineren Dampfern, unterwegs zu einem Nebenfluß.

Ich mag nicht pressieren. Ich bleibe oben an der Reling stehen. Im Gewühl entdecke ich den, der seine Bettladen auf dem Kopf balanciert, alle schimpfen um ihn herum. Die Bankiers stehen am Quai und rufen nach einem Träger. Dann entdecke ich den König, den Turco, der in den letzten Tagen am Kapitänstisch aß: mit eingezogenen Schultern trägt er unterm Arm sein Gepäck, einen Pappkarton, mit einer Schnur umwickelt.

Dann nehme auch ich den Koffer. Ich verabschiede mich von den Franzosen, sage der Schlange und den beiden Singvögeln ade. Aber nach anderthalb Stunden bin ich wieder zurück. Die Hotels sind besetzt, auch der ausgediente Raddampfer im Hafen, als Notschlafstelle hergerichtet. Selbst in einer Absteige hab ich gefragt, aber die nehmen niemanden mit Gepäck.

Ich bin nach Manaus gekommen. Ich wollte ans Ende der Welt, aber dort findet augenblicklich ein Kongreß statt.

Der Maat, der Schiffswache hält, läßt mit sich reden. So komme ich wieder zu meiner Pritsche, und als er fragt, ob ich weiter fahre, sage ich »ja«, ohne daß ich es mir überlege. Jetzt, da ich weiß, daß ich weiterfahre, habe ich Lust auf Manaus gekriegt. Schließlich gibt es ja noch mehr Flüsse, und den einen will ich hinauffahren. Die Franzosen sind die einzigen, die dies von Anfang an vorhatten. Ein neues »Hallo«, aber als ich die Singvögel begrüße, ist nur noch einer da, die Schlange hatte Appetit gehabt.

Also ziehe ich los, man hat ja nicht umsonst was über dieses Manaus gelesen. Die schwimmenden Viertel interessieren mich natürlich, die Pfahlbauer und Amphibien-Bewohner. Aber ganze Viertel sind verschwunden, man sieht nur noch Pflöcke im Wasser, die einen Weg markieren, der nirgends hinführt. Ich höre wieder einmal, man hätte früher kommen sollen.

Der Forscher ist der erste von der Schiffsbekanntschaft, dem ich wieder begegne. Er ist in Damenbegleitung. Er hat ihr die

Vogelstimmen vorgespielt und den Seidenaff an sich und an ihr herumklettern lassen, seitdem wohnt er bei ihr.

Vor dem Theater natürlich die Bankiers, sie photographieren sich in allen Stellungen auf den Stufen und mit Säulen und sitzend und sich anlehnend. Das Theater ist voller Leute, hier findet die Tagung statt. Die Karyatiden haben Schlitzaugen und schauen mongolisch drein, und auch die Lianen sind aus der Gegend, obwohl sie von Stuck sind.

Mitten im Urwald, so weit ist es auch nicht her mit dem Urwald. Dazu muß man aus der Stadt rausfahren. Bis dort, wo die Straße noch hinführt und wo es heißt, ein paar Kilometer und sie hört auf. Ich wäre gern bis dorthin gegangen, ich hätte einmal sehen wollen, wo die Straße plötzlich aufhört.

Und auf dem Markt begegne ich dem Turco, wie er mit seinem Schweizerfabrikats-Schuh in einem Abfallhaufen wühlt, er bückt sich nach einer Frucht, reibt sie am Hemd, und als er aufschaut, entdeckt er mich: er hält mir die Frucht entgegen, ob ich die kenne, man könne ganz andere Exemplare dieser Frucht hervorbringen. Dann schmeißt er sie in den Abfallhaufen zurück.

Ich sitze auf den Docks herum. Da werde ich unversehens gestört von einem, der ein paar Schachteln trägt. Ich entdecke die Leiter, an der er hinuntersteigt, unten sein Boot, schon halb gefüllt mit Säcken und Kanistern. Ich nicke, und er bleibt stehen:

Er macht Einkäufe, einmal im Jahr. Das nächste Jahr will er die Frau mitnehmen. Er wohnt, und er zeigt übers Wasser, nennt einen Namen, den Nebenfluß von einem Nebenfluß, soviel begreife ich. Er hat vier Kinder, wenn er die Mädchen mitzählt, sind es sieben, wenn er die mitrechnet, die ihm weggestorben sind, sind es elf. Er geht noch einmal weg; diesmal bringt er einen Topf zurück und darin eine Pflanze. Vorsichtig setzt er seine Füße, als er hinunterklettert. Die Schnur reißt ein paarmal, aber dann springt der Motor an, er stößt das Boot ab und winkt, nimmt Kurs auf seinen Nebenfluß eines Nebenflusses. Zuhinterst im Boot sehe ich den

Kübel mit der Pflanze, ein Geschenk für seine Frau: eine Palme aus Plastik, die er in seinem Stück gerodeten Urwald aufstellen wird.

Er hatte nie ganz dazugehört. Es hatte Momente gegeben, da hatte er den Applaus der Gesellschaft gesucht, aber gleichzeitig war er stets auf der Hut gewesen, sich nicht einverleiben und sich nicht verdauen zu lassen.

Und wie die meisten hatte er gemeint, er müsse sich mit etwas zur Deckung bringen, aber jede Decke, unter die er schlüpfte, erwies sich als zu klein.

Als Sohn eines Arbeiters zum Beispiel war er in einem Proletarierviertel zur Welt gekommen; da sein Vater aber zeitweilig selbständiger Handwerker war, galt er als bessergestellt. Auf dem Gymnasium war er wieder Proletensohn, doch im Quartier hänselten sie ihn als »Herrensöhnchen«.

Diese Art von Nebeneinander und Gleichzeitigkeit wiederholte sich auf verschiedensten Ebenen:

Als Intellektueller gehörte er zu einer Minorität des Volkes, redete aber immer wieder vom Volksganzen. Unter Umständen waren ihm Intellektuelle anderer Länder näher als der Mann, der ihm die Post brachte. Dank seiner Tätigkeit verkehrte er in Kreisen, zu denen er weder der Herkunft noch dem Einkommen nach gehörte. Er übte mit seiner Tätigkeit einen gewissen Einfluß aus, konnte gegen Mächtige antreten, aber dieser Einfluß konnte von einem Tag auf den andern gestoppt werden; am Ende hatte er auch nur eine Arbeitskraft zu verkaufen.

Wo immer er sich zur Deckung bringen wollte, es ging nie ganz auf. Er begriff, es blieb immer ein Rest, stets von neuem ein Rest und immer wieder ein anderer, und diese gesammelten Reste machten ihn aus.

Er gehörte den verschiedensten Majoritäten und Minoritäten an, gleichzeitig und nebeneinander, er hatte die gleiche Zugehörigkeit als Frage der Majorität und als solche der Minorität erlebt, und diese Zugehörigkeit konnte sich je nach Situation verschieben und sich im Lauf der Zeit ändern.

Hätte er sich zur Deckung bringen wollen, einmal und ganz und für immer, hätte er in sich selber mindestens eine Minorität unterdrücken müssen. Damit aber wäre er sein eigener Diktator geworden und hätte in sich selber schon ein totalitäres System errichtet.

Mit all dem, was nicht zur Deckung kam, tat sich ein Spannungsfeld auf, und sein Agieren bedeutete nicht, diese Spannungen aufzulösen, sondern sie zusammenzuhalten, darauf bedacht, nicht zerrissen zu werden.

Und er war auch aus all diesen Spannungen entflohen, doch hatte er sie mitgenommen, wohin immer er auch ging – ob er das Viertel seiner Kindheit aufsuchte oder ans Ende der Welt fuhr, ob er seine alte Mutter besuchte oder zur Gespensterstunde aufbrach.

Zugleich aber enthielt der Rest, der nicht aufging, die noch nicht genutzten Möglichkeiten; er hoffte, daß sich darunter auch jene befand, auf seine eigne Weise etwas Menschen-Mögliches zu sein.

So war das Feld der Spannung auch zugleich eines, das Zukunft öffnete. Und der Immune erinnerte sich mit Erstaunen daran, daß er als junger Mann einmal von sich behauptet hatte, er sei »zukunftsgeil«.

An dieser Zukunft wollte er teilnehmen, er hoffte, dies als Intellektueller tun zu können, indem er seinen Kopf als Arbeitskraft zur Verfügung stellte; aber er meinte damit einen Kopf, der fest auf dem Hals bleiben durfte.

Der Abschuß

Der Immune wurde abgeschossen, ohne daß ein Schuß fiel.

Wir möchten Ihnen, sehr geehrte Herren, diesen Vorfall mitteilen, da Sie sich schon von den Statuten her für Vorkommnisse interessieren, die auf verborgene Kräfte schließen lassen. Sicherlich nimmt sich das Ereignis, von dem wir berichten, nicht so ungewohnt aus wie etwa, wenn Fräulein B. in O. sechs Wochen, bevor ihre Schwester im Rhein den Tod suchte, deren Hilferufe in der Waschküche vernahm. Es handelt sich nicht um ein so Aufsehen erregendes Erlebnis wie das, welches Pt. in Wü. widerfuhr, der nach dem Erwachen das Wohnzimmer unmöbliert vorfand und am gleichen Tag noch per Post die Kündigung erhielt. Oder wie dasjenige in E., wo Ol. Vogelstimmen auf ein Tonband aufnahm und beim Abspielen zwischen den Vogelstimmen rauhe Töne hörte, die sich nachträglich als polnische Laute erwiesen und Landsknechten gehörten, die vor dreihundert Jahren in dem heutigen Naturschutz-Moor umkamen.

Sie haben es sich zum Ziel gesetzt, Ereignisse zu sammeln, die von Erfahrungen handeln, denen nicht mit den üblichen Kategorien beizukommen ist. Erlebnisse, die man gewöhnlich als Ahnungen, Wahrträume und Spuk-Erscheinungen abtut und die von außersinnlicher Wahrnehmung (ASW) zeugen, Dinge, die man sonst auf den Jahrmarkt verbannte und nie der ernsthaften Aufmerksamkeit aussetzte. Aber vieles, was in unserer Gesellschaft geschieht, erweckt den Eindruck, daß der Jahrmarktzauber sich schon seit langem nicht mehr auf den Rummelplatz beschränkt und daß unbekannte Kräfte am Werk sind.

Dabei sind wir uns durchaus bewußt: daß einer abgeschossen wird, ohne daß ein Schuß fällt, stellt nichts Außergewöhnliches dar. Auch die Tatsache, daß der Immune abgeschossen wurde, ist ohne weiteren Belang. Erstens einmal sind wir alle immer wieder Zeugen davon geworden, wie man einen abschießt. Wir machen uns dabei keine falschen Vorstellungen, zumal es sich nur um Fälle handelt, die durch Zufall und dank besonderer Umstände einer breiteren Öffentlichkeit bekannt wurden. Es dürfte klar sein, daß in dieser Hinsicht die Dunkelziffer den Hauptteil ausmacht.

Wir wissen, daß herkömmlicherweise zum Bürger die Ruhe gehört und damit auch die Bürgerpflicht, leise zu schießen; das war auch stets eine Frage des Schalldämpfers. Aber ohne Schuß zu schießen scheint eine entwickeltere Fähigkeit und eine höhere praktische Stufe darzustellen, der man bis anhin nicht genügend Aufmerksamkeit gewidmet hat.

Wenn wir auf den Fall des Immunen hinweisen, so tun wir dies lediglich, weil wir diesen Fall einigermaßen kennen. Das anvisierte Phänomen wird man allerdings erst verstehen, wenn man auch ähnliche Fälle zur Begutachtung und zum Vergleich heranzieht. An entsprechendem Material, auch an neuem und jüngstem, dürfte es kaum fehlen, zumal es sich zeigt, daß diese Art des Abschießens immer mehr den Charakter des Außergewöhnlichen verliert und nicht nur an Beliebtheit, sondern auch an Opportunität gewinnt.

Wir möchten im folgenden kurz die Ausgangslage skizzieren, wobei uns klar ist, daß es nicht sehr leicht war, an die Fakten heranzukommen:

Als der Immune für den Abschuß an der Reihe war, hatte er gegen Feinde gekämpft, die am Ende nicht faßbar und als solche nicht erkennbar waren. Nicht, daß diese Feinde Tarnkappen besessen hätten; auch sonst brauchten sie kein Versteckspiel mit irgendwelchem Kunstnebel. Die Feinde standen fest umrissen vor ihm. Es war auch nicht so, daß sie anonym gewesen wären; mit einigen war er per du, und die Namen aller waren sauber graviert auf Bürotüren zu lesen. Die, welche den Immunen abschossen, taten es nicht mit einem Zielfernrohr aus einem nachher errechenbaren Fenster. Hätte man Fingerabdrücke gesucht, man hätte sie am ehesten auf Telefonhörern und Diktiergeräten gefunden.

Diese Feinde vergruben sich auch nicht in einem Schützengraben, sondern bewegten sich durch hochpolierte Gänge und saßen hinter schalldichten Türen. Sie hatten sich auch nicht in einem Bunker eingenistet. Der Immune war für diesen Kampf durch ein breites Portal gegangen. Der Wolkenkratzer, den der Immune betreten hatte, wies keine Wehrtürme und Schießscharten auf. Die Vorderfront zeigte den üblichen Raster einer Fensterfassade von Beton, Stahl und Glas.

Im Falle des Immunen war der Schauplatz eine Fernsehanstalt. Es hätte auch ein anderes Gebäude oder eine andere Institution sein können. Nicht nur Artverwandtes wie eine Rundfunkstation, sondern andere staatliche und halbstaatliche Unternehmungen und Einrichtungen wie ein Erziehungsministerium, ein Kulturdezernat, eine Universität oder eine Volksschule, Forschungsstätten, ein Arbeitsamt, ein Heim oder was auch immer; an entsprechenden Beispielen dürfte es kaum fehlen.

Der Immune war nicht ausgezogen, um eine Schlacht zu schlagen oder einen Krieg zu führen. Sondern man hatte ihm einen Auftrag erteilt. Man hatte ihn um seine Mitarbeit gebeten, weil er den Umständen entsprechend als zuständig galt, da er sich in dem betroffenen Land längere Zeit aufgehalten hatte.

Es ging um eine faschistische Diktatur, deren Machtvollstrekker die sozialen Verhältnisse stabilisierte, die Geschichte mit Folter und Terror stoppte und das Abendland aus christlicher Überzeugung verteidigte. Der Immune verfaßte den Text zu einem Film, der bereits abgedreht war. Die Bilder waren harmlos. Es waren Sehenswürdigkeiten des Landes zu sehen wie Burgen, Schlösser, Parks, Strände, Ruinen, Windmühlen, gotische und manuelische Kreuzgänge. Bei einer Festung aus dem 17. Jahrhundert notierte der Immune, daß darin Gefangene des 20. Jahrhunderts säßen. Zum Abschluß hatte die Kamera eine Weile in einem Beinhaus verharrt und war auf die Knochen zugefahren, welche ohne Zement eine dichte Wand bildeten. Der Immune benutzte die Sequenz, um davon zu reden, daß unter diesen Toten eine unleugbare Demokratie herrsche, aber daß es auch eine Möglichkeit gibt, mit Demokratie früher zu beginnen, nämlich unter Lebenden.

Wir müssen hier bereits eine Ausweitung vornehmen. Der

Immune war nicht allein abgeschossen worden, sondern es fiel auch der zuständige Redaktor, der als Regisseur verantwortlich war. Bei ihm handelte es sich um einen Festangestellten, während der Immune ein gelegentlicher Mitarbeiter war.

Von Anfang an spielten Dinge bzw. Gegenstände hinein, die später von Bedeutung sein sollten. Neben dem Immunen kommen jedenfalls eine Reihe von Figuren ins Spiel. Denn wenn einer abgeschossen wird, ohne daß ein Schuß fällt, ist das erst möglich, wenn eine bestimmte Anzahl von Leuten in irgendeiner Weise mit der Schußwaffe bzw. mit der Schußmöglichkeit zu tun hat. Je mehr daran beteiligt sind, umso demokratischer ist das Vorgehen. Wenn die Zukunft der Demokratie gehören sollte, könnte dieses Vorgehen, ohne Schuß jemanden abzuschießen, nicht nur von aktuellem Wert, sondern auch von Bedeutung für morgen sein.

Daß der Ressortchef den Text, d. h. das Script las, war Usanz. Zunächst wurde zwar nichts Genaues vorgeworfen. Doch während des Schneidens wurde der TV-Redaktor mehrmals zum Ressortchef gerufen. Ärgerlich kam er zurück und gebrauchte einige Kraftausdrücke über die Vorgesetzten. Bis dann der Ressortchef selber im Schneideraum auftauchte. Er brachte vor, der Film habe zu viel Text, es sei besser, hier und dort eine Bemerkung wegzulassen, man solle das Bild allein für sich wirken lassen, auch sei das Verhältnis von Text und Musik nicht gelöst; der Ressortchef begeisterte sich an der Volksmusik.

Bei diesem Gespräch hatte der Ressortchef mit einem Anhänger gespielt, der dem Immunen auffiel, ohne daß er sich weiter darüber Gedanken gemacht hätte. Der Schlüsselanhänger erinnerte in seiner Form an einen Verschlußknopf und an ein Verriegelungsstück.

Wann das Abschießen genau begann, ist nachträglich kaum mehr festzustellen. Gehört zum Beispiel das Reinigen des Gewehrlaufs bereits zum Abschuß, oder kann man vom Abschuß erst reden, wenn einer den Finger am Abzugshahn hat?

Zur nächsten Besprechung wurde nicht nur der Redaktor, sondern auch der Immune gerufen; auf der Gegenseite nahm neben dem Ressortchef auch der Abteilungsleiter am Gespräch teil: Da finde er eine Bemerkung über die Geheimpolizei im Text, ob man das im Ernstfall beweisen könne; »Folter« sei ein »gefährlich eindeutiges Wort«; es gäbe ferner eine Stelle, da sei vom Tod eines Gegenkandidaten die Rede, es werde hier auch der Verdacht ausgesprochen, er sei ermordet worden. Man müsse grundsätzlich bedenken, im Rahmen eines solchen Films, der in einem »politischen Magazin« gesendet werde, sei es schwierig, auf derartige Fragen einzugehen. Ob es nicht klüger sei, diese für den Moment zurückzustellen oder auszuklammern und bei einem späteren Zeitpunkt darauf zurückzukommen, dann aber breiter angelegt und fundiert.

Der Abteilungsleiter soll bei dem Gespräch seine Pupillen auffallend erweitert, auch immer wieder nach den Stuhlbeinen gegriffen und ähnliche Reaktionen von Verdammnis-Delirium gezeigt haben, jener Angst, das ewige Heil und seinen Posten zu verlieren. Als er das Taschentuch hervorzog, seien aus seiner Tasche Gegenstände gekollert, von denen der eine wie ein Abzugshebel aussah, während der andere einem Schlagbolzen glich. Inzwischen waren auch der Redaktor und der Immune unruhig geworden. Die Nervosität vergrößerte sich, weil sie immer noch beim Schneiden waren. Der Sprecher hatte inzwischen schon drei- oder viermal den Text reklamiert. Also einigten sich der Redaktor und der Immune auf eine endgültige Fassung. Im Tonstudio wußte man bereits, daß nicht alles hindernislos verlief. Der Tonmeister vergewisserte sich ein paarmal, ob es auch der endgültige Text sei. Auf dem Weg zurück in die Schneidekabine begegneten der Immune und der Redaktor der Chef-Sekretärin, die beiden wurden ins »kleine Sitzungszimmer« gerufen.

Dort warteten nicht nur der Ressortchef und der Abteilungsleiter, sondern auch ein Programmdirektor. Der Ressortleiter wollte die Verantwortung nicht allein tragen, deshalb hatte er um diese gemeinsame Besprechung nachgesucht. Dem Abteilungsleiter ging es um grundsätzliche Dinge, nicht zuletzt um solche der Kompetenz und der Abgrenzung innerhalb des Gesamtprogramms. Der Programmdirektor hielt einen größeren schwarzen Gegenstand in der Hand und ließ ihn aufspringen; der Immune meinte, es sei ein Zigarettenkasten und bedankte sich, weil er seine eigene Marke rauche. Aber der Programmdirektor hatte ein Magazin aufspringen lassen; es war leer, lediglich die Zubringerfeder steckte darin.

Doch der Programmdirektor soll beschwichtigt haben: er sei überzeugt, daß es sich bei ihnen allen um vernünftige Menschen handle und daß man zusammen reden könne, aber auch zusammen reden müsse. Bevor er auf das Wesentliche zu sprechen komme, wolle er zu bedenken geben, daß eine indirekte Kritik unter Umständen viel schärfer wirke als ein plumpes direktes Angehen, da müsse der Immune ohne Zweifel zustimmen, er besitze doch ein »musisches Naturell«; daß man ihn für diese Arbeit geholt habe, beweise schließlich zur Genüge, wie sehr man Vertrauen zu ihm habe.

Vorerst ging es einmal um die Form: das Script sei ganz originell, die Frage sei nur, ob es auch dem entspreche, was sie erwartet hätten. Der Programmdirektor las halblaut die Stichworte: Folter, Geheimpolizei, politische Gefangene, Zensur, Demokratie. Aber das sei noch nicht alles. Er hielt eine Broschüre in die Höhe: »Die Konzessionsbestimmungen«. Nach diesen Konzessionsbestimmungen darf ein fremdes Staatsoberhaupt nicht beleidigt werden. Es hieß später allerdings auch, der Direktor habe nicht die Konzessionsbestimmungen in der Hand gehabt, sondern ein Jagdpatent.

Der Immune fragte, ob man ein Staatsoberhaupt beleidige, wenn man es direkt anspreche in der Absicht, das Staatsoberhaupt daran zu erinnern, daß es so etwas wie eine Demokratie gebe – und er fügte hinzu: wie bei uns zum Beispiel.

Der Programmdirektor hätte gern die direkte Anrede an den Staatschef gestrichen. Der Appell wirke aufgesetzt. Der Abteilungsleiter insistierte, man könne nicht den Verdacht über eine Ermordung aussprechen, die nicht bewiesen sei; der Ressortchef meinte, auch die Sache mit der Geheimpolizei sei nicht überzeugend dargelegt.

Der Immune wollte einen Kompromiß vorschlagen: im Anschluß an den Film möge eine Diskussion stattfinden, darin könnten alle Argumente und Gegenargumente vorgebracht werden, er stelle sich für die Diskussion zur Verfügung.

Der Programmdirektor gab zu bedenken, daß man nicht mehr sehr viel Zeit mit Verhandeln verlieren dürfe; er äußerte einen Vorwurf, daß der Film erst jetzt soweit sei, daß man darüber diskutieren könne; er sehe sich genötigt, auf Entscheidung zu drängen. Dann stellte er die Bedingungen, auf welche der Redaktor und der Immune nicht eingingen; sie weigerten sich, Streichungen vorzunehmen. Daraufhin wurden sie ins Vorzimmer geschickt. Der Immune hatte noch kaum die Zigarette angezündet, als der Abteilungsleiter herauskam und mitteilte, der Film werde abgesetzt.

Diesen Entscheid haben später einige als Schuß bezeichnet, aber wenn man sich vor Augen hält, daß der Immune abgeschossen werden sollte, war er in diesem Moment noch keineswegs getroffen worden. Zwar spürte der Immune den Geruch von verbranntem Stoff in der Nase; als er nach der Herkunft suchte, fand er ein Brandloch, das von der glühenden Asche seiner Zigarette stammte.

Der Immune und der Redaktor wollten zunächst gar nicht an die Absetzung glauben; nicht, daß sie einen solchen Entscheid den Verantwortlichen nicht zugetraut hätten, aber er wurde ganze zweieinhalb Stunden vor der Ausstrahlung getroffen. Die beiden gingen in den Schneideraum zurück. Die Neuigkeit hatte sich in der Anstalt mit der üblichen Geschwindigkeit herumgesprochen – es schauten Redaktoren und Cutterinnen herein, Ansagerinnen und Sprecher wollten es direkt rapportiert haben. Einer behauptete, er habe einen Schuß gehört, aber es handelte sich eindeutig um das Zuschlagen einer Tür.

Von verschiedener Seite wurde der Wunsch vorgebracht, man möchte den Film zeigen. Der Redaktor und der Immune beschlossen, um sieben eine Privatvorführung zu bieten, sie hatten auf alle Fälle vor, im Studio zu bleiben, bis es zur besagten Ankündigung kam. Nach der Vorführung machte es sich eine crowd im Schneideraum bequem und wartete. Im Anschluß an die Nachrichten erschien tatsächlich der Abteilungschef auf dem Bildschirm, in Großaufnahme, so daß die Ellbogen abgeschnitten waren. Einige behaupteten, er habe einen Revolver in den Händen verborgen, aber als die Kamera tiefer ging, zerknüllte er zwischen den Fingern lediglich ein Stück Papier. Allerdings wurde später im Studio von der Aufwartefrau eine zerrissene Zielscheibe gefunden, wie man sie fürs Heimschießen verwendet.

Er hatte am Bildschirm ein Statement verlesen: die Verantwortlichen der Fernsehanstalt hätten sich gezwungen gesehen, einen angesagten Film abzusetzen, da er nicht den Anforderungen einer Reportage entspreche.

Mit der Absetzung des Filmes war nur ein erster Schritt getan; doch mußte an seiner Stelle etwas geboten werden. Vom Programmdirektor war entschieden worden, daß man beim Thema bleibe, um sich nicht dem Vorwurf auszusetzen, man kneife.

Nun lernen wir die erste Figur kennen, die bei einer solchen Affaire von größter Bedeutung ist: den Einspringer. Als Einspringer fungierte ein Fachmann, den man aus einer Nachbarstadt geholt hatte. Der Einspringer rettete fürs erste die Situation. Er war zu einem Gespräch aufgefordert worden, das er zusammen mit dem Abteilungschef führte; schon oft hatte er am Fernsehen zu ähnlichen Themen gesprochen, so war es nichts Neues, daß er auch dafür geholt wurde und sich dafür holen ließ. Man hätte also von diesem Einspringer kaum sagen können, daß er ein Feind des Immunen sei. Die Angelegenheit war dem Einspringer hinterher sogar peinlich; er behauptete, er habe vom Ganzen nichts gewußt und sich gewundert, warum er in letzter Minute für eine Sendung aufgeboten wurde.

Der Einspringer gehörte zu jenen, die einen Kreis um den Angeschossenen bildeten. Aber es war nicht der Kreis der Neugierigen, die sich etwa um einen Verunglückten scharen oder sich zu ihm niederbeugen; sie standen zwar im Kreis, hatten aber dem Betroffenen den Rücken zugewandt, was ihre Art der Rückendeckung ausmacht.

Wie sehr auch feststeht, daß bisher kein Schuß abgegeben worden war, von nun an dürfte es dennoch nicht falsch sein, von einem Angeschossenen, wenn nicht gar von einem Abgeschossenen zu reden.

Am andern Tag wartete eine Boulevardzeitung mit einem pikanten Detail auf. Die Zeitung fragte auf der ersten Seite in großen Lettern: »Wem gehört die Stimme?« Die Telefonistin der Fernsehanstalt hatte bezeugt, daß eine fremdländische Stimme ein paar Stunden vor der Absetzung mehrere Male den Programmdirektor verlangt hatte. Der Verdacht lag nahe, daß diese fremdländische Stimme einem diplomatischen Vertreter jenes Landes gehörte, um das es in der nicht ausgestrahlten Sendung gegangen wäre.

Ohne daß wir uns dieser Erklärung anschließen, möchten wir das Vorkommnis festhalten. Wir wissen heute, daß es viele im Äther herumirrende Stimmen gibt; es könnte also durchaus sein, daß die besagte Fernsehanstalt von solchen Stimmen ihre Anregungen, wenn nicht gar ihre Direktiven erhält.

»Maulkorb«, »Bezahlen wir dafür unsere Steuern?«, »Mangelnde Koordination«, »Moralische Pleite«, »Wo bleibt die Meinungsfreiheit?«, »Wie lange noch?«, so lauteten die Schlagzeilen. Die Schlagzeile »Wehret den Anfängen!« bedeutete in zwei verschiedenen Zeitungen zwei verschiedene Dinge: »Wehret den Anfängen«, damit die Beschneidung der freien Meinungsäußerung nicht noch mehr zunehme, aber auch »Wehret den Anfängen«, damit nicht Leute wie der Immune sich in dem Fernsehnest einnisten.

Damit hatte sich die ganze Geschichte bereits von dem entfernt, worum es ursprünglich gegangen war: nämlich um eine faschistische Diktatur. Statt über sie redete man von beruflichen Fähigkeiten, die Politik war durch Fragen der Kompetenz und der Form abgelöst worden.

Damit sind wir unserer Meinung nach zu einem entscheidenden Punkt vorgestoßen. Zunächst sah es so aus, als wollten die Mächtigen und Verantwortlichen nach alter Manier schießen, wenn auch auf ungewöhnliche Weise, nämlich um die Ecke herum, obwohl die traditionelle bürgerliche Ballistik dies als Unsinn abtut.

Man muß in dem Zusammenhang an Pastor G. B. Hamilton erinnern, der sich im letzten Jahrhundert einen Namen machte, indem er ein Gewehr konstruierte, dessen Lauf nicht nur gebogen, sondern geknickt war. Allerdings hatte er sein Predigeramt in Essex verloren, da er die Kanzel zu Demonstrationszwekken benutzte. Auch wenn es ihm nicht gelang, einen Gewehrlauf zu konstruieren, mit dem man um die Ecke schießen konnte, darf er doch als einer der wichtigsten Vorläufer dafür gelten, wie man mit dem Gewehr in die eine Richtung zielt, aber in eine andere schießt, und dies, ohne daß ein Spiegel benutzt wird.

So haben es wir auch streckenweise in unserem Falle mit solchen Versuchen zu tun, indem man auf formale Fragen zielte und politische meinte; aber was wir in unserem Zusammenhang und im Falle des Immunen doch viel entscheidender finden, ist die Tatsache, daß überhaupt nicht geschossen wurde und es am Ende doch einen Abgeschossenen gab.

Dem Vorwurf der Nicht-Qualifikation konnte der Immune insofern begegnen, als er festhielt: er sei schon seit zehn Jahren ein mehr oder weniger regelmäßiger Mitarbeiter; wenn ihm die berufliche Kompetenz abgesprochen werde, warum dann erst jetzt.

Jedenfalls kamen sich der Redaktor und der Immune desavouiert vor; sie verlangten eine Pressevorführung. Der Immune war damals noch Redaktor einer Wochenzeitung, so daß das Fernsehen befürchten mußte, von dieser Seite kräftig attackiert zu werden. Allerdings war einer seiner Kollegen ebenfalls beim Fernsehen und leitete dort viel populärere Sendungen als die, für die der Immune zuweilen arbeitete. Zudem war der Chef dieser Zeitung längst darauf aus, bei den sonntäglichen Diskussionen auftreten zu können, weshalb das Publikationsorgan eine kritische Haltung einnahm, bei der man offenhielt, daß man jederzeit miteinander reden könne. Das sind Verflechtungen, die keineswegs ungewöhnlich sind und sich mit der Kleinheit des Landes ohne weiteres erklären lassen.

Bei der Pressevorführung sprachen der Abteilungsleiter und der Immune. Nach der Vorführung wurden Fragen gestellt, nur ein paar, und zu Einzelheiten, die inzwischen schon bekannt waren. Die Vertreter der Fernsehanstalt bestritten, daß es ihnen um Zensur gegangen sei, es handle sich um einen Beitrag, der vielleicht seine eigenen Qualitäten haben möge, aber für eine Ausstrahlung komme er selbstredend nicht in Frage. Als der Immune an die Gespräche erinnerte, die geführt worden waren, nahm sich das als bloße Behauptung aus. Und auf seinen Vorschlag, ob man den Film nicht vielleicht als Versuch und Experiment zeigen könne, wurde nicht näher eingegangen.

Der Film selber wurde nach der Vorführung gleich vom Programmdirektor beschlagnahmt; man warf dem Immunen und dem Redaktor vor, sie hätten am Abend der verbotenen Ausstrahlung den Film einigen freien Mitarbeitern und Angestellten vorgeführt, was gegen die Hausordnung verstoße. Aus grundsätzlichen Erwägungen gehe das nicht.

Die Kommentare in den Zeitungen nach der Pressevorführung deckten eine ganze Skala ab, ohne auf die außersinnlichen Wahrnehmungen einzugehen.

Konservative Blätter behandelten die Frage, ob ein zeichnender Redaktor am Fernsehen das Recht habe, einen Beitrag, zu dem man nicht stehen könne, abzusetzen; sie bejahten dieses Recht; insofern könne man nicht von einem Skandal reden, nur die Umstände seien vielleicht ein bißchen ungewöhnlich, aber daran seien der betroffene Redaktor und der Text-Autor nicht ganz unschuldig.

Einige vereinzelte Stimmen setzten sich für eine unumschränkte Meinungsfreiheit ein, beriefen sich auf Beispiele aus früherer Zeit, wo man von Fernseh-Seite schon ähnlich verfahren sei. Unter diesen Stimmen gab es vor allem eine, die sich schon immer zum Fernsehen kritisch geäußert hatte, weshalb sie als notorische Nörgelei abgetan wurde.

Bei der Presse-Diskussion gab es Irrtümer, die der Immune hätte berichtigen können. Vor allem war ein Programmdirektor ins Kreuzfeuer geraten. Er hatte während des zweiten Weltkrieges aus seiner Sympathie für das Mussolini-Italien keinen Hehl gemacht. Einer der linken Journalisten schrieb, es sei kein Wunder, daß es zum Verbot von kritischen Filmen käme, solange solche Leute verantwortliche Posten bekleideten. Laut interner Information aber hatte gerade der Angegriffene sich am versöhnlichsten gezeigt, weil er nicht wollte, daß bei einem Verbot des Films seine Vergangenheit wieder hervorgeholt werde.

Auch beim Ressortchef war nicht nur Politik im Spiel gewesen. Gleichzeitig war es ihm um die Sendereihe gegangen, die der betroffene Redaktor betreute; der Ressortchef hätte schon längst gerne selber mehr Einfluß auf die einzelnen Beiträge gehabt, was die Mitarbeiter und vor allem eine Mitarbeiterin betraf. So richtete sich die Attacke des Ressortchefs nicht in erster Linie gegen den Immunen, sondern gegen den zuständigen Redaktor. Dieser Redaktor verzichtete bei einer Auseinandersetzung zwischen Tür und Angel auf ein weiteres Verbleiben; die Verantwortlichen konnten jedermann Einblick gewähren, daß der Betroffene freiwillig und ab sofort seine Stelle schriftlich zur Verfügung gestellt hatte. Natürlich mußte der Posten neu besetzt werden. Einige hatten sich schon zur Disposition gehalten. So hörte das, was mit einem Einspringer begonnen hatte, auch mit einem Einspringer auf.

Inzwischen hatte die Affaire oder, wenn man will, der Skandal den üblichen Lauf genommen: er war von der Titelseite einiger Zeitungen in den inneren Teil gerutscht und war nach vier Tagen auch für die »Kleinen Nachrichten« keine Neuigkeit mehr. Zum Abschluß erschien in einer kulturellen Monatsschrift eine grundsätzliche Betrachtung, welche das Vorkommnis in den größeren Rahmen stellte, mit einem historischen Exkurs über die Entwicklung der Massenmedien seit der Renaissance.

Der Immune war abgeschossen, ohne daß er genau hätte angeben können, wie das geschehen war; es war kein Schuß gefallen, und doch sah er sich in der Position des Abgeschossenen. Seine Arbeit war nicht gezeigt worden; der Film wurde in einer Blechschachtel im Büro des obersten Direktors aufbewahrt. Was als politische Äußerung gemeint war, war unterdrückt worden; er war in der Hinsicht mundtot.

Gleichzeitig sah er seine fachliche Kompetenz angeschlagen. Auch wenn sich einige für ihn eingesetzt hatten, hieß es doch, ganz grundlos seien die Verantwortlichen des Fernsehens offenbar nicht vorgegangen, wer nehme schon freiwillig einen solchen Skandal auf sich, also müsse etwas faul gewesen sein.

Dann wurde auch der Charakter in Frage gestellt, und zwar in doppelter Hinsicht; einmal überlegte man sich, ob notwendig war, es zu einem solchen Eklat kommen zu lassen, ob das nicht auf Querulantentum und eine überflüssige Unversöhnlichkeit schließen lasse; auf alle Fälle habe sich der Immune als ein Schwieriger erwiesen, bei dem man sich die Zusammenarbeit zweimal überlegen müsse. Zum andern hieß es, es sei nicht ausgeschlossen, daß der Immune das Ganze inszeniert habe, um sich selber ins Rampenlicht zu stellen.

Uns interessiert hier nicht, was für Konsequenzen die Angelegenheit für den Immunen hatte. Sondern es bleibt nach wie vor ein nicht ohne weiteres erklärbares Phänomen.

Jeder auf der Gegenseite konnte beschwören, daß er nicht geschossen hatte. Als der Immune zum letzten Mal beim Programmdirektor vorsprach, deutete der fast elegisch auf das leere Magazin: »Wie soll ich damit schießen – machen Sie mir das einmal vor.«

Als der Immune das Vorzimmer verlassen wollte, gratulierte ihm die Sekretärin, daß er so standhaft gewesen sei. Der Immune drehte sich um und bemerkte, wie die Sekretärin den Putzstock für einen Gewehrlauf in den Schrank neben den Besen stellte.

Selbst wenn zu beweisen war, daß der Ressortchef einen Abzugshaken besaß und der Abteilungsleiter über einen Schlagbolzen verfügte, so wäre damit noch nicht ausgemacht, wo die Munition lag; und selbst wenn man erfahren würde, wo sich das Munitionsdepot befand, bliebe noch ungeklärt, wie die einzelnen Teile zusammenkamen.

Dies nun ist der Grund, weshalb wir uns an Sie, meine Herren, wenden. Sie befassen sich in Ihrer »Gesellschaft für Parapsychologie« mit Dingen wie Telepathie, Hellsehen, Hellhörigkeit, mit dem Vorausahnen, (der Präkognition) oder dem Blick in die Vergangenheit. Unserer Meinung nach aber kommt hier ein anderes Phänomen in Betracht.

Es ist Ihnen und Ihren parapsychologischen Partnern nicht unbekannt, daß es eine sogenannte Telekinese gibt; die Fähigkeit also, Gegenstände zu bewegen, ohne daß dafür eine physisch-körperliche Kraft aufgewendet werden muß. Man denke nur an den untersuchten Fall der Kanzleiangestellten R. in Br.: wo immer sie arbeitete, nachgewiesenermaßen bei einem Anwalt und in einer Nährmittelfirma, drehten sich die Neonröhren aus der Halterung, Glühbirnen platzten, die Entwicklerflüssigkeit des Fotokopiergeräts spritzte im Raum umher, vier Telefonapparate läuteten gleichzeitig, ohne daß ein Anrufer hätte eruiert werden können. Wenn sich die Angestellte R. im Gang aufhielt, löste sie die Alarmanlagen aus, und der Lift setzte sich in Bewegung, ohne daß ein entsprechender Knopf getätigt worden wäre.

Es handelte sich dabei, wie im Fall des Immunen und der Fernsehanstalt, nicht um im üblichen Sinn erklärbare Vorkommnisse, wie etwa Störungen in der Wasserleitung oder Ratten im Gebälk, wodurch Geräusche erzeugt werden, die Anlaß zu irgendwelchen Phantastereien von Spuk geben. Was in unserem Fall geschah, läßt sich auch nicht einfach mit Netzspannungsänderungen, elektrischer Aufladung, Kondensatoren-Entladung oder Wackelkontakten abtun.

Es wäre durchaus möglich, daß die Art des Abschießens, von der wir hier berichtet haben, auf ein psychisches Agieren zurückzuführen ist, kraft dessen Gegenstände bewegt werden können, ohne daß Hand angelegt werden muß. Derart, daß die Verantwortlichen des Fernsehens, um nun einmal bei diesem Beispiel zu bleiben, in einer gemeinsamen seelischen, wenn nicht gar geistigen Übereinstimmung stehen, kraft deren dann das Magazin aus dem Zimmer des Direktors sich zum Abzugshaken des Ressortchefs findet, beide sich zum Schlagbolzen des Abteilungsleiters fügen, diese wiederum sich mit Korn und Visier zusammentun, die in einem andern Raum liegen, das Ganze sich mit dem Verschlußknopf und dem Rohr verbindet, wo immer auch die einzelnen Bestandteile liegen, gelagert oder untergebracht sind, ob in der Kantine, im Archivraum oder der Telefonzentrale – dergestalt, daß am Ende eine Schußwaffe vorhanden ist, die funktioniert, ohne daß je einer Hand anzulegen bräuchte.

Es handelt sich dabei um eine besondere Form der Telekinese oder Psychokinese. Denn der Agierende ist nicht nur eine Einzelperson (wie etwa Professor Rhine, der mit purer Willenskraft einen Tischtennis-Ball herumhüpfen lassen und so allein und auch ohne Schläger Ping-Pong spielen kann), sondern es handelt sich in unserem Falle um eine Kollektiv-Telekinese.

Es scheint, daß für eine solche Kollektiv-Telekinese die einzelnen besondere Voraussetzungen mitbringen müssen. So ohne weiteres stellt sich gewiß die Übereinstimmung nicht her, die an sich nicht ausgesprochen werden muß, aber doch so stark zu sein hat, daß sie sich in der Weise materialisiert, daß eine Schußwaffe sich von allein zusammensetzt und losgeht. Dies bei Beteiligten, die nach Alter, Geschlecht und Veranlagung, nach Konfession und Partei durchaus verschieden sind. Es müssen ohne Zweifel sensitive Personen sein, solche, die eine besondere mediale Veranlagung besitzen, um auch Direktiven und Stimmen zu hören, die nicht nur aus einem Telefonapparat, einem Diktiergerät oder sonst von einem Band vernommen werden können, sondern frei in der Luft schweben. Ausgesprochener Persönlichkeitswillen oder gar Originalitätssucht ist natürlich solch medialer Empfänglichkeit eher abträglich.

Jedenfalls dünkt uns, es würde sich lohnen, wenn Sie sich mit Ihrer Erfahrung, Ihrem Wissen und Ihren Vergleichsmöglichkeiten einmal an einen solchen Fall machen würden. Die Bedeutung eines derartigen Abschießens geht ja weit über unser Land und unsere Gesellschaftsordnung hinaus, wenn man zum Beispiel an das Leningrader »Institut für psychische Fernwirkung« denkt.

Es wäre nun denkbar, daß bei der Kollektiv-Telekinese des Abschießens auf der Gegenseite ein ähnliches Prinzip mit im

Spiel ist. Es könnte doch sein, daß Kritiker, Reformer, Revolutionäre, Subversive, Liberale, Abartige, Dissidenten und ähnliche als Empfänger wirken, daß sie magnetische Felder besitzen, welche eine Schußwaffe geradezu magisch anziehen, ohne daß man sie daran hindern könnte – derart, daß sie sich selber liquidieren, auf rein kinetischem Weg, auto-kinetisch gleichsam.

Doch möchten wir Ihnen, meine Herren, nicht die Ergebnisse Ihrer Untersuchung vorwegnehmen und hoffen, daß Ihnen unsere kleine Denkschrift von Nutzen sein kann, unabhängig vom Fall des Immunen, über den nichts anderes vermeldet werden kann, als daß er im Augenblick »out« ist, wie man heute zu sagen pflegt.

In und Out

Der Immune machte eine Erfahrung mit »in« und »out« auf verschiedenen Ebenen. Zum Beispiel auch schon bei einem improvisierten Fest unter Jung-Intellektuellen.

Durch Zufall war er hingekommen; zwar kannte er einige vom Sehen, aber es hatte zwischen ihnen kaum mehr als ein konventionelles Ritual stattgefunden. Er wußte nur, sie hatten eine Abbruch-Villa gemietet. Ein Jungfilmer hatte dem Immunen gesagt: »Komm mit.« Der hatte zunächst gezögert; aber er wäre sonst nur in einer Bar herumgehangen, so willigte er ein: »Warum nicht.« Er war über den Vorschlag sogar froh.

In der Eingangshalle ließ der Jungfilmer den Immunen allein; der Cinéast erklärte, er habe noch oben zu tun. Er zeigte eine Reihe von Broschüren, zum Teil Jahresberichte über Erziehungsheime und Gefängnisse. »Wir fangen morgen mit dem Drehen an. Wir müssen noch den Fragebogen ausarbeiten – dahinten ist Betrieb«, sagte er zum Immunen. Es war leicht festzustellen, wo das Fest im Gange war, die akustischen Signale waren eindeutig.

Vorher wollte der Immune noch auf die Toilette. Er öffnete eine Tür, zog sie jedoch gleich wieder zu. In der Badewanne saß ein Mädchen, es hatte einen Arm ausgestreckt und seifte sich unter der Achsel. Der Immune stammelte, er habe nicht gewußt... Aber das Mädchen klärte ihn auf: »Wir schließen die Tür nie ab, schon wegen der Kinder nicht.«

Vor der nächsten Tür zögerte der Immune. Auf ihr war ein Poster angebracht: ein Mann ritt mit gespreizten Beinen auf einer Sau. Daneben eine übergroße Hand, die mit dem Zeigefinger auf ein Täfelchen wies: »Hier.« Vorsichtig drückte der Immune die Türklinke, wartete ab, ob jemand reagiere. Als er nichts hörte, ging er hinein und benutzte die Toilette. Danach näherte er sich dem Raum, aus dem Musik dröhnte. Er lehnte sich an den Türpfosten, betont lässig. Er erkannte sogleich den Biotop: auf dem Boden waren Flaschen verteilt, in denen Kerzen steckten. Das flackernde Licht ließ an den Wänden Tücher erkennen, offenbar bedruckte Stoffe. Auf den Matratzen saßen und hockten sie, hingelagert und kauernd, allein und sich gegenseitig stützend. Der Immune nickte, aber auch wenn er laut gegrüßt hätte, der Gruß wäre in der Musik untergegangen.

Da fuhr er zusammen und sah an sich herunter. Er ging die paar Schritte zur Toilette zurück; dort mußte er die Flasche stehen gelassen haben. Der Jungfilmer hatte gesagt: »Bring eine Flasche mit, dann läuft die Sache.« Mit der Flasche in der Hand verspürte der Immune keine Schwellenangst mehr. Er betrat das Zimmer, entdeckte auf der Matratze, die neben der Tür lag, einen freien Platz. Als er sich einrichten wollte, sah er jemand, den er zu kennen glaubte; er ging zu der Gruppe, die um ein Tischchen stand, und hörte zu:

»Bei dem Streß. Die Hausarbeit mußte vor Semesterschluß fertig sein. Seit Tagen ging ich nicht mehr ins Bett. Ohne Medikamente hätte ich das gar nicht durchgestanden. Gottlob habe ich bei Edgar im Nachttisch was gefunden; bis wir nur raus hatten, was es war. Und dann habe ich noch eins getrunken. Das erste Glas seit ich weiß nicht wann. Ich mußte wieder einmal raus. Lore tippte mir die Arbeit. Am gleichen Tag haben sie mir den Bericht durchgegeben, ich solle nochmals wegen der Stipendien vortraben. Ihr könnt euch ausrechnen, was sich da angestaut hatte. Als ich den Zündschlüssel einsteckte, war mir klar, daß etwas passieren mußte. Ich antizipierte die ganze Prüfungssituation. Da fuhr ich in den Wagen vor mir. Ich hatte vergessen, den Rückwärtsgang reinzutun. Ihr hättet sehen sollen, wie der tobte, dem der Wagen gehörte – als ob ich in ein parkiertes Auto fahre ohne Motivation.«

Der, welcher den Autounfall erzählte, drehte sich um und fragte den Immunen: »Na?« Weil der Immune nicht wußte, was er sagen sollte, hielt er die Flasche in die Höhe und meinte: »Ich suche einen Korkenzieher.«

»Korkenzieher«, flüsterte ein Mädchen hinter ihm; sie zwängte sich durch, strich ihr Haar auf die Schulter zurück und las das Etikett der Flasche: »Rotwein. Prima.« Er stellte die offene Flasche auf den Tisch und schraubte den Korken vom Korkenzieher. Das Mädchen schenkte sich ein; als der Immune nach der Flasche langte, wurde die bereits über den hinweggereicht, der, auf dem Rücken ausgestreckt, rauchte und zur Decke starrte.

Der Immune wollte an seinen Platz zurück, dabei stieß er an ein anderes Mädchen, das eben zur Tür hereinstürzte; um den Aufprall zu verhindern, fing der Immune das Mädchen an beiden Oberarmen auf; sie aber schüttelte seine Hände ab: »Für das sind wir nicht da.« Dann wandte sie sich an einen, der am Tischchen stand: »Daß du die Butter nie in den Eisschrank tust. Wie oft hat man dich gebeten, nicht mit dem Messer an die Butter zu gehen, mit dem du im Konfitürenglas warst. Jetzt habe ich doch extra von zu Hause Löffel mitgebracht.«

Dann kam es zu einem Chorlied, wie es der Immune von anderer Gelegenheit her kannte: »Mir wäre lieber, ihr würdet die Telefonate aufschreiben. Der Apparat läuft auf meinen Namen. – Hört doch mit diesem bürgerlichen Scheißdreck auf. – Mir scheint, es ist bald wieder ein Gruppengespräch fällig. – Wann kommt eigentlich Karl aus Marokko zurück? Seine Matratze ist doch noch frei? – Woher. Die hat schon der Freund von der ... von der da hinten belegt, der Freund der Buchhändlerin. Weißt du, der Rothaarige, der mit Fritz auf der Paket-Post Nachtdienst gemacht hat.«

Der Immune setzte sich auf die freie Ecke, vorher hob er einen Papierbecher auf und stellte ihn neben die Matratze. Er wußte nicht, wo er seine Beine hintun sollte, er rutschte nach hinten, dabei stieß er an einen Helm, der dem jungen Mann neben ihm gehörte. Der drehte sich kurz um; der Immune nickte, der andere hatte den Kopf bereits wieder abgewandt, doch ließ er seine linke Hand auf dem Helm liegen. Da langte der Immune nach einer Flasche mit einer Kerze, zog sie zu sich, sah zu, wie das Wachs heruntertropfte und an dem bereits getrockneten Wachs kleben blieb; er drückte mit dem Finger hinein. Da zitterte die Flamme, jemand war daran vorbeigegangen. Der Immune hörte ein paar zusammenhängende Sätze:

»Hast du mir eine Jeans-Jacke?«

»Meine Nummer paßt dir doch gar nicht.«

»Ich brauche sie für eine Ausstellung.«

»Stellst du schon wieder aus?«

»Nicht Bilder. Ich stelle nur einen Kleiderständer aus. Wie findest du das? Daran hänge ich ein paar alte Lumpen. Von mir natürlich. Ich habe bereits das Vorwort zum Katalog gelesen. Wahnsinnig gut. Der kommt schon raus, der schreibt. Ich weiß gar nicht, wie der Typ heißt. Er hat sich für einen Besuch im Atelier annonciert. Was mir noch fehlt, ist ein Jäckchen. Ein ganz lausiges, weißt du, ein ausgefranstes. Komm, hauen wir ab. Dieser Rauch. Ich mit meinen Kontaktlinsen.«

Als sich der Immune nach hinten lehnte, sah er die beiden in der Tür verschwinden. Danach erschien der Jungfilmer, nicht allein, gestikulierend redete er auf einen andern jungen Mann ein, fast ein Bürschchen, dem die Haare strähnig über die Schultern fielen. Der Immune wollte sich bemerkbar machen, doch der Jungfilmer achtete nicht auf ihn, er kletterte über eine Matratze hinweg und stieß an den, der, auf dem Rücken ausgestreckt, dalag, rauchte und zur Decke starrte. Der andere stellte sich zur Wand neben die Matratze, auf der der Immune saß.

»Filmen Sie auch?« fragte der Immune.

»Ich bin Beleuchter. Eigentlich bin ich Elektriker. Ich bin zum ersten Mal hier.« Er beugte sich zum Immunen hinunter: »Gibt's hier was zu trinken? Ich muß mich besaufen.«

»Seelenschmetter?« fragte der Immune.

»Nein, nein, nur meine Freundin«, sagte der Junge. In dem Augenblick näherte sich jemand, blieb einen Schritt vor den beiden stehen, neigte sich nach vorn und sagte mit kichernder Stimme: »Wir alle gehen mit Imponderabilien ins Bett.« Darauf zog er sich zurück und grinste.

»Imponderabilien?« fragte das Bürschchen mit dem strähnigen Haar. Der Immune spürte, der vermutete irgendeine Perversion, von der er bisher nichts gehört hatte. Er fragte zurück: »Kennen Sie den, der eben seinen Spruch geklopft hat?«

»Ja«, sagte der Beleuchter, »von der Lehrlingsbetreuungsstelle. Die führen Kurse durch. Nicht offiziell. Er ist ein Jus-Student, glaube ich, einer von den ›kritischen Juristen‹, oder wie die heißen. Ich muß mal da nach hinten.«

Der Immune fing den Papierbecher auf, den der Beleuchter fallen ließ. Er hielt ihn in der Hand, zog tief an seiner Zigarette, dann brannte er mit der Glut ein Loch in den Rand des Papierbechers und sah zu, wie das glomm und verlosch.

Plötzlich setzte die Musik aus. Der Immune sah zum Tisch, wo die Stereoanlage war. Dorthin balancierte sich jemand durch, er jonglierte in der Luft eine Platte, rief einen Titel aus. Einige applaudierten und trommelten mit den Fäusten auf den Boden. Der, welcher den Titel ausgerufen hatte, machte sich am Apparat zu schaffen. Er hielt die rechte Hand in die Höhe; als die Musik anfing, gab er ein Dirigenten-Zeichen zum Einsatz. Nur noch gedämpftes Murmeln war zu hören. Der Immune vernahm »Super« und »das ist eine ganz heiße Sache«. Er sah, wie der junge Mann neben ihm die Hand vom Helm genommen und auf einen Schenkel gelegt hatte, dort trommelte er den Rhythmus mit, von Zeit zu Zeit schlug er mit der Faust zu und sagte: »Irrsinnig.«

Als das Stück zu Ende war, meinte der Immune, das sei der Moment, um die Kommunikation zu verbessern. Er wandte sich an den jungen Mann, der neben ihm saß und fragte, was das für eine Platte gewesen sei. Der lächelte, drehte sich zu seiner Freundin und sagte: »Da will einer wissen, was das für eine Platte ist.«

Das feed-back war eindeutig. Der Immune rückte etwas abseits, er hielt wieder den Individualabstand ein. Es war ihm klar: er war hier »out«, total »out«.

Der Immune beschäftigte sich wieder mit seinem Papierbecher; er strich über den angebrannten Rand, drückte die Zigarette im Becher aus, zerknüllte ihn und spielte mit dem Ball zwischen den Händen.

Da ging das Licht an. Der Immune blinzelte. Zum ersten Mal sah er das Ausmaß des Zimmers; es war gar nicht so groß, wie er gemeint hatte. Eine Stuckdecke, an einem der hohen Fenster eine Gardine. Hinter dem Tisch mit der Stereoanlage ein anderer Tisch, dahinter ein Bücherregal, Bretter mit geschichteten Ziegelsteinen. Er entdeckte eine Germanistin, er hob die Hand, um zu grüßen, aber sie sah wie alle andern zur Tür.

Dort stand ein Bärtiger, der Haaransatz auf der Stirn lichtete sich, der Bärtige höhnte: »Ein bißchen hell.« Er entblößte leicht die Eckzähne, es sah nach einer ererbten Beißdrohung aus; er reckte sich und ging in Imponierstellung. Mit seiner randlosen Brille fuhr er das Zimmer ab; er war eindeutig der Rangälteste, doch machte er gleich eine neutralisierende Grußgeste: »Was hört ihr denn für Musik? Reiner Kommerz.« Dann zog er unterm Arm zwischen Zeitungen und Drucksachen eine Schallplattenhülle hervor und hob sie in die Höhe: »Wollt ihr einmal hören, was heute Musik ist?«

Dem Immunen war klar: Der Bärtige war »in«. Nun war der Immune nicht mehr allein »out«, sondern auch alle andern waren »out«, auch der neben ihm. Der Bärtige machte das Licht wieder aus. Ein schüchterner Zwischenruf: »Seit wann bist du aus Berlin zurück?« Aber der Bärtige brummte nur etwas. Er ging auf die Stereoanlage zu, nahm die Platte aus der Hülle und reichte sie dem erstbesten. Hände griffen darnach, ein Feuerzeug sprang an, um den Text auf der Hülle besser lesen zu können; die Hülle wurde herumgereicht und einander weggenommen. Auch der

Immune streckte seine Hand aus, aber da hatte die Musik schon begonnen. Bewegungslos saßen alle da, nun war auch kein Flüstern mehr zu hören. Der junge Mann neben dem Immunen hatte den Arm von der Schulter seiner Freundin genommen und beide Arme vor sich auf die Schenkel gestreckt – nur einmal hörte der Immune, wie er sagte: »Das ist ein Sound. Da hört man den ganzen Unterschied.«

Als das Stück zu Ende war, stützte sich der Bärtige mit der einen Hand auf den Tisch, wo die Stereoanlage war, die andere hatte er in die Hüfte gestemmt – ein zustimmendes Gemurmel und dann direkter Applaus mit Händeklatschen und Trommeln auf dem Boden.

Da dachte der Immune daran, sich bemerkbar zu machen; er wollte emotionale Erfahrungen verbalisieren. Er entblößte leicht die Eckzähne und deutete eine Beißdrohung an, wie es der Bärtige vor kurzem mit Erfolg getan hatte. Der Immune stützte sich hoch, ging in Imponierstellung; als alle auf ihn schauten, fragte er: »Kennt ihr den bolivianischen Minenchor?«

Obwohl es dunkel war, wußte der Immune, daß alle überrascht und verdutzt dreinschauten. Der Immune fuhr fort: »Das ist im Augenblick der größte Hit in Südamerika. Die singen nicht nur spanisch, sondern auch in Indianersprache, Ketschua und Aymara. Und was für Partien hat da die Andenflöte. Eindrücklich ist die Formation schon beim Auftreten. Ein Massenchor, wo ein Chor dem andern übers Gebirge von Tal zu Tal antwortet. Ein endloses Echo ohne Playback. Gewöhnlich spielen und singen sie barfuß. An ihren zerlumpten Hosen ist nichts kommerzialisiert. Auf der ersten Single war noch das Geschrei der Kinder zu hören. Live mitgeschnitten. Als nächstes kommt ihre erste LP heraus. Es sind alles junge Sänger und Musikanten. Der Chor formiert sich unentwegt neu. Denn kaum einer der Beteiligten wird über dreißig Jahre alt. Dann ist ihre Lunge gewöhnlich von der Arbeit in den Minen kaputt.«

Nun war der Immune »in«, ganz allein, und alle anderen waren »out«; er war »in« dank einer Anstrengung seiner Phantasie.

Ein Señor auf Reisen

Der Immune hatte eine Zeitlang seinen Beruf so einrichten können, daß er regelmäßig als Journalist in Lateinamerika reiste.

So war der Immune auf spanisch ein »señor« und auf portugiesisch ein »senhor«, einer mit einer Tilde über dem »n« und einer mit einem »h« nach dem »n«.

Allerdings war sein Auftritt nicht unbedingt der eines Señor. Es begann schon mit dem Gepäck, er trug es selbst. Nicht nur aus Gewohnheit, nicht nur, weil er Schweizer war und nicht nur, weil er einmal zugeschaut hatte, wie drei Träger sich vom Besitzer der Koffer in drei verschiedene Richtungen absetzten. Jedenfalls wanden ihm Träger, Portiers, Hausdiener und Chauffeure die Gepäckstücke aus der Hand: »Sie – ein Señor.«

Er hätte kaum entgegnen und erklären können, daß oft nicht er den Koffer trug, sondern der Koffer ihn.

In Puno hatte er sich geschämt, als er den Knaben das Gepäck verweigerte. Sie sagten nichts, auch ihre Augen blieben stumm. Er war als einziger Fremder aus dem Kollektivtaxi gestiegen und sah sich einer Mauer von Trägern gegenüber. Ihre gestreckten Arme fielen und hingen, zwei dünne Stricke mehr, von ihrem Hals.

Er war ein Dieb, der den andern die Arbeit vorenthielt. Er entschuldigte sich vor sich selbst. Auch wenn er sein Gepäck auf zwei oder drei aufteilen würde, blieb immer noch ein Rest, der umsonst auf Arbeit gewartet hätte. Er entschuldigte sich bei den andern. Es stimmte, er hatte die Koffer mit Büchern, Zeitschriften und Prospekten vollgestopft; sie waren unüblich schwer. Er zeigte auf die knochigen Körper vor ihm.

Wie ein Körnerwurf wirkten seine Worte. Die Jungen stürzten auf die Gepäckstücke. Sie balgten sich, in einem wortlosen Gekeuche stemmten ausgemergelte Arme die Koffer auf den Rücken der beiden, die den Sieg davongetragen hatten und hinkauerten. Als die Träger den Strick um Stirn und Koffer gebunden hatten, verlor das Gepäck jedes Gewicht, so trippelten die beiden davon.

Auf dem Weg zum Hotel sah der Immune auf den autofreien Straßen andere Träger, fast waagrecht buckelnd, ganze Kästen und Türme von Kisten auf ihnen. Ihre Rücken waren Schubkarren und Transporter. Alle liefen, den Kopf eingezogen, in den Gesichtern teilnahmslose Augen, auf ein erreichbares Ziel gerichtet, für eine Arbeit aufgescheucht, dankbar geduckt. Sie hasteten unter dem Gewicht mit einer Leichtigkeit, die man nicht in einer Generation lernt. Als der Immune vor dem Hotel die Gepäckstücke von den Rücken der Jungen losband und auf den Boden stellte, staunten die beiden Indiobuben, mit wie wenig Kraftanstrengung der Europäer das Gewicht hob. Der Immune seinerseits stellte fest: er gehörte zu einer Rasse, welche die Kraft in die Arme und Beine legte; die beiden, die vor ihm auf die Entlohnung warteten, gehörten zu einer Rasse, welche die Kraft in den Rücken steckte.

Er war ein Señor.

Er sollte einmal von Popayan ins Land hinausfahren, um einige Padres aufzusuchen. Dem einen hatte er zugesagt, im Wagen einen Sack Zement mitzunehmen und eine Kiste Nägel, die der Padre für den Bau eines Schulhauses brauchte; sie sollten bei einer Wegkreuzung deponiert werden, wo sie der Padre mit Mauleseln abholen wollte. Als sich der Immune erkundigte, wie weit es sei, erhielt er als Antwort: »Kilometer? Sechs Täler weit.«

Sechs Täler, das bedeutete sechs Flüsse, und nur über zwei führten Brücken – bräche die Regenzeit an und führe man nicht bald, dann käme man nie mehr durch, der kleine Sommer wäre bald zu Ende, und man müßte die Kanister füllen, der Señor wollte doch wieder zurück.

Der Señor nahm den Mestizen mit, der ihm die Auskunft gegeben hatte. Dieser kannte das Cauca-Tal; er hatte sich hier während des Bürgerkrieges mit seinem Vater versteckt; die beiden hatten sich noch verborgen gehalten, als die Liberalen und Konservativen längst ihren kolumbianischen Pakt geschlossen hatten. Wenn der Immune zu einem Wort ansetzte, sagte der andere bereits »señor«; erkundigte sich der Immune nach dem Namen eines Berges oder fuhr mit der Hand am Horizont einen möglichen Paß ab, war das erste Wort in der Antwort »señor, und das letzte war »señor«, und auch wenn er keine Antwort hörte, hörte er »señor«. Dem wollte er begegnen. Ein für allemal, er tat es entsprechend seiner Erziehung und seiner Haltung, mit Aufklärung und systematisch.

Er legte dem Mestizen dar, er stamme aus einfachen Verhältnissen. Auch wenn er reise, er sei kein reicher Mann. Er mache Spesen, zu Hause säße ein Buchhalter; er habe einen Chef, wenn es dem einfalle, schicke er ihm die Kündigung. Lauernd hörte der Mestize zu, dachte verlegen nach, fragte, was eine »Kündigung« sei, nickte und schien begriffen zu haben.

Aber der Immune ging weiter. Wo er herkomme, da müßten alle in die Schule, das sei Zwang. Es sei nichts Besonderes, daß er lese und schreibe. Der Mestize sah auf die Zeitungen und Bücher, die der Immune gekauft hatte; man fuhr an einen Ort, wo es kaum Gedrucktes gab; der Mestize nickte wiederum und hielt dabei von hinten seinen Strohhut. An einer Kurve aber sagte er, ohne daß er den Blick von der Straßenschleife hob: »Sie sind trotzdem ein Señor.« Der Chauffeur lachte und schlug auf die Hupe. Der Immune war indigniert. Da zeigte der Mestize nach unten und sagte: »Sie tragen Lederschuhe.«

Der Señor hatte fünf Täler Zeit, auf seinem Vordersitz über die Hierarchie des Schuhwerks nachzudenken. Füße hatten sie alle, aber für die meisten waren die Schuhe die Hornhaut. Da waren all die, welche barfuß gingen. Da waren jene, die Schuhe aus Tuch trugen, das war schon etwas zwischen Boden und Fußsohle, und danach oder gleichwertig die Schuhe, deren Sohle aus Schnüren zusammengenäht waren, Hanfschuhe. Dann die Schuhe aus Plastik, gestanzt, rasch eingerissen, aber abwaschbar. Es gab die Schuhe, deren Sohlen aus alten Autoreifen geleimt waren. Und eben die Schuhe, deren Sohle aus Leder war wie das Oberteil, und solches Schuhwerk trug der Immune.

Er war ein Señor.

Auch Daniel hatte ihm eine Schuhgeschichte erzählt. Der

Immune hatte Daniel in Rio kennengelernt, auf der Praça Maua, als dort noch eine Matrosenkneipe stand und noch nicht die Filiale einer Bank. Daniel war in die Marine eingetreten, wo er lesen und schreiben lernte. Er stand in einer Abendsonne, welche die Scheiben der Wolkenkratzer polierte; er stand da und lachte an, was ihm entgegenkam, auch den Immunen.

Der Immune hatte Daniel zum Essen eingeladen. Sie fuhren nach Copacabana hinaus. Daniel bekreuzigte sich, als sie bei der Felsenmadonna vorbeifuhren. Er war mit seinem Vater aus dem Nordosten nach Rio ausgewandert, sie hatten sich auf einem der Hügel niedergelassen. Er erinnerte sich noch, wie der Vater auf die Stadt zu ihren Füßen wies; als der Junge meinte, da führe keine Straße hinunter, habe der Vater gesagt: »Wenn du jeden Tag um jenen Stein herum zur Stadt hinuntersteigst, ist ein Weg da, wenn du groß bist.«

Sie hätten ihnen die erste Hütte niedergebrannt, nicht die Polizei, die sei erst später gekommen; die ersten, die ihnen die Hütte ansteckten, seien die andern gewesen, die genauso armen, die sich aber früher dort niedergelassen hätten und denen der Boden auch nicht gehörte und denen dann die Polizei die Hütten niederbrannte, aber die andern hätten Geld verlangt fürs Wohnen in der Favela; sie hätten den Vater niedergeschlagen, daß dieser eine Zeitlang nicht arbeiten konnte, selbst wenn er Arbeit gehabt hätte.

Der Immune aß mit Daniel in einem jener Restaurants in Copacabana, die im Freien servieren, und der Senhor stellte für beide das Essen zusammen. Daniel fragte bei der Bestellung, ob er die Rechnung als Andenken behalten dürfe. Vor der Abschrankung verkaufte ein Alter mechanische Bären, und eine Zigeunerin griff durch das Grünzeug nach Handlinien. Ein Rudel von Zehnjährigen lümmelte vor den paar Stufen herum. Die Kellner kamen nicht nach mit Auftragen und Abservieren, so gab es einen Zwischenmoment, da die Jungen zu den Tischen stürzten, sich über die abgegessenen Teller und die Reste in den Platten hermachten und mit gestopftem Mund und vollen Händen verschwanden, ehe die Gäste und die Kellner sie fassen konnten.

Daniel erzählte, er habe auch zu den Restedieben in Copacabana gehört. Er führte an der Platte, die aufgetragen wurde, vor, wie man es anstellt, ein paar Stücke in den Mund zu stecken und fast gleichzeitig mit den Händen Reis aufzuwischen, mit etwas Sauce, aber nicht zu viel, doch schon ein bißchen tränken, das Ganze im Farofamehl drehen, und es zu einem Knollen drücken, den man in die Hosentasche stecken kann. Wenn die Kellner fluchen und mit den Servietten drohen, dann gebe es nur eines – nicht die Zunge herausstrecken, sondern kauen.

Daniel plauderte, als sie auf seine Mutter zu sprechen kamen, er hatte sie vor ein paar Jahren verloren. Als sie krank war, so erinnerte er sich, wußten sie nicht, was sie tun sollten. Da habe er als Bub beschlossen, ins Spital zu gehen und Blut zu spenden. Er habe dafür vier Orangen erhalten, habe sie aber nicht alle nach Hause gebracht, er habe unterwegs zwei gegessen.

Daniel plauderte auch von seinen ersten Schuhen. Er war fünfzehn, als er das erste Paar, ein gekauftes, erhielt; er verdiente ja schon lange selber. Die Familie begleitete ihn, seine Schwestern schauten beim Probieren zu, dabei war es von Anfang an klar, welches die billigsten waren. Als der Platzregen fiel, stampfte Daniel mit den neuen Schuhen in die Pfütze, daß ihn der Vater ohrfeigte, bis er die Schuhe auszog und in die Hand nahm. Es war ihm auch recht so, er wollte Sorge zu ihnen tragen, er wollte mit ihnen ins Bordell, und das letzte, was er bei seiner ersten Frau auszog, waren seine Schuhe.

Der Immune begriff, Daniel gehörte zu denen, die ihre Füße benutzten, um die Schuhe zu schonen, und er zu denen, welche Schuhe brauchen, um für ihre Füße Sorge zu tragen.

Er war ein Senhor, ein Senhor mit Lederschuhen, und die ließ er putzen.

Dabei war es dem Immunen als Junggesellen gleichgültig, wie seine Schuhe aussahen, obwohl er aus beruflichen Gründen zwischendurch darauf achtgeben mußte. Vor allem in den größeren Städten, wo er mit Amtsstellen zu tun hatte und wo es auch darauf ankam, was für eine Hoteladresse er nannte. Er ließ seine Schuhe putzen. Nicht zuletzt um der Ruhe willen.

Um ungestört an einem Tischchen im Freien sitzen zu können, um dem Spießrutenlaufen der Putzer zu entgehen, die mit ihren Bürsten auf Schemeln und Kistchen trommelten, sobald ein möglicher Kunde in ihrem Gesichtskreis auftauchte.

So saß der Immune wieder einmal auf einem jener Plätze, die nach einem Befreier oder nach der Verfassung heißen. Der kleine Schuhputzer benutzte nicht Bürste und Tuch für die Wichse, sondern die Handballen; aus einer zerquetschten Orange preßte er Saft, der das Leder nähre. Er rieb und spuckte und wirbelte die Bürsten nach jedem Strich durch die Luft. Der Immune bezahlte, da packte der Junge sein Kistchen und folgte dem Immunen. Als dieser fragte, was los sei, ob er zu wenig gegeben habe, schüttelte der Schuhputzer den Kopf; als der Immune insistierte, sagte der Junge: »Schuhputzen.« Da wies der Immune auf die Brillanz seiner Schuhe, doch der Junge winkte ab: »Später, wenn sie wieder dreckig sind.« Er ließ sich nicht abwimmeln.

Das erste Mal ließ der Immune die Schuhe wieder putzen, als sie vor der Nationalbibliothek standen. Der Junge hatte schon auf dem Markt seinen Schemel ausgepackt, aber der Immune hatte abgelehnt. Der Junge hatte den Señor durch alle Abfälle geführt, und der Immune war ausgewichen; so zogen sie aus, der eine darauf bedacht, sich die Schuhe nicht schmutzig zu machen, und der andere hoffend, sein Brotgeber trete in den Dreck. Das zweite oder dritte Mal hockte sich der Immune auf die Stufen der Kirche des Heiligen Franz, und der Junge wußte, daß da drin alles aus Gold war. Sie aßen ihre Sandwiches vor der Compañia; der Junge putzte zum Dessert die Schuhe, er brauchte nur etwas Staub zu wischen. Dann zogen sie weiter zum Kloster des heiligen Augustin, ein Señor und sein Schuhputzer, unterwegs in Quito.

Wie der Junge von Zeit zu Zeit den Rotz hochzog und ihn als Treffer ausspuckte, erzählte er von sich, ladungsweise und gezielt. Er sei kein Klumpfuß. Nicht wie sein Vater und seine Brüder. Er sei davongelaufen. Sie würden ihn nicht suchen, sie seien froh, daß er verschwand. Sein Vater sei nur zweimal in der Stadt gewesen, und er sei schon vierzig. Dabei könne der Klumpfuß auch nichts dafür. Ihm gehöre der Laden. Eigentlich gehöre ihm der Laden auch nicht. Der Laden gehöre dem Señor, dem auch das Land gehöre. Er habe diesen Señor nur ein paarmal gesehen. Er habe Verwalter, und der Klumpfuß im Laden schreibe an. Sein Vater und seine Brüder ließen anschreiben. Dann hätten sie keinen Lohn, ließen wieder anschreiben und arbeiteten von Sonnenaufgang bis Sonnenuntergang. Er aber werde einen Putzstand auftun, einen stabilen, dann nehme er sich eine »muchacha«, aber eine ohne Zöpfe. Der Junge behopste mit seinem Unterleib die Luft, wie er es den Erwachsenen abgeschaut hatte – einen Putzstand unter den Arkaden, wo der Regen nichts ausmache und wohin Señores kämen, Señores wie er. Dabei zeigte der Junge auf den Immunen.

Der Immune hatte nicht nur Quito mit einem Buben durchwandert, auch eine andere Hauptstadt, über der ein Christus wachte, dessen segnende Arme zerbrochen waren. Der Junge hatte aufgeschaut, er hockte auf dem Randstein, die Beine auf die Straße gestreckt, und zwischen den Schenkeln spielte er mit dem Dreck im Rinngraben. Er sah nur auf und sagte: »Señor?« Sie taten sich zusammen, ohne Grund und Ziel, der Immune gab ihm ein Paket zu tragen, aber der Bub fingerte darin, so nahm er es ihm wieder weg. Sie trotteten weiter, ein Señor, dem jede Beschäftigung zum Halse heraushing, und ein Bub, der keine hatte. Schon nach ein paar Schritten hatte sich ein witternder Haufe hinter den Buben gehängt; er aber verjagte sie und trat nach ihnen, er wollte allein mit dem Señor sein, es war sein Señor.

Domingo war ein gamin, einer jener Jungen, welche Väter und Mütter und väterlose Mütter auf die Straßen von Bogota jagen, sobald die Kinder auf den Füßen stehen. Die Ausgesetzten hausen in den Abfallgruben und in den Löchern, die für erwachsene Obdachlose zu klein sind; sie treiben sich herum und lungern herum, streunend und räudig, am eigenen Schorf kauend, Zigaretten zwischen den Milchzähnen, unter dem Arm eine Zeitung, die Bettdecke für die nächste Nacht, frech und verlaust, ein aufdringliches Ärgernis für alle Señores, eine Plage, denn sie halten nicht nur die Hand hin, sondern zupfen beim Betteln mit ihren dreckigen Fingern an der Jacke oder am Mantel, ohne etwas Bettelndes in der Stimme; sie machen mit routinierter Erwartungslosigkeit darauf aufmerksam, daß es sie gibt.

Aber Domingo kam nicht zur Verabredung. Der Immune wartete an der Ecke, schlenderte vor den Auslagen, nahm einen Drink und ging an den verabredeten Ort zurück. Er wartete umsonst. Er sah zu, wie sich andere gamins herumtrieben. Der Polizist verjagte sie; sie zogen einen Vierjährigen hinter sich her; als er hinfiel, schleiften sie ihn ein Stück Weg, aber der Polizist verfolgte sie gar nicht, er hatte nur gedroht, lachte hinterher und stützte dabei die Hand in den weißen Gürtel.

Ein paar Tage später erkundigte sich der Immune bei einer Einladung, es sei ihm aufgefallen, daß die gamins kaum älter als zehn oder zwölf seien, was sie denn nachher machten. Man gab ihm die lachende Erklärung: bis sie einigermaßen halbwüchsig seien, seien sie längst eingesperrt, so raffiniert sie auch vorgingen bei ihren täglichen Diebereien, einmal erwische sie die Polizei. Man nannte das Gefängnis, und der Mann bot die Möglichkeit an, dieses Gefängnis zu besuchen, es war ein Mann mit Beziehungen.

Der Immune war ein Señor, der auf Beziehungen angewiesen war; er hatte nicht nur selber Beziehungen, sondern kannte auch andere, die wiederum Beziehungen hatten.

Er war ein Senhor und Señor, der auch auf Botschaften empfangen wurde, obwohl er nicht wegen Handelsverträgen unterwegs war. Man gewährte ihm Einblick in Korrespondenzen, auch wenn sie nicht zur Veröffentlichung bestimmt waren, aber »à titre d'information«. Man gab ihm Tips, arrangierte Treffen; man telefonierte für ihn und schrieb Briefe »to whom it concerns«.

Er verkehrte in Bars, von Hocker zu Hocker. Oft Musik aus der Tapete und vom kleinen Orchester. »May I introduce to you«, »mucho gusto« und »com prazer«. Der Konversation über die Rationalisierungsmaßnahmen, die Inflation. Man befürchtet Streiks. Die Kellner diskret im Hintergrund. Paris ist nicht mehr wie früher mit all den Amerikanern, aber jetzt kommen hierher die Japaner. Auch hierher, nicht nur in der Landwirtschaft. Wieder Überfälle, Banditen und Guerilleros. Im Augenblick wartet alles auf die Abwertung.

Der Immune war unzweifelhaft ein Senhor, das brachte mit sich, daß er auch in den besseren Kreisen verkehrte, und wenn es zwischendurch nur dazu war, um Auskunft über andere Kreise zu erhalten. So wurde er in Rio auch einmal zu einem Empfang eingeladen. In der Hotelhalle war ein Büffet aufgebaut worden. Die Köche hatten die Fasanen noch einmal zusammengesetzt, und diese thronten über allen anderen Platten und Schüsseln, den Meerfrüchten, Aalen und Lachsen; das kalte Fleisch assortiert mit verschiedenfarbigem Salat, die Gänseleber tranchiert, und im Kaviar steckte ein Suppenlöffel. Die Gäste, die sich kannten und kennenlernten, füllten ihre Teller, aber dann standen sie verlegen herum, suchten etwas und fanden es nicht, bis einer ausrief, was fehle; einige trommelten mit dem Besteck an die Teller, es klirrten die Armbänder dazu. Man hatte vergessen, Brot aufzustellen, so riefen sie alle »Brot« und waren jener Favela, die sich mit ihren Elendsbaracken hinter dem Hotel den Fels hinunterzog, für ein Wort lang sehr nahe. Bis dann endlich einer auch noch »Toast« verlangte.

Der Immune lernte dazu. Als Señor hatte er eine Phantasie; aber die war auch nur in die Schule gegangen, welche der Immune selber besucht hatte; das reichte nicht aus.

Er lehnte wieder einmal in einer Kneipe, einen Rum vor sich. Er amüsierte sich über den Spruch an der Wand, »Es werden keine Schecks angenommen«, daneben ein Brett mit Flaschen billigsten Zuckerfusels und hinter einem Neonlicht eine Madonna. Da betrat ein Mann in einer weißen Baumwolljacke das Lokal, flüsterte mit dem Wirt, der ging an den Eisschrank, holte etwas hervor und drückte es dem Kunden in die Hand, der hinausstürzte. Die Phantasie des Immunen begann zu spekulieren, er war einer Sache auf die Spur gekommen. Er suchte die Kneipe wieder auf, nahm an der gleichen Szene teil, malte sich aus, was sich wohl hinter dem Holzschuppen abspielte; er ging auch hin, aber dort standen nur Kanister; der Steinboden war feucht, als wolle er faulen. Der Mann in der weißen Bluse erschien beim nächsten Mal wieder. Da kam der Immune hinter das Geheimnis. Er war Krankenwärter und arbeitete in dem Gebäude nebenan, das als Spital eingerichtet worden war. Und das Penicillin hatten sie im Eisschrank der Kneipe deponiert; wenn gespritzt werden mußte, kam der Krankenwärter, um die Ampulle zu holen.

In der Phantasie des Immunen gab es wieder einmal nur Spitäler, die ihren Eisschrank im eigenen Hause hatten. Er lernte dazu. Auch in anderer Hinsicht.

Er besuchte in den Anden eine Mine. Dort waren die Wohn-, Verwaltungs- und Gesellschaftshäuser in einem Getto, zu dem man nur mit Ausweis Zugang hatte. Die andern standen vor dem grünen Getto und schauten hinein, ein Vater und sein Sohn, wie alle mit Kleidern aus dem gleichen Tuch, mit den gleich großen Hüten. Auch als sie weggingen, standen sie noch immer da; auch wenn andere dastanden, waren es immer die gleichen, sie schauten nur und wollten nicht einmal erfahren, wovon sie ausgeschlossen und ausgesperrt waren.

Es war zum Weinen. Der Immune weinte mit. Er hatte das Tränengas nicht in Europa, sondern in Lateinamerika kennengelernt.

Zum ersten Mal hatte er in Quito geweint. Zusammen mit Studenten, die er nicht kannte, wegen einer Polizei, die er auch nicht kannte. Er hatte den Fehler gemacht, sich das Taschentuch vor die Augen zu halten, weil er meinte, das Tränengas gehe in die Augen. So hustete er sich an einer Ecke aus, als er den Rauchschwaden entkommen war. Ein paar Schüler entdeckten den Neuling und machten sich lustig, ein Señor mit Krawatte, dem es die Tränen in die Augen trieb und der sich Brustkorb und Kopf hielt, um nicht die Lunge zu kotzen.

Und der Immune hatte in Lima geweint, nach einer Demonstration auf der Plaza San Marcos. Sie waren wegen ihrer Löhne auf die Straße gegangen. Als die Polizei die Spritzen einsetzte und die, welche sich auf den Monumenten niedergelassen hatten, hinunterspülte, zog sich der Immune bereits zurück. Er sah, wie sich einige Anfänger ins Grandhotel Grillon drängten und in der Drehtür steckenblieben. Er flüchtete in ein Restaurant, ehe der Besitzer die Rolläden herunterlassen konnte, und blieb nicht hinter der Türe stehen, sondern flüchtete mit den andern in den Hintergrund, sie waren beruhigt, als der Kellner das Eisengitter vorgehängt hatte, damit die draußen nicht in Versuchung kommen konnten, ihnen die Bomben ins Lokal nachzuschmeißen.

Und der Immune hatte in La Paz geweint. Er hatte nicht genau begriffen, wofür sie demonstrierten mit ihren Slogans. Als hinter den Staatsangestellten die Indianerinnen hertrotteten, die man auf dem Markt zusammengetrieben hatte, warfen die Studenten Knallfrösche. Die Indianerweibchen stoben auseinander, rannten rudelweise davon, verkrochen sich in einem Kinoeingang, wurden wieder aufgescheucht, rannten gegeneinander, jede hielt sich am Bündel der Vorderfrau und zog ein Kind mit, und ihre farbigen Unterröcke wirbelten wie sonst nur beim Tanz. Dann eine Detonation, die kein Knallfrosch war. Als die Studenten davonrennen wollten, kam ihnen die Militärpolizei von der Gegenseite in Schulterschluß-Formation entgegen. Plötzlich lehnte der Immune gegen eine Wand, ein paar legten sich die Arme über die Schultern, und es lief ihnen aus den Augen.

Der Immune hatte in Santiago geweint, als Obdachlose von der Parkwiese vertrieben wurden, auf der sie sich aus Protest niedergelassen hatten. Er hätte fast in Mexiko-Ciudad geweint, doch war er zu spät gekommen; die Schießerei war bereits vorüber, der Platz, auf dem es Tote gegeben hatte, war abgesperrt und in der Luft nur noch ein Hauch von Tränengas und das Gerücht über die Anzahl der Toten.

Er hatte in Guayaquil geweint, am Pazifik, zwischen den Füßen die Ratten der Hauptstraße; er hatte vor dem Präsidentenpalais in Guatemala geweint, wo die Soldaten versehentlich schossen, aber dennoch tödlich trafen; er hatte in einer Stadt wie Montevideo geweint, diesmal am Atlantik.

Immer schrieb er an dem einen gleichen Artikel, in ihm

wiederholten sich immer die Worte: Kindersterblichkeit, Arbeitslosigkeit, Unterernährung, Hunger, Analphabetentum, Reform und Revolution.

Der Immune war ein schreibender Señor, der, wenn er unterwegs war, privat den Sandwich-Sozialismus kultivierte, an manchen Orten und zu verschiedenen Tageszeiten, wie einmal auch in Ayacucho.

Aus unerfindlichen Gründen hatte er mitten in den Anden Fisch bestellt; das Gericht war dementsprechend. Als der Zeitungsjunge hereinkam und den Fisch auf dem Teller sah, bettelte er darum. Der Immune mochte nicht anbieten, was er stehengelassen hatte, so bestellte er ein Sandwich. Aber der Junge bettelte zusätzlich um den Fisch. Als er den Teller erhielt, stellte er sich mit dem Gesicht gegen die Wand, dem Lokal den Rücken zugekehrt. Der Kellner wollte ihn aus dem Raum weisen, aber der Immune drang darauf, daß er blieb. Er bat den Jungen an den Tisch. Der Junge weigerte sich, da herrschte ihn der Immune an, er solle sich setzen. Der aber schüttelte verängstigt den Kopf, er fürchtete für seinen Fisch, den er mit den Händen auseinanderriß, und flüsterte: »Nein, Señor, nicht an den Tisch.« Er ging rücklings hinaus, unsicher, ob man ihm den Fisch nehme, unsicher, ob er das Sandwich erhalte; der Immune blieb allein an seinem Tisch zurück.

Er liebte es, sich ein Sandwich machen zu lassen, in jenen Geschäften, die eine Ecke reservierten, um etwas aus der Hand zu essen. Er stand einmal in einem solchen Geschäft, als er wieder im brasilianischen Nordosten war. Ein Junge sah zu, wie das Sandwich zubereitet wurde. Da bestellte der Immune ein zweites. Der Junge winkte einen, der unter der Tür stand. Das belustigte den Immunen, und er forderte ein drittes an. Aber als er sich zur Tür drehte, standen dort schon zwei mehr; sie deuteten mit dem Finger auf ihren Mund und forderten gleichzeitig von ihren Spielgefährten etwas vom Sandwich; ehe diese fertig gestrichen waren, brach bereits ein Streit aus. Da bestellte der Immune noch ein Sandwich, aber eines zum Teilen; als andere nachdrängten, wollten die auch eines; er konnte nur noch eines für drei offerieren. Er begann nachzurechnen und stellte fest, bei dieser seiner Brotvermehrung wurden die Portionen zusehends kleiner.

Er war aber auch ein Señor, der plötzlich an einer Ecke stand, und dem es egal war, ob er die Straße links oder die Straße rechts nahm und ob er den Platz überqueren sollte. Der nächste Schritt war ihm gleichgültig, ihm, der einen Südatlantik überquert hatte und der in Zürich sagte: »Im Notfall habe ich einen Kontinent.«

Einer, der so dastand, wurde angesprochen, weil man sah, daß er ein Señor war. Sie taten es unverfroren und zögernd, über einen Zigarettenwunsch oder direkt mit »girl« und »fuck«, zwinkernd oder geschäftlich-klar. Wenn einer so herumstand, dann suchte er etwas und wußte die Adresse nicht. Sie kannten die Adressen – eine »rapariga« ganz jung für den Senhor, oder eine »muchacha«, ganz sauber für den Señor. Wenn er nicht gleich zustimmte, konnten sie auch einen Jungen vermitteln oder sich selber anbieten; sie kannten einen sicheren Park in der Nähe eines historischen Denkmals, auf dem einer der Befreier oder die Freiheit selber stand.

Er ließ sich mitschleppen, belustigt über seine Schlepper, die sich über ihn lustig machten. So hatte er sich in Callao mitschleppen lassen; er war in den Hafen gefahren und staunte, wie leer die Quais schon am frühen Abend waren. Da gabelten ihn zwei auf, spielten mit den Fingern alle Obszönitäten und lobten das Bordell. Er wäre von sich aus nie auf den Gedanken gekommen, daß diese Baracke ein Etablissement war. Den Wänden entlang waren Verschläge abgesteckt, vor denen Vorhänge hingen. Eine Ecke war für die Bar ausgespart, in einem Waschzuber zwischen Eisbrocken ein paar Flaschen Bier. Die Mädchen trugen nicht nur ihre Handtaschen zur Schau, sondern darüber sichtbar als Referenz eine Rolle Klosettpapier. Es gab in diesem Etablissement kein fließendes Wasser; das Klosettpapier zeugte für ständige Sauberkeit. Als ein Mädchen sich an den Immunen heranmachte, wurde sie von einer ganz Jungen auf die Seite gezogen, diese bettelte um drei Stück Klosettpapier, sie würde es nachher bezahlen, der Kunde stand schon unter dem Vorhang.

Aber die Ältere höhnte und verweigerte ihr das Papier. Da schaltete sich der Immune ein, gegen einen Drink erstand er drei Blatt und reichte die dem Mädchen. Sie schäkerte, ob er nachher noch da sei, und beeilte sich.

Und er hatte sich auch von Clemencia mitschleppen lassen. Aus jener willenlosen Neugier, die er kaum jemand erklären konnte. Er staunte, wie sie auf einen Palast zugingen, aber als sie am Portal waren, hörte er am Schreien, Weinen, Lachen und Streiten, auf wie viele Familien dieses Haus aufgeteilt war. Sie kletterten eine Treppe hoch, vor einer Tür bat Clemencia zu warten. Sie schraubte eine Birne in die Fassung, dann ging sie auf das Bett zu, hob ein Kind hoch, schrie und schlug es. Es hatte das Bett genäßt; das Kind wimmerte, als sie es am Immunen vorbeitrug, um es im Nebenzimmer bei einer Bekannten zu deponieren. Dabei streichelte der Immune für einen Moment über den Kinderkopf. Als er zurücktrat, riß er sich seine Jacke an einem Nagel auf, der aus dem Tisch hervorstand. Als Clemencia wieder da war, drehte sie die Matratze und lud ihn ein. Der Immune schüttelte den Kopf, so hockten sie gemeinsam auf dem Bett und rauchten. Clemencia fürchtete für ihre Entlöhnung, aber der Immune beruhigte sie. Sie wurde gesprächiger und sagte unvermittelt: sie suche einen Vater für das Kind, er könne es mitnehmen. »Sicherlich«, lachte der Immune; da stand sie auf und ging zur Tür; als der Immune wissen wollte, wo sie hingehe, sagte sie: sie hole das Kind, sie wolle es vorher noch waschen.

Er trieb sich herum, ein Señor, der als Señor auffiel, und daher liebte er die Hafenetablissements, dort konnte man aus Berufsgründen ein Fremder sein. Er hatte sich ein Schiff zugelegt. Die Mädchen pflegten nicht zu fragen: »Woher kommst du?«, sondern: »Von welchem Schiff?« Er hatte einen holländischen Dampfer erfunden. Er wählte einen holländischen, weil man seine Mundart für holländisch nehmen mochte, wenn die Mädchen baten: »Sag' uns in deiner Sprache ›Guten Tag‹ und ›ich liebe dich‹!« Er nannte sein Schiff »Swindelmast«. Wenn er manchmal die Quais abends abspazierte, hatte er Angst, er würde auf ein Schiff stoßen, das den Namen »Swindelmast« trägt.

Er pflegte zu sagen: »Im Notfall habe ich einen Kontinent.« Zu diesem Kontinent gehörte auch eine Stadt wie Cartagena.

Er hatte sich in dieser Stadt innerhalb ihres alten Mauergürtels eingemietet, gegenüber dem Palast der Inquisition, der heute dem Fremdenverkehr dient. Hier in Cartagena war dem schwarzen Fleisch der Stempel für den Einfuhrzoll aufgedrückt worden, von hier aus konnte der Handel legitimerweise weitergehen. Zu Fuß war er einen Hügel hinaufgestiegen. Oben lag ein Kloster, zum Teil hergerichtet, aber nur das Untergeschoß. Das obere Stockwerk war wegen Einsturzgefahr abgesperrt. Als der Immune vor der Abschrankung stand, entzifferte er über der Treppe: »Die Welt war voll Zerstörung, da keiner sich die Zeit nahm, nachzudenken.«

Denn Zürich, das gibt es

Der Immune kam herum. Aber er kehrte auch zurück. Immer wieder nach Zürich. Zürich war die schönste Stadt, um regelmäßig zurückzukehren.

Denn Zürich, das gibt es.

Er hat seinem Verhältnis zur Stadt einmal Ausdruck verliehen, indem er sie porträtierte; er entwarf das Porträt einer Stadt für einen denkbaren Film: Zürich als Gegenstand, die Stadt selber als Thema, und mit der Stadt 432 547 Einwohner.

Als Muse das Statistische Jahrbuch der Stadt Zürich 1968, etwas Verläßliches, dazu eigene Erfahrung. Die Stadt nicht über eine Figur oder einen Clan darstellen; sie nicht aus persönlicher Sicht kommentieren und nicht auf Grund gesammelter Meinungen und Einsichten erstehen lassen. Sondern die menschlichen Möglichkeiten und Bedingungen angeben. Bei 432 547 Einwohnern gibt es eine Reihe menschlicher Möglichkeiten, wenn auch kaum 432 547. Als Hauptfigur also die dritte Person im Plural:

»Eines Tages sind sie da, nackt und hilflos wie überall. Sie werden gebadet, numeriert und gewogen: 13,5 Stück pro Tag, lebendgeboren, die meisten ehelich. Vorzugsweise kommen sie in der Frauenklinik zur Welt. Eine Ankunft kostet zwischen dreihundert und tausend Franken. Es gibt drei Möglichkeiten anzukommen: privat, halbprivat oder in der allgemeinen Abteilung.«

Besuchszeit in der Frauenklinik. Am Ausstellungsfenster, wo die Neugeborenen gezeigt werden, von der Geburt noch zerknittert. Wirkungsvoll an einem Sonntagnachmittag, wenn auch der berufstätige Anhang der Familie frei hat. Die Gesichter der Väter, die sich mustern, weil das, was als eigener Säugling gezeigt wird, allen andern Säuglingen so erstaunlich gleicht.

»Denn Zürich, das gibt es. Eine Stadt am See. Das türmereiche Zürich, das brückengeschmückte Zürich, das föhnverliebte, glockenverwöhnte und bilanzumworbene Zürich. Eine Stadt im Mittelland.«

Um ein Bild der Stadt zu geben, wollte der Immune, der regelmäßig zurückkehrte, ein Stichwort an den Anfang setzen wie das des »Ankommens«.

»Andere kommen eines Tages an und wurden nicht hier geboren. Nur zu rund einem Drittel wächst die Bevölkerung dank der natürlichen Machart. Der Rest sind Zugezogene, darunter 17 Prozent Ausländer.«

Ankunft von Italienern im Hauptbahnhof, die ihre Koffer und Schachteln buckeln und ihrem Reiseziel entgegengehen: der Fabrik, dem Bauplatz, dem Geschirrspülen und der Müllabfuhr. Für die Müllabfuhr auch noch einige Türken und Griechen.

»Schon die alten Römer waren da. Sie hinterließen auf dem Hügel des Lindenhofes eine Ruine. Heute sind es 800000 Besucher im Jahr; sie bleiben im Durchschnitt 2,3 Tage.«

Fahrt mit dem Sight-seeing-Bus. Man vernimmt in drei Sprachen, aus welchem Jahrhundert was stammt und wieviel der Quadratmeter Boden an der Bahnhofstraße kostet, einer der teuersten der Welt. Nicht die ganze Fahrt mitmachen. Vielleicht die »Meise«, eines der historischen Zunfthäuser also, mitberücksichtigen, wegen der Amerikaner und Japaner. Deswegen für einen Moment das photogene Zürich, wie es sich am Postkartenständer dreht.

»Zürich, eine Stadt, die den Zweiten Weltkrieg gewonnen hat. Auf helvetische Weise, ohne ihn zu führen.«

Es lockte den Immunen, ein weiteres Stichwort durchzuspielen. Dies bot ihm die Gelegenheit zu einer Bild-Abfolge wie zum Thema »Gehen«.

Verkehrserziehung mit Kindern: der Polizist bringt den Schülerinnen und Schülern bei, wie man korrekt über die Straße geht, zuerst nach links schauen und dann nach rechts schauen. Die Verkehrserziehung nimmt viel Politik vorweg. Die Kinder üben für die Sicherheit und alle möglichen Fußgängerstreifen der Zukunft.

Im Orthopädischen Institut der Universität Zürich: in einem Saal der Klinik Hirslanden. Kinder mit zu kurzen Beinen, verkrümmten Rücken oder verkrüppelten Füßen. Sie spielen vielleicht Fußball. Oder sie humpeln zu einer Klaviermelodie.

Kasernen-Areal: Rekruten üben gemeinsam Marschieren, in Zweierkolonne und zu viert, zügig und im Mimikri, mit Kampfanzug und Sturmgewehr. Sie lernen grüßen, die steife Hand am Helm, die andere an der Hosennaht, den Kopf gespickt zu dem, der Vorgesetzter ist.

Und dann die Stoßzeit: Kolonnen von Autos, Mopeds und Fahrrädern, die sich durch die Lücken zwängen. Stopplichter, die respektiert werden. Stau von Fußgängern, Gedränge an den Tramhaltestellen. Ein hektisches Treiben. Ein Sich-Stoßen und Abwarten. Noch rasch sich am Kiosk eindecken. »Denn am Ende alles Gehen-Lernens steht das Gehen-zur-Arbeit.«

Beim Durchspielen des Stichworts wollte der Immune achtgeben, daß nichts forciert wird. Bei den Soldaten könnte ohne weiteres eine Szene auf der Allmend mitgenommen werden, einem Wiesengelände an der kanalisierten Sihl. Dorthin werden die Rekruten in Lastwagen gefahren und üben an den gleichen Stellen, wo an Abenden oder am freien Wochenende die Hundezüchter ihren Schäfern und Boxern »Fuß« befehlen. Aber die Gleichsetzung von Kaserne und Hundezwinger erwiese sich als zu direkt.

Es war im Zusammenhang mit dem Thema »Gehen« auch zu prüfen, ob das »Auf-den-Strich-Gehen« mitberücksichtigt werden sollte. Ob dies tatsächlich mehr als ein »gag« ist oder ob es das »Zur-Arbeit-Gehen« erst recht in Relation bringt. In dem Sinne: weshalb es verwerflicher ist, das Geschlechtsorgan als den Kopf zu verkaufen, und warum die bezahlte Speichelleckerei verurteilt wird, wenn sie von Mund zu Mund geht, nicht aber, wenn es sich um Gesinnung handelt.

Die Varianten eines solchen Themas, wenn es nicht strapaziert werden sollte, schienen dem Immunen bald erreicht. Es ging um das Grundmuster des Gehens in dieser Stadt. In der Hinsicht mußte auf alle Fälle ergänzt werden:

»Eines Tages gehen sie weg und nehmen den Sarg. 7,8 Leichen pro Tag. Der Sarg ist gratis. Gratis das Verladen und die Überführung. Es gibt zwei Möglichkeiten, sich im Friedhof niederzulassen: im Familiengrab, zusammen mit den Angehörigen. Da ist man unter sich, aber es kostet. Oder dann im Reihengrab und im Kolumbarium, da ist man für sich. Da kostet nur der Gärtner. Die allgemeine Schutzfrist für Tote beläuft sich auf zwanzig Jahre. Wer ein privates Grab besitzt, kann fünfzig Jahre in Zürichs Erde ruhen – es ist Erde zur Hauptsache aus dem Tertiär mit viel Schotter.«

Die Assoziation bestimmte weitgehend die Linienführung; sie ermöglichte den Sprung und das Überraschungsmoment. Er wollte ein Stichwort nicht nur assoziativ durchspielen, sondern entschied sich auch für ein anderes Verfahren: kraft der Assoziation verschiedene Elemente zu verbinden, sofern der Text die Brücke schlägt, wie zum Beispiel:

»Die Stadt hat ein Geheimnis, weltberühmter als der gesuchteste Seeräuberschatz. Aber auch die, welche es kennen, rühren nicht daran.«

Da man wegen der Kunden nicht in den Bankhallen oder an den Schaltern filmen darf, müssen die Banken von außen aufgenommen werden; denn die Banken haben viele Kunden, von denen man nicht wissen darf, daß sie über Geld verfügen und in solchen Hallen Umgang pflegen. Also wird man am besten die Banken am Morgen aufnehmen, dann, wenn die Gitter hochgehen, von denen man nicht recht weiß, wer wen vor wem schützt. Wünschenswert wäre nach der Absprache mit den Verantwortlichen eine langsame Fahrt auf die Schließfächer, die numeriert sind: »Hier darf der Mensch zu seinem Vorteil Nummer sein. Und die Nummer wird auch gehütet für die, die nicht mehr kommen.«

Zwei Männer, die den Asphalt aufbrechen. Sie setzen eine Stange ein, daran hängen sie eine längliche schwarze Fahne; auf einem Täfelchen liest man in Großaufnahme: »Hier starb ein Mensch.«

»Auch in dieser Stadt gibt es das Unvorhergesehene, dagegen hilft kein Konto. Auf diesen eindeutigen Abgang reagieren sie verschieden. 248864 reagieren protestantisch, 166295 römisch katholisch, 3521 christkatholisch, 5787 reagieren israelisch und 8767 mit einer andern oder keiner Konfession. Sie reagieren besinnlich auf den Tod, vor allem, wenn er mitten im Verkehr stattfindet. Aber die meisten haben nicht nur eine Konfession, sondern auch eine Versicherung, sie sind rückversichert.«

Die Assoziation erlaubt also eine Kette: Banken, Nummernkonto, Unfalltod, Mahnmal, Konfession und Versicherung. Dabei muß nicht alles im Bild gezeigt werden. Obwohl sich die Kirchen natürlich dafür eignen – der romanische Bau mit Lisenen und Bogenfriesen, die Chorkirche oder der einstige Treffpunkt des Bettelordens, die gotischen Türme. Vielleicht sollten diese Kirchen aneinandergereiht werden wie die Versicherungen oder besser noch beides abwechselnd im Bild vorgeführt: Großmünster, Hagel; Fraumünster, Diebstahl; St. Peter, Glas; St. Jakob, Wasser; Synagoge, Unfall; Moschee, Haftpflicht.

Das Mittel der Anthologie setzte der Immune bei seiner Porträtierung auch dort ein, wo es galt, recht unterschiedliche Beispiele einer gemeinsamen Kategorie zu zeigen. Auf diese

Weise wollte er den Eindruck verstärken, es gehe nicht um einzelne, die repräsentativ sind, sondern die Beispiele sollten das Repräsentative verlieren zugunsten von 432 547.

Dieses Vorgehen wollte er bei der Wohn-Sequenz angewendet wissen. Denn die, die eines Tages ankamen und blieben, die gehen lernten und Zur-Arbeit-Gehen, die wollten auch wohnen: »Sie brauchen ein Dach über dem Kopf. Die durchschnittliche Niederschlagsmenge beträgt im Jahr 1092 Millimeter.«

Während der Wohn-Katalog abläuft: Einfamilienhäuser mit Kleingarten; sozialer Wohnungsbau; ungewaschene Mietshäuser; die Reihen-Eigenheime, Villen. Während die Robinson-Spielplätze und Hinterhöfe, die Teppichklopfstangen und vollparkierten Straßen vorbeiziehen, lesen, was für normierte Mietverträge sie unterschreiben. Wenn auch der Traum von den eigenen vier Wänden und den eigenen Hypotheken groß ist, die meisten wohnen doch in Miete und verpflichten sich:

Nach zehn Uhr abends nicht mehr zu baden.

Keine Wanzen einzuschleppen.

Nicht im Konkubinat zu leben.

Nichts Feuergefährliches auf den Estrich zu stellen.

Vor allem aber auf den Ersten den Mietzins pünktlich zu bezahlen.

Sie müssen wohnen. Die Bänke in den Parks sind nicht fürs Übernachten gedacht, auch wenn sie von manchen dazu benutzt werden. Doch für Familien sind sie zu eng. Dabei sind die Bänke umso begehrter, als man nicht unter Brücken schlafen kann. Eher schon in den Rondells von Tramhaltestellen oder alten Musikpavillons.

Sie müssen wohnen. Aber einige wenige können vielen andern die Dächer über dem Kopf abreißen und Bürohäuser hinstellen, das Zentrum menschenleerer und einträglicher gestalten. Denn während die einen vom Recht auf Wohnen reden, reden die andern von der Pflicht zu wohnen, und die Pflicht ist mit Mietzins verbunden.

Solche Sequenzen müßten durch Passagen abgelöst werden, die der Erholung dienen. Zum Beispiel: Ruhig verweilen auf dem

»Entgiftungsraum« eines Luftschutzkellers, der als Massenlager dient, wo die Habe in Säcken und Kartons auf einem Gestell ruht. Langsam den Gang hinunterfahren, der vom Oberlicht in dieses bombensichere Dunkel führt, wo sich ein paar gegen die Gefahren der etablierten Gesellschaft schützen.

Als Gegenüberstellung vielleicht die Terrasse im Erst-Klass-Hotel Baur au Lac.

»Hier ist der Herr noch ein Herr. Im Preis für seinen Tee ist der Luxus der leeren Plätze an seinem Tisch inbegriffen.«

Aber eine solche Passage dürfte nicht in einer übertrieben sozialkritischen Tonart vorgebracht werden. Das würde einer Stadt im sozialen Mittelland auch nicht entsprechen. Deswegen sollten sogleich die Supermärkte folgen.

Während Büchsen, Tuben, Flaschen, Säcke und Schachteln in Kolonnen auf dem Laufband zur Kasse vorwärtsmarschieren, wiederum off-Stimme: »Aber sie denken auch an die andern. Bei Katastrophen kaufen sie ein Abzeichen:

Einen Franken für die Hungrigen in Biafra.
Einen Franken für die Lawinengeschädigten.
Einen Franken für die Aussätzigen.
Einen Franken für die Schweizer im Ausland.
Einen Franken für die Zerebralgelähmten.
Einen Franken für die Alten.«

Alte Leute in einem Zürcher Restaurant. Vielleicht in einem, das dem Frauenverein gehört. Resignierte Sauberkeit, die nach Sauberkeit riecht. Selbstbedienung. Rentnerdasein mit einer Rente, die nicht reicht, die immer wieder erhöht wird und dann immer noch nicht ausreicht. Auch wenn sie ausreichen würde, bliebe ein Rest von Zeit. Sie sind pensioniert von dem, was man den täglichen Kampf ums Dasein nennt.

»Es kämpfen über 90000 in Handwerk und Industrie. Es kämpfen über 60000 im Handel. Die anderen kämpfen in den Dienstleistungen, an der Front der Büros und in den Stellungsbezügen der Verkehrsbetriebe. Sie kämpfen als Stoßtrupp der freien Berufe. Sie kämpfen im Achtstundentag und im Monatslohn, sie schlagen ihre Schlachten im Frühdienst und in der

Nachtschicht. Sie stellen ihren Mann und ihre Frau für Prozente und Honorare. Mit Zulagen und Abzügen. Sie kämpfen am Fließband und im Atelier, im Überkleid und im Mantelanzug, mit Ellenbogenschonern und in Uniformen. Sie kämpfen täglich, stündlich, den Monat und das Jahr hindurch.«

Das große Welttheater der Arbeit aber ist die Börse. Hier wird der Ton sehr wichtig, denn es herrscht das à-la-criée-System, das Schrei-System. Warum sollte man nicht schreien für 110 Millionen Umsatz pro Tag? Eine Arena, besser als der Zirkus, da nicht saisonbedingt. Dort spricht man das Esperanto der Zahlen und Notierungen. Hier lassen sich auch die Tragödien auf den Punkt genau berechnen.

Ja, denn Zürich, das gibt es, 432 547 Möglichkeiten Mensch zu sein. Aber wenn das Thema die menschlichen Möglichkeiten darstellt, dann müssen sie denen vorgeführt werden, die sich noch darauf ausrichten können, einer Jugend, die noch blüht.

Denn die, die eines Tages ankamen und dablieben und gehen lernten, werden ausgebildet. Keiner darf Analphabet bleiben. Zürich ist die Stadt von Heinrich Pestalozzi, dem Erfinder der Volksschule, auch wenn er sein Programm nicht in ihr verwirklichte. So gehen sie seither alle in die Schule, pflichtgemäß, nachdem die meisten schon im Kindergarten waren, wo sie in Ringelreihen hüpfen und zum ersten Mal zu Bastlern erzogen werden. Also wird man dieser Jugend zunächst einmal ihre Schulhäuser zeigen. Im Slapstick am ehesten, damit sie diese unproduktiven Jahre möglichst rasch hinter sich kriegen. Also führt man ihnen ihre Streckbetten vor – Schulhäuser als Kasernen und solche als Bungalows, Superkästen und idyllischere Bauten. Alles leicht überdreht. Wenn sie sechs Jahre in die Schule gegangen sind, kommen andere Schulhäuser und neue Fächer. Für die meisten die Sekundarschule und für einige das Gymnasium, nach Geschlechtern getrennt und mit humanistischen Unterschieden im Lehrplan. Aber die Mehrheit geht nach neun Schuljahren in eine Berufslehre. Ihr Weg zur Tüchtigkeit ist mit Schulhäusern flankiert.

Und tüchtig müssen sie werden. Sie enden als Staatsbürger.

Deswegen muß man ihnen auch die Erfolgreichen und Tüchtigen der Stadt vorführen. Aber nicht die Köpfe wie sonst, sondern nur die Ellenbogen, was eine bestimmte Bildpartitur bedingt. Hier ließe sich mit sehr weichen und langsamen Überblendungen arbeiten; schon um deutlich zu machen, wie hier Ellenbogen aus Ellenbogen hervorgeht, trotz aller Benutzung nie abgescheuert, und letzten Endes alle sich sehr ähnlich, ob hemdsärmelig oder im Tweed.

Daher auch Aufnahmen, wie der Gemeinderat nach einer Sitzung aus dem Rathaus kommt, einem barocken Bau; Männer, deren Kreis seit kurzem durch Frauen ergänzt wurde. Auch wenn sie lachen und scherzen, fraktionsweise und über die politische Gruppierung hinweg, ein gewisser Ernst ist unverkennbar: »Aber die kommen nicht von einer Abdankung, sie kommen von einer Demokratie.«

Dann ein großer Schwenk limmataufwärts, gegen den Strom, vorbei an den schwimmenden Aquarien des Delikatessengeschäfts, vorbei an den Gehegen, wo Flußenten für Passanten hausen, hinauf bis zu jenem Ort, den die Jungen Riviera nennen, vielleicht in Erinnerung an ihre Eltern, die auch schon mit der Cote d'Azur die Vorstellung vom besseren Leben verbanden.

»Die, die tüchtig waren, begannen alle einmal damit jung zu sein, und die, die jung waren, begannen eines Tages zu lieben.«

Daher die Jugend an einen Ort setzen, wo sie sich ungeniert zu ihrer Liebe bekennt, wie eben hier an der Riviera, auf die Stufen, die breit zum Fluß und den Bootsstegen absinken. Lässig und langhaarig, den Kopf im Schoß der Freundin und zwischen den Beinen die Gitarre. Mao, Teint und Longplay. Vielleicht Transistorenmusik, oder noch besser: das Anlassen eines Motorrads, frisierter Auspuff. Dazu einblenden, daß jede 6. Ehe in Zürich geschieden wird.

Aber damit sie scheiden können, müssen sie erst heiraten, und damit sie heiraten können, müssen sie zuerst ihr Eheversprechen abgeben, drüben auf der andern Seite der Limmat. In den Schaukästen des Stadthauses werden sie ausgehängt. Drei gängige Möglichkeiten gibt es, in der Stadt ausgehängt zu werden: wenn sie heiraten wollen, oder auf der Plakatsäule, wenn sie gewählt werden wollen, und drittens, wenn sie nicht selber suchen, sondern gesucht werden, von der Polizei.

Es ist die Stadt eines Reformators. So darf man ihn nicht übergehen. Man muß den Krieger zeigen, wie er auf seinem Sockel steht; für den Augenblick ruht das Schwert, er stützt sich darauf und der Blick ist gegen das Bellevue gerichtet. Trotz des puritanischen Erbes besitzen aber die 432 547 einen Geschlechtstrieb, auch wenn viele noch unter der Leibwäsche hautnahere Sittenmandate tragen.

O ja, alle 432 547 begannen einmal damit, jung zu sein, liebten nicht nur, sondern dachten auch bei der Zukunft an die ganze Welt.

Also muß man sie ins Caféhaus setzen. Am entsprechendsten wohl ins Odeon, an Marmortischchen und vor Jugendstil-Hintergrund. Verrauchte Atmosphäre und zitatgeschwängert. Mit Taschenbüchern auf dem Tisch und Zeitung lesend. Hier hatte auch Lenin Zeitungen gelesen, woraus man folgern kann, daß zur Revolution das Caféhaus gehört.

Und dann vielleicht auf eine Vernissage wechseln. Gleichgültig was für eine, jedenfalls ein solches Gedränge, daß die Bilder kaum zu sehen sind. »Man muß ihnen die Hoffnung lassen. Einer ihrer bedeutendsten Maler kam mit einem Bild auf eine Banknote. Es ist die Stadt, in der ein kunsthistorisches Wunder geschah, hier hat ein Fabrikant aus Kanonen Impressionisten gemacht.«

Die Möglichkeit der Caféhäuser, Beizen und Bars auch als Ausgangspunkt nehmen für kulturelle Einrichtungen, wie das Pfauenrestaurant für das Schauspielhaus:

»Hier wird nicht nur Theater auf der Bühne gespielt, sondern hier begann das Theater selbst Theater zu spielen, Saison um Saison, ein einziges Stück, die »Direktorenbesetzung«, mit dem wohldotierten, aber ungesehenen Chor der Verwaltungsräte, der hinter der Brandmauer ins Geschehen eingreift, eine gut studierte Choreographie der Aktienmehrheit. Daß dieses Stück regelmäßig von Premieren unterbrochen wird, hängt mit dem Charakter des Instituts zusammen.«

Ja, man müßte an dieser Stelle anläßlich der 432 547 Möglichkeiten, Mensch zu sein, auch von jenen beiden reden, die für den Dichter in Frage kamen; denn für beide Möglichkeiten, Dichter zu sein, wurde eine Biographie erfunden. Für den, der Geld hat, und für den, der von Hause aus keines hat. Wer etwas Vermögen mitbringt, der kann sich für die Großen der Historie begeistern und sich Nervenkliniken leisten. Der, welcher arbeiten muß, kann Staatsschreiber werden und hat immer noch den Alkohol.«

Eine Jugend in einem ihrer Caféhäuser, jetzt, wo noch so viele Möglichkeiten offen sind. An einen Ort wechseln, abrupt, wo sie sich eines Tages wiedertreffen könnten. Im Bezirksgericht zum Beispiel.

Es fehlen allerdings die Statistiken über die Lieblingsdelikte dieser Stadt. Zur Hauptsache geht es um Vermögen. Hin und wieder Unzucht.

Selten um Leidenschaft. Die Verkehrsvergehen zunehmend, aufgeschlossen und zeitgemäß. Das ist nicht wie im Hinterland, dort herrschen in der bäuerlichen Umgebung nach wie vor Inzest und Grenzsteinversetzung vor.

Dabei müßten natürlich auch all die Möglichkeiten erwähnt werden, welche nicht genutzt werden. Selbstmorde aber werden bekanntlich nicht veröffentlicht, sie sind nicht zuletzt deswegen asozial, weil sie ansteckend sind.

Hingegen gibt es Zahlen für den geschäftlichen Konkurs. Pro Jahr an die hundert, die summarischen und die ordentlichen Verfahren zusammengerechnet.

»Denn Zürich, das gibt es, eine Stadt im Mittelland. Hier wird die Mode nicht erfunden, doch jede gut getragen. Da die Distanzen abnehmen, wird es immer leichter, die Dinge zu übernehmen. Hier ist die deutsche Wurst so gut wie der österreichische Schmarren, das ›filet mignon‹ richtig gelagert und die spaghetti ›al dente‹ – alles wird immer al dente sein. Ob Idee oder Reform.«

Eine Hausfrau in ihrer Küche. Sie schüttet Milch in eine Schüssel, einen Berg von Haferflocken, viele frische Früchte.

»Es wurde doch etwas erfunden, das Birchermüsli. Die Rohkost. Es wurde der Wert der Schalen entdeckt. Gerade darin sitzt das Gute und Gesunde. Einen Löffel dür dich und einen Löffel für mich. Zwei Löffel für jene, die regelmäßig zurückkehren.«

Im Anschluß Außenaufnahmen der Anstalt Burghölzli; sofern man auch im Innern der Irrenanstalt photographieren darf, Innenaufnahmen.

»Aber nicht nur das Birchermüsli wurde hier erfunden, sondern auch eine Krankheit kam hier zu ihrem Namen: die Schizophrenie. An sich ein glücklicher Zustand: der eine macht, was der andere nicht unbedingt möchte. So lange keine Krankheit, wenn die Politik anders als das Feuilleton gemacht wird. Aber wenn ein und derselbe das eine und das andere gleichzeitig machen will, wird das Neutralisierungsprinzip aufgehoben. Dann bleibt nur die Einlieferung: Amphetamine für den, der Unvereinbares zu vereinen sucht. Ein Streckbett für den, bei dem der Kopf wissen will, was die Rechte und die Linke tun. Eine Zelle für alle, welche die Verantwortung nicht teilen wollen.«

Denn Zürich, das gibt es, eine Stadt im Mittelland.

Mit einem großen Fest das Ende vorbereiten. Das Frühlingsfest in Kostümen, wo sie in Kleidern und Trachten vergangener Zeiten durch die Straßen ihrer Stadt ziehen; vielleicht bei der Gruppe einen Augenblick verharren, wo die Bäcker Brötchen unter die Zuschauer verteilen.

»Wenn die Stadt auf die Straße geht, tut sie es in historischem Kostüm. Sie führen den Verurteilten, den Böög, einen Schneemann, mit. Abends, wenn um sechs Uhr die Glocken läuten, verbrennen sie einen Winter, der aus Watte ist.«

Totale am Schluß: Der Blick von der Quaibrücke limmatabwärts. Dann die Kehrtwendung: der Blick gegen die Alpen, am vorteilhaftesten bei Föhn aufgenommen, der sie nahe rückt und in Erinnerung an sie Kopfweh verursacht.

Die Stadt selber als Thema genommen, davon ausgehen, was für menschliche Möglichkeiten 432 547 haben.

Ein Franziskaner hatte dem Immunen einmal am kolumbianischen Amazonas erklärt, wie ein Stamm, an dessen Namen er sich nicht mehr erinnert, aus den Köpfen der Gegner Schrumpfköpfe macht, die am Gürtel getragen werden, ohne daß sie beim Gehen oder Jagen stören. Damit die Schrumpfköpfe nicht plötzlich zu reden beginnen, nähen sie ihnen die Lippen zusammen. Der Immune hielt einmal einen solchen Schrumpfkopf in der Hand, er stammte allerdings von einem Affenschädel und war für Touristen hergestellt worden; dennoch sah er einen Augenblick betroffen drein. Da meinte der Franziskaner-Missionar: »Hier machen sie es eben so.«

Ja, dachte der Immune, da machen sie es so, und anderswo eben anders. Wenn er in Zürich war, dachte er: Hier machen sie es eben so – mit den Köpfen, zum Beispiel so:

Die Stadtheiligen, die auf dem Siegel zu finden sind, wurden enthauptet, da bückten sie sich, hoben ihre Köpfe auf und gingen erst dann zu der Stelle, wo sie wünschten, begraben zu werden. Dies läßt zwei Deutungen zu: entweder ist Zürich eine so saubere Stadt, daß man nichts herumliegen läßt. Oder es gibt welche, die sich nach der Enthauptung nach ihren Köpfen bücken und unterm Arm weiterdenken.

»Der Stamm der Limmat ging schon früh von der Tauschwirtschaft zur Geldwirtschaft über und wird auch dabei bleiben.

Schon längst gab der Stamm das Tätowieren auf; sie entwickelten eine schmerzlose Methode, mit nackter Haut Masken zu tragen.

Ein Stamm, der sich von der barbarischen Sitte abwandte, sich gegenseitig das Herz aus dem Leib zu reißen, da jeder eines Tages sein eignes heimlich vergräbt.

Hier machen sie es eben so. Denn Zürich, das gibt es.«

Angesichts der 432 547 Möglichkeiten, in Zürich Mensch zu sein, verspürt der Immune Lust, Ethnologe des eigenen Stammes zu werden.

AM ENDE STAND IHM nichts anderes zur Verfügung als das Wort, für einen anderen Kampf als den mit der Schreibmaschine schien er nicht gerüstet.

Aber die Worte deckten nicht ab, was sie meinten. Nicht nur mit dem, was ihn ausmachte, blieb stets ein Rest, sondern auch mit jedem Wort. Was nicht aufging, war ebenso Fallgrube wie Ausgangspunkt.

So sehr er darunter gelitten hatte, er hatte auch davon profitiert; er log mit dem, an das er sich klammerte. Er war ein Seiltänzer, der auf festem Grund ein Wörterbuch balancierte und der beim Jonglieren Gegenstände auffing, die er gar nicht in die Luft geworfen hatte.

Er war ein großer Geher geworden, auch was die Worte betraf – ob er einen Brief schrieb oder ein Hohe Lied sang, ob er eine Gutnachtgeschichte erfand oder das Robotbild eines Dichters entwarf, ob er eine Kolportage lebte oder ein Märchen zu dritt.

Er war den Wörtern in einer Weise ausgeliefert, daß ihn oft mehr berührte, was einer sagte, als was einer tat. Andererseits wußte er, daß er einen Menschen dann gut kannte, wenn er ihn mit einem Wort traf oder verletzte.

Es waren gerade die besten Worte, die ständig mißbraucht und geschunden wurden; und er, der sich an Worte hielt, hielt sich an etwas, das wie kaum ein zweites sich zum Lügen eignete. Er selber spielte zuweilen mit Worten, als dienten alle Widersprüche zur Unterhaltung.

So sehr er das Wort »immun« benutzte, er war jemand, der gleichzeitig von der Behaftbarkeit sprach, und er meinte damit, man könne jemanden auf sein Wort festlegen, auch sich selber.

Aber er, der zur Hauptsache über Wörter verfügte, hatte einen Sprachfehler, oder genauer, einen Wortfehler, was die Wissenschaft eine Idiosynkrasie genannt hätte.

Er pflegte nämlich nicht nur »anders«, sondern »anderser« zu sagen. Er steigerte, was logisch nicht zu steigern war. Er meinte damit etwas, das nicht nur anders, sondern ganz anders war und erst noch ganz anderser sein könnte.

So sehr seine Gedankengänge ohne das Wort »Gleichheit« nicht ausgekommen wären, er war auch überzeugt, daß es ein Recht auf Unterschiede und auf Anderssein gibt und daß aus diesem Verschieden- und Anderser-Sein keine Wertung abgeleitet werden darf.

So machte er sich auch daran, eine Sprache zu erfinden, für die er sammelte, was er in toten und lebenden Sprachen als Errungenschaften auffaßte, in Grammatik, Syntax und Wortschatz. Zum Beispiel war es eine Sprache:

wo bei »wir« unterschieden wird, ob es zwei oder mehr sind, wo auf jeden Superlativ ein Konjunktiv folgt und wo »ich« mehr als einen Nominativ hat.

Eine Sprache, die er nicht als Vehikel verstand, sondern die immer genauere und feinere Unterscheidungen traf und mit ihren Regeln auf so viele menschliche Möglichkeiten wie nur denkbar Rücksicht nahm.

Aber angesichts all dessen, woran er beteiligt war und wovon er Zeuge wurde, fehlten ihm immer wieder die Worte. Schreiben war nichts anderes, als die Wörter zu suchen, die ihm fehlten; gern hätte er jedes Wort, das es gab, mindestens einmal benutzt.

Die Tagung der Wortarbeiter

Es trafen sich die Wortarbeiter. Die Frage in unserem Kontext lautet: War der Immune dabei?

Nein – der Satz verrät bereits private Koketterie. Er muß mehr gegen die Realität hin angelegt werden. Faktengerechter müßte er lauten:

Am 17. 9. 19.. – aber spielt dieses Jahr überhaupt eine Rolle? Was sagt eine Zahl aus? War es das Jahr des Coca-Cola oder des Vietnamkrieges, dasjenige der Rebellion oder des Außenstürmers Müller?

Ist die Zahl nicht einmal mehr bloßer Vertuschungsversuch? Nichts anderes als kaschierte Perfidie, harmlos mit Jahreszahlen Stellenwert zu verdecken?

Beginnen wir also nochmals: Es ging um das Wort. Es handelte sich um Wortarbeiter.

So begonnen, nimmt sich der Anfang schon grundsätzlicher aus. Denn er ist auf die Thematik, oder genauer, auf das zu Thematisierende ausgerichtet.

Und doch: was bedeutet Anfang und gar Anfang am Anfang? Wollen wir noch einmal das Märchen erzählen, das »Es war einmal eine Objektivität«?

Ohne Zweifel, der Wolf ist nach wie vor gierig, auch wenn er sich nicht mehr im Walde aufhält und anderes als Großmütter verschluckt und das Verschluckte längst nicht mehr preisgibt.

(Exkurs 1: Das Märchen einmal von der Unverdaulichkeit großmütterlichen Fleisches aus erzählen.)

Es muß anders begonnen werden: reflektierter, oder besser noch, reflektiert.

Es trafen sich: Schriftsteller, Redaktoren, Lyriker, Texter, Dramatiker, Journalisten, Lektoren, Bücherwürmer, Rezensenten, Autodidakten, Verleger, Blaustrümpfe, Menschenkenner, kurz: Leute vom Bau. Und so hatten sie im Gepäck auch Lötgeschirr, Dachpappe und Fensterkitt. Denn einige Wortarbeiter brachten ihre Werkzeugkisten mit: Laubsäge, Schmirgelpapier, Kantenhobel und Ziselierhammer.

Aber das Aufzählen soll nicht zum bloßen Registrieren verführen, zum standpunktlosen Nebeneinander und zur wertfreien Aufreihung. Rein numerisch läßt sich nicht erfassen, was zusammenkam.

Erster Nachtrag: Es trafen sich auch Prämienzahler.

Ohne historische Lokalisierung wird voreilig auf Koordinaten verzichtet, welche zwar nur eine erste Fixierung ergeben, aber immerhin Fixation und Orientierungshilfe – ohne diese Fixation entstünde jener luftleere Raum, in welchem sich unsere besten Köpfe (Dichter und Denker) zu Tode turnten, auch wenn sie sich dabei in die Seminarien hochstemmten (oder gerade deswegen).

Nochmals: es trafen sich Wortarbeiter schweizerischer Provenienz, die alle von einer verschrifteten Sprache lebten. Beginn muß sein, rein methodisch schon. Also fangen wir nochmals an:

»Bad Mergenshof. Als Mineralbad ist der Ort von alters her bekannt. Die Quellen (eisenhaltige Säuerlinge) werden seit 1570 zu Heilzwecken benutzt. Moorbäder ergänzen heute die Therapie. Zudem neu erbohrte Kohlensäure-Quellen, wie der ›Oltener Sprudel‹.«

Beginn ist unumgänglich wie der erste Schrei, das Heben eines Vorhangs, der Abfahrtspfiff oder das Einstecken des Zündschlüssels – darob nicht vergessen: vier Metaphern sind nicht mehr als eine einzige.

Nur keinen leichten Einstieg also. Was geboten wird, ist Anti-Werbung. Nichts, was erleichtert. Und doch wäre von Vorteil für das Verständnis (von vorläufigem Vorteil zumindest), eine Liste der personae dramatis aufzustellen. Damit wäre von Anfang an schon klargestellt, daß die szenische Auseinandersetzung wichtiger ist als der Ablauf.

Demnach also zum Beispiel: T. W., zwischen siebenundzwanzig und zweiunddreißig. Weitere Daten: Geboren in Hunterswil. Eltern einfache Bauern, Selbstversorger mit zeitweiliger Fabrikarbeit.

Natürlich könnte man nun die Schulen aufzählen. Aber beabsichtigt ist nicht eine Biographie, sondern ein Biogramm. Somit Verzicht auf alle Accessoires. Statt mit einem biographischen Diskurs die Figur (d. h. den Teilnehmer der Tagung) charakterisieren, ihn durch einen Kernsatz bestimmen.

Etwa: »Wir lernten im Schulbuch, daß die Wiesen grün sind. Im Frühling hellgrün und im Winter dunkelgrün; wir hatten nur zwei grüne Farbstifte. Jetzt stelle ich fest, daß die Wiesen tatsächlich grün sind. Was verheimlicht uns das Schulbuch?«

Die Spannung bei diesem Personarium also in Kernsätzen anlegen – im Hinblick auf eine andere Figur würde der entsprechende Kernsatz lauten: »Ich stehe etwas erhöht, ich stand immer etwas erhöht, und ich werde immer etwas erhöht zu stehen haben.«

Aber drängt eine solche Verbalisierung nicht zur Visualisierung? Ein solcher Satz, auch wenn halblaut oder stumm (da nur gedacht) gesprochen, wird erst verständlich, wenn man ihm den entsprechenden Gestus zukommen läßt.

Der Teilnehmer, um den es im Moment geht, wirft das Haar zurück, sonst fällt ihm die Locke in die Stirn; er streicht sich mit dem Handrücken über die Stirnfront.

Und doch zugleich fragen: Wird mit dieser Art von Charakterisierung nicht etwas vorweggenommen? Dies nicht aus Sorge um die Spannung vorgebracht. Solche Spannung böte nur einen kulinarischen Zugang.

Nein, die Frage zielt anders: Fällt ein solcher Satz nicht erst in einem bestimmten Moment und in einer wenn auch noch zu definierenden Situation und erhält dadurch erst seinen Sinn-Konnex? Als Explikat-Beispiel: Die Aschenbecher überfüllt, bereits einige Male geleert, mit einem Hof von Asche darum, Streichholzresten. Kreise von Tassen, Krügen, Flaschen auf den Papiertischtüchern. Die Butzenscheiben im »Sälchen« weit geöffnet. Einige Pfeifenraucher. Ausdünstung von Alkoholschweiß. Zerknüll-Papier auf dem Tisch, bekritzelte Notizblöcke.

Mitten in dieser Atmosphäre von Versammlung und mitten im

Traktandum »Energiefrage« (Wie verhält sich der schreibende Intellektuelle zur Energieversorgung und insbesondere zur Zusammensetzung der eidgenössischen Energiekommission?) steht einer auf und ruft: »Laßt uns Liebe machen. Alle zusammen.«

Wir klammern für den Moment die inhaltliche Forderung nach Gruppensex aus, gleichgültig, wie ernst oder nur provokativ dies vorgebracht worden ist; auch der Pathologie-Verdacht darf nicht aufkommen; die Äußerung soll uns auch nicht vom Typologischen her interessieren – obwohl, gerade als Zwischenbemerkung sei festgehalten: der Typus gehört zur Runde. Etwas über dreißig. Barthaar bis zur Brust, randlose Brille. Toupiertes Kopfhaar. Trägt den langen Mantel auch am Tisch. Aufgewachsen in kinderreicher Hilfsarbeiter-Familie katholischer Prägung. Befreit sich seit anderthalb Jahren von kleinbürgerlichen Vorstellungen und verschickt von Zeit zu Zeit photokopierte Rundschreiben über sein Privat- bzw. Sexleben als Protokoll-Bekenntnisse an Freunde, Bekannte, Förderer und Stiftungen.

Was uns an diesem eben vorgebrachten Satz interessiert, ist der Zusammenhang, in dem er in Erscheinung tritt: der (wohl unbewußte) Umschlag der Energiefrage in eine solche der Liebe.

So ist diesem Zwischenruf bereits ein anderer vorangegangen: »Warum reden wir nicht vom Sterben. Schlicht und einfach vom Sterben ... und nicht nur für den Papierkorb gesprochen.« Ein Satz, der notwendigerweise zu Reaktionen führte: 1. Buhruf: »Nur von direkten Erfahrungen reden.« 2. Buhruf: »Reden hier eigentlich alle im Präsens?« 3. Buhruf: »Das Niveau liegt bereits auf der Höhe eines Herrenwitzes am Biertisch.« Dazu kommt der Einwand des Vorsitzenden: »Das gehört nicht zum Thema.« Buhrufe im Chor: »Alles ist Thema« und »Il n'y a pas de sujet«. Vereinzelter Buhruf: »Nieder mit der Traktandenliste. Nieder mit allen Traktandenlisten.«

Wir können dabei festhalten: Das Thema des Sterbens wird nicht gestrichen, sondern unter »Varia« behandelt. Doch F. G.

protestiert. Unter »Varia« will er ein kurzes Statement abgeben: »Ist die sog. Trivialliteratur eine sog. Trivialliteratur?« F. G. muß um halb fünf Uhr schon weg, da er am Abend noch im Studio Zürich eine Aufnahme hat. So wird das »Sterben« nach der »Trivialliteratur« auf die Liste gesetzt.

»Ich meinte nicht den Standardtod«, fügt der bei, welcher die Anregung machte.

»Scheiße«, sagt einer, und dies nicht erst, seit er einen bundesdeutschen Lektor hat.

»Dufte«, sagt ein anderer, er hatte in Berlin an einem Kolloquium teilgenommen.

»Passé«, meint ein Dritter, und er ist nicht in Paris gewesen.

»Wortmüll«, der eine Teilnehmer erhebt sich: »Wir wollen doch nicht nur Wortmüll produzieren.« Sogleich die Gegenbewegung: Dem Wort »Wortmüll« wird eine schweizerische Entsprechung für Abfalleimer entgegengesetzt: Güselchübel.

(Exkurs 11: Das Absetzen des Dialekts zum Sozio- und Idiolekt, unter besonderer Berücksichtigung der Produktion von Abfall.)

Aber vielleicht müßte man bei einem Bericht über eine solche Tagung ganz anders einsteigen. Etwa so:

Mai: Wonnemonat.

Tagung von Schriftstellern und etc. und usw.: Anlaß.

Bad Mergenshof: Tagungsort.

Also vielleicht doch mit der Ankunft beginnen. Mit dem Auftritt, dem Ins-Bild-Kommen. Für diese Ankunft einen Fixpunkt wählen. Zum Beispiel vor dem Gasthof einen Brunnen, neben dem die meisten parkieren.

Der erste: »Hesperidentraum. Lidschlag der Stille. Hier, wo die Hitze eines Tages in die Schläfe schießt. Und die schwankenden Schwaden des Rauches ...«

Und der zweite, bohrender, skeptischer: »Ob man mit einer Linde beginnen darf? Dramatisiert man nicht schon die Geschichte, wenn man schreibt: Hier am Brunnen begann es. Man ist seiner Sache nie ganz sicher. Aber ich stehe dazu. Ich gebe zu. Ich habe Angst. Aber meine Stimme zählt nicht.«

Aber auch ausholender und eingestimmter: »Ich blinzle ins durchsonnte Blau und schaue über die welligen Hänge hinab und hinaus aufs flachgebreitete Rasterwerk und hinein in den Horizont der langsam versinkenden Voralpenkette.«

Aber auch der reine Blick, Psychologie-emanzipiert: »Ein Viereck. Schnittpunkt eines Schattens. Schraffur. SCHRAFFUR. Eine zögernde Diagonale. Glanz des Wassers kommt zum Vorschein. Ein Wasserzeichen, dem Gesichtskreis entschwunden. Vergeblich der Versuch jeglicher Berührung.«

Aber auch hypotaktischer – zum Beispiel mit einem streng durchgeführten Satzgeflecht, durch das sich unversehens einfache Beispiele in ein Gestrüpp von Abhängigkeiten verwandeln: »... daß er falls er jedoch was ich für unmöglich halte gerade jetzt nach dem Parkieren und beim Herüberkommen vom Parkplatz habe er vielleicht wie auch andere Kollegen eine Beobachtung gemacht, die durchaus in diesem Sinne ausgelegt werden könnte, da habe sich zunächst auf dem Rasen neben dem Brunnen eine große kreisförmige Ansammlung von Leuten befunden, in deren Mitte habe ein freier Raum sein müssen, wo sich wie er vermutete und wie sich darnach herausgestellt hat ...«

Sicherlich – dieses perspektivische Verfahren ermöglicht, verschiedene Verhalten aufzuzeigen angesichts eines Brunnens vor dem Gasthof Bad Mergenshof. Aber soziologisch werden dadurch die Teilnehmer isoliert, sie werden aus jener Komplexitität herausgenommen, die nicht negiert werden darf.

Daher sogleich eine Gegenfigur einführen: Zimmermädchen und Serviertochter Babette: Babette, uneheliches Kind, im Stall geboren. Sie trägt ein Tüchlein. Das hat ihr einmal ein Vorarbeiter von der Kanalisation geschenkt, als er in Bad Mergenshof wegen eines Rohrbruchs einquartiert war. Von ihm hatte sie auch die Adresse in der Stadt, als sie schwanger ging.

Babette: Pralle Brüste. Trägt keinen Büstenhalter. Nicht aus modischen Gründen. Im nächsten Ort führt der Mercerieladen nicht ihre Größe, und auch das Versandhaus hatte nichts Passendes geschickt. Das Einzugsgebiet der Brüste erstreckt sich über Bad Mergenshof bis Heidenbatz, das schon zur Jungsteinzeit besiedelt war, umfaßt auch den Weiler Birnbaum mit dem Danielturm und reicht bis zum Bezirksort Pfäfflingen, wo die Schwester des heiligen Lutz hingerichtet worden sein soll.

Aber jetzt nur nicht ins Fabulieren verfallen, in die epische Diarrhoe, obwohl das Fabulieren zu Babette nicht schlecht paßt. Sie läßt sich am Bahnhofskiosk Pfäfflingen von den Chauffeuren Heftchen besorgen; aber sie weint nicht mehr so viel beim Lesen, seitdem es in Bad Mergenshof Fernsehen gibt.

Das alles ist kein Grund, sich wegen Babette zum Fabulieren verleiten zu lassen, denn: Alle Geschichten lügen, eben weil sie Geschichten sind, Vereinfachungen, Perspektiven, Zusammenfassungen, unter denen die Wirklichkeit wie Sand zwischen den Fingern zerrinnt.

Babette hat eine andere als rein erzählende Funktion: durch sie soll einmal vermieden werden, daß die Sprachschicht zu hoch angelegt wird.

Aber sie darf auch nicht dazu führen, daß a) das Ganze durch Verniedlichung eingefangen wird und b) alles in Pointen-Hascherei endet.

Mit Babette äußert sich der Bereich *vor* der Artikulation. So gibt sie manchmal nur imperative Korpuskeln von sich, »sag ja« und »ach geh«.

Wenn sich Babette nach dem Gepäck bückt und die Brüste nach oben freiliegen, das Tüchlein beiseite rutscht und sie es merkt, verharrt sie in der Stellung und sagt: »Hui, mein Zopf.«

Dabei ist festzuhalten: Babette ist blond, und Babette ist ein Mensch. Demnach gilt: Babette ist ein Mensch, auf den die Eigenschaft blond zutrifft.

Aber Babette ist auch schwarz. Denn sie trägt zuweilen eine Perücke, die sie auf der letzten Herbstmesse günstig erstand. Also gilt der Satz ›Babette ist blond‹ nur bedingt, für den Fall, daß sie die schwarze Perücke nicht trägt. Es gilt also der Satz: Babette ist blond und nur dann blond, wenn ihre Haare tatsächlich blond sind. An jenem Nachmittag im Mai, als sich die Wortarbeiter in Bad Mergenshof trafen, war ihr Haar blond und nur blond.

Damit ist nun aber auch die Möglichkeit gegeben, von der

Gemeinsprache bzw. der tradierten über die reglementierte zur Konstruktsprache überwechseln zu können: Es gibt ein »x«, auf das zutrifft, daß es die Eigenschaft »y« hat.

Babette ist eine Variable geworden. Dies nicht nur, weil sie schon längst ihre Stelle gekündigt hat und nur aus Gutmütigkeit weiterarbeitet, da sich bisher niemand meldete, um in diesem verdammten Loch zu arbeiten.

Babette sagt: »Hui, mein Zopf«, doch was heißt »sagt«?

Es gibt Umstände, unter denen Babette, die blond ist, den Satz ›Hui, mein Zopf‹ äußern will, und wann immer Babette diesen Satz äußern will, unternimmt sie es, die Sprechwerkzeuge in der Weise zu aktivieren, und, insofern keine ungewöhnlichen äußeren und inneren Bedingungen dem entgegenstehen, gelingt die Äußerung unter diesen Umständen (d. h. Babette bringt die dazugehörigen Geräuschkomplexe hervor) –

Intentional unterscheidet sich Babette dadurch nicht mehr von denen, die sie im Sälchen bedient und von denen ihr einer gesagt hat, sie sei ein verdammt hübsches »Maitli«.

Nur: Im Sälchen wird lediglich teilweise in der Gemeinsprache gesprochen, insofern es sich darum handelt, einen Kaffee oder »Kaffee fertig« (mit Kirsch oder anderem Schnaps) zu bestellen oder einen Zweier (zwei Deziliter Wein) oder einen »Gespritzten« (einen weißen Wein mit Mineralwasser).

Im Sälchen wird zugleich auf verschiedenen Bewußtseinsebenen gesprochen: wenn auch nicht ohne klassenabhängige Vorurteile, nicht frei von Zwängen der Emotionen und Interessen und auch unter Repräsentationsdruck und mit der Last nicht zu vermeidender Kontaktschwächen. Doch weiß man im Sälchen: durch minimale Abweichungen kann die Alltäglichkeit in ihrer Bedrohlichkeit durchschimmern.

(Exkurs 111: Das Konzil von Tours 812. Wer sich dem Volk verständlich machen will, muß dessen Sprache reden.)

Jedoch: Wenn sich Wortarbeiter treffen, müßte dann nicht anders gefragt werden – nämlich so: Muß nicht das Wort selber im Mittelpunkt stehen?

Zunächst einmal Wörter sammeln: die dürren, die goldenen,

die guten, die geflügelten, die motorisierten und die letzten – und dann ganz groß die geschändeten: DEMOKRATIE, FREIHEIT, FRIEDEN UND GERECHTIGKEIT.

Und zugleich aufspüren, wo sich die Wörter aufhalten, und notieren, was weiter mit den Wörtern geschieht: Wörter, die fielen und fehlen, die eingelegt wurden und solche, die entzogen wurden, Wörter, die verlorengingen und solche, die auf der Goldwaage liegen, Wörter, die gewechselt und zurückgenommen werden, erfüllt und gebrochen.

Am Anfang also die Ausrichtung auf das Material: Wort für Wort, aber nicht einfach im Text weiter. Denn ein Wort gab das andere *nicht* –

wörteln.

Aber sind Wörter überhaupt in jemandes Besitz? Wer kann schon sagen, das ist mein Wort, als wäre es sein Eigentum? Nochmals überhaupt: den unüberlegten Gebrauch von besitzanzeigenden Fürwörtern ausmerzen und damit ihre Ausschließlichkeit.

»Wir wollen keine Aufmontierung leerer Worthülsen«, sagt einer der Tagungsteilnehmer, worauf ihm erwidert wird: »Reden wir Sprechblasen oder direkt?«

Eines steht fest: immer nehmen sich einige aus, als hätten sie die Ästhetik gepachtet, aber den Pachtzins bezahlen die andern. So darf es nicht zum Pingpong unreflektierter Philosopheme kommen. Unausweichlich ist die Rückbestimmung auf die Sprache – nur keine eingespielten Fertigkeiten.

Plötzlich der Zwischenruf: »Und die Umwelt? Spricht niemand von der Umwelt?« Ein Gegen-Zwischenruf: »Nur kein marktkonformer Protest.«

Doch – vielleicht gäbe es eine ganz andere Möglichkeit. Etwas, das die Frage nach dem Anfang nicht nur anders stellen, sondern überflüssig machen würde, weil es gar nicht so weit kommt, daß man fragen muß, wie begonnen werden soll.

Setzen wir den Fall: Ein Präsident verschickt eine Einladung zu einer Tagung, und auf der Einladung unterschreibt auch der Sekretär.

Stellen wir uns nun vor: Den Postboten befällt Sprachskepsis. Warum sollte den Mann von der Straße nicht auch verbales Bedenken befallen? Gerade ihn, der sich jeden Tag mit Geschriebenem und Gedrucktem abgibt. Warum sollte in ihm nicht auch Verdacht aufsteigen? Was heißt demnach ein »Adressat?« Und wieso sollte der, welcher angeschrieben wird, identisch sein mit dem, dessen Namen auf einem Briefkasten steht?

Stellen wir uns des weitern vor: Der Postbote wirft alle Einladungen in die Limmat (oder in einen ähnlichen lokalen Fluß). Logischer Fehler: Nicht an jedem Ort gibt es einen solchen Fluß.

Modifizieren wir also: Es müssen auch andere Möglichkeiten bedacht werden, durch die ein Postbote seine Sprachskepsis ausdrücken kann, etwa Verbrennen von Geschriebenem und Gedrucktem, das Vollstopfen von Mülleimern etc.

Doch bleiben wir dabei: Der Postbote wirft die Einladung zur Tagung mitsamt der Traktandenliste weg – ob in den Fluß oder in einen Mülleimer, ist ein rein anekdotisches Detail.

Was wäre dann passiert? Hätte die Tagung nicht stattgefunden? Und wenn die Tagung nicht stattgefunden hätte, was wäre dann passiert oder anders gefragt: was wäre gleich geblieben bzw. nicht passiert?

Dann hätte zum Beispiel den Immunen keine Einladung erreicht. Er hätte nicht einmal nach einer Ausflucht suchen müssen und nach billiger Entschuldigung. Aber das brauchte er auch so nicht. Er hätte gar nicht kommen können, denn seinetwegen tat sich ganz anderes.

Die Durchsuchung

»Noch sind Sie Auskunftsperson«, antwortete Kommissar Huber-Sieben. Er zeigte auf eine Ecke vom Schreibtisch, wo auf einem Bündel Papieren ein flacher, bearbeiteter Stein lag. »Was bedeuten diese Geheimzeichen darauf?«

»Das habe ich in Peru gekauft. Nicht eigentlich. Man hat es

mir geschenkt. Das tun die Indios in die Erde, wenn sie pflügen. Eine Art Fruchtbarkeitssymbol. Ich beschwere damit Papiere.«

»Nicht anfassen.« Es war ein Befehl. »Da sind Zacken abgebrochen.«

»Es fiel mir einmal zu Boden.«

»Oder es hat jemand damit zugeschlagen.«

Huber-Sieben zog aus der Innentasche des Regenmantels einen Block; er skizzierte die Lage des Steins, nahm dann aus seinem Skaileder-Täschchen eine Pinzette, übertrug den Stein auf ein Papier, schlug ihn ein und schrieb mit einem Filzstift auf das Packpapier: »Beweisstück Nr. 1.«

»Komm mal«, rief Müller-Elf vom Gang her. »Schau die Wohnungstür. Der Rahmen gesprengt. Notdürftig, dilettantisch repariert.«

»Das habe ich selber gemacht«, erklärte die Auskunftsperson.

»Interessant«, bemerkte Huber-Sieben. »Sehr interessant. Sie brechen bei sich selber ein.«

»Ich hatte mich ausgesperrt. Den Schlüssel vergessen.«

»Oder es wollte jemand hinaus. Jemand, der eingesperrt wurde«, sagte Müller-Elf. »Hat sich gewehrt. Versuchte die Türe aufzureißen und wurde daran gehindert.«

Und Huber-Sieben: »Es wurde heute nacht bei Ihnen geschrien.«

»Bei mir?«

»Nachbarn können es bezeugen. Sie wurden auf dem Balkon gesehen«, er blätterte in Notizen: »Um zwei Uhr zwanzig.«

»Es hatte geklingelt. Ich ging auf den Balkon. Ich rief hinunter. Es meldete sich niemand. Ich dachte, irgendeiner dieser Scherze von einem Spätheimkehrer. Und dann, dann hatte auch ich gehört ...«

»Was?«

»Was Sie Schreie nennen.«

»Auf der Straße unten oder hier drinnen bei Ihnen?«

»Bei mir lief das Radio.«

»Sagten Sie nicht eben, daß Sie geschlafen haben? Wo waren Sie gestern abend?«

»Zuhause, das heißt...«

»Aha.«

»Ich war kurz aus für einen Drink.«

»Kurz? Sie sind doch bekannt dafür, daß Sie...«

»Vor den Abendnachrichten war ich zurück. Und sonst – sonst war ich hier.«

»Allein?«

»Ja.«

»Einfach so allein.«

»Ja.«

»Können Sie das bezeugen?«

»Für meine Art allein zu sein, habe ich nur mich selber als Zeugen.«

»Und das also wäre das Schlafzimmer«, stellte Müller-Elf fest, den Blick auf das nicht gemachte Bett gerichtet, dann wies er auf den Teppich: »An dem Flecken haben Sie lange herumgeputzt.«

»Das ist Farbe.«

Müller-Elf zog die Vorhänge. Dann nahm er aus einer Mappe eine Spraydose und besprühte die Stelle: »Mal schauen, ob es bläulich aufleuchtet.«

»Haben Sie es im Rausch getan?« fragte Huber-Sieben. Und da der Gefragte schwieg: »Mit scharfer oder stumpfer Gewalt?«

»Wie bitte«, erkundigte sich die Auskunftsperson.

»Wir machen von Berufs wegen Unterschiede. Schnitt? Stich? Schuß? Erwürgt oder erdrosselt.« Und dann zu Müller-Elf: »Ist es Blut?«

»Nein«, antwortete dieser: »Tinte. Es wurde auch Tinte vergossen.«

»Noch einmal Glück gehabt«, stellte Huber-Sieben fest.

Müller-Elf nahm vom Fenstersims einen Gegenstand: »Ein Schraubenschlüssel.«

»Der gehört nicht mir. Das heißt«, die Auskunftsperson fuhr nicht weiter fort mit Reden.

»Seltsame Besucher haben Sie.« Huber-Sieben: »Wohin führt diese Tür?«

Müller-Elf war bereits an den beiden vorbei und

öffnete die Türe, die nach oben führte. Er bückte sich und fuhr mit den Augen sorgfältig die Holzleiste an der Treppe ab: »Kratzspuren.«

»Ach was«, sagte die Auskunftsperson und bückte sich auch: »Tatsächlich.«

»Es entgeht einem immer etwas«, sagte Huber-Sieben.

Und die Auskunftsperson: »Von einem Möbeltransport. Ja, vor drei Wochen...«

»Oder von einem Körper, der vorbeigeschleift wurde«, unterbrach ihn Müller-Elf. Er nahm aus der Mappe eine Folie, entfernte das Schutzpapier und drückte sie an die Holzleiste und den Maueransatz, löste sie und prüfte Lacksplitter, Staubreste und was vom Verputz hängen geblieben war.

»Und das hier?« fragte Huber-Sieben.

»Ein Koffer – was sonst?«

»Gleich neben der Wohnungstür? Öffnen Sie ihn.«

Die Auskunftsperson fingerte am Verschluß und stellte die Nummer am Schloß ein. Dann klappte sie den Koffer auf und hielt die eine Hälfte mit dem Knie: »Noch nicht fertig ausgepackt. Von der letzten Reise.«

»Oder für die nächste. Wir sind anscheinend zu früh gekommen.«

»Glauben Sie, ich packe schmutzige Hemden ein?«

»So ordentlich sieht es ja bei Ihnen sonst auch nicht aus«, sagte Huber-Sieben, und Müller-Elf antwortete ihm:

»Du warst anscheinend auch schon in der Küche.« Er hatte die Folie in ein Plastiksäckchen getan und war bereits im Wohnzimmer: »Der Kampf hat hier stattgefunden. Da, der Fauteuil. Eine Lehne abgebrochen.«

»Der Fauteuil ist schon lange kaputt: Wer flickt heute alte Möbel.«

Huber-Sieben war nachgekommen. Er stand vor einem Büchergestell: »Sie haben studiert? Wir haben eben allerlei Kunden.« Dann wandte er sich an die Auskunftsperson: »Sind Sie nervös?«

»Wieso?«

»Sie haben sich schon wieder eine Zigarette angesteckt.« Dann stocherte er mit einem Bleistiftende im Aschenbecher: »Was für eine Marke rauchen Sie?«

Der Gefragte hielt eine Packung hin. »Aber da drin sind die Stummel einer andern Marke.«

»Wenn ich meine nicht kriege, kaufe ich diese.«

»Oder vielleicht war jemand da, der auch raucht – oder rauchte? Wie heißen Sie?«

Der Gefragte sah den Kommissar verdutzt an, schrumpfte seinen Mund und hielt ihm eine Zeitung hin mit dem Etikett, auf dem Name und Adresse standen.

Huber-Sieben nickte: »Stimmt. Stimmt auffallend mit dem Namen überein, der an der Haustüre steht. Und mit dem, der an der Wohnungstüre steht. Sie leben hier allein?«

»Ich habe die Wohnung gemietet.«

»Bei der Einwohnerkontrolle ist nur einer gemeldet.«

Da wandte sich Müller-Elf an den Befragten: »Sind Sie immun oder nicht?«

Dieser zuckte die Schultern.

»Wir führen im Spitznamen-Verzeichnis einen Immunen«, sagte Müller-Elf, und Huber-Sieben fragte zurück: »Aktenkundig«, und Müller-Elf: »Wundert's dich?«

»Aber vielleicht gibt es irgendeinen Alias«, sagte Huber-Sieben.

»Oder es gab einmal einen Alias«, meinte Müller-Elf.

»Vielleicht schauen wir einmal im Schrank nach. Wer weiß, ob das nicht weiterhilft.«

Da sagte die Auskunftsperson fast tonlos: »Sie verlieren Ihre Zeit.« Dabei fiel der Blick auf den Wecker, und der Verhörte zuckte zusammen.

»Ah, der Wecker.« Huber-Sieben faßte ihn mit Fingerspitzen an und drehte ihn gegen sich: »Das ist keine Farbe, da auf der Rückseite.«

Und die Auskunftsperson: »Das ist Rost.«

Müller-Elf: »Das ist auch keine Tinte. Das ist Blut.«

Huber-Sieben: »Damit hat er zugeschlagen.«

»Er hat auch die Zeit totgeschlagen», Müller-Elf wies auf die Zeiger, die sich nicht bewegten.

»Und wenn schon – es war meine Zeit.«

»Die Zeit gehört auch uns. Der Polizei«, antwortete Huber-Sieben.

»Den Leichenkoffer. Den Leichenkoffer.«

Detektiv Müller-Elf schleppte einen Koffer ins Wohnzimmer. Er räumte vom Clubtisch Zeitungen weg, nahm aus dem Koffer ein weißes Tuch und breitete es aus. Er langte einen Schrittzähler hervor, neben ihn legte er ein Paar Glasaugen, eine Kleiderschere und ein Rasiermesser. Er schob die Instrumente beiseite und machte Platz für den Schwamm, eine Plombenzange und eine Kiefersperre. Er holte die Dose für die Leichenfinger, einen Flaschenzerstäuber, darauf eine Knieschere. Daneben Pinzetten, das Besteck für die Blutentnahme, einen Augenbrauenstift, einen Lippenstift, eine Puderdose, zuletzt die Skalpelle und einen Leichenlöffel.

Der Kommissar zog Gummihandschuhe über, er hob den Wecker hoch und machte mit der freien Hand ein »Psst«-Zeichen: »Mausetot.«

»Der Beschrieb.« Müller-Elf notierte das Diktat: »Runder Leib, zwei steckige Vorderbeine. Ein abgeflachtes Rückbein. Rotbraunes Gehäuse. Ca. achtzehn Jahre alt. An den Kanten abgeschabt. Durchmesser: 22 cm. Rückseite leicht verbogen. Deutliche Trübung des Zifferblattes. Verfärbung infolge von Eintrocknung, Ziffern sechs und sieben leicht abgeblättert.«

Er stellte den Wecker auf das Tischchen, dabei stieß er mit dem Schraubenzieher ans Läutwerk. Alle drei fuhren zusammen.

Der Kommissar löste den Rückendeckel und legte ihn sachte auf die Seite. Dann drehte er den Wecker, mit dem Zeigefinger bewegte er die beiden Zeiger:

»Sie atmet nicht mehr.« Er dreht am Weckerzeiger: »Die Erstarrung muß vor zwölf Stunden eingetreten sein.«

»Das möchte ich sehen«, bat die Auskunftsperson.

»Das übliche Mörderverhalten«, kommentierte der Kommissar. Er blies ins Gehäuse. Müller-Elf reichte ihm eine Pinzette.

Aber Huber-Sieben drehte mit einer Scherenspitze an der ersten Schraube. Er löste die Sperrklinge und nahm das Antriebswerk auseinander: »Geplatzt. Von einem Schlag.« Er winkte Müller-Elf zu sich und erklärte: »Typische Leichenflecken.«

Müller-Elf: »Es muß ein brutaler Kampf gewesen sein.«

»Und wenn es Notwehr war?« fragte der, der bisher verhört worden war. »Angenommen, es war Notwehr, sofern überhaupt etwas war?«

Der Kommissar machte sich erneut am Wecker zu schaffen: »Der Anker. Die beiden Zacken sind weg.«

»Dann treiben jetzt die Stunden auf hoher See.«

»Mit solchen Sprüchen kommen Sie bei keinem Gericht durch«, sagte Huber-Sieben ohne aufzublicken. »Ich hole jetzt die Hemmung hervor.« Er zog aus dem Gehäuse ein gerolltes Metallband. Als er es in die Höhe hielt, sprang es auf und zitterte in der Luft: »Das war die Spirale der Unruhe.«

Der Kommissar legte die Spirale neben die andern Bestandteile aufs weiße Tuch: »Das hätten wir. Wir werden auch den finden, auf den Sie mit diesem Wecker losgegangen sind.«

Der Kommissar begab sich ins Arbeitszimmer. Die Auskunftsperson erhob sich und wollte ihm folgen. Aber Huber-Sieben kam bereits zurück, er hielt zwei Bündel unterm Arm.

»Das sind meine Manuskripte.«

»Die nehmen wir mit. Als Unterlagen«, erklärte Huber-Sieben.

»Wir machen eine Aufstellung. Gegen Quittung.« Müller-Elf hielt eine schwarze Agenda hoch: »Ihr Adressen-Verzeichnis?«

Der Gefragte nickte. Müller-Elf steckte das Büchlein ein: »Sie gestatten. Es muß Komplizen geben. Wir werden sie finden.«

Ein Robot-Bild des Dichters

Gesucht wird der Dichter. Das Robotbild entstand auf Grund von öffentlichen Aussagen des Dichters selbst, dank Mitteilungen von Biographen. Es wurde zusammengestellt aus dem, was Unbeteiligte meldeten, was Lehrern erwähnenswert schien und was Psychiater herausgefunden haben oder andere Polizeistellen bereits in den Akten führen. Es wurde benutzt, was Jünger und Feinde als Zeugnisse ablegten, auch was in Unveröffentlichtem steht und wogegen sich Angehörige verwahren.

Gesucht wird der Dichter. Aber zu unserem großen Bedauern steht für die besonderen Merkmale nicht einmal sein Geschlecht fest. Es könnte sich auch um eine Frau handeln, die allein schlief, als der Mond unterging und die Plejaden. Vor dem, was durch ihre Träume geisterte, erschrak sie; doch hinderte sie das nicht, die Brüste der Mädchen mit Bienen zu vergleichen, deren Honig sie trinken wollte. Sie soll sich eines Tages von einem Felsen gestürzt haben, doch ist laut Rückfrage bei der zuständigen Küstenwache bis heute keine Leiche angeschwemmt worden.

Es ist durchaus denkbar, daß sie sich in einen Gram zurückzog, der Jahrhunderte dauerte. Als sie sich wieder der Öffentlichkeit stellte, flehte sie nicht zu einer griechischen Göttin, sondern zu einem Herrn namens Jesus. Sie verwandte viel Zeit, um über die Tiefe der Brunnen und über die Wandlungen der Seidenraupen nachzudenken. Sie bot sich diesem Herrn als Teig dar, damit er sie knete; sie wollte nach eigener Aussage ein Brot werden, das sich aus Hunger nach dem Esser selber verzehrt.

Sie hat jedenfalls ihre Sprache, ehe man ihrer habhaft werden konnte, weitergereicht, bis über den Atlantik, was auf ein internationales Netz schließen läßt. Erwiesenermaßen tauchte auch in der Neuen Welt eine dichtende Person auf. Wiederum wurde eine Zelle für diese Aktivität benutzt. Die Insassin hatte erklärt, sie werde ihren Verstand nicht in die Schönheit legen, sondern ihre Schönheit in ihren Verstand, wie sie darauf aus war, eher die Nichtigkeiten des Lebens zu leben als das Leben in Nichtigkeit.

Aber die gesuchte Person dürfte sich nicht nur griechisch und spanisch ausdrücken. Die Vielsprachigkeit hat daher bis heute die Fahndung erschwert, zumal es sich zeigt, daß die gesuchte Person auch anfängt, bis anhin kaum bekannte Sprachen und sogar Dialekte zu gebrauchen; sicherlich ist sie des Amerikanischen mächtig. Die betreffende Person lebte in einem Eigenheim, wo sie heimlich in der Mansarde Überseekoffer mit Versen füllte und dem Papier gab, was ihr das Bett versagte. Am Ende hat sie, ein häßliches, doch stets weißgekleidetes Jüngferchen, das anonyme Ansinnen gestellt, man möge nach ihrem Ableben die Rotkehlchen füttern, man werde hören, wie sie mit erstarrten Lippen zu danken versuche.

Wo von Liebe die Rede ist, regelmäßig und rücksichtslos, besteht der berechtigte Verdacht, daß sich in unmittelbarer Nähe der Dichter aufhält. Wir bitten für diese Fälle um besondere Aufmerksamkeit.

Die Fahndung gestaltet sich besonders mühsam, weil die Identifikation auf größte Schwierigkeiten stößt. Jemand, der eindeutig als Dichter überführt wurde, erklärte zum Schluß, sein Name sei ins Wasser geschrieben. Und einer, der im ernstzunehmenden Verdacht steht, der Dichter zu sein, sattsam bekannt vom »Trunkenen Boot« her, wurde erwischt, wie er mit einem Älteren auf einem öffentlichen Platz die öffentliche Moral verletzte; doch erklärte er bei der Feststellung seiner Person: »Ich – das ist ein anderer.«

Als eindeutiges Indiz darf jedoch gewertet werden, daß der Dichter schreibt. So wird er keinen Versuch unterlassen, Schreibutensilien in die Hände zu bekommen. Man weiß, daß der Dichter, als er in Gefangenschaft war, seine Verse mit dem Fuß in den Sand schrieb und sie auswendig lernte, um sie dann später dennoch auf Papier zu bringen.

Wenn daher Schiffern auffällt, daß bis weit in den Morgen hinein und jede Nacht ein Fenster am Fluß beleuchtet ist, in einem Haus, das weder eine Gaststätte noch ein Bordell noch sonst ein Haus von öffentlichem Interesse ist, bitten wir, dies zu melden: denn es könnte sich dabei um einen handeln, der die Nächte schreibenderweise verbringt.

Oder wenn festgestellt wird, daß jemand in jüngster Zeit die Wände seiner Wohnung mit Kork auslegte, darf dies als Vorsatz gewertet werden, sich von der Außenwelt abzukapseln, um in aller Ruhe dem Schreiben nachzugehen. Vielleicht trägt der Verdächtige auch zu Hause weiße Handschuhe, um sich selber am Nägelbeißen zu hindern.

Man kann daraus ersehen, daß kein Detail außer acht gelassen werden darf, auch wenn sich dadurch der Kreis der Verdächtigen außerordentlich erweitert und manchem Unbescholtenen Unannehmlichkeiten erstehen. Die Öffentlichkeit muß dies in ihrem eigenen Interesse in Kauf nehmen. Vor einem allzu nahen oder gar intimen Kontakt mit dem Dichter sei aus gesundheitspolizeilichen Gründen gewarnt; sein sorgloser Umgang mit dem Menschlichen hat ihn immer wieder äußerst Tb-anfällig und Syphilis-empfänglich gemacht.

Nicht als grundlos suspekt erweist sich jeder, der sich, wenn auch vorübergehend, gern auf Friedhöfen aufhält, weil es nichts so Lustiges gäbe wie eine Beerdigung, oder bei Ruinen. Oder der gar kunstvolle Labyrinthe anlegt, in denen er sich durch eigenes Verschulden verirrt, um dann über die trügerische Kürze des Lebens nachzudenken.

Eine gewisse Vorsicht ist schon insofern geboten, als dem Dichter jedes Mittel recht ist sich zu entziehen und er auch vor dem Selbstmord nicht zurückschreckt. In einem durch Tatsachen erhärteten Fall suchte einer jahrelang einen Partizipanten für seinen Freitod und hat schließlich an einem beliebten Picknickort mit einer Frau die beiden Kugeln aus einem einzigen Lauf geteilt.

Bei diesem Verhalten kann es auch nicht verwundern, daß der Dichter immer wieder die Gerichte in Anspruch nimmt und Plätze in den Irrenanstalten belegt, weshalb wir die Wärter gerade solcher Institute und ähnlicher Einrichtungen um besondere Aufmerksamkeit ersuchen. Denn vieles, was ein denkbarer Insasse als Wahnsinn von sich gab, entpuppte sich später als

Dichtung. Daher soll sich die Kontrolle auch auf die geheimsten Orte erstrecken. Immer wieder kam es vor, daß der Dichter mit einem Nagel seine Worte auf das Toilettenpapier kritzelte, das er nicht für die körperliche Hygiene benutzte. Man muß daher behutsam sein bei der Zuteilung spitzer Gegenstände, mit denen einer schreiben oder sich ein Leid antun kann.

Nach unbestätigter, doch äußerst glaubwürdiger Aussage zählt der Dichter, der sich gern hinter Sprachgitter versteckt, zu seinen Verschwörern auch den Wind und die mondscheintrunkenen Lindenblüten. Es braucht nicht immer um so offensichtliche Absichten zu gehen wie dort, wo der Dichter behauptet, die Weber würden das Leichentuch einer uns befreundeten Nation weben.

Doch trifft leider das Indiz, daß der Dichter keiner geregelten Arbeit nachgeht, nur bedingt zu. Er kann durchaus tagsüber ordentliche Schreibarbeit in einem Büro vorschützen, um dann Abend für Abend in ein schwer identifizierbares Schloß aufzubrechen und einen Prozeß zu führen, bei dem die Anklage nicht von einem ordentlichen Gericht vorgenommen wurde. So hinderte ihn auch nicht die Stellung als Geheimrat, ein geheimbündlerisches Abkommen mit der Hölle zu treffen, aus der er sich nur dank einer Klausel und dank seiner Beziehungen retten konnte. Ebensowenig gab er als Staatsschreiber den Alkoholismus auf; er hat ihn im Gegenteil so weit getrieben, daß er die eigenem Augen aufforderte, vom Überfluß der Welt zu trinken.

Nach dem Großteil der Aussagen ist der Dichter aber doch eher nachlässig und öfter unterwegs. Daher lasse man jene Briefkästen nicht aus den Augen, die überfüllt sind mit Drucksachen und Zeitungen. Das stete Unterwegssein zwingt den Dichter oft, sich unter falschem Namen einzutragen, was in seiner Milieusprache auch als Pseudonym bekannt ist. Es ist jedenfalls kein Geheimnis, daß sich der Dichter allein in Portugal mit vier verschiedenen Namen in die Liste eintrug und bei einer Routinekontrolle erklärte: er reise nicht, er entwickle sich.

Immer wieder tritt er als Hochstapler auf. Daher seien vor allem gutgläubige Hausfrauen gewarnt, wenn jemand an der

Türe klingelt und sich als tibetanischen Prinzen ausgibt, der selbstgewobene blaue Gebetsteppiche anbietet. Es ist schon vorgekommen, daß der Dichter, der in einer deutschen Kleinstadt seine Kindheit verbrachte, behauptete, er sei im Arm der Götter groß geworden.

Dazu gehört auch, daß der Dichter sich an die Jugend heranmacht und deren Blütenträume und Verwirrung der Gefühle ausnutzt. So hat er Minderjährige aufgefordert, sie sollten das Erbe verschwenden an Adler, Lamm und Pfau. Ebenso hat er postuliert, man müsse eine Frau lieben, einen Tyrannen hassen und über die Abgründe des Lebens nachdenken.

Anläßlich dieses Aufrufs sei wieder einmal daran erinnert, wie unser Robotbild zustande kommt, indem nämlich jede Aussage auf eine besondere Plastikfolie notiert und diese Folien dann übereinandergelegt werden, damit sich aus der Summierung der Einzelheiten ein Bild ergibt, das mit großer Wahrscheinlichkeit und einiger Sicherheit auf den Gesuchten zutrifft. Dies bedingt auch die Zusammenarbeit mit dem Drogen- und Sittendezernat.

Deshalb können wir keine völlig präzisen Angaben machen, da wir jede Information berücksichtigen, zumal es sich zeigt, daß es kaum jemand gibt, der nicht schon, wenn auch nur zufällig, dem Dichter begegnet ist. Selbst wenn er ihn dann für den Rest seines Lebens und seiner Laufbahn aus den Augen verlor.

Wir sind daher nicht in der Lage, die genaue Augenfarbe bekanntzugeben. Zwar behauptet der Dichter, er besitze keine Augenlider, doch ist andererseits nachgewiesen, daß er auch fernöstliche Schlitzaugen aufweist. Denn er wurde in der Gegend der Chinesischen Mauer gesichtet, wo er vom Exil aus die Lotosblumen auf den Porzellantassen in Peking besungen haben soll. Diese asiatischen Augenformen schließen wiederum einen negroiden Mund nicht aus, der von der afrikanischen Eroberung der Morgenröte spricht, von Reptilienschauder und Käfermilch.

So müssen auch alle Angaben über sein Alter unbestimmt bleiben; nicht nur, weil er gern Schminke und Perücken verwendet und schon bei einem Museumsbesuch vor einem Torso des Apoll beschließt, sein Leben zu ändern. Die Tatsache, daß er mit dreißig sein Testament schreibt, wobei er nach notarieller Beglaubigung am Galgen nur den Raben eine Leiche überläßt, erlaubt noch keinen gültigen Rückschluß auf sein definitives Ableben. Denn es ist möglich, daß er sich mit dreißig mitten im Leben befindet und in einem dunklen Wald einen Zugang zu einem Ort sucht, wo man jede Hoffnung fahren lassen muß – ein Gang, der von Fahrlässigkeit zeugt, die dadurch, daß ein Führer benutzt wird, nur zum Teil gemildert wird.

Obwohl der Dichter eindeutig angibt, er sei ins Nichts gestellt, läßt sich über seinen augenblicklichen und seinen kürzlichen Aufenthalt nichts Genaues sagen. Es ist möglich, daß er sich ebenso in der Matratzengruft wie auf einer Party aufhält oder sich im Milieu von Huren und Zuhältern oder in demjenigen von Exilierten herumtreibt. Es gibt ernstzunehmende Augenzeugen, die bestätigen, er halte sich in einer russischen Irrenanstalt auf, wie dafür, daß er auf einer griechischen Insel eingesperrt ist, und wir gehen ebensowenig falsch in der Annahme, daß er zu gleicher Zeit in einem amerikanischen Slum gejagt wird. Ferner kommen Hinweise aus den Anden, wonach auf dieser Hochebene wieder einer dem Kondor nachschaut, weil er für eine Erde schreiben will, die erst jüngst dem Wasser entstiegen ist.

Es zeigt sich jedenfalls, daß die Fahndung nach dem Dichter schon längst nicht mehr nur ein nationales Problem ist, weshalb seit einiger Zeit auch Interpol eingeschaltet wurde und wir eine Überprüfung verschiedener Auslieferungsverträge fordern. Bahnhöfe, Flughäfen und Grenzübergänge sind einer verschärften Überwachung unterzogen worden, obwohl man weiß, daß der Dichter nicht mehr so oft das verkehrswidrige Fahrzeug eines geflügelten Pferdes benutzt; doch wird jeder einer strengen Kontrolle unterzogen, der statt einem Paß einen Vers vorweist.

Dieser Aufruf ergeht an jeden, der auf den Dichter stößt oder meint, ihn gesehen zu haben. Er richte seine sachdienlichen Mitteilungen an die Telefonnummer 22 12 29 oder an den nächsten Polizeiposten.

Es ist nicht ausgeschlossen, daß der Dichter blind ist und seit dreitausend Jahren von Gesang zu Gesang irrt. Wir ersuchen für diesen Fall um schonendes Anhalten.

Es blieben Papiere

Sie haben Papiere beschlagnahmt, ein ziemlich dickes Bündel. Ich weiß nicht einmal, ob ich empört sein soll. Irgendwie fühle ich mich befreit.

Ich bin neugierig, wozu es ihnen dienen wird. Vielleicht verschwindet es in einer Aktei mit einem Stempel des Eingangsdatums versehen und ein paar Randnotizen. Jedenfalls habe ich keine Macht mehr darüber. Umso komischer finde ich, daß mir eine Aufstellung blieb.

Was sie wohl meinten, als sie mich unter der Türe fragten, ob ich einen gültigen Reisepaß besitze? Sie hätten ihn beschlagnahmen können. Sollte es gar eine Aufforderung sein? Oder am Ende nur eine Falle?

Sie suchen den Immunen, daß ich nicht lache. Sie redeten von ihm, als ob er ein Opfer wäre. Und dann die Fangfrage an mich: Sind Sie immun oder nicht?

Aber immerhin, sie haben mich nicht mitgenommen. Mitgenommen haben sie ein Bündel Papiere, und irgendwie werden sie es verwerten.

Von mir aus jedenfalls war das Ganze nicht als Dossier angelegt. Aber als solches wird es wohl Verwendung finden. Ich frage mich, was sie alles daraus ableiten werden. Es hat mich immer fasziniert, wenn ich erfuhr, was andere über mich wußten. Mit Neid habe ich manchmal vernommen, was ich alles getan und gemeint haben soll. Wenn je einmal eine Fee auftritt und mir drei Wünsche gewährt, beanspruche ich einen für Persönliches: Ich möchte all das leben, was mir die andern angedichtet haben und was man mir zugemutet hat. Das ist jener Teil von mir, auf den ich von alleine nie gekommen wäre.

Was sie beschlagnahmt haben, reicht für eine Befragung. Und um eine solche werde ich wohl nicht herumkommen. Sie werden mich auf diese Unterlagen behaften: »Was haben Sie mit Ihrer Zeit gemacht?«

Unter dem, was sie haben, befindet sich die Szene, wie einer in einer Küche als Intellektueller auf die Welt gekommen ist. Ich könnte ergänzen. Einmal habe ich ein Büchergestell gezimmert, in der Werkstatt meines Vaters; er half mir, als ich nicht zurechtkam. Es war das einzige Mal, daß wir beide gemeinsam Hand anlegten. Kurz darauf überraschte ich ihn, wie er vor dem Büchergestell stand und sagte: »Was für ein Möbel.« Er hatte ein ähnliches Möbelstück in seiner Werkstatt, nur, er tat die Schachtel mit den Nägeln darauf, die Bohrer, das Ölkännchen, das Schmirgelpapier, die Putzwolle...

Immer wieder kommt mir der Mechaniker dazwischen.

Aber die werden sich an das halten, was sie in den Händen haben. Ich frage mich selber, weshalb in dem beschlagnahmten Bündel nicht eine andere Geschichte über meine Mutter steht. Ich hatte ihr versprochen, ich werde sie einmal in jenes Land begleiten, das sie das Heilige nannte. Wir waren schon einmal zusammen in Rom gewesen. Unsere einzige gemeinsame Reise. Es war eine Art Weihnachtsgeschenk gewesen. Und die Frau war auf den Petersplatz gegangen, um dabeizusein, wenn der Papst segnet: Es sei ein guter Papst, und ausgerechnet sie habe er angeschaut, als er ans Fenster trat. Während ich unermüdlich eine Stadt nach der andern aufsuchte, brauchte sie die Städte für Wallfahrten. Das wäre die Szene in Jerusalem gewesen: einer Mutter eine Mutterstadt zeigen.

Was soll die Fragerei. Zugegeben: Ich habe ein Märchen erzählt, das keines war. Aber ich wollte, daß einmal etwas war in jenem Jahr, als es war.

Und mein Theater des Stolperns, es ist längst geschlossen. Mit nur zwei Worten wurde es zugetan: »Achtung Stufe«.

Aber so kann ich ihnen wohl nicht kommen. Die wollen, daß man mit »ja« oder »nein« antwortet.

Die stellen sich die Wahrheit nackt vor. Als ob man nackt nicht genauso lügen kann wie angezogen. Auch die Nacktheit ist ein Kostüm, und dies nicht nur, weil man es auch auf der Bühne tragen kann. Zu meiner Stunde der Wahrheit gehört nicht so sehr die Bloßstellung sondern der Kleiderwechsel.

Warum ich eine dunkle Brille trage, wollte er wissen, als er die Liste der beschlagnahmten Papiere aufstellte.

Ich bin überzeugt, die gehen in ihrem Verhör Stichwort um Stichwort durch: Sie hatten mit dem Theater zu tun? Was machten Sie zur Zeit der Mai-Unruhen in Paris? Spielten Sie Rollen, die Sie nicht angaben? Das Haus, das aus der Erbschaft Ihres Vaters stammt, ist das bewohnbar? Sind Sie Ihrer Unterstützungspflicht nachgekommen oder konnten Sie das überhaupt? Treiben Sie sich heute noch immer im Niederdorf herum? Könnten Sie einige Namen der Gespenster angeben, die Sie in der »Fantasio« antrafen? Wie standen Sie zu Christian, sein Fall ist noch immer ungeklärt? Ist das Ihre Handschrift in diesem Gutachten eines einstigen Schularztes? Reisen Sie rein beruflich? Oder ist es eine Flucht? Und wenn ja, wovor fliehen Sie? Was sind das für zwei Narben auf Ihrer Stirn?

Alles werden Sie drannehmen, schön der Reihe nach. Nun habe ich ja selber die Reihenfolge bestimmt, angefangen mit dem Vorhang, der hinter jedem andern Vorhang hochgeht. Sie gehen von der Annahme aus, diese Reihenfolge sei zwingend. Aber es könnte eine ganz andere Reihenfolge sein. Nicht besser oder schlechter, sondern anders – anderser. Aber ich habe für die Abfolge einzutreten, für die ich mich nun einmal entschied.

Ich komme mir vor wie einer, der sich als Angeklagter nur vertritt, nicht als dessen Anwalt oder Verteidiger, sondern weil das, was als Belastungsmaterial vorliegt, nur ein mögliches ist und ein völlig anderes ebenso denkbar wäre. Bei jedem Stichwort könnte ich mit einem anderen Ereignis, einer anderen Episode oder einem anderen Beispiel antworten. Sogar mit Dingen, die sich besser für eine Befragung eignen.

Von dem, was den Mißbrauch des Menschen betrifft, haben sie nur ein Beispiel in der Hand. Und von den Briefen nur den an meine Schwester. Wenn ich an meine Kollektion denke, was sich da an Brieffanfängen stapelt.

Natürlich bin ich in Zürich geboren, wenn sie dies bestätigt haben wollen; denn Zürich, schließlich, das gibt es. Aber dieses Zürich konnte auch zur Narbspur werden, die sich durch eine grüne Ebene in Griechenland zog, nur ein Teil der Bäume warf das Laub ab und sie erinnerten mich an den Winter zuhause, ich hatte eine tote Stadt im Rücken, aber nicht nur, weil hinter mir die Ruinen von Mistra lagen. Und ich hätte diese tote Stadt durch eine lebendige ersetzen können, durch Bahia, die Stadt Aller Heiligen und Aller Laster, wo das Gedicht auf der Straße begann. Und dann hätte es eine Stadt sein können, die ich zerstörte, weil ich Grammatik trieb: ... esse delendam. Ich war überzeugt, man müsse Karthago niederreißen, nur weil es ein Gerundivum gab. Und dann hätte es wiederum nur der Fluß in einer Stadt sein können. Nicht die Sihl in Zürich sondern der Mapocho. Als ich in Santiago ankam, sammelten sie die Toten ein, die sie zur Abschreckung im Flußbett ausgelegt hatten.

Und was, wenn sie statt eines Vorgebirges am südwestlichen Ende Europas eine Wurlitzerlandschaft hätten? Eine akustische Tellerlandschaft, wo sich Scheibe um Scheibe dreht. Und nicht nur mit den Tulpen aus Amsterdam, den Rosen aus Istanbul, den Palmen aus Hawaii und dem Kondor aus den Anden?

Soll ich sie auf das aufmerksam machen, was fehlt? Daß ihnen die Porträtgalerie der Intellektuellen fehlt mit den beiden Kabinetten »Die Verpacker« und »Die Arrangeure«. Und was ist mit meiner Menagerie: dem Aff in der Rakete, dem Maulesel bei den Gebirgstruppen, dem Pudel bei der Schönheitskonkurrenz, dem Meerschweinchen im Labor ...

Ich höre jetzt schon ihre Frage: Leben Sie unter einem Pseudonym? Was aber, wenn der Deckname der Name ist, unter dem ich in einem Geburtsschein eingetragen wurde?

Aber warum sollten die sich zusätzlich dafür interessieren, daß ich einmal in meinen Nabel einstieg und dabei eine schaurige Rittergeschichte erlebte. Oder daß ich einmal eine Samenbank aufsuchte, um mich nach möglichen, d. h. verfügbaren Vätern umzusehen?

Ihnen scheint das zu genügen, was sie auf meinem Schreibtisch fanden. Denn hätten sie weitergesucht, sie hätten ganz anderes gefunden. Und das überrascht mich. Sie scheinen rascher zufrieden zu sein, als ich vermutet hatte. Obgleich – unsorgfältig waren sie nicht, wenn ich daran denke, mit welcher Akribie sie die Liste erstellten. Oder war ihr Auftritt doch mehr eine Formsache? Der betonte Eifer, mit dem sie vorgingen, könnte darauf schließen lassen, daß es ihnen nicht ganz wohl war dabei. Ob sie vielleicht ihrerseits etwas zu vertuschen haben? Mir fällt nachträglich auf, daß ich sie gar nicht nach den Ausweisen fragte.

Hätten sie weitergesucht, sie hätten mehr gefunden. Einen ganzen Stoß von Papieren oder Unterlagen, wie sie sagen. Sie hätten nur in dem Gestell hinter dem Schreibtisch nachschauen müssen, dann wären sie auf die »Papiere des Immunen« gestoßen. Daß diese unter dem Schreibmaschinenpapier lagen, ist rein zufällig. Aber es zeigt sich, daß unbeschriebenes Papier ein hervorragendes Versteck abgibt.

Jedenfalls ließen sie mir dieses Mäppchen. Mit Schulheften, in denen gewöhnlich nur die ersten Seiten beschrieben sind; und ich wundere mich, bei welcher Gelegenheit wohl etwas notiert wurde wie das:

»Angenommen die Totalitären reißen die Macht an sich. Zu wem in meinem Freundes- oder Bekanntenkreis würde ich fliehen, sofern dies nötig wäre? Eine solche Frage scheidet eine ganze Reihe von Allernächsten aus; es kämen solche in Betracht, mit denen man sonst nicht viel zu tun hatte. Eine Freundin erklärte zu diesem Planspiel, sie kenne eine ähnliche Frage. Nur laute diese: ›Wen würde ich verstecken?‹«

Und ich frage mich auch, bei welchem Anlaß festgehalten wurde: »Polyoutros. Wahrscheinlich aus Mazedonien stammend, lebte im zweiten nachchristlichen Jahrhundert. Obwohl Grieche, schrieb er lateinisch. Von seinem umfangreichen Werk (?) ist ein einziger Satz erhalten: ›Natura hominis arte facta est.‹ Die Natur des Menschen ist mit Kunst verfertigt, sie ist ein Artefakt.«

In dem Mäppchen selber Zeitungsausschnitte und Zettel. Manchmal nur eine Frage darauf: »Wie handelt man, ohne daß man etwas unternimmt?« Auch der Entwurf zu einer Rede, die man bei jedem Anlaß und in jedem System halten kann, die Skizze für eine Telefon-Parze, die den Lebensfaden abschneidet, indem sie den Hörer auflegt. Und unter den Plänen auch einer zu einem Simulator, in welchem man der Erfahrung ausgesetzt wird, glücklich zu sein.

Aber auch geordnete Manuskripte. Mag sein, daß es einen Detektiv und einen Kommissar nicht so sehr interessiert, wie die Einladung bei einem Mann verlief, der mechanische Finger hat, oder wie einer einem andern sein Heimweh erklärt. Warum sollte es für sie von Bedeutung sein, daß ein älterer Mann versucht mit einem Kind zu reden oder wie ein Frühstück nach einer Liebesnacht ausfällt. Obgleich man sich denken könnte, daß sie schon aus Berufsneugierde wissen wollen, was das für eine Nachricht ist, die einer in Malakka erhielt, und was für eine Bewandtnis es hat mit der Katastrophe in einem Wachsfigurenkabinett. Und die, die so versessen darauf sind, herauszufinden, an welchem Ort einer zu welcher Zeit war – was, wenn sich einer im Kopf eines anderen aufhält und sich in den Jahrzehnten des Boutiquismus einzurichten hat? Und selbst wenn ihnen ein Bauernrebell gleichgültig sein sollte, müßten sie nicht hellhörig werden und sich zuständig fühlen für einen Puppentöter oder jenen Mann, der einen Schritt zur Seite macht und mit dem Wort umbringt.

Das alles hätte sie dem Immunen nähergebracht, den sie suchen. Aber das ist für später, wenn überhaupt. Für den Moment sitze ich an einem Tisch.

Ja, vorläufig gibt es mich noch.

Wie es mir geht? Danke, ich komme davon. Ich bin ein Leben lang am Leben geblieben. Das wundert mich in diesem Moment von neuem. Ich frage mich manchmal: Wie haben das die andern gemacht?

Hugo Loetscher

Die Papiere des Immunen

Roman

Unter den Papieren des Immunen findet sich die Geschichte von einem, der zum eigenen Leichenmahl lädt, neben der Geschichte von einem, der ein Attentat auf ein Wachsfigurenkabinett plant; der Leser begegnet einem Puppenmörder, einem Sünden-Priester, einem Rebellen aus dem Bauernkrieg; ein Kinderlied wird zum Politikum, es erklingt die Registerarie der Städte. Diese und andere Papiere sind Spiegel und Gegenbilder des Immunen, seine Interpretationen und Sehnsüchte…

»Der Immune ist ein überaus witziger und intelligenter Herr, ein weitgereister, gebildeter Gesprächspartner, elegant und originell – ein durchaus passabler Gefährte für ein Buch von 500 Seiten. Ein Buch voll von schönen und abstrusen Geschichten, die einen wuchtigen Kosmos bilden; und obwohl der Immune vorgibt, seinen Wohnsitz im Kopf zu haben, sind diese Papiere alles andere als kopflastig.«
Joseph von Westphalen / Westermann's, München

»Ein weises Buch und eines voller blendend erzählter Geschichten noch dazu. Verglichen damit wirkt vieles blutleer und dürftig, was in diesem Herbst erschienen ist.« *Klara Obermüller / Die Weltwoche, Zürich*

Hugo Loetscher im Diogenes Verlag

»Hugo Loetscher ist zweifellos der kosmopolitischste, der weltoffenste Schriftsteller der Schweiz. Es weht ein Duft von Urbanität und weiter Welt in seinen Büchern, die sich dennoch keineswegs von den sozialen Realitäten abwenden, ganz im Gegenteil. Hugo Loetscher ist eine Ausnahmeerscheinung in der Schweizer Gegenwartsliteratur nach Frisch und Dürrenmatt. Eine Ausnahmeerscheinung ist er durchaus bezüglich der literarischen Qualität. Er ist es aber auch als Intellektueller: Eben weil es ihm gelungen ist, die kulturelle und politische Enge der Schweiz in ein dialektisches Verhältnis zu bringen. Und fruchtbar zu machen.«
Jürg Altwegg

Wunderwelt
Eine brasilianische Begegnung

Herbst in der Großen Orange

Noah
Roman einer Konjunktur

Der Waschküchenschlüssel oder Was – wenn Gott Schweizer wäre
Geschichten

Der Immune
Roman

Die Papiere des Immunen
Roman

Die Fliege und die Suppe
und 33 andere Tiere in 33 anderen Situationen. Fabeln

Die Kranzflechterin
Roman

Abwässer
Ein Gutachten

Der predigende Hahn
Das literarisch-moralische Nutztier
Mit Abbildungen, einem Nachwort, einem Register der Autoren und Tiere sowie einem Quellenverzeichnis

Saison
Roman

Die Augen des Mandarin
Roman

Vom Erzählen erzählen
Poetikvorlesungen
Mit Einführungen von Wolfgang Frühwald und Gonçalo Vilas-Boas

Hugo Loetscher & Alice Vollenweider
Kulinaritäten
Ein Briefwechsel über die Kunst und die Kultur in der Küche